Entdecken Sie in dieser bewegenden Familiengeschichte, wie die bezaubernde Kraft von Leidenschaft und Liebe uns selbst in bedrückenden Zeiten jede Scheu, Verluste und Schicksalsschläge zu überwinden hilft, wie uns verborgenes Seelenleben spannend erhellt und durch unsere Fragen die eigene Selbsterkenntnis erhöht wird. - Elvira, eine allseits bewunderte kluge und schöne junge Frau, leidet unter der nie ausgesprochenen Schuldzuweisung ihrer Eltern, für den Ertrinkungstod ihres Bruders Jakob verantwortlich zu sein. Einer Eingebung folgend, wählt sie sich einen um zwanzig Jahre älteren jüdischen Tennisfreund gleichen Namens als Geliebten; Psychiater und Medizinprofessor in Königsberg. »Nur für das Biologische«, redet sie sich ein, denn der Professor ist verheiratet. Und Elvira lernt auch bald in Wilhelm einen liebenswerten jungen Mann kennen, den sie heiraten und der der Vater ihrer Kinder wird; doch einmal lädt sie noch Schuld auf sich – ist überglücklich, als die kleine Sonja »ganz wie Wilhelm« aussieht. Wilhelm kehrt aus dem Krieg nicht zurück, und der über Palästina und England mit seiner Frau geflohene Jakob wird sie suchen und in Sachsen finden. Er hatte durch die natürliche leidenschaftliche Elvira erstmals tiefe Beglückung und einen inneren Wandel erfahren – sie durch ihn eine unbekannte, fesselnde geistige Welt humanistischer und religiöser Gedanken kennengelernt; sie ist erst unschlüssig, ob sie seinem Ruf folgen soll, wartet ja noch auf Wilhelm, tut es dann doch – und lädt neue Schuld auf sich; die irgendwann von ihr nicht mehr zu bändigen sein wird. Ihre Eltern kamen um, sie konnte ihnen nicht beistehen. Sonja geht nach kurzer Ehe zur geliebten Oma und lustigen Tante Isabella in den Westen, von ihrem älteren Bruder beschimpft, der im Osten Marineoffizier werden will. Und ihr einst liebevoll umsorgter kleiner Bruder Andreas, dem sie sich als Kind versprach, wird sich erst fast zwanzig Jahre später als gestandener Psychiater und Klinikchef – mit dem Leben der Mutter inzwischen auf beglückend-tragische Art verbunden – der Trauer um den frühen Tod seiner innig geliebten Schwester noch einmal in London stellen können. Mutter Elviras Ende schmerzhaft vor Augen.

MARTIN GOYK

Mutters Wahn

Ein Jahrhundertpanorama

Roman einer Familie

Personen und Handlung des Romans sind frei erfunden; Ähnlichkeiten mit toten oder lebenden Personen sind rein zufällig.

© 2020 Martin Goyk

Umschlaggestaltung: DIE TRANSFORMER
Titelfoto von Annie Spratt auf Unsplash
Lektorat: Dagmar Henning
Druck und Distribution im Auftrag des Autors: tredition GmbH, Heinz-Beusen-Stieg 5, 22926 Ahrensburg, Germany

ISBN Hardcover: 978-3-347-83681-5

Mutters Wahn

Meiner Mutter,
Tante Isabella und allen
von ihrer Zeit gedemütigten und gebeugten
Müttern und Frauen gewidmet,
ihren Leidenschaften, Kämpfen
und Entsagungen.
(M. G.)

VORSPIEL

Katharsis – doch wovon?

In jüngeren Jahren hätte ich diese Geschichte nicht schreiben können, zu sehr war ich in ihr selbst gefangen. Ja, sie riss mich in eine Krise, aus der ich glaubte, mich nicht mehr aufrichten zu können. Sehnsüchtig erinnerte ich Zeiten, da ich meinte, das Leben könne mir nichts Niedriges, nichts Verwerfliches anhaben und es würde ewig dauern. Die Jahre vorgerückter Kindheit und der Jugend. Der kindlichen Liebeleien, obwohl ich nicht der Typ war, der Mädchen anzog. Sehr hager, blauäugig und blondig-rothaarig,»der Dichter mit der großen Nase«, da ich damals gelegentlich Gedichte schrieb – Worte eines mir gewogenen Jungen, dessen Familie aus Kroatien stammte, wo ein Poet mit markanter Nase eine Berühmtheit war. Vor allem jedoch die Jahre des Studiums, der Freude, Arzt zu werden, der Unbeschwertheit trotz ständiger Geldnot … Aber dann gab es eben die Zeit, da fühlte ich manchmal einen Hass in mir, wie ich ihn bisher nicht gekannt hatte. Der mich selbst erschreckte. Wie ein böser, aus archaischer Tiefe kommender Antrieb, ein triebhaftes aggressives Begehren … - und mich selbst zu vernichten, körperlich zu malträtieren.

Doch diese Gelüste nach Quälen und eigener genüsslicher körperlicher Qual legten sich gottlob. Ich bin und wäre dazu nie fähig gewesen, glaube ich. Marternde Tagträume! Geblieben war die seelische Qual. Ich lief jedoch nicht mehr wie ein Automat zur Arbeit. Ich fragte mich sogar, ob das aus meiner Sicht Gemeine und Verwerfliche nicht für einen anderen Ausdruck war, sein aus den Fugen geratenes Leben zu retten. Ja, sein vermeintlich entflohenes Glück zurückzuerobern? Ich zweifelte sogar an meinen Hassgefühlen, da mir Hass immer mit Liebe nicht vereinbar und als etwas Widerwärtiges erschienen war: Hatte mich also vielmehr ein Bündel aus Zorn, Trauer, Hilf- und Hoffnungslosigkeit, ein tiefes Gefühl des Unglücks erfasst? Im zweiten Frühling nach jenem Einheitsjahr, das auf die sogenannte Wende in Deutschland folgte. Aber diese Wende war nicht schuld. Das ist eine andere Geschichte. Sie lag ferner als jene, die mir auf der Seele brannte. Den Geist ausdörrte. Mich zuweilen lähmte. Zu der ein Kollege mir riet:»Schreib sie nieder – Katharsis bedeutet innere Reinigung.«

Innere Reinigung – wovon, frage ich mich. Für vertraute Ohren sicher eine befremdliche Frage. Denn ich bin Psychiater. Fragen zur Überwindung innerer Spannungen und Qualen gehören zu meinem Alltag. Freilich weiß jeder, dass es Grenzen gibt. Für ertragbares menschliches Leid. Für professionelle Hilfe. Für Zeiten und Räume in unserem Leben. Glückliche wie unglückliche. Für verwundbare wie für robuste Zeiten. *Ein Unglück öffnet dem anderen die Tür,* sagt ein Sprichwort. Ein Mensch stirbt. Einer wird krank. Ich hätte nie für möglich gehalten, Ziel einer Geiselnahme zu werden. Selbst in dieser Klinik nicht. Zu durchdacht waren die Vorkehrungen. Zu sicher fühlte ich mich im Umgang mit den uns eingewiesenen Patienten. Ich hätte auch nie für möglich gehalten, dass meine Mutter einen Geliebten haben könnte.»Mamachen«, wie ich als Erwachsener sie oft zärtlich nannte. Sie liebte uns, ihre Kinder, mit einer solchen Hingabe, dass ich ihr Herz für restlos besetzt hielt. Dabei war sie eine sehr schöne Frau. Was ich als Kind nicht wahrgenommen hatte. Oder es hatte doch keine Bedeutung für mich. Schön war ihre Seele. Auf ihre äußere Schönheit wurde ich das erste Mal bei meinem Abiturball aufmerksam gemacht. Meine hübsche blonde Balldame aus der Nachbarklasse sagte:»Mein Gott, ist deine Mutter schön! Sie ist bestimmt die Schönste hier im Saal.« Ich sah das Mädchen erstaunt an. Angesichts der vielen anwesenden hübschen Frauen und Mädchen hielt ich das für maßlos übertrieben, fragte mich wohl auch, ob meine Dame vielleicht nur den Kontrast zu mir meinte. Mutter war immerhin schon einundfünfzig Jahre alt. Sie trug ein schlichtes selbst genähtes Kleid. Man würde wohl heute »ein kleines Schwarzes« sagen. Das ihr zugegeben vortrefflich zu ihrem noch schwarzen Haar und zu ihrer noch jugendlich wirkenden eher zierlichen Figur stand. Sie fiel also nicht wie andere Frauen durch üppige Formen auf. Für mich waren es mehr die Natürlichkeit und Freundlichkeit in ihren Bewegungen und in ihrem Reden. Wenn sie lachte, ihre schönen Zähne zeigte und ihre großen dunklen Augen glänzten. Die schwarzen Augenbrauen wie schmale schützende Wälle. Mutter kam so gut wie ohne Make-up aus. Höchstens ein zartes Rouge auf den Lippen. Ihr volles Haar wirkte aus der Ferne wie ein dichter langhaariger Pelz, der das linke Ohr halb bedeckte, das rechte freiließ, locker und leicht wellig in den Nacken fiel und die Stirn halbrund umgrenzte. Die Nase ein bisschen stupsnasig. Die aufgeworfenen Lippen fast ein wenig spöttisch und aufmüpfig. Ach Gott, Mamachen, von wegen aufmüpfig! Sie reagierte still, zog sich zurück, wenn sie sich gekränkt fühlte. Eine Schwäche, die wir Kinder von ihr übernommen haben, zumindest meine Schwester Sonja und ich. Werri, mein Bruder, hat mehr die draufgängerische Art von unserem Großvater Mattulke. Für den sein älterer Sohn Wilhelm, unser Vater, immer zu unentschieden, zu weich und zu wenig durchsetzungsfähig war. Worunter wohl auch unsere sanfte Mutter litt. Was nur Sonja gewahr wurde, wie ich mir heute sage.

Dass unsere Mutter auf äußere Korrekturen nicht angewiesen war, machte mich natürlich stolz. Es war aber auch noch keine Zeit, in der man sich wie heutzutage überall aufbessern wollte und konnte. Weder am Geist noch am Körper. Weder mit Medikamenten noch mit dem Messer. Und ich sah wohl die gefälligen Blicke der Männer, auch der Frauen, auf unsere Mutter gerichtet – ahnte damals jedoch in keiner Weise, was für ein Feuer Mutter in einem mir fremden Mann entfacht hatte und zu welcher Leidenschaft sie selbst fähig war.

9

Innere Reinigung, aus Not? Aus Verzweiflung? Rechercheur der Familie in eigener Sache, nicht aus Neugier und Stolz, sondern aus einem inneren Zwang zum Überleben? Eigentlich bin ich ein eher ängstlicher Mensch. Obwohl ich nur drei Angst auslösende Situationen aus meiner Kindheit erinnere: Auf dem Bauernhof in Adelau bei Tilsit, wohin Mutter im Frühjahr 1944 mit uns drei Kindern wegen drohender Luftangriffe auf Königsberg evakuiert worden war. Ein Truthahn flog auf meinen Kopf. Aber Angst machten mir erst Mamas angstvoll schreiende Augen am Fenster. Dann unsere erste Zufluchtsstätte in Sachsen. Erneut ein Bauernhof. Im Februar des darauffolgenden Jahres. Wir waren wegen des Flugzeuglärms alle auf den Hof gelaufen.

Mama rief:»Seht nur die Christbäume über Chemnitz!«

Die junge Bäuerin bitter:»Damit der Herrgott diesen Halunken besser zeigt, wohin sie ihre Bomben werfen sollen!«

Mama hatte noch versucht, mir mit ihren Händen die Ohren zuzuhalten. Ein paar Wochen danach, wir hatten uns in einem Stall versteckt, konnten durch den Türspalt auf den Hof sehen. Ich als Kleinster saß auf Mamas Schoß. Ein Soldat war durchs Tor auf den Hof getreten, rief etwas zum Wohnhaus hin. Ich spürte Mamas heftigen Herzschlag in meinem Rücken. Ich glaube, ich dachte: *Papa?* Heute weiß ich, es muss ein amerikanischer Soldat gewesen sein. Die Russen kamen später. Am Abend sahen wir einen amerikanischen Panzer auf der Dorfstraße. Ich huschte mit Sonja ans Schlafzimmerfenster. Eine kurze Maschinengewehrsalve in die Wand neben dem Fenster ließ uns zurückschrecken.

Als Geisel hatte ich keine Angst. Ich war wie betäubt, teils wie abwesend. Hunderte innere Bilder flogen vorbei, als wolle meine Seele vor dem Ende Bilanz ziehen. Angst und Hass kamen erst auf, als alles längst vorbei war. Der Hass saß nicht unter der Angst, wie bei Menschen, die fürchteten, ihre Aggressivität nicht beherrschen zu können. Er saß auf ihr. Ich glaubte, mein Leben sei zerstört – und ich hatte auch den Schuldigen. Es war ein furchtbar irrationaler Gedanke.

Mutter war eine liebende Frau gewesen. Ob sie auch gehasst hatte? Liebe kann wehtun, wenn sie einem anderen gilt. In diesem Fall nicht uns und unserem Vater. Warum sollte man nicht zwei Männer lieben können? Oder zwei Frauen? Als Vater oder Mutter liebt man doch auch mehrere Kinder! Hasserfüllt habe ich Mutter nie erlebt, aber einmal sehr wütend. Es war vor ihrer ersten Krankenhauseinweisung. Nach Sonnys allzu frühem Tod. Noch Wochen zuvor hatte mir Sonja einen ganz munteren Brief geschrieben.

»Mein liebster Andrew«, ihre Koseform für Andreas, seit sie in England lebte. »London ist eine schöne Stadt, aber besser geht es mir hier auch nicht. Vielleicht ist es ein Glück, dass ich noch nicht verheiratet bin, so kann ich immer aussteigen und mir einen süßen Andrew als Mann suchen (mein Gott, als wenn es den zweimal gäbe oder Inzest nicht verboten wäre – hi, hi –, bin ich zu frech?). Alex scheint derlei Dinge locker zu sehen, jedenfalls habe ich manchmal den Eindruck, er hätte nichts dagegen, wenn ich gut zu seinen Freunden wäre. Mag sein, dass er Schuldgefühle hat. Bei inzwischen 170 Kilo von einst schlanken 90 ist der Trieb wohl ganz aufs Essen verschoben. Das macht mir aber nichts. Ansonsten hat er nur seine Bankzahlen im Kopf, Gewinn- und Verlustmargen … ›Das macht mir aber nichts‹ ist nicht ganz aufrichtig, Andrewchen, überlege ich mir gerade. Und du bist ja inzwischen Nervenarzt, mein Brüderchen, da darf ich offener sein. Auf Walter hatte ich manchmal richtig Wut, wenn er so lethargisch war. Bin ich ihm nicht anziehend genug, dachte ich und suchte mir immer wieder neue Negligés aus, Höschen, Hemdchen, einmal sogar Strapse, ganz neckisch, fand ich – aber es passierte nicht viel. Dabei wollte ich die beste Ehefrau der Welt sein! Dann mein Alex, der schöne Banker: Ich wurde zwar anfangs etwas mehr als Frau wahrgenommen, aber er war verwöhnt, schien mir, bezeichnete meine feine Wäsche als ›Fummelkram‹ – ran und fertig; darf ich es so schreiben, Brüderchen? Aber ich habe sonst keinen, mit dem ich über solch heikle Dinge reden könnte! Alex' Art war also auch nicht so gut, vor allem, seit ich das Gefühl hatte, er würde mich auch als Geschenk weiterreichen. Ganz verrückt wurde es, als ich vermutete, dass er eine starke homosexuelle Neigung habe, weil er mit seinen Freunden oft zärtlicher umging als mit mir. Es machte mich derart verrückt, dass ich an mir selbst zweifelte. Störte mich womöglich an Alex, was ich an m i r nicht leiden konnte und verborgen hielt? Zwei Frauen von Alex' Freunden sprachen ziemlich unverhohlen über solche Neigungen, wenn wir Frauen unter uns waren. Mit einer ließ ich mich ein: Es war nicht direkt unangenehm, aber ich merkte, dass es nicht die Rettung aus meinem Gefühlschaos bedeutete. Ich war sehr unglücklich, wahrscheinlich depressiv, was Alex stutzig machte, da er ja sonst nur eine heitere Sonny kannte. Ich offenbarte mich ihm etwa so wie dir jetzt. Er hielt das für völlig in Ordnung, sah für sich jedoch keinerlei Konsequenzen, außer vielleicht etwas mehr Aufmerksamkeit mir gegenüber. Und jeder müsse ja auch sich selbst ein Stück leben. Wenn er den Grund für unsere Auswahl von Bloomsbury als unseren Londoner Wohnstandort bedenke, so frage er sich allerdings, ob ich nicht einen Elektrakonflikt habe? Ist das nicht gemein, Andrewlein? Unsere M u t t e r soll schuld sein, wie ich sogleich nachgelesen habe. Nicht Ödipus, sondern Elektra. Superschöne und superschlaue Mütter könnten ihre Töchter erdrücken. Mag ja sein, aber Mutter ist doch nicht s u p e r b ö s e ! Alex will manchmal superschlau reden und dann kommt Stuss heraus, finde ich. Ich könnte auch darüber hinweggehen und hätte es dir womöglich gar nicht geschrieben, Andrew, wenn da nicht noch eine Episode wäre, die mich seit Jahren regelrecht verfolgt – im Traum! Ich war etwa sechs Jahre alt. Es war schon Krieg. Ich lief vom Oberländer See, wo Werri noch angelte, zu den Großeltern nach Frohstadt hinein. Plötzlich Krawall. Türen und Fenster flogen. Zwei Soldaten kamen, eine junge hübsche Frau in ihrer Mitte umarmend, lachend aus dem Haus. Oben am Fenster ein weinender alter Mann … Und nun das eigentlich Schreckliche: Die Traumhübsche hat oft Mutters Gesicht! Dabei habe ich unsere Mama außer mit Papa nie mit einem anderen Soldaten gesehen! Vielleicht schäkerte sie mit Baron von Budkus manchmal ein bisschen, aber sonst … Hast du eine Erklärung dafür? Wären wir in Hamburg geblieben, fühlte ich mich wenigstens nicht so einsam. Jedenfalls möchte ich nicht allein bleiben, würde ganz gern noch einmal heiraten. Die Ehe mit Walter war durch seinen Unfalltod einfach zu kurz. Da bleibt das Glück mit auf der Strecke. Übrigens, Andrewchen: Wir wohnen ja hier in Bloomsbury. Alex war es eigentlich egal, ist nur bisschen teurer als anderswo. Mir war es wegen Mutter wichtig, da hat Alex recht. Von Tante Isabella wusste ich (ganz geheim!), dass Mutters ominöser ›Bekannter‹, wie Mutter sagte, in den Vierzigerjahren hier gewohnt hat. In der Nähe des British Museum. Dort soll er gern hingegangen sein. Mutter interessierte sich aber nicht dafür, meinte, Isabella habe wohl etwas falsch verstanden. Ein Bekannter habe ihr nach dem Krieg einmal von der Fülle und Einzigartigkeit der dortigen Museen berichtet. Mutter fragte nur immer, wie es mir gehe. Nach Isabella soll der Bekannte ein schlanker stattlicher Mann gewesen sein. Mit schwarzem Schopf und großen weißen Pferdezähnen. ›Ein Jud!‹, meinte Isabella, aber nicht abschätzig, sondern in Papas humorig-warmherzigen Art. Papas Eltern und Großeltern haben ja in Ostpreußen viel mit Juden zu tun gehabt. Wie sie mit Vieh gehandelt. Wenn ich meine gebogene Nase anschaue, frage ich mich auch manchmal, ob ich nicht ein bisschen Jüdchen bin?«

Zwanzig Jahre später las ich Sonnys Brief ganz anders. Wie eine verschlüsselte Botschaft. Einst hatte mich vor allem Sonnys Nähe zu mir, ihre liebevolle Art gerührt. Ich antwortete ihr wohl, dass Träume manchmal eben doch Schäume seien und keine Fortsetzung unseres aktiven

Taglebens. Sonnys Tod riss mir ein Stück aus dem Herzen. Aber wusste Sonny mehr als wir? Als Werri und ich? Was ahnte, vermutete sie womöglich? Uns Brüdern hatte sie manchmal vorgeworfen, Mutter in den Himmel zu heben. »Na ja, die lieben Söhnchen!« Dabei hing sie auch sehr an unserer Mutter. Aber sie sah sie kritischer. Wenn wir mit Mutter zärtelten, umhalste sie demonstrativ unseren Vater. Was unsere Eltern amüsierte. Mit ihren blonden Haaren und braunen Augen war sie auch ganz Vaters Abbild. Etwas größer als Mama und von Statur auch etwas stärker. Doch so aufregend proportioniert, wie man sich als Junge sein Mädchen vorstellt ...

Ich habe in meiner Klinik gesagt, dass ich ein paar Tage Urlaub nehmen wolle, um nach London zu fahren. Eigentlich mehr an Hans, meinen Stellvertreter und Duzfreund gewandt. Er hatte während meiner Krankheit die Klinik kommissarisch geleitet und mich auch angeregt, die Geschichte aufzuschreiben. Wobei er die Geschehnisse um die Geiselnahme meinte.

Sie war für uns auch äußerlich nicht ohne Folgen geblieben. Der durchsichtige Polycarbonatzaun um das Klinikgelände war von drei auf fünf Meter erhöht worden, oben mit nach innen gerichteten Metallstäben und Stacheldrahtverhau versehen. Wir sind eine Klinik für forensische Psychiatrie, in der drogen- und alkoholabhängige Straffällige behandelt werden.

Eine junge psychologische Kollegin war mir kess ins Wort gefallen: »Och, London! Nehmen Sie mich mit! Ich war auch noch nie dort!« Alle hatten gelacht und es schien damit erledigt zu sein.

In Mutters Tagebuchnotizen, meist ohne Datum und nur bruchstückhaft, hatte ich zu den Vierzigerjahren die Adresse »Bloomsbury Street 22« gefunden. Ohne jeden Bezug, sodass ich mich jetzt fragte, ob Mutter etwas Persönliches verheimlichen wollte. Damit Interessierte nicht misstrauisch oder wir Kinder nicht beunruhigt würden? Vielleicht war

14

aber der »Bekannte« und damit seine mögliche Adresse für sie eben viel weniger bedeutsam als zum Beispiel für Isabella. Unsere liebe, immer zu einem Schwätzchen mit dunklen Andeutungen aufgelegte Tante. Dergleichen war Mutter fremd. Vermutungen, besonders Böses unterstellende Gerüchte über andere Menschen wollte sie gar nicht hören. Und ich eigentlich nicht erfahren. Was also wollte ich in London?

Ein Stück Frieden mit Sonny und meiner Mutter finden? Mutter war bald nach ihrer Rückkehr von Sonnys Totenlager in England das erste Mal in unsere Klinik eingewiesen worden. Damals waren wir unter der Ägide der Universität noch für allgemeine Psychiatrie zuständig. War Mutters Londoner Bekannter eigentlich jener Mann, den ich zwei Jahre vor Sonnys Tod in Hamburg kennengelernt hatte? Nicht durch Mutters Betreiben, sondern durch den zufälligen Hinweis eines gleichnamigen ehemaligen Kommilitonen.

Ich merke, ich muss Gedanken erkunden, die Mama nicht aussprach. Ich muss versuchen, ihre nüchternen Tagebuchnotizen mit Leben zu füllen, das sie in sich verschloss. Bisher traute ich mich kaum, ihre Notizen zu lesen. Legte die meist losen Blätter ein bisschen verschreckt wieder zurück. Aber ich spürte, dass ich begierig war, mehr zu wissen. Über Mama, ihre Liebschaft, vielleicht ihre Krankheit? Ich fürchte, ich verstehe sie nicht. Weder als Sohn noch als Arzt. Wie könnte sie dann ein Fremder verstehen? Wie soll man plötzlich etwas begreifen, womit man nicht rechnete? Etwas verstehen, was außerhalb der eigenen Vorstellungswelt liegt. Vielleicht muss ich erfinden, wo ich nicht genug finde. Um Lücken zu schließen. Wie ein Erzähler? Nicht wie ein akribischer Chronist? Der ich doch eigentlich sein will und kann. Nie hätte Mama meine kleinen ungelenken Liebesbriefe, die ich schrieb oder erhielt, lesen wollen. Obwohl ich es mir manchmal gewünscht hätte. Sogar noch in Zeiten, als die Natur es besser mit mir meinte. Als angehender Arzt. Als vollziehe sich durch das wachsende Selbstgefühl auch ein körperlicher Wandel. Ich schoss noch ein Stück in die Höhe. Mein Haar wurde dunkler und dunkler, sodass ich nicht mehr, wie eine Leuchtboje durch die Gegend lief. Die Mädchen erwiderten häufiger mein Lächeln. Und meine Liebesbriefe wurden etwas offener und anzüglicher.

Werde ich auch Papas meist hoffnungsvolle Frontbriefe, die er uns schrieb, ernster nehmen müssen als bisher geschehen? Um Spuren von Mama und von uns Kindern zu entdecken? Verhüllte uns seine Hoffnung seine Verzweiflung? Sind meine Erlebnisse mit Werri eine unerforschte Fundgrube? Seine Karten an mich, Briefe waren ihm zu lang, las ich in der Vergangenheit immer amüsiert oder verständnislos. Als die eines ge-liebten, doch an anderem interessierten und im Wesen anders ausgerich-teten Bruders. Hatte Mama mehrere, viele »Bekannte«?

Die junge Kollegin mit Namen Uschi fragte noch einmal nach und ich sagte ja. Ich buchte zwei Zimmer in einem Hotel in der Great Russel Street in London Bloomsbury. Die Kollegin meinte, wir könnten ja in London getrennte Wege gehen. Damit jeder das wahrnehme, woran ihm liege. Ich nickte, und sie lächelte unsicher. Als wüsste sie nicht, ob sie mir oder sich selbst damit einen Gefallen tat.

In London, eine Totenhochzeit und ein Jud

Zwei Tage lang wollte ich meiner privaten Wege gehen. Dann die West-minster Abbey, Tower und Tower Bridge, Buckingham Palast, das Par-lament, also allseits empfohlene Sehenswürdigkeiten besichtigen. Meine junge Kollegin plante Ähnliches. Ich sollte sie Fräulein Uschi oder einfach Uschi nennen, sie wollte zu mir Chef sagen, was einen et-was näheren und salopperen Umgang als in der Klinik bedeutete, ich aber der Situation angemessen fand. Sie äußerte besonderes Interesse an der Nationalgalerie und dem Freud-Museum. Ich am Highgate

Cemetery, wo Karl Marx und seine Jenny begraben lagen. Und an Speakers Corner im Hydepark.

Ein bisschen anders kam es dann doch. Vom Flughafen fuhren wir mit der U-Bahn bis Holborn. In unsere Hotelzimmer im ersten Stock konnte man aus den vorbeifahrenden roten Doppeldeckerbussen gut hineinsehen. Leichte Rollos schützten bei Nacht. Da es noch hell war, entschlossen wir uns zu einem ersten Rundgang durch Bloomsbury, gingen dann aber gleich ins British Museum, das noch für zwei Stunden geöffnet hatte. In seinem Zentrum der Great Court mit überlebensgroßen Statuen. Geschwungene Treppen führten zum Lesesaal hinauf, der früheren Bibliothek, wo Marx einst an seinem »Kapital« gearbeitet hatte. In den endlosen Raumfluchten des Museums Kriegermasken und -helme, ägyptische Mumien und Moorleichen. In fremden Ländern geborgene Schätze, wie die Parthenon-Skulpturen, oder vom Meeresgrund heraufgeholte. Uschi fühlte sich besonders von filigranen Goldschmuckketten angezogen. Ich fotografierte sie auf ihren Wunsch hin einmal von der anderen Seite einer Vitrine, sodass sich das goldene Geschmeide auf ihr Dekolleté projizierte. Sie trug einen olivgrünen Pulli, das dunkelblonde Haar schlicht nach hinten gekämmt. Ihre fast schwarzen Augenbrauen kontrastierten stark mit ihrem blassen Teint. Über dem kräftigen geraden Nasenrücken zwei wache Augen, gerade fragend auf mich gerichtet, weil ich wohl eine Idee zu lange auf das fertige Bild geschaut hatte. »Gut gelungen«, sagte ich und dachte: *Hast du sie womöglich mitgenommen, weil sie dich an Sonny erinnert?*

Am folgenden Tag verhaspelte ich mich sogar einmal und sprach sie mit Sonny an. Sie drehte sich zu mir um und fragte: »Haben Sie Ihre Schwester sehr geliebt?«

Wir mussten einem Lieferwagen ausweichen, der Nachschub an Bier für das Restaurant brachte, vor dem wir standen. Eine Weile später sagte ich: »Bis zu ihrem Weggang von zu Hause waren wir ein Herz und eine

Seele. Ihren Tod konnte ich nicht fassen. Vielleicht ist dieser Londonbesuch meine nachträgliche Trauerarbeit.«

Uschi hatte sich mir am Morgen ohne weitere Fragen angeschlossen. Ich war nicht ungehalten darüber, ja freute mich. Familiäre Geheimnisse waren nicht zu erwarten, gab es für mich eigentlich auch nicht. Eine junge attraktive Frau öffnete eher Türen und Herzen als ein dröger Mann um die fünfzig. Außerdem sprach Uschi ein besseres Englisch als ich. Ihre Generation war auf Englisch schon mehr getrimmt als meine. Ich hatte in der Schule und an der Universität Russisch, Französisch und Latein gelernt. Als ich als Schiffsarzt angeheuert hatte, autodidaktisch das erste Mal etwas Englisch. Nach der Wende auf der Volkshochschule.

Bloomsbury war mit schönen Parkanlagen reichlich ausgestattet. Allein um das British Museum herum lagen Russell Square, Bloomsbury Square und Bedford Square. Am nördlichen Rand des Letzteren hatte Sonny mit ihrem kleinen Pudel und ihrem schwergewichtigen Mann Alex bis einige Monate vor ihrem Tode zusammengelebt. Es war ein recht ansehnliches Haus, repräsentativer als jene in der Bloomsbury Street. Links und rechts vom Eingang führten Treppen, durch ein schmiedeeisernes Gitter vom Gehweg abgegrenzt, in die hier üblichen Souterrains hinunter, die als Wohnungen oder Geschäftsräume genutzt wurden. Im Erdgeschoss und im ersten Stock gaben große Fenster den Blick zum Bedford Square frei. Über dem rundbogigen Eingang, mit weißen Kunststeinen verziert, erhob sich ein turmartiger Aufbau sechs Stockwerke hinauf. An der Frontseite georgianisch geprägte Erker. Links und rechts auf den dritten Geschossen Dachterrassen. Auf dem Turm eine pyramidenförmige Haube.

»Hier ließ sichs gut wohnen«, sagte Uschi.

»Leider nicht für meine Schwester«, ergänzte ich. Über Wendeltreppen gelangte man aus den Büroräumen des Erdgeschosses in die Wohnräume darüber. Sonny hatte sich also ein Haus ausgesucht, das demjenigen in unserem sächsischen Borstädt, in das sie eingeheiratet hatte, glich. Ein vierstöckiges Geschäftshaus mit schönen Erkern, Mansarddach und Gaupen. Einem Türmchen. Der Hauseingang in der Nebenstraße war weniger auffällig, aber vorn zur Hauptstraße hin gab es ein großes Textilgeschäft mit breitflächigen Fenstern. Und von dort führte wie hier eine schmiedeeiserne Wendeltreppe in die Wohnung im ersten Stock. Das hatte mich als Junge ungemein beeindruckt! Wie schnell man von seiner Arbeit nach Hause kommen konnte! Papa und Mama hatten in Königsberg oft lange Wege zurücklegen müssen, wie ich aus Mutters Erzählungen wusste. Wenn sie überhaupt Arbeit hatten. Als Sonny in dieses Haus in Borstädt eingezogen war, sagte Mama zu Werri und mir glücklich:»Sonja hat es geschafft!« Wir waren mit unserer kleinen Umsiedlerwohnung ganz zufrieden. Doch für Mama waren ein Haus und eine Ehe mit einem erfolgreichen guten Mann damals offenbar der Inbegriff von Glück.

Schon zwei Jahre später verunglückte Sonnys Mann bei seiner Arbeit in der Borstädter Baumwollspinnerei. Das Textilgeschäft hatte man bereits zuvor aus wirtschaftlichen Gründen zu drei Viertel an den Konsum vermieten müssen, der dort vor allem Konfektionsartikel verkaufte. Sonnys Schwiegervater bot in dem kleinen Restgeschäft noch Kurzwaren an.

Sonny gab Annoncen auf. Sie wollte weg von Borstädt. Sie schämte sich. Empfand ihr Unglück als eine Niederlage. Sie haderte auch mit Mama, von der sie sich wohl zu der Ehe gedrängt gefühlt hatte. Werris Vorbehalte waren ihr bekannt gewesen:»Was willst du mit einem Geschäftsmann?! Einem kleinbürgerlichen Pfennigfuchser!«

Irgendwie hatten wir Kinder alle den Trieb nach Norden. Als suchten wir wieder die Nähe zum Meer. Wie in Königsberg. Da Sonny sehr hübsch war, hatte sie bald Erfolg. Bei ihrem damals noch schlankwüchsigen Alex. Vielleicht rechnete er bei einer Dame aus dem Osten mit besonderer Dankbarkeit?

Ihr Weggang nach Hamburg hatte den Bruch mit Werri zur Folge gehabt. »Egoistin!«, schrie er ihr in mehreren kurzen Briefen immer wieder hinterher. Er hatte sich zum Militär gemeldet. Wollte bei der Marine Karriere machen. Fürchtete nun, mit seinem Anliegen zu scheitern, da Verwandte in Westdeutschland ein ernstes Hindernis darstellten.

Mutter litt sehr darunter. Deutschland war zerrissen. Die Welt war zerrissen. Und nun auch unsere Familie. Damals ahnte ich noch nicht, dass Mutter auch noch andere Gründe hatte, zu leiden. Ihre Kinder unbedingt glücklich sehen wollte. Besonders wahrscheinlich Sonny.

Immer wieder taucht in Mutters Notizen aus dieser Zeit das Wort Sünde auf. Versündigt, vergangen. Religiös war Mutter eigentlich nur in echten Krankheitsphasen. Dann redete sie viel von Gott, betete, ging in die Kirche. Mutters Stichwörter bedeuteten für mich in verständlichen Sätzen: »Ich habe mich an Sonnchen versündigt. Wie konnte ich ihr zu etwas raten, dass ich selbst nicht kannte, im Grunde nicht wollte? Habe ich sie überhaupt genug liebend umsorgt? Oder mich an ihrer kindlichen Hoffnung vergangen? Mädchen brauchen mehr Zärtlichkeit als Jungen. Die kamen von selbst zu mir. Sonny nie. ›Ich möchte zu gern noch einmal heiraten‹ hatte sie mir als sozusagen noch mädchenhafte Witwe gleich gesagt. ›Nicht nur für den Pfarrer. Nicht für den Tod. Für die Ewigkeit!‹ Als könnte sie das schnelle Ende ihrer Ehe nicht akzeptieren. Wollte es auslöschen. Sie hat mich gehasst, glaubte Mutter. Ist es nicht viel schlimmer, von seinem Kind gehasst zu werden, als von niemandem geliebt?

Hierin irrte Mutter. Sonny hatte sie auch geliebt. Vielleicht auch bedauert? Am Bahnhof, als sie nach Hamburg aufbrach und sich von Mutter verabschiedete, lag wie ein Siegerlächeln auf ihrem Gesicht. ›Du Arme musst hierbleiben. In diesem Nest!‹ Dabei hatte Mutter stets nichts eifriger zu tun gehabt, als uns bei jeder Gelegenheit zu versichern, wie froh sie sei, dass wir hier eine neue Heimat gefunden hätten. Werri lebte inzwischen in Stralsund, hatte eine seemännische Ausbildung begonnen. Er hätte Sonny sicher angespuckt, wenn er da gewesen wäre. Als Kinder hatten sich beide manchmal im Streit bespuckt. Mich herzte Sonny beim Abschied. Uns kamen beiden die Tränen.

Mit einem Taxi fuhren wir nach Stratford hinaus, wo Sonny die letzten Monate ihres Lebens verbracht hatte. Das Haus, in dem Sonny zuletzt gewohnt hatte, war abgerissen worden. Hatte Platz für ein Seniorenheim gemacht, wie auf einer Tafel zu lesen war. Eine enge Straße. Nicht viel Verkehr. Nicht viel Leben. Wollten Senioren nicht gerade etwas zu schauen haben? Der Friedhof in der Nähe. Eine kleine Kapelle. Ein Krematorium. Am Ende des alleeartigen Hauptweges eine respektable Kirche. Im Decorated- und Earl-English-Stil, englische Gotik, erklärte uns ein offensichtlich kundiger Einheimischer.

Mutter hatte Sonny in der kleinen Kapelle aufbahren lassen. Von dem wuchtigen rot geziegelten Hauptportal führte ein nicht sehr breiter zypressengesäumter Weg dorthin. Die Urne mit Sonnys Asche traf in Borstädt ein, als Mutter schon in unserer Klinik lag.

Wir gingen in Sonnys Straße zurück, weil wir dort ein Blumengeschäft gesehen hatten. Ich wollte gern irgendwo auf dem Friedhof einen Strauß Nelken niederlegen, die Sonny sehr gemocht hatte. Neben dem Blumengeschäft befand sich ein Hochzeitsausstatter. Ich sagte zu Uschi: »Meine Mutter hat sich hier einen Schleier anlegen lassen. Nebenan einen Brautkranz aufgesetzt. Und ist dann langsam zur Kapelle gegangen. Es muss einen Auflauf gegeben haben, der sich erst allmählich vor der Kapelle verlor, nachdem Mutter Schleier und Brautkranz ihrer Tochter übergeben hatte. Entsprechend Mutters Absprache mit dem Pfarrer oder der Heimbürgin trug Sonny ein weißes Seidenkleid und war geschminkt.« Ich machte eine kurze Pause. »Ganz schön verrückt, nicht wahr?«, fügte ich unsicher hinzu. Aber Uschi war nicht verstört oder gar entsetzt. Trotzdem begriff sie die Aktion wohl nicht ganz. Sie fragte:

»Eine Totenhochzeit?« Ich nickte. Das Weitere geschah recht schnell. Entschlossen ging Uschi in den Laden des Heiratsausstatters. Kaufte einen weißen Tüllschleier. Von der Blumenverkäuferin ließ sie sich einen Kranz aus kleinen blutroten Rosen und weißen Myrtenblüten flechten. Und so geschmückt schritt ich mit ihr davon, begleitet von den staunenden und beifälligen Rufen der Verkäuferinnen: »Wonderful!« – »That's a pretty bride! Like a princess!« Im Nachhinein fragte ich mich manchmal, ob Uschi geglaubt hatte, dass ich nur so wie Mutter von meiner Schwester endgültig Abschied nehmen konnte.

Einen Auflauf bewirkten wir nicht. Aber Uschi, deren Miene bald nichts Trauerndes mehr hatte, bekam vielfältige bewundernde Blicke! Ein Pfarrer lief mit wehenden Rockschößen davon. Wir kicherten. Geschah es zufällig? Oder fürchtete er Sonnys ›Rückkehr‹? Dieser flüchtige Gedanke amüsierte mich. Wir gingen eine Weile kreuz und quer über den Friedhof. Zweimal um Kapelle und Krematorium herum. Vor einem weiblichen Figurenpaar blieben wir stehen. Es stellte Ecclesia und Synagoge als Allegorien des Neuen und Alten Testaments dar. Synagoge war hübsch, trug aber eine Augenbinde und im rechten Arm eine zerbrochene Lanze. Ecclesia war eher vornehm und herrisch. Mit Krone und Kreuzfahne ausstaffiert. Uschi, die den Schleier nach hinten getragen hatte, legte ihn Synagoge nun von vorn über das Haupt, die Augenbinde verdeckend. Obenauf kam der Brautkranz. Ich steckte Ecclesia meinen roten Nelkenstrauß zwischen Arm und angewinkelte Hand mit dem Kelch, sodass sie weniger wie eine Siegerin, mehr wie eine dankbare aufschauende Brautjungfer aussah. Zufrieden trollten wir uns wie spitzbübische Kinder.

Unsere Zimmer lagen sich in dem schmalen Hotelgang gegenüber. Als ich beim Aufschließen einen Moment zögerte, spürte ich Uschis Rücken an meinem. Ich erwiderte den leichten Druck, sagte nach einer Weile: »Danke!« Dann gingen wir in unsere Zimmer.

Ich lag noch eine ganze Zeit wach. Erst ging mir Uschi durch den Kopf. Sie war fast ein Vierteljahrhundert jünger als ich. Freilich schon in einem Alter, in dem man an die Zukunft dachte. Für eine flüchtige Liebesbeziehung hielt ich sie für zu ernsthaft. Ich hätte es im Moment auch nicht gekonnt. Aber vielleicht kannte ich die junge Generation auch gar nicht mehr richtig, möglicherweise war sie viel aufgeschlossener für das rein Animalisch-Vegetative. Infrage kommenden jungen Kollegen war Uschi in der Klinik jedoch bisher ausgewichen. Sie zog nicht nur als Braut die Blicke auf sich. Dann fiel mir der weggelaufene Pastor ein. Was war Mutter wichtig gewesen? Verehrung und Sorge? Sollte ihre Tochter nach ungelebter Ehe und innerlich abgelehnter Witwenschaft nun auch nicht noch den Makel, die Unvollkommenheit einer jung verstorbenen Unverheirateten tragen? Oder fürchtete Mutter Sonny womöglich als ›Wiedergänger‹? Da ein unaussprechliches Geheimnis sie verband? Manchmal hatte Sonny über Aktionen der Männerwelt, besonders natürlich Werris, dunkel gespöttelt:»Lauthals wollen sie die Welt verändern, während ihnen das Wesentliche verborgen bleibt.«

Erleichtert stellte ich am Morgen fest, dass Uschi so gut gelaunt war wie an den vorangegangenen Tagen. Sie wartete im Frühstücksraum schon auf mich, blickte so verschmitzt, als hätten wir uns am Abend viel mehr getraut. Das übte einen großen Reiz auf mich aus. So jung, so souverän und hübsch, wie sie war. Ein warmer Frühsommertag. Sie hatte ein leichtes, ihren Körper weich umfließendes Kleid in warmen Braun-, Orange- und Grüntönen angelegt. Die oberen beiden Knöpfe geöffnet. Vielleicht galt ihr Lächeln auch dieser selbstbewussten Präsenz? In der Klinik hatte ich letztens aus einer Gesprächsrunde von Schwestern die sinnigen Worte »den Chef vernaschen« aufgeschnappt. Das Kichern brach abrupt ab. Ich tat, als hätte ich nichts gehört, sprach mein Anliegen an, zur nächsten Dienstbesprechung das Thema nosokomiale Keime auf die Tagesordnung zu setzen. Bei meinem Weggehen hob das Kichern wieder verhalten an.

Doch derart berechnend schätzte ich Uschi nicht ein. Sie war einfach jung und sich ihrer Ausstrahlung bewusst. Und ich war froh, dass ich sie mitgenommen hatte. Dass ich ihre Begleitung genießen konnte. Obwohl ich in mir noch erhebliche Blockaden spürte. Außerdem wäre mir gegenwärtig nichts nachteiliger gewesen als eine Affäre mit einer jungen Kollegin. Die Boulevardpresse hatte mich in dem Geiseldrama nicht ungeschoren gelassen. »Der Chef ein Sexgangster?«, hatte eine Zeitung getitelt. Am liebsten wäre ich nach Unbekannt fortgezogen. Doch Stolz und Sturheit sind mitunter gute Partner. Aus Stolz wegziehen, weil man glaubte, die Unterstellungen und Gemeinheiten nicht mehr ertragen zu können? Aus Sturheit durchhalten, sonst sahst du wie ein Schuldiger aus.

Sonny hatte zu viel Stolz und zu wenig Sturheit. Alex wollte aus ihr einen Vamp machen, der wie die Ekberg mit weit geöffnetem Haar durch den Trevi-Brunnen durch die Schar seiner Männergäste stolzierte. Sie erregte und womöglich auch demütigte. Ob Geschäftsmann, ob Liebhaber. Einmal schrieb mir Sonny: »Alex küsst die Männer, wie ich nicht einmal dich oder Mutter geküsst hätte! Bin ich komisch? Oder zu prüde?« Unser Bruder Werri hatte eine Antwort parat. Sein Kommentar aus Stralsund nach Sonnys Tod lautete: »Für unsere liebe Schwester war der Kapitalismus ein paar Nummern zu groß! Zu frei! Zu verworren und heimtückisch!«

Sonny hatte die Suche nach Mutters Bekanntem bald aufgegeben. Mutter ließ ja auch kein Interesse erkennen. »A German?« – »In the war?« – »Unknown!«, bekam Sonny zu hören. Wer sollte sich fast dreißig Jahre nach dem Krieg noch an einen deutschen Emigranten erinnern? Zumal die Deutschen immer noch verhasst waren.

Inzwischen waren nochmals zwanzig Jahre ins Land gegangen. Bloomsbury, im 13. Jahrhundert durch einen Herrn Blemond – woher sich wohl sein Name ableitete? – mit einem Rittergut begründet – übersetzte ich für mich gern mit ›Blumengrab‹. Es galt als Ort der Dichter und Intellektuellen, der Universitäten und Bibliotheken. Das British Museum war 250 Jahre alt. Sonny fand es furchtbar mit seinen Moorleichen und Totenköpfen. »Einmal und nie wieder!« Mutters Bekannter hatte dort angeblich Tage, Wochen, Monate verbracht. War es Isakess? Der Greis aus Hamburg? In jungen Jahren ein Sportsmann, Tennisfreund. Ein Mediziner, wie ich Psychiater. Ein Wissenschaftler durch und durch. Der das Gehirn besser kannte als Museen und archäologische Schätze. Mein Bild von ihm wollte zu Mutters rätselhaftem Bloomsbury-Bekannten nicht recht passen. Aber seine Bedeutung war für mich enorm gestiegen. In Mutters Reden uns Kindern gegenüber hatten beide keine Rolle gespielt. Aber wer war ihr Geliebter gewesen?

Unser kleiner Vorteil gegenüber Sonny war die Hausnummer: 22. Die Häuser waren hier einfacher als am Bedford Square. Schmaler, mit Souterrain, Erd- und zwei Obergeschosse. Auf einem niedrigen Mansardengeschoss kaminartige Aufbauten mit neun bis zehn Entlüftungs- und Abgasröhren wie Orgelpfeifen. Eine kleine korpulente Frau öffnete uns. Sie war altersmäßig schwer zu schätzen. Das schwarz gefärbte Haar hatte sie mit Spangen und Klemmen akkurat befestigt. Hinter runden Brillengläsern schauten uns lebhafte Augen neugierig und misstrauisch an. Als sie unser Anliegen hörte, schüttelte sie den Kopf, wollte die Tür schon schließen: »Unknown!« Uschi hatte die Idee, zu sagen: »A Jew! With a jewish nose!« Mit leicht geschwungener Handbewegung deutete sie die gekrümmte jüdische Nase an und streckte sich dann, um ebenfalls mit der Hand zu zeigen, dass er mich noch um einen Kopf überragte. Im Eifer drückte sie sich mit ihrem Oberkörper gegen meine Schulter, hielt sich mit der freien Hand an mir fest.

Der alten Dame schien ein Licht aufzugehen. Ihre Eltern hätten einmal einen Juden und seine Frau für einige Zeit in Logis gehabt. Sie habe viel gelesen. Er sei so oft wie möglich ins British Museum gegangen, um die Ecke. Es seien feine Leute gewesen, die sie gern behalten hätten. Aber ihm war das British Museum wohl nicht genug, er habe auch noch ins Museum of London gewollt. Jedenfalls seien sie nach Cloth Fair in ein sehr altes schönes Haus zu einem Dichter gezogen, den er im Museum kennengelernt hatte. Die Leute hätten sich alle möglichen Geschichten erzählt, weil in dem Haus und in den nahe liegenden Restaurants Schriftsteller, Maler und Professoren ein- und ausgegangen seien. Die meisten gut anzusehen. Wie auch der Jude. Und hübsche Frauen! Die alte Dame lächelte verstehend. Nicht vorwurfsvoll, fast ein wenig wehmütig.

Wir bedankten uns sehr, nahmen die U-Bahn nach Barbican. Die Dichterstraße war ein elisabethanisches Kleinod. Aber an vielen Stellen in der Stadt entdeckten wir Prunk und maßvolle Schönheit. Unsere Spur führte in einen Pub, der schon vor dem Krieg existiert hatte und von Prominenz aus Kunst und Wissenschaft gern besucht wurde. Die derzeitigen Besitzer beriefen sich auf diese Tradition. An den Wänden war eine Fülle von Fotografien angebracht. Manche Bilder waren ohne Text oder nur mit Namen versehen, andere hatten ausführliche kleinschriftige Angaben zu Personen und deren Bedeutung. Wir verstanden nicht alles. Natürlich aber die Worte »Ménage á trois« auf einem Foto, das einen Maler mit Virginia Woolfs Schwester und einem Schriftsteller zeigte. Virginia Woolf selbst war auch zu sehen. Mit Bertrand Russell in einer Runde. Von bisexuellen Verbindungen war die Rede, wie sie auch Virginia gepflegt haben soll. Von ungestümer Sexualität als Affront gegen die viktorianische Doppelmoral der Zeit.

Eine Fotografie zeigte einen Dichter mit Freunden, einem hochgewachsenen schlanken Mann mit schwarzem Vollbart und einer hübschen jungen Frau. Unser gesuchtes Ehepaar? Professor Isakess konnte ich in dem Mann nicht wiedererkennen; seine Frau war bei meinem Hamburger Besuch schon verstorben. Mutters Konterfei war hier nicht zu erwarten.

Dennoch war mir mulmig zumute. Was für Freunde waren es, die sich um Mutter bemüht hatten? Um eine Schönheit – freilich wie viele andere hier. Was war das Gemeinsame? Die Leichtigkeit des Lebens? Das Unkonventionelle? Auch Virginia Woolf hatte psychotische Episoden. Die Nähe von Genius und Psychose?

»Zu dritt – mit zwei Männern oder einer zweiten Frau könnte ich nicht leben«, sagte Uschi, als wir am nächsten Tag zum Tower unterwegs waren. »Da bin ich altmodisch.« Drinnen stellten wir uns vor, wo man die beiden Prinzen gemeuchelt und verscharrt hatte. Uschi wollte gern die Kronjuwelen sehen, an denen man auf Förderbändern vorbeigeführt wurde. Oben auf der Tower Brigde bevorzugten wir beide, mehr am Rand statt in der Mitte des Glasfußbodens zu laufen, wo schwindelerregend in der Tiefe die Themse gurgelte. Doch am anderen Ende der Brücke legte sich Uschi mutig rücklings mitten auf den Fußboden, belächelte meinen verdutzten Blick, ja spitzte leicht die Lippen, als wollte sie sagen: ›Na komm schon! Doppelt feig sein, ist nicht erlaubt!‹

In der St. Paul's Cathedral verharrten wir lange unten bei einem Orgelspiel. Zur ›Flüster-Galerie‹ ging es gemächlich hinauf. Wir setzten uns einander gegenüber, also nach dem Kuppeldurchmesser in etwa 30 Meter Entfernung, hatten vereinbart, ein paar Worte gegen die Wand zu sprechen und diese zuvor auf einem Zettel zur Kontrolle des anderen festzuhalten. Uschi flüsterte: »Ich mag dich!« Ich: »Du bist sehr hübsch!«

So aufgewertet stürmten wir zur Golden Gallery hinauf. Spähten auf der Südseite der Themse unsere nächsten Ziele aus. Ich stand hinter Uschi, stupste mit meiner Nase in ihr Haar und sagte wie vor zwei Tagen am Abend vor unseren Hotelzimmern: »Danke! – Dass Sie mitgekommen sind!«

Sie ließ sich wieder leicht rückwärts gegen mich fallen und entgegnete nach einer Weile: »Ihre Mutter hat einen Juden geliebt, war das nicht gefährlich?« Korrigierte sich jedoch sogleich: »Unsinn! Liebe scheut keine Gefahr!«

»Sie müssen sich schon in den Zwanzigerjahren kennengelernt haben. Er war in Königsberg bereits ein bekannter Medizinprofessor. Mutter praktisch noch ein junges Mädchen. Achtzehn oder neunzehn Jahre alt.«

Auf der Southwark-Seite ergatterten wir im Shakespeare-Theater zwei Stehplätze für eine Komödie. Wir gingen jedoch schon nach einer Stunde, aßen zu Abend in einem Restaurant mit schönem Blick auf die Themse. Uschi griff noch einmal das Judenthema auf: »Ich war selbst erstaunt, wie das bloße Wort ›Jew‹ die Erinnerung der alten Dame wachgerufen hat. Manchmal liegt unsere Fantasie wohl sehr nahe an der Wirklichkeit. Jahrhundertelang wurden die Juden gedemütigt, hatten kein Recht auf Rechte. Und heutzutage haben sie sie und vergewaltigen sie fortwährend in ihrem Land! Muss denn des einen Recht zwangsläufig immer mit Unrecht gegenüber anderen verbunden sein?«

Ich hatte gerade gedacht: *Wer hilft dir mehr aus deiner Larmoyanz? Diese Frau oder diese wunderbare Stadt?* Ich sagte: »Die Schoah stimmt mich immer milde. Wer so entsetzliches Leid erfahren hat, neigt womöglich zu aggressiver Abwehr?«

An den folgenden zwei Tagen bummelten wir durch Covent Garden und Soho. Machten einen Abstecher zu Orwells ›Wahrheitsministerium‹ von ›1984‹. Durch das Cockney College, das auch Studenten aufnahm, die nicht der anglikanischen Kirche angehörten, hatte die Londoner Universität sowieso unsere Sympathie. Abends ließen wir uns von dem Strom meist junger Menschen vom Leicester Square zum Piccadilly Circus treiben. Marx' Grab und Freuds letzte Wohnstätte nahmen wir uns für unsere nächste Londonreise vor. Fragten uns aber wohl beide, ob es eine solche geben würde. In der Nationalgallery bewunderten wir Leonardo da Vincis herrliche unvollendete Zeichnung, die Maria mit

Mutter Anna und Jesus mit Johannes dem Täufer als Kinder zeigte. Unbekannt war, ob Jesus und Johannes sich als Kinder tatsächlich trafen. Maria und ihre Mutter Anna waren etwa gleichaltrig dargestellt, was Freud zu einer biografischen Deutung des Meisters veranlasste. Mich erinnerten die weichen Gesichtszüge der Frauen an jene von Mona Lisa. Bei Speakers Corner im Hydepark wollte keiner eine Rede halten. Was Uschi darauf brachte, selbst auf eine Bank zu steigen und eine kleine verschlüsselte Anklage an mich zu richten. Von freien Gedanken und engen Gefühlen war die Rede. Von Selbstquälerei und Ignoranz der Sinne. Und wie zum Beweis vorhandener sinnlicher Kraft, hüpfte sie mir von der Bank vor die Füße, sodass ich sie auffangen musste und sich ihr Körper eng an mich presste.

Im Flugzeug ergriff ich ihre Hand. Sie bedankte sich mit einem zarten Wangenkuss und sagte: »Ich hätte auch nicht gern mit jemandem schlafen wollen, der dabei an eine andere denkt.« Ich antwortete nicht. Uschi schaute mich nicht an, blickte zum Cockpit. Von der Seite sah ich wieder ihr Lächeln aus halb Verstehen, halb Verführen, als sie fortfuhr: »Man sagt, Sie hätten sie sehr gut gekannt. Womöglich zu gut!«

Eine Geiselnahme

Unsere Forensische Klinik ist ein hermetisch abgeriegelter Komplex am Rande eines schönen, aber schon ziemlich ausgestorbenen Krankenhausgeländes. Die nicht mehr genutzten gelben Backsteingebäude, außen oft noch ganz gefällig, verfallen innen immer mehr. Sporadischer Vandalismus tut das Übrige. Hin und wieder werden die leer stehenden Häuser an dem der Forensik gegenüberliegendem südlichen Ende des Geländes zum Filmen von Krimis oder Arztserien genutzt. Doch dieser Jammer ist eingebettet in einen wunderschönen Park mit einem Bächlein und einem belebten prächtig grün umwucherten Teich, wegen seiner Besiedelung mit Schwänen Schwanenteich genannt.

Nach der Wende war die Rekonstruktion der denkmalgeschützten, über hundert Jahre alten Häuser geplant, da sie den medizinischen Anforderungen, vor allem auch hygienischer und sozialmedizinischer Art, nicht mehr entsprachen. Die sich meldenden Investoren waren jedoch an Neubauten interessiert, sodass der wohl am besten Schmierende den Zuschlag erhielt. Natürlich gibt es darüber keinen Beleg. Innere, Chirurgie, Neurologie und Kinderheilkunde zogen in der zweiten Hälfte des vergangenen Jahres ein Stück hin auf das flache, bisher brachliegende Land, jetzt mit Neubauten bestückt. Nur die Psychiatrie, in der Medizin seit eh und je letztes Rad am Wagen, durfte bleiben, vermutlich also, weil man bei ihr nicht solche Eile geboten sah. Aber auch wegen einer kleinen Euthanasiegedenkstätte, die gewiss noch bestehen wird, wenn die allgemeine Psychiatrie, die sich gegenwärtig noch einmal erfreulich ausweiten kann, dem Zwang gehorchend längst ebenfalls in Neubauten umgezogen ist.

Nur zwei Häuser des psychiatrischen Fachkrankenhauses wurden großzügig rekonstruiert. Zwischen sie setzte man einen Flachbau für die Schlaf- und Therapieräume der straffällig gewordenen Alkohol- und Drogenkranken. Er ist durch ebenerdige stabile Glasgänge mit den beiden Hauptgebäuden verbunden. Diese beiden Gebäude waren im Grunde Vorläufer der jetzigen Forensik, da sie am nördlichen Ende der weitläufigen Parkanlage etwas abgeschieden gelegen dem ansässigen Myhlener Klinikum mit seinem psychiatrischen Fachkrankenhaus schon immer als ›Unruhigenhäuser‹ gedient hatten. Nach dem Krieg war allerdings das westliche Haus durch eine Universitätspsychiatrie als Gast belegt worden, da deren Gebäude fast sämtlich bei Bombardements in der nahen Großstadt zerstört worden waren. So blieb vorerst über viele Jahre das östliche als Unruhigenhaus und angedachter Maßregelvollzug übrig.

Ob nun bei der Neukonzeption des Klinikums Korruption im Spiel war oder nicht, die Myhlener Ratsherren konnten sich doppelt rühmen. Nutzten sie doch nicht nur einen Teil der historischen Gebäude weiterhin sehr sinnvoll, sie hatten auch für süchtige Straftäter, denen das Gericht außer Strafe eine Therapie zugesprochen hatte, eine Bleibe entfernt von den Behausungen der sittsamen Bürger geschaffen.

Vielen Einheimischen wird das Wort sittsam passen. Dennoch schreibe ich es mit äußerstem Unbehagen. Sogar der Begriff Straftäter ist mir zu hart, obwohl juristisch nicht anfechtbar. Der Lebensweg der in aller Regel sehr jungen Leute ließ ihnen meist keine andere Wahl. Die Frau hingegen, um die es gleich gehen wird, war etwas älter und auch deutlich gebildeter. Um die vierzig. Nach einem Psychologiestudium hatte sie jahrelang als Streetworkerin gearbeitet. Sie kannte also die Szene. Die Patienten vor Ort und außerhalb erzählten sich über sie die unterschiedlichsten und tollsten Geschichten, zum Beispiel, dass sie die Chefdealerin im Großraum Leipzig gewesen sei, in Berlin in Prenzlauer Berg als beliebteste und humanste Straßentherapeutin weit und breit galt. Dass zu ihren Liebhabern ein Minister gehöre, sie auch schon bei Schönheitskonkurrenzen erfolgreich gewesen sei. Aber Letzteres war sicherlich eine Legende. Frauen wie Frau K., so will ich sie nennen, ließen sich auf derlei Späße nicht ein … Oder doch? Ist eine Geiselnahme nicht ein vergleichbares Schauspiel? Eine gigantische Zurschaustellung?

Fünfzig Meter seitlich der Forensik, mit ihr gewissermaßen ein Dreieck bildend, befand sich ein jetzt leer stehendes Gebäude, das über Jahrzehnte von der neurologischen Klinik des Krankenhauses genutzt wurde. Ihr gegenüber, ganz am Rande des Geländes, erhob sich ein alter, verfallender und alles überragender Wasserturm. Initiativen zu seinem Erhalt hatten bisher keinen Erfolg; dass er noch nicht wie geplant abgerissen war, hatte für den Ausgang der folgenden Geschehnisse keine geringe Bedeutung.

31

Mein Zimmer lag in dem westlichen der beiden Psychiatriehäuser. Am äußersten Zipfel des Krankenhausgeländes also. Nach dem Medizinstudium war ich als junger Assistenzarzt zur Facharztausbildung das erste Mal in das Haus eingezogen. Dann Jahre später nach Auszug der Universität mit der psychotherapeutischen Abteilung des Krankenhauses als Interimslösung vor der Etablierung der Forensik. Ich fühlte mich also heimisch. Fragte mich sogar manchmal, ob ich nach den verschiedenen Stationen im klinischen und ambulanten Sektor von Psychiatrie und Psychotherapie nun angekommen war. Als Assistenzarzt hatte ich noch gelernt, dass straffällig Gewordene, also Kriminelle und Asoziale, die Hilfe der Psychiatrie für sich nicht geltend machen könnten. Da sie eine negative, aggressive und destruktive Beziehung zur Gesellschaft hätten. Während der psychisch Kranke weitgehend ausgegliedert sei, schwach und ergeben sich auf sein eigenes Ich zurückgezogen habe. Er allein habe Anspruch auf unsere Hilfe.

Eine nennenswerte Drogenkriminalität kannten wir zu DDR-Zeiten ja noch nicht. Was wohl vor allem daran lag, dass die Freiheit, Drogen zu nehmen, durch geschlossene Grenzen unterbunden war. Morphinsüchtige hatten in der Regel als Ärzte oder Schwestern Zugang zu ihrem Suchtmittel. Beschaffungskriminalität bei Alkoholikern gab es kaum, weil in den volkseigenen Betrieben die Kranken nicht selten bis zum Erhalt irgendeiner Rente gehätschelt und gepflegt wurden. Nachsicht statt Um- und Voraussicht und Eigeninitiative waren nicht nur im wirtschaftlichen Bereich oft ein Hemmnis.

Von meinem Zimmer im ersten Stock aus hatte ich einen schönen Blick sowohl über unsere Forensik als auch seitlich über weite Teile des alten Krankenhausgeländes und nach hinten über die angrenzenden Schrebergärten. Die schwarzen Saatkrähenschwärme, die die hohen Platanen und Dachfirste bevölkerten, hatten mir schon als junger Arzt zuweilen leichtes Unbehagen bereitet. Auch am Morgen dieses Tages. Obwohl ich nicht sehr abergläubisch war. Meine Mutter hatte ein bisschen die Art, alle möglichen Befürchtungen, etwa bei geschenkten scharfen Messern, spitzen Gabeln, vorausgefeierten Geburtstagen zu äußern.

In meiner Cheffunktion hatte ich mir auch schon in der Psychotherapie zu eigen gemacht, die klinischen Morgenrunden zu Problemen der vergangenen Nacht und zu besonderen Tagesaufgaben zu leiten und im Wechsel auf den Stationen an Visiten und Dienstbesprechungen, aber auch an zwei bis drei Therapien wöchentlich teilzunehmen. Im Anschluss wurde stets kurz ausgewertet. So war ich doch über Patienten und Therapieabläufe einigermaßen informiert.

Frau K. war bisher nie irgendwie aufgefallen. Sie wurde als freundlich, hilfsbereit und willig beschrieben. Ich hatte mich allerdings gewundert, dass sie nach einer kurzen Haftstrafe in der hiesigen Justizvollzugsanstalt zu uns und nicht in einen entfernteren Maßregelvollzug eingewiesen worden war. Aber das hatte offenbar mit ihrem Wunsch und der Tatsache zu tun, dass schwere Vorwürfe gegen sie vor Gericht nicht haltbar gewesen waren. Monate zuvor hatte ich in einer Zeitungsnotiz gelesen, dass »Beamte des Rauschgiftkommissariats, der operativen Fahndungsgruppe und des Fachdienstes Einsatzzüge« mehrere Wohnungen von Tatverdächtigen, unter anderem »an eher feineren Adressen im Poetenweg und im Waldstraßenviertel«, bei einer Razzia durchsuchten und »drei Kilogramm Marihuana-Pflanzenmaterial, 20 Gramm Kokain, Mobiltelefone, Bargeld, Feinwaagen, Verpackungsmaterial und Computertechnik beschlagnahmt« hatten. Haftbefehle wurden »gegen einen Mann (37) und eine Frau (41), bekannt als Streetworkerin, doch vermutlich der Kopf einer Dealerbande« erlassen.

In die Musiktherapie ging ich besonders gern, da ich Musik liebte, aber nicht sehr viel davon verstand. Ich erlebte sie also vor allem gefühlsmäßig. Was auch ein Ziel bei den Patienten war: die Musik wahrzunehmen und ihre körperliche Befindlichkeit und Gefühle dabei. Bei

Anspannung bewusst zu entspannen. Das Gehörte für sich schweigend in Worte zu fassen. Und eventuell – nun verstandesmäßig – unangenehm, zornig, ermüdend, traurig zu differenzieren. Anspannung und Impulsivität sollten so ertrag- und beherrschbar werden. Den Patienten nicht zum Agieren verleiten.

Natürlich hatte die moderne Psychiatrie inzwischen auch bei straffällig gewordenen Menschen eine Reifung ihrer Reflexionsfähigkeit und eine Verbesserung ihrer Verhaltenssteuerung im Sinn. Hielt sie also ebenfalls für hilfsbedürftig und behandelbar.

Die Musiktherapie fand in einem recht geräumigen Zimmer am anderen Ende der Etage statt, in der sich auch mein Dienstzimmer befand. Durch die großen Fenster blickte man auch von hier über die gesamte Forensik hinweg. Rechts zur ehemaligen Neurologie, links zum Wasserturm, die beide außerhalb der Umzäunung lagen. Hausflure, Therapie- und Diensträume waren jeweils durch Schleusen getrennt. Das heißt, man gelangte nicht ohne Weiteres von einem Bereich in den anderen. Musste stets erst stabile verriegelte Schleusenkammern aus Sicherheitsglas und Stahlrahmen passieren. Schlüssel besaßen die Therapeuten für ihren Bereich. Einen Generalschlüssel nur der Sicherheitsbeauftragte der Klinik und ich.

Nach der Therapie gingen alle auf den Flur hinaus zur Schleuse mit dem Fahrstuhl ins untere Stockwerk. Frau K. war die Letzte ihrer Gruppe. Sie ging aber nicht hinaus, sondern richtete, von ihrem Halstuch verdeckt, plötzlich einen pistolenähnlichen Gegenstand auf uns Therapeuten, den Leiter der Musiktherapie, seine Stellvertreterin und mich. Offensichtlich hatte sie den Gegenstand unter ihrem weiten Pullover hinter dem Hosenbund versteckt gehalten. Ein leiser Aufschrei von den Damen. Frau K. sagte energisch: »Alle raus, nur ihn will ich haben!«, und zeigte auf mich. Mir war eher nach Lachen zumute. Doch als der Leiter der Musiktherapie mit den Worten »Aber Frau K...«

einlenken wollte und einen Schritt nach vorn tat, machte sie einen gewandten Satz ins Zimmer hinein, ließ den Entsicherungshebel knacken und schrie: »Es ist kein Spaß! Meine Pumpgun macht blutigen Ernst! Raus!«

Eilig verließen nun die Musiktherapeuten mit der Gruppe die Etage und wir sahen sie gleich darauf durch den Gang im Hof zu ihren Aufenthaltsräumen im Mittelbau gehen. Ich musste auf Geheiß von Frau K. einen großen Schrank mit Gesangsbüchern, Notenheften, CDs und Schallplatten vor die Tür schieben. Trommeln und Pauken obenauf. Damit es richtig lärmte, falls jemand einzudringen versuchte.

So ernst die Sache war, hatte ich immer noch das Gefühl, einen großen Spaß zu erleben. Ich durfte mit dem Rücken zur Wand auf dem Fußboden Platz nehmen. Frau K. setzte sich mir gegenüber, fünf Meter entfernt, auf das Podest, das sonst den in der Therapie ausgewählten Musizierenden vorbehalten war. Sie hatte von dort einen guten Überblick über die Klinik und das nahe Umfeld.

Ich sagte endlich: »Es wird Ihre Position nicht verbessern. Zurück ins Gefängnis. Ein paar Jahre auf die bisherige Strafe obendrauf.«

Sie schluckte. Als müsste sie Tränen unterdrücken, entgegnete verbittert: «Wie hätte ich auch etwas anderes als einen Vorwurf erwarten können!« Und kurz darauf schnoddrig und laut: »Mir doch egal! Nur im Knast lernt man, das zu sein, was man im Grunde ist! Ein Ekel!«

Ihr war im Eifer der Rede das Tuch etwas von der Pistole gerutscht und ich sah, dass es keine Pumpgun war, mit der sie mit Bleiladungen die verschlossenen Türen hätte aufschießen können. Wahrscheinlich eine Walther Pistole. Doch ein Experte war ich nicht. Dem Richter würde es sicher auch egal sein, welche Waffe im Spiel war.

Ich sagte: »Sie haben hoffentlich keine Danksagung erwartet? Für einen bewaffneten Überfall. Und als Geisel muss ich mich ja wohl betrachten?«

»Schlimmes Wort«, antwortete sie. »Sagen wir doch lieber als Geiß, Geißbock. Sind hier nicht mehr Weiber eingesperrt als Kerle? Eine wunderbarer als die andere. Und alle wegen ein bisschen Haschisch.«

»Ich weine gleich.«

»Das hat noch Zeit. Wenn Sie's überhaupt noch können – Herr Professor!«, fügte sie sprühend vor Ironie hinzu. »Ich lach mich kaputt: Wer will nicht alles an die Universität, um Professor zu werden! S i e verlassen sie ostentativ, weil sie ihren ehrenvollen Namen Karl Marx abgelegt hat und sich von Wissenschaftlern zweiter und dritter Klasse okkupieren lässt – und bekommen eine Professur hinterhergeworfen! Zwar keine ordentliche, aber doch immerhin eine honorige. Da sage noch einer: der Kapitalismus sei nicht kulant! Partei- und Staatstreue zahlt sich eben auch systemübergreifend aus!«

»Private Hochschulen sind mitunter kritischer und gerechter als staatliche, vor allem nicht nachtragend und gehen von der Nützlichkeit aus – und es ging auch nur um einen Lehrauftrag, um einen entzogenen und um einen neu angenommenen«, verteidigte ich mich – ärgerte mich aber sogleich, überhaupt etwas gesagt zu haben. Es war klar, sie wollte mich provozieren. Und ich war in die Falle getappt.

»Och, Sie Guter, wie schnell man sich doch läutern kann! Na ja, Wankelmütige fallen nicht nach oben oder unten, sondern zur Seite. Und wenn da nicht gerade ein Haderlump ist, der ihnen einen Tritt gibt oder nach der Börse greift, werden sie von freundlichen Menschen auch mal aufgefangen.«

»Die Moral ist sowieso verkommen. Mammon regiert heutzutage die Welt«, setzte ich noch einmal an.

»Aber wenn man kein Geld hat oder nicht wirtschaften kann, verkommt auch die Moral, wie man an Ihrer DDR gesehen hat«, konterte sie. »Übrigens hatte ich keine Danksagung erhofft, höchstens Bestürzung. Keine kühle Strafansage. Die war mir vorher klar. Und wenn Sie mit Verkommenheit der Moral auf mich zielen, da kann ich eins draufsetzen. Es ist doch ein offenes Geheimnis, dass Sie lieber Frauen in Röcken sehen!« Flugs zog sie ihre pludrige Hose aus – hatte lediglich ein überkurzes buntes Röckchen darunter. »Erweiche ich als blaues Engelchen eher Ihr Herz? Oder als Filmsternchen à la ›Basic Instinct‹?«

Ich schloss die Augen. Mir schwindelte, wenn ich mir die Schlagzeilen der Boulevardpresse vorstellte: Geiselnahme im Maßregelvollzug von Myhlen. Mit Pumpgun und sans culotte. Als Zusatz, weniger verhüllend, ein irgendwo geschossener freizügiger Blitzer.

Der Sicherheitsbeauftragte unserer Klinik gab mir vom Hof her Zeichen, dass er sich mit mir über sein Walkie-Talkie unterhalten wollte. Frau K. sah es auch und nickte. Ich stellte mein Gerät ein. Wartete einen Moment, weil ich fürchtete, mir könnte die Stimme versagen oder sie könnte zittrig klingen. Die Erregung erfasste plötzlich meinen gesamten Körper. Ich sagte mit möglichst fester Stimme: »Mir geht es gut. Bitte jede unnötige Eskalation vermeiden!«

Er antwortete: »Die Polizei wird gleich da sein!«

Ich fügte an: »Aber bitte ohne Sondereinsatzkommando. Keine Gewalt!« Er hob die Schultern. Sollte wohl heißen, wir werden sehen. Haben wir sowieso keinen Einfluss drauf.

Frau K. reagierte das erste Mal ganz vernünftig, sagte: »Danke!« Sie hatte ihre Pluderhose wieder angezogen. Merkte jetzt wohl, dass ich doch sehr bestürzt war. *Es wird für mich ein weiteres Aus bedeuten,* dachte ich. Vielleicht sogar eine neue Heimatsuche. Baden-Württemberg? Eine Schwarzwälder Klinik suchte einen Chef mit meinen Qualifikationen, las ich neulich in der Ärztezeitung. In der Ferne hörte ich das Martinshorn. Mir schien auch, dass Blaulichtblitze in den leicht verhangenen Himmel hineinzuckten. Aber auf der langen abschüssigen Ausfallstraße zur Stadt war noch nichts zu sehen. Von dort würden sie sich nähern. Die Bäume waren noch ziemlich kahl. Die Luft still und klar, sodass wir ihre Signale weder übersehen noch überhören würden. Die grellen Blitze und kreischenden Hörner – wie auf eine belagerte Festung zu.

Ein ungewöhnlicher Zugang

Auch damals hatte ich auf Martinshorn und Blaulichtblitze gewartet. Allerdings nicht als Gefangener. Etwas weiter rechts, im südlichen Seitenflügel, meinem heutigen Dienstzimmer, das nachts und an den Wochenenden von dem jeweiligen psychiatrischen Bereitschaftsarzt genutzt wurde. An der Stelle des Glasganges und des Mitteltrakts unserer Forensik befand sich noch der Kindergarten des Klinikums.

Es war einer der strapaziösen, langen Wochenenddienste. Von Sonnabend früh bis Montag früh hütete man das Klinikhaus. Genauer gesagt – die Häuser: dasjenige mit den psychiatrischen Aufnahmestationen der Universität, wo sich auch das Zimmer des Dienstarztes befand, und aufgrund eines Kooperationsvertrages der Universität mit dem Fachkrankenhaus die Häuser in der Nachbarschaft mit den Abteilungen für Neurosen und für Alkohol- und Drogenkranke und für neurologische Patienten. Außer den Neuzugängen waren die Arbeiten auf den Stationen zu erledigen: Untersuchungen, Gespräche, fällige Injektionen. Drei Tage ununterbrochen Dienst, denn der Montag folgte als normaler Arbeitstag.

Ruhig hatte mein Dienst begonnen. Am späten Sonnabendvormittag mit einem Epileptiker, der wieder einmal einen Anfall gehabt hatte. Ausgerechnet im Borstädter Café am Bahnhof. Wegen seiner reizvollen Kellnerin – Tochter eines schwarzen US-Soldaten – und ihrer ebenfalls immer noch sehr ansehnlichen weißen Mutter, der Wirtin, nicht nur von Werri und seinen Skatfreunden einst gern besucht, sondern auch von uns Oberschülern. Das dunkelhäutige Mädchen war ein Zeugnis der nur wenige Tage währenden amerikanischen Besetzung der Stadt. Das Erlebnis unwillkürlich zuckender Gliedmaßen und aus dem Mund quillenden Speichelschaums hatte die Gästeschar aufgeschreckt und die beredte Wirtin (wovon Werri ein Lied singen konnte) den Notarzt davon abgebracht, den Mann nach Hause zu fahren; was vernünftig gewesen wäre.

Am Nachmittag hatte ich einen Alkoholpatienten in die Klinik aufgenommen. Rückfall nach vier Jahren der Abstinenz. Innerhalb von fünf Wochen nahezu körperlich und seelisch zerrüttet, wie einst nach zehnjähriger Trinkerkarriere.

Ein Krankenwagen war zur Chirurgie gefahren. Hinter ihm ein Polizeiwagen. Auf einer Trage hatte man jemanden ins Haus gebracht. Dann der Anruf des diensthabenden Kollegen aus der Chirurgie, dass die Krankenträger mir gleich eine Patientin bringen würden: »Wahrscheinlich 'ne Schizophrenie, Herr Kollege. Hab eine kleine Platzwunde links an der Stirn mit einer Naht versorgt. Die Frau ist somnolent. Sicherlich medikamentös bedingt. Alkoholfoetor nicht festzustellen. Schädel röntgenologisch ohne Befund. Für Hirndruck besteht kein Anhalt. Das wär's. Schönen Dienst noch!«

Bald nach dem Anruf waren der Arzt und ein Volkspolizist drüben vors Haus getreten. Der Arzt hatte zu unserer psychiatrischen Aufnahme gezeigt. Der Polizist kam herüber, klinkte an der Haustür, die zum Chefsekretariat und zu Professor Oeser führte und um diese Zeit verschlossen war. Ich wartete einen Moment, bevor ich nach unten ging. Es war immer dieselbe Erwartungsspannung, die ich in der Magengegend spürte. Dieses bange Gefühl vor der noch vagen, sich buchstäblich Meter um Meter nähernden Aufgabe. Die mittlere Eingangstür war offen, und der Volkspolizist betrat durch sie die Station. Als ich auf der Treppe war, klingelte im Dienstzimmer schrill das Telefon. Obwohl ich darauf vorbereitet war, erschrak ich ein wenig.

Der Polizist sagte in gemütlichem Sächsisch: »Wissen Se, Doktor. Isch will eischentlich nur wissen, ob se – ich meine, die Bürscherin – durchgedreht hat oder ne Provokateurin is. Ob se also in Ihre oder in unsre Zelle muss.«

»Krankheit schließt Fehlhandlungen nicht aus«, antwortete ich etwas schulmeisterlich, um meine innere Ruhe wiederzugewinnen. »Die Frage ist nur die Rangordnung und die Verantwortlichkeit.«

»Ähm«, sagte der Polizist. »Wer Schotter in de Fenster von Eigenheimen ballert, die Türn und frischverputzten Fassaden demoliert, der is in mein Augen e anarchistischer Idiot oder e verrückter Häuserstürmer, der unsere Wohnungsbaupolitik attackiert. Im harmlosesten Fall e ausgeflippter Neidhammel.«

»Gibt es Augenzeugen?«, fragte ich.

»Een Mütterchen, Doktor. Es is kurz zuvor der Frau begeschnet, die ihr schon nisch ganz sauber vorgekommen war, weil sie ihren Gruß nicht erwidert hatte und wie weg gewesen is. Dann hörte die Großmutter hinter sich Steine purzeln. Die Frau, die sie von irgendwelchen Amtswegen zum Rathaus flüchtig kannte, war auf den Schotterhaufen am Wege gestürzt. Bald darauf begann de Wurfkanonade. Ungezielt, wahllos. Nur immer droff off de scheenen Häuser. Bei größerer Genauigkeit hätte allerdings weit mehr zerteppert werden könn.«

»Hat die Patientin Familienangehörige?«

»Unsere Genossen überprüfen das gerade. Die Identität der Bürscherin ist noch nicht genau festgestellt. Durch Zufall war eem Genossen aus unserem Einsatzwagen bekannt, dass sie am Wochenende von einer Reise in Westen zurückgekehrt is. Womöschlich is se gedopt!«

Für einen Augenblick vernahm ich in meinen Ohren einen zunächst feinen hohen, dann mehr dumpfen Ton, als pfeife und schnalze ein winziges Belzebübchen in meinem Gehörgang. Ich hatte das Gefühl, sogleich in den Knien einzuknicken, und stützte mich rücklings mit den Armen am Ordinationstisch ab.

Der Volkspolizist sagte: »Doktor, uns interessiert also einfach die Zuständigkeit. Sie oder wir? Oder erst Sie und dann wir? Oder umgekehrt?« Die Krankenträger grinsten ungehörig. Sie hoben die Trage mit der Patientin über ihre Schultern empor, als sie die Stufen zum Stationszimmer heraufkamen, um zu demonstrieren, dass sie ein Leichtgewicht brachten.

Ich hatte mich wieder gesammelt und meinen Kreislauf unter Kontrolle. Ein einziger Blick vom Stationszimmer zur Treppe bestätigte mir meine Befürchtung. Das schmale Haupt mit dem schwarzen Haar, das sie seit einigen Jahren färben ließ, um das Stigma des Alterns zu überdecken, aber das sie noch leicht wellig wie in ihrer Jugend trug, nur etwas kürzer. Fremde schätzten sie gut zehn Jahre jünger. In den Fünfzigern. Sie hatte die Augen geschlossen und schlief offenbar. Der Notarzt hatte ihr zwei Ampullen Diazepam injiziert.

Großer Gott, dachte ich. Wie sehr muss sie in diesen Tagen gelitten haben? Dass es so weit kommen konnte! Mit uns. Mit ihr. Ich hielt sie immer für so stark. Wie ein zartes Bäumchen: doch auch im ärgsten Orkan unzerbrechlich und unentwurzelbar.

Der Polizist stand auf der anderen Seite neben der Trage und wartete auf eine Entscheidung.

Ich sagte förmlich: »Es ist meine Mutter. Elvira Mattulke. Geboren 1908. Wohnhaft Borstädt, Lindenstraße 6. Ihre Tochter ist vorletzte Woche in London tödlich verunglückt.«

Beim vertrauten Klang der Worte hatte meine Mutter aufgemerkt. Die Diazepamwirkung ließ wohl doch schon nach. Sie öffnete die Augen und sagte, ohne ein Zeichen von Überraschung, zu mir: »Nein, Junge! Man hat deine Schwester umgebracht. Die Noblesse hat sie umgebracht! Und sie wird auch dich umbringen, uns alle wird sie umbringen!«

Ihre Stimme wirkte schwach. Und doch war in ihr ein fanatisches Feuer, als gelte es, den Kampf zu führen gegen eine ungerechte, scheinheilige, vornehme Welt.

Ich beugte mich zu meiner Mutter hinab, fasste sie an den Schultern und fragte:»Was ist passiert?« Aber ich meinte wohl eigentlich:»Was ist mit d i r passiert, Mutter? Was mit Sonja?« Ich wusste es selbst nicht genau, was ich meinte; was in dem Wirrwarr aus Krankheit, Verzweiflung und objektiven Fakten für mich Vorrang besaß.

Meine Mutter schlief schon wieder. Der Polizist bedankte sich und verabschiedete sich rücksichtsvoll, indem er nicht weiter fragte. Ich rief Oberarzt Lohmann an, der an diesem Tag Hintergrunddienst hatte, und bat ihn, der besonderen Situation wegen zur Klinik zu kommen, da ich schlechterdings nicht meine eigene Mutter untersuchen könne und wolle.

Zusammen mit der Nachtschwester fuhr ich meine Mutter dann im Bett in einen kleinen Raum neben dem Stationszimmer. Dort harrte ich aus, bis Lohmann eintraf, und auch nach der Untersuchung meiner Mutter durch den Oberarzt die Nacht über. Der stets äußerst geruhsam zu Werke gehende phlegmatische Lohmann – Eigenschaften, die sich auch in seinem untersetzten Habitus und seiner gemächlichen, leicht wiegenden Gangart widerspiegelten – geriet diesmal in helle Aufregung. Meine zierlich gebaute Mutter machte ihm am Ende seiner Abhör-, Tast- und Klopfrecherchen arg zu schaffen, sodass er mich eiligst zu seiner Unterstützung wieder herbeirief.

Mehrere Schürfwunden und Hämatome hatte meine Mutter an den Gliedmaßen. Eine kleine Wunde am rechten Oberarm war so stark blutunterlaufen, dass ich mich wunderte, wie derb ihr schmächtiger Körper gefallen war. Doch als habe die Untersuchung – die ansonsten nach Lohmanns Aussage erstaunlich gesunde und jugendliche körperliche Verhältnisse ergeben hatte – sie einerseits aus Müdigkeit und Apathie erweckt, andererseits in den Zustand wildverworrenen Erlebens und Denkens noch tiefer hineingestoßen, schlug meine Mutter plötzlich furchtsam um sich: als sehe sie sich ringsum von giftigen Skorpionen und Schlangen bedroht. Sie verkannte Lohmann und mich, beschimpfte uns als »Mörder«, »Sadisten«, rief wiederholt Namen, die mir nichts oder nur wenig sagten. Biografisch schienen sie fast ausnahmslos der Vergangenheit zugehörig. »Beatrix«? »Thornberg«? »Rudolph« hieß der kriegsvermisste Bruder meiner Mutter, »Kopinski« Sonjas zweiter Mann. »Pillau« war ein kleiner Ostseehafen in der Nähe meiner Geburtsstadt Königsberg. Nach meinem Vater Wilhelm und meinen Großeltern Przyworra verlangte Mutter wiederholt. Sie entwand sich uns und wollte fliehen, aus dem Fenster springen, schrie unzusammenhängende Wörter, Sätze, war unfähig, auf Lohmanns und meine Besänftigung, dass sie sich beruhigen möge, sich täusche, oder auf unsere Aufforderungen, dass sie sich wieder hinlegen solle, einzugehen ... Schließlich verfiel sie erneut in eine Art Dämmerzustand, in dem sie scheinbar besonnen reagierte, auf Fragen antwortete, aber sich in einem für uns unverständlichen Erlebniskreis der »Noblesse« bewegte, mit vermeintlich tödlichen Gefahren.

Lohmann vermutete, dass es sich um ein »Durchgangssyndrom mit Wahncharakter« handelte (er sagte zu mir wohl absichtlich nicht »mit schizophrenem Charakter«, wenngleich es ja nicht bedeutet hätte, dass Mutter an einer »Schizophrenie im eigentlichen Sinne«, also mit endogener Ursache, erkrankt war, die vielleicht eine ungünstigere Prognose hätte). Sicherlich wollte er einfach aus Feingefühl gegenüber seinem jüngeren Kollegen das Reizwort »schizophren« vermeiden. Mit großer Wahrscheinlichkeit war aber anzunehmen, dass auch solcherart Wanerlebnisse eine Rolle gespielt hatten, die man zu den schizophrenen Symptomen zählte. Jedenfalls lag trotz unauffälligen körperlichen Befundes eine organische Ursache auf der Hand; zumal meine Mutter in der Klinik das Krankheitsbild des sogenannten exogenen Reaktionstyps mit eindeutigen Bewusstseinsstörungen geboten hatte. Lohmann ordnete deshalb auch für den folgenden Tag umfangreiche diagnostische Maßnahmen, unter anderem eine Hirnstromableitung, an.

Beim Abschied sagte er zu mir aufmunternd:»Kopf hoch, junger Mann! Vielleicht hat eine harmlose Gehirnerschütterung durch den Sturz auf den Schotter das Ganze ausgelöst. Wie so oft im Leben ist auch in der Psychiatrie die Dramatik der Ereignisse nicht unbedingt ein verlässlicher Gradmesser für ihre Gewichtigkeit. Dito für die Schwere der Krankheit. Das Ungetüm kommt auf leisen Sohlen.«

Trotz allem bezweifelte ich Lohmanns organische These. Hatte meine Mutter nach Aussage der alten Frau, von der der Polizist berichtet hatte, nicht bereits v o r ihrem Sturz verstört, in sich gekehrt gewirkt? Ich hatte mich schon am Morgen gewundert, als ich im Rathaus angerufen und erfahren hatte, dass meine Mutter unerwartet um Gewährung ihres Haushaltstages gebeten habe. Soweit ich mich erinnerte, war es das erste Mal, dass sie diesen Tag nicht lange vorausplante. Außerdem ging sie, wenn sie sich grämte, lieber zur Arbeit, als zu Hause zu grübeln. Ich hatte mir ihr ungewöhnliches Verhalten mit der Aufregung und der Übermüdung durch die Reise erklärt. Dennoch hätte sich meine Mutter nach mehrtägiger Abwesenheit normalerweise, sei es mit einem Telefonat oder einer kurzen Nachricht auf Station bei mir gemeldet.

Es war Mutter zu viel geworden. Doch was hieß »es«?

Meine Auseinandersetzungen mit Cornelia, meiner geschiedenen Frau, deren offene frische Art sie so sehr mochte? Sie beurteilte unser Zerwürfnis als an Äußerlichkeiten aufgezüngelt.

»Wenn die Lebensziele auseinanderdriften, segelt die Liebe auf einem Totenschiff, Mama. Beziehungsweise gibt es sie dann nur noch als sentimentale Floskel.«

»Ja, das ist das Rigorose, das du von deinen Großvätern hast!«, hatte sie mir erregt entgegnet.»Im Temperament bist du wie dein Vater. Empfindsam, mehr melancholisch als lustig. Im Charakter wie deine Großväter! Hartnäckig bis zur Sturheit! Früher dachte ich, das passe gar nicht zusammen.«

Aus Hamburg waren immer häufiger Briefe von meiner Großmutter Marie und meiner Tante Isabella eingetroffen. Meist schweigend, mit zitternden Händen hatte meine Mutter sie mir zu lesen gegeben. Es ging allen gut, sehr gut. Doch sie machten sich Sorgen um Sonja, Sonny, den Sonnenschein. Sie trank zu viel Alkohol. Morgens schon. Dann der Umzug nach London. Es endete mit dem Unglücksfall. Irgendjemanden des Mordes zu bezichtigen, hielt ich für eine fantastische Ausgeburt des kranken Hirns.

Ich erinnerte Nebensächlichkeiten: geplante Besuche meiner Mutter – ihr abgesagt während betriebsamer Studienzeiten oder aus Bequemlichkeit. Cornelias und meine Entscheidung für eine kleine Dachwohnung im Zentrum von Borstädt; um zehn Minuten Fußweg von meiner Mutter weiter entfernt als eine andere uns wahlweise angebotene Wohnung. Vielleicht hätte sie gern an meiner Approbationsfeier teilgenommen? Einige meiner Studienfreunde einmal näher kennengelernt? Auf meinen Entschluss, am Borstädt nahen Klinikum in Myhlen eine Ausbildung zum Nervenarzt aufzunehmen, hatte sie in einem Brief postwendend »mit unendlicher Freude« und »Wunder wie stolz« geantwortet.

Die halbe Nacht über hatte ich meiner Mutter ein sedierendes Medikament infundiert. Gegen Morgen war sie endlich eingeschlafen. Ich hatte eine Schwester gebeten, hin und wieder nach ihr zu schauen, mich rasiert, geduscht, die Injektionen auf den Stationen erledigt. Als ich wieder zu meiner Mutter ins Zimmer trat, war sie schon wach.

Ich küsste sie auf die Stirn und fragte wie am Vortage:»Was ist passiert, Mama?«

»Das hoffe ich von dir zu erfahren«, antwortete sie mit kraftloser Stimme. »Warum bin ich bei euch in der Psychiatrie?«

Ich berichtete, wovon ich Kenntnis hatte; die Steinattacke bagatellisierte ich. Ich sagte: »Du sollst dann mit ein paar Steinen um dich geworfen haben. Die Verantwortlichen werden sich selbst ihren Reim machen müssen. Auch ich finde es jedenfalls ungehörig, dass der Schotterhaufen nicht beleuchtet war.«

Sie hatte sich ihre zerschrammten Hände auf den Mund gepresst. »Um Gottes willen! Bin ich denn tatsächlich wirr im Kopf?«, fragte sie mit einem Blick des Erschreckens und der Ratlosigkeit. Alsdann drückte sie flüchtig meine Hände, als bitte sie mich um Verzeihung, wischte sich zwei Tränen fort, nestelte nervös an ihrem Bettzeug und bedeckte sich schließlich beschämt mit einem Handtuch ihr Gesicht.

»Bring mir doch bitte eine Kopfschmerztablette und etwas zum Schlafen!«

»Ja, Mama. Du musst erst wieder zur Ruhe kommen. Dann wird sich die Erklärung finden«, erwiderte ich.

Sie ergriff wieder meine Hand und sagte: »Gut, dass du da bist, Junge. Ich glaubte mich sonst wohl von der Welt ausgeschlossen. Dabei ist das Fenster hinter mir nicht einmal vergittert. Geht es deinem Bruder gut? Und meine Wohnung steht noch, ja? Mit allem Drum und Dran? Ich hatte einen schlimmen Traum.« Sie erwartete gar keine ausführlichen Antworten. Mein Lächeln und Nicken genügten ihr. »Ich möchte ein paar Tage lang weiter nichts als schlafen. Holst du mir einen Wundertrunk, der alle Schmerzen betäubt und alles Schmerzliche ungeschehen macht?«

Als Oberschüler hatte ich mich eine Zeit lang sehr um meine Mutter gekümmert. Aber als Junge und dann auch als Student hatte ich über sie nie groß nachgedacht. Heutzutage frage ich mich, ob ich zwei Mütter hatte: eine liebende und eine ausbrechende. Die ihre familiäre Welt, so wie sie war, hegte und pflegte. Doch sie allein nicht ertrug. Ja, übte unsere feine, zurückhaltende Mutter vielleicht sogar Macht aus? Wie eine Treuhänderin über ihr sehnsuchtsvoll zu Füßen liegende Liebhaber? Ist Macht eine ähnliche Kraft wie Leidenschaft? Ich merke, es sträubt sich der liebende Sohn in mir, der Ausbrechenden nachzuspüren. Der Wahrheit? Wahrheit ist nie vollkommen, immer nur ein Teil. Trieb es Mama statt zu Verwandten vor allem zu ihren »Bekannten«? Zu ihren Geliebten? Welcher Mann hätte bei ihr wohl Nein gesagt? Oder ist das schon wieder meine eigene Verführbarkeit? Gegenüber Schönheit! Klugheit! Mütterlichkeit!

Forscher, die Kriegskinder befragt hatten, beobachteten, dass diese oft in der dritten Person von sich sprachen. Er, sie – zu den Katastrophen ihres Lebens so unbewusst auf Distanz gingen. Das machte es leichter, sodass es manchmal gar nicht mehr als das schmerzliche Eigene erschien.

Die Literatur hatte diesen Trick vor Urzeiten für sich entdeckt. Genutzt. Ich muss also von Elvira erzählen, nicht von Mama. Von Andreas, nicht von mir. Sonny und Werri sind für mich einfacher, direkter zu handhaben. Vater wäre es wohl auch. Väter brennen uns nicht so auf der Haut wie unsere Mütter, wenn sie etwas Unrechtes oder Ungewohntes, Überraschendes tun. Erst jüngst habe ich zwei Bilder von Mama entdeckt. Das Erste, die Jugendliche, das kannte ich. Ich hatte es in jungen Jahren wunderschön gefunden. Jetzt schockierte es mich: eine dämonische Schönheit, fand ich, so zart, so blütenweiß, so unschuldig und dabei so dunkel, fragend und fordernd der Blick, gepaart mit einem sanften hoffnungsvollen Lächeln. Irgendwann hatte ich das Bild einmal gesucht. Ich glaube, in den Siebzigerjahren. Nach meinem Besuch bei Isakess. Vor Sonnys Tod und Mutters Klinikeinweisung oder auch später. Es war unauffindbar und blieb es. Hatte Mutter das Bild verborgen? Zum

Selbstschutz? Hätte es mich vor einer Illusion bewahrt? Als ich Mutter einmal danach fragte, hatte ich den Eindruck, sie wüsste nicht so recht, welches Bild ich meinte, oder wollte es nicht wissen. Nun fand ich es wieder. Wie für mich zurechtgelegt. Neben dem zweiten, einem Altersbildnis, vor zwei, drei Jahren aufgenommen, Mutter über achtzigjährig: der Hornrahmen ihrer Brille so dunkel wie ihre Augen, kein Greisenring, dünne Falten um Mund und Augen, der Blick ernster, wissender. Aber das hoffnungsvolle Lächeln blinkte wieder auf. Mehr in Güte als in der dämonischen, still schreienden Erwartung der Jugend.

ERSTER TEIL

Ach, Liebe – in welchem Wahnsinn von Lust lässt du uns erschauern?
(nach Ausspruch einer portugiesischen Nonne)

ERSTES KAPITEL

Liebesdrang

Die junge Frau, die an diesem Sommertag leicht und behände die Treppen neben den Kaskaden der Springbrunnen emporlief, zog die Blicke vieler Spaziergänger auf sich. Sofern sie es nicht so eilig hatten wie sie. Doch das trog wiederum. Denn mitunter verweilte die junge Dame plötzlich an dem quicklebendigen Bächlein, das über felsiges Gestein herabsprudelte, benetzte ihr Gesicht, als müsse sie eine innere Glut kühlen. Über ihren Wangenknochen zeigte sich in dem blassen feinen Gesicht eine zarte Röte. Die dunklen Augen strahlten vor Eifer oder Erregung. Hin und wieder trank sie ein Schlückchen des mit ihrer hohlen Hand aufgefangenen Wassers. *Mein Gott, fast siebenhundert Jahre muss es her sein, dass die Ordensritter Oberteich und Schlossteich anlegten,* dachte sie. *An denen wir uns nun vergnügen! Die Kaskade zwischen den Teichen wie ein Idyll und doch Sinnbild ihrer Nutzung.*

In ihrem dunklen geblümten Sommerkleid, das ihren zierlichen Körper ein wenig nachzeichnete, wirkte die Frau noch mädchenhaft. Sie war etwa zwanzig Jahre alt. Das halblange schwarze Haar umwirbelte keck ihr Gesicht, da sie nicht nur hinauf-, sondern auch wieder hinablief, hüpfte und sprang, Pirouetten tanzte. Nach diesem Verhalten und ihrer jugendlichen Körperlichkeit hätte man sie wohl für siebzehn, achtzehn schätzen können – wenn es nicht durch Momente plötzlichen Innehaltens, eine nachdenkliche Ernsthaftigkeit oder ein genussvolles Schauen der Natur abgelöst worden wäre, was sie älter erscheinen ließ. Nun, als Eingeweihte dürfen wir etwas indiskret versichern: Sie war tatsächlich noch ein Mädchen. Und auf der Suche nach ihrem Ritter!

Mit zwanzig ist es an der Zeit, sagte sich Elvira. Wir kennen sie schon. Aber noch nicht ihre Herkunft. Weder die Przyworrasche noch ihren Anschluss an die Mattulkes. Nicht ihre Leidenschaften, Überzeugungen. Elviras Freundin und Arbeitskollegin Ellen, schon »ritterlich beglückt«, von einem »Tölpel und Maulhelden«, wie sie freimütig gestand, wusste als Einzige von Elviras erhitztem Streben. Spornte sie einerseits an, warnte sie andererseits: »Aber er ist mehr als zwanzig Jahre älter als du – und ein Jud!«

»Na und?«, hatte Elvira erwidert. »Ich kann mit den Jüngelchen in unserem Alter nichts anfangen. Und ein Jud ist gerade gut!« Dann kicherten die beiden noch ein bisschen, ob die Beschneidung der Juden für diese Sache eigentlich gut oder nicht so gut sei?

Jetzt fiel Elvira ihre Familie ein. Sie hatte viele Vorbehalte gegenüber ihrem Vater – dass er unbedingt noch ein Haus bauen musste! Wo viele schon wieder vom Krieg redeten. Dass er seine Frau Anja, von Tochter Elvira hingebungsvoll geliebt, bis zur Erschöpfung dabei einspannte. Auch Elviras drei Jahre älteren Bruder Rudolph, der als Zimmermann des Vaters Maurerfertigkeiten sehr zweckmäßig ergänzte. Elvira entzog sich weitestgehend diesem Treiben, schützte meist ihre Büroarbeit im Gewerkschaftshaus vor. Was der politisch wie auch sein Sohn der SPD nahestehende Kurt Przyworra schweigend, aber grimmig akzeptierte. So ein Hausbau brauchte jede Hand! Elvira empfand zwar Mitleid mit ihrer Mutter, blieb in diesem Punkte aber stur und egoistisch. Sie wollte sich nicht für eine Sache verschleißen lassen, die sie für einen Irrweg hielt. Ein Haus wie eine Burg! Womöglich ein Leben lang zerstritten auf einem Schuldenberg sitzen! Konnte nicht allein die Liebe ein sicheres Bollwerk schaffen?

Dieses schöne jugendliche Ideal gedachte Elvira nicht, infrage zu stellen. Ja eigentlich sah sie es gar nicht als Ideal, sondern als Grundbedingung ihres Lebens. Sie machte sich jedoch keinerlei Gedanken darüber, wie diese im Alltag gefährdet und zu erhalten sei. Das schien zunächst auch nicht nötig. Als schöne junge Frau wurde sie ständig von bewundernden Blicken und Schmeichlern umschwärmt. Letzteren nahm sie allerdings durch ein feines ironisches Lächeln oft schnell den Schneid.

Sie wollte nicht hoch hinaus. Die Welt sollte ihr nicht zu Füßen liegen, aber sie bemerken und ernst nehmen. Und falls der Jud jemals irgendeinen Platz in ihrem Leben einnähme, Vater würde ihn akzeptieren. Dessen war sie sich sicher. Als Freidenker, der in jungen Jahren viel über die Götter der Pruzzen gelesen hatte, meinte Vater: Der Monotheismus der Juden, Christen und Mohammedaner sei in der Tendenz ja ein Atheismus. Also passten die drei Religionen gut zusammen. Und für Przyworra war es unwesentlich, ob seine Tochter ihm einen Juden, einen Moslem oder einen Christen als Bräutigam vorstellte.

Davon war Elvira weit entfernt. An einen Bräutigam dachte sie noch nicht. Er war zudem seit zwei Jahren verheiratet. Und neue Schuld, indem sie in die Ehe eindrang, wollte Elvira in keinem Fall auf sich laden. Sie trug an dem nie ausgesprochenen stillen Vorwurf ihrer Eltern, besonders ihres Vaters, am Tod ihres fünf Jahre älteren Bruders Jakob schuld zu sein, schwer genug. Sie war in jenem Jahr in die Schule gekommen, hatte viel Freude daran gehabt. Der Pregel war zeitig zugefroren. Das blanke Eis lockte sie zu schlittern. Sie kam nicht weit, brach ein. Jakob rettete sie, zog sie auf festeres Eis, brach selbst ein. Und verschwand. Wie von einem höllischen Sog fortgezogen. Tage später fand man ihn flussabwärts an einer Pregelbrücke. Vaters über alles geliebter erster Sohn war tot. Und als der Krieg begann, von dem wir heute wissen, dass es der erste große war, sagte der ungläubige Przyworra: »Das ist die Strafe für unsere Sünden!«

Ein helles und sensibles Mädchen wie Elvira musste das als Vorwurf empfinden. Zumindest Jahre später, da ihr die Worte nie aus dem Sinn gingen. Przyworra, rechtschaffen und geradezu, hatte daran mit keiner Silbe gedacht. Und sein Haus, an dem er wie ein Besessener arbeitete, hatte für ihn tatsächlich den romantischen Sinn, seinen Lieben eine Trutzburg zu schaffen, die ihn überdauern sollte.

Mein Jud, wie die kluge Elvira ihren Auserwählten in Gedanken nannte, *hat ja nur eine schlichte Mission. Damit lade ich keine Schuld auf mich. Denn dabei soll es bleiben,* dachte sie. Weder Ellen noch Vater oder Mutter hatten Grund zur Sorge. Er war ein hochgewachsener schlanker Mann. Oberhalb der Stirn lichtete sich etwas das dunkle Haar. Zweiundvierzig Jahre war er erst alt und schon Professor. Elvira hatte ihre Heimatstadt noch nie verlassen. E r hatte schon in Heidelberg und München gearbeitet. Bei einem Lehrer, von dem er wie von einem kleinen Gott sprach. Elvira hatte den Namen vergessen, Krebel oder Kräpel; weshalb sie sich Kräppelchen merkte, die ihre Cousine Isabella gerne und vorzüglich buk. Er war Psychiater. Das war für Elvira ein bisschen wunderlich – wie auch seine blauen Augen als Jude. Von seiner ganzen Person ging für sie eine Faszination aus. Wenn er ihr beim Tennis gefällig zuschaute, und sie spielte nicht sonderlich gut, fühlte sie sich wie durchleuchtet. An einem Wochenende war ihr Club mit dem Zug von Königsberg nach Cranz an die Ostsee gefahren. Für zwei Tage zum Training. In einer Pause waren sie alle ein Stück in die Dünen der Kuhrischen Nehrung hineingegangen. Gedankenverloren hatte sie mit ihrem nackten Fuß einen Bogen in den leicht feuchten Sand gezogen. Als er es sah, zog er seinerseits einen Gegenbogen, sodass die Linien sich hinten kreuzten und eine elliptische Figur, ähnlich einem Fisch entstand. Auf Elviras fragenden Blick antwortete er: »Ichthys! Ein urchristliches Symbol, wahrscheinlich ein Erkennungszeichen. Ich heiße zwar Jakob, bin aber Judenchrist!«

Judenchrist, was war das nun wieder, dachte Elvira. Und passten seine blauen Augen überhaupt zu einem Juden? Der Name Jakob elektrisierte sie. In diesem Moment war ihr wohl klar, dass e r es sein sollte! Diese eigenwillige stolze junge Frau verband damit allerdings einzig den biologischen Akt, wie sie glaubte. Man könnte ihn selbst vornehmen, wenn er nicht persönliche Würde verletzte und mit Neugier und Sehnsüchten gepaart wäre. Doch gerade das war es bei Elvira in hohem Maße. Sie gierte geradezu nach dieser Erfahrung. Sie hatte sich zurückgehalten. Sie war meist Klassenerste gewesen, in dieser Sache aber offenbar die Letzte. Ideale gehörten nicht hierher, redete sie sich ein. Ein biologischer Akt – ein würdiger Mann nur sollte es sein!

Derart mit Widersprüchen beladen eilte Elvira die restlichen Stufen hinauf. Heftig schlug ihr Herz. Schnell lief sie über die Wrangelstraße. Verweilte kurz auf der anderen Seite, wo man zwischen Dohna- und Wrangelturm der alten Befestigungsanlagen einen schönen Blick über den Oberteich hatte. Rechts im Osten neben dem Dohnaturm das Rossgärter Tor mit der nach Norden führenden Cranzer Allee, links, an der Westseite, eine Badeanstalt und vom Wrangelturm ausgehend die Cäcilienallee. In ihr, freie Sicht zum Oberteich, befanden sich die Häuser der bekanntesten Universitätsprofessoren der Stadt. Das Domizil ihres Professors lag eine Parallelstraße dahinter in der Wartenburgstraße, die südlich am Wrangelturm in die Cäcilienstraße einbog. *Zwei Generäle flankieren die Professoren,* dachte Elvira. Von dem großen Krieg vor über zehn Jahren hatte sie noch nicht viel mitbekommen. Aber durch ihres Vaters pazifistische Haltung eine tiefe Abneigung gegenüber jeglicher Gewalt und kriegerischen Auseinandersetzung. Sie ging in dem Viertel noch eine kleine Runde, um ihre Atmung zu beruhigen. Sie las Namen wie Tauroggen, Caub, Probstheida, Schlachtorte der Befreiungskriege, wie ihr der Professor erklärt hatte. War es eigentlich noch ziemlich, ihn Professor zu nennen – bei ihrem Anliegen? Er wusste davon nichts. Er hatte sie zum Tee eingeladen, weil sie mit seiner Bezeichnung ›Judenchrist‹ nichts anfangen konnte. *Ich werde ihm meine Wünsche auch niemals darlegen, wenn er sie nicht selbst erkennt,* nahm sie sich vor. Sie hatte zwar einen Augenblick lang den kühnen Gedanken gehabt, sich nackt auszuziehen, während er den Tee bereitete. Aber sie verwarf den Gedanken wieder. *Ich will zu ihm offen, doch nicht zu aufdringlich sein. Damit stoße ich ihn womöglich ab.*

Es war ein kleines Häuschen, hatte im ersten Stock durch den Dachansatz bereits schräge Wände. Und der Tee war schon zubereitet. Professor Jakob Isakess, so hieß er mit vollem Namen, führte sie über einen schmalen Flur in einen kleinen salonartigen Raum mit zwei Sesseln, einem Sofa, alles mit rotem Samt bezogen, einem runden Tisch mit zwei Polsterstühlen, einem nussbraunen Klavier und einer Vitrine mit allerhand Gläschen, Porzellanvasen und -tässchen. Wie sehr Elvira mit ihrem Begehr beschäftigt war, sehen wir daran, dass sie beim Anblick des samtroten Sofas sich ihren nackten Leib darauf vorstellte. Was sie für den Moment jedoch nicht vergnüglicher oder entschlossener machte. *Er mag ein honoriger Mensch sein,* sagte sie sich. *Aber ich kenne ihn nur vom Tennis.*

Als hätte Isakess ihre Gedanken erraten, sagte er: »Durch Ihre Natürlichkeit und Neugier haben Sie auch eine große Neugier in mir erweckt, Fräulein Elvira. Eigentlich höre ich lieber zu. Fühle mich wohl in der zweiten Reihe. In der Klinik und auch hier. Vorn in der Cäcilienstraße wohnen die Herren Ordinarien. Außerdem steht man als Jude sowieso besser hintenan!« Er wies mit seinem Arm durch das Fenster und über den kleinen Garten hinweg zum Oberteich, dessen silbrige Wasserfläche sich zwischen zwei Häusern der Cäcilienstraße spiegelte. »Der Genügsame kommt überall auf seine Kosten«, sagte er. »Aber die erste Reihe hat mich schon auch hin und wieder gelockt.«

Er hatte in Heidelberg gearbeitet, in München bei Kraepelin 13 (dem deutschen Psychiatriepapst aus dem mecklenburgischen Neustrelitz – Elviras Kräppelchen). Zurück in Königsberg habilitierte er sich mit gerade erst 29 Jahren. Im Kriege war er Chefarzt eines Lazaretts für Hirnverletzte. O ja, er hatte auch schon in der ersten Reihe gestanden. Doch nun war er unschlüssig. Sich unsicher, wie er dieser jungen Schönheit begegnen sollte. Was sie zu ihm zog. Gewiss, die Verehrung der strebsamen Jugend für den Arrivierten könnte es sein. Ihre Ungeduld, die flüchtigen Halt an Ufern suchte. Gegenüber Frauen fühlte er sich leicht als ein Tölpel. Ohne Charme und Witz, rational, wo die Frauen Gefühle erwarteten. Er hatte die erste Frau genommen, die sich ihm sympathisch zeigte: seine Solveig, ebenfalls Jüdin. Kinder würden sie wohl keine haben können. Das störte ihn nicht. Es wäre vor allem kein Grund zur Trennung. Solveig war so verlässlich und fleißig wie er, achtete überdies sehr auf Ordnung, was ihm etwas schwerer fiel. Das Körperliche stand niemals an erster Stelle. *Und es könnte noch hundert Jahre so weitergehen,* sagte er sich.

Elvira nippte an ihrem Tee. Sie schlug die Beine übereinander, mal nach links, mal nach rechts. Sonst verriet nichts ihre Ungeduld. Die Augen groß und wach, spielte ein sanftes Lächeln um ihren Mund. Hatte sie ihr Anliegen bereits aufgegeben? Oder inzwischen als unsinnig empfunden? Freimütig und ungeduldig hatte Isakess sie allerdings schon kennengelernt: an den Wochenenden ihres Tennisklubs in Cranz. Abends nach dem Training beim Seebad. Sie hatten sich in den Dünen umgekleidet, Männer und Frauen etwa 50 Schritte voneinander entfernt. Elviras Stimme war unüberhörbar. Sie schlug den Damen ein Nacktbad vor. Spornte die Zögerlichen lachend an, sodass fast alle schließlich ebenfalls lachend und tollend ihrem Beispiel folgten – den lebhaft anrollenden Wellen der Ostsee entgegenstürmten, anfangs die Gischtkämme zu überspringen versuchten und sich dann aufjuchend ins Wasser warfen. Ein Bild, das sich die Männer aus der Distanz nicht entgehen ließen, die aber selbst brav in Badehosen ins Wasser schritten ... Wochen später eine ähnliche Situation – doch diesmal mit irritierendem

Ablauf. Am selben Ort, am Meer in den Dünen von Cranz. Fast dieselbe Sportlergruppe. Vermutlich warteten die Damen von Elviras Tennisklub auf ihr neuerliches Kommando. Einige begannen, sich auszuziehen. Doch Elvira rief plötzlich mit ernst erhobener Stimme: »Als Judenchristin will ich heute Buße tun. Ich habe meinen Bruder Jakob auf dem Gewissen!« Sie trat mit nackten Füßen ans Wasser, entkleidete sich langsam. Stück für Stück ihrer Kleidung schlug sie mehrmals in den Wind, ließ es dann auf den Strand treiben. Dazu rief sie, jetzt eher heiter: »Alles muss gereinigt werden – auch ich!« Und ganz nackt warf sie sich in das kalte Wasser und schwamm ins Meer hinaus. Isakess und einige weitere Männer hatten inzwischen ihre Badekleidung angelegt, auch einige Frauen. Allen war die Sorge, um Elvira anzumerken. Doch diese kehrte schon wieder um, schritt erleichtert lächelnd aus dem Wasser und zog sich ein offensichtlich vorbereitetes fußlanges schneeweißes Tüllkleid über, das vom nassen Körper freilich mehr zur Ansicht freigab als verhüllte. Mancher glaubte nun wohl, kein religiöses Ritual erlebt, sondern einer Show aufgesessen zu haben. Wir haben Grund, für Elvira beides anzunehmen. Zwei Frauen hatten ihre Kleidungsstücke aufgesammelt, hakten Elvira unter und gingen mit ihr von dannen. Die anderen Frauen und die Männer folgten. Nur einer blieb stehen, weil er rundum scheele Blicke als vermeintlicher Verursacher der Szenerie zu spüren glaubte: Jakob Isakess, der Jud. Und obwohl schuldlos und ohne irgendeine missionarische Ambition, empfand er doch Schuld: *Bin ich zu weit gegangen,* fragte er sich. Als er der ihn neugierig bedrängenden Elvira unlängst zum Tennisnachmittag von diesem Ritual erzählt hatte – und dass im Talmud zu lesen sei, dass Maria ein Flittchen war und Jesus in der Hölle in seinen Exkrementen schmore. Warum hatte er diese völlig unnötigen verleumderischen Worte ihr überhaupt offenbart? Die junge Dame war regelrecht erschüttert gewesen. Ihm war nichts anderes eingefallen, als hinzuzufügen, dass Juden ja eben Buße tun, sich von ihren

Sünden reinigen könnten. Sie seien dann zwar nicht getilgt, aber Gott führe sie nicht mehr im ›Buch des Lebens‹. Und sie müssten auch nicht, wie Augustinus meinte, darauf warten, dass Gott sie bekehre … Isakess nannte fortan diese kleine Episode am Meer für sich Elviras ›Augustinuskoller‹. Aber als sie ganz in Weiß, so rein wie eine Heilige, mit den Frauen davongegangen war, hatte ihn eine panische Angst erfasst, wie er es bisher noch nicht erlebt hatte.

Am nächsten Tag war beim Tennis keine Rede mehr von der Geschichte. Elvira, fröhlich und lebhaft wie meist, wurde nur einmal von einer älteren Dame in feinem Sonntagsstaat mit hellem breitkrempigem Hut an den Zaun des Tennisplatzes gewunken: »Schämen Sie sich nicht, Sie junges Mädchen, so reizend wie Sie aussehen – aber in kurzen Hosen?!« Elvira verneinte laut lachend. Sie lief jedoch nicht weg, sondern kam mit der Dame ins Gespräch, wohl über die Vorzüge der noch ungewohnten Sportbekleidung, sodass Isakess mit Verblüffung feststellte, wie die Damen sich offenbar einigten und freundlich auseinandergingen.

Isakess' Bedenken indes waren geblieben. Er fühlte sich als Ehrenmann, was immer das bedeutete. Jedenfalls als einer, der auch mit jungen Damen ehrenhaft umging, die ohne Bedenken in sein Haus kamen. Sogar wenn die Dame des Hauses außer Haus war. Was Isakess so eingerichtet hatte und was vielleicht das einzige winzige Unehrenhafte an seinem Verhalten war. Denn unehrenhafte, wilde, ja für ihn verbotene Gedanken verdrängte er sofort gründlich. Ganz im Gegensatz zu Elvira, die sie mitunter nicht ohne Vergnügen zuließ. Sie fragte sich zwar, woher sie es habe. Von ihrer Mutter Anja, der Sanften, Gutmeinenden gewiss nicht. Ellen redete frei und unbekümmert, ohne eigene innere Zensur. Da war sie selbst doch vorsichtiger. War es die Zeit? Die Menschen mochten Hunger haben, weswegen sie sich schlugen, aber d e n Hunger klammerten sie in ihren Reden aus oder witzelten darüber, um ihn insgeheim womöglich gieriger zu stillen als in satten Zeiten.

Manche nahmen ihn kaum wahr. Wie Isakess. Er hatte sich erhoben, um Elvira Tee einzugießen. *Hätte ich es für ihn tun sollen,* überlegte sie. Er nahm sich zwei Stück Zucker und Sahne. Er war ungeheuer groß, fast ein bisschen zu hager, hatte aber durch das Tennisspiel doch muskulöse Schultern, Arme, Brust. Sie hatte gar nicht mehr recht an ihr ursprüngliches Anliegen gedacht, fragte sich aber nun: *Ob er ein guter Liebhaber ist?* Die Nase war groß, leicht gekrümmt. Die Lippen wulstig. Das schwarze Haar nur in der hinteren Kopfhälfte noch lang und dicht. *Was weiß ich von gut oder schlecht,* dachte Elvira. *Und vielleicht kriege ich es ja nie zu erfahren?*

Gütige, aber auch ein wenig zweifelnde traurige Augen musterten sie, als er sagte: »Als ganz junger Arzt, nur ein paar Jahre älter als Sie jetzt, habe ich gegen einen in der Psychiatrie aufkommenden Gehirnmythos gewettert. Dass seelische Krankheiten H i r n krankheiten seien! Also alle unsere seelischen Regungen letztlich durch unser Gehirn erklärbar. Heutzutage macht sich ein nicht weniger gefährlicher Gegenstrom breit, die sogenannte Psychoanalyse [8, 15]. Im Grunde nur eine neue verheerende Ideologie. Was nach langer geistiger Entwicklung die Menschheit, ehrenhafte Leute, zu der uns möglichen Höhe an Selbstreflexion brachte, glaubt nun die Psychoanalyse durch Schürfen in menschlichen Niederungen, uns als sexuelle Begehrlichkeiten aufdecken und vermitteln zu können. Im allzu Menschlichen, von Fesseln befreit, der Mensch zurückgekehrt zur Natur!, heißt es. Aber ist er dann eigentlich noch ein Mensch?«

Isakess redete sich in Rage. Elvira hörte kaum noch zu. Sie fühlte sich ertappt, gedemütigt. Wie eine schöne Puppe saß sie starr auf dem samtenen Sofa. In ihrer gegenwärtigen Verfassung wirkten Worte wie sexuell, begehrlich, allzu menschlich auf sie wie Geißelhiebe. Dabei hatte Isakess nicht einen Moment lang an sie gedacht, etwas ganz anderes gemeint, als sie empfand, zumal ihm ihre Gedanken ja auch gar nicht bewusst waren. Er hatte über sich, vor allem auch z u sich gesprochen, weil er in einer Art Trauer zu spüren glaubte, dass ihm in der jungen Frau eine andere Welt gegenübersaß. Ursprünglicher, unvoreingenommener, verlangender, lebenslustiger als die seinige. Zu allem Überfluss stellte Elvira ihre Tasse so ungelenk ab, dass sie ihren Tee verschüttete. Sie entschuldigte sich mehrmals, als sei das Versehen ein Ausdruck ihrer Schlechtigkeit, wie sie es in diesem Moment tatsächlich empfand, tupfte mit ihrem Taschentuch den verschütteten Tee auf und verabschiedete sich rasch.

Von »Spinnstuben« und einer Comtesse

Zum Glück hält unsere Kränkung meist nicht lange an. So ging es auch Elvira. Ohne Blick für die Schönheit der Kaskaden stürzte sie vom Oberteich zum Schlossteich hinunter. Rief wiederholt: »Dieser Esel, dieser Esel. Bekommt ein hübsches Hühnchen serviert und mäkelt 'rum! Ein Professor, dass ich nicht lache. Sexuelle N i e d e r u n g e n ! Sollten es nicht die H ö h e n menschlicher Begegnung sein? Die i-Tüpfelchen im trostlosen Einerlei?« Freilich war es nicht so einfach, dahinterzukommen, stellte Elvira etwas traurig, aber wieder ruhiger fest. Ob Mutter und Vater es noch miteinander taten? Bestimmt nicht. Am Abend vom Hausbau erschöpft. Oft schliefen sie in der Hütte, die Vater auf dem Balliether Grundstück neben dem Rohbau des Hauses eigentlich für Werkzeug und Baumaterial errichtet hatte. Nur ihr Bruder Rudolph kam dann noch in ihre Sackheimer Wohnung, wenn er nicht bei seiner Freundin schlief.

Elviras Traurigkeit wechselte in den nächsten Tagen und Wochen oft mit Heiterkeit und spontanen Unternehmungen. Ihr an sich frohes Gemüt war aus dem Gleichgewicht geraten. Aber sie empfand auch Erleichterung dabei. *War es nicht tatsächlich ein bisschen verrückt, bei der ersten persönlichen Begegnung sofortige Vollendung zu erhoffen,* fragte sie sich. *Wäre die Enttäuschung nicht vorprogrammiert gewesen?* Im Büro im Gewerkschaftshaus, wo sie als Stenotypistin arbeitete, war sie flink und fröhlich wie immer. Ja, sie hatte das Gefühl, dass sie noch etwas aufmerksamer und flotter Versammlungen, Reden protokollierte, stenografierte, in die Schreibmaschine übertrug. Ihre Freundin Ellen hatte sie mit großen fragenden Augen angeschaut und Elvira hatte nur den Kopf geschüttelt. Du Arme, drückte Ellens Mimik aus. Doch obwohl die Begegnung mit Isakess Elvira verstört hatte, sie hatte sie auch in eine Art Bann versetzt. So sprach sonst keiner mit ihr: weder so ebenbürtig noch so ehrlich und inbrünstig noch über solche Inhalte! Die Niederungen hatten ihn offensichtlich mehr erregt als sie. Wahrscheinlich meinte er damit auch Gedankenlosigkeit, Kaltherzigkeit, Ausgrenzung. Während des Medizinstudiums hatte er als Famulus im städtischen Krankenhaus am Hinterrossgarten gearbeitet. Teils ansehnliche Pavillons. Aber die Geisteskranken der Universitätspsychiatrie hatte man in den »Spinnstuben« zusammengepfercht, in uralten baufälligen Räumen. Elviras Gewerkschaftshaus lag am Vorderrossgarten mit schönem anliegendem Garten zum Schlossteich hin, war also nur Schritte davon entfernt. Gleich am Folgetag ihrer Begegnung mit Isakess war sie hinübergelaufen: *Wo hatte dieser eselige Professor famuliert? War an Spinnrädern gearbeitet oder nur in den Köpfen »gesponnen« worden?* Aber derlei erniedrigende Begriffe vermied Isakess. Wie er überhaupt lieber »Geistesgestörte« als »Geisteskranke« sagte. *Vielleicht hat er deren Ausgrenzung so schlimm empfunden, weil die Juden auch immer ausgegrenzt waren,* überlegte Elvira. Seit Jahren waren die Kranken inzwischen in einer neuen Klinik weit draußen an der Alten Pillauer Landstraße stationiert.

Eines war ihr immerhin klar geworden. Er hatte sie nicht kränken wollen. Sie war noch ein unbeschriebenes Blatt für ihn. Trotzdem fühlte sie sich einsam. Nicht angenommen von dem Erwählten. Wirkte sie zu zerbrechlich? Mit einer Brennschere hatte sie sich Wellen in ihr Haar onduliert, weil ihr ihre natürlichen zu wenig schienen. Ein bisschen sah sie wohl wie eine liebestolle Soubrette aus. Vielleicht hatte ihn das abgeschreckt? Also nur noch Natur! Sie selbst wollte sie sein. Aber auch diesbezüglich hatte ja der Professor Bedenken. Alle Welt schien an ihr interessiert, lächelte ihr zu, wenn sie durch die Stadt schlenderte. Ihr erwidertes Lächeln hatte schon Zudringlichkeiten beiderlei Geschlechts ausgelöst. Sodass sie sich jetzt mitunter verschloss. Obwohl sie ja das Gegenteil wünschte. Eine ältere Dame, ganz in Schwarz, »keine Trauer, meine Marotte«, versicherte sie Elvira sogleich, hatte ihr in einem Kaufhaus beim Anschauen von Kleidern zugesehen. Eines stach Elvira besonders ins Auge: Es schmeichelte ihrem zierlichen femininen Körper, am Hals ein runder Ausschnitt, in der Taille vorn ein Bindegürtel als einziger Schmuck. Hinten ein Reißverschluss. Die Farbe ein leuchtendes Mandarine!

»Man nennt mich Comtesse Leila«, sagte die Dame, »aber wenn ich sie in dem Kleid ins Café einladen darf – wird man S i e für die Comtesse halten und nicht mich altes Schrapnell!« Sie wollte Elvira das Kleid und auch noch Schmuck dazu schenken. »Gold steht ihrer zarten Haut vortrefflich, Mädchen. Oder auch diese farbige Achatkette, kombiniert mit edlen Perlen.« Elvira war unsicher, wie sie sich verhalten sollte. Einerseits fand sie die alte Dame sehr nett, andererseits hatte sie Angst, sich in Abhängigkeit zu begeben. Inwiefern war die Comtesse an ihr interessiert? Sie als Unbekannte derart zu beschenken! Doch Elvira fragte sich auch, ob sie Gespenster sehe. Neulich hatte sie Ellen erzählt, wie sie sich beim Tennistraining von einem jungen Mädchen, zumindest jünger als sie, beim Umkleiden beobachtet, ständig angestarrt gefühlt habe. Dann dessen Suche nach Nähe und Körperkontakt unangenehm registrierte, zumal das Mädchen sich an ihr wie versehentlich mehrfach schubberte, sie anhimmelte.

»Ach, Elvira!«, hatte Ellen ausgerufen. »Dass du demnächst nicht ein schmusendes Kätzchen als erotischen Angriff empfindest! Du bist einfach zu geladen! Wie ein voller Akku, der der Entladung harrt. Ich will das Bild nicht umkehren, wie es auch stimmt, aber vielleicht ein bisschen zu frech ist.« Elvira hatte lange überlegt, was Ellen mit dem umgekehrten Bild meinte – als sie schließlich darauf gekommen war, sagte sie zu sich: *Ja, es ist gut, Ellen, der erste Teil reicht schon. Für Derbheiten und Obszönitäten bin ich nicht empfänglich.* Obwohl natürlich auch Elvira solche »verbotenen« Gedanken in den Sinn kamen.

Sie nahm sich vor, nicht mehr so oft hinüber zu den »Spinnstuben« zu laufen; Ellen meinte, das stecke an. Ein wenig abergläubisch war Elvira. *Und ich bin einfach zu dumm. Zu naiv!* Ihr Biologielehrer hatte in ihrer Klasse einmal gesagt: »Bis elf, zwölf ist die sexuelle Entwicklung, die wir einschlagen, völlig offen!« Nach einem Sturm der Entrüstung von Eltern musste er seinen Dienst quittieren. Elvira wäre nie auf die Idee gekommen, ihren Eltern von dieser Äußerung zu berichten. Vielleicht ihrer Mama? Aber nach diesem Eklat natürlich nicht. Sie hatte versucht, ihre Neigungen für und gegen Mädchen und Jungen zu erkunden. Kam jedoch zu keinem gültigen Ergebnis. Weil ihr »Akku« in jenem frühen Alter noch leer oder zu wenig geladen war? Oder eben die Polung noch unentschieden?

Wodurch erfolgte sie? Elvira wusste keine Antwort darauf, glaubte aber, sich über die Richtung sicher zu sein. Sie hatte die Einladung der Comtesse ins Café dankend angenommen – insgeheim gehofft, sich beim Plausch über ihre Wünsche klarer zu werden. Sie waren in ein Café in der Französischen Straße gegangen, gegenüber vom Schloss. Ein bisschen unheimlich war ihr die Comtesse. Trotz ihrer Komplimente empfand sich Elvira neben ihr wie eine graue Maus. Ein dunkles Rot hatte die Comtesse auf ihre Lippen aufgetragen, das mit großen roten Ohrclips korrespondierte. Auf der kräftigen leicht gekrümmten Nase saß eine dunkle Hornbrille. Das schwarz gefärbte Haar trug sie ganz glatt nach hinten gekämmt. Was ihr eine strenge, fast männliche Note gab. Sehr feminin wiederum die schwarzen Netzhandschuhe und ein weißer Zierkragen. Sie aßen Quarksahnetorte.

»Sie können zu mir Leila sagen«, meinte die Comtesse. »Der Titel ist mehr ein Namensrelikt, eine Art Künstlername. Ich bin Grafikerin. Eigentlich steht mir der Adel gar nicht mehr recht zu, aber meine Vorfahren hatten es sehr damit. Einer war Bürgermeister in der Altstadt, königlicher Rat, wurde Erbherr auf einem ihm vom Kurfürsten für einen Batzen Gulden verpfändeten Gut. Nannte sich nun Lupkus von Rosenkau. Ein anderer stand in herzoglichen Diensten, wurde Gesandter in Wien, vom Kaiser geadelt und später in den Freiherrenstand erhoben. Er starb als Besitzer großer Güter und zweier Schlösser.« *Eine Jüdin wird sie nicht sein,* dachte Elvira, *und eine Hochstaplerin sicher auch nicht. Dazu wirkt sie zu echt. Aber man weiß nie.* Sie fasste all ihren Mut zusammen, sagte: »Ich will es doch lieber bei dem Kaffee belassen und auf das hübsche Kleid und den Schmuck verzichten. Ich möchte Sie natürlich nicht verletzen, aber meine Familie würde sich über die Geschenke zu sehr wundern.«

»Nun gut«, antwortete die Comtesse lächelnd. »E i n e n Wunsch müssen Sie mir aber erfüllen.«

Ihre Freundin war erkrankt und fiel am nächsten Tag als ihre Begleiterin für einen Opernbesuch aus. Elvira war noch nie in einer Oper gewesen, sagte aber zu. Sie hatte sich für den Sommer extra für Festlichkeiten einen Zweiteiler genäht. Ein hängendes, in Taillenhöhe frei endendes Oberteil mit schmalen Trägern und einen eng anliegenden Rock. In der Farbe beige. Dazu wählte sie ähnlich der Comtesse korallenrote Ohrclips ... In einem Sessel im Foyer wartete die Comtesse schon auf sie. Wieder ganz in Schwarz, im langen Abendkleid und mit langen schwarzen Handschuhen. Der weiße Zierkragen wie ein Erkennungszeichen.

»Glamourös!«, rief sie bei Elviras Anblick aus und schlug die Hände zusammen. Dann hakte sie sich bei ihr unter und sie gingen langsam zu ihren Plätzen im vorderen Parkett. Elvira hatte das Gefühl, dass man über sie tuschelte. Manche verneigten sich zum Gruß leicht vor der Comtesse. »Man wird uns für Mutter und Tochter halten«, sagte sie amüsiert. Und mit einem verschmitzten Unterton: »Oder auch für mehr?« Elvira glühte vor innerer Hitze. Alles war furchtbar aufregend für sie. Die Kronleuchter, ihre glitzernden Kristalle. Die vielen schön gekleideten Menschen. Das Rumoren der Menge. Das Stadttheater, in dem man Opern und Schauspiele aufführte, war völlig ausverkauft. Regisseur und Kapellmeister neu besetzt. Sie galten als modern und engagiert. Nach dem Beifall für Dirigent und Orchester Stille. Kein Räuspern, kein Knistern. Elvira wagte kaum, zu atmen. Mit den ersten Klängen der Musik war sie wie gefangen. Im Nachhinein kam es ihr vor, als sei sie wie in Trance gewesen, habe um sich herum nichts mehr wahrgenommen. Wie fixiert von dem Geschehen auf der Bühne, von Gesang und Musik. Ein Student verliebte sich in eine bildschöne Kurtisane, aber der Vater des Studenten ließ die Verbindung nicht zu, forderte von der Frau, die ihr bisheriges Leben aufgab, von seinem Sohn abzulassen. Was sie tat. Erkrankt lebte sie nur noch von der Erinnerung. Die Liebenden fanden noch einmal zusammen. Aber als der Vater nichts mehr gegen ihre Verbindung hatte – starb die Frau.

Erschüttert fühlte Elvira die große Leidenschaft und die große Trauer. Sie bebte bei dem kraftvollen Gesang, als sei sie es, die dort vorn litt. Vor Glück! Vor Schmach! Am Ende umhalste sie die Comtesse mit Tränen der Dankbarkeit. Doch den ausbrechenden Tumult, das Beifallgetöse hielt sie nicht aus. Als galten sie nicht der Kunst der Sänger und Musiker, sondern höhnten der Leidenschaft, dem Unglück. Sie drängte hinaus. Immer noch weinend lief sie durch den Königsgarten, über den Paradeplatz, am Schloss vorbei Richtung Sackheim. Auf der Wiese am

Pregelufer streckte sie sich lang aus. Schaute in den Himmel, dachte: *Warum verhinderst du solches Unglück nicht, lieber Gott?* Am Tag konnte sie durch ihr Fenster die Enten oder auch badende, spielende Kinder beobachten. Wie sie selbst hier oft gespielt hatte. *Bin ich nun schon in einem Alter, wo aus Spiel Ernst wird?* Manche erzählten von Kinder- oder Jugendlieben. Das kannte sie nicht. Sie hatte Jungen gemocht, aber irgendwie passte es nie. Wenn sie lieber Himbeeren von Mund zu Mund wandern ließ, wollte er an ihr Oberteil. Wenn für sie Zärtlichkeiten das Äußerste waren, wollte er mehr. War sie deshalb jetzt so närrisch, alles zu erfahren? Weil sie Angst hatte, etwas zu verpassen? Oder weil es an der Zeit war? An i h r e r Zeit? Fünfzig Schritte waren es bis zu ihrem Haus. Es tat ihr jetzt leid, dass sie sich von der Comtesse nicht richtig verabschiedet hatte. Ihre Kunstakademie sollte in Meisterateliers umgewandelt werden. *Eine fremde, geheimnisvolle Welt,* dachte Elvira.

Begegnungen auf dem Wall

»Alles ist erotisch!«, hatte Elvira einmal einen bekannten Dichter in einem Interview zur Bedeutung der Erotik in der Literatur sagen hören. Was ihr damals fraglich erschien, bejahte sie jetzt. *Gibt es etwas Wichtigeres im Leben,* dachte sie. *Zumindest in bestimmten Zeiten?* Seit dem Opernbesuch hatte sie das Gefühl, dass ihre kleine Welt mit der großen verschmolz. Und erotischer geworden war. Früh auf dem Weg zur Arbeit ging sie jetzt täglich an einem Blumengeschäft vorbei, kaufte sich eine Kamelie, wie sie die Protagonistin der Oper getragen hatte, und steckte sie sich ins Haar. Das ging seit Wochen so. Es muss nicht gesagt werden, welche Ausstrahlung eine so anmutige junge Dame wie Elvira dadurch erhielt. Natürlich folgten bewundernde, ebenso wie neidische und abwertende Bemerkungen. Ja, sogar: »Ach, das ist wohl so eine?« Gerümpfte Nasen. Elvira störte es nicht. Sie strafte Zweifler und Neider mit einem gewinnenden Lächeln. Ellen sagte zu ihren Kolleginnen im Gewerkschaftshaus: »Unsere Elvira ist halt zurzeit ein bisschen verrückt. Aber wenn Verrücktheit so aussieht – wer wollte es dann nicht sein?«

Am Nachmittag nach dem Dienst ging Elvira gern die fünfhundert Meter zum Rossgärter Tor hinauf, hoffte wohl auch immer ein bisschen, am Oberteich auf den Professor zu stoßen – und schlenderte dann über den Wall an der Litauer Wallstraße zurück nach Hause.

Im 19. Jahrhundert war Königsberg neu befestigt worden. Angeregt durch die gerühmte neue Befestigung von Paris im Jahre 1840 und durch eine gefühlte neue Bedrohung durch Russland. Die alten Anlagen waren zudem nicht einmal mehr zur Abwehr von Schmuggel und Desertionen tauglich gewesen. Schwerpunkte waren eine Nord- und eine Südfront. Auch das alte Fort Friedrichsburg wurde modernisiert. Generäle und Künstler kamen mit ihren Vorschlägen zu Wort. Es sollte ein zweckmäßiges und ästhetisch befriedigendes Bild von Wällen und Gräben, Bastionen und Kasematten entstehen. Die Erdaufschüttungen an den Gräben wurden mit Bäumen bepflanzt. Die Tore, neogotische Backsteinbauten, Festungs- und Verkehrsanlagen in einem, mit Medaillons und Standbildern von Männern der preußischen Geschichte geschmückt. Am Rossgärter Tor mit Scharnhorst und Gneisenau. Diese Herren hatte sich Elvira am besten eingeprägt. Auch die Personennamen der Medaillons am Sackheimer Tor von Bülow und York fielen ihr relativ rasch wieder ein. Ganz in der Nähe hatte ihre Schule gelegen und als Kinder hatten sie beim Spiel oft um die Namen gewetteifert. Schwierigkeiten hatte sie stets an dem wohl berühmtesten Tor ihrer Vaterstadt: dem Königstor. Meist lief sie an den Toren ohne Bedacht vorbei, genoss das Grün rechts und links auf den Wällen, wo Baumkronen mitunter regelrechte Tunnel bildeten. Als sie diesmal vor dem Tor stehen geblieben war, wieder rätselte und mit dem Finger auf den Ersten zeigte, halblaut »Ottokar« sagte – fuhr über ihr eine Stimme fort: »Ja, schöne Kameliendame, der Böhme, der als Gründungsvater der Stadt gilt, daneben Herzog Albrecht, der Universitätsgründer. Nur der ganz rechts, Kurfürst Friedrich III., weiß nicht, warum er hier steht: ein Prolongeur, sein Vater hat Stadt und Staat vorangebracht, er selbst war von Natur aus eher benachteiligt, hat vielleicht deshalb auf dem Denkmal bestanden?«

Elvira drehte sich um. Ein langer Blondschopf in etwas abgerissener Kleidung stand vor ihr. »Ist Benachteiligung nicht auch ein Grund für ein Denkmal?«, fragte sie. »Und was ist ein Prolongeur?«

»Ein Verlängerer, einer der weitermacht, was andere einfädelten. Sein Vater nämlich. In der Jugend verschlossen, aber mit Sendungsbewusstsein, sodass die Leute ihn später ›großer Kurfürst‹ nannten.«

»Ich glaube, ich lege keinen Wert darauf, zur Schau gestellt zu werden«, sagte Elvira. »Und du? Lang genug bist du ja, willst sicher kein Prolongeur, eher jemand mit Sendungsbewusstsein sein?«

»Ich reime ein bisschen. Sendungsbewusstsein hat vielleicht mein Vater, ein Häusernarr. Solche Väter oder der Inzest bei den hohen Herren, egal, machen uns klein. Der Sohn von Herzog Albrecht war gemütskrank. Den nannte das Volk ›blöder Herr‹.«

Sie gingen noch ein Stück zusammen über den Wall Richtung Sackheim. *Die Menschen sind ungerecht,* dachte Elvira. *Schwermut hat doch nichts mit Dummheit zu tun?* Der blonde Bursche – er war nicht viel älter als Elvira – merkte jetzt, dass er in die falsche Richtung lief. Er verabschiedete sich, rief zurück: »Gehst du oft hier lang?«

»So und so«, antwortete Elvira.

»Ich täglich. Bin Sackträger auf deinem Sackheim. Schleppe die schweren Säcke von den Pregelschiffen in die Speicher. Unser Kolonnenführer meint, jetzt komme bald das Teufelszeug von maschinellen Aufzügen, das uns die Arbeit klaut.«

»Sackheim hat aber nichts mit Sackträger oder Sackträgerheim zu tun«, rief nun Elvira ihm nach. Sie hielt einen Moment inne, weil ihr einfiel, wie Ellen und ihre Kolleginnen im Büro über das Wort anzüglich gespottet hatten. »Sackheim war früher das Stubbendorf, ein Dorf auf gerodetem Waldland.« Er fuhr sich mit dem Zeigefinger an die Stirn, dann zum Himmel, was wohl heißen sollte, dass er begriffen, es noch nicht gewusst habe.

Elvira hob ihre heruntergefallene Kamelie auf und steckte sie sich wieder ins Haar. Da stand doch tatsächlich der Professor vor ihr!

»Hübsch!«, sagte er zu der Kamelie. Hatte er womöglich gehofft, ihr hier in der Gegend ums Sackheimer Tor zu begegnen, so wie sie ihm am Oberteich? Ein warmes Gefühl durchströmte Elvira. Sie war ihm nicht gleichgültig! Sofort war sie bereit, ihm irgendwelche Dummheiten zu verzeihen. Der Blondschopf drehte sich noch ein paarmal nach ihnen um. Doch als Isakess fragte: »Ist die Kamelie von ihm?«, nickte Elvira. »Ja! Ein Liebster«, fügte sie sogar noch hinzu. Er reagierte, als habe er es überhört, indem er ihr ins Wort fiel. Er bitte sie um Entschuldigung für seine Worte letztens. In so einer heiklen Sache gebe es keine kurzen und einfachen Antworten. Er würde ihr gern seine Auffassung detaillierter darlegen, damit sie ihn verstehe.

Sie verabredeten sich erneut in Isakess' Haus. Offenbar war seine Frau nicht so einfach zu neutralisieren, denn es dauerte seine Zeit. Elviras Wunsch war ungebrochen, wenngleich gedämpfter. Sie spürte, dass das eine, das Biologische, und das andere, die Wertschätzung, sich nicht so leicht auseinanderdividieren ließen, wie sie es sich vorgestellt hatte. Und dann: »Ein Liebster«, war ja gelogen. Aber war ein Mensch, zuvorkommend, hilfreich, nett und schlau noch dazu, nicht liebenswert?

Sie merkte, dass sie sich zum ersten Mal Gedanken darüber machte, was für einen Mann sie gern an ihrer Seite hätte. Sie schlenderte um das Sackheimer Tor mit den Herren Bülow und York herum, ein Stück aus der Stadt hinaus bis zum unteren Kupferteich. Rechts davon am Pregel lag ein Reichswehrübungsplatz, an der Stadtmauer die Bastion Litauen. Ihr pazifistischer Vater hatte jedes Mal gewettert, wenn sie mit ihm hier entlanggegangen war. »Wie lange wirds noch dauern – und sie marschieren wieder? Nach Litauen?« Vater war ein Russenfreund, meinte jedoch damit alle östlich ihrer Grenze, auch die Balten. Elvira beabsichtigte, wie sonst parallel zum Pregel über die Sackheimer Hinterstraße zu ihrer Wohnung in der Blumenstraße zu gehen. Sie staunte nicht schlecht, als ihr vom Pregelufer der Blondschopf entgegenkam. Vermutlich war er über die Augusta- und die Steile Straße eilends zurück zum Sackheim gelaufen, um vor ihr hier zu sein.

Er sagte: »Ich wollte dich einfach noch einmal sehen.« Elvira war gerührt. Sie nahm die Kamelienblüte aus ihrem Haar, reichte sie ihm, gedachte, dadurch gleichzeitig ihr schlechtes Gewissen gegenüber dem Professor zu beruhigen, die Unwahrheit etwas zu korrigieren, sagte: »Danke! Wie heißt du eigentlich?«

»Wilhelm«, antwortete er. »Wenn du nächste Woche wieder hier bist, werde ich dir ein Gedicht von mir schenken.« Als machte ihn diese Aussage sehr verlegen, lief er winkend weg. Drehte sich aber nochmals um und fragte: »Und wer war der ältere Herr vorhin?«

»Hmm? Ein Liebster!«, antwortete Elvira nochmals keck. *Ist doch die Höhe! Kennt mich eine halbe Stunde und schon so neugierig. Und von wegen »älterer Herr«!*

Sie blieb noch eine Weile am Pregelufer stehen. Sie liebte den Fluss, träumte sich an ihm gern übers Frische Haff zum Meer hin. *Ein Dichter ist er,* sinnierte sie. Aber die Väter schienen sich alle zu gleichen. Jahrelang hatte sich kein Mann um sie gekümmert. Und nun gleich zwei? Wirkte sie abweisend? Einer hatte ihr einmal gesagt: »Schöne Frauen betrachtet man wie Unberührbare.« War sie überhaupt schön? Auf Schritt und Tritt begegneten ihr Frauen mit sehr angenehmem Äußeren, sodass sie sich nicht selten wie ein Allerweltsmarjellche fühlte, wie ihre Cousine Isabella sagen würde. Schönheitskonkurrenzen waren für sie eine absurde ungerechte Männeridee. Und vor allem: Sie w o l l t e berührt werden! Stattdessen entdeckte Elvira am nächsten Morgen in dem schmalen Streifen weicher Gartenerde vor ihrem Haus, den die Mieter dem sich anschließenden Rasen abgetrotzt hatten und wo auch sie schon wiederholt Primeln, Stiefmütterchen und andere Blumen eingepflanzt hatte – ein frisch gesetztes Vergissmeinnicht-Sträußchen. Sie war entzückt, aber auch verlegen – wer mochte es gewesen sein? Der Professor? Wohl eher Wilhelm. Oder ein Dritter? Galt es ihr womöglich gar nicht? Untröstlich wegen ihres Schabernacks, jedem den anderen als ihren Liebsten bezeichnet zu haben, erfuhr sie zur Strafe nun womöglich nie, ob s i e gemeint war.

Innere Nöte eines Professors

Eine Zeit lang erschien es Elvira, dass aus der Berührung auch diesmal nichts würde. Der Professor war jedoch salopper gekleidet als bei ihrer ersten Begegnung in seinem Heim, trug eine weite helle Hose und einen dunkelblauen sommerlichen Pullover, der seinen muskulösen Oberkörper leicht zeichnete. Sie hatte sich dagegen mit einem dünnen Wollkleid und einem Jäckchen etwas mehr bepackt als unlängst, da ein kühler Wind aufkommen sollte. Es gab wieder Tee mit Plätzchen, die seine Frau gebacken hatte.

Noch wortwörtlich hatte Elvira des Professors emphatische Rede im Kopf, als er jetzt sagte:»Mit so einer jungen Dame wie Sie über Begehrlichkeiten zu reden, ist heikel, wirkt schnell abgeschmackt. Aber mir ging es um die wissenschaftliche Seite: Was kann ich und was können andere über mich aussagen? Es heißt, die Menschen unserer Zeit seien

Spezialisten ohne Esprit und Genießer ohne Herzlichkeit. Aber wenn der gemeine Mann sich dann doch einmal aufrafft und auf sich selbst besinnt, wird er von der gesellschaftlichen Maschinerie entleerter Arbeit und oberflächlichen Freizeitvergnügens wieder heruntergerissen. Und das soll nun der Arzt, der Psychoanalytiker richten? Niemals! Würden Sie, Fräulein Elvira, sich mit Problemen einem Menschen anvertrauen, bloß weil er meint, Ihnen auf den Grund der Seele schauen zu können? Ich nicht! Meine Selbstaufklärung scheitert oft schon im Ansatz – und da soll ich mich einem Fremden öffnen? Es wäre ein Weg vom selbstkritischen Denken über den Ernst des Lebens in die Bequemlichkeit des Geschwätzes!«

Elvira wagte, einzuwenden: »Ich bin zu wenig belesen, aber wenn ein anderer schlauer ist als ich, kann er mir vielleicht auf die Sprünge helfen?«

»Mag sein«, antwortete Isakess, »wenn es etwas biografisch Naheliegendes ist. Aber zu den Tiefen Ihrer Seele haben nur Sie selbst Zugang. Und auch uns bleibt vieles verschlossen – vor Gott.«

Verwundert schaute Elvira auf. Noch halb in Gedanken versunken kam ihr der Professor in diesem Moment besonders aufrichtig vor. Als er ihren Blick erwiderte, fragte sie: »Glauben Sie sehr fest an Gott? Bei mir ist es sehr schwankend. Manchmal bete ich zu Gott, um seinen Beistand zu erbitten. Manchmal sage ich mir: Ach, es gibt ihn ja doch nicht. Sonst hätte er sich mir bestimmt schon mal gezeigt.«

Isakess nahm einen großen Schluck Tee, aß zwei Plätzchen und sagte lächelnd: »Der Philosoph Nietzsche soll den Dichter Stendhal um einen Witz beneidet haben: ›Die einzige Entschuldigung für Gott ist – dass es ihn nicht gibt.‹ – Sie können darüber auch nur schmunzeln, wie ich. Augustinus, der große Kirchenlehrer, sagte: ›Ich glaube, weil es widersinnig ist.‹ Ich versuche es auch immer wieder. Gehe aber nur selten in die Synagoge. Und ein religiöses Leben führe ich mit meiner Frau auch nicht. Wahrscheinlich haben die Menschen zu allen Zeiten nach Gottes-beweisen gesucht. Doch Gott lässt sich eben nicht hören, sehen, spüren – nur glauben.«

Isakess bemerkte wohl die Ungeduld seiner Besucherin. An ihrem etwas irrenden Blick. Wieder stellte er sich die Frage, was sie bei ihm suchte. Er wagte, seinen Gedanken nicht zu Ende zu führen. Er hatte die Verabredung selbst gewollt. Fürchtete jedoch nun die Konsequenzen. Sie nickte ihm bestätigend zu, mit einem unsicher fragenden Augenaufschlag und einem betörend hilflosen Lächeln, das er als Aufforderung nahm, fort-zufahren. »Ich bin Wissenschaftler«, sagte er. »Ein Mann der Fakten. Ge-fühle können irren. Das Faktische nie. Es ist sogar reproduzierbar, sooft man will. Mein Großvater war ein emsiger Viehhändler. Er schwor darauf, am Maul, den Zähnen, der Haut, dem Schweif den Wert eines Pferdes, einer Kuh, eines Schafes zu erkennen. Ich wollte es genauer wissen. Als Student arbeitete ich mehrere Semester im Labor eines Physiologiepro-fessors. Ich besorgte mir aus unserem Zoo Kröten, Fische, Salamander, Schlangen und maß ihre Körpertemperatur. Verglich sie mit der Tempera-tur in ihrer Umgebung. Mit und ohne Körperarbeit. Was kam heraus? Der Stoffwechsel der Tiere erzeugt zwar auch Wärme, aber sie konnten sie nicht im Körper speichern. Als Assistenzarzt arbeitete ich mit einer Me-thode, die der Psychologe Wundt, ein Lehrer meines Lehrers Kraepelin, entwickelt hatte. Anhand von Wörtern prüfte ich die durch sie ausgelösten Gedankenassoziationen bei verschiedenen Patientengruppen. Später be-fasste ich mich mit Bewegungsabläufen von Patienten, versuchte Beson-derheiten zusammenzufassen … Sie sehen, Fräulein Elvira, bei dieser wissenschaftlichen Vorgeschichte musste ich skeptisch gegenüber ge-fühlsbetonten Vorstellungen und deren Deutung durch die Psychoanalyti-ker sein – und bin es noch heute.«

Elvira hatte auf den Lippen, »schade« zu sagen, hielt sich aber zu-rück, zumal der Professor selbst fortfuhr: »Vielleicht ist das schade?

Vielleicht ist es aber ein sinnvoller Schutz? Eine Wissenschaftshaltung wird zur Lebenshaltung! Oder umgekehrt!«

Wieder befiel eine leichte Trauer Elvira. Wahrscheinlich hatte sie sich einfach für den Falschen entschieden. Ob ein Psychoanalytiker der Richtige war? Sie kannte keinen. Hatte auch nicht die Absicht, einen kennenzulernen. In der Königsberger »Allgemeinen«, die sie und ihre Mutter jahrelang auf dem Sackheim ausgetragen und die sie im Büro noch abonniert hatten, war ihr neulich das Bild eines Berliner Nervenarztes aufgefallen. Durch seinen kahlen Kopf und das breite Gesicht mit großen glasigen Augen sah er ein bisschen wie eine Dogge aus. Überschrieben war der Zeitungsartikel mit: »Abnormes Bohren im Sexuellen«. Elvira konnte gar nicht sagen, ob die Dogge bohrte oder ob sie das wie Isakess den Psychoanalytikern vorwarf. Sie hatte die Zeitung schnell beiseitegelegt, als eine Kollegin zu ihr trat. Als sexuell besonders neugierig oder gar abartig wollte sie nicht gelten. Sie machte sich schon genug Gedanken über sich selbst. Überlegte, ob sie häufiger zum Tennisspiel gehen und bis zur Erschöpfung trainieren sollte. Zu Zeiten, zu denen der Professor nicht da sein würde. Außer Kräppelchen musste sie sich nun auch noch dessen Lehrer »Wunde« merken; Elvira kicherte ein bisschen, weil sie fand, dass solch lustigen Wortassoziationen ihr Gedächtnis ungemein beflügelten. Nämlich: Kraepelin und Wundt. Beim Abschied kam es nun doch noch zu der Berührung – und zu einem gelinden Schock Elviras.

Isakess war in die Garderobe gegangen, um sich eine Jacke überzuziehen, da er Elvira ein Stück begleiten wollte. Die Tür von dem kleinen Empfangssalon zu seinem Arbeitszimmer stand offen. Elvira tat einen Schritt zur Schwelle hin und dann noch zwei ins Zimmer hinein, weil sie sich ein sie irritierendes Bild auf dem Schreibtisch genauer ansehen wollte. Gustave Courbet, »Ursprung der Welt« konnte sie gerade noch lesen. Sie hörte eine Tür zuschlagen, lief zurück und prallte mit Isakess zusammen, der von ihrem Ausflug jedoch nichts bemerkt hatte. So standen sie einen Moment, Leib an Leib, jeder klammerte sich an den anderen, wie im Reflex. Für einen Sekundenbruchteil hatten sie sogar beide die Augen geschlossen, was Elvira erfreut wahrnahm, da sie sie zuerst wieder öffnete. Isakess sagte:»Gehen wir!« Wie ein Automat lief Elvira neben ihm her. Ein bisschen glücklich, dass sie ihn kurz in ihren Armen hatte – völlig verstört über das Bild.

Das war auch der Grund, weshalb sie sich unter einem Vorwand bald verabschiedete. Wie gern wäre sie mit ihm noch durch halb Königsberg gelaufen. Sie stürmte wieder die Kaskaden zum Schlossteich hinunter. Wo waren die lustigen Fontänen der Springbrunnen? Abgestellt? Oder gab es sie nur in ihrer überhitzten Einbildung? Ein Zettel hatte auf der Bildkopie gelegen. In Isakess' Handschrift:»Le Réalisme!«

Zu Hause schaute Elvira gleich in einem Künstlerlexikon von Rudolph, dann in einem Französisch- und in einem Doktorbuch nach und kam zu der Überzeugung, dass das Bild besser mit »La Pornografie« bezeichnet wäre. Sie legte sich auf ihr Bett. Zweifel kamen auf: *Warum malte ein großer Künstler eine »Vulva«, wie die Mediziner sagten. Nichts weiter als eine, nein, d i e weibliche Scham. War »Ursprung der Welt« nicht ein bisschen zu hoch gegriffen? Vielleicht »Ursprung des Lebens« oder eines Lebens?* Dieser Gedanke rührte sie an. Sie würde gern ein Kind haben wollen, vielleicht auch mehrere. Unter Frauen hieß es, dass ihre Scham für Männer anziehend sei. Folgte der Künstler womöglich einem triebhaften Rausch? Oder einem Impuls aus Spaß? Einem Auftrag? Warum hatte ein Wissenschaftler, für den es sich hierbei um menschliche Niederungen handelte, ein solches Bild auf seinem Schreibtisch? Isakess' Meinung, dass der Mensch nicht alles ergründen könne, versöhnte sie in diesem Moment eigentümlicherweise. Sie schlief ein.

Liebesreiz

Elvira drehte ihr Gesicht dem Wind zu. Sie liebte es, wenn er ihr ins Haar fuhr, es ihr über Augen und Mund blies, es aufblähte. Sie wollte es wieder etwas länger wachsen lassen. Einige bunte Laubblätter tanzten vor ihr her. Vermutlich sahen Elvira und Wilhelm sich im selben Augenblick. Sie freute sich, dem langen Blondschöpfchen, wie sie für sich sagte, wieder einmal zu begegnen. Sie war eine Zeit nicht mehr über den Wall gegangen. Gedanklich zu sehr mit Isakess beschäftigt. Doch der hatte nichts von sich hören lassen. *Hat der unbeabsichtigte Körperkontakt seine Prinzipien verletzt,* fragte sich Elvira. Oder hielt er es für möglich, dass sie das Courbetbild gesehen hatte, und schämte sich? Sie war aus seinem Arbeitszimmer gestürzt, hatte wohl dabei die Tür etwas weiter aufgestoßen. Jedenfalls hatte er sie heute vor dem Gewerkschaftshaus abgepasst und für morgen in sein Haus gebeten.

Wilhelm war überglücklich, Elvira wiederzusehen, nannte sie seinen Traumengel, den ihm der Himmel geschickt hatte. Wie flink und geschmeidig sie ihre schönen Beine setzte, als sie jetzt die letzten Meter auf ihn zugelaufen kam, sich bei ihm unterhakte. Er fand sich tollpatschig und ungelenk. Wäre jetzt aber am liebsten mit ihr im Wind in die weiße Wolkenburg überm Wall abgehoben. Mit seinem Kopf deutete er auf ihren bei ihm eingehakten Arm und sagte: »Was würde dein Liebster dazu sagen?«

Statt einer Antwort legte sie seinen langen Arm um ihre Hüfte, meinte: »Er müsste von der anderen Seite zufassen!«

Sie dachte in diesem Moment tatsächlich: *Besser zwei als keinen!* Aber waren ihre Plätze für Liebster und Freund schon sicher verteilt? Sie sagte zu Wilhelm: »Du kannst mich ruhig fester umfassen. Sonst trägt der Sturm mich Würmchen noch davon!« *Er ist verliebt und er ist frei, was suche ich mehr,* sagte sie sich. S u c h t e sie denn schon? Sie fürchtete die Einsamkeit sicher mehr als er. Er hatte seine Bücher. Sie ihr Gewerkschaftsbüro. Beim Tennis fühlte sie sich mehr als Gast. Außerdem hatte sie mit dem Professor noch etwas auszufechten. Sie wollte ihn fragen, was für »gefühlsbetonte Vorstellungen, Traumen« er denn meine. Deren Deutung er ablehne oder anzweifele? Wilhelm erzählte aus einem Buch, das er bei sich trug. Sie schaute zu ihm auf. Er sprach leise. Fast in der Geräuschstärke des vor ihnen sacht treibenden Laubes. *Er will sich nicht aufdrängen. Was er auch redet, er will nicht stören. Keinem wehtun? Gibt es das? Könnte ich das aushalten?*

Am nächsten Tag ging Elvira gleich nachmittags vom Büro zu Isakess. Sie hatte sich morgens etwas leichter und feiner bekleidet, als der Arbeitstag und die Temperaturen es eigentlich verlangten. Eine zarte Bluse, als ein »Hauch von Asien« im Karstadt-Kaufhaus beworben, Rosé mit Grau, ein Schmetterlingsmuster. Dazu ein dunkler Rock. Sie trug gern Figurbetontes. *Irgendwann werde ich es nicht mehr können,* dachte sie, obwohl auch ihre Mutter immer noch sehr schlank war und sich schick kleidete. Elvira machte sich frisch. Über Vorder- und Hinterrossgarten gings hurtig zum Oberteich hinauf.

Isakess begrüßte sie wie immer sehr freundlich. Er war wieder korrekt gekleidet mit Anzug, Fliege und Weste, was Elvira von ihrem Vater nur zu Feier- oder hin und wieder zu Sonntagen kannte. Ein Fläschchen Sekt und zwei Gläser standen bereit. Isakess wollte mit ihr auf ein Wissenschaftsjubiläum anstoßen, das ihm einst auch die außerordentliche Professur eingebracht hatte. Elvira bastelte gedanklich ihrerseits an einer Überraschung. Ein Teufelsplan, wie sie sich eingestand. Entweder sie schlossen einen Pakt! Oder es war alles vorbei! Aber sie wollte sich nicht mehr mit klugen Sprüchen in geheuchelte Niederungen verdammen lassen. Der Sekt kam ihr zu Hilfe. Sie hatte das Glas noch nicht ganz geleert – fühlte sich selig beschwipst. Er ging in sein Arbeitszimmer. Wollte er womöglich das Bild holen? Elvira kam ihm zuvor.

Blitzschnell zog sie sich splitternackt aus, verschüttete dabei den Rest des Sektes, legte sich auf das samtrote Sofa. Nicht in Courbet-Position, aber doch so, dass man sah, worauf sie anspielte.

Er hatte nur einen vorbereiteten Teller mit belegten Broten herüberholen wollen. Stand vor ihr, den Teller in den Händen. Sein faszinierter Blick verriet nicht, ob er dachte: Was für ein Teufelsweib, womit habe ich dieses Glück verdient? Oder: Großer Gott, wo soll das hinführen!

Er stellte den Teller ab und fragte: »Sie haben das Bild also gesehen?« Elvira nickte. Er hielt sich die Hände vor die Augen. Dann nahm er eine Decke, legte sie über Elvira und zog sich langsam aus. »Ich kann Ihnen nur eine Teilerklärung geben. Weil sich die ganze Wahrheit mir auch verschließt. Für uns Kantianer, Naturwissenschaftler, war das Bild ein Aufschrei! Gegen die unsäglichen Fantastereien der Psychoanalytiker. Zumal das Original in deren Kreisen kursierte.«

Er legte sich zu ihr, schloss die Augen – und Elvira genoss, wie seine große warme Hand über ihren Körper glitt. Dann musste sie nur kurz und tief aufatmen – sah Augenblicke später, dass etwas Blut geflossen war. *Wars das schon,* dachte sie. Er hielt inne. Was sie seinem Zartgefühl und seiner Rücksichtnahme zuschrieb, obwohl sie noch einen sanften Ansturm vertragen hätte, wie sie glaubte. Sie ahnte nicht, was kam. Er stand auf, trat ans Fenster, sah in des Nachbars Garten, der vom noch dichten Blattwerk der Bäume recht dunkel wirkte. Langsam drehte er sich wieder zu ihr um, maß sie mit einem Blick, der durch sie hindurchging. Sodass sie nun selbst die Decke über sich ziehen wollte – als er sich keuchend auf sie stürzte. Sie wollte schreien, hämmerte mit ihren Fäusten gegen seine Brust, da er ihr sehr wehtat … Endlich gab er nach. Vor Schmerz hatte sie sich im Bettzeug verkrallt – er ließ sich schlaff zur Seite fallen … Sie hielt s i c h für schuldig, streichelte sein Gesicht, seine Brust. Krabbelte längs auf ihn, um ihn ganz zu spüren, und verharrte still wie ein Kätzchen, dachte: *Ach, mein liebster Jakob-Jud, nun gehören wir wohl ein bisschen zusammen!* Liebkosend drückte sie ihr Gesicht an seinen Hals. Er atmete schwer.

Er wartete täglich vor dem Gewerkschaftshaus auf sie. Seine Frau war für ein paar Tage zu einer Freundin nach Berlin gefahren. Elvira entdeckte ihn meist schon bei einem suchenden Blick durchs Fenster, freute sich. Sie führte ihn auf verschlungenen Wegen durch die Stadt zum Sackheim. Den Wall mied sie, weil sie Wilhelm nicht unbedingt begegnen wollte. Sie hatte sich nichts vorzuwerfen. Es war i h r e Rücksichtnahme, wie sie sich sagte. Nach zwei Tagen ging sie wieder mit zu Isakess. Und nach weiteren zwei Tagen nochmals. Mit Einschränkungen lief es immer ähnlich ab. Das heißt, Isakess war zunächst ein einfühlsamer zärtlicher Liebhaber, der nach einer abrupt selbst gewählten Pause sich ihrer rigoros, ja mit einer aggressiven Note bemächtigte. Was Elvira jedes Mal wieder verschreckte. Zumal Isakess ihr dann verändert schien – kälter, strenger, mitleidslos. Wenn sie ihn auf diese Diskrepanz in seinem Verhalten ansprach, zuckte er mit den Schultern. Als verstehe er nicht recht, was sie meinte.

Elviras Liebesleben begann für sie also mit sehr widersprüchlichen Empfindungen. Und wie allgemein üblich konnte Widerwärtiges eine Abscheu und Lustvolles ein Verlangen befördern. Sofern das Unangenehme nicht nur von einer Ungewohntheit herrührte und womöglich als unsittlich empfunden wurde, aber bei Einlassen darauf man ihm durchaus lustvolles Zartgefühl und Hingabe abgewinnen konnte. So ging es Elvira mit der sogenannten französischen Art seiner Liebesaktivitäten. Jedenfalls beschloss sie für sich, abzuwarten! Weder Verzicht noch neue Gier erschienen ihr sinnvoll.

Ihr war nun auch klar, welche Traumen nur oder vor allem gemeint sein konnten. Isakess' ablehnende Haltung begriff sie freilich jetzt noch weniger. Er hatte dazu förmlich gesagt: »Wir prüften mit einem üblichen Assoziationsverfahren bestimmte gefühlsbetonte Komplexe. Fanden zwar auch wie andere eine Verlängerung der Reaktionszeit, aber keine Vereinheitlichungen, wie die Freud'sche Traumatheorie vorgab.« Elvira hätte beinahe gelacht, so absurd fand sie die Worte, dachte aber: *Kann denn Reden Machen ersetzen,* und hatte ihn gefragt, da sie seinen indirekten Vorwurf noch im Kopf hatte: »Bin ich traumatisiert?«

Er war eng an sie herangerückt, umfasste sie mit beiden Armen, küsste sie zärtlich auf Mund, Wangen und Stirn und antwortete in gespielter Ironie: »Zuvor oder jetzt?«, fuhr aber gleich fort: »Du willst nicht zurück zur Natur, wie ich vor ein paar Tagen irrtümlich vermutete. Du bist die Natur selbst, meine Liebe! Hast Hunger aufs Leben. Ich muss aufpassen, dass ich davon noch was abbekomme.«

»Danke, mein liebes Jakob-Jüdchen«, hatte sie mutiger und gerührt erwidert – und war alsdann, wie von einer Bö ihres Freundes Wind erfasst, aus dem ihr zeitweise wie ein unheimliches Verlies anmutenden hübschen Professorenhäuschen hinausgeflogen.

Vor dem Wrangelturm hatte sie überlegt, ob sie sich nach links zum Sackheim oder nach rechts zum Tragheim wenden sollte. Sie entschied sich für die Senkrechte nach Norden. Wollte ihre Eltern in Ballieth kurz besuchen. Vater und Mutter und auch Rudolph freuten sich sehr, sie wieder einmal zu sehen. Mutter hatte Pflaumenkuchen gebacken, den Elvira gern aß. Wenn es kühler wurde, wollten die Eltern wieder bei ihr in der Blumenstraße auf dem Sackheim einziehen. Rudolph blieb wahrscheinlich bei seiner Freundin. Der Einzug ins neue Haus, das mit Fenstern und Dach schon recht stattlich aussah, war für nächsten Frühsommer geplant. Der Putz fehlte noch. Vornehmlich der Innenausbau würde den Männern noch viel Arbeit machen. Mutter Anja merkte sehr wohl, dass ihre Tochter nicht so gelöst war wie sonst. Ja, das große Glücksgefühl hatte Elvira nicht erlebt. Kurz klopfte sogar der Gedanke an, nun mit einem Verlust leben zu müssen. Sie dachte an ihr langes Blondschöpfchen Wilhelm, aber auch an ihren Ritter Isakess. Seine Abschiedsworte hatten sie irgendwie versöhnt. Er wollte für gut ein Jahr zu Forschungszwecken nach Berlin gehen, in eine Klinik, mit der seine hiesige kooperierte. Wohnen konnte er zunächst mit bei der Freundin seiner Frau. Elvira empfand seinen Weggang ein bisschen als Flucht vor ihr, in schlimmen Minuten als Verrat. Obwohl sie sich dann zügelte, sich sagte: *Das Biologische ist erledigt! Mehr wolltest du nicht!* Insofern wäre also auch Erleichterung angebracht. Und wenn er sie liebevoll ansprach, rührte er sie schnell. Das waren Glücksmomente für Elvira. Vielleicht bestand ja das Glück nur aus solchen Momenten? Anja schaute ihrer geliebten Tochter mit Tränen in den Augen nach. Eine erste oder d i e große Liebe? Sie hatte auch nur einen Einzigen geliebt. Ihren Kurt. Irgendwann würde sie es von ihr erfahren.

Grüner Gürtel und grünes Licht

Elvira puzzelte weiter an ihrem Glück. Verheißungsvoll stieg die Sonne auf. Ein warmer Tag, um sich die Spannung von der Seele zu laufen, in Frohsinn zu wandeln. Wie schnell würde das Jahr ausklingen über einen womöglich barschen nassen Herbst und einen rauen Winter. Sie wollte ihr kleines bescheidenes Glück festhalten, wenn möglich mehren. Ohne Zukunft? Für den verheirateten Isakess war die Ehe eine bedingungslose und dauerhafte totale Lebensgemeinschaft, wie er sagte. Daran wollte auch Elvira nichts ändern. War ihr Glück also eines auf Zeit? *Warum nicht,* dachte sie sich. *Lieben und geliebt werden!* Waren Isakess' kurze Unbeherrschtheiten nicht auch ein Ausdruck von Leidenschaftlichkeit?

Sie war dicht an seinem Haus vorbeigegangen. In der Hoffnung, vielleicht doch noch einen Blick von ihm zu erhaschen. Aber Isakess saß längst im Zug nach Berlin. Sie lief auf der Auguste-Viktoria-Allee bis zum nördlichen Oberteichufer. Die Natur erschien ihr so herrlich grün wie im Frühling. In Maraunenhof, eine Villenkolonie, befand sich die Stadtgärtnerei. Sie lieferte nicht nur Pflanzen für die städtischen Anlagen, sondern hatte auch ihren Botanikunterricht in der Schule unter anderem mit Gift- und Heilpflanzen bereichert. Vor gut einem Dutzend Jahren war hier oben am östlichen Oberteichufer die erste Schrebergartenkolonie Königsbergs entstanden. Der Grüngürtel zog sich vom Kupferteich am Pregel hinter dem Sackheimer Tor im Südosten über den Wall mit Königstor zum Rossgärter Tor und weiter um den Oberteich in westlicher Richtung bis zum Nordbahnhof, neben Cranzer und Samlandbahnhof hin. Elvira wollte den ganzen Tag verbummeln. Die Sonne schien heftig, aber es wehte ein leichter Wind, und da sie das Meer sehr liebte, hatte sie immer den Eindruck, dass er den Geruch von Tang und frischem Meersalz zu ihr trug. Alte Kirch- und Friedhöfe waren kleine grüne Oasen, der Tiergarten eine große. Elvira umging ihn, lief durch die reizvolle Grabenschlucht oberhalb der Hufenallee, wollte unbedingt auch in ihrem Lieblingspark Luisenwahl spazieren. Darin bewunderte sie immer wieder des Bildhauers Rauch schöne Büste der Königin Luise.

Elvira dachte: *Ich habe zwar noch nicht so viele Städte gesehen, wie mein Jakob-Jüdchen, aber selbst, wenn es nur diese eine bliebe, ich glaube, ich würde nichts vermissen.* Zu guter Letzt wollte sie allerdings noch zum Hafen – das Tor zur Welt wenigstens als Traum! Sie lächelte vor sich hin. Sie sah plötzlich ihren Jakob bildhaft vor sich: verlegen wie ein Bub, nicht wie ein Mann, der ihr Schmerzliches angetan. *Sollte ich ihn besser mein »Garstig-Jud« nennen? Jüdchen verharmloste.* Es machte ihr den Professor jedoch besser handhabbar, holte ihn auf Augenhöhe. Und hatte sie nicht bei allen Juden immer ein bisschen ein widersprüchliches Gefühl gehabt: die Reichsten, Schlauesten und die Ärmsten, Gedemütigsten, Getriebenen. Hochachtung neben Mitleid? Hatte er das womöglich gespürt? So wie sie manchmal einen sehr hochmütigen Zug um seinen Mund wahrnahm?

Im Hafen waren mit dem Aufschwung des Handels zu Beginn des 18. Jahrhunderts große Speicher errichtet, der Holsteinische Treideldamm bis zum Haff verlängert und die Pregelmündung ausgebaggert worden. Doch Zölle, russische Einfuhrverbote und die nicht aufzuhaltende Verlagerung des Welthandels von der Ost- in die Nordsee machten den Königsbergern die Konkurrenz schwer. Erleichterung schaffte die Übernahme der Verwaltung des Hafens durch den preußischen Staat und die Senkung der Gebühren. Nach und nach wurde der Innenhafen ausgebaut. Steinmauern ersetzten hölzerne Bollwerke, der Pregel wurde weiter vertieft, die Ufer begradigt, elektrisch betriebene Kräne aufgestellt, Zuführungsgleise verlegt. Schon im Kriegsjahr 1915 hatte man mit dem Bau des Außenhafens begonnen. Festen Baugrund fand man erst unter einer zehn Meter dicken Schlamm- und Torfschicht. Auf Tausenden Pfählen aus bayrischen Lärchen und polnischen Kiefern baute man die Kais und Speicher. Eisbrecher hielten im Winter die Fahrrinne nach Pillau offen. Im Sommer verkehrten Vergnügungsdampfer von Pillau nach Swinemünde, Travemünde und Helsinki.

Elviras Beine waren vom Tagesmarsch noch nicht müde. Überall wohin sie durfte, setzte sie ihre flinken Füße. Alles war hier interessant, aufregend. Die Arbeit der Sackträger, der Kranführer, die Zurufe der Steuerleute und Matrosen. Offenbar war für sie alle auch der Sonntag nicht unbedingt ein Ruhetag. Elviras Cousine Isabella hatte einmal einen Schiffsingenieur als Freund, der ihr – nicht zu Isabellas Unwillen – statt Blumen stets Säckchen mit Linsen brachte, die Isabella in die Familie weiterreichte. Elvira und Isabella hatten sich darüber sehr amüsiert. Und die burschikose Isabella witzelte, der Herr Ingenieur wisse gar nicht, wie viel Luft er ihr damit geschenkt habe. Der Geheimrat Goethe solle ja in seiner Sterbestunde auch um mehr Luft gebeten haben. Seitdem wusste Elvira immerhin, dass Königsberg einmal Welthandelsplatz für Linsen war. Derlei Informationen war sie sehr zugetan. Sie dachte immer, *was erzähle ich bloß einmal meinen Kindern über ihre Heimatstadt, wenn Vater nicht mehr da ist?* Den traurigen Gedanken, sie könnte keine Kinder bekommen, verdrängte sie schnell. Erst gestern hatte sie wieder gestaunt, zufällig gehört, während sie mit Mutter den Pflaumenkuchen aufschnitt, wie Vater zu Rudolph sagte: »Keine zweihundert Meter östlich unserer Wohnung hinter dem Sackheimer Tor hat man eines der größten Gräberfelder entdeckt: Bauern und Fischer vom prußischen Stamm der Samen, brandbestattet. Ihre Beigaben erzählen uns viel. Schwerter kannten sie noch nicht. Messer und Tüllenäxte waren ihre Waffen.«

Elvira ging langsam von den großen Hafenbecken zur Stadt zurück. Über die Grüne Brücke zur Kneiphofinsel mit dem Dom, die vom Pregel umflossen wurde. Der Alte Hafen mit seiner Lastadie, seinen Lastkähnen, Dampfern und Segelschiffen wirkte auf sie immer sehr beschaulich. Manchmal lief sie um den Dom, an der Synagoge vorbei zum Schloss. Diesmal über die Krämerbrücke zur Hauptpost und weiter zum Paradeplatz. An der Neuen Universität mit ihren langen Rundbogenfenstern und Arkaden und am Kantdenkmal schlenderte sie vorbei. Von Mal zu Mal konnte sich ihr Weg leicht ändern. Aber Schloss, Schlossteich, Paradeplatz und Kneiphof waren doch immer dabei. In gehobener Stimmung wie heute ließ sie sich wochentags gern von der dichten Menschenmenge treiben, störte sich nicht an etwas aufdringlichen oder sich ruppig-derb Platz schaffenden Leibern. Sie genoss ihre Stadt. Gab es eine schönere? Zum Sonntag war es etwas friedlicher. Aber in der Woche wimmelte es auf den Straßen ums Schloss, auf dem Kaiser-Wilhelm-Platz mitunter schwarz vor Menschen. Die Straßenbahnen quietschten überladen um die Kurven. Zwanzig Jahre lang hatte eine Pferdebahn den Transport übernommen. Vor der kleinen Parkanlage warteten noch Pferdedroschken. Alte Männer und Frauen hatten sich auf die Bänke am Geländer ums Bismarck-Denkmal zurückgezogen. Über die Nöte all dieser Menschen, die auch bald die ihren werden würden, machte sich Elvira dank ihrer Jugend keine Gedanken. Nicht über Versailler Vertrag und durch den Staat geborgtes Geld. Die Handelskrise schwelte im Verborgenen. Die Landwirtschaft, Ostpreußens Rückgrat, zerbrach nach und nach. Konkurse häuften sich. Elvira, zwar im Gewerkschaftshaus angestellt, war entgegen Bruder und Vater ein relativ unpolitischer Mensch. Einer Bezeichnung als »Romantikerin« hätte sie zugestimmt.

Über die Altstädtische Langgasse und die Lutherstraße machte sie sich am Abend wieder auf zum Sackheim. Sie mochte nichts mehr essen, nur noch gehörig trinken, Wasser, Saft – und fiel todmüde ins Bett.

Indessen suchte Professor Isakess im Zug nach Berlin für sich ebenfalls nach einer Sinngebung. Er hätte sich der jungen Frau verschließen können. Er hatte es nicht nur nicht getan, sondern seine Gedanken weilten auch jetzt wiederholt bei ihr, während er zu seiner Ehefrau unterwegs war. Seine Auffassung von der Ehe hatte er nicht nur Elvira, sondern auch seinen Studenten oft kundgetan. Und er gedachte auch nicht, davon abzurücken. Obwohl der entstandene Riss, der sich mitten durch seine Aussage und sein Verhalten zog, unleugbar war. Zum ersten Mal hatte er über Kants Vernunft gegen Neigung nicht parliert, sondern einen Kampf ausgefochten – und verloren. Der Mensch ist unvollendet und nicht vollendbar, besänftigte er sich. Unser Leben ein verschwindendes Dasein zwischen Gott und unserer Existenz, unserem eigentlichen Selbstsein. Er brauchte philosophische Gedanken zu seiner Rechtfertigung, die er doch nicht fand.

Die Jugend hat ihre eigene Philosophie. Die Intelligenten unter ihnen wollen sich nicht anpassen, den Zeitgeist herausfordern, ganz selbstbestimmend sein; was immer sie darunter verstehen. Für ihn selbst war Anpassung stets eine Hauptbedingung seines Vorankommens gewesen. Issakar!: Gott gibt Lohn, hieß es im Hebräischen. Nun, Isakess hatte ein bisschen Lohn erhalten, aber vor allem dank seines Fleißes, seiner

Genügsamkeit und Unterordnung. Auch dank seiner Grenzen. *Und da kam eine Jeanne d'Arc, um sie kraft ihrer Jugend und ihres Zaubers zu sprengen? Zwanzig Jahre jünger, mir fünfzig voraus? Nein, unsere Grenzen sind unsere über Jahrhunderte von den Deinigen angelegten Fesseln! Dem hässlichen Menschenstamm mit den plumpen Füßen. Mal tollpatschig, mal keck, meist unterwürfig. Eine Gemeinschaft von Krämern und Maklern, ein paar glücklosen Akademikern. Sich selbsterziehend zur Nähe zu Sachsen und Schwaben. Aber stets als Fremdkörper missachtet. Glaubst du etwa, liebe Elvira, dass Kräppelchen mich geliebt hat für die Verteidigung seiner Größe? Du bist die Ausnahme, die auch den Gedemütigten lieben kann, als wärst du eine von uns. Kant hatte seine Vorurteile gegenüber Nathan. Die Zionisten schämten sich nicht, ihren zweiten Weltkongress mit der Tannhäuser-Ouvertüre ihres Meisterhassers einzuläuten. I c h habe zwar manches Psychoanalytikers akribische Forschung bewundert, aber sie getadelt – der hierarchischen Ordnung halber. Der Naturwissenschaft gebührt das Primat in der Medizin [14]! Die deutschen Intellektuellen pervertierten sich derweil im Kriegsjubel. Ein Schock, der mich vom nationaldeutschen Juden wieder zum kulturdeutschen tendieren ließ. Doch womöglich stehen uns schlimmere Zeiten bevor, Elvira, wenn nicht mehr die Religion als das Trennende gilt, sondern die Rasse.*

Seine liberale und nationale Haltung hatte Isakess in jungen Jahren von seinem Vater erworben, der ein Kenner und Verteidiger der großen Aufklärer war. Eine wuchtige Gestalt, so hochgewachsen wie der Sohn, mit weißem Haarkranz und weißem Bart. Als Viehhändler und Mohel im Osten, im Grenzgebiet zu Litauern lange unterwegs. Tausende Knaben hatte er beschnitten. Als seine Frau Sarah gestorben war, zog er nach Königsberg, heiratete ein zweites Mal. Ein Jahr später gebar ihm Ethel ihren Sohn Jakob. Die Eltern sagten sich, dass es der »wahre Jakob« sei und kein »billiger Jakob« werden solle, sparten für ihn, um ihm ein

Studium zu ermöglichen. Das war Jakobs Glück. Sein zweites Steinchen dafür fand er als Student: in Solveig, seiner Frau, einer Textilverkäuferin. Sie führten ein stilles und einander treues Leben. Solveig wartete mehrfach geduldig auf ihn, wenn er für seine Wissenschaft unterwegs war. Kinder stellten sich nicht ein. Was sie mit Bedauern, aber als Schicksal hinnahmen. Ein Einschnitt bedeutete Elvira.

Solveig, bescheiden und geduldig, doch weder unattraktiv noch von schlichter Auffassung, hatte gespürt, dass ihr Mann sie mit scheinbar harmlosen, ja gutmeinenden Manövern außer Haus wünschte. Sie ging darauf ein. Von der zweiten Begegnung mit der fremden Frau berichtete er ihr. Von der dritten wusste sie noch nichts, ahnte sie aber. Ihr Mann schilderte die Frau als Verehrerin; was ihm jedoch mehr Bürde als Freude bereite. Solveig wusste, wen er meinte. Sie hatte die junge Frau auf dem Tennisplatz in seiner Nähe gesehen. Ihr weiblicher Instinkt sagte ihr, dass kein Mann dieser natürlichen Schönheit widerstehen könne. Sie selbst aber gewiss einem Mann – wenn überhaupt, nur selten ja sage. Auf ihren Jakob gemünzt, hieß das: Er könnte ihrer Wahl entsprechen. Sie hatte sich nicht getäuscht.

Ihr Intimleben sah Solveig kritisch, doch nicht problematisch. Sollte sie lebhafter agieren? Oder er? Sie genügten sich, wie sie beide einander mehrfach versichert hatten. Ihr körperliches Verlangen war nicht sehr groß. So hatte sie ihm grünes Licht gegeben für diese Beziehung. Er müsse selbst wissen, wie weit er gehen wolle, falls das zur Entscheidung stehe. Wichtig sei für sie allein, dass er stets heimkehre, sie ihn nicht verliere. Jakob hatte sie umhalst wie selten, als dankte er ihr. Dabei versichert, dass er nicht den kleinsten Grund liefern werde, dass solche Befürchtungen einträfen. Da er Gleiches wünsche wie sie.

Judenschlingel

Fast zwei Jahre blieb Isakess in Berlin. Seine Frau pendelte in dieser Zeit ein paarmal zwischen der deutschen und der ostpreußischen Hauptstadt. Und jedes Mal fürchtete Isakess, sie könnte Elvira aufsuchen und zur Rede stellen. Er hatte keinen Grund, es anzunehmen, Solveigs Verlässlichkeit, ja ihr Versprechen anzuzweifeln. Doch sie musste spüren, dass ihm diese Frau nicht aus dem Kopf ging. Obwohl er selbst nicht wusste, ob er den Kontakt wieder aufnehmen würde. Ob Elvira ein Glückssteinchen oder ein Stolperstein für ihn war? Immerhin baute er sich kleine Brücken. Jesus sagte in seiner Bergpredigt: »Wer ein Weib ansieht, ihrer zu begehren, der hat schon mit ihr die Ehe gebrochen in seinem Herzen.« Solveig hatte ihm grünes Licht gegeben, wenn auch dieses nicht genauer definiert. Für Elvira war er wohl bisher der einzige Mann. Waren seine Gewissensbisse nicht überflüssig? Eine Jeanne d'Arc war Elvira nicht. Sie spürte keine Mission. Sie war ganz sie selbst, Natur pur. Causa sui! Isakess entwickelte den Hang, mit wissenschaftlichen und halbwissenschaftlichen Thesen das eigentliche Problem zu umgehen. Er hielt es für legitim, sich an das Ungewisse heranzutasten. In der wissenshungrigen Elvira fand er dafür dankbare Aufnahme. Ja, je mehr Isakess sie in seinen spärlichen Briefen in ein Geflecht von Gedanken und Vorstellungen führte, die ihr fremd waren, umso mehr fühlte sie sich zu ihm hingezogen. Sie hätte ihm gern jede Woche, jeden Tag einen Brief geschrieben, wollte jedoch weder ihn noch seine Frau, von deren Besuchen bei ihm sie wusste, derart bedrängen. *M i c h hat er noch nie nach Berlin eingeladen,* empörte sie sich innerlich. Machte sich aber sofort ihre Stellung bewusst, sodass eher Schuld als Protest in ihr dominierte. In diesem Denken, mit rationalen Überlegungen gefühlsmäßige Erfahrungen zu verdrängen, war sie Isakess nicht ungleich. Obwohl es bei ihm, dem Wissenschaftler, geübt, Ursachen zu finden und

Zusammenhänge herzustellen, eine ganz andere Dimension besaß. Elvira reagierte auch diesbezüglich natürlich, locker, jugendlich: *Ich kann und will ja gar nicht seine Frau sein!*

Isakess war sich unsicher geworden, ob er überhaupt ein Problem hatte. Er war Jude: ein Problem, das in jüngster Zeit wieder gefährlich und vielstimmig anklopfte. Und sonst? Als Arzt und Professor hatte er auch noch in Jahren wirtschaftlicher Talfahrt halbwegs sein Auskommen. Bescheiden und strebsam, wie Solveig und er lebten. Das Schicksal fragte freilich nicht nach ethischen Werten. Aber Isakess hatte für sich ja das Spielchen entwickelt, sich mit philosophischen und religiösen Fragen zu beschäftigen, um sich über sich klarer zu werden. Unerwartet war dabei der begeisterte Zuspruch Elviras, sofern er sie einweihte. Er hatte sich in Berlin mit einem Kollegen beraten, seines Alters, ein renommierter Fachmann, Begründer eines bekannten Entspannungsverfahrens, Vertreter einer nicht psychoanalytischen Psychotherapie. Isakess hielt das Gespräch mit ihm geheim. Aus Scham, sich Spott auszusetzen. Auch zu dem Kollegen war er nicht sehr gesprächig gewesen, sodass dieser ihm eine Selbstanalyse empfahl. Um gegebenenfalls innere Blockaden zu lösen, ihren Ursachen auf die Spur zu kommen. Oder um sich überhaupt erst einmal zu vergewissern, was ihn bedrückte. Womöglich sei er nur verliebt?

Nein, verliebt bin ich nicht, sagte sich Isakess. Konnte er überhaupt lieben? Oder war er zu dröge und zwanghaft dafür? Liebte er Solveig, obwohl er oft an eine andere dachte? Seit seinem Fehlverhalten stellte Isakess all sein bisheriges Tun und Denken infrage. Glaubte er noch an Gott? Den er bisher als einen Angelpunkt seines Lebens bezeichnet hatte. Wenn ja, an welchen? Auch die Juden kannten einen alten und einen jungen kriegerischen. Im Alten Testament hieß es: »Der Geist Gottes schwebte über dem Wasser.« Der Messias? Oder war es ein Hinweis auf die Dreifaltigkeit der Christen? Nannte er sich Judenchrist, um sich nicht festlegen zu müssen? Assimilation in beide Richtungen? Er fühlte sich als Jude, aber lebte wie jedermann. Er dachte als Christ, hielt Jesus für einen Messias, akzeptierte aber auch die Gewissheit seiner orthodoxen Brüder, dass i h r Messias noch komme. Oder dass man Jude stets nur in religiös-ethnischer Einheit sei. Unter Fehlverhalten verstand er entgegen Elvira, die nur die kurzen brutalen Auswüchse meinte, auch seine Annäherung an sie generell. Sie selbst war ja dankbar für seine Zuneigung, störte sich eben nur an ihrer groben Vollendung. Ein Aspekt, der ihm auf geheimnisvolle Weise abhandengekommen zu sein schien. Sie hatte ihn darauf aufmerksam gemacht. Und d a r a n entsann er sich. Aber nicht an die Sache selbst. Ein dunkler Fleck, der ihn tief beunruhigte, den er immer wieder als Irrtum, als Einbildung verwarf – und doch eigentlich der Grund, weshalb er so flugs nach Berlin aufgebrochen war, weg aus Elviras Reichweite. Konnte man Dinge tun, die man hernach nicht wusste? Einer sensiblen jungen lebenssüchtigen Frau – ein bisschen provokativ, aber in keiner Weise verletzend oder gar selbst Verletzens würdig.

Aus diesem unbestimmten Schuldgefühl heraus hatte er als gläubiger Mensch ihr in einem Brief die Gretchenfrage gestellt; noch erinnernd, dass sie von ihrem schwankenden Glauben berichtet hatte. Er verband damit die Vorstellung, dass sie vor Gott Einvernehmen erzielen und alles Getane getilgt werden könne. Sie antwortete sofort: »Ja, ich bin religiös! Wenn ich in den Himmel schaue, mir das Weltall vorstelle, die unfassbare Unendlichkeit, dann empfinde ich Demut und Dankbarkeit. Ist das nicht ein religiöses Gefühl?« Er war verblüfft. Schrieb ihr, dass er es auch so sehe, holte aber seinerseits noch etwas aus: »In dieser uns von der Natur eingegebenen Religiosität sollen wir eine Empfänglichkeit für ein Gottesbewusstsein entwickeln. Meint ein Theologe namens Schleiermacher. Jesus habe uns dafür vorbereitet. Und der romantische Philosoph Schelling sieht die Natur überhaupt als eine gottbeseelte. Aber

Kierkegaard, ein dänischer Theologe und Philosoph, sagt uns, dass sich jeder Einzelne erst durch seine innere Hinwendung an Gott, durch Glauben u n d Handeln verwirklichen kann. Unser Sein sei existenzielle Lebenskunst. Nicht einfach Versenkung, sondern Aneignung!«

Elvira antwortete:»Ich habe bei mir im Gewerkschaftshaus einen Kollegen gefragt, was wir philosophisch unter ›Sein‹ zu verstehen haben, wenn es nicht unser normales Alltagsleben ist. Er sagte: ›Nach Hegel bestimmt unser Bewusstsein das Sein. Nach Marx das Sein unser Bewusstsein. Doch unser Alltagsleben werden schon beide dabei auch im Sinn gehabt haben.‹ Übrigens ist mir Schleiermacher im Moment am liebsten: Da darf ich wohl auch ein bisschen gottlos sein und bin trotzdem noch religiös.«

Isakess erwiderte:»Manche sagen, wir Menschen der Neuzeit seien gar nicht mehr religiös, sondern nur spirituell eingestellt. Wir hätten den Wunsch nach einer ganzheitlichen Welt oder nach einer Verschmelzung mit dem ›anderen‹.« Er selbst halte es mehr mit Kierkegaard.

Isakess meditierte wieder öfter, nicht allein, um jenes obskure Gefühl loszuwerden, diese vermeintliche oder tatsächliche Blockade seiner Besonnenheit, sondern weil es zu seiner bisherigen Lebensführung gehört hatte, von ihm nur etwas vernachlässigt worden war. So gingen die Wochen und Monate dahin, ohne dass ihn eine grundsätzlich neue Erfahrung erfreut oder aufgeschreckt hätte. Wie gewohnt wurde er auch von seinen Berliner Kollegen für seine klinische Arbeit, seine Ideen geschätzt. Ein kleines Forschungsprojekt zur Schlafkurbehandlung bei schizophrenen Erkrankungen hatten sie abgeschlossen. Kontakte hielt er in Grenzen. In Berlin lebten die meisten deutschen Juden. Inzwischen viele Ostjuden. Es hatte auch schon gewaltsame Ausschreitungen gegen sie gegeben. Bekannt war, dass der neue Politstern am deutschen Himmel den Juden die deutsche Staatsbürgerschaft verweigern wollte. Die Arbeitslosenzahlen und die Wahlerfolge seiner Partei stiegen. Isakess hatte schon an seine Heimkehr gedacht, als ihn in seinem zweiten Berliner Winter ein Traum verstörte. Und bald darauf ein Erlebnis. So blieb er noch, als wenn in der Ferne das mögliche Rätsel besser zu lösen sei.

Sein Traum: Sie waren irgendwo in den Dünen der Kuhrischen Nehrung. Er, sein Vater und ein Dienstmädchen, das Elvira sehr ähnlichsah. Zumindest war es so schlank und schön wie sie. Ihn verwirrte, dass ihr Haar wiederholt seine Farbe wechselte. Von schwarz zu blond zu rot. Auch ihr langes seidiges Kleid, das ihr bis zu den Füßen reichte, wechselte mitunter die Farbe von dunkel zu hell, sodass es dann wie durchscheinend wirkte. Im Wind flatterte es anschmiegend um ihren Leib. Er hatte das Gefühl, dass Vater hinter dem Dienstmädchen her war, was ihn grämte, da er es auch sehr mochte. Sie flüsterte ihm zu: ›Verrat es nicht! Er tötet mich sonst!‹ Sie lief vor ihm weg, versteckte sich zwischen den Dünen und forderte auch ihn dazu auf. Er sah Vater immer nur als Schatten, der um die Dünen flog, die sie mit Holzschaufeln weg und um schippten, weil es so eine Anordnung war. Aber das Meer schwemmte alles immer wieder durcheinander. Und sie mussten von vorn beginnen …

Isakess erinnerte sich, dass er als Student zusammen mit Kommilitonen einmal in einem Königsberger Speicher Korn umgeschaufelt hatte. Von einer Seite auf die andere. Immer wieder. Damit es sich nicht entzündete. Ihm fiel auch ein, dass sie tatsächlich eine Zeit lang ein Dienstmädchen im Hause hatten. Er war wohl so acht oder zehn Jahre alt gewesen. Es war eine derbe Frau vom Lande, die schon in mehreren Haushalten gearbeitet hatte. Vater hatte sie wohl mehr für ihn als Gouvernante angestellt, die ihm Ordnung beibringen sollte. Er hatte gesagt: »Sie mag uns Juden zwar nicht, aber ist fleißig und billig.«

Mehr konnte Isakess mit dem Traum zunächst nicht anfangen. Im Winter fuhr er einmal in Berlins Peripherie, wo mancherorts kleine Märkte abgehalten wurden, die für Städter zu erschwinglichen Preisen

Obst, Gemüse, eingewecktes Fleisch und dergleichen anboten. Es war grimmig kalt und manche Frauen hatten sich unter ihren Schemel einen Topf mit glühenden Kohlen gestellt, dämmten den Wärmeverlust rundum durch ihre weiten, dicken dunklen Röcke. Das kannte er aus Ostpreußen. Ihre Dienstfrau trug ebensolche Röcke. Ihm fiel jetzt sogar ihr Name wieder ein. Mit ihrer Hausarbeit war sie immer schnell fertig. Setzte sich dann zu ihm, um ihm bei den Hausaufgaben zu helfen. Einmal strich sie ihm übers Haar und sagte: »Na, du kleiner Judenschlingel – hast du überhaupt schon 'nen Pimmel?« Sie öffnete seine Hose und streichelte ihn, kommentierte: »Na ja, een Bleistiftchen!« Ein andermal schlug sie vor, Versteck zu spielen, drückte ihn kraftvoll nieder und schlug ihre Röcke über ihn. Ob er denn schon wüsste, was man mit so einem Bleistiftchen mache? Er wusste nicht mehr, ob er neugierig oder einfach überrumpelt war. Heiß, wie glühende Kohlen kam es ihm jedoch vor, als sie plötzlich sein Gesicht gegen ihre Scham drückte. So heftig, dass er fürchtete, zu ersticken. Das wiederholte sich in den Monaten darauf noch zwei-, dreimal.

Isakess fragte sich, warum ihm das alles nicht schon eher eingefallen war. Aber auch, ob es überhaupt eine Erklärung war für sein Verhalten? Und für welches? Die Frau hatte wohl auch tatsächlich gesagt: ›Verrat es nicht!‹ Von Tötung keine Rede, kein Gedanke. Oder doch? Hatte e r womöglich gedacht oder geträumt: Vater müsste sie töten! Sie hasst uns! Judenschlingel!

Monate später, schon wieder in Königsberg, erfuhr Isakess, dass sie einen kleinen Posten in der Ortsgruppe der NS-Frauenschaft innehatte. Seine Gedanken kreisten wieder oft um sie. Nach und nach lichteten sich Erinnerungsbilder. Als heranwachsender Mann hatte er bei sexuellen Themen meist weggehört. Über die Reize der Mädchen sprach er weder begierig noch abfällig. Er schwieg, war für beide Urteile anderer Jungen jedoch sehr empfänglich. Er entsann sich auch, dass in seinen Träumen ihr Dienstmädchen oft eine Rolle gespielt hatte. Als böse Fee und auch als begehrliche Prinzessin. Ihm schien jedoch der Schluss voreilig, dass seine Kindheitserlebnisse seine distanzierte Haltung zur Sexualität und sein eher abständiges Sexualleben mit Solveig beeinflusst hätten.

In einem Brief hatte er Elvira seine Rückkehr nach Königsberg angekündigt. Ihr gleichzeitig geschrieben, dass es ihm gegenwärtig gewagt und nicht ratsam erscheine, dass sie sich mit einem Juden treffe. Was Elvira kränkte. Sie wusste schließlich selbst, was sie zu tun hatte! In seiner Abwesenheit war sie ihrer Freundin Ellen wieder näher gerückt. Sie war mit ihr auch zweimal wieder in einer Oper gewesen. Für Elvira neuerlich wunderbare Klang- und Spielerlebnisse, mehr als für Ellen. Gern plauschten sie nach der Arbeit in Cafés oder beim Bummel am Schlossteich. Isakess seinerseits wollte seine Frau nicht aufs Neue kränken. Und Elvira hatte in den zwei Jahren nicht selten an den langen Blondschopf Wilhelm gedacht: *Wäre es nicht eine vernünftige Lösung?*

Elvira und Isakess strebten also nicht direkt zueinander, aber ihre Kreise berührten sich nicht zufällig. Was halfen Vorsätze, wenn ihrer beide Geschichten noch nicht ausgestanden waren, es noch etwas zu begleichen gab? Könnte man meinen. Isakess lief jetzt abends oft am Pregel entlang, auf den Sackheim zu. Und Elvira wieder zum Oberteich hinauf. Mit häufigen Blicken zum Wrangelturm. In Isakess Überlegungen spielte Vernunft neuerdings mit einem anderen Akzent eine Rolle: Der Mensch konnte sehr wohl mit rationalen Argumenten seine Gefühle zudecken. Aber hatte nicht der große Kant sie schon gelehrt, dass die sinnliche Wahrnehmung der begrifflichen Erfassung bedürfe, um Erkenntnis zu sein? Stieg Verdrängtes irgendwann aus der Versenkung auf – oder nur, wenn es mit unserem Leben kollidierte?

Die inneren Ängste der beiden waren noch nicht überwunden. Bei Elvira die Furcht vor Gewalt. Bei Isakess vor einem Blackout. Die äußeren Ängste wehrten sich. Elvira schaute sich ein paarmal um, wenn sie um den Wrangelturm zu seinem Haus und zurückging. Er prüfte, ob er beobachtet oder verfolgt werde, je mehr er sich ihrem Mietshaus am Pregel näherte. In der Regel bog er in seine Richtung nach Norden ab, bevor er es sah. Als er es einmal nicht tat, stand sie plötzlich am Pregelufer vor ihm. Sie sahen sich lange an. Ungewissheit und Ängstlichkeit in beiden Blicken. Dann warf sich Elvira an seine Brust, klammerte sich fest, als wollte sie ihn nicht wieder loslassen.

Sie verabredeten sich für die Woche darauf. Brauchten wohl eine letzte Besinnungspause. Elvira war entschieden. Isakess zögerte noch … Zwei Stunden später, wenn tiefe Dunkelheit sie umfing, sollte es sein. Er ging wie ein Einbrecher zu ihrem Haus. Nur auf den Außenballen der Füße, um keine Geräusche zu verursachen. Elvira erwartete ihn schon in der Haustür. Oben zogen sie einander langsam aus. Ein bisschen ungelenk, wie zwei Pennäler. In der Art eines formelhaften Vorsatzes sagte er sich: *Ich darf ihr nicht wehtun, was auch immer passiert!* Elvira wirkte entspannt, frei von Angst. Er genoss ihre Schönheit. Mit seinen Augen, Händen, Lippen. Sie seine zärtliche Zuwendung. Und als sie beide in höchster Lust erbebt waren, sagte er sich, kopfgesteuert, wie er sich bisweilen bezeichnete: *zu viele Gedanken gemacht, Jakob!*

Doch als er dann aufgestanden war, um etwas Saft für Elvira und sich aus ihrer Küche zu holen – und zurückkommend sie immer noch sehr gelöst und lustvoll vor ihm lag, schoss ein irrer Gedanke durch seinen Kopf, ihm entglitt das Glas, er tat einen Schritt nach vorn, wankte, schlug mit seiner Stirn auf der Holzdiele auf, rappelte sich sofort halb benommen wieder hoch und wusste, dass er sich vor zwei Jahren wie in Trance nicht auf sie, sondern auf eine andere gestürzt hatte … Um ihr seine gereifte Manneskraft zu beweisen und sie für erlittene Demütigung selbst leiden zu lassen? Jedenfalls mit einer Intensität, die ein Vielfaches des einst Erlebten war.

Besorgt bemühte sich Elvira um ihn, küsste die Schramme an seiner Stirn. Doch er lachte wie befreit, umhalste sie immerzu und bedeckte sie nun seinerseits mit Küssen, Füße, Beine, Leib, ließ nichts aus, liebkoste sie wieder und wieder, sodass sie mehrfach verzückt leise aufschrie. Schmerzhaftes war von so einem fröhlichen und beschwingt-lüsternen Liebhaber nicht mehr zu befürchten.

Es war der Beginn einer Leidenschaft, die sie oft schuldvoll empfanden, doch von der sie nicht lassen konnten. Was in ihm in den zwei Jahren bis zur Stunde vorgegangen war, behielt er für sich. Elvira empfand es später oft als wundersame Wandlung. Ihre Liebe stand vor harten Proben. Sie hätte wohl kaum mehr als Wochen, Monate überdauert, wenn das Einende nur das Erleben lustvoller Körperlichkeit gewesen wäre. Für Isakess bedeutete sie einen Aufbruch nach innen, in sein Selbst. Für Elvira einen Aufbruch nach außen, in eine ihr unbekannte geistige Welt. Oft sagten sie einander aus Angst vor schneller Vergänglichkeit ihrer Zweisamkeit, sie wollten unbedingt – was auch komme – diese Stunde, diesen Tag, da sie zusammen waren, in ihrem Gedächtnis festhalten, da ihnen niemand diese Zeit mehr nehmen könne. Isakess spürte diese Ängste noch stärker als Elvira. Sozusagen hautnah als Jude. Sie hielt seine Befürchtungen oft für überzogen. Er hatte ihr nicht nur nichts über seine Kindheitserlebnisse erzählt, sondern auch Worte wie Judenschlingel vermieden, damit sie nicht womöglich aus Feingefühl von ihrem gelegentlichen zärtlichen »mein lieber Jakob-Jud« abließ, das ihm sehr von Herzen kam. Da Elviras Eltern und ihr Bruder in das neu erbaute Haus eingezogen waren, trafen sie sich immer spätabends bei Elvira in der kleinen Wohnung am Pregel. Meist ließen sie sich zunächst kaum Zeit für ein paar Worte der Begrüßung, strebten stürmisch danach, eins zu sein. Nackt traten sie dann im Dunkeln ans Fenster, umarmten sich, schauten zum Pregel hinunter und zählten die beleuchteten kleinen Fischerboote und Schubkähne, die flussabwärts fuhren. Einmal waren sie

im heftigen Verlangen aus dem schmalen Bett auf den harten Dielenfuß-
boden gefallen, zerrten wie im Reflex noch ein Stück Zudecke unter sich
– und schliefen schließlich mit einander fest umschlungenen Armen und
Beinen ein. Als Elvira erwachte, wagte sie nicht, sich zu rekeln, dachte:
*Ich will seinen Körperduft atmen. Ich möchte alles von ihm festhalten,
nichts hergeben – und muss es doch!* Isakess wunderte sich nicht wenig
über sein neu erwecktes Triebleben. Immer häufiger verging ihnen freilich das Interesse an lustvoll genossenen Tollheiten. Elvira knipste dann
das Licht an, ließ die Rollos herab.

Sogenannte Kampfverbände der Parteien marschierten durch die
Straßen, auch über den Sackheim. Sie grölten, prügelten sich. Das waren
Stunden, in denen Elvira kaum ansprechbar war oder nur depressiven
Gedanken nachging und sich von Isakess' Befürchtungen anstecken
ließ. Von einem Vorfall wird noch die Rede sein.

Zwei Dinge

Es war in den Wochen vor der Machtergreifung durch die Nationalsozialisten. Eine Art Galgenhumor erfasste die beiden Liebenden. Besonders
Isakess. Beglückung durch Elvira, Existenzbedrohung angesichts der
politischen Lage. Ja, zuweilen fragte er sich aufgrund seines Lebens-
wandels: *Ist meine Bestrafung schon in Vorbereitung?* So sehr er sich
innerlich von einer Last befreit fühlte, so wenig war er doch mit sich im
Reinen. Zumal nicht nur seine persönliche, sondern auch seine wissenschaftliche Welt ins Wanken geriet. Und er floh wieder in eine Geistigkeit, die Elvira faszinierte, jedoch auch erschreckte.

»Weißt du, was Augustinus seinem Freund entsetzt, zugerufen hat?«,
trug er eines Tages Elvira mit Eifer vor.»›Ungebildete stehen auf und reißen den Himmel an sich! Und wir mit unserer Bildung ohne Herz wälzen

uns in Fleisch und Blut!‹ Augustinus hatte Frau und Kind. Gefühle von Liebe und Kränkung kannte er nicht. Er schickte die Frau zurück nach Afrika, wo er in Karthago studiert hatte. ›Ich will nur Gott und die Seele verstehen, sonst nichts!‹, gestand er. Als hätte unsere Seele nichts mit Liebe zu tun! Worte von Paulus sollen ihn dann bekehrt haben: ›Lasset uns ehrbar wandeln. Nicht in Fressen und Saufen, nicht in Schlafkammern und Unzucht … pflegt nicht das Fleisch zur Erregung Eurer Lüste.‹«

Er legte sich neben die halb nackte Elvira aufs Bett, die ihre Blöße instinktiv etwas bedeckt hatte. Ihr war wie Weinen und Lachen. Zärtlich strich Isakess ihr süßsaures Lächeln hinweg. Sie schnappte mit ihren Lippen nach seiner Hand. »›Keine Gier auf Fleischeslust, auf Wissen, um des Wissens willen, auf Macht und Einfluss!‹«, fuhr Isakess fort. »Diesen inneren Streit zwischen Leidenschaft und Gottessuche hat Augustinus mit schwerem Asthma und anhaltender Afonie bezahlt. Die Stimme versagte ihm, er konnte nur noch flüstern!«

Nun lachte Elvira, zunächst zögernd, erleichtert, dann herzhaft. Sie warf ihre Bettdecke von sich und krabbelte wie ein Kätzchen auf den lang neben ihr ausgestreckten nackten Isakess. »Die Wahrheit liegt also in der Mitte – nicht wahr, Herr Professor?«, sagte sie.

»Ich weiß es nicht«, antwortete er, sah ihr in die Augen, lächelte und strich mit seinem Zeigefinger sanft über ihre Oberlider. Er dachte: *Für dich bestimmt, mein Liebes. Vor ein paar Monaten hätte ich noch nicht für möglich gehalten, dass subjektives Erleben mehr als deskriptive und pathoplastische Bedeutung hat. Nun bin ich fast überzeugt: Asthma und Afonie hätten Augustinus den w a h r e n Weg zum Grund seiner Seele weisen können.* Elvira sagte, als hätte sie mit ihm mitgedacht: »Die Liebe zu Jesus bringt vielen Menschen ihre Welt in Ordnung. Ist für mich aber ein bisschen zu weit weg …«

Als immer mehr Deutsche einem irdischen Führer zujubelten, bekamen ihre Zusammenkünfte hektische Züge. Isakess glaubte jedes Mal, es könnte ihre letzte Begegnung sein. Elvira spürte seine Unruhe. Mit jeder innigen Stunde fühlte sie ihre Schuld anwachsen. Als Eindringling. Und Isakess ging es in Bezug auf Solveig nicht besser.

In diesen Tagen brachte einmal eine junge Kollegin im Gewerkschaftshaus Elvira einen Zettel. »Von einem vornehmen Herrn vor der Tür rasch hingekritzelt«, erklärte sie. Darauf stand: »Heute Abend 19 Uhr im Dom schönes Konzert. Würde mich freuen, wenn Sie kommen. I.«

Vor Freude hätte Elvira die Kollegin am liebsten umhalst. Dann wollte sie ihm hinterherlaufen. Ließ es aber. Ihr Liebster lud sie zu einem Konzert ein! Es war für Elvira so ein Glückssteinchen, das sie für ihr Mosaik brauchte. Vor Aufregung war sie bis zum Dienstschluss kaum noch zu anderen Gedanken fähig. Sie zog ihr schönstes Kleid an, sah wieder sehr verführerisch aus. Manchmal wollte sie etwas gegen eine solche Wirkung tun. Schönheit zieht an, Charakter hält fest, sagte man. Der Busen musste nicht auffallen, ihre Taille nicht betont werden. Dunkle Schatten unter den Augen hatten vielleicht etwas Abweisendes oder Verwerfliches? Aber sie wollte ja gar nicht festgehalten werden, beschwichtigte sie sich dann wieder. Und im Dom war es sicherlich kühl, sodass sie ihren Mantel sowieso anbehalten würde. Was sie vom Dom wusste, wusste sie vor allem von Isakess. Aus der Schulzeit war ihr bekannt, dass er 600 Jahre alt war. Isakess als Kantianer hatte wiederholt über den bitteren Umgang der Stadt mit ihrem größten Sohn gewettert. Erst 100 Jahre nach seinem Tod besann man sich auf ihn. Gedenktafeln und Statuen wanderten umher. Seine Gebeine aus der Professorengruft am Dom in die Stoa Kantiana, eine Wandelhalle für Studenten. Weiter in eine neugotische Kapelle. Vorläufiger Schlusspunkt: ein Grabmal aus rotem Sandstein, modern gestaltet mit den gotischen Formen des Doms.

Isakess wartete ein Stück seitwärts des Haupteingangs auf sie. Sie hakte sich sofort bei ihm unter. Ihr kam der Gedanke, dass man sie für eine seiner Studentinnen halten könnte. Es war ihr nicht unrecht. Studenten hatten meist einen rebellischen Geist. Ihre Wandelhalle bei Kant hatten sie sich gegen professorales Philistertum ertrotzt, als die alte Gruft verfiel. Isakess hatte im Dom auch schon Haydns »Schöpfung« und Bachs »Matthäuspassion« gehört – für Elvira böhmische Dörfer, er schwärmte davon.

Kraftvoll, doch verhalten setzten Orgel und Gesang ein. Elvira drückte sich leicht an Isakess, ergriff seine Hand. Sie war warm, wie meist sein gesamter Körper. Ihre Hände und Füße waren oft kühl, fand sie. Die ernste Musik und der Gesang beeindruckten sie sehr. Obwohl der Text lateinisch war. Sie schaute kurz zu Isakess auf. Er wirkte ebenfalls berührt. Verstand sicher den Text. Der zweite Teil des Konzerts erschien Elvira froher als der erste. »Italienisch«, flüsterte Isakess. Elvira verstand sogar einiges, da sie in der Volkshochschule einmal einen Italienischkurs besucht hatte. Italien war für viele Menschen Inbegriff von Kultur und Kunst. Sie hörte Dankesworte an den Herrn für »frate sole«, »sora luna e le stelle«, »frate vento«, »sor aqua«, »sora nostra matre terra« … Elvira war ergriffen von der Schönheit des Gesangs und vor allem auch der Worte, in denen die Erscheinungen der Natur zu Mitgliedern unserer Familie gemacht wurden. Sowohl das traurige erste Stück »Stabat mater« als auch das zweite »Sonnengesang oder Lob der Schöpfung« schrieben die Historiker den Franziskanern zu. Den »Sonnengesang« speziell Franz von Assisi. Franziskus hatte ähnlich wie Augustinus, aus gutem Hause kommend, 800 Jahre nach ihm als Soldat in jungen Jahren das süße Leben genossen – bevor er innere Einkehr in Armut, Keuschheit und Gewaltlosigkeit suchte.

»Derweil die Kreuzritter noch für ihren Glauben mordeten«, resümierte Isakess.

Elvira setzte einen anderen Akzent: »Als hätten Augustinus und Franziskus erst sündigen müssen, bevor sie Heilige werden konnten?«

»In der Jugend ist unsere Natur wohl stärker als unsere Kultur«, sagte Isakess.

Sie schlenderten von der Dominsel über die Honigbrücke gegenüber der Neuen Liberalen Synagoge. Über den Pregel in die Hamannstraße. Behielten den Fluss auf ihrem Wege zum Sackheim aber immer etwas im Auge. Elvira klammerte sich regelrecht an Isakess. Noch ganz bewegt von dem eben Erlebten. Sie hatte beide Musikstücke noch nicht gekannt, ja, noch nie etwas von ihnen gehört.

»Franziskus hat die Frauen wenigstens nicht wie Augustinus missachtet«, sagte sie und hoffte dabei, dass sich ihre innere Erregung etwas legte. »Glaubst du, wir treiben es zu doll?«, setzte sie unsicher hinzu. Sie sprach vor allem für sich. Sie hatte das Gefühl, selbst immerfort an Zärtlichkeit und Liebe zu denken und Isakess vor allem an Gott. Seine Rechtfertigung vor ihm. Bei ihrem letzten Zusammensein war ihr eingefallen, dass sie bei einem Spaziergang an der Quadermauer vom Schloss eine Bronzetafel entdeckt hatte, worauf Kants Worte von den »zwei Dingen« standen, die immer wieder seine Bewunderung und Ehrfurcht auslösten – »der bestirnte Himmel über mir und das moralische Gesetz in mir«. Isakess hatte dazu gesagt: »Ja, so ist es wohl, Liebes: Gott, die Unendlichkeit und seine Schöpfung. Und unsere Winzigkeit, unsere Lebensspanne ein Windhauch, dem wir wenigstens Ehrbarkeit und Menschlichkeit beigeben sollten.«

Etwas verstört hatte sie wie eine Frage hinzugefügt: »Und Liebe?«

Jetzt küsste er sie, schüttelte den Kopf, sagte: »Nein, wir treiben es nicht zu doll. Vielleicht ist die Liebe in unserer Zeit noch die einzige menschliche Tollheit. Im Genuss wie im Verzicht.« Sie standen im Schatten der Uferbäume. Er schaute zu Elviras Haus hinüber. Vor dem Eingang rauchten und gestikulierten einige Männer, alle in halb militärischer Kleidung. »Heute werden wir verzichten müssen«, sagte er. Sie wollte einwenden, dass sie alle Männer mit Namen kenne. Aber er hatte sich entschieden.

Oben warf sich Elvira auf ihr Bett, wollte fluchen und weinen in einem. Dann nahm sie die Texte der Konzerte zur Hand, die ihr Isakess gegeben, teils übersetzt hatte. *Ich muss sie auswendig lernen,* dachte sie. Und wie sie sich in die Worte vertiefte, so schwand ihre Enttäuschung. *Hatte Isakess recht? Bedeuteten sowohl Genuss als auch Verzicht in der Liebe Gewinn?*

Eine Irispforte, eine Pleite in Lyck und Liebesglück

Wochenlang hatte Elvira nichts von Isakess gehört. Es gab Tage, da geriet sie in euphorische Stimmung und war sich sicher, dass er sich heute irgendwie melden oder in der Nähe des Gewerkschaftshauses oder am Pregel auf sie warten werde. Doch es passierte nicht. Dann folgten trübsinnige Tage, an denen sie versuchte, innerlich Abschied zu nehmen, verstandesmäßig: Er gehört einer anderen! Was ebenso misslang.

Unterdessen überlegten Isakess und seine Frau tatsächlich schon, das Land, das ihre Heimat war, zu verlassen. Er hatte seinen Lehrauftrag an der Universität entzogen bekommen, sich an der Klinik fortan vornehmlich um chronische und Alterspatienten zu kümmern. Bei Kollegen nicht die beliebteste Klientel. Für Isakess wegen der therapeutischen Schwierigkeiten und oft kommunikativen Einschränkungen eine Herausforderung. Seine Frau Solveig spürte in ihrem Kaufhaus zwar noch keine Behinderungen (der Besitzer war ebenfalls ein Jude), doch wie über Nacht wandelten sich Fürsprache zu Ressentiments, Loyalität zu Vorbehalten. Der Kundenstrom dünnte aus.

Elvira erlebte, wie ihr Gewerkschaftshaus von der SA besetzt wurde. Die Angestellten mussten sich unten in den hinteren Räumen der Schwemme einrichten. Erst allmählich begriff sie, was passiert war. Wie viel Hass, Gemeinheit und Willkür diese »nationalsozialistische

Revolution« emporspülte. Jüdische Denkmäler wurden entfernt, Straßennamen getilgt. Der zentrale Walter-Simon-Platz, nach einem verdienstvollen Königsberger Juden, in Erich-Koch-Platz, nach dem Gauleiter umbenannt. Der Kaiser-Wilhelm-Damm, ab 1918 Hansaring, hieß nun Adolf-Hitler-Straße. Das konnte sie ertragen. Besonders litt Elvira unter den Judendiskriminierungen. Die ausgelöste Traurigkeit empfand sie mitunter direkt körperlich. Ihre Sehnsucht und gleichzeitig ihre Angst, ihr Traum könnte zu Ende sein, waren zu groß. *Mein liebster Jakob-Jud,* dachte sie oft, *sehnst du dich wenigstens auch ein bisschen nach mir?*

Lebte er überhaupt noch? Sie war nach der Arbeit wieder einmal in die Stadt gegangen. Sie tat es nicht mehr so gern. Das quirlig-raunende städtische Leben, das sie sonst als anheimelnd und bergend empfunden hatte, wurde fast täglich von Propagandakundgebungen und Parademärschen übertönt. Sie wollte nach Stoffen für ein Kleid und eine Bluse Ausschau halten. Lohnte es noch? Wofür? Für wen? Es war wieder so eine unergründliche gedrückte Stimmung in ihr. Sie kaufte Stoff, der vielleicht besser für Trauerkleidung geeignet war, ärgerte sich schon in der Straßenbahn darüber. Zwei Plätze vor ihr sagte einer zu seinem Nachbarn: »Sie haben ihn die Alte Pillauer Landstraße hinausgejagt. Er war gestürzt, konnte kaum noch laufen. Ein langer sportlicher Kerl. Sie mit Knüppeln immer hinter ihm her. Über die Lawsker Allee Richtung Juditten.«

»Und warum?«, fragte der Nachbar.

»Wahrscheinlich, weil er Jude war. Noch dazu ein schlauer und gläubiger.«

»Juden sind nicht schlau und gläubig, sondern nur gerissen!«, rief einer von der anderen Seite. Elvira klammerte sich an ihren Sitz. Ihr schwindelte. *Ich werde nicht aufstehen können,* dachte sie.

»Gott wird euch alle strafen, soll er noch ausgerufen haben«, sagte der erste Sprecher. »Sie schlugen wohl noch auf ihn ein, als er schon tot war.«

»Das kann doch nicht sein!«, schrie Elvira schreckerfüllt in die Runde. Erstaunt sah man sie an. Sie musste aussteigen. Einer reichte ihr ihre vergessene Tasche mit den Stoffen nach.

»Doch, doch, junge Frau«, sagte der Sprecher. »Herzinfarkt heißt es natürlich heutzutage.« Das hörte sie gar nicht mehr.

Sie hielt sich an einem Baum am Straßenrand fest. *Es ist alles zu Ende*, dachte sie. *Jakob ist tot. Ich wusste es, ich spürte es. Pillauer Landstraße, seine Klinik. Er hat die Bedrohung selbst so stark empfunden und wollte mich schützen.*

»Was soll ich ohne ihn!«, rief sie laut in die Straße hinein. Einige Passanten drehten sich nach ihr um. Aber vielleicht war er gar nicht tot? Ein Hoffnungsschimmer stieg in ihr auf. Schlanke sportliche Männer gab es zuhauf! Dieser Gedanke verlieh ihr Flügel. Vor ihrem Haus machte sie kehrt. Lief die Litauer Wallstraße hinan. Sie betete wiederholt leise: Er möge leben, möge leben! Sie schaute zum Himmel. Im Nordosten spannte sich über den Horizont ein graues Wolkenband. Darüber drängten sich weiße Wolkenberge und der Himmel brach grellblau auf. Wie eine Pforte. Oder war es eine blaue Iris? Nach oben abgeschlossen durch eine schwarze Wolkenplatte. Fasziniert blickte Elvira zu der Irispforte. Gelernte Sprüche sprudelten weinerlich über ihre Lippen: »Stabat mater dolorosa juxta crucem lacrimosa …« Sie schaute immer noch wie andächtig zu der Irispforte, rief plötzlich hinauf: »Was tust du hier, Mutter? I c h bin seine Magdala! Wenn er tot ist, will ich auch nicht mehr leben. Wozu? Quando corpus morietur, fac ut anima donetur paradisi gloria.« Sie kreuzte ein paarmal die Wrangelstraße, als wüsste sie nicht, ob sie auf die Schloss- oder die Oberteichseite wollte.

Solveig Isakess öffnete ihr. Sie erkannte die junge Frau, die ihr vor geraumer Zeit ein Dorn im Auge gewesen war, kaum wieder. Wirr und verzweifelt – ihr Gesicht, ihr Haar. So konnte sie eigentlich nur Mitleid mit ihr haben. Elvira wiederholte wie automatisch ihren paradiesischen

Wunsch. Sie wollte nicht eingelassen werden, wurde auch nicht verstanden. Dann fiel ihr ihr Anliegen ein. Sie fragte: »Ist Jakob zu sprechen?«

Frau Isakess antwortete: »Nein.«

Elvira: »Ist er tot?«

Frau Isakess erschrak, hielt aber die unsensible Frage Elviras Zustand zugute, sagte: »Nicht, dass ich wüsste. Er ist zurzeit nicht gerade quietschvergnügt, aber heute früh war er noch quicklebendig.«

Elvira entschuldigte sich und ging. *Sie lügt,* dachte sie. Sie will es nicht eingestehen. Er war für sie schon lange tot, sie war nur noch seine Mutter. Sie ging zum Pregel hinunter. Schaute in ihr Spiegelbild. *Vielleicht lebt er tatsächlich? Was bedeutet es, wenn man sich für einen Menschen mehr wünscht, dass e r* lebt, *als für sich selbst?* Angezogen legte sie sich in ihr Bett und schlief mit diesem Gedanken ein.

Als sie aufwachte, hatte sie auch helle Gedanken. Sie wollte aber nicht aufstehen, essen, trinken, zur Arbeit gehen. Manchmal schien es ihr, dass an ihre Tür geklopft wurde. Sie rührte sich nicht. Nach drei Tagen erfolglosen Mühens informierten ihre Kollegen um ihre Freundin Ellen Elviras Eltern. Anja und Kurt Przyworra holten ihre Tochter in ihr neues Haus. Unter Anjas Pflege erholte sich Elvira rasch. Ein Arzt sprach von einem Nervenzusammenbruch. Für Isakess ein schreckliches Wort, wie Elvira wusste, da es nichts aussagte. Er erfuhr es aber nie. Erst ein Vierteljahr später sah er Elvira noch einmal.

Sie war wieder zur Arbeit gegangen. Bemühte sich, durch besonderen Fleiß ihr Fehlen auszugleichen. Zu Hause kümmerte sie sich beflissener als sonst um Ordnung und Sauberkeit. Den Kontakt zu ihren Eltern und ihrem Bruder gestaltete sie wieder etwas enger. Hin und wieder traf sie sich mit Ellen. Sie spazierte wieder häufiger über den Wall, neuerdings auch zu den Brücken um die Dominsel. Es war ihr ein Spaß, herauszufinden, ob man nicht tatsächlich bei einem Rundgang alle sieben Brücken nur einmal überqueren musste. Angeblich ging es nicht. Oder waren es inzwischen acht? Sie verhedderte sich meist, obwohl sie sich eine Skizze angefertigt hatte, weil sie durch irgendetwas abgelenkt wurde.

E i n e Ablenkung sorgte dafür, dass sie das Brückenproblem ad acta legte. Ein langer Blondschopf stand auf einer der Brücken. Er lehnte sich rücklings an das Brückengeländer, hatte Elvira schon kommen sehen. Behände wich sie drei SA-Leuten aus. Sie trug ihr schwarzes Haar immer noch halblang. Den Kopf hatte sie ein wenig seitwärts in den Nacken gelegt. Leichtfüßig wie eine Tänzerin kam sie geradewegs auf ihn zu, warf irgendetwas ins Wasser. Vielleicht eine ungültige Fahrkarte. Einige Sekunden lang sah sie zu, wie die Strömung sie forttrieb. Wilhelm stieg über das Geländer und setzte sich auf den überstehenden schmalen Betonrand. Es war wie beim Hechtfang. Man wartete und wusste, er würde kommen. Ihre schlanken Hände drückten fest auf seine Schultern. »Bist du verrückt! Komm sofort zurück!« Wilhelm drehte sich halb um und sagte: »Ich hab Durst.« Er rückte auf dem Betonrand noch ein Stück nach vorn und blickte zwischen seinen Beinen hinab aufs Wasser. Sie griff in sein Haar. »Esel! Komm!« Er fasste nach hinten ins Brückengeländer und richtete sich langsam auf. Unlustig kletterte er zurück. Die SA-Leute kamen wieder vorüber. Elvira nahm Wilhelms Hand und lief mit ihm einige Meter davon. »Mein Vater sagt: Braun is Beschiss, Beschiss wie Kommiss! – Wolltest du wirklich runterspringen?«

»Nur gerettet werden«, antwortete Wilhelm spitzbübisch und dachte: *Sie sieht reifer aus – und noch hübscher mit dem leicht traurigen Zug.*

Er war in diesen Tagen froh, wieder keine regelmäßige Arbeit zu haben. Manchmal entlud er nachts oder in den Vormittagsstunden auf dem Güterbahnhof Waggons. Oder er verkaufte abends die Spätausgabe der »Neuesten Nachrichten«. Jeden zweiten Nachmittag traf er sich mit Elvira am Sackheimer Tor. Sie bummelten über den Wall. Wurde ihnen der Menschenstrom zu dicht, fassten sie sich bei den Händen. Am zehnten

Tag sagte Elvira vor dem Königstor: »Esel, du!«, und küsste ihn auf den Mund. Wilhelm erzählte keinem von seinem Glück.

Einmal, als er Elvira abends nach Hause gebracht hatte, trafen sie am Pregelufer auf Isakess. Wilhelm hatte die flüchtige Begegnung mit ihm auf dem Wall nicht vergessen. Elvira glaubte, ihr Herz stocke. Isakess sagte: »Es lässt sich hier wirklich wunderbar spazieren.« Sie war froh, nicht in Tränen ausgebrochen zu sein, zeigte auf Wilhelm und sagte: »Mein Freund.« Isakess nickte. Er schaute Wilhelm an, hatte auf den Lippen, zu sagen: Sei gut zu ihr! Und halt sie fest, wenn du kannst! Aber er lächelte nur und sagte an beide gewandt: »Alles Gute!« und ging.

Allein oben in der Wohnung überfielen Elvira doch noch die Tränen. Nach einer Weile raffte sie sich auf, sagte sich: *Wilhelm ist es in der Zwischenzeit schlechter ergangen als mir. Und er ist so naiv wie ich. Wir werden gut zusammenpassen ...* Wilhelm hatte erzählt, dass er zweitausend Mark Starthilfe seiner Eltern durchgebracht hatte. Bei seiner Pleite in Lyck: »Der Großbauer, von dem ich die Gaststätte gepachtet hatte, war mein ausdauerndster Gast. Sein Hinternfett quoll seitlich über seinen Stuhl. Wenn er betrunken war, konnte er sein Wasser nicht halten. Nach mehrmaliger Erfahrung bugsierte ich ihn immer rechtzeitig von seinem Lieblingsplatz auf der Eckcouch auf einen Stuhl. Außer an den Markttagen ging das Geschäft nicht gut. Zwei Gaststätten in der Nähe mit erfahrenen einheimischen Wirtsleuten waren für mich eine zu starke Konkurrenz. Mein Vater hatte mir geraten: Wenn die Bauern besoffen sind, musst du sie zweimal abkassieren. Vom Großbauern bekam ich oft nicht einmal die simple Zeche bezahlt. Ein Hoffnungsschimmer wurde für mich der Generalfeldmarschall. Hindenburg reiste zur Einweihung eines Kriegerdenkmals an. Lycks Höhepunkt in seiner bisherigen Geschichte. Der Umsatz an diesem Tag überstieg meine kühnsten Erwartungen. Von dem Enthusiasmus angesteckt, ergriff ich im letzten

Moment eine Trittleiter, um an dem Ereignis teilzuhaben. Gespannt wie alle sah ich über die jubelnde Menschenmenge vor meiner Gaststätte hinweg. Unterdessen ergriff ein mehr an Kassen Interessierter meine Einnahmen ...« *Viel Geld leichtsinnig aufs Spiel gesetzt,* hatte Elvira gedacht. Aber sie hatte ihm keinen Vorwurf gemacht. *Was für Vorwürfe könnte er mir wohl machen, wenn er meine Geschichte wüsste,* sagte sie sich.

So kamen sich die beiden näher. Indem jeder dem anderen zunächst das erzählte, was er für ein Miteinander gut oder für sich selbst als gut empfand. Das Interesse an der Familie des anderen wuchs. Und als Elvira Wilhelm ihren Eltern vorgestellt hatte und ihre Mutter ihr beim Abschied zugeflüstert hatte: »Da hast du dir aber einen Netten ausgesucht!«, war sie entschieden, mit ihm zusammenzuziehen. Das heißt, da Wilhelm in Königsberg nur zur Untermiete wohnte, zog er zu ihr. Die einzigen von ihm gekauften Möbelstücke, ein runder Tisch und ein Stuhl, transportierte er auf einem Tafelwagen zu ihr in die Sackheimer Blumenstraße. Elvira besaß aus dem Bestand der elterlichen Wohnung ein Bett, eine alte Chaiselongue, auf der Wilhelm meist nächtigte, und zwei Stühle. Im An- und Verkauf erstand sie ein Küchenbüfett, das ihr Bruder Rudolph ihnen ein wenig modernisierte. Er hobelte es glatt, setzte Scheiben in den Aufsatz ein, brachte neue stabile Füße an. Elvira strich das Büfett mit hellblauer Farbe. Ebenso ein Brett über dem Herd, auf das sie bunte Keramikbecher stellte. Die kleine Wohnung wurde von Elviras Ideen belebt. An die Wände hängte sie Blumenkalender und lustige Kinderzeichnungen. Als junges Mädchen hatte sie begonnen, Gläser zu sammeln. Rubinrote Römer, aquamarinblaue Sektgläser, Kelche mit glatten rauchgrauen oder gedrehten milchigen Stielen, geschliffene Schalen und einfache Deckelgläser, wie sie in jedem Labor herumstanden. Aber Elvira stopfte knallrote Wattetupfer hinein oder legte eine Rosenblüte auf das Wasser im Glas. Sie verteilte die Gläsergalerie auf

Stube und Schlafzimmer. Als Werri sich ankündigte, hatten sie geheiratet. Von ihrem Ehedarlehen kauften sie sich eine Vitrine und zwei neue Betten …

Doch bevor die neue Generation in unser Blickfeld gerät, sollen noch ein paar Worte zu den Eltern gesagt werden. Elvira und Wilhelm ließen sich in der kleinen evangelischen Sackheimer Kirche trauen. Ein paar Hundert Meter von ihrer Behausung entfernt. Dort war Elvira schon getauft und konfirmiert worden und dort ließen sie auch ihre Kinder bis hin zu Andreas taufen. Ihre Hochzeit hatten sie aus Geldmangel und auch aus Scham und Stolz in stiller Zweisamkeit, gefeiert, wie Elvira vorgeschlagen hatte. Als Gäste und Brautjungfern hatten sie Elviras Freundin Ellen und ihre Cousine Isabella eingeladen. Als Hochzeitsmahl gab es Schöpsenbraten mit grünen Bohnen und Johannisbeerwein.

Aus Scham? Folgendes war passiert: Wilhelm hatte sich, auf berufliche Protektion hoffend, bei der SA gemeldet. War aber nach einigen Tagen des Probeexerzierens, unter anderem auf dem Paradeplatz, wieder abgewiesen worden. Er sei nicht unterordnungswillig und charakterfest genug. Elvira hätte vor Scham über die Geschichte im Boden versinken mögen. Aber als ihr einer ihrer Vorgesetzten im Gewerkschaftshaus sagte: »Habe deinen Mann bei der SA gesehen – schämst du dich nicht?«, hatte sie stolz geantwortet:»Wenn euch das nicht passt, kündige ich eben.« Wilhelm hatte ihr fast unter Tränen gestanden, dass er es nur ihretwegen getan habe, um sie nicht zu verlieren. Aus Liebe! Damit war für Elvira alles entschuldigt. Sie schliefen miteinander. Und wahrscheinlich war das Ergebnis dieses Zusammenseins ihr erstes Liebesglück, wie Elvira ihre Kinder zu nennen pflegte: Werri.

Gewiss hat Elviras Vater, Kurt Przyworra, seinem Schwiegersohn die SA-Episode verübelt. Für Wilhelms Vater, Erich Mattulke, war sie nur ein neuer Beweis der Tolpatschigkeit seines Sohnes. Am meisten litt Elviras Mutter Anja unter den Folgen dieser Ereignisse. Und Elvira brauchte wohl Jahre, um nach ihrer hochzeitlichen »stillen Zweisamkeit« ihrer Mutter leisen Schmerz darum zu stillen. Zum Beispiel auch damit, dass sie ihr immer wieder einmal ihr selbst geschneidertes Hochzeitskleid vorführte. In dem Elvira auch noch mit wachsendem Kugelbäuchchen zauberhaft aussah. Ein Kleid in Weiß, figurbetont, das Oberteil nach Art eines T-Shirts geschnitten, mit kurzen Ärmeln, der Ausschnitt leicht gerafft. Für Wilhelms Ausstattung hatte Isabella gemeinsam mit ihm in einem Leihgeschäft gesorgt. Ihm dabei geraten: »Zwö-ölfender musst du werden, Wilhelm, anders kommst du nich nach o-oben!«

Jakob und Solveig Isakess war inzwischen übel mitgespielt worden. Rowdys hatten lange vor der berüchtigten Kristallnacht ihr Haus am Wrangelturm mit Steinen beworfen, Scheiben zerstört, die Fassade demoliert. Unter dem Druck der Behörden verkauften sie es, zogen in zwei kleine Zimmer der psychiatrischen Klinik am Veilchenberg ein. Elvira hatte Isakess noch einmal in dem Wrangelhaus besucht. Er hatte sie geradezu angefleht, wollte sie unbedingt noch einmal sehen. Ihre Auswanderungspläne waren gediehen. Über Hamburg wollten sie nach Übersee. Solveig hatte sich nochmals für ein paar Tage nach Berlin gewagt. Elvira ging hin. Sie spürte den Drang zu ihm. Aber auch ein Festgehalten-Werden. Sie hatte Wilhelm lieben gelernt. Seine bescheidene selbstlose Art. Seine liebende Zuwendung Werri gegenüber, der knapp zwei Jahre alt war. Sie wollte Wilhelm weder betrügen noch hintergehen, sprach zuvor über das Treffen. Berichtete ihm danach aber nicht, dass sie mit ihrem Jakob-Jud noch einmal ein Paar geworden war. Die Vorstellung von Trennung auf Lebenszeit, von Tod hatte sie mürbe gemacht. Er war für sie sinnlich noch nicht so weit weg, wie sie glaubte. Sie hatte sich überschätzt. Konnte sich auch ganz fallen lassen. Anders als bei Wilhelm. Die Reue kam ein paar Wochen später. Sie war wieder schwanger.

Eigentlich war sie sich sicher, dass es mit Wilhelm passiert war. Aber sie litt. Erst als Sonny geboren war und jedermann sah, dass sie heranwachsend dem blonden Papa mehr und mehr glich, kam Elvira etwas zur Ruhe. Ihr Schuldkonto freilich, wie sie es empfand, war wieder gewachsen.

Ein letzter Brief von Jakob erreichte sie Anfang 1939. Die Isakess' wollten mit einem Schiff von Hamburg nach Kuba, eventuell weiter in die USA. Es erging dem Transatlantik-Liner wie einem Geisterschiff. Er irrte umher. Mobilisierte die Weltpresse. Kuba nahm nur zwei Dutzend der über neunhundert Juden auf, vermutlich die am besten Betuchten. Roosevelt lehnte ein Anlegen des Schiffes ab. Die Rückfahrt nach Europa endete für viele Passagiere im Holocaust. Elvira erfuhr durch die Zeitungen nicht alles über diese Irrfahrt. Aber was sie erfuhr, war ungeheuerlich – wie ein Schlingern zwischen Leben und Tod. Auch für sie. Hektisch lief sie wiederholt durch Königsberg, um neue Nachrichten über die »St. Louis«, so hieß das Schiff, zu erfahren. Mitunter nachts, wenn nirgendwo Zeitungen angeboten wurden. Setzte sich zu betrunkenen Nachtschwärmern oder Obdachlosen, wenn sie vorgaben, etwas Neues über das Geisterschiff zu wissen. Sie sparte nicht mit kleinen finanziellen Zuwendungen für Auskünfte, so wenig sie selbst besaßen. Einmal hatte Wilhelm, aus seiner Nachtschicht früher heimgekehrt, sie gesucht. Fand sie im Sturmlauf über die Pregelbrücken am Dom. Kein Vorwurf. Überglücklich, seine Elvira wiederzuhaben …

ZWEITES KAPITEL

Sonja über Mecker- und Judentrine und einen seltsamen Spuk

Sonja stand am Ufer und sah auf den See hinaus. Sie fror. Sie hielt die Ärmchen an den schmalen Leib gepresst. Die blonden Zöpfe flatterten vor ihrem Gesicht. Und die Augen folgten den Bewegungen eines Jungen draußen auf dem See.

Es war ihr Bruder. Werri warf die Angel aus, wie er es von dem Großvater erlernt hatte; den Oberkörper nach vorn, den Kopf nach oben – Großvater hielt das für wichtig. Großvater Mattulke erachtete für Werri als wichtig, was er für Sonja für unwichtig hielt. Werri musste angeln und Krebse fangen können und sie sauber und nett sein. Röcke musste sie tragen, beim Beten die Augen schließen. Auf den Kirchgang am Sonntag bestand die Großmutter, nur Werri bekam gelegentlich frei. Werri durfte sogar an die dicke Buche vor dem »Goldenen Herz« pinkeln, die die Leute nur Pinkelbuche nannten. Oh, Großvater Mattulke konnte laut und böse werden! »Opa Mattulke«, hatte sie früher manchmal gesagt, da wurde der Großvater schon böse. »Was heißt hier OPA! Was ist das für ein Wort? OPA, OPA! GROSSVATER bin ich. Das ist der GROSSE VATER der Familie, verstehst du das, Magellche?« Wütend hinkte er auf seinem kranken Bein durch das Zimmer, lachte plötzlich, dass einem ganz bange wurde, und man schnell »Jawohl, Großvater« sagte, dann gab er Ruhe.

Der Himmel hatte sich bewölkt. Sonja spürte einige Regentropfen. »Oh, Werri«, flüsterte sie, »beeil dich, es stürmt gleich!« Sie reckte sich auf die Fußspitzen, ihre Hände krallten sich in das bunt karierte Röckchen. Werri konnte schwimmen, aber sie hatte Angst um ihn. Werri war in allem besser als sie: Er konnte besser schwimmen, besser rudern und auch besser laufen – und trotzdem hatte sie jetzt Angst um ihn.

Unruhig hüpfte Sonja auf der Stelle. Einmal hörte sie einen dumpfen Knall vom jenseitigen Ufer, wo ein breiter Schilfgürtel den Zugang zum See erschwerte. Dichtes Brombeergestrüpp und Tannen reichten bis ans Wasser. Es war aber drüben niemand zu sehen. Die ersten Wellen schlugen gegen die Uferböschung. Er kommt! Sonja machte einen Freudensprung. Plötzlich fiel ihr ihre Pflicht ein. »Werri! Weerriii!«, rief sie. »Ich sag's dem Großvater! Du sollst nicht allein mit dem Boot rausfahren!« Eilig lief sie weg.

Sie hüpfte abwechselnd auf einem Bein und trällerte ein Lied, das sie von ihrer Großmutter gehört hatte:

»An des Kampfes ruhmreich Ende
kehr ich heim auf stolzem Ross,
schenke meinem Liebchen Treue,
Myrtenkranz, ein weißes Schloss.
Darfst drum niemals zittern, zagen,
birg in dir des Schmerzes Laut.
Wenn erst Frieden ist in Tagen,
wirst du meine Herzensbraut.«

Schnell lief sie den kleinen Berg zur Schule hinan, auf der anderen Seite herunter und dann in die Stadt hinein. Wind kam auf, fegte behutsam durch die engen Straßen von Frohstadt. Einige fette Regentropfen klatschten auf das Pflaster. Sonja versuchte, mit den Händen einen Tropfen aufzufangen.

Ich muss es dem Großvater sagen, dachte sie. *Werri wird mich sowieso knuffen und Petztrine nennen, selbst wenn ich es dem Großvater nicht sage.*

»Trine« war für Sonja ein schlimmes Schimpfwort. Hier in Frohstadt kannte sie eine »Meckertrine«. Eine dicke Frau, die im Herrengässchen wohnte und – iecks! – Sonja schüttelte es bei dem Gedanken – aufgequollen wie ein Hefekloß mit großen Froschaugen den ganzen Tag lang aus dem Fenster schaute und über die Kinder meckerte. Ernestine Bloch stand an der Haustür. Aber die Kinder riefen die Frau nur: »Ernestine – Meckertrine«. Zum ersten Mal hatte Sonja jedoch in Königsberg, wo sie mit Werri und ihren Eltern wohnte, von dem Schimpfwort erfahren. In ihrer Straße gab es ein verwüstetes, unbrauchbar gewordenes Geschäft, dessen Tür und Schaufensterscheibe herausgeschlagen und inzwischen zugemauert worden waren. Wie ein dunkler zahnloser Mund hatte der zerstörte Laden in dem Häuserblock geklafft. Sonja hatte es immer gegruselt, daran vorbeizugehen. Einmal war sie mit Werri über die umgestürzten ausgebrannten Regale gestiegen. Eine aufgescheuchte Ratte hatte sie zu Tode erschreckt. An die kahlen Wände war in fetten schwarzen Buchstaben geschrieben: JUDENTRINE.

Sonja suchte sich in dem holprigen Straßenpflaster die am weitesten vorspringenden Steine aus und hüpfte behänd von einem zum anderen. Drei Männer standen rings um die Buche vor dem »Goldenen Herz«. Sonja lief auf die andere Straßenseite. Die Männer lachten.

Sonjas Mutter meinte, die jüdische Kaufmannsfrau sei so klein und nett wie Großmutter Mattulke gewesen. Lange Zeit verstand Sonja das nicht. Sie mochte ihre Großmutter sehr. Die Großmutter war schon sechzig Jahre alt. Hatte einen Kopf wie ein runder kleiner Kürbis und voller grauer Haarlöckchen. Manchmal sprach sie so leise, dass man sie kaum verstehen konnte. Aber ihr Gang war noch aufrecht und forsch. Und auch wenn sie putzte und werkte, ging es ihr flott von der Hand, was gar nicht zu ihrer stillen Art passen wollte. Jedenfalls wunderte sich Sonja über Großmutter Maria mehr als über Oma Przyworra, ihre andere Großmutter, die zusammen mit ihrem Mann ebenfalls in Königsberg lebte. Sonja würde protestieren, wenn man ihr vorhielte, Großmutter Mattulke mehr zugetan zu sein als Oma Przyworra. Die Oma war lustiger, klagte nie. Sie hatte noch nicht so viele Falten um Augen und Mund wie Großmutter Mattulke, obwohl sie genauso alt war. Abends kämmte sie sich ihr Haar vor dem Spiegel in ihrem Schlafzimmer lang aus, wie es auch Sonjas Mutter tat. Und ihr Haar war auch noch fast so schwarz wie das von Sonjas Mutter. Außerdem kleidete sich die Oma nicht wie eine Großmutter. Sie trug weite Kleider mit Gürtel oder ein eng anliegendes Kostüm und nicht immerfort weiße oder bunte Blusen zu dicken Röcken wie Großmutter Mattulke. Ihren Mann sprach die Oma mit »Kurt« an. Die Großmutter sagte zu ihrem Mann »Vater«. Komisch fand Sonja auch, dass die Großmutter auf der Straße dem Großvater stets um einige Schritte vorauseilte. Hin und wieder blieb sie stehen, wartete, ohne sich umzuschauen.

Ein seltsames Gefühl verband Sonja mit ihrer Großmutter. Sie spürte es zum Beispiel, wenn sie ihr beim Abwasch oder beim Reinigen der Zimmer half: die Großmutter schweigend ihre Arbeit verrichtete, nur flüchtig einmal aufblickte und lächelte, halb erschöpft, halb ermutigend. Sonja lächelte zurück, tat sehr emsig und ließ doch kein Auge von der Großmutter.

Sie lief in den Preußenweg hinein. Die meisten Häuser in Frohstadt wirkten wie das der Großeltern ärmlich und waren nicht viel größer als Opa Przyworras Gartenlaube. In die unteren Wohnräume konnte man ohne Mühe von der Straße aus hineinsteigen, da die Fenster fast zu ebener Erde lagen. Ins Dachgeschoss führten wacklige Holztreppen, so steil wie Leitern, empor. Oft existierte im Parterre gar kein Fußboden, sondern man lief auf blankem Lehm. Ohne die Großmutter, den Oberländer See und den munter sprudelnden Bach hinter dem Hause der Großeltern, der in die Frohe mündete, wäre das Städtchen für Sonja uninteressant gewesen.

Ausgenommen der Marktplatz. Aber auch der und die benachbarten Straßen gähnten jetzt vor Langeweile und Verlassenheit. Wenn Sonja an Markttagen mit der Großmutter zum Einkauf ging, war hier ein lustiges Treiben. Hunderte Bauern, Händler und Hausfrauen waren von den umliegenden Dörfern und von den Randgebieten des Städtchens mit Fuhrwerken, Rädern und Handkarren ins Zentrum gekommen. Sie bevölkerten die Schenken und Geschäfte, lungerten auf den Trottoirs umher, schwatzten und feilschten um ihre Waren. Hühner gackerten an den Füßen zusammengebunden, Berge von Melonen, Zwiebeln und Äpfeln türmten sich auf den Tischen. Ein widerspenstiger Schafbock blökte seinen neuen Besitzer an. Hübsche Tontöpfe und allerlei Plunder wurden feilgeboten.

Manchmal wünschte sich Sonja, sie wäre mit Oma Przyworra oder ihrer Mutter hier. Dann hätte sie Zeit zum Schauen und Staunen. Die Großmutter aber wehte wie ein Windhauch von Stand zu Stand, kaufte ein Weißkraut, ein Pfund Bohnen, Wurzelwerk, nickte oder schüttelte den Kopf, um der Marktfrau Zustimmung oder Ablehnung zu bekunden. Eilig und leichtfüßig, doch ohne Hast ging es wieder nach Hause.

Nur wenn die Großmutter einen ihrer kargen Wünsche nicht erfüllt bekam, wurde sie etwas ungehalten und fahrig. »Ach nein, rein nichts gibt es«, sagte sie. Stand unschlüssig und hilflos da. Doch schon schien ihr Unmut erloschen. Wenngleich eine seltsame Scheu und Ängstlichkeit sie nun heimwärts trieb.

Sonja fasste dann ihre Großmutter fest an der Hand. Wieder wich ihr Blick nicht von ihr, und sie war erst zufrieden, wenn die Großmutter sie mit einem Lächeln bedachte, als sei dies ein Zeichen für die Rückkehr ihrer inneren Ruhe und Ordnung.

Eine endlose Kolonne von Wehrmachtsfahrzeugen zog sich oben am Bahnhof die Danziger Straße entlang. Unzählige Schaulustige standen neben der Fahrbahn und winkten.

Über Sonja schlug ein Fenster auf. Erschreckt blieb sie stehen. In dem niedrigen Häuschen bebte es unter schweren Schritten. Mehrere Männer und eine Frau schrien durcheinander. Urplötzlich war die enge Straße von einem Lärm erfüllt, der so viel unmittelbarer auf Sonja wirkte als das dumpfe Gedröhn der Motoren und der wirre Beifallstumult der Menge. Ein Paar Schuhe und ein Mantel wurden in blindem Zorn aus dem Fenster geworfen. Die Frauenstimme klang schrill vor Eifer und Hohn. Sonja war unfähig, weiterzulaufen. Zwei Soldaten sprangen auf die Straße. Die Frau, die ihnen folgte, war noch sehr jung. Ihr volles Gesicht vom Streit gerötet, die blonden Haare etwas zottlig und verschwitzt. Mit steif vorgestreckten Armen reichte Sonja ihr die Sachen entgegen. »Verlogenes Pack! Gesindel! Lass dich nicht wieder sehen!«, kreischte von oben ein älterer Mann. Die Frau zog ihm eine Grimasse. »Du zitterst ja!«, sagte sie zu Sonja. Und dieses eigenartige Lächeln, wie Sonja es nur von der Großmutter kannte, huschte über ihr Gesicht. Rasch drehte sie sich um. Sie lief den beiden Soldaten nach, hakte sie unter und war wenige Augenblicke später mit ihnen in der Menge verschwunden.

»Undankbare! Flittchen!«, schluchzte oben der Mann.

Sonja stand bewegungslos, ein bisschen entsetzt, als habe sie soeben einen Spuk erlebt. Rufe von Soldaten, die aus ihren Fahrzeugluken schauten, hallten die Straße herunter. Es war aber zu weit, um etwas zu verstehen. Sonjas Herz schlug ihr bis zum Halse. Langsam wandte sie den Kopf. Der alte Mann lag halb ausgestreckt in dem geöffneten Fenster. Er weinte. Seine Hände umklammerten schlaff den brüchigen Sims. Die geröteten Augen blickten verstört ins Leere. Irgendwohin in Richtung der jungen Frau. Eine komische Traurigkeit ging von dem Mann aus. Denn sein unnatürlich rot gefärbtes Haar mutete wie die Perücke eines Clowns an und bot einen rührseligen Kontrast zu seinem grauen hohlwangigen Gesicht.

Mattulkes Traumerfüllung

Während Sonja zu Hause aufatmend ihrem Bruder entgegenlief, saß der alte Mattulke im Jagdzimmer des Baron von Budkus. Sonja befreite sich von ihrem Trauma in überstürzter Rede. In Mattulke war die Spannung des Bittstellers. Sie machte ihn steif, ein wenig servil.

Werri ärgerte sich. Frech hatten ihm die Plötzen den Teig vom Haken gefressen. Derweil wurden über die Danziger Straße Armeen verlegt. Sonja musste ihr Erlebnis unbedingt auch ihrer Großmutter Maria mitteilen. Die antwortete: »Ach, Sonny, mein Kindchen: Es ist Krieg, da verrohen die Sitten.«

»Was ist Sitten?«, fragte Sonja.

»Ehrlichkeit, Anstand«, sagte die Großmutter. Aber als das Mädchen weiterfragen wollte, hatte sie Eile. Das war ein zu schwieriges Thema für sie.

Dem Baron klangen noch die Vorwürfe seiner Frau im Ohr. Er empfing Mattulke mit einer Frage, die schon seine Erwiderung auf die mögliche Antwort enthielt: »Er will mir doch nicht wieder ein Grundstück schmackhaft machen?« *In diesen Zeiten verkauft man besser,* dachte er. Russland ist nicht Tschechien oder das Baltikum. In seinen politischen Überlegungen bemühte sich der Baron um Realismus.

»Nein, nein«, sagte Mattulke verwirrt. »Es ist diesmal der Art ...« Die ironische Eröffnung des Barons hatte sein Konzept durcheinandergebracht. Mattulke stand leicht vornübergebeugt. Die Arme lang am Körper. In der linken Hand seinen grauen Filzhut. Mattulke war nie beim Militär gewesen, aber er hatte immer schon für militärische Haltung und Disziplin etwas übriggehabt.

»I c h will kaufen, Herr Major.«

»Ach!« Der Baron hatte seine Uniformjacke geöffnet und kratzte sich ungeniert den runden Bauch. *Einen Kredit brauchte dieser Schlau-*

berger! Er wusste, dass Mattulke durch einen seiner Söhne, Kanzlist beim Gericht, Einblick in die Grundbücher besaß. Zweimal hatte der Alte ihm zu günstigen Käufen verholfen. Mit Vergnügen entsann sich der Baron an die fassungslose Miene seiner Frau, als er ihr mitteilte, er sei soeben Besitzer eines Gasthofes geworden. Dann der Erwerb eines respektablen Mietshauses! Seine Frau hatte ihm nie Geschäfte zugetraut. Sie und ihr Oberinspektor verwalteten das Gut. Budkus hatte weder den Ehrgeiz zur Führung noch war das Vermögen, das er eingebracht hatte, ausreichend genug, um Ansprüche geltend zu machen. Wohl hatte sein Vater bei Graudenz ein großes Gut besessen. Als Mitfünfziger das gesegnete Leben eines Bauern jedoch plötzlich aufgegeben, um bis zu seinem frühzeitigen biologischen Ende mit einer jungen Schauspielerin durch die Welt zu reisen. Der junge Budkus, der Landwirtschaft weniger als dem Auslegen von Aalschnüren und der Jagd zugetan, hatte zur rechten Zeit seine Frau kennengelernt. Sie war sechs Jahre älter als er und nicht so jung und verführerisch, wie sich seine Frau unter anderen Umständen gewünscht hätte. Dafür war sie eine geborene Gravenhagen. Diese Familie, Hauptaktionärin eines Kaufhauskonzerns, nannte ein halbes Dutzend Güter und sich weit ausdehnende Ländereien zwischen Weichsel und Memel ihr Eigen. Seit Jahrzehnten hatten die Gravenhagens darauf Wert gelegt, ihre Sprösse zur Leitung ihrer Betriebe zu befähigen. Dieser Tradition fühlte sich auch die jungvermählte Baronin verpflichtet; das Gut in Frohstadt wurde gewissermaßen ihre Aussteuer und ihr Bewährungsfeld. Budkus war es recht gewesen. Er war ein Schwärmer, kein Ökonom. Er wollte sorglos leben und meinte, dass sich in i h m der spät entdeckte Drang seines Vaters nach Freiheit und Unstetigkeit eben schon in der Jugend manifestiert habe. Dabei war er nie etwa ein Raufbold oder ein Mädchenheld gewesen. Ein nahezu bescheidener Müßiggang, der sich in sich selbst genügte, prägte sein Leben. In größeren Abständen fuhr er nach Königsberg, nahm sich eine Frau. Aber er setzte sich nicht in Bars, wo die Mädchen mit gewerblichem Blick ihre Verehrer taxierten. Er fühlte sich unwohl zwischen den affig geschniegelten Kerlen, die gelangweilt Billard spielten. Oder zwischen den seriösen Herren, die uninteressiert zu den Damen schauten, bis der Alkohol ihren Blick entschleierte, ihre Hände schweißig machte. Schlankweg ging er in eines der gelobten Häuser, suchte sich eine fröhliche dralle Maid. Dort trank er ein, zwei Tage lang Sekt und Burgunder. Schlenderte schließlich durch Hafenkneipen. Setzte geringe Summen beim Pferderennen. Vertrieb sich die Zeit bei harmlosen Jahrmarktsspäßen unter lustigem Volk. Dann zog es ihn wieder nach Hause, wo er sich bereitwillig in seine Rolle als belächelter Romantiker und Sonderling schickte. Freilich hatte der Baron eine Wunde. Er verbarg sie hinter scheinbarem Gleichmut. Doch von Zeit zu Zeit brach sie auf und quälte ihn: Er litt unter der Missachtung durch seine Frau. Er war kein Dummkopf. Zu Beginn ihrer Ehe hatte er die Arroganz und Prüderie seiner Frau als Schutzschild für ihre unbefriedigte und zu spät genossene Wollust angesehen. Er hatte seine Frau zu erobern versucht. Doch auf Dauer wurde es ihm zu anstrengend. Sie konnte sich nicht gehenlassen. Er hatte sich um die Wirtschaft gekümmert. Das wünschte sie nicht, obwohl sie ihm im nächsten Moment sein Desinteresse vorwarf. Sie lud sich den Pfarrer, irgendwelche Professoren und heroenmalende Künstler ein und sagte zu ihrem Mann: »Nicht wahr, du gehst wohl wieder zur Jagd, Lieber.«

Die Aussicht auf goldenen Tee und rosige Heldengesichter lockte den Baron tatsächlich nicht. In der Regel bevorzugte er den doppelt gebrannten Korn, der in dieser Gegend produziert wurde. Von Kunst verstand er nicht viel. Die Museumsausflüge in seiner Gymnasiastenzeit hatten ihn stets gelangweilt. Er liebte die Gartenkunst. Und er bastelte an seiner eigenen Lebensphilosophie. Er gab dem Tier bei der Jagd eine Chance. Nur dem Räuber unter den Tieren musste man räuberisch kommen. Die hysterischen Sprüche seiner Frau interessierten ihn nicht: »Gewalt ist schrecklich! Aber wie soll man, meine Herren, der chaotischen, Kultur und Traditionen penetrierenden Gewalt der Roten anders als mit Gewalt begegnen!«

Der Baron warf seine Uniformjacke über einen Stuhl. Er bat Mattulke, Platz zu nehmen, und ging in das Bibliothekszimmer hinüber. Es war wie das Jagdzimmer ein großer schöner Raum. An der Decke feine Stuckornamente. Glänzender heller Parkettfußboden. In der Mitte ein barocker Sekretär. Zur Parkseite hohe Fenster und eine verglaste Tür, die auf eine Veranda hinausführte.

»Hat er gar keine Angst vor den Russen, Mattulke?«, rief der Baron. Rasch trank er ein Glas Kornbrand, verschloss den Sekretär.

»Doch, Herr Major! Ich denke mir nur, tausend sibirische Knüppel können nicht ein deutsches Maschinengewehr erledigen!«

Budkus war froh, dass ihm die Beziehungen seines Schwiegervaters zu einem ruhigen Posten im sicheren Hinterland verholfen hatten. Er taugte nicht zum Soldaten. Feige war er nicht. Und natürlich beileibe kein Freund der Kommunisten. Ihn dünkte, ihre Ideen seien schlecht entworfene Märchen. Gib jemandem kostenlos Brot. Über kurz oder lang wird er sich auf dem Feld lümmeln, statt zu säen. Sag einem, es seien fortan s e i n e Maschinen, an denen er zu arbeiten, die er zu pflegen habe. Alsbald wird er sich jemanden suchen, um selbst die Aufsicht zu führen.

Nein, für den Baron übten die Sowjets ein untaugliches Experiment. Sie würden sich an ihrem eigenen Ideal ruinieren.

Ehrfurchtsvoll blickte Mattulke ringsum auf die kostbaren Jagdtrophäen. Die Wände waren mit gelbbraunem Teakholz getäfelt. Der Kronleuchter aus zwei mächtigen Geweihen montiert. Wie ein examinierter Schüler saß der alte Mann auf dem hochbeinigen lederbezogenen Stuhl. Aufrecht. Die knochigen Hände auf den Knien.

»So, so«, sagte der Baron. »Er h a t aber kein Maschinengewehr! Dabei erzählt man, dass die Jugend ihren Schabernack mit ihm treibt. Was will er machen, wenn eine Horde mit Peitschen und Steinen über sein Grundstück herfällt?«

»Ich räuchere sie aus!«, antwortete Mattulke unerwartet poltrig.

Der Baron stutzte. Offenbar spürte er, dass der Alte seine Worte nicht so einfältig meinte, wie sie sich anhörten.

Fünftausend Mark benötigte Mattulke. Er wollte ein Haus kaufen. Ein solides Gebäude auf mittlerer Höhe des Schulbergs. Ein Stockwerk. Trockene Kellerräume und ein stabiler ausbaufähiger Boden. Hypotheken und Schulden belasteten das Grundstück nicht. Eine einmalige Gelegenheit. Besitz eines Kriegsopfers. Als einziger Erbe in einem Stift von Königsberg ein Greis, mit dem sich Mattulke einig war.

Der Baron wünschte die Ausfertigung einer Briefhypothek. Ob Mattulke daran denke, Sohn und Schwiegertochter zu sich zu nehmen? Eine hübsche Frau. Doch, doch. Nein, Mattulke genügte der eine Sohn im Haus. Wehrunfähig, nun ja, wenngleich nützlich. Der andere war gottlob untergebracht. Erwartete gerade wieder Nachwuchs. Die Mattulkes sorgten halt vor!

Das Lachen des Barons klang etwas zu jovial. Es schmerzte ihn immer noch, dass i h m eine Vaterschaft versagt geblieben war. Auch seine Frau hatte in den ersten Jahren ihrer Ehe ein Kind ersehnt. Manchmal hatte der Baron den Eindruck gehabt, sie nur deswegen zu der wenig geliebten Prozedur bewegen zu können.

Er erhob sich und geleitete Mattulke hinaus. Der Alte ergriff seinen neben die Tür gelehnten Krückstock. Er gab ihm Sicherheit. Ja, ein Gefühl von Stolz und Würde empfand jetzt Mattulke, als er über den spiegelblanken marmornen Boden der Vorhalle schritt. Breite Treppen, ebenfalls aus hellem Marmor, führten zu beiden Seiten zu den Wohn- und Schlafgemächern hinauf. In die Wände und über die Türen im

Obergeschoss waren flache Nischen mit Reliefs eingearbeitet. Ein Lüster, glitzernd von Gold und Kristall, hing aus einer reich mit Stuck verzierten Kuppel herab. Die Treppen wurden förmlich emporgestemmt von wuchtigen Pfeilern, zwischen denen sich elliptische Bögen ausspannten. Durchgänge zu Nebengelassen. Geradeaus unter einem Kugelgewölbe der Zutritt zum Speisesalon. In den Seitenwänden der Halle zwei halbrunde Nischen: anmutige Nymphen auf prunkvoll geschmücktem Sockel. Über dem Ausgang ein steinernes Kriegerhaupt.

Noch nie hatte Mattulke die überladene Pracht dieser Innenausstattung so intensiv wahrgenommen. Buchstäblich in diesem Moment erlebte er, welche Macht von Besitz ausging. Benommen trat er ins Freie. Er atmete tief durch, als müsse er sich auf die Wirklichkeit besinnen. Aber er wurde den Taumel nicht los. Oh, er war glücklich. Er war am Ziel.

Mit einer leichten Verbeugung verabschiedete er sich von dem Baron. Mattulke musste sich zügeln, um nicht wie ein Harlekin davonzutänzeln. Würdevoll schritt er auf dem feinen weißen Kies aus. Eine hohe Eibenbuschhecke warf kühlenden Schatten. Kegelig zugeschnittene Lebensbaumzypressen säumten ein längliches Rondell, in dem fußhoher Buchsbaum einen harmonischen Wirrwarr von Kreisen, Bögen, Spiralen und Schwingen bildete. Dazwischen üppig bunt und scheinbar wahllos kleine Inseln aus roten und weißen Begonien, hellrosenroten Zwergmandelbüschchen, lilafarbenen Schwertlilien, gelben und roten Rosen. In der Mitte ein flaches kreisrundes Wasserbecken: Silberspiegel in der Nachmittagssonne.

Der alte Mattulke lauschte dem Widerhall seiner Schritte. Vornehmheit und Eleganz ging von allem aus. Selbst sein Schritt klang hier anders als in der tristen Silbergasse.

Wieder jubelte es in Mattulke. All das würde nun auch er haben! Nun, nicht in diesem Überfluss. Der Baron hatte Muße und einen Gärtner. Aber ein paar Beete hinter dem Haus mit etwas Gemüse und Blumen.

Mattulke blickte sich um. Der Baron stand noch auf der Freitreppe vor seinem Haus. Klein und gedrungen, dunkler Haarschopf auf bäurischem Schädel. Halb zum Gehen gewandt, als sei er unschlüssig, ob er diesen aufgekratzten alten Springinsfeld schon aus den Augen lassen könne. Zehn glatte schmucklose Säulen strebten von der Höhe des Plateaus der Freitreppe zum Dach empor und teilten die Fassade in gleich große Flächen. Einförmige Fensterreihen ohne irgendeine Verzierung. Auf dem Dach blauschwarzer Schieferbelag ... Diese äußere Schlichtheit des Baus setzte sich in dem Englischen Garten fort. Denn außerhalb des Zufahrtsweges zum Herrschaftshaus, der hinter der Eibenhecke um den Barockgarten herumführte, folgten Wiesen, Buchen und Birken, Kiefern und Buschwerk in loser Ordnung. Eine hohe Findlingsmauer schloss das Gelände ab. Zur Rückseite des Herrschaftshauses hin befand sich der flächenmäßig kleinere Wirtschaftskomplex. Stallungen, Gesindehaus und Verwaltungsgebäude, zusammen mit dem Wohnsitz der Baronenfamilie ein Karree bildend.

Ein Reich, dachte Mattulke, als das schwere schmiedeeiserne Tor hinter ihm ins Schloss schlug. *Aber du hast jetzt das Deinige.*

Die lange Pappelstraße lag vor ihm. Herrschaftliche Anfahrtstrecke zum Budkusschen Gut. Scheu und ohne Hoffnung war er hier vor zwei Stunden entlanggekommen. Jetzt wandte er sich sogleich nach Osten. Mit schnellen Schritten eilte er querfeldein. Die Straße war für das Gesinde bestimmt, das zu seinem Herrn wollte. Der alte Mann stürmte über Wiesen und Raine. Wild und feurig schlug sein Herz. Erst jenseits der Hügelkette, wie eine Wehr zwischen Gut und nordöstlichem Teil der Stadt gelegen, blieb er zufrieden stehen und verschnaufte. Hinter ihm die Kronen der sich majestätisch über die Hügelkuppen reckenden Pappeln. Vor ihm seine Vaterstadt.

Die Sonne tauchte gerade hinter die Gipfel des Waldes und spiegelte sich im Oberländer See. Ein Fischreiher kreiste über dem nördlichen Teil des Sees, der hier an das Budkussche Land grenzte. Friedlich streckte sich die Stadt zwischen den beiden Anhöhen, auf denen die Kirche und die Schule errichtet waren, dahin. Selten hatte Mattulke einen Blick für solche Bilder gehabt. Ein zärtliches Gefühl für seine Heimat regte sich in ihm. Wie Symbole für Beständigkeit und Gedeih flankierten Kirche und Schule die Stadt. Verwurzelung in sittlicher Ordnung und Schöpfertum. Mattulke war kein Kirchgänger wie seine Frau. Aber er respektierte die Kirche. Respekt bot Gewähr für Fortgang und Erhalt. Respekt der Jugend gegenüber den Alten, des einfachen Mannes gegenüber Gott.

Ein Tugendapostel war Mattulke nie gewesen. Das konnte er sich nicht leisten. Im Leben galt es, voranzukommen. Er hatte eine brave, arbeitsame Frau. Aber sie war zu weich. Früher hatten ihn ihr sanfter Blick, ihre schwermütige Sprache zur Tollheit getrieben. Später in die Arme von Elisa. Jetzt reizte seine Frau nur noch seinen Unmut.

Herrgott, Elisa, dachte Mattulke. Wie lange war es her, dass ihm das Blut gekocht hatte? Elisa hatte ihn auf den Dreh mit dem Grundstücksschacher gebracht. Sie hörte viel, kannte Käufer, Verkäufer. Und e r kassierte von beiden Parteien die Provision.

Mattulke lachte frei heraus. Ein knattriges, hämisches Lachen. Siebentausend Mark hatte er in den letzten Jahren zusammengetragen. Nun griff er selbst zu. Fort aus Öde und Dunkelheit der Stadt. Aus einem Haus wie eine Kate, mit einem Irren als Nachbarn! »Herr General!«, kommandierte Mattulke und salutierte: »Zack, zack! Auf zum Schulberg!« Wieder lachte er.

Dann stellte er sich vor, wie er morgens ans Fenster treten würde, um auf die Stadt zu sehen. Ein rotbraunes freundliches Dächergewölk, als sei er auf einem anderen Planeten. Im Westen der Kirchberg. Das klare graublaue Wasser des Oberländer Sees. Im Norden der Baronenbesitz. Und ringsum das bebaute Land, die dichten Wälder seiner Heimat. Zum zweiten Mal dachte Mattulke dieses Wort, das ihm bisher immer etwas fremd geklungen hatte. Dankbarkeit gegenüber dem Baron mischte sich in dieses Gefühl. Mattulke konnte es noch nicht fassen, was geschehen war.

Der alte Mann schloss die Augen und faltete zum Dank die Hände. Dann überkam ihn wieder Heiterkeit. »Sieh an, sie an, dieser Schlumig! Die Schwiegertochter ist ihm aufgefallen!«

Mattulke überlegte, ob es sich bei einem solchen Anlass gezieme, im Herrengässchen bei Elisa vorbeizuschauen. Er sah an sich herab, überprüfte seine Kleidung. Seine Frau hatte die Sachen gut gehütet, sodass man ihnen die Jahre nicht ansah. Der dunkle Anzug war noch Friedensware, fest und weich. Die Bügelfalte akkurat. Das Hemd gestärkt, die Ärmel neu bestutzt. Darin verstand sich Marie. Er wischte sich mit einem Grasbüschel über die hohen Maßschuhe. Sein einziger Binder trug die Farben des Kaiserreichs, wie Przyworra witzelte. Es störte Mattulke nicht. Politik interessierte ihn in ihrem Alltagswert. Er war nicht wie Przyworra von Ideen besessen, die Welt umzukehren.

Er nahm seinen Taschenspiegel zur Hand und kämmte sich sorgfältig sein Haar. Den Scheitel trug er rechts wie sein Vater. Die dreiundsechzig Jahre hatten das Haar ergraut, aber es an den Schläfen nur wenig gelichtet. Es machte ihn stolz. Diese Eitelkeit gestand er sich zu. Schön war er weiß Gott nie gewesen. Daran hatte er sich schon in jungen Jahren gewöhnen müssen. Das linke Auge stierte ein bisschen. Die Nase groß und fleischig. Schmaler Mund und borstige dunkle Brauen. Über der rechten die sternförmige Narbe, Resultat eines Steinwurfs. Er hatte zuerst geworfen. Damals, als er die Last des kranken Beines zu spüren begann. Die ihn von den wilden Aktionen der Gleichaltrigen trennte. Ihm auf die Brust drückte, wenn die Mädchen sich von ihm abwandten. Diese narbenumwirkte Knochenstütze war sein Schicksal. Er hätte es weitergebracht.

»Und dennoch!« Triumphierend schlug er mit seinem Krückstock in die Luft.

Auf einem Umweg gelangte er über die Danziger Straße in die Stadt. Dann und wann rasten noch ein Kommandeursjeep oder ein zurückgebliebenes Fahrzeug vorüber. Die Menschen tummelten sich wieder in der Stadt. Auch Mattulke hatte am Mittag eine Weile zugesehen. Seine Begeisterung für Märsche und Militär war ein Ausdruck seiner Sehnsucht nach Vollkommenheit. Aber die Hochstimmung der Menschen hatte sich gelegt. Vom Blitzkrieg war keine Rede mehr.

Eine Schar Jungen kam die Holbeinstraße heraufgelaufen. Mattulke machte kehrt. Er mochte Kinder nicht sonderlich. Die Jungen tollten hinter ihm über die Straße. Einer rief:»Seht mal, der alte Mattulke! Tul – tul – tul – Mattulke!« Die Meute stimmte ein.

Mattulke versuchte, fortzukommen. Er war heute nicht in der Verfassung, sich mit Kindern anzulegen, die keinen Respekt besaßen. Doch die Jungen holten ihn ein. Jemand flüsterte:»Zwei, drei«, und sie schrien im Chor:

»Herrengässchen, Männerspäßchen,
Frohstadt ist 'ne gold'ne Stadt.
Meckertrine, Titten-Lisa,
ob Mattulke einen hat?«

Mattulke zuckte zusammen. Er fasste seinen Krückstock fester. Das war zu viel! Mit einem Ruck drehte er sich um. Einen Moment lang sah er in die hellen Augen eines langen schmalen Burschen. Er schlug ihm mit der Krücke gegen den Hals. Sein zweiter Hieb traf hart die rechte Wade. Die Jungen flitzten auseinander wie Hasen.

»Nein, so nicht«, schnaufte Mattulke.»Auch an solch einem Tage nicht!«

Eine unvollendete Stadt und ein General

Wie vielerorts, so hatten sich auch einst in Frohstadt die ersten Siedler an einem Flüsschen, die Frohe, niedergelassen. Es war kein reißendes Gewässer, sondern eben ein Flüsschen, das bescheiden durchs Land plätscherte. Aber immerhin eine Mühle betrieb, eine Zuckerrübenfabrik und etliche kleine Bauernwirtschaften mit dem nötigen Wasser versorgte. Die Müllerfamilie war von jeher eine der wohlhabendsten Familien am Ort gewesen. Der Müller zum Ratsherrn gewählt. Und eine der fünf Hauptstraßen, die außer der Danziger alle strahlenförmig zum Marktplatz verliefen, hieß in schlichter Ehrerbietung sogar Müllerstraße. Da der Mühlenbesitzer sie vor zwanzig Jahren auf eigene Kosten verbreitern und mit ebenmäßigem Pflaster ausstatten ließ.

Natürlich reichten die Mittel des Müllers nicht aus, um ganz Frohstadt zu modernisieren. Eine Blütezeit, von der das Städtchen vielleicht noch zehren könnte, hatte es in seiner Geschichte nie gegeben. Ebenso keinen spendablen, fern residierenden Fürsten. Fast unbemerkt hatte sich die Siedlung geweitet, war zu einem Marktflecken, zu einem Handelsplatz für Bauern und Töpfer, zu einem Sitz für Schmiede, Stellmacher und Tischler geworden.

So existierte in Frohstadt zwar ein gut entwickeltes Handwerk. Aber ein nach Macht und Geltung strebendes selbstbewusstes Bürgertum deswegen nicht. Womöglich hatte vor Zeiten der Landesherr in einer Laune das Stadtrecht wie einen Trostpreis verliehen. Denn im Grunde war Frohstadt eine verfehlte Stadt.

Das Rathaus, freistehend an einer Seite des Marktes, als habe man für ein gewaltiges Bauwerk extra Platz geschaffen: ach – ein quadratisches unscheinbares Gebäude mit einer Gaupe; auf dem Walmdach ein viereckiges Türmchen mit zu jeder vollen Stunde schlagender Uhr. Rundum am Platz sauber verputzte Bürgerhäuser mit Erkern und

Laubengängen, doch ohne Epochenanspruch. Am Schulberg kein anderes Bild als in der übrigen Stadt. Die Häuser nur meist mehrgeschossig und nicht zu endloser Reihe aneinander geschachtelt. Auch die Schule hinterließ den Eindruck eines mageren Stadtsäckels. Als habe man schon gern gewollt, aber letztlich nicht gekonnt. Eine breite flach ansteigende Freitreppe. Ein Tor wie ein schmächtiger Triumphbogen zu einem Schulhof von der Größe des Marktes. Ringsum hohe volle Linden. Doch das Gebäude selbst niedrig, zu eng. Die Kinder in mehrstufigen Klassen, wie in einem Dorf.

Nein, Frohstadt war zumindest eine u n v o l l e n d e t e Stadt. Die meisten Menschen arbeiteten auf den umliegenden Gütern, von denen das Budkussche dasjenige mit dem größten Grundbesitz war. Es hatte schon viele Gutsherren und einstmals seinen Standort in unmittelbarer Nähe der Stadt gehabt. Doch kleine Höfe im Umkreis waren zugrunde gegangen und das einverleibte und zu verwaltende Land unüberschaubar geworden. Schließlich traf es sich, dass die Geschicke des Gutes in den Händen eines in gleich hohem Maße vortrefflichen Landwirts wie den Trend seiner Zeit erkennenden Eigentümers lagen. Er investierte einen Fabrikbau zur Verarbeitung von Zuckerrüben. Natürlich erweiterte er gleichzeitig seine Anbaufläche für diese Frucht erheblich. Auf dem wirtschaftlichen Höhepunkt des Gutes soll auch die Mühle Eigentum des Gutsherrn gewesen sein. Dieser verlegte jedenfalls sein Gut und ließ sich zudem einen repräsentativen Herrensitz errichten. Es ist nicht bekannt, dass er außer der langen Pappelstraße weitere Verkehrswege erbauen ließ. Doch im Gedächtnis der Frohstädter hafteten Erzählungen aus der Blütezeit dieses Gutes wie eine Legende. Als sei es die erwünschte Blüte ihrer Stadt selbst gewesen.

Indes nahm der Andrang der Landarbeiter und der in der Saison benötigten Fabrikarbeiter zu. Das Städtchen quoll gegen die Anhöhen. Gassen quetschten sich quer an die radialen Straßen. Mag sein, dass in diesen Jahren die Silbergasse entstand. Vielleicht stammte aber ihre Anlage noch aus einer Zeit, da hier eine Stadtmauer verlief und die Straßenrundung Schutz und Unterschlupf vor Angreifern gewähren sollte.

Darüber hatte sich Mattulke nie Gedanken gemacht. Er war ein misstrauischer Mensch, der überall im Leben Angreifer vermutete. Hierhin hatte er eingeheiratet. Er konnte sich sein Zuhause nicht aussuchen. Ein Behinderter musste zugreifen, wo sich ihm Frau und Wohnung boten; mit einem verkrüppelten Bein ließen sich keine großen Sprünge machen. Mattulke hatte als Kontorist, Schreiber im Bürgermeisteramt und in den letzten zehn Jahren als Portier und Botengänger beim Gericht gearbeitet. Schnell störrisch und unleidlich, hatte er wenige Freunde gehabt. Nun als Pensionär schien die Blütezeit in Mattulkes Leben anzubrechen.

Doch außer ihm selbst ahnte davon noch keiner etwas. Sein Sohn Reinhard tat beflissen wie eh und je als Gerichtskanzlist seine Arbeit. Ängstlich darum besorgt, keinen Fehler zu begehen oder bei den vom Vater geforderten Grundbuch-Schnüffeleien ertappt zu werden. Der ältere Sohn Wilhelm, neununddreißig Jahre alt, gerade auf Urlaub, sinnierte im »Goldenen Herz« über seine baldige Rückkehr zur Truppe. Seine Frau lag in Königsberg in der Klinik, um ihr drittes Kind zu gebären. Unentwegt malte sich Wilhelm in Gedanken ihre Zukunft aus. Aber es gelangen ihm nur unheilvoll wirre oder zu makellose Bilder. Maria Mattulke bereitete das Abendessen. Ihr Mann kam ihr in letzter Zeit sonderbar verstört vor. Ebenso wunderte sie sich über seine häufigen Reisen nach Königsberg.

Werri hetzte Sonja mit kriegerischem Geheul durch die Silbergasse. Sonja wollte ihm das Versprechen abluchsen, ihr für einen Abend Käppi, Koppel und Schulterriemen auszuhändigen. »Sonst sag ich's!« Außerdem waren die beiden nicht übereingekommen, was »Gesindel« bedeutete. Werris Jungbannführer hatte lauthals erklärt: »Die Juden sind ein

131

heimatloses, geldgieriges Gesindel!« Sonja glaubte, Gesindel habe einfach mit »Geschwindel« zu tun.

Nacheinander stürzten die zwei in den Hausflur. Sonja schlitterte auf den glatten Ziegelsteinen zu Boden und erhob sogleich ihre Arme. *Ich ergebe mich!* Die Erde zwischen den Steinen war immer etwas feucht und glitschig. Angewidert spreizte Sonja ihre Finger. Werri gab ihr vorsorglich ein Zeichen, still zu sein. Draußen auf dem Hof stolzierte der Vater von Christoph Genth.

Die Genths bewohnten seit einigen Jahren eine Hälfte des Hauses, nachdem Maria Mattulkes Eltern gestorben waren. Frau Genth, eine schwergewichtige Frau, litt unter der Last ihres Körpers und unter den zahllosen Krampfadern ihrer Beine. Fortwährend entzündeten sich irgendwelche Venen, sodass die arme Frau meist mit dick bewickelten Unterschenkeln durchs Haus watschelte. Nicht genug damit! Ihr Mann, einst Berufssoldat, ein Unteroffizier mit Schneid und vornehmen Manieren, umnachtete zusehends. Tief bekümmert stellte Frau Genth immer wieder fest, dass er sich rein nichts mehr merken konnte, dass alle ihre gemeinsamen Erlebnisse, seine zivile Tätigkeit als Postbeamter aus seinem Gedächtnis gelöscht waren. Wie ein unbeholfenes Kind lebte er neben ihr; verstand nicht mehr, Öfen zu heizen oder Schuhe zu putzen, begriff gar nicht, was sie von ihm wollte. Stattdessen erschreckte er sie mit obszönem Tun und unerklärlichen Einfällen. Einzig seine Jugend und die Jahre des Militärs schienen Spuren der Erinnerung in ihm wachzuhalten. Für Frau Genth eher Ärgernis als Trost.

Denn sooft zum Beispiel Werri und Sonja ihre Großeltern besuchten, jedes Mal ergötzten sie sich von Neuem an dem seltsamen Verhalten dieses langen dürren Mannes. Stundenlang ging er auf dem kleinen Hof wie in einem Käfig hin und her. Die Arme auf dem Rücken verschränkt. Den Kopf mit der langen scharfen Nase nach vorn gereckt, wie ein Beute sichtender Raubvogel.

Werri hatte die Hoftür vorsichtig herangezogen. Übereinander gebeugt lugten die Kinder durch den verbliebenen schmalen Spalt.

»General!«, flüsterte Werri. Herr Genth lauschte wie auf ein überirdisches Signal. Dann trottete er weiter über den Hof.

»General!«, flüsterte Werri energischer. Und wie ein Blitz schlug es durch Herrn Genths Körper. In straffer tadelloser Haltung verharrte er.

»Kehrt marsch! Zack, zack!«

Herr Genth machte eine forsche Kehrtwendung und lief die wenigen Meter bis zum Zaun. Dort hatte er offenbar den Befehl vergessen. Denn er entleerte sein Wasser.

»General! Sie Ferkel! Im Laufschritt, marsch, marsch!«, wetterte Werri. Während Sonja ihm kichernd mit den Fäusten auf die Schultern trommelte.

Werri konnte sich der Bescherung, die er angerichtet hatte, nicht mehr erfreuen. Ein sehr irdischer heftiger Schmerz in seiner rechten Gesäßhälfte zwang ihn zum Rückzug. Hämisch grinsend stand Christoph Genth hinter ihnen und steckte eine Kneifzange in seine Aktentasche.

Christoph Genth wirkte auf Werri auch ohne Zange immer etwas unheimlich. Mit seinem pechschwarzen Haar und den schlitzförmigen Augen sah er wie ein Mongole aus. Er ging so lautlos wie ein Panther. Im Rücken ein wenig krumm. Sprach kaum einen Satz, aber führte immer irgendetwas im Schilde. Er war sechs Jahre älter als Werri und hatte eine Lehre als Schmied aufgenommen. Bummelte jedoch, wenn es ihm gerade zupasskam. Nur seiner Mutter zuliebe, die ihres Sohnes nicht Herr wurde, hatte der Schmied ihn noch nicht davongejagt.

»Lasst meinen Alten in Ruhe«, sagte Christoph Genth gleichgültig. Er öffnete seine Aktentasche und bedeutete den beiden, hineinzuschauen. Verschreckt fuhr sich Sonja mit der Hand an den Mund. Ein fetter Karpfen und eine kleine magere Plötze lagen in der Tasche. Beide mit zerfetzten Leibern und hervorquellenden Augen. Werri tippte an eine wächserne Schnur, die aus einem straff mit Draht verschnürten Päckchen heraushing. Ein feines schwarzes Pulver rieselte aus der Öffnung. »Damit kriegst du alles klein. Das Zeug darf bloß nicht nass werden.« Christoph zeigte auf eine leere Blechdose und flüsterte dem staunenden, aber in seiner Aufmerksamkeit merklich beeinträchtigten Werri zu: »Treibobjekt, Selbstzerstörer!«

Wahrscheinlich hatte Frau Genth beim Blick durchs Küchenfenster das Malheur auf dem Hof entdeckt, wo der General noch wie ein Wasserwerfer vorwärtseilte. Nach ihrer Stimme zu urteilen, verspürte Frau Genth jedenfalls Lust, gänzlich andere Objekte als solche wie leere Konservendosen vor sich her zu treiben. Werri und Sonja fühlten sich angesprochen und schlichen schleunigst die Holzstiege hinauf. Zur Verwirrung der Kinder benutzte Frau Genth wie ihr Sohn ein Fremdwort: »Subjekte!« – »Bagage!« war den Kindern geläufiger.

Die Großmutter meldete sich mit ihrer besänftigenden Stimme. Dann dröhnte der Bass des Großvaters. Werri reichte Sonja seine Ausrüstung samt Halstuch und Lederknoten.

»Sind die Kinder überhaupt schon da?«, fragte der Großvater. Die Treppe knarrte. Es waren die abgehackten Schritte des Großvaters: ein kräftiges Knarren, wenn er das linke Bein aufstellte, und ein kurzes »Tack« beim Heranziehen des rechten. Sonja rutschte neben Werri auf den Fußboden. Gebannt blickten sie zur Türe. Der Großvater schaute kurz herein und blitzte sie böse an. »Was hab ich gesagt!«, rief er und warf die Tür wieder zu. »Niemand kann auch nichts machen! – Sie sollten auf Ihren Mann besser Obacht geben, liebe Frau. Ich glaube, es wird mit ihm schlimmer.«

Die Kinder wagten kaum, sich zu bewegen. Erst als sie das gewohnte Rumoren im Haus vernahmen, wurden sie mutiger. Werri bezweifelte, dass für den Großvater die Sache erledigt sei. Der Großvater schlug damit zu, was er gerade in der Hand hatte. Die Krücke, ein Kleiderbügel, der Besen. Werri hätte seine Tracht Prügel gern weggehabt. Sonja fand sich damit ab, hungrig zu Bett zu müssen.

Als aber dann wider alle Erwartung nicht der zur Züchtigung entschlossene Großvater, sondern die Großmutter mit einem hoch mit Wurstbrot beladenen Teller ins Zimmer trat, schwante es den beiden, dass etwas Ungewöhnliches passiert war. Die Großmutter sprach irgendwie feierlich. Ihre Wangen waren gerötet. Ihr Haar hatte sie sich wie sonst zum Sonntag frisch eingedreht, ein feines Netz darüber gespannt. Der Großvater sei nicht böse, sagte die Großmutter, im Gegenteil. Aber sie sollten heute lieber hier oben essen und gleich zu Bett gehen. Der Vater sei wahrscheinlich nach Königsberg gefahren und komme erst spät zurück. Und im Übrigen werde es morgen eine kleine Feier geben. Weshalb, verriet die Großmutter nicht. Sie küsste ihre Enkelkinder auf die Stirn, lächelte verschmitzt und geheimnisvoll und schlich so leise, wie sie gekommen war, wieder hinaus.

Die Kinder zogen sich aus. Äußerlich glichen sie sich nicht sehr. Nur der Schnitt ihrer Gesichter zeigte Gemeinsames. Die Nasen verrieten Mattulkesche Abkunft. Bei beiden erschien sie eine Winzigkeit zu groß, mit kräftigem geradem Nasenrücken, wodurch die Gesichter einen energischen Zug erhielten. Vornehmlich Werris durch sein etwas wulstiges Kinn und da sein Gesicht breiter wirkte. Das Haar des Jungen war dunkel, fast schwarz. Sonjas blond, wie das des Vaters, mit einem kastanienfarbenen Schimmer. Von der Mutter hatte das Mädchen wohl den zartgegliederten Körperbau ererbt, der immer mehr zur Magerkeit tendierte als zur Fülle. Werri würde womöglich einst zu Beleibtheit neigen, vielleicht zu jener pyknischen Stämmigkeit wie Opa Przyworra, die oft an ein vitales Temperament, an Mutterwitz und einen ehrgeizigen Charakter gekoppelt war. Werris Augen waren blau, Sonjas braun, wie diejenigen von Mutter und Großmutter Przyworra. Auch deren deutlich hervortretende Jochbeine deuteten sich bei Sonja wieder an.

Die Silbergasse war von tiefer Dunkelheit umhüllt. Erst vorn im Kaiser-Wilhelm-Weg brannten schwache Gaslämpchen. Weit weg sang ein Betrunkener Matrosenlieder. Jedes der Kinder hing seinen Gedanken nach. Werri überlegte, ob er sich das richtige Mischungsverhältnis von Schwefel, Holzkohle und Salz gemerkt hatte. Sonja fragte sich, ob ihr ein Junge oder ein Mädchen als Geschwisterchen lieber wäre, und schlief darüber ein.

Überraschung für Marie

Marie wusste, dass ihr Mann an Tagen nach guten Geschäftsabschlüssen ein kräftiges Essen wünschte. Er aß gern Fisch. Sieben bis neun Pfennig kosteten die Matjes- und die Matfullheringe das Stück. Das war etwas Kräftiges. Die Matjes für besondere Tage. Zu Kartoffeln gereicht kam Marie mit dreißig Pfennig für ein Mittagessen aus. Zum Frühstück mochte Mattulke gebratenes Bauchstück. In süßsaurer Soße war es für ihn ein Leckerbissen. Aber für gewöhnlich kaufte Marie nur etwas Grützwurst. Zu Feiertagen einmal eine Räucherflunder. Mittags kochte sie oft Wruken mit Hammeltalg. Hin und wieder gab sie etwas Schöpsenfleisch oder Spannrippe hinzu. Kaufte sie einmal für eine ganze Woche zehn Heringe, dann bekam sie den elften gratis. Neuerdings musste sie für den elften ein Paket Papier abliefern. *Wenn doch im Krieg nur Holz verbrannte,* dachte Marie.

Das Wirtschaften hatte Marie jedenfalls gelernt. Mattulke ließ ihr freie Hand. Sie führte das Haushaltsbuch. Am Monatsende wollte ihr Mann ein Plus sehen. Anfangs hatte Marie dieser Zwang zum Sparen oft krank gemacht. Sie fürchtete ihren Mann. Sie fürchtete diesen Tag der Abrechnung und Mattulkes donnernde Stimme. Doch mit den Jahren konnte sie nun auch diese Schmach ertragen.

In Glück hatten sie nicht lange gelebt.

»Nimm ihn, Marie, er wird dich glücklich machen. Ein Leidender erspart den anderen Leid.« So hatte ihr gütiger Vater gesagt, der ein Leben lang für den Gutsherrn Schafe gehütet hatte; vielleicht war es so bei Schafen. Ihre Mutter, die einstige Magd, hatte genickt, und Marie hatte zugestimmt. Sie bereute es nicht mehr. Auch sie war eine Magd geworden. Diejenige von Mattulke. »Jeder muss sein Los tragen«, hatte ihr Vater prophezeit, »und bedenke, er ist Angestellter, und er hat Ehrgeiz.« Hierin hatte sich ihr Vater nicht getäuscht. Ihr Mann war sehr ehrgeizig. Manchmal ging er ins »Goldene Herz«, um Skat zu spielen. Dann trank er. Doch wenn er viel trank, hatte er viel gewonnen. Er war ein schlechter Verlierer. Mitunter verdiente er nebenbei Geld. Er gab ihr fast alles.

Früher hatte Marie in einsamer Stunde einmal erwogen, ihrem Mann davonzulaufen. Sie ahnte, was er mit Frauen trieb. Man konnte ja manche billig haben. Seit vielen Jahren vermisste sie ihn nicht mehr. Sie waren durch ihre Kinder und das sorgsam geführte Haushaltsbuch aneinandergekettet. So manche Mark hatten ihre Söhne erhalten. Reinhard würde wohl zeitlebens bei ihnen bleiben. Er war zu kränklich. Von Geburt an durch seinen Klumpfuß behindert. Und auf dem Gericht hörte er nichts Gutes. Wilhelm hatte seine Chance in Lyck vertan. Wenn er nur heil den Krieg überstand. Wilhelms Plus war seine Frau.

»Wir werden ein Haus kaufen«, hatte ihr Mann nun gestern überraschend gesagt. »Ein Grundstück behält seinen Wert.«

Ein nicht mehr erwartetes Glücksgefühl wühlte Marie auf. Als habe sich der Sinn ihrer Ehe nun doch noch erfüllt. Als würden auf einmal all die Jahre der Entbehrung, des Leids und der eisernen Sparsamkeit belohnt.

In aller Frühe hatte sie begonnen, ihre Wohnung zu säubern. Wieder und wieder fuhr sie mit dem Staublappen über die Möbel. Alles war blank. Die Dielen in den zwei kleinen Zimmern und in dem

Kämmerchen, wo Reinhard sich einrichtete, wenn die Enkel zu Besuch kamen, glänzten. *Was kann man in so einem Winkel von Zimmer schon aufräumen,* dachte Marie. Sie ordnete Reinhards Wäsche in den Schrankfächern neu. Eine Frau würde er wohl nicht mehr kriegen. In dem neuen Haus brauchte er wenigstens nicht mehr wie ein Vagabund auf dem Boden oder in diesem Kabüffchen zu wohnen. Die noblen Herrschaften ließen einen eben doch nicht im Stich. Eine feine gesittete Dame wie die Baronin, zu der eigentlich ein Herr wie ihr kulanter Oberinspektor besser passte als ihr drolliger kleiner Mann.

Marie strich sich über ihre erhitzten Wangen. Zusätzliche Anschaffungen würden sie nicht machen können. Reinhards Bett musste natürlich mit. Es war aus stabilen Metallrohren gefertigt. Marie schmunzelte versonnen. Sie erinnerte die erste Nacht mit ihrem Mann. Sie hatten noch kein Bett, nur eine Liege mit zu schwachen Beinen. Damals war ihr Mann noch zärtlich gewesen. Marie nannte er sie seit dieser Zeit, statt Maria.

Sie hielt sich die Hand vor den Mund, als müsse sie sich ihrer Gedanken schämen. Faltete flüchtig ihre Hände, ergriff wieder den Staublappen und wischte über den Rauchtisch. Auch der musste mit, Reinhards Stühle, das Vertiko aus der Stube natürlich, die Couch. Sie war schon etwas durchgelegen, aber Wilhelm schlief immer wieder gern darauf, wenn er sie besuchte. Selten genug geschah es. Das Rückenpolster war noch straff. Marie putzte den verschnörkelten Holzrand und die Seitenlehnen, die wie Zöpfe aussahen. Neu beziehen lassen mussten sie die Couch, vielleicht diesmal in Rot statt in Grün. Der Küchenschrank musste mit, auch die große Holztruhe, die sie noch von ihren Eltern hatte. Wie alt mochte die Truhe sein? Kriegerszenen waren darauf gemalt. Marie gruselte beim Anblick der nackten Leiber und all der Mordwaffen. Ihre Betten mussten mit, die würden sie überdauern. Wie in einer Schaukel aus Federn hatte sich Marie das erste Mal darin gefühlt.

Nie zuvor hatte sie so weich gelegen. Die hohen Holzwände am Fuß- und Kopfende lenkten den Blick nach oben. Aber dort oben befand sich keine griesgraue Zimmerdecke, sondern der Himmel. Marie hatte sich vorgestellt, in einer Federschaukel unter blauem Himmel zu liegen. *Was muss eigentlich nicht mit? Alles muss mit,* überlegte Marie. Der Wäscheschrank, die kleine Kommode mit den zartgeschwungenen Beinen und den dunklen blanken Knöpfen auf dem fein geäderten hellbraunen Holz, ihr Lieblingsstück. Sie strich noch einmal mit dem Lappen behutsam darüber. Der Kleiderschrank natürlich, Büffet, Tisch und Stühle aus der Küche, auch wenn sie schon etwas blank gescheuert waren, Spiegel, Regulator.

Was wische und wische ich nur über die Möbel, ich einfältiges Weib. Ich wische und spinne. Ich sollte ein paar Salate bereiten. Heringssalat, Fleischsalat, die mag Wilhelm. Bier ist genug da. Aber bestimmt gehen sie heute Abend ins »Goldene Herz«. Dann bin ich wieder allein.

Die Folgen eines verkrüppelten Beins

Marie behielt mit ihrer Befürchtung recht. Schon nach dem Mittagessen brachen ihr Mann und ihre Söhne auf. »In dieser Lehmhütte erstickt jede Stimmung. Warte nicht mit dem Vesper, Marie! Ich habe unseren Jungens einiges zu erzählen.«

Sie gingen den Uferweg an der Frohe entlang zum Schulberg. Der alte Mattulke, klein und hager, in betont aufrechter Haltung wie stets, zwischen seinen Söhnen. Rechts von ihm, lang aufgeschossen, Wilhelm, der Soldat. Mit schlaksigen Bewegungen wie ein Pennäler, dessen Muskulatur für die Gliedmaßen noch zu schwach ist. Links Reinhard, wie eine Karikatur des Vaters. Auf dem rechten Bein hinkend. Den schmächtigen Körper leicht gebeugt. Das dunkle schüttere Haar glatt zur Seite gekämmt.

Mattulke wies mit seinem Krückstock auf das Haus. Wie ein Feldherr auf die eroberte Festung, über deren Verwendung nun zu befinden sei. »Du, Reinhard, wirst demnächst eine Wohnung Parterre beziehen. Hast dann dein eigenes Zuhause. Der greise Lehrer und seine Frau, die jetzt unten wohnen, werden nicht bis ins Endlose leben. In der Nachbarwohnung ist Salpeter in den Wänden. Dort müssen wir erst vorrichten. Vorerst hast du dein Zimmer oben bei Mutter und mir. In drei großen Räumen ist allemal genug Platz für uns. Da können Wilhelm und seine Frau mit logieren. Für die Kinder steht ein schmuckes Bodenkämmerchen parat ...«

Wilhelm schlenderte auf die andere Straßenseite hinüber. Er stellte fest, dass das Häuschen ein ausgezeichnetes Zielobjekt darstellte. Es scherte aus der Häuserreihe ein wenig aus, und der Berg fiel von hier an steiler ab. An der zum Hang gelegenen Giebelseite führte ein kleiner Weg zur Frohe hinunter. Abgesehen von seinem Standort wirkte das Haus äußerlich eher unauffällig, wie zur Tarnung. Hinter dem Hof etwa dreihundert Quadratmeter eingezäunte verwilderte Gartenfläche. Dann Wiese, die zum Fluss hin sumpfig wurde.

»Unser Etagennachbar ist ein pensionierter Prokurist. Ein anständiger Mensch, der seine Miete im Voraus bezahlt«, sagte Mattulke etwas mürrisch. Er war mit Reinhard Wilhelm gefolgt. Mattulke ärgerte sich. Wilhelms Unaufmerksamkeit kränkte ihn. *Was habe ich nur für Söhne,* dachte er. *Kein Mumm! Nicht fähig zur Begeisterung! Der eine wie ein Papagei. Der andere desinteressiert und tollpatschig. Lässt sich gar von seiner Frau auf der Nase herumtanzen! Sie will das Kind, er lieber nicht, also kriegt sie's!* Verständnislos schüttelte Mattulke den Kopf.

»Gewiss eine Seltenheit«, stimmte Reinhard seinem Vater zu, wobei man nicht genau wusste, ob er den anständigen Menschen oder die korrekte Mietzahlung meinte. Reinhard fühlte sich verpflichtet, die Missgestimmtheit des Vaters zu zerstreuen. »Du hast wahrlich alles bedacht, Vater.« In Reinhard hatte sich Mattulkes Respektauffassung im Grunde glänzend erfüllt. »Das ist mir recht.« – »So wollen wir's machen, Vater«, lauteten Reinhards schüchterne Kommentare. Und wenn er sich nach Passanten umsah, gewann man den Eindruck, dass ihn unaufhörlich sein schlechtes Gewissen plage. Dass er gewissermaßen befürchte, sein despektierliches Verhalten als Kanzlist sei ihm für jedermann sichtbar auf den Leib geschrieben.

Sein Bruder kalkulierte den Leichtsinn und die Schlagkraft eines Scharfschützen, der sich in einem der beiden Giebelfenster verschanzen würde. Wilhelm war froh, dass seine Eltern und Reinhard nun eine angenehme Behausung bekamen. Aber f r e u e n konnte er sich darüber nicht. Er war zu sehr mit sich selbst beschäftigt. Er dachte an seine Frau Elvira, an seine Kinder und an die Front. Bisher hatte er vom Krieg nicht viel erlebt. Doch seit Wochen hieß es, dass sie zur kämpfenden Truppe verlegt würden. Nun warf er sich vor, die wenigen Urlaubstage nicht genutzt zu haben. Er hatte mehr Stunden in der Gaststätte gedöst als mit seinen Kindern verbracht. Das Unerbittliche seiner Gedanken machte ihn untätig.

Der alte Mattulke wollte sich seine feierliche Stimmung nicht verdrießen lassen. Er hoffte, seine Söhne noch mitzureißen. »Gehen wir ins ›Goldene Herz‹«, sagte er. »Diese Stunde kehrt nicht wieder!«

An jener Stelle, wo die Winterstraße in den Uferweg einmündete, hatte die Kate von Mattulkes Eltern gestanden. Auf dem freien Platz war seit Jahren Nelly Werbach, von den Frohstädtern Fisch-Nelly genannt, mit ihrem Stand ansässig. Nelly winkte Mattulke zu. Sie war ledig. Und es hieß, dass es zwischen beiden einmal einen Flirt gegeben habe. Weswegen Marie von Nelly bevorzugt bedient werde. Nun, jedenfalls sprach es nicht unbedingt gegen Mattulke.

»Holt Stint, holt Stint, holt Stint,
solang wie welche sind!«,
rief Fisch-Nelly.

»In din niegen Hus mockst woll keen Fisch mehr etten?«

»Doch, Nelly, awer nich rüken!«

»Jo! Vielleicht ock nich anfatten, Mußjöö! ...«

Mattulke lachte. Zwar fragte er sich, woher Nelly von dem Hauskauf wusste, aber es war ihm nicht unlieb. Ungerührt trotteten seine Söhne neben ihm her. Oh, es reizte Mattulke, ihnen mit der Krücke Herzlichkeit beizubringen!

»Ihr wisst, was mit meinem Bein passiert ist«, begann Mattulke im »Goldenen Herz« das Gespräch, »aber die Geschichte habe ich euch noch nicht erzählt. Wozu sollte ich euch damit behelligen? Seit gestern denke ich anders darüber.«

Mattulke schaute abwechselnd zu Wilhelm und Reinhard, um seine Söhne zur Aufmerksamkeit zu zwingen. Auf Reinhards Nase glänzten kleine Schweißtropfen. Zusammengekrümmt saß er auf seinem Stuhl, die Unterarme gegen den Leib gepresst, als quälten ihn Schmerzen. Wilhelm hatte seine Beine lang unter dem Tisch ausgestreckt und blickte in die Runde. In den Nischen an der Fensterfront tuschelten zwei Pärchen. Am Stammtisch neben der Theke wurde geskatet.

»Prosit, Jungs!«

»Ich kann das kalte Bier nicht trinken. Mein Magen krampft«, sagte Reinhard.

»Philipp! Drei Köm für zartbesaitete Schleimhäute!«, rief Mattulke dem Wirt zu.

»Nein, bitte, Vater! Ich möchte nicht. Entschuldige!«

Mattulke schluckte seinen Ingrimm hinunter.

»Ich war damals so alt wie dein Sohn, Wilhelm. Gerade acht. Und auch so ein Nachzügler, wie ihr ihn jetzt erwartet. Meine beiden Brüder nahmen mich hin und wieder mit, wenn sie auf den umliegenden Dörfern für Händler oder irgendeinen Bauern Vieh aufkauften. Ferkel,

Hühner, Gänse, Kaninchen, Kälber, auch erlegtes Wild. Ich saß hinten auf dem Wagen inmitten des meist munteren Viehzeugs. Oft machten sich meine Brüder einen Jux daraus, mich singen zu lassen. Unser Tafelwagen holperte über Land, und ich krächzte aus vollem Halse. Wurde Jonny, unser Ochse, müde, gingen wir auf einen Sprung im Wald Pilze sammeln oder kühlten uns in einem See ab.

An einem Freitag, Jungens, geschah dann das Unglück. Seither bin ich ein bisschen abergläubisch. Es war ein warmer Herbst. Ich glaube, Anfang November. Den ganzen Tag über war es bewölkt. Mitunter sah der Himmel grau und diesig aus. Oder es zogen schwarze Wolkenfelder vorüber. Wahrscheinlich fürchtete ich mich etwas. Meine Brüder lachten. Sie hatten gut eingekauft. Sie machten extra einen Umweg, um in einer Schenke zu essen und zu trinken. Ich drängte sie zur Eile. Aber der Alkohol hatte ihnen eingeheizt. Übermütig trieben sie ihre Späße mit Jonny, sodass er mal bockte, mal in Trab verfiel. Ich sollte wieder singen. Und ich sang auch. So war mir wohler. Der Himmel riss auf einmal auf. War so klar wie an einem frostigen Wintertag. Ein feiner kalter Wind blies uns ins Gesicht. Doch innerhalb weniger Minuten wurde er dermaßen stark, dass wir uns brüllend verständigen mussten. Und dann fing ein Schneetreiben an wie im tiefsten sibirischen Winter.«

Der alte Mattulke trank Reinhards Kornbrand aus, bestellte sofort neu, als gelte es, ein Frösteln zu überwinden, das die bloße Erinnerung in ihm hervorrief. Zufrieden registrierte er das Interesse seiner Söhne.

»Noch zehn Kilometer waren es bis nach Hause. Meine Brüder gaben mir ihre Decke, auf der sie gesessen hatten. Sie selbst suchten sich Lappen zusammen, um sich Hals, Ohren und Hände zu schützen, deckten Reisig über das hinter den Gattern zusammengekrochene Vieh. Ich probierte die beste Lage. Kauerte mich. Legte mich flach hin. Am günstigsten empfand ich es, wenn ich mich setzte: ein Bein angezogen, das andere lang ausgestreckt. So bekam ich Halt auf dem holpernden Wagen.

Anfangs wechselte ich die Beine, da eines ja immer der Kälte ausgesetzt war. Aber dann schien mir, dass es meinem rechten Bein nicht viel ausmachte. Und ich ließ es im Freien. Wir kamen durch den Schnee immer schlechter voran. Mehrmals sprangen meine Brüder vom Wagen, um uns durch zugewehte Senken den Weg freizuschaufeln. Da wir nur eine Schaufel mitgenommen hatten, arbeitete im Wechsel einer und der andere machte währenddessen Übungen, rieb sich Hände und Ohren. ›Bleib man im Warmen sitzen, Erich‹, sagten sie zu mir.

Auf der Danziger Straße ging die Fahrt zügig. Verglichen zum Morgen sah unser Ort wie ein in Winterschlaf verzaubertes Städtchen aus. Meine Brüder sprangen vor unserem Haus sofort vom Kutschbock, machten wieder Übungen. Ich merkte plötzlich, dass ich mein rechtes Bein nicht bewegen konnte. Es hing wie ein Holzpflock an mir. Ich warf die Decke ab und zog mich mit den Armen hoch. Als ich mit meinem rechten Bein auftrat, schoss ein fürchterlicher Schmerz durch meinen Körper. Es schlug mir die Arme hoch. Ich weiß nicht, ob ich schrie. Ich stürzte hin. Meine Brüder kamen auf den Wagen geklettert, redeten auf mich ein, aber ich hörte ihre Stimmen nur wie von weither. Das Bein war erfroren.«

Der alte Mattulke stieß mit seinen Söhnen an. Reinhard nippte vorsichtig an seinem Glas. Sein Magen schien sich beruhigt zu haben. Wahrscheinlich hatte sich durch des Vaters Plauderton die Anspannung in Reinhard gelöst.

Werri kam plötzlich hereingelaufen. Außer Atem berichtete er, dass Frau Genth in ihrer Wohnung umgefallen sei. Sie sehe im Gesicht ganz blau aus und bekomme schwer Luft. Die Großmutter sitze bei ihr. Weil Christoph weggerannt sei, um den Arzt zu holen. Die Großmutter sei ziemlich aufgeregt.

»Ja, Söhnchen,«, sagte Mattulke, »da können wir kaum helfen. Setz dich auf einen Moment zu uns! Reinhard geht gleich mit nach Hause.«

»Ist gut, Vater«, sagte Reinhard.

Mattulke war zum Erzählen aufgelegt. »Ihr werdet gleich erfahren, warum ich euch gerade heute das alles mitteile.« Werri erhielt eine Brause und rückte zu seinem Vater heran. Wilhelm legte mit schlaksig ausfahrender Bewegung seinen Arm um die Schultern seines Sohnes.

»Möglicherweise war ich damals unglücklicher dran als Frau Genth heute«, sagte Mattulke. »Unser einziger Arzt in Frohstadt war kurz zuvor gestorben. Wöchentlich einmal kam einer aus Mohrungen zur Sprechstunde. Donnerstags. Am Freitagabend, noch dazu bei diesem Schneetreiben, bestand also keine Aussicht auf ärztliche Hilfe. Meine Brüder meinten: ›Schnee soll gut sein. Abreiben mit Schnee!‹ Sie holten Schnee herein und nahmen sich mein Bein vor. Ich hatte ein Gefühl, als ob sie mit tausend Messern hineinstechen und Stück für Stück das Fleisch aus meinem Bein schneiden würden. Ich muss wie wahnsinnig geschrien haben. Sie waren ratlos. Ein Nachbar empfahl die Verrücktheit, das Bein in Wasser zu wärmen. Kühlen bei Hitzschlag, wärmen bei Erfrierung! Ich spürte ein heftiges Kribbeln in meinem Bein. Aber ich schrie nicht mehr. Das wertete man als gutes Zeichen. Doch in den folgenden Tagen schwoll mein Bein zu einer unansehnlichen unförmigen Masse an, sodass alle das Grauen überkam. Blasen wie Tennisbälle wölbten sich hervor. Die Haut wurde glatt und glasig, an manchen Stellen rötlich-fleischig, blau und grün. Das Bein nässte und eiterte. Der Arzt, der nun alle zwei Tage kam, tupfte, kratzte und schnitt an ihm herum. Ich glaube, mein Vater, meine Brüder und auch der Arzt hielten mein Bein lange Zeit für verloren.

Ich habe es behalten. Aber unseren Vater verloren wir in diesen Wochen. Eine Lungenentzündung machte ihn bettlägerig. In einem Haus mit zwei nassen Zimmern, einer winzigen Küche, ohne Boden, ohne Keller. Nach dem frühen Tod unserer Mutter hatte sich unser Vater keine Ruhe gegönnt. Oft war er nach der schweren Arbeit beim Müller in der

Saison noch zu einer Schicht in die Zuckerfabrik gegangen. Als meine Brüder erwachsen waren, hatte er es etwas leichter. Aber sein Körper war verbraucht. Knapp über die fünfzig Jahre alt ist mein Vater geworden. Während meiner Erkrankung schliefen er und meine Brüder zu dritt in einem Zimmer, um mich nicht zu stören. Mein Bein erholte sich und mein Vater verfiel. Einmal kam er zu mir, setzte sich auf den Rand meines Bettes. Seine Arme waren so schmal wie deine Kinderarme, Werner. Sein magerer Kopf sah zum Fürchten aus. ›Erich, dein Bein wird schon wieder in Ordnung kommen‹, sagte er. ›Soldat kannst du nie werden. Das ist nicht so wichtig. Aber lass dich nie unterkriegen, Erich! Werde Angestellter! Das ist heutzutage das Sicherste. Lerne, ordentlich zu schreiben und zu rechnen! Das Wichtigste aber ist, dass du in ein ordentliches Haus kommst, Erich! In dem es trocken und warm ist. Das Bein ist d e i n Schicksal. Dieses Haus war m e i n Schicksal. Es ist kein Zuhause. Hier ist deine Mutter an Schwindsucht gestorben. Und ich kann mich hier wohl auch nicht mehr erholen ...‹ Ja, Jungs. Fast ein Leben lang habe ich für dieses Ziel gebraucht. Nun fehlte uns eigentlich nur noch ein Arzt in der Familie! Dann könnte den Mattulkes nichts mehr passieren. Arzt ist zu hoch gegriffen, Werner, werde also Fleischer! Das lohnt sich nicht weniger. Und nun geh mit deinem Onkel der Großmutter beistehen. Sagt ihr, wir sind in blendender Laune.«

Gehorsam standen Werri und Reinhard auf. Reinhard sagte: »Danke, Vater!« Werri fühlte sich stolz wie ein bestallter Fleischergesell.

Wilhelm hatte seinen Kopf in eine Hand gestützt und rauchte. *Warum hat er es so lange verschwiegen,* dachte er. Sein Vater war für ihn immer ein hässlicher kleiner Tyrann gewesen. Dessen Gesicht in seinen Kindheitsträumen nie ohne Krücke erschienen war. Seitdem Wilhelm Kurt Przyworra, seinen Schwiegervater, kannte, wusste er, was er in seiner Kindheit und Jugend vermisst hatte. Mit Scheu und Abwehr war er deshalb stets in sein Vaterhaus zurückgekehrt. Nun hatte sein Bild von seinem Vater einen neuen Hintergrund erhalten. Wilhelm fragte sich, ob es zu spät sei.

Mattulke rief nach dem Wirt, rückte lärmend mit seinem Stuhl zu Wilhelm heran, hakte sich mit seinem linken Arm bei ihm unter, schlug mit der flachen rechten Hand im Takt auf den Tisch und deklamierte wie ein betrunkener Kabarettist:

»Wann ist der Mensch was wert?
Wenn er etwas besitzt.
Was hat uns das Placken beschert?
Nur Hitz, nur Hitz, nur Hitz …
Philipp! Einen Durst macht diese Hitz! …«

DRITTES KAPITEL

Lehrer, Pfarrer und ein stolzer Hecht

Der Frohstädter Bahnhof war eine kleine Durchgangsstation, die von Zügen aus Königsberg in Richtung Mohrungen und weiter nach Westen und in umgekehrter Richtung passiert wurde. Das Empfangsgebäude war aus roten Backsteinen gebaut. Links von der Pforte stand mit weißen Kieselsteinen in den Erdboden gesetzt: ›Willkommen in Frohstadt‹. Rechts: ›Gute Fahrt‹. Im Frühling umringten Vergissmeinnicht diese Worte.

Wilhelm war zumute, als fahre er für immer fort. Abschiedszeremonien auf Bahnhöfen mochte er nicht. Er wollte nicht zeigen, wie es in ihm aussah. Mutters und Sonjas sonstiger Abschiedsschmerz war von der gemeinsamen Freude über das neue Haus gemildert. Werri hatte die Lider zusammengekniffen und Wilhelms Uniform bewundert. Sein Vater hatte noch nie geweint. Seine Zuneigung realisierte sich in Strenge und sachlicher Hilfe. »Pack Wilhelm ordentlich etwas ein, Marie!« Die Mutter packte stets zu viel ein. Immer noch behandelte sie ihn wie einen kleinen Jungen. Keinen Handgriff durfte er tun. »Du hast Urlaub, Kind!« Sie putzte seine Schuhe. Rieb ihm sein Koppel blank. Bürstete noch einmal die Uniform aus.

Eine Frau in mittleren Jahren und ein alter Herr mit Stock und Kneifer warteten auf den Gegenzug. Wilhelm rutschte etwas von seinem Abteilfenster weg, als er plötzlich gewahr wurde, dass der alte Herr ein ehemaliger Lehrer von ihm war. Aber sicher erkannte er ihn nicht mehr. Er musste an die achtzig Jahre alt sein. Wilhelm hatte ihn nie sonderlich gemocht. Hilbig. Er war der strengste von allen Lehrern gewesen. Sie mussten bei ihm so stramm sitzen wie Rekruten. Sein Stock lag immer griffbereit. Ehemals Offizier, war Hilbig damals Vorsitzender des Frohstädter Kriegervereins. Militärische Haltung, tadellos sitzende Anzüge, gepflegtes Äußeres. So trat er stets auf. Deswegen hatte Wilhelms Vater ihn wohl ein bisschen verehrt. Aber Hilbig war auch ein Nationalist erster Güte! Am meisten konnte man ihm mit seinen Sprüchen imponieren. Sogar der spillrige Oswin Mund, den sie nur »Maule« gerufen hatten, hatte es verstanden. In den ersten Schuljahren war Wilhelm mit ihm befreundet gewesen; später war er meist seine eigenen Wege gegangen, da Maule immer bestimmen wollte, was sie tun. Oswins Eltern waren einfache Instleute, Gutstagelöhner, die auch ein bisschen Pachtland selbst bewirtschafteten. Er besaß kein Kleidungsstück ohne Flicken, weil vor ihm immer schon mehrere seiner Geschwister die Sachen getragen hatten. Hilbig war entzückt, wenn dieser flickenbesetzte spillrige Maule die Klasse bei einem Wettspiel plötzlich anfeuerte: »Wir wissen, was wir wollen! Wir bleiben, was wir sind! Das erste Volk der Welt!«

Vielleicht lebt Hilbig noch länger als ich, dachte Wilhelm, als sich sein Zug in Bewegung setzte. Manchmal ist es eine Sache von Sekunden. Lungenembolie – tot. Ohne Mutter würde Christoph Genth sicher in ein Heim, sein kranker Vater in eine Anstalt kommen.

Gleich hinter dem Bahnhof die kleine katholische Kirche. Erinnerungen schlossen sich zu Lebenskreisen zusammen. Frohstadt, ein Bollwerk der Protestanten, kleinlich wie ein eifersüchtiges Weib. Zwei Kilometer waren es bis zum nächsten Bahnwärterhäuschen. Irgendwie musste sein Vater seine Hände mit im Spiel gehabt haben. Vielleicht war er dem katholischen Pfarrer misstrauisch gefolgt? Jedenfalls lachte sein Vater sich eins, noch bevor der Evangelische den Kriegerverein alarmiert hatte. Hilbig ertappte den katholischen Pfarrer in flagranti bei der Bahnwärterwitwe. Im Schutze seiner Vereinskrieger wartete er vor der Tür, bis der Pfarrer korrekt bekleidet sei. Als er ungeduldig geworden nachsah, war die Witwe allein. Hilbig hätte wohl ihren Plüschbären verkannt?

Unverrichteter Dinge marschierte die Kriegerschar davon. Fisch-Nelly jedoch tat öffentlich kund:»Ick hew immer secht. Snaaken end siinge, dat könn de Katholsche. Awer von de Eedik do weiten se nix.«

Wo gab es noch einmal so viel Wälder und Seen! Wilhelm wäre gern Förster geworden. Oder Fischer. Im Oberländer See hatte er seinen ersten Hecht gefangen. Im Unterlauf der Frohe tummelten sich die Krebse. Manchmal sog sein Vater so lange an Scheren und Rumpf, bis ihm die Lippen wund waren.

Wilhelm erschien es jetzt, als seien diese letzten Jahre seiner Kindheit seine erfolgreichsten gewesen. Seinen Bruder ekelte es, einen Frosch anzufassen. Wilhelm entsann sich bis ins Detail, gerade so, als handle es sich um gewichtige Dinge seines Lebens. Wie er das Drahtnetz am Reifen befestigte. Einen abgezogenen Froschschenkel in der Mitte des Netzes locker festband. Drei Drähte führte er vom Reifen an einen Stock. Setzte das Netz dicht am Ufer auf den Grund. Bis zu sechzig Krebse krabbelten mitunter in den Nesseln seines Eimers. Stolz überreichte er ihn seinem Vater.

Wann jemals hatte er Elvira oder seinen Kindern eine solche Freude bereitet? Wie oft hatte er den Blick seiner Frau wie einen stillen, schmerzlichen Vorwurf empfunden: Wie kümmerst du dich um uns, mein Lieber?

Er hatte nie Glück gehabt. Schon seine Gesellenzeit hatte ein wenig verheißungsvolles, peinliches Ende genommen. Als Arbeitsloser bot er Illustrierte an. Für einen Abonnementsabschluss von »Die deutsche Frau«, bekam er fünfzig Pfennig. Nach einem Vierteljahr vielleicht nochmals fünfzig. Um jeden Möbelwagen schlich er herum, um eventuell als Träger etwas zu verdienen. Frierend stand er frühmorgens am Stadthafen von Königsberg. Fehlten Leute, durfte er Kalisäcke durch die Winsch schleppen. Das Stückgut war den Stammarbeitern vorbehalten. Als Pflichtarbeit sortierte er monatelang Socken. Dann hatte er zusammen mit Zuhältern und Juden in einem Moorbruch Stubben gerodet. Gepflügt, Vorflutgräben ausgeschachtet. Ein paar Stunden Ruhe in einem kalten Waggon. Beim Granatenschärfen im ersten Kriegsjahr war er umgefallen.

Wilhelm stellte sich eine deprimierende Bilanz auf. Sein Leben glitt an ihm vorüber wie ein Albtraum. Er war weder ein guter Arbeiter noch ein guter Büfettier oder Händler gewesen. Er erinnerte sich an die Zeit, da er sich im Vertrieb von Staubsaugern versucht hatte. »Lüg, was das Zeug hält«, hatte ihm sein Kolonnenführer gesagt. »Die Leute wollen übertölpelt werden. Täglich lesen sie in den Zeitungen, dass sie gewaltige Aufgaben vor sich haben. Sag ihnen, das hier sei der Anfang. Wer wird noch mit einem Mopp durch die Zimmer fegen? Sie müssen es als Erniedrigung erleben, keinen Staubsauger zu kaufen.«

Wilhelm konnte nicht lügen. »Doktor Wunders Staubsauger! Kein Wunder, ohne Wunder!« Im Prospekt lachende hübsche Frauengesichter. Drollige Kinder auf sauberen Teppichen. Und in einem riesengroßen Saugtrichter hässliche dunkeläugige Zwerge mit Hakennasen, Unrat, gemeine Bolschewisten mit Schrumpfköpfen, den roten Stern an die Stirn gebrannt.

Einmal hatte Wilhelm bei einem Rechtsanwalt geklingelt. Ein älterer korpulenter Herr mit rosiger Glatze. »Was wollen Sie?«, fragte er Wilhelm grob. »Ach, kommen Sie herein! Man wird Sie ja sowieso nicht los.« Er führte Wilhelm in sein Arbeitszimmer. Der Teppich sah aus, als seien darauf Biergelage und Papierschnitzelgefechte veranstaltet, Brasils geraucht und die Topfblumen von ganz Norddeutschland eingepflanzt worden. Wilhelm demonstrierte höchste Vorführkunst. Oder besser: peinliche Sauberkeit. Der Anwalt saß in seinem Schreibtischsessel, rauchte und nickte hin und wieder zufrieden. Richtete sich Wilhelm fragend auf, bedeutete ihm der Anwalt mit einer knappen Geste, er solle nur noch ein Stück weitermachen. Wilhelm säuberte den gesamten

Teppich. Natürlich kaufte der Anwalt nicht. »Nein! Absolut nicht! Meine Haushälterin erledigt das leiser.« Zwar war die Haushälterin wohl vor zehn Jahren gestorben, aber der Anwalt schob Wilhelm ohne weiteren Kommentar aus dem Zimmer. Noch heute schuldigte Wilhelm den Zufall an, dass sein Zeigefinger an die Sperre des Schmutzbeutels geraten war. Der Dreck von zwanzig Teppichen sich über den Flurläufer des Anwalts ergoss …

Nicht einmal ein zufriedenes Schmunzeln gelang Wilhelm. Morgen ging sein Urlaub zu Ende. Vielleicht durfte Elvira noch einmal die Klinik verlassen? Das Kind hatte sich zu früh gemeldet. Isabella würde er gern besuchen. Die Lustigste und Lebenstüchtigste in der Familie, wie ihm schien.

Wieder fuhr der Zug an einem See vorbei. Wilhelm sah sich bis zur Hüfte im Wasser stehen, um Hechte zu fangen. Zehn-, Zwölf-, Dreizehnpfünder hatte er an Land gezogen. Keuchend vor Freude und Anstrengung. Keiner war im Hechtefangen so geschickt gewesen wie er. Reinhard schmerzten vom kalten Wasser die Nieren. Es musste ein Monat mit einem I am Ende sein, so hatte Vater ihnen eingeschärft. Wilhelm hatte ein halbes Dutzend Stöcke mit unterschiedlich starken Drahtschlingen versehen. Er wusste immer, auf welchen Hecht er aus war. Sein Vater hatte mit dem Fischer im »Goldenen Herz« einen Vertrag abgeschlossen. Fünf Kilo Fisch durften sie im Monat fangen. Aber keine Hechte! »Du bist großzügig«, hatte Vater zum Fischer gesagt. Und zu ihnen: »Wir fangen natürlich zehn Kilo. Wenn wir es schaffen, auch zwanzig. Und du, Wilhelm, vor allem Hechte!«

Ja, Wilhelm kannte die Stellen, wo der Hecht sich sonnte. Das wusste der Vater. Aber er wusste nicht alles. Wilhelm hätte noch mehr Hechte fangen können.

Langsam watete er in den See hinein. Die Sonne brannte auf das Wasser. Am gegenüberliegenden Ufer hantierte der Fischer in seinem Boot.

Er konnte nicht mehr gut sehen, aber sein Gehör war noch erstaunlich fein. Wilhelm schlich sich durch das Wasser heran. Der Hecht stand ruhig auf einem Fleck. Er wartete. Sah er ihn nicht? Spürte er nicht das sachte Vibrieren des Wassers? Vorsichtig führte Wilhelm die Schlinge bis über die Kiemen. Der Hecht bewegte sich nicht. Mit einem Ruck zog Wilhelm die Schlinge straff. Der Fisch erschrak. Er schnellte auf, zerrte an der Schlinge. Der Draht riss.

Wilhelm ärgerte sich nicht. Sein Vater erfuhr davon nichts. Am nächsten Tag fing Wilhelm einen anderen Hecht. Er fing nur noch jeden zweiten Hecht, den er hätte fangen können. Manchmal trieb das Boot des Fischers verdächtig nahe an ihm vorbei. Wilhelm versteckte sich im Schilf. Doch der entkommene Hecht lockte ihn wieder hervor. An einem Sonntag sah Wilhelm ihn. Die Drahtschlinge lag wie ein Schmuckband um seinen Körper. Ihr metallischer Glanz gab ihm etwas Würdevolles. Ob sie ihn schmerzte? Mutter sagte, dass man die Rose kriege, wenn man den Gürtel zu fest um den Leib schnalle. Tagelang stand der Hecht draußen im Wasser. Er lauerte. Kam nicht heran. Aus Rache fing Wilhelm einen anderen Hecht, obwohl er dem Vater erst gestern einen gebracht hatte. Wie zum Trotz und um sich seinen Mut zu beweisen, lief er nicht auf dem kürzesten Wege in die Stadt, sondern in entgegengesetzter Richtung um den See herum, an der Fischerhütte vorbei.

Als wieder eine Woche vergangen war, stand der Hecht dicht am Ufer. Er stand genau an der Stelle, wo Wilhelm ihn zum ersten Mal überrascht hatte. Es ging sehr schnell. Der Hecht wehrte sich nicht. Er ergab sich. Doch Wilhelm wollte ihn nicht. Er löste die alte Drahtschlinge. Ein dunkler Schnürring zeichnete sich auf dem glänzenden Fischleib ab. Wilhelm warf den Hecht zurück ins Wasser.

Die Lokomotive stöhnte eine kleine Anhöhe hinan. *Ich kann keinen Menschen töten,* dachte Wilhelm. *Das wird mein Tod sein.*

Über Isabella, Dreikerben-Joe und die Fee

Wilhelm schlenderte durch Königsberg. Schlendern konnte man ohne Ziel. Er hatte in der Klinik angerufen. Für einen Besuch war es für heute zu spät. Elvira ging es gut. Nach Hause durfte sie nicht, aber das Kind war noch nicht geboren.

Manchmal wünschte sich Wilhelm, dass es tot zur Welt käme. Es waren flüchtige Gedanken, die er sich selbst nicht eingestand und die er wie eine ihm fremde, zwanghafte Idee empfand. Selbst mit dem Anschein einer moralischen Schuld könnte er nicht leben. Elviras unverhoffte Schwangerschaft hatte ihn verstört. Der Spielraum seines Lebens wurde kleiner und die Probleme wuchsen. Er war gegen das Kind gewesen, ohne es Elvira eindeutig zu sagen. Er hatte es anfangs für selbstverständlich gehalten, dass sie die Schwangerschaft unterbrechen lassen würde. Aber Elvira dachte nicht im Entferntesten daran.

Ein Mädchen hängte sich bei ihm ein. Obwohl noch sehr jung, hatte es um Augen und Mund einen harten, verderbten Zug. Wo war er hingelangt? Steile Straße. Er überquerte den Sackheim, den Boulevard ihres Wohnviertels, ging zurück zur Stadt. Häuserzeilen mit Arbeiterwohnungen. Eine fast leere Straßenbahn ratterte quietschend und klirrend vorüber. Soweit sich Wilhelm zurückbesann, stand Tag für Tag, sommers wie winters, ein altes Mütterchen unter einer der Laternen, verkaufte Blumen, Sanddornzweige, Birkenreis …

»Donnerlittchen! Wilhelm, min Jung, komm 'rei-in!«, rief Isabella erfreut. Sie umarmte ihn. »Mein Gott, du wirst nicht älter, siehst immer noch aus wie ein braver Bub.«

Isabella hatte einen langen türkisfarbenen Morgenmantel an. Sie wollte wohl schon zu Bett gehen. Ihr rötlichblondes Haar hatte sie sich behelfsmäßig hochgesteckt. Die blauen Lidschatten und die mit Kohlestift nachgezogenen schmalen Augenbrauen waren fast abgeschminkt, sodass ihr Gesicht auf Wilhelm ungewohnt fahl wirkte. Obgleich Isabella von Natur aus zu einem eher rosigen Teint neigte. Sie umarmte Wilhelm schnell noch einmal, küsste ihn auf die Wange und entschuldigte sich.

»Tja, Jungche, in meinem Alter muss man für ausreichend Schla-af sorgen! Ich bring was zu e-essen. Du hast sicher Hunger!«

Isabella sprach die Vokale mitunter besonders breit und mit leicht gehobener Stimme aus. In ihrer Jugend hatte sie als Hausmädchen bei einem schlesischen Landrat gearbeitet, sich nach einer unglücklichen Liebe jedoch in Königsberg eine Anstellung gesucht. Sie war eine geborene Poppel, Cousine von Elvira. Isabellas und Elviras Mütter waren Schwestern. Wenn Isabella ein bisschen angetrunken war, nannte sie sich zuweilen eine »Dame des Fin de Siècle«. Was für Przyworra bedeutete, dass sie einen Vogel hatte. Aber Isabella bezeichnete damit schlicht ihr Geburtsjahr. Ihr Lebenswandel galt in der Familie als etwas anrüchig. Nichtsdestoweniger behauptete sie sich. Und Elvira und Wilhelm betrachtete sie als ihre Vertrauten.

»Ich habe jetzt einen neuen Freund, einen Revisor!«, sagte Isabella nicht ohne Stolz. »Er brauchte eine Aufwartung. Na ja. Seine Frau ist schwer krank. Aber weißt du, was er früher war: Zwö-ölfender! Und heutzutage schnüffelt er in Fleisch- und Molkereiläden und in Schnapsgeschäften herum. Dem Mann gehts gu-ut!«

Isabella veranschaulichte die gute Versorgung ihres Freundes, indem sie Wilhelm auf zwei Holzbrettchen ungarische Salami, Lachsschinken, kalten Braten und Schweizer Käse und auf kleinen Porzellantellern Oliven, goldgelbe Butter und Thunfisch auftrug. »Ohne Kas, keen Spaß, ohne Schinken, keen Pinken«, sagte sie mit naiver Unbekümmertheit und schmunzelte vielsagend. Sie hatte sich ein hellblaues Wollkleid angezogen, das ihre kräftige Statur verdeutlichte.

»Ich komm nie nach oben, Isabella«, sagte Wilhelm.

»Weil du entweder rumplierst oder Blö-ödsinn machst! Wie kann man sich son Bonbon ans Revers stecken, wenn man gar nich Nazi is! Zwöl-ölfender musst du werden, dann kommst du auch nach o-oben!«

»Die kleinsten Sünden bereuen wir am längsten«, sagte Wilhelm und dachte an seine SA-Episode und Elviras Weggang aus dem Gewerkschaftshaus. Drei Wochen später hatte die SA das Gewerkschaftshaus besetzt. »Wir Kleinen bestimmen nicht den Werdegang der Geschichte, Isabella.«

»Sobald du zurück bist, reden wir mit meinem Revisor«, sagte Isabella selbstbewusst. »Der wird dich gut vermitteln. Und nu iss, Döskopp!«

Zögernd nahm sich Wilhelm von dem Schinken, eine Scheibe Brot. Sein Appetit schien nicht sehr groß zu sein. »Ich habe nicht viel gelernt, Isabella«, sagte er. »Dreikerben-Joe ließ uns Waldmeister in den Buchenwäldern um Mohrungen herum sammeln. Dreikerben-Joe nannten wir unseren Chef wegen seiner drei Speckfalten im Genick. Er schickte immer nur einen von uns Lehrlingen weg. Und er nahm uns bei den Ohren, wenn ihm die gesammelte Menge zu gering war! Der Waldmeister wurde in Sprit gelaugt, anschließend abgefiltert.«

Isabella fasste sich mit beiden Händen an den Kopf, als sei ihr ein unverzeihliches Versäumnis unterlaufen. »Und ich wundere mich, dass es dir nicht schmeckt!« Sie kam mit einer Halbliterflasche »Revisor-Wodka« zurück.

»Joe führte Eisenwaren, Butter, Wild und Fußpuder. Mit Wild hatten wir besonders viel zu tun, Isabella. Von November bis Januar packten sie uns jeden Winkel mit Langohren voll. Abziehen, häuten, spicken. Monatelang. Die Keulen hierhin, die Lapatten dorthin. Damhirsche, Rehwild! Manche von uns haben wenigstens was verschoben. Nach der Lehre entließ Joe sowieso alle. Mich hat er noch zwei Jahre lang behalten. Wahrscheinlich war ich der Dämlichste!«

»Ach, Wilhelm, Jungche!«, rief Isabella aus. »Sobald bei dir mal was gut geht, wirst du misstrauisch.«

»Wie heißt es so schön: Man darf alles tun, solange es einem nur keinen Spaß macht. Trifffts auf uns nicht zu, Isabella? Wer als Dreißigjähriger seinen Weg nicht gefunden hat, irrt ewig umher.«

Isabella hielt mehr vom Trinken als von Puritanergespött und pessimistischer Lebenshaltung. Außerdem war sie neugierig.

»Daran hat die Fee Schuld«, sagte Wilhelm. »Joes Tochter. Zumindest war sie mitverantwortlich dafür, dass meine Zeit bei Joe so überstürzt endete. Sie hieß Gertraude. Joe nannte sie aber nur Traudi. Und wir Fee. Ein zierliches Persönchen, gut proportioniert. Das lange weißblonde Haar trug sie meist zu zwei dicken Zöpfen gebunden. Ihr Gesicht war so schön und rein wie von einer Porzellanpuppe. Doch ihr Blick wirkte kühl. Und ihre Miene blieb, ob Freude oder Ärger, unbewegt. Sie selbst bekam auch keinen Ärger, so sehr sie uns tyrannisiert oder gepeinigt haben mochte. Sie schickte uns ohne Absprache mit ihrem Vater Wege zu besorgen. Sie kommandierte uns im Laden umher, schuppte und knuffte oder neckte uns, sodass wir nicht zu unserer Arbeit kamen. Joe interessierte nie der Grund. Er ließ den vermeintlichen Übeltäter nach Feierabend den Hausflur scheuern, die Müllgrube ausräumen. Die Fee schwieg, schaute unbeteiligt über uns hinweg, als gehe sie die Sache nichts an. Sechzehn Jahre alt war das Luder, Isabella.«

»Wer sagts denn: die Hormone, Wilhelm, die Hormone!«

»Wir hassten die Fee. Aber irgendwie liebten wir sie wohl auch? Und wir fürchteten Joe. Er nahm einen Zweizentnersack ohne Hilfe vom Fußboden auf und legte ihn sich über die Schulter. Ich glaube, aus heimlichen, zunächst harmlosen Wünschen war in uns die Begierde entstanden, der Fee Gewalt anzutun. Tiedtke, unser Kleinster, ein Pfiffikus, überraschte uns eines Tages mit einem Gedicht:

Joe, Joe, Joe,
Dreikerben-Joe,
was hast du für eine Tochter?
Sie martert dich,
sie martert uns,
dein Monster, die Fee,
deine Tochter.
Doch einst,
da kommt der wilde Mann,
Dreikerben-Joe.
Der bändigt sie,
der nimmt sie sich,
dein Monster, die Fee,
deine Tochter.

Es bereitete uns einen Heidenspaß, uns Tiedtchen als ›wilden Mann‹ vorzustellen. Tiedtchen benötigte schon eine Leiter an Regalen, wo nicht nur ich, sondern auch die anderen noch mühelos hineinlangten. Aber manchmal sangen wir jetzt leise seinen Text nach einer bekannten Liedmelodie. Oder wir summten die Melodie nur.

Joe bewachte seine Tochter wie ein Kleinod. Er war verwitwet, lebte mit ihr allein und liebte sie abgöttisch. An den Wochenenden gingen sie zu zweit spazieren. Ohne ihn besuchte die Fee kein Kino, aß sie kein Eis im Café. Von einem Englischkurs holte er sie allabendlich persönlich ab. Einen Höhepunkt erreichte unser Zorn, als ausgerechnet Tiedtchen für die Gemeinheit der Fee büßen musste. Er war gerade damit beschäftigt gewesen, Marmeladengläser in ein Regal einzuräumen, hatte nicht bemerkt, wie sie sich ihm näherte. Plötzlich schrie er auf. Die Fee huschte in ihrem rosafarbenen Kleid engelsgleich davon. Tiedtchen lag zusammengekrümmt unter der Leiter. ›Oouu …‹, jammerte er. ›Sie hat mir …‹

›Weer hat waas?‹, fragte Joe und drehte an Tiedtchens Ohren. ›Zerschmeißt mir der Kerl doch die Marmeladengläser! Das wirst du bezahlen!‹ Wir wären gern über Joe hergefallen. Tiedtchen wälzte sich am Boden und blutete Marmelade.«

Isabella lachte, schüttelte den Kopf. »Nein aber auch! So ein kleines Biest, diese Fee!«

»Joe ließ Tiedtchen für den Schaden wochenlang zusätzliche Arbeiten verrichten. Die Fee erschien eine Zeit lang nicht mehr bei uns unten im Laden. Dann lud Joe an einem Sonntag Gäste zu sich ein. Das tat er immer mal, wobei er den Gästekreis wechselte oder doch variierte. Diesmal waren Bäcker, Schuster, der Förster, ein Holzhändler und der Pfarrer anwesend. Alle kräftige Esser und durchhaltende Trinker. Joe hatte einen anderen Gesellen und mich mit dem Anrichten der Speisen und dem Bedienen beauftragt. Die Fee war gegen zehn Uhr zu Bett gegangen. Hatte sich zwar brav, aber ziemlich reserviert von den Gästen und von ihrem Vater verabschiedet. Um Mitternacht herum wurden die Herren allmählich träge und Joe meinte, dass es ausreiche, wenn nur ich zur Bedienung dabliebe. Hin und wieder holte ich zwei, drei Flaschen Wein aus dem Keller oder aus der eine halbe Treppe darüber gelegenen Speisekammer ein Stück Rehkeule, eine Hühnerbrust und dergleichen. Hinter einem Besenschrank vor der Speisekammer hatte ich für mich eine Flasche Sekt versteckt. Schließlich sagte Joe, ich solle ihnen noch zehn Flaschen hinstellen und könne dann gehen. Ich hole die Flaschen und erkläre ihm, dass ich nur noch abschließen müsse. In der Speisekammer suche ich mir einen mittelgroßen Schinken aus. Ich wiege ihn gerade in der Hand, da raschelt es hinter mir. Erschrocken drehe ich mich um. Die Fee steht in einem hellen luftigen Gewand vor mir! Ich will den Schinken wieder anhängen. ›Nimm ihn doch!‹ sagt sie; es klingt, als rede sie zu sich. Ich hänge ihn also wieder an. Plötzlich höre ich Joes schwergewichtige Schritte. Um Gottes willen, die Fee mit mir allein! Ich ziehe sie in den äußersten Winkel hinter ein Regal, halte ihr den Mund zu. Aber das ist unnötig. Joe öffnet die Tür, brummelt etwas, löscht das Licht, schließt ab. Wir bleiben so stehen, bis es wieder still ist. Dann setze ich mich auf den Fußboden. Die Fee setzt sich auf meine ausgestreckten Beine.

Vielleicht eine Stunde später hören wir ein Poltern von umgeworfenen Gegenständen, beiseitegeschobenen Tischen. Türen krachen zu. Aus irgendeinem Grund suchte Joe auf einmal die Fee. Wahrscheinlich waren seine Gäste nach Hause gegangen. Lärmend hetzte er durch alle Räume, rief auf der Straße Fees Namen. Drei- oder viermal machte er die Runde im Haus. Dann näherte sich sein Poltern der Speisekammer. Joe sah in dem Besenschrank nach, fand hinter dem Schrank die Flasche Sekt und fluchte. Nun kam ihm wohl ein Gedanke. Es wurde ruhig vor der Tür. Schlüssel klapperten. Die Fee hatte plötzlich eine Regallatte in den Händen. Eine Sekunde lang dachte ich, sie wolle mir nun zum Dank eins damit überhelfen. Aber sie reichte sie mir. Da flog auch schon die Tür auf. Joe trat ein, knipste das Licht an. Hasserfüllt stierte er mich aus seinen kleinen geröteten Augen an. Als hätte ich ihm das Teuerste weggenommen! Zum Glück irritierte ihn etwas meine Latte. Sein Blick hastete über die Gegenstände im Raum. Zwei Schritte seitlich von Joe lag auf einer Bank das Hackbeil. Mit dem er sonst das Wild zerteilte. Fast gleichzeitig sahen wir das Beil. Joe sprang zur Bank. Ich mit zwei Sätzen hinaus. Hinter meinem Rücken schlug das Beil in die Tür. Noch etwa hundert Meter weit hörte ich Joe hinter mir keuchen …

Ich habe ihn nicht wiedergesehen. Aber zuweilen ist es mir immer noch, als wäre einer mit dem Beil hinter mir her, Isabella. Die Fee soll schon zweimal in einer Nervenklinik behandelt worden sein.«

»Was du nicht sagst!«

»Und Tiedtchen ist tot. Gefallen. Er war einer der Ersten.«

Die Uhr der Marienkirche schlug zwei, als Wilhelm in der Blumenstraße ankam. Er hätte bei Isabella übernachten können, aber er wollte in seiner letzten Urlaubsnacht gern in seinem eigenen Bett schlafen. Isabella hatte ihm für Elvira ein orangefarbenes seidenes Halstuch als Geschenk mitgegeben und für ihn den Rest von der Salami und vom Schinken. »Da du den anderen ja wieder hingehängt und wohl lieber welchen geklopft hast, Lausbub du …«

Ein Liebespaar ging vom Pregel kommend an ihm vorbei. Wilhelm griff nach dem Hausschlüssel in seiner Hosentasche.

»Nee, das ist doch nicht wahr! Wilhelm, alte Granate!«

Verdutzt drehte sich Wilhelm um. Der Mann nahm seine Arme von dem Mädchen und kam auf ihn zu.

»Erkennst du mich nicht? Wir wissen, was wir wollen! Wir bleiben, was wir sind! …«

»Mensch, Maule! Oswin!«

Sie reichten sich die Hände und umarmten sich flüchtig.

»Meine Verlobte! – Ein Schulfreund!«, stellte Oswin vor.

»Mach dir ma ordentlich!«, sagte das Mädchen und zupfte Oswins Jacke zurecht.

»Kleinkram«, er lachte und drückte ihre Hand weg. »Was, Wilhelm? Die Ordnung der Welt muss unsere Ordnung sein!«

»Hab gerade heute an dich gedacht«, sagte Wilhelm. »Sah den alten Hilbig auf dem Bahnhof in Frohstadt.«

»Lebt diese Kriegerseele auch noch! Siehst du«, sagte Oswin zu seiner Verlobten. »Ein ehrenwerter Soldat bleibt im Felde oder wird so alt wie eine Schildkröte!«

Maule hatte den Rang eines Feldwebels. Eine Ehrenspange und die Schützenschnur schmückten seine Uniform. Er war fast so groß wie Wilhelm, in den Schultern nicht übermäßig breit, aber insgesamt muskulös und gut trainiert.

»Du hast dich rausgemacht«, sagte Wilhelm ein bisschen neidisch.

»Ja, wer hätte gedacht, dass aus uns was wird …« Sie erinnerten ein paar gemeinsame Erlebnisse. Maule schlug vor, auf ihr Wiedersehen etwas zu trinken. Doch Wilhelm schützte seine hochschwangere Frau vor. »Na, dann bis zum nächsten Mal, alter Jachthund!«

Wilhelm ging an ihrem Hauseingang vorbei. Erst als die beiden die Blumenstraße in Richtung Wall verlassen hatten, kehrte er zurück. Erschöpft von dem langen Tag stieg er die Treppen zu ihrer Wohnung hinauf. *Das Leben besteht nur aus Zufällen,* dachte er.

In der Klinik

Anja Przyworra saß bei ihrer Tochter am Bett und sagte: »Du bist blass, mein Kind. Vielleicht darf ich dir Rotwein bringen? Rotwein mit Ei ist gut.«

»Aber Mutter!« Elvira lachte. »Ich habe ein Kind bekommen! Willst du den Kleinen betrunken machen?« Sie strich sich ihr Haar seitlich aus der Stirn, drückte den Kopf in das weiche Kissen. Es tat ihr ein wenig weh, dass nicht Wilhelm, sondern ihre Mutter ihr erster Gratulant war.

Anja hielt sich die Hand vor die Augen. »Ich bin töricht«, sagte sie. »Hast du auch genug Milch?«

»Mehr als genug, Mutter. Ich pumpe und pumpe. Der Kleine ist ja noch zu schwach, um selbst zu trinken. Und der Arzt meinte schon: ›So ein Figürchen – aber eine Brust, um eine Säuglingself zu ernähren!‹« Elvira verdeutlichte ihrer Mutter mit zwei übertriebenen Handbewegungen die Aussage des Arztes. Und die Frauen lachten jetzt ein bisschen albern.

Anja trug ein kaffeebraunes Kostüm. Das etwas nachgetönte dunkle Haar hatte sie sich hinten zu einem dicken Knoten zusammengebunden. Früher war sie so schlank wie ihre Tochter gewesen, mit den

Wechseljahren voller geworden. Sie wirkte gepflegt und überhaupt ganz so, als sei sie sorgsam auf ihr Äußeres bedacht. Nur ihre Hände, gecremt und sorgfältig maniküt, aber grobgliedrig und gerötet, wiesen auf ihr arbeitsreiches Leben hin. Doch Anja Przyworra strahlte die Güte und den Stolz einer Frau aus, die in einer harmonischen Ehe und in der Sorge für den Mann und für die Kinder ihre Erfüllung gefunden hatte.

»Vorerst nimmst du von dem Birnenkompott«, sagte sie. »Das nächste Mal bring ich dir Apfelsaft. Wir haben noch ausreichend vom vorigen Jahr. Und dein arbeitswütiger Vater will wieder hundert Flaschen einkellern!«

»Lass ihn, Mutter! Er muss etwas zu tun haben. Sonst wird er krank.«

»Er ist nicht mehr der Jüngste, Kind! Aber immer hoch hinauf in die Bäume. Auf einmal genügt ihm nicht mehr unsere Laube. Ganz aus Stein will er sie haben. Für Gäste, meint er, und schleppt nach der Arbeit von irgendwo Ziegel im Rucksack heran. Am Haus gibt es sowieso fortwährend zu tun ... Er sollte sich mehr Ruhe gönnen.«

Elvira wurde etwas ungehalten; sie brannte darauf, Wilhelm zu sehen, ihm ihr Kind zu zeigen. »Als ihr noch auf dem Sackheim wohntet, hast du dir einen großen Garten gewünscht, worin Vater sich austoben kann«, entgegnete sie. »Jetzt habt ihr Haus und Garten; nun sei's zufrieden, dass er darin arbeitet, Mutter!«

»Ja, wir Alten, wir tättern und quengeln, und ihr Jungen begnügt euch mit dem, was ihr habt. Es ist alles verdreht heutzutage«, sagte Anja kopfschüttelnd mit ein wenig Selbstironie. »Solange ihr bei uns gelebt habt, habe ich deinen Vater auch nicht so sehr vermisst, wenn er auf dem kleinen Hinterhofacker tagein, tagaus bis zum Abend herumgewirtschaftet hat. Rudolph war ja meist wegen seiner Politik unterwegs. Dann der Entschluss deines Vaters zum Hausbau. Womit er m i r Ablenkung verschaffen wollte, wie er vorgab.« Sie lächelte nachsichtig. »Es war amüsant, wie er seinen Jugendtraum, ein Haus zu bauen, konsequent ignorierte und mein angebliches Alleinsein als Alibi für seine anfechtbare Entscheidung benutzte. Ohne auch nur im Geringsten zu bedenken, dass ich mich in einem geräumigen Haus viel einsamer als in unserer kleinen Mietwohnung fühlen müsste. Dabei war meine einzige Sorge, dass er seine Kräfte überschätzte. Immerhin war er zu dieser Zeit schon fünfundfünfzig Jahre alt. Doch ich glaube, dein Vater würde sich lieber totrackern, als aufzugeben.«

Aus bekanntem Grunde schaute Elvira zwar etwas missmutig drein, aber verübelte ihrer Mutter ihren gedanklichen Exkurs natürlich nicht. Aus Anjas Sicht bestand dazu auch kein Anlass, sodass sie Elviras Bedrücktheit geradezu folgerichtig falsch deutete.

»Ach ja, Kind«, sagte sie. »Manchmal wünschte auch ich mir, dein Wilhelm hätte etwas von der Tüchtigkeit deines Vaters, von seinem Unternehmungsgeist. So schlimm wie der Krieg ist, Wilhelm dürfte sich nicht so treiben lassen. Andererseits liegt es wohl in der Familie? Maria und Reinhard neigen ja ebenfalls zu Depressionen.«

»Jetzt ists aber genug, Mutter! Lass bitte Wilhelm aus dem Spiel!«, bat Elvira erregt, aber mit verlegen gedämpfter Stimme, obwohl ihre Bettnachbarin mit ihren Besuchern aus dem Zimmer gegangen war.

»Mein Gott, was rede ich?«, sagte Anja und fuhr sich mit der Hand verstört übers Gesicht; jedoch konnte sie das Thema nicht sogleich wechseln. »Ich will dich doch nicht kränken, Kind! Aber glaubst du, ich wüsste zum Beispiel nicht, dass Wilhelm damals an deiner Entlassung aus dem Gewerkschaftshaus schuld war?«

»Ich bin freiwillig gegangen! Und es geschah rechtzeitig!«

»Nein, wenn dein Vater dich so sprechen hörte! Trotzig wie ein Schulmädel. Aber verteidige deinen Wilhelm nur weiter. Es ist ja beruhigend, einen Destillateur in der Familie zu wissen.«

»Mutter, so kenne ich dich gar nicht!«, sagte Elvira bestürzt. »Du bist so aggressiv. Dabei weißt du, wie sehr ich an Wilhelm hänge. Er ist gut zu mir. Sorgt sich um die Kinder. Er hat mehr Bücher gelesen als wir alle zusammen ...«

»Mit einem Kopf voller Gedichte kann man nicht drei Kinder und eine Frau ernähren!«

Doch Elvira nahm den Vorwurf ihrer Mutter gar nicht mehr recht wahr. Sie war mit ihren Gedanken plötzlich weit weg. Und ihre Stimme vibrierte ängstlich, als sie sagte:»Was tu ich bloß, wenn er nicht zurückkommt? ...«

»Um Gottes willen! Beruhige dich, mein Kind! Warum quassle ich nur immer so viel?« Anja stand auf, beugte sich zu ihrer Tochter nieder und strich ihr besänftigend über die Stirn. »So schnell geht das nicht. Vater meint, der Krieg wird bald zu Ende sein.«

Wilhelm reichte seiner Frau einen großen Strauß roter Rosen und küsste sie auf den Mund. Die Freude rötete Elviras Wangen. Dennoch sah Wilhelm ihr die Anstrengung der Geburt noch an. Elvira wirkte matt. Im Gesicht schmaler. Ihre Augenhöhlen schimmerten bläulich.

Er setzte sich auf Elviras Bettrand und sagte:»Ein Junge also. Wunderbar!«

»Diese schwatzhaften Schwestern! Du solltest es von mir erfahren!« Elvira schmollte aus Scherz und legte ihren Arm in Wilhelms Schoß.

Anja verabschiedete sich. Sie fasste mit ihren beiden Händen zugleich nach Wilhelms und Elviras Hand, als wollte sie der Tochter noch ein gütliches Zeichen geben.

»Gib mir noch einen Kuss!«, sagte Elvira zu ihrem Mann, nachdem ihre Mutter fortgegangen war. – Und was soll unser Kleiner mal werden?«

»Hauptsache nicht Soldat«, antwortete Wilhelm und tupfte mit seinem Zeigefinger auf Elviras Nasenrücken, wie um zu bekräftigen: Damit du's nur weißt!

»Du hast schöne große Hände«, sagte sie, hielt seinen Finger fest und legte sich mit einer Hälfte ihres Gesichtes auf seine Hand. »Dein Sohn wiegt nur vier Pfund. Er hatte es zu eilig, auf die Welt zu kommen. Dafür kriegt er seine Nahrung nun durch eine Sonde hindurch in den Magen gespritzt.«

Die Quälerei beginnt schon in den ersten Tagen, dachte Wilhelm und sagte: »Unser Kronsohn hat den General geneckt. Frau Genth ist gestorben, aber nicht deswegen. Morgen bringt meine Mutter Werri zu einem Geländespiel mit dem Jungvolk her. Der Bengel war wieder einmal allein im Boot auf dem See draußen. Sonja hat es mir gepetzt. Ich darf es natürlich nicht weitersagen.«

Elvira lächelte und küsste Wilhelms Fingerspitzen. »Lustiges und Trauriges«, sagte sie melancholisch. »Immerfort pendeln wir von dem einen Gefühl ins andere. Von Angst zu Hoffnung.« Sie nahm Wilhelms Kopf zwischen ihre Hände: »Unser Kleiner wird deine Augen haben. Dein Gesicht.«

Hundselend war es Wilhelm zumute. *Ich muss hier weg,* sagte er sich. Sentimentalität ist manchmal schwerer zu verkraften als eine Kugel in den Kopf. Stürmisch umarmte und herzte er seine Frau. Betrachtete ihr Gesicht, als wollte er es sich für lange Zeit einprägen ...

Durch eine Scheibe auf dem Flur sah er seinen neugeborenen Sohn. Wie ein winzig kleiner Greis mit rosig-kruschliger Haut lag er in einem gläsernen Brutkasten und schlief. »Salut, Andreas!«, sagte Wilhelm und winkte zum Gruß noch schnell mit der Hand, bevor die Schwester die Scheibengardine wieder zuzog.

Auf zum Tanz!

Als Elvira allein war, stand sie auf, machte ein paar Foxtrott-Schritte zum Fenster hin und zurück. Wiederholte es. Warf sich dann wieder lang auf das Bett. Schöpfte nach Atem ... *Erneuert ein Kind nicht das eigene Leben,* dachte sie. *Man kann wieder freier lachen, möchte scherzen und tanzen!*

Mit beiden Händen griff sie sich seitlich ins Haar. Ich müsste es waschen. *Ich werde mich frisch machen,* überlegte sie, *so, als wollte ich ausgehen. Sobald Wilhelm wieder auf Urlaub kommt, müssen wir tanzen gehen ...* Mit keiner Silbe dachte sie daran, dass in Deutschland Tanzverbot herrschte!

Sie stand erneut auf, legte ihr Nachthemd ab. Ihre Brüste spannten ein wenig. *Wenn Andreas nur erst selbst trinken könnte,* dachte sie. Sie strich sich wie ein junges Mädchen, das voller Erwartung seine körperliche Reifung verfolgte, zufrieden über Brüste und Hüfte. *Nein, dick bin ich wahrlich nicht. Kein unnötiges Fett ist da.* Auch Spuren der Geburt konnte sie nicht feststellen. Drei Kinder hatten gegen die Bauchdecken gestrampelt, aber weder blaue noch weiße Linien zeichneten ihren Leib. Sicherlich hatte das Tennisspiel in der »Freien Turnerschaft« die Muskeln gut vorbereitet. *Ich sollte wieder häufiger Sport treiben und Sonja mitnehmen. Man kann damit nicht zeitig genug beginnen.*

Sie setzte sich auf die Bettkante, fuhr mit der Hand tastend über die Beine. *Wie viel Frauen kriegen in der Schwangerschaft nicht Krampfadern! So was liegt wohl in der Familie. Mutter hat auch nie damit zu tun gehabt.*

Mit einer kurzen Kopfdrehung warf sie sich ihr Haar in den Nacken. Die Krähenfüße werden bald kommen. Sie schloss etwas die Lider und blickte in den Spiegel. Um die dreißig sollen sie kommen. *Ich muss die Haut gut fetten. Das habe ich in letzter Zeit vernachlässigt. Man denkt immer nur an die Kinder. Gute Creme ist so teuer. Man muss auch an sich denken. Und am besten immer ein Stückchen voraus.*

Ihr Haar war schnell gewaschen. Die Schwester kam zufällig herein. Erst wollte sie schimpfen. Da bemerkte sie Elviras Freude, holte einen Föhn, wollte helfen. Elvira dankte, setzte sich im Schneidersitz auf das Bett, löste das um den Kopf gelegte Handtuch. Genoss den Luftstrom. Wilhelm hatte trübe Gedanken gehabt. *Die Freude über Andreas wird noch kommen,* dachte sie. *Wann war es geschehen? Im Spätherbst.* Sie hatte Verlangen nach Wilhelm gehabt. *Durfte man als Frau sich das wenigstens insgeheim wünschen? Mutter sagte, sie habe immer auf ihrer Meinung bestanden, aber in d i e s e r Hinsicht habe immer der Vater bestimmt.*

Der Schnee deckte die Blätter zu. Das Schmelzwasser rann den Wallhang hinunter. »Umfass mich fester!«, hatte sie zu ihrem beinahe noch regelmäßigen Kriegsurlaubsmann gesagt. *Ich werde doch kein Kind bekommen? Ein drittes Kind? Es ist Krieg! – Schaut Wilhelm erschrocken? Oder nur fragend? Der Krieg hat ihn erschreckt. Was ist die Sorge um ein Kind gegen die Sorge im Krieg? Aber halbe Sorgen sind noch keine. Dabei fühle ich es, dass ich ein Kind bekomme. Ich darf keines bekommen. Nicht im Krieg.*

Es ist ja noch kein Kind. Eine winzige befruchtete Eizelle ist es nur. Vielleicht hat sie sich noch nicht einmal in ihren Nährboden eingebettet? Sie überquerte schnell den muffigen Hinterhof. Im Hausflur war es dunkel und kalt. Fröstelnd stieg sie die enge Wendeltreppe empor. Dr. Knosalla stand an der Tür. Isabella meinte, es sei ein verlässlicher Tipp.

Jemand warf irgendein Stück Abfall auf den Hof hinunter. Es klatschte hässlich und ein streunender Kater trippelte interessiert herbei. *Wann ist man ein Mensch? Wenn man unter den Menschen l e b t ? Sobald man ihre Gestalt angenommen hat und ein eigenes Herz im Brustkorb schlägt? Oder schon, wenn allein die Mutter sich ihrer Leibesfrucht sicher ist?*

Es schwindelte ihr; gleichsam, als ob die Klärung der Frage eine zu große Anstrengung für sie sei. Hastig drückte sie auf den Klingelknopf. Hinter der Tür näherten sich schlurfende Schritte. Ihr wurde übel. Während keiner Schwangerschaft war es ihr je übel geworden! Jetzt immerzu! Sie raste die Treppe hinunter und erbrach sich auf den Hof.

Oben wurde die Tür unmutig wieder zugeworfen. Sie lehnte sich an die eisige Hausmauer. Die Kälte tat ihr gut ...

Elvira legte den Föhn beiseite. *Lohnte es sich, für ein Kind zu leben, nicht viel mehr als etwa für ein Haus?* Sie drückte sich mit den Händen ihr Haar noch ein wenig zurecht. *Ich lasse es genug sein. Wenn es zu trocken ist, struwwelt es nach allen Seiten. Etwas Rot könnte ich noch auf die Lippen auftragen. Es gilt ja zurzeit als etwas unanständig, nicht würdig einer deutschen Frau,* dachte sie, *aber für Wilhelm muss es schon sein. Nicht zu viel, damit die Schwester nicht daran Anstoß nimmt! Ich glaube, jedes Straßenmädchen macht sich auch nur für einen einzigen Mann schön. Man freut sich, wenn man von vielen wohlwollend angesehen wird. Aber s c h ö n macht man sich nur für einen.*

So, Wilhelm, jetzt kannst du kommen. Auf zum Tanz! Sie gingen wieder über den Wall. Es schneite neuerlich. Der Pregel war zugefroren. Zwei Angler versuchten ihr Glück in Eislöchern. Einige Mädchen und Jungen spielten Haschen beim Schlittschuhlaufen. »Wenn es ein Junge wird, soll er Andreas heißen«, sagte Elvira. Kurioserweise werden in Kriegszeiten mehr Jungen als Mädchen geboren. Eine ausgleichende Gerechtigkeit der Natur?

Sie schilderte Wilhelm einen Traum: Arm in Arm schlenderten sie über die große Wiese am Oberteich. Die Sonne schien. Ihr Kleinstes kroch vor ihnen durch das hohe Gras. Etwas abseits pflückte Sonja Mohnblumen. Werri hatte den kleinen Hügel erstiegen, über den plötzlich Tausende Menschen kamen. Pärchen wie Wilhelm und sie. Leicht und bunt gekleidet. Sie tanzten über die Wiese. Die Kinder quirlten lustig zwischen ihren Beinen umher. Aber ihr Kleinstes schrie auf einmal entsetzlich. Und alle Leute beugten sich wie in einem schützenden kreisrunden Wall zu ihm hinab und flüsterten: Pscht, es ist doch Frieden!

Wilhelm seufzte und rezitierte frei aus einem Büchlein [12]:

»Ein Seufzer lief Schlittschuh auf nächtlichem Eis und träumte von Liebe und Freude/Es war an dem Stadtwall, und schneeweiß glänzten die Stadtwallgebäude/Der Seufzer dacht an ein Maidelein und blieb erglühend stehen/Da schmolz die Eisbahn unter ihm ein – und er sank – und ward nimmer gesehen.«

VIERTES KAPITEL

Przyworras Gartenhaus

Unrechtmäßig hatte Przyworra sich noch nie Material angeeignet. Auch nicht, nachdem die Nazis die kleine gewerkschaftliche Baufirma konfisziert hatten. Przyworra bezahlte auf seinem Bauhof wie anderswo. Oder er sammelte sich auf Müllhalden und verlassenen Baugrundstücken das zusammen, was er brauchte. Anja kannte von ihm die Rede:»Du glaubst nicht, was die Leute alles wegwerfen. Sogar – Ziegel … Es liegt alles auf der Straße, Annchen.«

»Annchen« nannte Przyworra seine Frau, wenn er sie beschwichtigen wollte.

Auf dem Weg nach Hause griff er hin und wieder mit der rechten Hand nach hinten, hob den mit Ziegeln vollgepackten Rucksack ein wenig an, um für einen Moment seinen Rücken zu entlasten. Przyworra stöhnte nie. Das verunsicherte seine Frau. Ein Mensch, der schwer arbeitet, stöhnt auch. Przyworra reckte sich, schnäuzte durch zwei Finger in die Gartenerde und fragte seine Frau, die strickend oder lesend vor der Laube saß:»Magst du noch, Annchen?« Dann rüstete Anja zum Aufbruch.

Er war eins siebzig groß. Anja ebenfalls. Das verunsicherte seit vierzig Jahren den alten Przyworra. Er hatte seinen Stolz und kannte das spöttische Gerede der Menschen. Anja schmunzelte darüber. Doch siebzehnjährig, zum Oktoberball auf dem Sackheim, als sie ihn kennenlernte, hatte sie zum letzten Mal Stöckelschuhe getragen.

Manchmal nannte Przyworra seine Frau spaßhaft »Gnädigste« oder gar »meine Fürstin«. Beispielsweise:»Die kleinen Männer sind es, die mit Ehrgeiz und Trotz große Taten vollbringen, Gnädigste.« Oder in schelmischer Verquickung historischer und gegenwärtiger Geschehnisse: »Die Russen tun uns nichts. Sie sind slawischer Herkunft wie wir. Aber diese aufgeschossenen germanischen Raufbolde, die unser Volk mit Kreuz und Hellebarde christianisierten, mit Spießruten im gebückten Lauf übten und ihm nun ihre Ruten- und Runengläubigkeit als nationalsozialistische Revolution anpreisen – sie haben Grund genug, die Russen zu fürchten! Nicht wahr, meine Fürstin?«

Und Anja machte das etwas verquälte Spielchen mit und reichte Przyworra wie eine soeben gekrönte slawische Landesherrin, Fürstin der heidnischen Pruzzen, ihren Arm. Der warf mit grimmiger Entschlossenheit die Gartenpforte zu, als sei sie ein schweres Burgtor, das den anstürmenden Horden von Ordensrittern den Weg versperren sollte. Zwischen Beerensträuchern und Gemüsebeeten passierten sie fest aneinander gefasst und glucksend wie ein junges albernes Paar den Wehrgang der Ringmauer ihrer Festung. Die Laube Berchfrit und Burgkapelle zugleich. Ihr neu erbautes Haus der herrschaftliche Palas – in dessen Kemenaten Przyworra seine Frau umarmte, »Jenuch Jokus, Annchen!« wie eine Zauberformel aussprach, doch die gerufenen Geister nicht loswurde, da Anja nun die Rollen getauscht hatte: sich wie ein geschmeidiger Tanzbär aus ihres Mannes Armen befreite, diverse graziös-ulkige Drehungen, Verbeugungen, Gesten und Schritte vollführte, die offenbar eine Art kultischer Verehrung für den Gebieter ausdrücken sollten. Przyworra lachte blubbernd in sich hinein, wenig fürstlich, wohl kaum wie ein in dunklen Wäldern und an kristallklaren Seen aufgewachsener unbändiger Slawe, eher wie ein maßvoller preußischer Korporal, und sagte: »Jenuch, Annchen, jenuch von wejen unsrer Herkunft! Wir sind nich nur vom Kopp bis zu de Fießen, sondern bis zu de Schlorren germanisiert! Eijentlich sind wir Superdeujtsche!«

Nun lachte Anja. Mundart war für ihren Mann immer schon mehr Flucht in leise Ironie als spontaner Ausdruck einer konkreten Ansässigkeit

172

gewesen. Auch ein Selbstschutz in der Öffentlichkeit vor verfänglichen Worten. In früheren Jahren, bevor nationalsozialistische Pseudoforschung den slawischen Menschen als niederen erkannte und propagierte, hatte Przyworra – als reiche sein eigener Name nicht aus – betont, dass seine Familie mütterlicherseits von Przywenskis, Slawdziks, Goitowskis und so weiter abstamme, was ja wohl ausreichend beleuchte, dass es sich bei ihren Ahnen um Heiden aus baltischen Gefilden handele.

Sein Grundstück in Königsberg-Ballieth lag am Rande einer Kleingartenkolonie. Es war nicht viel größer als ein Schrebergarten, doch Przyworra hatte sich die 1100 Quadratmeter mit dem Vorsatz gekauft, darauf ein Haus zu errichten. Eine Mark hatte ihn der Quadratmeter gekostet. Den Rest seines Sparguthabens schluckte der Hausbau, den er im Wesentlichen mit seinem Sohn Rudolph allein bewerkstelligte. Er als Maurer und Klempner, Rudolph als Zimmermann und Schlosser.

In den Sommermonaten vor ihrem Einzug ins Haus hatte Przyworra mit seiner Frau bereits die Holzlaube auf dem Grundstück bewohnt, die von Rudolph errichtet, an sich als Abstellraum für Geräte und als kleiner Lagerraum für Baumaterial gedacht war. Im Jahre 36 hatte er ein rotgestrichenes Brett quer über die Tür genagelt und mit schwarzer Farbe »Olympiahaus Anja« draufgeschrieben. Zu seiner Frau sagte er damals: »Der Bau ist u n s e r e Arena, Annchen. Ist doch was Echtes. Anders als der Rummel in Berlin.«

Wenn Przyworra heute darüber nachdachte, bestätigte sich ihm seine einstige Wertschätzung: Er konnte keine erfülltere und erregendere Zeit in seinem Leben nennen als diejenige, da ihr Haus Meter um Meter aus dem Keller in die Höhe wuchs, der Dachstuhl Gestalt annahm, Fensterrahmen und Firstziegel gesetzt, Dielen gelegt wurden – ihr Haus zu ihrem eigenen Zuhause wurde. Und auf eine neue tapfere und gütige Art lernte er seine Anja kennen, die niemals klagte, an den Sonntagen zwölf Stunden und mehr ausharrte und in ihrer Sorge um ihn sich rein selbst vergaß.

Rings an ihre Gartenanlage grenzten Kartoffel- und Rübenfelder, eine Weidekoppel. Zur Erntezeit stieg Przyworra der aromatische süßliche Duft der Rüben in die Nase. *Ich hätte auch Bauer werden können,* dachte er dann zuweilen. *Im Bäuerischen verkörpert sich noch unser Urtrieb. Man nährt sich von seinem Brot, vom Fleisch seiner Tiere, trägt Kleider aus der Wolle seiner Schafe. Aber das ist es auch, was die Bauern heutzutage aus dem Volk ausgliedert: Haben alle nichts zu essen, so haben s i e doch ihre Dampfkartoffeln. Sind die meisten ohne Arbeit, so bestellen s i e ihr Feld, betreuen ihr Vieh. Und haben sie viel vom Brot, vom Fleisch und von der Wolle, so sind sie wie Teufel!*

Durch Holunder- und Fliederbüsche glänzte in mattem Grau eine frische Betonfläche; in der Größe etwa dem Grundriss der wenige Meter entfernt stehenden Holzlaube entsprechend. Welche ja nun nach Przyworras Willen steinern ausgebaut und dazu gewissermaßen einen fundamentalen Standort erhalten sollte. Oder anders gesagt: Przyworra gedachte, ihr »Olympiahäuschen« aus stiller Dankbarkeit und Selbstverehrung auf den ihm zustehenden Sockel zu stellen. Denn »für Gäste«, wie er gegenüber seiner Frau Anja versicherte, tat es nicht Not; ihre Kinder fanden im Wohnhaus Platz, und familienfremde Besucher blieben nie über Nacht.

Allerdings bestimmte noch ein anderer Gedanke Przyworras Tun; seine Haltung zu der gleichsam olympisch dekorierten Bretterbude war durchaus ambivalent. Wenn seine Frau das »beschauliche Gartenhäuschen« nicht l i e b t e , hätte er diesen Schandfleck womöglich längst ausgemerzt. Sprich: abgerissen. Przyworra meinte, dass die Holzlaube zu ihrem stattlichen Wohnhaus einfach nicht mehr passe. Ein steingebautes Gartenhäuschen müsse her. Um seiner Frau Zeit zum Bedenken und Eingewöhnen zu geben, hatte er vor, die Laube von innen heraus auszumauern: also ins vorerst alte Gewand einen neuen Körper zu fügen.

Przyworra machte sich nicht Arbeit, aber er arbeitete gern. Wie überhaupt die Beziehung zur Arbeit und eine halbwegs redliche Erlösverteilung ihn mehr interessierten als die Besitzverhältnisse. Zwar hielt er den regressiven bäuerischen Geist nur durch gemeinsames Tätigsein in Domänen und Genossenschaften für überwindbar, aber gesellschaftliches Eigentum an Grund und Boden deshalb nicht für unabdingbar. Sein Sohn Rudolph belächelte solche Thesen. Er versprach sich nur von radikalen Lösungen Erfolg; doch obwohl er den Kommunisten ideell nahestand, fand er nie in ihre Reihen. Vielmehr hatte er sich Ende der Zwanzigerjahre durch die Bekanntschaft eines jungen Mannes, dessen Großonkel angeblich entfernt verwandt mit dem fünften Attentäter auf den ersten Wilhelm von Preußen und deutschen Kaiser gewesen war, anarchistischen Kreisen angeschlossen.

Der Vater tolerierte die politischen Aktivitäten seines Sohnes, blieb aber selbst ein prinzipieller Gegner von Gewalt. Im Jahr dieses Attentates – die vorangegangenen Gewaltakte hatten bekanntlich Bismarck als Vorwand für das gewalttätigere »Sozialistengesetz« gedient – war er geboren worden. Im guten Mannesalter der mörderischen Kriegsgewalt aus kaum minder mörderischer Gefangenschaft – dank eines gewissen komischen Talents – entflohen: Przyworra markierte den französischen Posten quälende Darmkoliken (für Gefangene wie Bewacher angesichts der im Lager grassierenden Ruhr gleichermaßen gefährlich, sodass es keiner schwer verständlichen Worte bedurfte), schlüpfte ein Dutzend Mal, die Hände beweisführend am geöffneten Hosenbund, durch eine Lagerzaunlücke ins hohe queckig verwilderte Gras – und blieb beim dreizehnten Mal fern.

Im Oktober hatte die Entente die Deutschen bis zur Antwerpen-Maas-Stellung zurückgeschlagen und den Sanitätsgefreiten Przyworra gefangen genommen. Im November hatte Przyworra infektiöse diarrhöische Entleerungen simuliert. Im Februar traf er nach abenteuerlichem

Wege über Aachen, Köln, Hamburg und Stettin bei seiner Anja in Königsberg ein.

Friedliche Arbeit und ein friedliches Heim waren seine Sehnsucht. Die Kommunisten, die in den Jahren nach der gescheiterten Novemberrevolution den bewaffneten Aufstand planten, hielt der kriegsgebeutelte Sozialdemokrat Przyworra für zu militant. Die eigene regierende Parteiführung verprellte den schlichten Mann wegen ihres aristokratischen Gebarens. Przyworra reagierte seinen Unmut in seinem Sackheimer Hinterhofgarten ab. Im Gegensatz zu Mattulke war er aber ein politischer Mensch; dem der Zeitgeist nicht gleichgültig war, wenn nur seine Geschäfte roulierten. Als Reichskanzler Papen die SPD-dominierte preußische Regierung durch ein Reichswehrkommando praktisch gewaltsam absetzte und Przyworras Partei nicht mit einem Generalstreik antwortete, zog er sich allerdings endgültig zurück. Was bedeutete, dass er an Versammlungen und Kundgebungen nicht mehr teilnahm und sich Vater und Sohn in puncto politischer Konsequenz zum ersten Mal einig waren. So gewann Przyworra in einer Zeit, da die Nationalsozialisten sich mehr und mehr etablierten, wieder mehr Muße zum Lesen seiner geografischen und historischen Bücher; eine Leidenschaft, der er allzu gern huldigte. Das war ein paar Jahre hin. Inzwischen war Krieg und Przyworra hatte immer weniger Vergnügen an seiner Lektüre. Selbst familiäre Kaffeestunden, zu denen Anja einlud, nervten ihn.

Bei Anja zum Kaffee

Sonja probierte Känguruhopse auf dem Rasen, weil Werri ihr nach der Abreise des Vaters weisgemacht hatte, der Vater fahre nach Afrika, wo es Kängurus und ähnliches hopsendes Getier gebe. Als Sonja ihren Opa

Przyworra erspähte, lief sie ihm jauchzend durch die Gartenpforte entgegen.

Dreihundert Quadratmeter Gartenfläche, auf der sich auch die Laube befand, hatte Przyworra als Rasen »geopfert«. Den Kindern zum Tollen. Den Frauen zum Sonnen. Przyworras Garten begann erst bei den Rosenstöcken. Den Pflaumen-, Kirsch- und Apfelbäumen. Die Erdbeeren brauchten Dung. Die Himbeeren mussten ausgeschnitten werden. Seit dem ersten Kriegsjahr baute Przyworra auf fünfzig Quadratmetern Kartoffeln an. Der Birnenbaum trug nicht mehr, musste raus.

Mit gespitztem Mund küsste Sonja ihren Opa auf seinen rotbraunen Schnauzbart, riss ihm listig die Schirmmütze vom stoppligen blondgrauen Schopf. Triumphierend verkündete sie: »Ich weiß was, Opa!« Przyworra lachte blubbernd.

Anja und Marie erwarteten ihn schon zum Kaffee. Sonja rief eiligst, damit ihr ja keiner mit der Neuigkeit zuvorkam: »Großvater Mattulke hat ein Haus gekauft!«

Die brave Marie errötete wie ein Backfisch. Sie konnte Przyworras Gruß vor Aufregung kaum erwidern. Stolz und Freude schnürten ihr die Kehle zu. Anja umarmte Marie und lächelte einfühlsam. Przyworra schürzte anerkennend die Lippen. *Hat Erich wohl 'n bisschen gemogelt? Dieser Latrinenschmuggler,* hätte er am liebsten gesagt. Aber er unterdrückte seine Skepsis. Die Frauen hatten auf dem Rasen vor der Laube einen kleinen runden Tisch gedeckt. Der Kaffee löste Maries Zunge …

Nein, nichts für mich, sinnierte Przyworra. *Was hat so ein Baron für ein Motiv, unsereinem zu helfen? Nur was man aus eigener Kraft geschaffen hat, gehört einem wirklich.*

Zufrieden blickte er über die halbhohe Ligusterhecke und den kleinen mit Ziegeln ausgelegten Hof zu seinem Häuschen hinüber. Ein freundlicher bräunlich-beiger Bau mit blaugrauem Schieferdach. Die beiden Schornsteine wie die Stummelhöcker eines Kamels. *Fehlt nur der*

Lastarm eines Aufzugs am Giebel, der Kopf, fantasierte er. *Mit dem Aufzug könnte ich den Dachboden besser und leichter nutzen. Für Brenn- und Bauholz. Für Futter – vielleicht schaffe ich mir tatsächlich noch Vieh an?*

Die Schweigsamkeit der Przyworras traf Marie. Teils pikiert, teils verlegen hüstelte sie, führte immer wieder ihre Tasse zum Mund, trank winzige Schlückchen von dem Kaffee, bloß um etwas zu tun. *Natürlich sind sie neidisch! Ein Haus ohne Mieter, gerade man so, dass sie selbst unterkommen!* Anjas Kirschtorte schmeckte ihr etwas zu herb. Sie mochte sie lieblicher. »Polackenseelen!«, meinte ihr Mann. Bisher hatte Marie mit dem Schimpfwort keine konkrete Vorstellung verbunden. Außer einer gewissen Schludrigkeit, die sie den Przyworras nicht nachsagen konnte. Nun glaubte sie, ihren Mann besser zu verstehen. Was sie früher als stolze Zurückhaltung gedeutet hätte, empfand sie jetzt als Neid, als taktlose Sturheit.

Aus der Ferne hörte man Fanfarenklänge und Trommelwirbel. Sonja flitzte zwischen den Obstbäumen hindurch bis zur unteren Begrenzung des Grundstücks, um über die Gartenkolonie hinweg vielleicht etwas von dem Geschehen auf der Allee draußen mitzukriegen. Ungerechterweise durfte nur ihr Bruder und nicht sie daran teilhaben. Hitlerjugend und Jungvolk rückten zu einem gemeinsamen Geländespiel aus.

Anja sagte: »So ein Haus kann ein Segen sein«, was mehrerlei Deutungen gestattete. Marie zupfte an der großen Schleife, die ihre Bluse am Hals schloss; die Bluse war gewiss für jüngere Jahrgänge bestimmt, aber es schien, als habe der Hauskauf in Marie einstige Schranken zu Fall gebracht und jugendliche Wünsche freigelegt.

Leichter gemacht hat es sich dieser Fuchs, konstatierte Przyworra über Mattulke. In einem Nest wie Frohstadt gehörte die Übertölpelung des Nachbarn zur Lebensform. Schon wiederholt hatte Przyworra an seiner eigenen Theorie getüftelt: Nach seiner Meinung konnte Frohstadt nur aus einer germanischen Siedlung entstanden sein. Bauern und Händler, entlang der Baltischen Seenplatte von Holstein über Mecklenburg und Pommern ins Masurische verschlagen, waren ohne Widerstand und ohne Einheimische sesshaft geworden. Nichts an slawischer Großzügigkeit! Die nächste Ritterordenszwingburg in Mohrungen. Nichts echt Ländliches und schon gar nichts Städtisches. Aber ein Baron! 'n preußischer Junker! Die Slawen schachern im Tageslicht offen mit ihren Waren, aber wo preußische Reglementierung erfolgt, da wird im Dunklen gekaupelt.

Mattulke stützte zwar Przyworras Theorie, indem er gegenüber Marie und Reinhard schon erklärt hatte: »Jawohl, hier gabs keine Vermischung, keinen Bastard!« Aber er verband damit natürlich keine negative Wertung wie Przyworra, der ja gerade die Vielvölkergemeinschaft pries, sondern spottete über dessen »Slawentick«, wenn er meinte: »Hier saßen Pruzzen, Indogermanen, keine Slawen – und kolonisiert hat der Orden das Land mit Deutschen! Nicht mit Litauern, Polen, die sind wie die Mongolen, Tataren, Russen jahrhundertelang immer wieder über unser Land hergefallen, haben es ausgeraubt, dass die Leute ihrem Viehzeug das Stroh von ihren Dächern zu fressen geben mussten – Kolonisten waren sie nicht, h i e r jedenfalls nicht!« Und der gequält interessierte Reinhard musste ein übers andere Mal zuhören, wie sein Vater aus der Kopie eines Privilegien-Buches las: Dass die deutschen Männer (Namen folgten), die es wagten, in die Wildnis einzudringen, für ihre treuen Söldnerdienste vom amtierenden Hochmeister soundso viel Hufen zugesprochen bekamen, »erblich und frei vom Zehnten und Scharwerk mit zehnjähriger Abgabenfreiheit, freier Fischerei im nahe liegenden See und den kleinen Gerichten über ihre Leute. Dafür sollten sie jeder einen redlichen Dienst mit Hengst und Harnisch leisten ...«

Für die Frauen waren das zu ihrer Kaffeestunde keine Themen. Przyworra werkelte in seiner Laube. Anja sprach die Hoffnung aus, dass der kleine Andreas gut gedeihen möge, bald ohne Krieg aufwachsen könne. Marie fragte ängstlich, als sie von seiner Sondenernährung hörte:»Es wird doch nichts zurückbleiben, wenn die Natur so zeitig umgangen werden muss?« Was die andächtig lauschende Sonja ein bisschen verschreckte. Aber sie wurde abgelenkt, da ihr Bruder Werri schon von dem Geländespiel zurückkehrte. Er stopfte sich zunächst die Backen mit dem frischen Kuchen voll, gestand ihr dann – nachdem sie hoch und heilig geschworen hatte, nichts zu verraten –, dass er Christoph Genth aus Rache für seine brutale Kneifzangenattacke in ein Heckenrosengebüsch geschubst habe. Ziemlich derb und von hinten, was ihm offensichtlich leichte Gewissensbisse bereitete, doch von vorn ließe der sich nicht packen und die Kneifzange habe er ihm ja auch nicht erst vor die Nase gehalten. Jedenfalls habe er sich danach schleunigst und heimlich abgesetzt.

Mattulke hat ein neues Projekt und Reinhard widersetzt sich

Wegen befürchteter Luftangriffe der Alliierten auf Königsberg war Elvira mit ihren Kindern vorsorglich aufs Land nach Adelau bei Tilsit evakuiert worden und – aufgrund einer nachdrücklichen Einladung ihrer Schwiegereltern in ihr neues Haus – Wochen später nach Frohstadt gewechselt. Es sollte nur ein Umzug für kurze Zeit sein.

An Wilhelm schrieb sie:»Ich sehne mich sehr nach dir. Manchmal habe ich Gedanken, die ich mich fast schäme, niederzuschreiben. Ich könnte die Kinder eher entbehren als dich, denke ich. Ist das für eine Mutter schändlich? Jedenfalls gehe ich dann hin und wieder schuldbewusst mit unseren Kindern spazieren (was für Werri natürlich keine Auszeichnung mehr ist), versuche, ihnen mit einer kleinen Leckerei eine Freude zu machen, sehe ihnen dieses und jenes nach … Andreas traue ich mich nicht mehr, ein bisschen plärren zu lassen, damit seine verklebte Bruchpforte geschlossen bleibt; beim leisesten Mucks nehme ich ihn hoch. Wer weiß, ob er eine Operation überstanden hätte? Sonja, die jetzt mit Werri in dieselbe Klasse der Frohstädter Schule geht, obwohl er ja zwei Jahre weiter ist, fährt Andreas gern aus und sagt ihm dabei edelmütige Verse auf: von Held Siegfried, dem stolzen Knaben, der doch nur einen Stecken trug, und von dem Keule schwingenden Rübezahl, der Volk und Heimat befreien sollte. ›Nicht wahr, mein Süßer, wenn du groß bist, schlägst auch du Hader und Zwietracht entzwei. Und wir beide wandern in alle Welt hinaus!‹ Wie nicht anders zu erwarten, ist Andreas durchaus nicht immer süß, sondern macht ein ums andre Mal die Windeln voll und knäckert dann ungehalten los; was Sonnys gröbstes Missfallen erregt, zumal sie sich nun – eingedenk der mütterlichen Mahnung – schleunigst nach Hause zu begeben hat.«

Freilich erheiterten solche Zwischenfälle Elvira mehr, als dass sie sie erzürnten. Anders verhielt es sich mit der täglichen Schelte und den Forderungen des Großvaters, womit gesagt sein soll: Es war Sonja und Werri und auch ihrer Mutter manchmal leid, notgedrungen mit dem Großvater sein neues Haus teilen zu müssen.

Mattulke hatte für sie in der nassen Parterrewohnung ein Zimmer und die Küche behelfsmäßig vorrichten lassen. Und am Tage hielten sie sich natürlich auch oft in der gemütlicheren, weil nicht so kahlen und klammen Wohnung der Großeltern auf. Zumindest solange der Großvater nicht zugegen war. »Keine Ruhe hat man mehr im eigenen Haus!«, wetterte Mattulke. »Die Wänster lärmen wie hirnlose Banausen! Im Hausflur siehts aus wie auf einer Müllhalde! Der Hof ist Rennbahn oder Fußballplatz, wo sich unsereiner nicht mehr hinaustrauen kann!«

Seine Frau beschwichtigte Enkelkinder und Schwiegertochter hinter seinem Rücken mit besänftigenden Gesten und freundlichem Mienenspiel. Was für Marie eine gewaltige Steigerung ihres Muts bedeutete.

Zwar war ihre Glückseligkeit sehr bald durch die wenig beseligenden Aufgaben des Alltags und die altgewohnten, im neuen Haus unverändert gültigen Diktate ihres Mannes dahin, aber ihr Leben hatte sich doch auf eine für sie schwerlich zu benennende Art günstiger gefügt. Sie merkte es allenfalls am tagtäglichen achtungsvollen Gruß und Umgangston ihrer betagten Mieter, des zuvorkommend akkuraten Prokuristen und des greisen Lehrers und seiner Frau. An den neugierigen Blicken der Nachbarsleute. An deren höflicher Zurückhaltung oder plumper Anbiederei.

Aber auch Mattulkes Verhalten selbst hatte sich ihr gegenüber verändert. Er maßregelte sie nicht mehr so oft »wie eine dumme Jungsche«, wie er meinte, die vor lauter Flitter nichts im Kopf behielt außer Flausen. Er war weniger poltrig, insgesamt stiller geworden; als räume er mit dem höheren Komfort im neuen Haus auch der Hausherrin eine gehobene Stellung ein. Allerdings schien Marie dieser wohltuende Zustand seit einigen Wochen wieder gefährdet. Und mit ihm ihr gesamter gegenwärtiger annehmlicher Status der sozialen Anerkennung und was sonst noch mit dem Erwerb des Hauses verbunden war: die schönere Umgebung am wiesengrünen Schulberg, weniger Mühseligkeit zur Sauberhaltung der größeren Wohnung, im Garten fast das Jahr über Gewürze, schnell mal ein Gemüse zur Hand, Beerenobst …

Der Baron hatte ihrem Mann ohne jede Gefühlsduselei erklärt: »Ich hab ihn gewarnt, Mattulke! Den Russen interessieren nicht unsere Kredite und hypothekarischen Absicherungen. Wir haben bei ihm jeden Kredit verspielt. Und er rückt vorwärts. Reinen Tisch also, und so schnell es geht! Amortisationshypothek kommt von ›amortisabel‹, von ›tilgbar‹«.

Mattulke hatte sich noch erlaubt, einzuwenden: »Das Leben ist teurer geworden, Herr Major! Die Geschäfte flau und unergiebig.« Dann hatte er kehrtgemacht, wie ein Soldat. War gedankenversunken heimgetrottet. Ohne Blick für barocken Prachtbau und Garten.

Mattulkes illegale Grundstücksmaklerei florierte nicht mehr. Die kleinen Ersparnisse der einfachen Leute waren aufgebraucht. Die wenigen Bemittelten verunsichert. Dennoch plante Mattulke seit Wochen ein neues lohnendes Projekt. Wie eh und je hatte er in der Stadt Immobilienwünsche erlauscht. Beim Friseur, in der Gaststätte, auf dem Markt. Die Zeitungsannoncen studiert. Gegen eine geringe Aufwendung sich bei einem mit ihm vertrauten Ratsangestellten Auskünfte eingeholt. Über die Umsatzraten bestimmter Geschäftsleute, die Auftragslage von Handwerkern. Auf diese Weise hatte er auch diesmal seinen Käufer gefunden. Zuzüglich Reinhards Hilfe schließlich sowohl vom Käufer als auch vom Verkäufer früher stets mehr gewusst als diese ihm mitgeteilt und voneinander gewusst hatten. Was ihm ermöglichte, den Preis und damit seine Provision in gewissen Grenzen zu manipulieren.

Der neuerdings angestrebte Handel war für Mattulke allerdings ein Novum. Denn als Verkäufer fungierte die in Mohrungen ansässige Superintendentur der evangelischen Kirche. Ihr Frohstädter Gottesdiener war Mattulke trotz des letztlich missglückten Unternehmens gegen seinen bigotten katholischen Amtskollegen noch zugetan. Zehntausend Quadratmeter Land wollte die Kirche verkaufen. Einschließlich eines darauf befindlichen Mietshauses – das ehemalige Pfarrhaus – und einer kleinen Gärtnerei. Pfarrer und Küster waren alt, der Nachwuchs rar, die Kollekte spärlich, die Zeiten düster.

Mattulke hatte einen Schmiede- und Fuhrgeschäftsunternehmer namens Hüge als geneigten Käufer gewonnen. Mit ihm im »Goldenen Herz« die Bedingungen ausgehandelt. Hüge, einstmals selbst Schmied, ein Mann der Praxis, spürte den Bedarf. Die Leute zogen durch die Lande. Fuhrwerke und Autos wurden gebraucht. Hüge benötigte Land für einen großen Fuhrpark. Die Gärtnerei und das Haus interessierten ihn weniger. Es sei denn, es rentierte sich, sie einzuebnen. *Ein Vandale,* dachte Mattulke mit Schmerz. *Das erhöht die Provision!*

Reinhard stand bleich im Schlafanzug in der Wohnstube neben der hellbraunen Kommode, seiner Mutter liebstes Möbelstück. Auf das sie immer hübsche gehäkelte Deckchen legte und irgendeinen zierenden Gegenstand stellte. Zurzeit eine leere Weinkaraffe.

Ich muss fort von hier, sagte sich Reinhard. Bei ihm gehe ich kaputt … Zum dritten Mal in diesem Monat hatte er ihn geweckt. Nachts, wenn er aus den Kneipen von seiner Sauftour kam. Dann hatte er Ideen! Dann wollte er die ganze »knausrige Baronensippschaft« verprügeln! Dann ließ er sich an Mutter und ihm aus. *Ich muss fort von hier.* Sein Magen krampfte wieder.

»Du widersetzt dich mir also?«, fragte Mattulke scharf. Er hatte seinen Mantel noch nicht abgelegt. Sein Hut lag auf dem Fußboden. Mit der Krücke stützte Mattulke seinen schwankenden Körper.

»Ja! Ich mache nicht mehr mit, Vater!«, antwortete Reinhard. »Die Kirche zu übervorteilen, wäre das Letzte!« Seine Stimme vibrierte vor Erregung.

»Ein Riesengeschäft wäre das, du Idiot!«, schrie Mattulke aufgebracht. »Willst du, dass auf ewig, das, das, das …«, er stieß mit seiner Krücke gegen die Wand, die Tür, die Dielen, »nicht völlig unser Eigen ist? Du wärmst dir deinen Arsch in einem fremden Haus! Kapierst du das? Ist es vielleicht eine Schande, zwei zusammenzubringen, die sowieso darauf aus sind? Für einen kleinen Tausender? Hä?«

Reinhard, zum tausendsten Male gekränkt, gedemütigt, stand starr, wie eine Gipsfigur.

»Wirst du nun im Grundbuch nachsehen oder nicht!?«, herrschte Mattulke ihn mehr fordernd als fragend an.

»Ich werde es nicht tun, Vater. Ich werde es nie mehr tun!«

»Du warst immer schon feig«, sagte Mattulke verächtlich. »Nicht genug, dass du wie ich ein Krüppel bist. Du bist auch noch feig. Du bist ein doppelter Krüppel! Du bist nicht mehr wert als ein verkrüppeltes

Tier!! Weißt du, was man mit solch einem Biest macht?!« Seine Stimme überschlug sich. Er hörte nicht, dass sich die Frauen auf dem Flur stritten. Elvira war von der gemeinen, widerwärtigen Art ihres Schwiegervaters gegenüber seinem Sohn empört. Marie beschwor sie, nicht ins Zimmer zu gehen; selbst innerlich hin- und hergerissen zwischen Mutterliebe und der Sorge um ihre Existenz, hoffte sie, ihr Sohn werde sich als einsichtig erweisen.

»Na? Was tut man mit einem solchen Vieh?«, fragte Mattulke nochmals drohend. Er war nicht mehr Herr seiner selbst. Alkohol- und Zornesrausch umnebelten seinen Geist. Er sah in Reinhard nicht seinen Sohn, ein erstes Mal entschlossen, vor dem Vater seine Würde zu behaupten, sondern einen feigen Nutznießer, niederträchtig genug, sich ihm obendrein in den Weg zu stellen.

Warnend erhob Mattulke seine Krücke. Wie automatisch griff Reinhards Hand nach der Karaffe auf der Kommode. Zwei-, dreimal fauchte die Krücke durch die Luft über Reinhards Kopf hinweg. Ungeschickt, aber mit voller Kraft zerschlug Reinhard die Karaffe auf der Stuhllehne. Seine Hand blutete. Er spürte es nicht. Unverwandten Blickes tat er einen Schritt auf seinen Vater zu. Wie bittend: ›Lass mich, Vater! Lass mich meines Weges gehen, um Entsetzliches zu vermeiden!‹

Elvira kam ins Zimmer hereingestürzt. »Seid ihr denn wahnsinnig! Vater! Besinn dich! Reinhard!«

Mattulke ließ seinen immer noch mit der Krücke erhobenen Arm sinken und sagte in maßlosem Erstaunen: »Er wollte mich schlagen!«

Reinhards Hand indes entfiel die gefährliche gläserne Waffe, und Reinhard fiel gleichsam – entwaffnet – in sich zusammen. Wortlos ging er mit müden Schritten hinaus.

»Unser Sohn wollte mich schlagen, Marie!«, rief Mattulke wieder mit hoher Stimme. Und es klang jetzt noch einfältiger, weil fast kindlich klagend.

Elvira und der Baron

Zeitig am Morgen war Elvira mit ihren Kindern aus dem Haus gegangen, um dem grauen Elend des Tages auszuweichen. Aber die Männer schliefen beinahe bis zum Abend und gingen sich dann für ein paar Tage aus dem Wege.

Am jenseits des Frohstädter Schulbergs gelegenen Ufer des Oberländer Sees befand sich eine schmale seichte und sandige Zone, die sich für die Kinder gut zum Herumtollen eignete. Gleich danach begann der breite Schilfgürtel, der sich fast lückenlos über das gesamte Ostufer des Sees erstreckte.

Elvira nahm den längeren Weg zum jenseitigen Ufer gern in Kauf, da sie hier mit den Kindern meist allein war. Unter einer hochstämmigen Tanne breitete sie ihre Decke aus. Die Kinder planschten im Wasser und Elvira las, strickte oder häkelte. Mit der gleichen Begeisterung übrigens wie ihre Mutter. Sie hatte einen alten Pullover von sich aufgetrennt und davon für Andreas ein blaues Mützchen mit weißer Bommel und weißem Rand gestrickt. Nun saß sie an Wollstrümpfen für Werri und Sonja. Die warme Jahreszeit war Elvira immer viel zu kurz und ihr schien es auch, als wenn in ihrer eigenen Kindheit und Jugend die Winter nicht so kalt gewesen seien. *Man könnte in dieser Stille fast vergessen, dass Krieg ist,* dachte sie. Sie rief Sonja und Werri zu, sie sollten nicht zu weit hinausschwimmen. Andreas äugte den beiden interessiert hinterher. *Wenn Andreas siebzehn Jahre alt ist, bin ich fünfzig, Wilhelm bereits sechsundfünfzig. Als junges Mädchen hält man die über Dreißigjährigen für »scheintot«. Wie schnell man anders empfindet!*

Die Flugzeuge irritierten sie. Immer häufiger kamen feindliche über die Grenzen. Besonders nachts. Elvira könnte sie wohl auch am Tage nicht von den deutschen unterscheiden. In Königsberg hatte sie mehrfach diese beängstigenden und strapaziösen Luftalarme miterlebt. Sie mit Andreas auf einem Arm, in der freien anderen Hand einen Koffer mit Windeln, etwas Wäsche, Waschzeug, einem schnell ergriffenen Stück Brot. Hastig die Treppen bis in den Luftschutzkeller hinunter. Werri und Sonja brav wie sonst nie. Einander an die Hände gefasst. Eng bei ihr. Und sie voller Angst: Bloß kein Feuer! Die Kinder womöglich lebende kreischende Fackeln! Sie selbst! Von Gemäuer eingeschlossen! Dann sollte es doch besser eine Bombe sein! Eine heftige Detonation – und aus! Aber sie hatte in Königsberg selten ein Flugzeug gesehen. Meist nur gehört. Hier sah man fortwährend irgendeines am Himmel, doch es wurde nie Alarm ausgelöst. Schnell und zumeist in großer Höhe überflog es Frohstadt. Wie einen weißen Landkartenfleck, der sogar in natura zu öde und uninteressant sei, um ihn aus der Höhe zu betrachten oder womöglich zur Erkundung eine Schleife zu ziehen.

Hundert Meter hin flatterten aus dem Röhricht zwei Wildenten auf. Ein blecherner Knall folgte. Elvira glaubte, ein Rauchwölkchen über dem Schilf auszumachen. Aber die Enten zogen unbehelligt davon.

Sie stand auf, nahm Andreas auf den Arm und beobachtete, wie die beiden Wildenten zu ihnen einschwenkten und sich ein Dutzend Meter von Sonja und Werri entfernt auf dem Wasser niederließen. Elvira hatte ein romantisches Faible für die Natur. Wenn es allein nach ihrer Neigung gegangen wäre, so hätte sie der Ricken und Kitzen, Rotkälber und Rotbuchen, der Waldhasen, Waldschnepfen und Walderdbeeren, der langbeinigen Säbelschnäbler und kurzbeinigen Seidenschwänze, der weißen Tannen und auch der »Karpfen blau« wegen wohl längst einem dauerhaften Umzug nach Frohstadt das Wort geredet. Denn diesbezüglich waren sie in Königsberg natürlich benachteiligt.

Werri attackierte die Enten mit Wasserspritzern, worauf die eine wegschwamm, die andere wieder davonflatterte. Elvira streckte ihren Arm gegen die Sonne, um den Flug des Vogels besser verfolgen zu können.

»Es ist ein Russe«, sagte hinter ihr jemand monoton.

Erschrocken blickte sie sich um. Baron von Budkus trat aus dem Schatten der Tanne. Seine Büchsflinte wie einen Spazierstock in der Hand. In Schnürstiefeln und Reithosen pirschgerecht. Die Weidmannsjacke geöffnet über grünem Hemd. Offenbar nach erhitzender Jagd durchs Unterholz.

Er stellte sich neben Elvira und spähte zum Himmel, indem er sich wie sie mit ausgestrecktem Arm vor dem blendenden Licht schützte. Nun hörte Elvira ein fernes leises Motorengeräusch und bemerkte kurz darauf ein käfergroßes Flugzeug, das gerade über einer nach Osten treibenden Wolkendecke verschwand.

»Ein Aufklärer! Sie werden immer frecher – und raffinierter«, kommentierte der Baron. Er war einen halben Kopf kleiner und etwa ihre halbe Körperbreite stämmiger als Elvira.

Sie antwortete unbekümmert: »Es muss mal einen General gegeben haben, zu dessen Tod sagte mein Vater: ›Eine Paradoxie – wenn sogar ein Schleicher zu selbstgefällig laut ist!‹ – Was ich von Ihnen und dem da oben nicht behaupten kann, Herr Baron!«

»Nur mit dem Unterschied, dass mir's zustünde, da dies mein Land ist, im doppelten Sinne, sie verzeiht!«

Elvira war in ihrem Denken zu gradlinig und arglos, um die Ironie wahrzunehmen. Und eigentlich wollte sich der Baron auch nicht als Grundherr herausstellen. Das gesunde Selbstbewusstsein der jungen Frau, die eigenartigerweise bei jeder Begegnung Sehnsüchte an seine Jugendliebe in ihm wachrief, hatte ihn lediglich etwas verblüfft.

Sie sagte nun, wie zur Entschuldigung: »Ich bin sehr gern hier. Es ist für mich das schönste Fleckchen Land um Frohstadt. Man spürt förmlich das Leben im Schilf und unter der Oberfläche des Sees. Hinter sich im Wald, ja, unter sich im Erdreich. Einmal saßen wir dort vorn an der ins Wasser abgekippten Weide und mir kam es vor, als wenn beständig ein sanftes Zittern über den Baum und durch den Boden fuhr. Ich spürte es an den flach auf den Uferboden gelegten Händen, an meinen nackten Fußsohlen, legte das Ohr an den Weidenstamm und vernahm ein leises Knabbern und Scharren. – Wir saßen auf dem Haus einer Biberfamilie, das im Wasser seinen unterirdischen Zugang hatte! Haben Sie es erraten, Herr Baron?«

Elviras Worte waren wie Öl auf Budkus' wunde Seele. Bei seinem Fortgang zur Jagd hatte sich seine Frau nicht des sarkastischen Ausrufs enthalten: Sie sei doch wohl wenigstens sicher, wenn er mit der Flinte aus dem Haus gehe, dass er ihr nicht mit neu erworbenen Schlössern und Burgen komme; obgleich er andererseits wahrscheinlich nur noch mit vorgehaltener Schusswaffe als Gläubiger respektierlich sei!

»Sie sollte besser ›Schuldenmajor‹ statt ›Baron‹ zu mir sagen, junge Frau! Was glaubt sie, weshalb ich ihrem tapferen Schwiegervater auf die Pelle rücke? Was der Adel heut noch wert ist? …«

Und während Elvira Sonja und Werri beim Abtrocknen half, erzählte der hohe Herr ihr von eines mittelalterlichen Kaisers Adelsbrief und Dankbarkeit! Von seinen die Gerichtsbarkeit ausübenden Urahnen: den Freiherren von Budkus und Greifenau. Die Nachfahren eines im Schlesischen angesiedelten Familienzweiges nahmen die Grafenwürde an. Aber ob Grafen oder Barone – die ehrwürdigen feudalen Herren verpassten vor zweihundert Jahren den Zug, als es in den Kapitalismus ging. Die Familie verarmte.

Elvira kicherte, weil die Kinder jetzt sie, wie die Mutter sie, schubberten und krabbelten. Sie wusste auch nicht, was sie auf so viel höchste Titel und höchste Not antworten sollte, und entgegnete folglich passend aufrichtig wie naiv: »Ach, der Herr Baron sieht aber ganz proper aus!«

Budkus lachte – scherzte dann: Es sei eine Art Galgenhumor, der aus der plötzlichen Erkenntnis resultiere, dass er von den Seinigen nicht akzeptiert und von den Niederen nicht für ernst genommen werde; und demzufolge wirkte der Spaß zunächst etwas gezwungen – und erst allmählich bekam Budkus' Lachen einen gelösten, herzlichen Klang, als nämlich Elvira und schließlich sogar die Kinder belustigt einstimmten. »Was meint sie denn, woran das liegt, junge Frau? – Ich fresse! Ich stopfe die Kummerhöhle hier drinnen mit Speck und Kartoffelmus voll! Einen Schinken bei einem Ehekrach! Ein halbes Dreipfundbrot nach einer erfolglosen Jagd! Drei Knackwürste, wenn ich mit dem Fuß umgeknickt bin, den fettesten Karpfen, wenn mir ein Wilderer entwischt! …«

Ihr Lachen hallte über den See. Sonja und Werri vollführten wahre Tänze und stießen dabei wilde Laute aus. Die Erwachsenen hielten sich ihre von den Lachsalven angespannten Bäuche. Andreas quäkte vergnügt.

Im Schilf knallte es wieder ominös, und ein zages Rauchwölkchen stieg zum Himmel. Augenblicklich verstummte der Baron. Mit einem Fluch nahm er sein Jagdgewehr in Anschlag und schlich gebückt vorwärts.

Wenig später brachte er am Kragen, wie einen Hasen, Christoph Genth angeschleppt. »Endlich habe ich den Feuerwerker, der mir meine Blesshühner und Wildgänse verscheucht!«

»Christoph! Du bist doch nicht etwa aus deinem Heim getürmt?«, rief Elvira fassungslos.

Werris Frohlocken über den unverhofften Gefangenen war zwiespältig.

Christoph Genth grinste unmissverständlich. Ein Lauser! *Unverschämt, anstatt verschämt,* konstatierte der Baron für sich. Elvira tat der Junge leid. Verwildert, übernächtigt und hungrig sah er aus.

Man einigte sich schließlich, da Christoph Genth, wenn auch ein bisschen großspurig, beteuerte, seine einseitige ungewürzte und über dem offenen Feuer meist nur halbgegarte Kost aus Fisch und Federvieh sowieso überzuhaben und freiwillig ins Heim zurückzukehren, dass Elvira ihn – nach Waschung und solidem Mittagessen im Mattulkeschen

Haus – am Nachmittag zum Zug nach Königsberg bringen sollte. Es war eine unglückliche Entscheidung, die Christoph Genth fast das Leben gekostet hätte, wie sich später herausstellte; sein Heim war inzwischen evakuiert worden.

An der schräg in den See hängenden Weide verabschiedeten sich Elvira und der Baron; Budkus wollte noch ein paar Haubentauchern auflauern, Elvira mit den Kindern auf kürzestem Wege über den Uferweg entlang der Frohe nach Hause.

»Ihre possierlichen Biber hat jemand gekillt«, sagte der Baron. »Es waren die Letzten an diesem See. Kannte den Bau seit Langem. Wir werden es noch teuer bezahlen, junge Frau, wenn wir nicht jedweder Kreatur neben uns Lebensrecht und -raum bewilligen.«

Der Krieg kehrt zurück

Ende August 44 wurde Königsberg während zweier britischer Luftangriffe schwer beschädigt. Zuvor hatte man nicht einmal ein halbes Dutzend zerstörter Häuser gezählt. Nun konnte man sie kaum noch zählen. Vor allem die Wohn- und Geschäftsviertel des Zentrums waren betroffen. Der Dom und das Schloss ausgebrannt. Sein Turm gespalten, zerfetzt, oben war noch die Glocke zu sehen. Auch der Südteil des Schlosses, in dessen Kellern das berühmte Bernsteinzimmer eingelagert worden war, wie man später erfuhr, hatte Volltreffer erhalten. Fast alle Kirchen. Als sei die Botschaft des Feindes: Mit euch ist kein Gott mehr!

In der zweiten Bombennacht war Elvira durch die Unruhe der Menschen im Haus und auf der Straße von Frohstadt geweckt worden. Sonja und Werri erwachten ebenfalls, und sie ging mit ihnen vors Haus. Etliche Menschen, auch Reinhard und die Großeltern Mattulke, standen wie stumme Zeugen einer unglaublichen Erscheinung am Schulberg und blickten über die lange Pappelstraße und den Budkusschen Grundbesitz hinweg zum Horizont, wo sich ein flacher Streifen ruhelosen Leuchtens zwischen Himmel und Erde zeigte ... Königsberg brannte. Und Elvira drückte ihre Kinder an sich und sagte: »Hoffentlich überleben es Oma und Opa Przyworra.«

Vergeblich wartete sie an den folgenden Tagen auf eine Nachricht ihrer Eltern. Auf ein Lebenszeichen. Da erhielt sie die Mitteilung von Wilhelms Verwundung. *Gott sei Dank, wenigstens er lebt,* dachte sie. *Vielleicht ein »Heimatschuss«?*

So bitter ihr dieses höhnische Landserwort ankam, es verhieß auch ein wenig Hoffnung. Aber was bedeutete für sie jetzt »Heimat«? Das bombardierte Königsberg? Frohstadt? Oder eine Heimstatt in der Fremde? Konnte man in Königsberg noch existieren? Wie lange waren sie in Frohstadt noch sicher?

In unendlicher Sorge fuhr sie Anfang September mit dem Zug in die Stadt ihrer Geburt. Fassungslos ging sie durch die aufgebrochenen Straßen. Immer noch barg man Leichen aus den Trümmern der Häuser. Viele Leute suchten nach irgendwelchen Habseligkeiten. Andere standen oder saßen resigniert herum. Die unversehrt gebliebenen Häuser muteten wegen ihrer Fensterlosigkeit wie Höhlenbauten an. Elvira fragte eine in Schwarz gekleidete alte Frau, die sie neugierig und verständnislos musterte, ob sie wisse, wie es in der Blumenstraße, um den Oberteich herum und in Ballieth aussehe.

»In den Vororten soll es gehen. Sonst ist alles kaputt und tot, mein Kind. Was treibst du hier noch? Lauf weit weg! Du bist jung!«

Elvira lief. Wie ein schuldiges Kind das strafende Elternhaus, so hatte sie zunächst ängstlich die Orte ihres und ihrer Eltern Zuhauses gescheut. Aber nun lief sie zu ihnen hin, wie um ihr Leben. *Was haben wir getan, um so gestraft zu werden,* fragte sie sich an jeder Wegbiegung dieses Höllenpfades. *Nichts! Ist denn unsere Schuldlosigkeit unsere Schuld?*

In der Blumenstraße stand lediglich noch die Fassade eines Eckhauses. Im Parterre hatte sich ein Milchladen befunden. Ungläubig, wie eine Träumerin, die die Zerstörbarkeit des von Menschenhand Geschaffenen zwar prinzipiell für möglich, aber im Grunde genommen für Utopie hielt, betrachtete Elvira die aufragenden kahlen Wände, die Haufen aus Ziegeln, Putz, verkohlten Holzbalken, Asche und sperrigen Eisenträgern, die vierstöckige Wohnhäuser dargestellt hatten. Wie zum Hohn ragte aus einem Schuttberg ein blau gestrichenes zersplittertes Brett heraus. Sichtbares Überbleibsel ihres Küchenbüfetts ...? Irgendwo in diesem Berg steckte dann auch ihre Vitrine, die sie so sehr vor Schäden hatte bewahren wollen. Ob Menschen unter den Haustrümmern verschüttet waren?

Es gruselte Elvira. Sie versuchte, im leeren Raum die Höhe ihrer Wohnung im dritten Stockwerk zu fixieren. Manchmal hatte sie bei Fliegeralarm die Warnung in die Luft geschlagen! Die Kinder beruhigt. Oder sich einfach im Bett auf die andere Seite gedreht! Jetzt wunderte sie sich, wie kühl es sie ließ. Als wäre es eine fremde Behausung gewesen. Keine beschauliche Kindheitsinsel. Kein Nest der Leidenschaften. Ausgebombt – aber Kind und Kegel glücklich am Leben? Wie schnell das kleine Glück verging. Dabei war es ein Glück, dass Elvira sich nicht vorstellen konnte, wie ihre Heimatstadt in gut einem halben Jahr aussehen würde. Aber ihr standen auch jetzt noch schwere Proben bevor.

Sie bedeckte sich ihre Augen mit den Händen. Lief eilig weiter. Richtung Oberteich, Ballieth. Ihr dünnes Sommerkleid klebte ihr schweißnass am Leib, obwohl es kühl geworden war. Von wegen ohne Schuld! Sie traute sich kaum zu Isakess' Haus hinzuschauen. Aber es war unbeschädigt. Nach den antisemitischen Angriffen in den Dreißigerjahren offenbar auch wieder völlig instandgesetzt. Ob Jakob noch lebte? Unwillkürlich zupfte sie sich ihr Kleid etwas zurecht, schloss die Augen.

Ihren Vater sah sie schon von Weitem in seinem Garten arbeiten. Aber als sie näher kam, verkrampfte sich ihr Herz. Sie blieb stehen. Vater trug einen schwarzen Trauerflor am Revers! Er kam ihr langsam entgegen, wollte etwas sagen. Doch Elvira drückte ihm ihre Hand auf den Mund, als wollte sie das Schlimme nicht vernehmen. Die Tränen rannen ihr über Gesicht, Hals und Brust. Przyworra versuchte, den Strom etwas wegzutupfen. Zur rechten Zeit kam Isabella. Der alte Mann, selbst noch voller Schmerz, fühlte sich überfordert, seine Tochter zu trösten. Er hatte seine Frau im hinteren Teil des Gartens, genau dort, wo ein Granatsplitter sie getroffen hatte, begraben. Elvira kniete lange vor ihrer Mutter nieder. Von Isabella im Rücken fest umarmt. Und Isabella berichtete Elvira leise, dass ihre Mutter am Morgen wohl davonfliegenden Flugzeugen habe nachsehen wollen. Als eine Bombe im benachbarten Grundstück explodierte. Es müsse eine »verlorene« gewesen sein. Bei 600 Flugzeugen, wie die »Königsberger Allgemeine« zählte, könne wohl so etwas passieren. Ihr Vater habe seine blutende Anja die drei Kilometer zur Kaserne geschleppt, wo er im Lazarett ihre Versorgung erhofft hatte. Sie habe bis zuletzt noch etwas gebrabbelt. Doch als er ankam, stand ihr Herz schon still.

Wohn- und Gartenhäuschen hatten keinen Kratzer abbekommen. Aber Przyworras Optimismus, seine Lebenskraft schienen gebrochen; gerade so, als sei auch er über Nacht bis zur Erschöpfung zur Ader gelassen.

Die Frauen umarmten sich immer wieder, weinten vor Trauer, aber auch vor Freude, wenigstens sich wohlbehalten wiederzusehen. Przyworra stocherte mit seinem Spaten in der Gartenerde, als frage er sich, ob es sich noch lohne.

In die erste Etage ihres Wohnhauses hatten sie zwei ältere Ehepaare mit ihren erwachsenen Töchtern, Ausgebombte der Luftangriffe, aufgenommen. Elvira bemühte sich, ihren Vater zu überreden, alles stehen und liegen zu lassen, ihretwegen das ganze Haus bis unters Dach mit todesmutigen Ausgebombten zu belegen, aber e r sollte mit ihr kommen. Was sei denn jetzt noch wichtig, außer seinem Leben!

Przyworra dachte jedoch anders. So sehr er um ihre verwüstete Stadt und den Tod seiner Frau litt. Ihr Heim war mehr als ein Stück seines Lebens. Und wenn er es aufgäbe, wäre ihm sein Leben eben auch nur noch ein Bruchstück wert. »Und die Russen tun uns nichts!«, fügte er noch hinzu.

Elvira und Isabella setzten sich etwas abseits auf eine Gartenbank. Anjas Grab im Blick. Die treue Isabella, deren Wohnhaus ebenfalls von Feuer und Bombenschlag verschont geblieben war, wollte Elviras Familie zu einer neuen Unterkunft verhelfen. Ihr »Zwölfender-Revisor« verfügte immer noch über nützliche Verbindungen. Elvira neigte zum Abwarten. Ewig würde sie mit ihren Kindern bei ihren Schwiegereltern in Frohstadt nicht bleiben können. Aber sie war noch zu aufgewühlt für neue Entscheidungen. Und als Isabella, die als Einzige aus der Familie grob in ihre frühere Liebesbeziehung eingeweiht war, eine Frage zu Isakess andeutete, sagte sie, indem sie den Blick vom Grab himmelwärts richtete: »Nur er weiß es. Er ist nicht gütig, aber allwissend und allmächtig. Er ist der strafende Gott geblieben. Wir verdienen keinen anderen.«

»Ach, Donnerlittchen!«, rief Isabella gewohnt offen aus, fasste sich aber angesichts der Trauersituation sogleich erschrocken an den Mund. »Da hast du nun mal einen Liebsten gehabt und machst dir gleich Vorwürfe! Wenn's danach geht, hätte mich der Herrgott schon ein paarmal guillotinieren müssen! Und wozu braucht er eigentlich die vielen hübschen Engel? Nur zum Si-ingen und Be-eten? Da Isabella um Elviras Neigung zur Gottgläubigkeit in depressiven Zeiten wusste, fuhr sie trotzig wie liebenswert fort: »Mir kann er eh gestohlen bleiben! Aber du, mein Cousinchen, um keinen Preis!« Innig umarmten sie sich wieder.

Zwei Wochen später nahm Elvira mit ihren Kindern, Andreas in einem breiten, schweren altmodischen Kinderwagen, einen der zur Evakuierung eingesetzten Personenzüge, um von Ostpreußen in eine vermeintlich ungefährlichere Gegend Deutschlands umzusiedeln. Sie dachte keineswegs daran, fern der Heimat dauerhaft ansässig zu werden. Im Gepäck drei Federbetten und ein aus Messingrohren gefertigtes Kinderbettgestell, war ihre kleine Familie mehr auf einen vom Kriegsverlauf diktierten Wechsel ihres Nachtlagers als auf ein Siedeln im buchstäblichen Sinne eingestellt. Und obwohl seit einigen Monaten im Westen eine zweite Front existierte, tobte für Elvira der eigentliche Krieg im Osten, sodass von dort für sie und ihre Kinder Gefahr drohte.

Wie schon ihre Eltern hatten auch ihre Schwiegereltern, die Mattulkes, eine Evakuierung abgelehnt. »Das Haus kann uns keiner nehmen, höchstens der Baron!«, meinte Marie naiv. Ihr Mann akzeptierte Erwägungen über ein Verlassen ihres Hauses gar nicht. Reinhard fügte sich.

Rochlitz in Sachsen hatte man als Zielbahnhof angekündigt. Doch der Zug wurde nach Borstädt weitergeleitet. Was Elvira nichts bedeutete, da ihr beide Orte unbekannt waren.

Auf der felsigen Anhöhe des Borstädter Wettinhains, in unmittelbarer Nachbarschaft eines würdevoll schlichten zylindrischen Aussichtsturms, lud auch eine Gaststätte mit dem anziehenden Namen »Bellevue« Ausflügler zum Verweilen ein. Wer allerdings den Aufstieg zum Aussichtsrondell des Turmes nicht mehr schaffte, der musste sich aus den Fenstern der Gaststätte mit der »schönen Aussicht« auf Brombeersträucher, versprengte Felsbrocken und Laubbäume begnügen.

Natürlich war den Umsiedlern, die in den seit Jahren ungenutzten großen Tanzsaal der Gaststätte einquartiert wurden, nichts gleichgültiger als dies. Nach der langen Fahrt hofften sie, ein halbwegs bequemes Ruhelager in Aussicht zu haben. Das fanden sie auf dem Stroh des Saales, dessen Fenster vom Schmutz undurchsichtig waren. Die Gaststätte geschlossen. Der Turm gesperrt. Und Brombeersträucher und Felsen boten Tarnung beim Verrichten der Notdurft. Viele hofften, dem Krieg entwischt zu sein, was sich allzu bald als Irrtum erwies.

Elvira hatte den Kopf und alle Hände voll damit zu tun, Briefe über ihren Aufenthaltsort zu schreiben, Läuse zu knacken, einen Platz an dem umlagerten Waschbecken oder einen Eimer zu ergattern, um Leiber und Wäsche sauber zu halten. Nachts dröhnten mitunter Flugzeugmotoren über ihnen. Sie lag dann hellwach, fürchtete, dass der Saal jeden Augenblick in einem Flammenmeer aufgehe. Aber die Geräusche verloren sich stets wieder.

Als die ersten Fröste einsetzten, wurde sie mit ihren Kindern zu dem Bauern Drescher in Gippersdorf, der wegen Verschuldung unter Verwaltung stand, eingewiesen. Im Obergeschoss des Bauernhauses bezogen sie ein Zimmer von knapp zwölf Quadratmetern. Mit einem Bett, in dem Elvira zusammen mit ihrer Tochter Sonja schlief. Einer schmalen Pritsche für Werri. Einem Stuhl. Das Nesthäkchen Andreas war mit eigenem Bett und eigenem Wagen unzweifelhaft am besten dran.

—

In Königsberg hatte sich das Leben derweil wieder etwas normalisiert. Die Leute spazierten, kauften Geschenke für das bevorstehende Fest. Isabella erhielt von ihrem Revisor eine goldene Kette mit einem Amethyst-Anhänger. Ein paar Tage bot sie Christoph Genth Logis und kleidete ihn ein. Sie war ihm zufällig in der Stadt begegnet, völlig abgerissen, geschockt noch von den Bombardements, bei denen er beinahe ums Leben gekommen wäre, da das leer stehende Haus, in dem er Tage zuvor Unterschlupf gesucht hatte, einen Volltreffer bekam.

Einige Straßenbahnen fuhren wieder. Die abgebrannte Schlossteichbrücke war erneuert worden. In den letzten Januartagen 45 kamen die russischen Truppen Königsberg sehr nahe. Am sechsundzwanzigsten beschoss ihre Artillerie das erste Mal die Stadt. Die Einkesselung vollzogen sie von Süden und Osten und später beim Ostseebad Cranz auch von Norden und Nordwesten. Isabella, unverheiratet, kinderlos, acht Jahre älter als Elvira, liebte wie diese ihre Stadt. So zögerte sie, sie zu verlassen. Sie arbeitete als Krankenpflegerin im Lazarett in der Sackheimer Yorkstraße. Mitunter zusätzlich im nahen Elisabethkrankenhaus. Ende Februar kämpften die deutschen Truppen einen zehn Kilometer breiten Streifen an der Nordküste des Frischen Haffs frei. Isabella war gut zu Fuß. Es war eine Fluchtmöglichkeit, auf dem Landweg nach Pillau zu gelangen. Von dort mit dem Schiff nach Westen. Isabella blieb. Ihr Revisor hatte sie genutzt.

Am 5. April begann die russische Artillerie, sich auf die Stadt einzuschießen. Was nach Isabellas Lesart hieß: die wichtigsten Ziele auszusuchen. Die Einnahme vorbereiten. Ein schöner Frühlingstag wie auch der vorangegangene Ostersonntag. Der Großangriff setzte prompt ein. Wenige Tage später folgte die Kapitulation. Endlose Truppen verwilderter Soldaten zogen über die Königsstraße und den Rossgärter Markt in die Stadt ein. Alle Ordnung schien aufgekündigt. Männer, Frauen und Kinder wurden zu Freiwild. Ihre Habe zur Beute. Ihre Körper dem beliebigen Gebrauch der Sieger anheimgestellt. Es wurde gemeuchelt und geplündert. Typhus und Malaria brachten die Truppen mit. Sooft Isabella und die anderen Frauen sich auch in den Klinikräumen oder hinter Patienten zu verstecken versuchten, sie wurden von ihren MPi-bewehrten Peinigern ausfindig gemacht. Die lieber mit ihnen rangelten, ihnen üble Gewalt antaten, statt dem überall hörbaren Frauenwunsch nachzukommen: »Erschieß mich doch!« Isabella, im Leben nicht unlustig, ekelte es nur noch. Gelächter traf manchmal mehr als Schreie. Spornte aber auch an, besonders Halbwüchsige, denen sie sich oft still ergab. Mitunter wurden sie auf der Straße oder wo sie sich gerade befanden, wahllos zu Märschen zusammengetrieben, in Lager in und um Königsberg gepfercht. Dort trat etwas Ordnung ein, wie Isabella zynisch feststellte. Meist kamen ihre Peiniger abends berauscht in den Saal: »Komm, Frau!«, hieß es kurz. Noch Jahre verfolgte diese Aufforderung sie nachts im Schlaf. Ja, die so lebenstüchtige unkomplizierte Isabella brauchte eine lange Zeit, um an der intimen Begegnung mit Männern wieder Gefallen zu finden. Einmal war es ihr auf einem Marsch nach Norden, an Ballieth vorbei, in anbrechender Dunkelheit gelungen, sich zwischen Büsche rechts am Wege, die ein Waldstück säumten, zu werfen. Still wartete sie, bis die Kolonne sich entfernt hatte. Einige Tage zuvor war sie zufällig Przyworra, Elviras Vater, begegnet. Er saß allein auf einer Bank am Bismarck-Denkmal. Der sonst so akkurat gekleidete Mann trug nur noch Lumpen, wirkte aber sauber, das noch volle Haar gescheitelt, das Gesicht greisenhaft mager und blass, der an sich muskulöse Körper wohl leidlich stabil. Isabella freute sich, ihn zu sehen. Er sprach kaum ein Wort. Antwortete mit Ja und Nein auf ihre Fragen. Auf seine Floskel »Die Russen tun uns nichts!« wagte sie nicht mehr, ihn anzusprechen. Sie hielt es auch für möglich, dass er dabeiblieb; wie seine Tochter richtete er den Zeigefinger der Schuld meist zunächst auf sich selbst. Er bat sie, wenn es ihr möglich sei, auf »unsre Kleine«, auf Elvira, etwas aufzupassen, da es seine Anja ja nicht mehr könne. Sie verabredeten sich für zwei Tage später an derselben Stelle. Aber er kam nicht. Auch nicht an den Tagen danach. Isabella hatte sich dank ihrer Kontaktfreudigkeit und im Grunde lebensfrohen Natur im Lazarett mit einem armamputierten Russen angefreundet. Der besorgte ihr Fleischbüchsen, Möhren und Graupen, woraus sie für ein Dutzend Ärzte und Schwestern eine feine Suppe gekocht hatte. Przyworras Anteil hatte sie schließlich selbst gegessen. Zwischen den Trümmern suchten die Leute nach Löwenzahn und Melde. Auch Mäuse und Spatzen wurden gegessen, sofern man ihrer habhaft wurde. Im verkrauteten Oberteich hatte Isabella einmal ein halbes Eimerchen voll Muscheln gesammelt.

Bei völliger Dunkelheit schlich sie sich im Schutze des Waldrandes zu Przyworras Haus. Es war wie etliche andere der Siedlung unzerstört. Russen lebten darin bis unters Dach. Viele waren betrunken. Sie sangen und grölten. Hier war für Przyworra kein Platz mehr. Am nordöstlichen Rand der Siedlung waren alle Häuser ausgebrannt. In manchem Keller schien es noch etwas Leben zu geben. Sie sah aber niemanden. Isabella ging in einen Keller hinein, duckte sich unter angekohlten Balken und herabhängenden Eisenträgern hindurch. Sie stolperte über etwas Weiches, fand eine trockene freie Ecke, wo sie auszuharren beschloss.

Am Morgen sah sie mit Grauen, dass sie über eine von Ratten angefressene Leiche gestolpert war. Auch an der anderen Seite des Raumes lagen drei Leichen. Alle nackt. Durch ihre Bewegung scheuchte sie die Ratten auf. Die Leichen waren halb verwest, eine ohne Kopf. Entsetzt stellte Isabella fest, dass man ihr aus Oberschenkel und Gesäß wie mit dem Seziermesser große Fleischstücke herausgeschnitten hatte. In Panik lief sie hinaus. Zurück in die Stadt. Später glaubte sie, dass sie erst in ihrem Lazarett in der Yorckstraße wieder zur Besinnung gekommen war.

–

Von 110 000 Königsbergern waren drei Monate nach der Kapitulation noch 73 000 übrig. Von diesen überlebten bis zum Sommer 1947, als die ersten kleinen Transporte Menschen nach Deutschland brachten, so auch Isabella, circa 25 000.

ZWISCHENSPIEL

Die Geiselnahme (2)

Zwei Polizei- und zwei Krankenwagen waren vor die Neurologie gefahren. Vielleicht wollte man in dem leeren Haus seine Einsatzzentrale einrichten? Wenn nötig. Sicher hofften alle auf ein schnelles Ende. Ich auch. Ein Mannschaftswagen der Polizei war eingetroffen. Die Polizisten wurden von dem Einsatzleiter offenbar zur Absperrung des Geländes rund um unsere Forensische Klinik postiert.

Frau K. sagte munter: »So viel Aufregung wegen einer kleinen Frau, die für ihr Recht kämpft.«

Ich antwortete: »Darf ich fragen, für welches?«

»Ja, aber ich sag's nicht. Sie sind ja ein Teil des Systems.«

»Eines Systems, das Ihnen vermutlich ohne Geiselnahme zu Ihrem Recht verholfen hätte!«

»Oh, nein, nein, nein.« Sie lachte. »So einfach ist es nicht. Ich brauche Sicherheiten. Und ein bisschen Tamtam ist immer von Nutzen. Außerdem sind Sie ein Mann und als solcher und in Ihrer Position ein exponierter Vertreter dieses diskriminierenden Systems.«

Unser Sicherheitsbeauftragter meldete sich per Walkie-Talkie wieder bei mir. Er sagte: »Der Einsatzleiter der Polizei will sich an die Geiselnehmerin wenden.«

Ich antwortete: »Ja, bitte!«

Der Einsatzleiter nannte seinen Namen und seinen Dienstgrad, sagte: »Frau Geiselnehmerin, das Gebäude ist weiträumig umstellt, geben Sie auf, Sie haben keine Chance! Legen Sie die Waffe vor sich auf den Boden! Heben Sie Ihre Hände und gehen Sie zurück an die Tür zum Flur! Warten Sie dort!«

Frau K. wollte antworten. Ich schob ihr mein Gerät auf dem Fußboden hinüber. Sie sagte: »Ich habe nicht den Chef dieser Einrichtung festgesetzt, um Ihre albernen Forderungen zu erfüllen, Herr Polizeihauptkommissar. Nennen Sie mich bitte bei weiteren Gesprächswünschen Frau Jeanne von der Myhlen! Ende!« Sie schaltete das Gerät aus, schob es zu mir zurück. »Dieser Esel«, sagte sie kopfschüttelnd. »Glaubt, dass ich wegen ein paar Gewehren klein beigebe. Die Männer sind alle gleich!«

»Was werfen Sie uns vor?«, fragte ich.

»Die Gesetze über die Natur zu stellen!«, antwortete sie ohne Überlegung. »Uns Frauen zu unterschätzen! Unsere Kampfbereitschaft!« Sie war eine attraktive Frau. *Eifer und Leidenschaft adelt die Frauen,* dachte ich. *Auch wenn es gegen uns Männer geht.*

Der Kommissar wirkte konsterniert, beriet sich.

»Wer nach den Gesetzen des Staates handelt, also nach einer von den Menschen aus Vernunft geschaffenen Ordnung«, sagte ich, »hat das Recht auf seiner Seite. Das meinte schon Sokrates.«

»Ich halte es mehr mit den Sophisten wie Hippias«, erwiderte sie. »Denn ist einer, der nach der Natur handelt, etwa nicht gerecht? Die Natur steht über der menschlichen Gesellschaft. Freunde, Mitbürger, Verwandte sind etwas Natürliches, denen unsere Zuneigung gilt. Aber Gesetze fordern von uns immerzu Unnatürliches, sind oft ungerecht!«

»Du sollst deine Eltern, und wer gläubig ist, auch Gott ehren, lesen wir. Das sind universelle Gesetze, da sie überall in der Welt gelten. Man könnte sagen, göttliche, nicht menschliche. Zumindest ist das Gerechte und das Gesetzliche in ihnen eins.«

»Ach, Herr Professor«, entgegnete sie wieder spitz. »Und wenn die Eltern ihre Macht missbrauchen, darf sich das Kindchen nicht wehren? Und wo nehmen Sie bei Ihrer braven DDR-Entwicklung bloß Ihre plötzliche Gläubigkeit her?«

Man rief nach Frau Jeanne von der Myhlen. Der Kommissar ließ fragen, ob es ihr recht sei, mit einem Päckchen Drogen für fünf Stunden freies Geleit zu erhalten.

Ich schob ihr wieder das Gerät hinüber und sah, wie sie ihre Lippen vor Stolz und Zorn spitzte. Da sie seit Langem völlig clean war, musste sie das Angebot als unverfroren und kränkend empfinden. Ich fragte mich auch nach der Strategie des Polizeikommissars. Er schien noch sehr jung zu sein. Wollte er ein schnelles Ende um jeden Preis? Sie schloss kurz die Augen, wohl um ihre Wut noch etwas zu zähmen, sagte dann frech: »Sie können sich die Drogen sonst wohin schieben, wenn Sie einen … in der Hose haben. Ich brauche sie nicht mehr. Ich hätte sie nie gebraucht, wenn nicht mein Leben durch Ihre Gesetze verstümmelt worden wäre. Nach diesem Warum hat mich keiner gefragt. Ich wurde nur wegen Drogenkonsums und vermuteten Dealens vernommen und letztlich bestraft.«

Es verging wieder eine Zeit, in der der Kommissar sich mit seinen engsten Mitarbeitern beriet oder Anweisungen erteilte. Denn ich sah, wie sich oben im Wasserturm und in einer Gaupe der Neurologie offenbar Scharfschützen in Stellung brachten. Ich nahm mein Walkie-Talkie und rief hinein: »Hier spricht der Chefarzt des Hauses. Weder i c h fühle mich in ernsthafter Gefahr noch ist es die Einrichtung mit ihren Patienten selbst. Ich bitte deshalb um Deeskalation. Keine Gewalt!«

Der Kommissar nahm jetzt sein Megafon, sprach laut und langsam, sodass man das Echo vernahm: »Frau Jeanne von der Myhlen! Was wollen Sie erreichen? Wie können wir Sie zum Einlenken bewegen?«

Frau K. antwortete ebenso sachlich und ohne Schnörkel: »Ich will, dass mein Prozess neu aufgerollt wird!«

Der Kommissar: »Das liegt nicht in unserer Hand!«

Frau K.: »Lassen Sie den oder einen verantwortlichen Richter herbeiholen! Am besten eine Frau. Deren Zusicherung würde mir reichen.«

Unten kam man in Bewegung. Vielleicht hatte sich der Kommissar nun für eine Doppelstrategie entschieden? Frau K. schien auch erleichtert. Ich hätte sie schon ein paarmal überwältigen können. Ich konnte mir aber auch nicht vorstellen, dass sie tatsächlich von der Waffe Gebrauch machen würde.

Ich nahm unseren Gesprächsfaden von vorhin noch einmal auf, sagte: »Auch die Natur hat natürlich ihre Gesetze. Unwissentlich können wir der Naturgewalt nicht ausweichen. Aber wissentlich dürfen wir ihre Gefahren nicht herausfordern.«

»Sie sprechen, als gehe es um Atomenergie, nicht um Menschen, um Zuneigungen. Die Gesetze der Natur beglücken oder vernichten uns, je nachdem, ob es sich zum Beispiel um reiche Ernten oder schwere Erdbeben handelt. Aber die Gesetze der Menschen drangsalieren uns nur. Wohl dem, der für Ihre Erläuterungen in Vorlesungen und zu Vorträgen noch hohe Honorare kassiert. Meist sind es kluge Leute, die viel wissen, über vieles reden, woran sie hoffentlich auch glauben. Ich akzeptiere nur meine Gefühle, ansonsten glaube ich nichts.«

Wie viele Stunden wird es noch gehen? Was steht uns noch bevor?, dachte ich. *Sie ist hartnäckig.* Ich legte mich flach auf die Erde, schloss die Augen, um Frau K. zu ermutigen, auch etwas zu entspannen. Mir fiel ein, dass Mutter ähnliche Sätze auch oft gesagt hatte. Dass sie nur ihren Gefühlen vertraue, da der Verstand sich viel eher irre. Allerdings hatte ich in Mutters Notizen auch einmal die Wendung gefunden: Ich will fühlen, um zu erkennen, und im Erkennen fühlen. Ich glaube, wir waren dann beide eingeschlafen.

Herrliches Verrücktsein oder Krankheit als Ventil

Nach zwei Tagen Bettruhe erlaubte Oberarzt Lohmann Elvira, aufzustehen. Auch die im Labor bestimmten Blut- und Liquorwerte und die Hirnstromableitung hatten wie die allgemeine körperliche Untersuchung keine abweichenden Befunde ergeben. Elvira wurde in ein anderes Zimmer verlegt. Zu einer jungen hübschen und lebhaften Lehrerin, die von einer »Manie«, wie sie sagte, genesen sei. Elvira dachte sogleich an Attribute wie Klepto-, Pyro-, Nympho-, und sie glaubte schon (Rückfälle kamen bei diesen Patienten ja angeblich häufig vor), sich dementsprechend auf alle möglichen triebhaften Klauereien, das genüssliche Anlegen von Feuersbrünsten oder irgendwelche mannstolle Verrücktheiten ihrer Zimmergenossin einrichten zu müssen.

Im Nachhinein schämte sie sich dieser Gedanken. Zeigten sie doch, wie schnell auch sie, Mutter eines Psychiaters, mit dem üblichen Vorurteil gegenüber psychisch Kranken zur Hand war. Und außerdem trug sie jetzt selbst dieses – »Etikett!«

»Wir sind ein für alle Mal gekennzeichnet«, sagte die Lehrerin. »Mit dem Etikett der Klapsmühle!«

Elvira schien es, dass die junge Frau doch noch nicht ganz genesen sei. Vornehmlich deswegen, weil sie sich von ihren krankhaften Handlungen nicht ›kritisch distanzierte‹.

Ojemine, rief Elvira sich selbst innerlich an. *Wie klug ich mich dünke. Mit Sonntagsworten meines Herren Sohnes, wenn er zu Beginn seiner ärztlichen Tätigkeit stolz von seinen ersten Behandlungserfolgen berichtet hatte. Sich k r i t i s c h zu distanzieren, heißt das nicht – zu begreifen? Ich begreife nichts,* dachte Elvira. *Und wie könnte es für einen blindwütig zerstörenden Menschen überhaupt ein moralisches Recht geben?*

War es bei anderen einfacher?

Evelyn, die junge Lehrerin, intelligent, dreiundzwanzig Jahre alt und bis zum letzten Studientag im gestrengen Elternhaus daheim, machte sich urplötzlich und wenig zunftgemäß mit Rucksack und Harmonika, Diplom und Magenbitter zu ihrer entfernten Schule auf, die ihr das Leben verhieß. Sie begann couragiert. Ging am dritten Tag ihres Pädagogendaseins mit Schülern der neunten und zehnten Klassen in eine Diskothek. Tanzte und alberte mit ihnen. Spendierte Sekt. Gab an die fünfzig Mark Trinkgeld. Zog bei Barschluss krakeelend mit der ausgelassenen Schülerschar in ihr kleines Untermieterdomizil. Schmuste ein bisschen mit den verständnisvollen Bengels ... Und wollte das ganze frohsinnige Treiben am nächsten Tag in der Schule fortführen!

Ihre Eltern hatten bei ihrer ärztlichen Befragung gesagt: »In unserer Familie sind Geistes- oder Gemütsleiden nicht bekannt. Evelyn war immer ausgeglichen, fleißig und sparsam. Discos mochte sie nicht. Wir hatten nie erzieherische Schwierigkeiten mit Evelyn. Ihre jetzigen Wesenszüge passen nicht zu ihr. Unsere Tochter ist krank.«

Die Patientin gab an: »Meine Eltern waren stets gut zu mir. Tanzen ging ich selten, weil ich mir zu ungelenkig vorkam und es mich von meinen eigentlichen Aufgaben nur ablenkte. Zurzeit fühle ich mich ausgezeichnet. Vor Freude über meinen Beruf bin ich regelrecht aus dem Häuschen. Vom Wesen her bin ich aufgeschlossen und lustig. So wie jetzt. Krank bin ich nicht.«

Mit Erstaunen stellte Elvira zum ersten Mal fest, dass Krankheit für den Betroffenen auch etwas Angenehmes, ein Lebensgewinn sein konnte. Ja, dass sie nicht nur diesen ihr ungewohnten Zustand eines neuen, eines gehobenen Lebensgefühls und veränderter Aktivität fixiert wünschte, sondern zugleich sicher war, so und nicht anders e i g e n t - l i c h zu sein. Demnach trat unter dem zertrümmerten starren Panzer des Ehrgeizes, des Büffelns, der Ungeselligkeit und Kostverachtung nun ihr eigentliches, kontakt- und genussfreudiges wie überhaupt aller Lebenslust offenes Wesen zutage.

Elvira, von ihren eigenen Grübeleien durch Evelyns ansteckende Heiterkeit und sprudelnde Mitteilungslust abgelenkt, fand die junge Frau von Stunde zu Stunde sympathischer. Ein bisschen aufgedreht und anstrengend, aber unterhaltsam, herzerfrischend zutraulich und hilfsbereit, sodass sie schließlich selbst wünschte, dass die Lehrerin in ihrem Wesen eben so sei und fortan so bleibe. Quicklebendig und ideensprühend – und sich nicht über Nacht unter Medikamenten wieder zu einer »grauen Maus« wandele.

Doch an diesem Wunsche entdeckte Elvira eine bestürzende Kehrseite: War die Natur eines Menschen durch äußere Lebensumstände derart deformierbar, dass der Mensch im Grunde sein Leben als »ein anderer« lebte? Dass er ein von außen oder von selbst auferlegten Zwängen Manipulierter war? Sich dessen womöglich nie bewusst? Natürlich hatte Elvira ihr eigenes bewegtes Erleben vor Augen. Sie neigte nur leicht dazu, es als eine Sonderform abzutun.

Vielleicht wird deshalb so viel Alkohol getrunken? Stundenlang trotz Langeweile ferngesehen? Sind deshalb so viele Menschen schnell gereizt, leiden unter Kopfschmerzen, Schlafstörungen … Und sie wissen nicht, weshalb?

Nein, das ist Unsinn, dachte Elvira. *Ich kann nicht, bloß weil ich in der Psychiatrie gelandet bin, alles psychologisch erklären.* Sonny hatte ihr einmal geschrieben: »Psychologie und die weissagenden Zeitungsdamen, die angeblich Leserbriefe beantworten, sind hier die große Mode.«

Es wird Alkohol getrunken, weil es einem schmeckt. Weil man repräsentieren will, sich an das abendliche Zeremoniell gewöhnt hat oder den Herzschlag nicht mehr so störend spüren möchte. Das Normale ist weder, dass man sein Wesen verkennt, noch dass man darüber spintisiert! Ich bin nicht von Natur aus ein aggressiver Mensch!

Elvira lachte laut auf. Evelyn ließ verwundert von ihrer toupierten Haarkrake ab, die sie sich auf dem Kopf gerade fabrizierte.

»Haben Sie eben gelacht?«, fragte sie. »Es klang so seltsam. Mehr wie ein Aufschrei. Dabei würde es mich freuen, Sie einmal lachen zu hören! Oder wenigstens, lachen zu sehen!«

»Sie sind sehr nett zu mir, Fräulein Evelyn«, sagte Elvira. »Und ich hoffe und wünsche sehr, dass Sie bald wieder völlig gesund werden. Wer weiß, was man mit uns vor dreißig Jahren angestellt hätte?«

Von den Euthanasie-Verbrechen im »Dritten Reich« hatte Elvira nach dem Kriege gehört. Evelyn im Studium. Auch von Lagern für politische Gegner der Nazis und für Juden. Elvira schon in den Dreißigerjahren. Wie hatte sie nicht um Isakess gebangt, als sie ihn auf jenem Geisterschiff wähnte! Oberarzt Lohmann hatte mit Bezug darauf neulich von einer möglichen Tremaphase ihrer Erkrankung gesprochen, was Andreas für Unsinn hielt. Das nach und nach bekanntgewordene Ausmaß der Gewalt- und Mordtaten hatten in ihr grenzenloses Entsetzen und Fassungslosigkeit erweckt. Und ein Erschrecken: dass es auch hier geschehen war.

In der Gasdusche, Besuch von Fritz Weitendorff

Am nächsten Tag empfing Elvira im Krankenhaus ihre ersten beiden Besucher: Mit dem einen hatte sie irgendwann gerechnet, nur nicht so schnell. Der andere überraschte sie völlig.

Elvira hatte an ihren Sohn Werri und seine Frau eine Karte in den Briefkasten an der Krankenhauspforte gesteckt; ein »erstes scheues Lebenszeichen«, wie sie schrieb. Sie war eine Weile an der Myhlener Allee stehen geblieben. Hatte zwanzig Meter außerhalb des Krankenhausgeländes eigenartigerweise das erhebende Gefühl wiedergewonnener Freiheit empfunden und interessiert die vorbei- und ins Gelände fahrenden Autos und die vielen Besucher betrachtet, die mit dem Pendelbus aus dem nahen Örtchen Myhlen oder mit Linienbussen aus dem zwanzig Kilometer entfernten Borstädt oder sogar aus dem Norden, von Halle und Leipzig, zum Krankenhaus kamen.

Als sie sich später auf einer Bank gegenüber vom Eingang zur Chirurgie ausruhte und gerade zum wiederholten Male erleichtert resümiert hatte, dass alle ihre Glieder und Geister wieder heil und beisammen waren, bemerkte sie in gut fünfzig Meter Entfernung vor dem Verwaltungsgebäude des Krankenhauses einen alten Mann. Er sprach mit einer Krankenschwester und ging dann auf deren Geheiß weiter durch die Parkanlage auf die Häuser mit den Dauer- und Pflegepatienten zu.

Er war klein, etwa eins sechzig groß. Trug einen hellbeigen Popelineanzug und eine silbergraue Prinz-Heinrich-Mütze. Elvira dachte sofort an Fritz Weitendorff, aber die Mütze irritierte sie. Weitendorff war, wie man so sagte, ein Aktivist der ersten Stunde. In jüngeren Jahren Spartakist, dann Kommunist von der Pike auf, Organisator im Rotfrontkämpferbund. In der Illegalität in Frankreich im Maquis.

Elvira hatte die Zeit der Kampfverbände nicht in guter Erinnerung, schätzte jedoch Weitendorff. »Eins ist erwiesen: Macht macht verführerisch!«, hatte er zu ihr bei ihrer ersten Begegnung im Rathaus im Nachkriegsherbst gesagt. Womit er zu ihrem Erstaunen nicht nur seine revolutionäre Jugenderfahrung mit Diktatoren, sondern auch seine Erfahrung mit einem ihr sehr wohlbekannten jugendlichen Bürgermeistergehilfen meinte: Christoph Genth, der bei Nacht und Nebel – den alten Mattulke als Hehler – unangemeldete Sauen »beschlagnahmte«. Christoph Genth war durch einen Tipp von Isabella wenige Wochen nach Mattulke in Borstädt gelandet. Bekleidet mit einem knopf- und futterlosen zu großen Soldatenmantel und aussehend wie ein vorgealterter jugendlicher Sinto, was wohl Weitendorffs Sympathie bewirkt hatte.

Dieser Weitendorff hatte natürlich nichts für Prinzen übrig. Eine Zeit lang liebte er es, rote Hemden und rote Schlipse im Wechsel zu tragen; was er aber nicht nur wegen ihrer Symbolträchtigkeit tat, sondern vor allem, um seinem im zwölfjährigen Exil ramponierten Aussehen Frische zu verleihen. Von seinem vollen aschblonden Haarschopf war ihm ein dürftiger Kranz geblieben. Von gerade passablen hundertzehn Pfund ganze achtzig, von dreißig Zähnen Stücker zwanzig. Die Frau hatte nach einem Jahr Ehe und zu halber Zeit der zwölfjährigen gruß- und kusslosen Trennung aufgrund einer Falschmeldung ihn für tot haltend einen anderen geheiratet. Nun wollte Fritz Weitendorff Versäumtes nachholen. Sein Amt und seine Gefühle brachten ihn auf Elvira Mattulke.

Elvira hatte für sich, ihre drei Kinder und ihren Schwiegervater eine Wohnung beantragt. Der alte Mattulke war eines Tages nach dem Tag der Kapitulation unerwartet halb nackt und halb verhungert auf dem Hof des Bauern Drescher aufgetaucht. Anscheinend keineswegs in der Absicht, seiner Frau und seinem Sohn Reinhard in Budkussche Nähe nach Hamburg zu folgen. Es kam zu einer zweiten Begegnung zwischen Elvira und Weitendorff; seiner Inspektion bei dem Bauern Drescher.

Weitendorff war seit September 46 nicht mehr von Sowjetgenossen befohlener, sondern unter der Losung seiner Partei »Durch das Volk! Mit dem Volk! Für das Volk!« offiziell und demokratisch gewählter Bürgermeister von Borstädt. Inoffiziell wurde er jedoch bloß das »Borstädter Faktotumchen« genannt. Er radelte als ein rotrümpfiges, besessenes, halb glatzköpfiges Männlein durch die Stadt und das eingemeindete Gippersdorf. Als sei die sozialistische Revolution nur zu verwirklichen, wenn er sich selbst stets und überall von ihrem Fortgang überzeugte.

Achtzig Prozent der Borstädter Lehrer waren wegen Zugehörigkeit zur Nazipartei oder zu anderen faschistischen Organisationen aus dem Schuldienst suspendiert worden. Vierteljährige Neulehrerkurse sollten helfen, die entstandene Lücke zu schließen. Weitendorff radelte in

Betriebe, um Frauen und Jugendlichen »Gleichen Lohn für gleiche Arbeit« zu versprechen. Zu Bauern, die ihrer Abgabepflicht nicht nachkamen. Ins Lebensmittellager im Alten Amtsgericht, wo spurlos und zentnerweise Butter verschwand. Er hatte den Ehrgeiz, in Borstädt die erste Volkshochschule ihres Kreises wiederzueröffnen und in dieser Zeit größter Wohnungsnot die bedürftigsten Wohnungssuchenden selbst kennenzulernen.

Es ist schwer zu sagen, was Weitendorff für Elvira einnahm. Er sprach über die Art seiner Zuneigung nicht. In der Emigration im von Deutschen besetzten Frankreich hatte er manchmal wochenlang kein einziges Wort gesprochen und jeden Affekt unterdrückt, um sich nicht zu verraten.

Vielleicht war es die erspürte Übereinstimmung mit der durch den Krieg und seine Folgen verschreckten und geläuterten zierlichen jungen Frau? Diese Disziplin und Strenge gegenüber den eigenen Gefühlen? Ihre Bescheidenheit und Würde inmitten ihrer von Nässe halb verfallenen engen bäuerlichen Behausung? »Es wird schon noch so gehen. – Wenn wir für meinen Schwiegervater ein Bett stellen könnten, wäre es natürlich bequemer. Er drückt sich neben dem Jungen auf der Pritsche.«

Oder schmeichelte Weitendorff Elviras Bewunderung für ihn? Im Sommer 47 hatten die Mattulkes jedenfalls mit Weitendorffs Fürsprache in einem dreigeschossigen Borstädter Reihenhaus eine Zweizimmerwohnung mit Küche, Balkon und Außentoilette erhalten. Vom Balkon schaute man über Hinterhofgärten mit Apfel- und Kirschbäumen, Gemüsebeeten und kleinen Rasenflächen, auf denen die Frauen in der Sonne ihre Wäsche bleichten, und über den flachen Bau einer Trikotagenfabrik, die an eine mit Linden bestandene Straße grenzte, auf den Damm der Bahnlinie Chemnitz–Leipzig. Es war gemessen an den Zeitumständen eine schöne Wohnung. Trocken und hell, nach Ausblick und Sonne fast so schön wie ihre Wohnung in Königsberg. Freilich fehlte

Elvira hier der Pregel. Statt Schiffe Züge! Statt dem Geruch des Meeres der weite Blick zum Rochlitzer Berg. Und die Wohnung war für Elvira durch die Tatsache belastet, dass sich ihre greise letzte Mieterin, der Schwierigkeiten des Lebens überdrüssig, an einem Kleiderhaken am Küchentürpfosten neben dem Herd erhängt hatte.

Elvira hatte nach ihrem Einzug in die Wohnung den Haken sofort aus dem Türpfosten herausgeschraubt. Aber in der ersten Zeit bedrückte sie doch wiederholt die Vorstellung des hängenden Leichnams: wie ein stiller wiederkehrender Vorwurf – selbstvergessen Sorge und Mühe um die Alten vernachlässigt zu haben.

Auch der alte Mattulke war nach dem Kriege von Resignation und Apathie gezeichnet. Über Wochen saß er oft stundenlang am Tag auf einem Schemel vor dem Bauernhaus und döste vor sich hin. Wurde ihm das Treiben auf dem Hof zu turbulent, zog er sich ohne ein Wort des Unmuts zurück. Nachts schreckte er ängstlich auf. Stellte sich im Dunkeln ans Fenster, als wolle er in die Ferne lauschen oder als grübele er, wie sein an sich unersetzlicher Hausverlust vielleicht doch wettzumachen sei.

Indessen war für Leute wie Fritz Weitendorff die Stunde ihres Lebens gekommen. Aber die rechte Frau sprang ihm deswegen nicht sogleich vors Rad, um sich von ihm »überfahren« zu lassen. Weitendorff musste sich erst ein paar leidliche Backen und Glieder anfuttern, um nicht wie ein brautwerbendes Schreckgespenst zu wirken, und lernen, seinen leidigen halb gebieterischen, halb ideologisierenden Bürgermeisterton nach Verlassen des Rathauses zum Feierabend durch wohlklingende Worte und Inhalte zu ersetzen. Was ihm jedoch zeitlebens nicht gelang.

Nichtsdestoweniger hielt Elvira Weitendorff für den selbstlosesten und aufopferungsvollsten Menschen, den sie kannte. Sie hätte, wenn sie ihm nicht begegnet wäre, wohl nicht geglaubt, dass so viel Uneigennützigkeit und Idealismus menschliches Verhalten bestimmen konnten. Wie er über die Vergabe komfortabler Wohnungen entschied – und selbst noch in einer Dachkammer hauste! Mit welchem schonungslosen Eifer er sich bis zum eigenen geschwürigen Magendurchbruch für anderer Leute Schon- und Kurplätze einsetzte! Wie er sich als dreiundsechzigjähriger scheidender Direktor eines Großhandelsbetriebes nicht invalidisieren ließ – sondern zurück nach Borstädt in den Rat der Stadt als gewöhnlicher Mitarbeiter kam. Nach Ansehen und Stellung freilich wie ein Minister ohne Portefeuille!

Unlängst hatte sich Andreas einmal über seiner Mutter Verehrung für Weitendorff lustig gemacht: »Ein Mann mit typischem Helfer-Syndrom! In der Hilfe besitzergreifend! Die Sorge um den anderen nicht als befreiende Tat für den Hilfsbedürftigen, sondern zu seiner Knebelung. Und zum Zwecke der Selbstbeweihräucherung! Bekanntlich reden allzu oft Weintrinker von der Bekömmlichkeit des Wassers – oder diejenigen, denen die Trauben zu hoch hängen.«

Schrecklich, wie die Psychologie Gutes miesmachen und verwässern kann, hatte Elvira bei Andreas' Worten gedacht. Schwärme ich ihm zu viel? Andererseits wäre es gar nicht schlecht, wenn er auf den alten Mann ein bisschen eifersüchtig wäre! Ungemein komisch war es ihr allerdings damals vorgekommen, als Weitendorff nach seiner Inspektion ihrer neu bezogenen Borstädter Wohnung ihr im Hausflur völlig unerwartet und indirekt einen Heiratsantrag gemacht hatte, inbegriffen die Warnung: »Eins ist zu bedenken, Frau Mattulke: Sie wären oft allein. Und ihr Alter macht die Angelegenheit ja nicht unproblematischer.«

Elvira hatte das Alleinsein satt. Zwar wartete sie zu dieser Zeit noch auf ihren Mann Wilhelm, aber möglicherweise wäre ihr das Ansinnen Weitendorffs – der ja nicht so alt wie ihr Jakob war, wie sie sich insgeheim sagte, ein Jahr vor Isabella noch im alten Jahrhundert geboren – gar nicht einmal so abwegig erschienen. Aber sie befand sich mit ihren Gefühlen gerade auf traumhaften Wandelpfaden. Sie sagte weder Ja noch Nein, und holte es nie nach. Weitendorff bedrängte sie nicht. Er war auch der unsentimentalste Mensch, den sie kannte. Zwei Jahre später heiratete er eine noch jüngere Frau als Elvira, sodass Elvira annahm, Weitendorffs Warnung und überhaupt seinen »Antrag« womöglich missverstanden zu haben.

Ein Krankenwagen mit eingeschaltetem Martinshorn und Blaulicht näherte sich über die Myhlener Allee. Kurz vor Einfahrt in das Krankenhausgelände verstummte das akustische Signal. Das Blaulicht schaltete der Fahrer erst aus, nachdem Oberarzt Lohmann und Elviras Sohn Andreas drüben aus der psychiatrischen Aufnahme herausgekommen waren und den Patienten in Empfang genommen hatten.

Es war ein breitschultriger großer Mann, der sogar Andreas noch um ein Stück überragte. Offenbar kannte er die beiden Ärzte, denn er folgte ihnen ohne Widerstand; wenn auch etwas unwillig, wie es Elvira schien.

Seltsam, dass man den Medizinern in der Regel gehorcht, obwohl man sich nicht krank fühlt, dachte sie. *Aus Vertrautheit? Autoritätshörigkeit? Oder wegen eines letzten Fünkchens von Realitätssinn?* Von Andreas wusste sie, dass es Kranke gab, die mit ihren Wahnerlebnissen wie mit den Aufzeichnungen in einem zweiten Tagebuch umgingen. Weshalb die Krankheit oft auch ihren Angehörigen unbemerkt blieb: hier das reale, dort das Wahnleben.

Sie stand auf und schlenderte durch den Park. Hinten bei den Pflegestationen waren fast alle Fenster und auch die Balkone vergittert. Auf einem der Balkone stand ein junger Mann und winkte sie heran; aber Elvira sputete sich, weiterzukommen. An einem Hauseingang zeigten große lindgrüne verglaste Schilder mit brauner Schrift EMG-, EEG- und Physiotherapieabteilung an. Hier war sie zur Hirnstromuntersuchung also schon einmal gewesen. Daneben ein schmales Emailleschild, das sie beinahe übersehen hätte: schwarz auf weiß das

Wort »Gedenkstätte«. Ein angewinkelter Pfeil verwies die Besucher zur Seitenpforte [2].

Das Haus unterschied sich äußerlich nicht von den anderen Gebäuden. Die gelben Backsteinfassaden waren wie fast überall noch recht gut erhalten. Elvira verharrte einen Moment – dann trat sie ein.

Eine Frau wischte gerade den hellgrauen Steinflur. An den weiß getünchten Wänden hingen gerahmte fotokopierte Archivdokumente und grafisch gestaltete Übersichten über die faschistischen Euthanasieverbrechen. Außerdem Namenslisten mit den Geburts- und Sterbedaten der Getöteten und – soweit vorhanden – Fotos.

Elvira überflog mit den Augen Namen und Fotos. Bei Frauen in ihrem Alter oder jüngeren hielt sie kurz inne. »Is' eigentlich schon zu!«, sagte die Reinigungsfrau und legte Elvira ihren Scheuerlappen vor die Füße. Elvira strich sich die Schuhe ab und versprach, sich zu beeilen. Am Ende des Flures befand sich der Duschraum. Er war etwa nur doppelt so groß wie Elviras Bad zu Hause. Fußboden und Wände waren mit rotbraunen Fliesen ausgelegt. Die einzige Kabine wie üblich etwas in den Boden versenkt und durch dünne Seitenwände von dem übrigen Raum abgegrenzt. Die Brause in der Decke festmontiert. Kein Fenster. Keine zweite Tür. Kein Waschbecken – das als perfekte Requisite von der Tötungstortur abgelenkt hätte.

Unter der Brause lagen auf dem Fußboden in der Duschkabine zwei Sträuße gelber Wachsrosen und frischgepflückter Margeriten. Beim Hinausgehen blieb Elvira noch einmal vor dem Bild einer jungen Frau stehen. Sie war vom selben Geburtsjahrgang wie Elvira. Und obwohl sie zum Zeitpunkt der Entstehung der Fotografie schon über dreißig Jahre alt gewesen sein musste, hatte sie ihr langes weißblondes Haar noch wie ein junges Mädchen zu zwei dicken Zöpfen geflochten. Ihr Gesicht war von einer puppenhaften Zartheit und Ebenmäßigkeit. Ihr Blick stolz und abweisend. »Lydia« stand unter dem Bild. Elvira schien es, als erinnere dieses Gesicht sie an jemanden oder als habe sie diese Frau irgendwo schon einmal gesehen. Aber sicher war sie sich nicht. Doch zwei Spalten weiter Entsetzen: ein kleines Passfoto, das sie beinahe übersehen hätte. Elvira las zitternd den Namen: Gräfin von Rosenkau. *Ach nein, Comtesse Leila hat sie sich genannt,* dachte Elvira verstört. Doch sonst: die großen Ohrclips, die wachen Augen hinter der Hornbrille, der Zierkragen. *Aber warum,* fragte sich Elvira. *War sie doch Jüdin? Oder Sinti? Roma? Eine Lesbierin? Psychisch krank? Was zählte für die Mordstrategen? Und warum gerade hier in Sachsen?* Für die Finnen sind alle Deutschen Sachsen, hatte sie neulich irgendwo gelesen. Fritz Weitendorff hatte einmal gemeint: »So viele Klapsmühlen wie in Sachsen gibts wahrscheinlich nirgendwo auf der Welt.« Furchtbare Angst ergriff Elvira, sie könnte beim weiteren Suchen einen ihrer Herzensnamen entdecken. Dann wollte sie lieber gleich tot umfallen! Sie stürmte hinaus, riss die vor der Tür wartende Reinigungsfrau fast um. Hastete durch den Park zum Schwanenteich. Erst dort gönnte sie sich, auf einer freien Bank zu verschnaufen: Sie hatte einfach falsch gedacht. Es waren historische Dokumente. Keine der Gegenwart, wie sie einen Moment lang wie betäubt empfunden hatte. Alle Realität um sich vergessend … Dass das keinen Unterschied machte, gestand sie sich erst später ein.

Ich werde besser niemandem davon erzählen, dachte Elvira. Ein wehmütiges Lächeln umspielte ihre Lippen. Evelyn würde es sofort ausplauschen oder gar dem Oberarzt zutragen: Frau Mattulke will in ihrem früheren Leben Opfern der Borstädter Euthanasie begegnet sein! Es hieß, dass solche »Déjà-vu«-Erlebnisse oft Krankheitswert besäßen. Erinnerungstäuschungen übermüdeter oder kranker Fantasten.

Genug Medikamente erhielt sie wahrlich noch. Sie wollte keine Dosiserhöhung provozieren. Auch so kam es ihr vor, als dächte und spräche sie jetzt so langsam wie ein mürrischer Faulpelz oder wie ein Dummkopf. Sie fühlte sich gesund und der »chemischen

Zwangsjacke«, wie Andreas es genannt hatte, nicht mehr bedürftig. Zur morgigen Visite wollte sie Oberarzt Lohmann um eine Reduzierung ihrer Medizin bitten.

»Bin ich nun Friedrich der Erste oder der Zweite oder Fritz Weitendorff?«, rief von den Platanen her erstaunt der Mann, der einst »Borstädter Faktotumchen« geheißen.

Elvira drehte sich schwungvoll um. »Habe ich mich doch nicht getäuscht! Fritz!« Erfreut lief sie zu ihm hin. »Ich mache mich schon wieder mit irren Mutmaßungen verrückt. Überall glaube ich, Bekannte zu sehen. Aber d u warst es zum Glück tatsächlich!«

Sie drückte ihr Gesicht gegen seine raubärtige Wange. »Haben Sie den alten Späher aus dem Maquis nun ins Tollhaus zum Auskundschaften geschickt?«, fragte sie unsicher.

»Liebes Mädel!«, antwortete Weitendorff und rückte seine Prinz-Heinrich-Mütze zurecht. »Ich werde zornig! Grund zum Misstrauen habe wohl allein i c h ! Die Hälfte der Stationen in diesem vorsintflutlichen Häuserkarussell habe ich nach einer ansehnlichen Ratsangestellten abgesucht, die von unserer Bürokratie angeblich so tief in den Nervenzusammenbruch befördert wurde, dass sie nur noch lallen und um sich schlagen kann. Und wen finde ich? Ein junges Weib wie eine springlebendige nervige Gazelle – im Myhlener Nationalpark sozusagen, aber nicht in einem Tollhaus!«

Er lachte; ein listiger, freundlicher alter Fuchs. Seine Verwunderung und Rührung, ob Elviras nie erlebter Anschmiegsamkeit, hatte er mit »Empörung« geschickt überspielt – und er umarmte Elvira nun seinerseits väterlich. »Eins ist erwiesen, Mädel: Ich bin sehr erleichtert, dich so zu sehen.«

»Jeder hat mal seinen Spleen«, entgegnete sie etwas leichthin. »Bestandst du nicht nach dem Kriege darauf, von deinen Freunden ›Frieder‹ gerufen zu werden, weil du weder mit diesen ›Wehrmachts-Fritzen‹

noch mit irgendeinem ›Fridericus rex‹ etwas zu tun haben wolltest? Heutzutage staffierst du dich wie ein braver Bürger aus, sodass man sich fragt, verzeih, ob du noch ein und derselbe bist.«

»Du vergisst, dass ich durch Schicksalsschläge zu einer fast blutjungen Frau gekommen bin, die Wert auf Garderobe legt! Als Rentner bin ich zwar wieder ein ›Faktotum‹, euer ›Ratsfaktotum‹, geworden, aber unsere Ansprüche sind gestiegen. Jedenfalls wünschen sowohl meine Frau als auch meine Töchter, dass ich meine Glatze unter diesem modischen Hütchen verberge. Außerdem, liebe Elvira, wird der Zahn der Zeit diesen oder jenen ›alten Fritzen‹ wieder salonfähig machen. Und nicht zuletzt ist der Handel perfekt: Wir liefern ihnen die Mützen und sie uns den Prinz Heinrich!«

Elvira lächelte nachdenklich. »Ich war eben in der Gedenkstätte, deren Einweihung eine deiner symbolträchtigen Amtshandlungen als Bürgermeister war«, sagte sie. »Dabei bin ich zum ersten Mal auf die Frage gekommen, ob man die Euthanasieverbrechen der Nazis einfach in den großen Topf ihrer Untaten mit hineinwerfen darf. Oder ob hier nicht u n s e r e M i t s c h u l d deutlich wird? Die nazistische Ideologie lieferte den Exekutionsbefehl. Aber seine Vollstrecker waren doch wohl biedere Pfleger und Ärzte? Angesehene Fachleute, die sich wahrscheinlich sogar als Humanisten fühlten?!«

»Handlanger«, meinte Weitendorff verächtlich. »Karrieristische Quislinge. Oder verhetzte willfährige Geschöpfe!«

»Ich weiß nicht«, sagte Elvira. »Hast du beim Anblick eines verstümmelten, gelähmten Unfall- oder Kriegsverletzten nicht auch schon gedacht: Wäre es nicht besser gewesen, wenn die Ärzte ihn hätten sterben lassen? Darf man eine Mutter verurteilen, die ihr entstelltes blödes Kind empfängt und denkt: Wäre der Tod für es nicht ein Segen? Doch werden wir nicht allein durch solche Gedanken schon zu Mitschuldigen?«

Weitendorff räusperte sich ohne erkenntliche Stellungnahme. Sie waren in einem Bogen vorbei an der Chirurgie und der Inneren und zurück durch den Park zu den Häusern der Chronischen gegangen. Ein offensichtlich schwachsinniger älterer Mann mit einem zu kleinen Kopf auf dem ansonsten beinahe athletisch proportionierten Körper in abgetragenem dunklem zweireihigem Anzug mit Weste und blank polierten hohen schwarzen Schuhen, den Elvira vom Fenster ihres Krankenzimmers aus schon mehrfach beobachtet hatte, grüßte sie freundlich und bat um die Erlaubnis, ihnen ein Gedicht aufsagen zu dürfen. Es war ein bekanntes, oft gesungenes Lied, das Elvira an Andreas' Auftritte im Pionierchor erinnerte und das der Mann ihnen nach einem Diener mit dem Eifer und in der disziplinierten Haltung eines Schülers vorzutragen begann:

»Unsere Heimat, das sind nicht nur die Städte und Dörfer.

Unsere Heimat sind auch all die Vögel im Wald ...«
Hier hielt er inne: Die Imitation des Gesangs der Vögel schien ihm nun einen höheren Sinn zu haben als die Rezitation aneinandergereihter Liedstrophen. Er pfiff wahre Zwitschercapriccios. Rief lautmalend lockend »Ki-witt, ki-witt, ki-witt!« und »Zi-zi-bäh!« in den Park. Schnatterte und gurrte, girrte und heulte, krähte wie ein preisgekrönter indischer Kämpferhahn und ließ des Kuckucks und des Uhus Ruf wie von weither vernehmen, indem er seine Hände gleich einem Megafon vor seinen Mund hielt.

Elvira und Weitendorff bedankten sich bei dem Mann, als er seine Vorführung beendet hatte. Ein paar Schritte weiter blieb Weitendorff wieder stehen und sagte: »Ich bin auch hergekommen, weil ich die Einsamkeit kenne. Ich hoffte, mein Besuch würde dich ermutigen, und ich könnte deinen Ärzten ein bisschen Dampf machen, dich wieder auf die Beine zu bringen. Beides scheint nicht nötig zu sein? Stattdessen verwirrst du einen alten Mann wie mich mit seltsam obskuren Ideen! Ich kann mir nicht denken, dass diese Art von Grübelei deiner Genesung dienlich ist. Versuche, abzuschalten, Mädel! Lass die Philosophen und Mediziner zu deiner Frage rechten! Eine Meinung habe natürlich auch ich dazu. Ebenso wie für mich nämlich erwiesen ist, dass du heute Stadträtin oder gar Bürgermeisterin wärest, wenn du meinen Rat einst befolgt und ein solches Amt angestrebt hättest – so steht für mich auch fest, dass man es dem einzelnen Menschen nicht verübeln kann, wenn er in einer entscheidenden Stunde seines Lebens nicht die Kraft aufbringt, sich aufzuraffen. Oder wenn er das Siechtum eines Familienangehörigen nicht mehr erträgt. Von dessen Hilfs- und Pflegebedürftigkeit überfordert ist. Aber die G e s e l l s c h a f t darf sich niemals überfordert fühlen! Sie hat zumindest die objektiven Bedingungen für ihre Hilfe zu schaffen, falls sie insgesamt tatsächlich noch überfordert ist.«

»Ja«, sagte Elvira, »von einem guten Freund habe ich in diesem Sinne gelernt, dass die Verantwortungsmoral des Einzelnen Grenzen haben dürfe, die Gesinnungsmoral der Gesellschaft jedoch nie. Doch der Einzelne, der seiner Verantwortung Grenzen setzt, fürchte ich, wird daran zugrunde gehen – die Gesellschaft dagegen schüttelt ihr Gesinnungsmäntelchen von Schwarz über Rot nach Grün, schwätzt allwissend. Verdienten wir Deutschen nicht, von den Völkern geächtet zu werden? Schweigend in unserer Schuld zu versinken?«

»Gewiss, mein Mädel«, erwiderte Weitendorff, »bisher trug Preußen das Schandmal, jetzt Deutschland.«

Die Abendbrotzeit war herangekommen und das Paar mit einem Mal verwaist in dem schönen Park. Elvira hatte sich bei Fritz Weitendorff untergehakt und sie spazierten, wie zwei Eheleute, die das Leben im reifen Alter nun doch noch zusammengeführt hatte, unter den breit ausladenden Bäumen, durch die die Sonne vom Myhlener Forst her ihre letzten wärmenden Strahlenbündel schickte, gemächlich dahin. Elvira war genauso groß wie er und hatte ihren Oberkörper leicht zu ihm hingeneigt. Zwar hielt sich Weitendorff so betont aufrecht, wie sie es von ihrem Schwiegervater gewohnt gewesen war, aber er hatte doch schon den etwas behutsam tastenden Gang der alten Männer.

Durch seine fahlen, im Alter wieder eingesunkenen Wangen und seine kleinen Augen mit den entzündeten Lidrändern, worunter er immer besonders stark im Frühsommer litt, wenn die Pollen durch die Lüfte schwebten, wirkte er noch älter, als er in Wirklichkeit war. Und ihre Differenz an Lebensjahren empfand Elvira größer als damals, obwohl sie im Alter bedeutungsloser wurde. *Trotzdem wäre es bestimmt gut gegangen,* dachte sie. *All die Zeit hätte er sich um mich gekümmert – nun hätte ich jemanden, um den ich mich kümmern könnte! Vielleicht wäre ich heute zufriedener, wenn ich ihn damals geheiratet hätte?*

Doch auch diesen Gedanken verwarf Elvira alsbald wieder. An Heiratsangeboten hatte es ihr nicht gemangelt. Auch nicht an Zuwendung. Die frühen Nachkriegsjahre hatten ihr altes und ihr neues Leben auf eine Weise verstrickt, die sie glücklich machte und tief bestürzte. Und unentwegt hatte die Zeit beglückende und tief bestürzende Stunden, wie erst unlängst, neu hervorgebracht.

Als Weitendorff in den Bus stieg, erfasste sie, wie in jungen Jahren oft, eine seltsame Heiterkeit und sie hatte auf den Lippen, ihn zu fragen, ob sie ihn im Jahre 47 eigentlich richtig verstanden habe. Aber die Bustür schlug hinter ihm zu. Und überhaupt war es ja ein bisschen spät.

Peinliches Lob für Elvira

Elvira schaute den Rücklichtern des Busses, mit dem sich das einstige Borstädter Faktotumchen entfernte, lange hinterher. Bis sie entschwanden. Dann musste sie sich zum Abendbrot beeilen, denn die Schwestern sahen es nicht gern, wenn man zu spät kam. Sie hatte einen Mordshunger, wie in ihrer Jugend nach ihren ersten Treffen mit Isakess. *Zuvor konnte ich nichts essen, danach stopfte ich beinahe ein halbes Drei-pfundbrot in mich hinein,* dachte sie.

Sie rannte ein Stück, hielt aber bald inne, weil sie sich sagte: *Dass du bloß nicht wie eine Verrückte wirkst! In der Stadt rennst du auch nicht plötzlich los, wenn du befürchtest, dich zum Dienst zu verspäten!*

Aus dem Haus für Suchtpatienten wurde gerade ein junger Mann entlassen. Etwa Anfang dreißig, schätzte Elvira ihn. Sie blickte zunächst weg, da sie ihn vom Sehen her kannte und nicht daran interessiert war, dass Allerweltsleute von ihrem Psychiatrieaufenthalt Notiz nahmen. Auch so schon dachte sie mit Bange an ihre Rückkehr daheim und im Rathaus.

Der junge Mann grüßte sie jedoch, was sie verwunderte, und Elvira erwiderte seinen Gruß. Er hatte vor circa einem halben Jahr einige Wochen lang bei ihnen im Rathaus als Heizer gearbeitet und derlei Höflichkeiten nie beachtet. Vordem war er als Kellner – nebenbei als Schlagzeuger in einer Tanzkapelle tätig – von einem Borstädter Lokal ins andere abgeschoben worden.

Er sah erbärmlich aus. Die Nase aufgeschrammt. Die Augen blutunterlaufen. Das Sakko wie nach einem Ringkampf mit einem Spucklama. Halbwegs ausgeruht mochte er sich in der Klinik haben, aber ausgenüchtert war er nicht. Vermutlich hatte man ihn laufen lassen, weil er nicht bereit gewesen war, länger zu bleiben, und klinisch keine Gefahr für sein Leben bestand. Wie Andreas ihr zu solchen Fällen erklärt hatte.

Elvira hatte mit ihm noch nie ein Wort gewechselt. Jetzt sagte er zu ihr: »Meine Verehrung, Madame!«

Sie schaute ihn freundlich und fragend an, als sei sie ganz Ohr, was er ihr außerdem noch für Albernheiten zu sagen habe. Er öffnete den Mund und lächelte, wie ein Straßengaukler, der gegen ein geringes Entgelt gern seine Künste präsentieren würde. Offenbar ordnete er jedoch erst seine Gedanken. Seine blonden Haare waren verschmutzt und strähnig, an einer Stelle von Blut verklebt. Die kleinen gelben Zähne vor Fäulnis teilweise abgebrochen.

Er fand wohl nicht die Worte zu gesetzter Rede. Oder er besann sich einfach eines Besseren, wie zum Beispiel seiner fröhlichen Zeit als Kellner im Borstädter Tanzlokal »Bellevue«. Denn er verbeugte sich plötzlich vor ihr, simulierte mit seinen Armen, dass er sie soeben umfasst habe, und tanzte vor ihr mit gemächlichen Schritten und schalkhaft leuchtenden Augen auf dem Asphaltbelag des Gehweges auf und ab. Dazu sang er eigenwillig den falschen und unvollständigen Text wiederholend:»Sehr wohl, Madame! Sie verzeihn, Madame! Ich weiß, Madame, Sie verstehn, Madame! – Und die Musik spielt dazu!« Bei »How do you do?« wechselte er zu den üblichen Rock-'n'-Roll-Bewegungen, hatte sogar seinen Rumpf und seine Beine so weit unter Kontrolle, dass er nicht auf das Pflaster stürzte.

Elvira erklärte sich die Tanz- und Gesangeslust des Mannes damit, dass er nicht nur nicht ausgenüchtert, sondern noch betrunken war. Sie ging deshalb langsam weiter. Aber der Mann tänzelte unverdrossen neben ihr her, sang jetzt »Wunderbares Fräulein ...« und benebelte sie mit seinem Alkoholatem.

Einige Psychiatriepatienten, die bislang neben den Buschrosen- und Zwergdahlienbeeten auf der kleinen Rasenfläche zwischen Suchtabteilung und psychiatrischer Aufnahmestation gesessen hatten und gerade ins Haus gehen wollten, wurden aufmerksam. Sie gingen – voran Evelyn mit ihrem wippenden Antennenschopf – Elvira entgegen, da sie sie von dem Betrunkenen belästigt glaubten.

Aus Mitleid zögerte Elvira, sich von dem Mann rasch zu trennen. Und weil sie plötzlich das Gefühl hatte, dass er (sie dachte auch an Sonny dabei) viel schlimmer als sie oder Evelyn von seiner Krankheit betroffen war. *W i r gelten wenigstens als Kranke – e r vor allem als Trunkenbold.*

Im Nu hatte Evelyn die Heiterkeit der Situation erkannt und die Führung des Geschehens übernommen. Sie schmiegte sich dem Mann in seine zur Aufnahme ihres Körpers wohl ausgebreiteten, aber nicht tatsächlich darauf vorbereiteten Arme. Gerade noch im rechten Moment umschloss sie mit kraftvollem Griff seine Hüften und verhinderte so seinen Sturz in die gelben und orangeroten Dahlien.

Mit Furore ging es nun im Walzertakt, wie Evelyn entschied, los: »Sehr wohl, Madame! Sie verzeihn, Madame! Ich weiß, Madame, Sie verstehn, Madame! – Und die Musik spielt dazu!«

Die jungen Burschen an Evelyns Seite klatschten rhythmisch in die Hände. Dann formierten sie sich mit Evelyn und dem Alkoholkranken zu einem Kreis, in den sie kurzerhand auch zwei ältere Damen einbezogen, die pünktlich zum Abendessen von ihrem Spaziergang zurückkehrten, und tanzten im Reigen um Elvira herum.

Deren Hunger war verflogen. Verlegen lächelnd und immer noch ein bisschen fassungslos stand sie in einem Lichtkegel, der durch die Krone einer Rotbuche fiel. Ihr schien, als reflektierten sämtliche gelbe Backsteinfassaden der Klinikgebäude die Strahlen der Abendsonne in ihren Kreis.

Die älteren Damen mahnten zur Esseneinnahme und trippelten, einmal freigekommen, schnell hinweg zur Station. Doch die jungen Leute hielten noch mehr vom Tanz als von Speis und Trank, auch dieser eine, dem Trunk verfallene junge Mann, der immer mobiler wurde und neuerlich ein Lied anstimmte, das sich Elvira beim genauen Hinhören als bestürzend aktuelle Stehgreifdichtung entpuppte:

»Sie hats den/Pinkels gegeben/
mit Schotter/Regen.
Es liegt was in der Luft!
Dem Metzger in seine Pelle/gebissen,
die Fenster/zerschmissen.
Es liegt was in der Luft!
Dem Bonzen/die Brille zerteppert/
und auch eine/geschmettert.
Es liegt was in der Luft! …«

Doch erst als der jugendliche Chor frech-fröhlich-frei den Text wiederholt hatte, begriff Elvira ganz seinen Inhalt. Sie rief erschrocken: »Aufhören! Was singt ihr?«

Augenblicklich verstummten alle. Ohne Verständnis für ihren besorgten Ausruf. Der Alkoholkranke antwortete mit mäßig schwerer Zunge und gütiger Stimme: »Machen Sie sich nichts draus, liebe Frau! Der Fleischer ist ein übler Patron. Am Biertisch ein großspuriger Geizhals, he! Hinter seinem Ladentisch ein Betrüger. Der macht sogar die Wurstzipfel doppelt zu Geld, schneidet sie erst nach dem Wiegen ab. Von bloßer ehrlicher Arbeit wird kein Reichtum. Können w i r uns denn so ein Haus bauen lassen wie d e r?! Oder wie dieser supernoble Bonze! Einen Palast mit beheizbarem Swimmingpool, 'ner Sauna im Keller und 'nem Biertresen! Nee, ich sage jedenfalls: Bravo, Frau!«

»Ich verstehe immer noch nicht, wovon Sie reden!«, sagte Elvira abweisend.

Ungläubig blickte der Mann sie an und in die Runde. Evelyn lächelte hintergründig, zuckte aber mit den Schultern. Ihr Burschenanhang druckste herum, wie Knaben, die zwar ihrer Anführerin gefolgt waren, aber ansonsten von Tuten und Blasen weder Ahnung hatten noch haben wollten.

»Ich hätte es wahrscheinlich längst getan, Frau! Wenn ich wie Sie den Mut dazu gehabt hätte!«, sagte unbeirrt der alkoholkranke Mann. »Die halbe Stadt spricht jetzt von Ihnen, he! – Bravo!«

»Schweigen Sie doch bloß mit Ihrem Bravo, Bravo!«, entgegnete Elvira nun erregt und den Tränen nahe. »Worauf Sie mit Ihrer fantastischen Geschichte anspielen: Es war keine Selbstjustiz – sondern ein Irrtum! Krankheit! Verstehen Sie, ein krankheitsbedingtes Irren! Nervliche Überreizung!«

Nun starrten alle betroffen zu Elvira. Einige Patienten gingen langsam zum Haus. Der Alkoholkranke trollte sich davon. Die flirrenden, von tanzenden Staubteilchen durchsetzten Strahlenbündel der untergehenden Sonne strichen jetzt schräg über Elvira hinweg. Sodass sie im Schatten stand, wie aus einem schmerzhaft störenden Scheinwerferlicht herausgetreten.

Eine Neuigkeit von der Hausbesitzerin Frau Schanze

Elvira kam an diesem Tage noch nicht zur wohlverdienten Ruhe. Angekleidet lag sie lang ausgestreckt auf ihrem Bett. Über Stirn und Augen ein feuchtes Tuch gegen den stechend hämmernden Schmerz in den Schläfen. Auf ihrem Nachttisch ein Teller mit unberührten belegten Broten, die Evelyn für sie zubereitet hatte.

Da meldete ihr die Spätdienstschwester eine Besucherin.»Ihren Namen hat sie mir nicht genannt. Wie ein scheues Wild ist sie gleich wieder davon. Jetzt sitzt sie draußen auf einer Bank: eine dicke Frau im großgeblümten Sommerkleid!«

Elvira sah die Frau sofort, obwohl sie sich ein ganzes Stück abseits der Psychiatrie postiert hatte. In ihrem buntblumigen Kleid stand sie allein vor einer Bank, wie »nicht abgeholt«. Vor Aufregung und Ungeduld des Sitzens unfähig. Trotz der abendlichen Kühle war ihr Gesicht gerötet. Ihr Kleid mutete Elvira, die selbst lieber einfarbige Kleidungsstücke und bevorzugt solche in gedeckten braunen oder marineblauen Farbtönen trug, wie eine kunterbunte Kittelschürze an. In der sie nur schnell einmal aus ihrer Küche über die Straße gelaufen war, um noch einen dringlich benötigten Haushaltsartikel zu besorgen.

»Frau Schanze«, stellte sich die Frau Elvira vor. Dabei drückte sie betulich und merklich aufatmend, wie bei einer lang ersehnten Begegnung, mit ihren beiden großen warmen Händen Elviras ausgestreckte Rechte.»Ach, Gott'l! Es ist nicht zu glauben: Sie sehen so nett und friedlich aus! Beinahe hätte ich Sie nicht wiedererkannt! Sicherlich können Sie sich nicht an mich entsinnen? Es war ja schon ziemlich dunkel. Und dann die Elektroschocks! Ich kenn das. Die Ärzte wollen einem bloß die Krankheit wegschocken, aber nehmen einem gleich das halbe Gedächtnis mit!«

Sie gab Elviras Hand frei und hakte sich, Elvira mit sich fortführend, zutraulich bei ihr unter; schaute sich allerdings wiederholt wie verschüchtert um, als wäre es ihr unangenehm, in Elviras Gemeinschaft und an diesem Ort gesehen zu werden.

»Nein, das möchte ich nicht noch einmal durchmachen, liebe Frau. Mein Mann konnte mich fragen, was er wollte, ich wusste rein gar nichts mehr. Und zuvor war ich zu faul gewesen, ihm zu antworten! Das begreift keiner. Von wegen i c h und ein Muffel! Maulfaul und träge! Zu bequem, aufzustehen, mich zu waschen, unseren kleinen Haushalt zu verrichten. Von heute auf morgen ein anderer Mensch – zehn Tage vor der Geburt unseres ersten Kindes! Auf das wir uns freuten! Oh, wie habe ich mich geschämt! Mich im Stillen einen Nichtsnutz geschimpft, der nur seinem Mann zur Last liegt. Am liebsten wäre ich ins Wasser gegangen! Das sagte ich einmal unbedacht meinem Mann. Worauf er mich hierher in die Klinik brachte und einsperren ließ. Was ich ihm bis heute nicht verziehen habe. Jedenfalls bin ich froh, dass ich jetzt mit Ihnen reden kann. Diese Sache hat mir wie ein Stein auf dem Herzen gelegen, besonders nachdem ich hörte, dass man Sie ins Krankenhaus eingeliefert hat. Es tut mir sehr leid. Ich verstehe nicht, wie so etwas passieren konnte, und wollte gern, dass Sie das wissen.«

Elvira fühlte sich auf die Folter gespannt. Aber aus Höflichkeit und Müdigkeit und auch aus Angst, weiteres Schreckhaftes über sich zu erfahren, fragte sie nicht. Etwa um den geheimnisvollen Andeutungen der Frau auf den Grund zu gehen? Immerhin war es besser, einen Spaziergang zu machen, als mit einem nassen Lappen auf der

Stirn auf dem Bett zu liegen und auf eine Linderung der Schmerzen zu warten.

Natürlich wurde ihr klar, dass die Frau aller Voraussicht nach zu den von ihr geschädigten Hausbesitzern gehörte. Wahrscheinlich erschien sie ihr auch deshalb irgendwie bekannt, weil sie sie auf ihren abendlichen Spaziergängen entlang der Borstädter »Märchenwiese« schon einmal gesehen hatte.

»Mein Mann muss nicht wissen, dass ich hier war. Sonst sagt er: Jahrelang auf die Psychiatrie wettern, aber bei der ersten Gelegenheit wieder hinrennen! Außerdem ist er grob und ohne Gefühl für einen kranken Menschen. Wie Männer so sind. Er ist nicht sehr gut auf Sie zu sprechen. Was glauben Sie: Noch heute lacht er über meine Befürchtungen, einmal auf der Straße oder alleingelassen in der Wohnung, tot umzufallen. Es ist wie verhext. Nach dem Jungen habe ich noch drei Mädchen geboren. Und es ging immer gut. Aber jene verflixten Ängste stellten sich ein! So ein junger Arzt wollte mir einmal einreden, dass ich in Wirklichkeit davor Angst hätte, dass mein Mann mir davonliefe! Mit der ›Phobie‹ würde ich ihn als steten Weggefährten an mich ketten. Dabei lasse ich mich viel lieber von meinem Sohn im Auto fahren als von meinem Mann begleiten. Wissen Sie, er ist furchtbar schnell unleidlich. Wir haben meine über achtzigjährige Mutter noch mit im Hause. Dreißig Jahre lang habe ich mit ihr allein gelebt. Da kann ich sie doch nicht einfach sitzen lassen, bloß weil mein Mann findet, dass sie mich zu sehr kommandiert. Und die Kinder mit Geschenken verwöhnt, sodass wir es dann schwerhaben, von ihnen für Wünsche auch Forderungen abzuverlangen. Nach dem Hausbau sind unsere Rücklagen aufgebraucht. Der Kredit vom Staat reicht nicht für alles, was an einem Haus so dran ist. Wir müssen ganz schön rechnen. Und vielleicht können Sie sich vorstellen, wie uns der Schreck in die Glieder fuhr: Wir sitzen gemütlich vorm Fernseher und auf einmal kracht es gegen unsere Stubenjalousie. Wie mit

Dumdumgeschossen. Unsere schöne Butzenscheibe zum Flur zersplittert. Vor fast zwanzig Jahren sind wir nach meiner Erkrankung von Lunzen nach Borstädt gezogen. Ich konnte in Lunzen nicht mehr leben. Keiner hat zu mir ein Wort wegen der Krankheit gesagt. Aber ich hatte immer das Gefühl, sie denken: Bloß vorsichtig mit der! Redet sie nicht an, die hat schon einmal durchgedreht! In Borstädt dann all die Jahre Plumpsklo. Und wenn man sich mal richtig in einer Wanne aalen wollte, musste man die zwanzig Minuten Weg zum Stadtbad in Kauf nehmen. Aber nach jahrelanger harter Arbeit bezieht man sein eigenes Haus: Das ist, als begänne man neu zu leben! Oh, ich sage Ihnen, wir sind hinaus wie die Teufel und sehen Sie da auf den Steinen stehen! Nicht weniger wild als wir! Der Fleischer und sein Sohn und der alte Lehrer von gegenüber stehen schon um Sie herum. Sie treten und beißen um sich wie eine tollwütige Raubkatze. Über kurz oder lang hätten es die Männer natürlich geschafft, Sie zu bändigen, liebe Frau. Irgendjemand hat einen Knüppel und schlägt zu. Sie fallen um, ohne einen Mucks und leicht wie eine Strohgarbe.«

»Ach so?«, sagte Elvira; mehr erstaunt und kummervoll als empört von einer ungeheuren Erleuchtung – und befühlte ihre genähte Stirnwunde …

Der Sohn ihrer Besucherin, der im Auto auf seine Mutter gewartet hatte, wirkte auf Elvira wie ein sanftmütiger grazil er Eleve einer Tanzschule. *E r wird es nicht gewesen sein, der mich niederschlug,* dachte Elvira. *Vielleicht seine Mutter? Doch ihr schlechtes Gewissen als Indiz für ihre Schuld zu werten, ist unfair. Außerdem gibt es keinen Schuldigen. Sie handelten in Notwehr. Und ich war nicht zurechnungsfähig. Ich habe also keinen Grund, nach einem Täter zu fahnden. Der Übeltäter bin ich! Vermutlich war der K. o. die einzige Möglichkeit, mich in meinem blinden Eifer aufzuhalten.*

»Zwangsweise eingewiesen sind Sie wohl nicht?«, fragte Frau Schanze Elvira. »Da können Sie ja jederzeit Ihre Entlassung fordern!« Es klang bei aller Sympathie als einstige Leidensgenossin ein bisschen bedauernd, der Sorge vor sich wiederholenden Angriffsattacken gegen ihr Haus nicht gänzlich frei zu sein.

»Ich habe mich bereit erklärt, noch einige Zeit im Krankenhaus zu bleiben«, antwortete Elvira.

»Na ja, mich kriegt jedenfalls keiner mehr in so eine Klinik! Man hat mir gesagt: ›Wenn Sie Ihre Konflikte nicht lösen, müssen Sie eben mit Ihren Ängsten leben.‹ Ich habe aber keine Konflikte. Es muss irgendwas Körperliches bei mir sein. Dieser junge Psychiatrieschnösel meinte dagegen: ›Gehen Sie ruhig immerzu auf die Straße und denken Sie sich, dass Sie es draufankommen lassen, dass Sie nun wohl gleich tot umfallen werden! Mal sehen, wie das ist.‹ So reden die jungen Ärzte heutzutage mit einem. Die Erfahrung soll ich machen, dass mit mir nichts geschieht und ich gesund und munter zurück nach Hause gelange. Würde I h n e n vielleicht so eine Erfahrung reichen? I c h habe jedes Mal wieder die gleichen Ängste. Also, nichts für ungut, liebe Frau. Besuchen Sie uns mal, sobald sie längeren Ausgang oder Wochenendurlaub haben! Oder wenn Sie wieder daheim sind. Meine ›Visitenkarte‹ haben Sie ja.«

Frau Schanze lächelte, was eine flüchtige Ermunterung an Elvira bedeutete, aber sprach schon zu ihrem Sohn; es schien, als könne sie bei keinem Gedanken oder Gefühl lange verweilen. Elvira winkte ihnen hinterher, bis ihr Auto einige Hundert Meter auf der Allee nach Borstädt zu allmählich außer Sicht geriet.

Über »Ente« und Rathaushof

Die Sonne war vor gut einer halben Stunde hinter dem Myhlener Forst untergegangen. Und vom Gegenüber, dem Heiersdorfer Holz, breitete sich von Osten her die Dämmerung über das Hügelland um Myhlen und sein Fachkrankenhaus.

Der Tag ging in die Nacht – und Elvira war wieder hellwach. Sie spürte keinen Kopfschmerz mehr, aber das gesunde Hungergefühl meldete sich wieder in ihrem Leib. Als sei nach der bedrückenden Atmosphäre der Gedenkstätte, der Freude über Fritz Weitendorff und dem Durcheinander, das der alkoholkranke Mann in ihrem Kopf angerichtet hatte, durch Frau Schanze ihre biologische Ordnung wieder einigermaßen hergestellt, mit einem Paukenschlag ihre Tagesbilanz stimmiger geworden.

Der schwachsinnige Mann hatte offenbar aus Naturverbundenheit mit dem Untergang der Sonne seine lebensfrohen Triller- und Quäkkonzerte eingestellt. Reglos dösend saß er wie ein kleines mahnendes Denkmal ein Stück seitwärts vom Haupteingang des Krankenhauses auf einem granitenen Kilometerstein. Der Stein stammte sicherlich noch aus der Zeit, da Postkutschen im Galopp die Myhlener Allee und damit den tristen, furchterregenden oder geheimnisvollen Ausblick in eine Welt des umdämmerten Geistes passierten.

Elvira beschloss, sich von keiner Art Dämmer abhalten zu lassen und die ihr von Oberarzt Lohmann auferlegte »Bannmeile« des Krankenhauses mutig zu überschreiten. Sie wollte in der nächsten Gaststätte, der »Endstelle«, nicht weit entfernt vom Fuße des Myhlener Krankenhaushügels, ausgiebig zu Abend essen.

Mit »Endstelle« war der Endpunkt, der im Norden zwischen dem Örtchen Myhlen und dem Klinikum verlaufenden Myhlener Allee bezeichnet. Im ursprünglichen Sinne hatte es eine Endstelle nie gegeben, wohl aber im übertragenen Sinne bis auf den heutigen Tag und mit zunehmender Bedeutung. Als nämlich das um etwa zwei Dutzend Jahre später als das vergleichbare ostpreußische Provinzstädtchen Frohstadt gegründete Myhlen gegen Mitte des 19. Jahrhunderts mit dem geplanten Anstaltsbau einer echten Blütezeit zustrebte, reiften den Honoratioren manche Träume. Mit der Anstalt witterten sie für Myhlen eine

Geldquelle durch begüterte Patienten, deren Angehörige und durch neugierige Touristen. Nach Norden führten bald breite Autostraßen zu den Großstädten Leipzig und Halle. Dort hatten sich mit dem Einzug der Dampfmaschine schon frühzeitig Betriebe niedergelassen. Zwanzig Kilometer entfernt in südlicher Richtung befand sich die Kleinstadt Borstädt. Andreas hatte als Junge die Anfahrt zur »Festung Myhlen« mit Bahn und Bus, dann zu Fuß noch als endlos empfunden; er hatte mit einem Onkel von Sonnys Freund einen Ausflug hierher unternommen, als seine Mutter bei Bekannten in Berlin weilte. Und er hatte ihren nach dem Krieg einmal geprägten Ausdruck »Festung« für ihre Schule auf das Myhlener Klinikum übertragen, das sich ihm ebenso imposant auf seinem rundum bewaldeten Hügel darbot. Mit einem Turm auf dem Hauptgebäude, der Anstaltskirche und dem Wasserturm. Elvira vermutete, dass Andreas' Interesse für die Psychiatrie hier einen ersten Anstoß erhalten hatte. Zumal er mit dem Onkel ein bisschen in Streit geraten war, der meinte, dass die Insassen oft »Überstudierte« seien, was Andreas nicht glauben wollte. Der schlimmen Euthanasiegeschichte von Myhlen stellte Andreas später bei Erzählungen gern zwei vorangegangene Blütezeiten des Klinikums voran: Der erste Bau auf dem Hügel der ursprünglich Königlichen – später Provinzial-Irrenanstalt – galt nämlich als einer der modernsten in Europa. Architektonisch anspruchsvolle Gebäude im Rechteck errichtet, mit terrakottagerahmten Fenstern, schmiedeeisernen Ziergittern an den Balkonen. Zwei Patientenhöfe, ein Beamtengarten. Männer und Frauen getrennt. Ein Heil- und ein Pflegebereich. Im Innenhof die Wirtschaftseinrichtungen wie Wäscherei, Küche und Tischlerei. Entlang der Zimmer in den Häuserblöcken lange Korridore mit Blick ins Freie. In einer zweiten Bauphase ging man vom bisherigen Blocksystem zum Pavillonsystem über. Waren in den Blöcken noch um die hundert Patienten untergebracht, so jetzt in den Pavillons fünfundzwanzig. Man nannte sie mit ihren gelben Backsteinfassaden

Patientenvillen; die in den verbliebenen Blöcken zuvor genesenen Patienten wohnten und schliefen nun hier gemeinsam mit ihren Schwestern und Pflegern und arbeiteten am Tage in der anstaltseigenen Landwirtschaft in der Niederung rund um den Hügel. Es war die zweite Blütezeit, die die Anstalt sogar weltweit bekannt machte. Gesundheitlicher Erfolg gepaart mit wirtschaftlichem. Für Andreas wie ein Aufbäumen der deutschen Psychiatrie vor den Schrecken der Weltkriege, die mit Abertausenden Verletzten, Behinderten, Traumatisierten, aber nicht Arbeitsfähigen bald zu einem Ende dieses Scheinidylls und zum Untergang im Sumpf der Euthanasie führten …

Vielleicht bedachten also die Stadtväter von Myhlen solche Unbequemlichkeiten, wie sie einst der Knabe Andreas bei seiner ersten Anreise erlebt hatte? Oder sie wollten sich einen Bonus sichern, da es zu der Zeit offenbar zu einem Boom von Anstaltsbauten im Lande kam; resultierend aus der Erfahrung, dass die Aufklärung in diesem Punkt – mit ihren gemeinsamen Korrektur- und Arbeitshäusern für Kriminelle und Geisteskranke – versagt hatte. Nicht alles ließ sich kraft menschlicher Vernunft regeln. Die Kriminellen brauchten Gefängnisse, die Irren Krankenhäuser.

Jedenfalls planten die Myhlener von ihrer Bahnstation bis an den Anstaltshügel heran eine Pferdebahn als Vorläufer der Straßenbahn. Weder Pferde- noch Straßenbahntrasse wurden jedoch aus Gründen mangelnder Rentabilität jemals realisiert. Aber immerhin richtete am südlichen Ende dieses Fantasieprojekts ein pfiffiger Myhlener Schankwirt eine »Endstelle« ein.

Hier nahmen seit Jahr und Tag ein guter Teil der abstinenzwilligen Alkoholkranken ihren letzten langen »Zug«. Bevor sie sich zur Entziehungsbehandlung in der Klinik meldeten. Und hier beendeten nicht wenige von ihnen nach der Entgiftung, wie man sagte, mit einem ersten kleinen Schluck ihre Abstinenz. Für manchen wurde die Gaststätte auf makabre Weise also zur »Endstelle« in einem scheinbar endlosen Kreislauf. Im Volksmund wandelte sich »Endstelle« über »Ende« zu »Ente« – was möglicherweise mit dem polyneuritisch geprägten watschelnden Gang chronischer Alkoholiker zu tun hatte.

Frohgestimmt schritt Elvira das Stück schmalen Gehwegs neben der Myhlener Allee auf die »Ente« zu. In der befreienden Gewissheit, nicht nur ihre Körperfunktionen reguliert, sondern für gehörigen Unfug auch eine gehörige Strafe empfangen zu haben.

Die Tür der »Endstelle« war weit geöffnet. Elvira traute sich nicht hinein. Es schien ihr plötzlich wieder für eine Frau unschicklich, allein eine Gaststätte zu besuchen. Auch war sie es nicht gewohnt, Lärm, Zigarettenrauch und Bierdunst zu ertragen. Sie fragte sich, ob sie überhaupt noch Hunger hatte. Ging aber dann doch die wenigen Stufen hinauf, als ob sie einem inneren Zwange folge, dem gefassten Entschluss auf keinen Fall auszuweichen. Sie trat vor das Büfett und bat um einen viertel Broiler. Der Schreck fuhr ihr in die Glieder, als sie aus einer Ecke der Gaststube eine bekannte, wenngleich jetzt schleppendere Stimme vernahm: »Sehr wohl, Madame! Sie verzeihn, Madame! Ich weiß …«

Sie legte eilig ein Fünf-Mark-Stück auf den Tresen, ergriff ihr Vogelbein, schaute weder auf das Wechselgeld noch nach rechts und links und stürzte hinaus. Mitten auf der fahrzeug- und menschenleeren Allee lief sie das Stück bis zur Anstaltsauffahrt. Wechselte dann erst auf den Gehweg hinüber. Sie biss in das saftige Hähnchenfleisch und aß es mit regelrechter Gier. Warf den blankgenagten Knochen in hohem Bogen auf die andere Straßenseite – und lachte: still in sich hinein, befreit, immer wieder heiter auf glucksend, wie ein junges Mädchen, das endlich die Traute zum »Klingelputzen« aufgebracht hatte und sich nun ihres Streiches freute. Dann tanzte sie im Walzerschritt auf dem Gehweg zum Krankenhaus hin und sang nun selbst: »Sehr wohl, Madame! Sie verzeihn, Madame! Ich weiß, Madame, Sie verstehn, Madame! Und die Musik spielt dazu!«

Es war inzwischen dunkel geworden. Elvira beeilte sich. Fast so leicht wie in jungen Jahren ging sie dahin. Im seriösen grauen Kostüm nun allerdings. Den Kopf ein wenig seitwärts in den Nacken gelegt, wie einst, als sie in Königsberg die Kaskaden am Schlossteich zu Isakess hinaufeilte oder als Wilhelm ihr auf der Pregelbrücke begegnete und sie behände den SA-Leuten ausgewichen war.

O weh! Mir wird ganz blümerant, dachte sie. *Wann büße ich mein Freudengelächter wieder mit Kummertränen?*

Ihr fiel ein, dass ihre Besucherin ihr ein Bild von ihrer Familie und ihrem Borstädter Haus, ihre »Visitenkarte«, wie sie sagte, geschenkt hatte. Elvira nahm es aus ihrer Handtasche und betrachtete es nochmals im Laternenlicht am Anfang des Krankenhausgeländes: Die Fotografie war im Garten hinter dem Haus aufgenommen. Vater und Mutter Schanze saßen in einer Hollywoodschaukel. Um sie herum standen ihr Sohn und ihre drei Töchter; die etwa siebzehn, zwölf und zehn Jahre alt waren. Man hatte wohl gerade damit begonnen, das Gartenland urbar zu machen. Denn teils war es schon umgegraben, teils lagerten noch Betonpfosten und Gehwegplatten darauf. Entlang des Hauses waren Rosenstöcke gepflanzt. Ansonsten eine schlichte, unauffällige Hinterfront eines der üblichen Eigenheime mit Satteldach.

Durch die Lücke zwischen diesem und dem nächsten äußerlich völlig gleichen Eigenheim blickte man etwas schräg auf die andere Straßenseite der »Märchenwiese«, wo ältere, bereits vor etlichen Jahren gebaute Häuser standen, die sich gegenüber den neuen, wie pompösen Villen ausnahmen.

Das vordere mit geräumigen Hauslauben. In denen man sich wie im Wald fühlen konnte. Die Äste von zwei mächtigen Silbertannen reichten bis nahe an die Scheiben. Das hintere Haus hatte im Erdgeschoss einen großen trapezförmigen Erker. Darüber einen Balkon wie eine Terrasse. Walmdach bei dem einen. Mansarddach bei dem anderen. Unterschiede, die ihr Vater ihr erklärt hatte. An beiden Häusern Tiefgaragen. Gepflegte Steingärten. Pforten wie kleine Schlosseingänge mit Rundbögen und schweren verzierten Holztüren. Die Zäune von Schmiedekünstlern gefertigt.

Beinahe an jedem Abend war Elvira hier vorbeigegangen. Ohne Neid. Immer aufs Neue Gefallen an den prächtigen Häusern und Gärten findend. Wenngleich sie sich manchmal, anders als in ihrer Jugend, etwas wehmütig gesagt hatte: Schön wäre es, wenn auch ich … Nun, das hatte sie aus den verschiedensten Gründen verspielt.

Sie entsann sich, dass ein alter Mann zwischen den Silbertannen den Gartenweg geharkt hatte. Sie war stehen geblieben, und er (wahrscheinlich der pensionierte Lehrer, von dem Frau Schanze gesprochen hatte) hatte zu ihr aufgeschaut. Was für sie ein untrügliches Zeichen dafür gewesen war, dass er mit dem Harken nur von seiner eigentlichen Aufgabe ablenken wollte, die darin bestand, sie zu beobachten! Sie hatte sich nichts anmerken lassen, obwohl es sie ungemein beunruhigt hatte. War weitergegangen. Prompt hatte die Erkergardine gewackelt! Sie gewahrte den massigen Mann dahinter, der seinem Sohn (Fleischer Senior und Junior?) vor der Garage ein Zeichen gab. Er sollte mit dem Auto ihre Verfolgung aufnehmen. Der Hund hinter dem Gartenzaun kläffte sie böse an. Es war für sie unumstößliche Gewissheit gewesen: Ziel eines mörderischen Komplotts zu sein. Um sie als Mitwisserin auszuschalten.

Ach, mein Gott! Elvira presste ihre Fäuste gegen ihre Stirn. *Was bloß ist hier drin vor sich gegangen? Weshalb? Wieso? Wozu? …*

Sie ließ ihre Arme sinken, drehte sich um und schaute noch einmal zur »Endstelle« und an der dämmerigen Allee entlang in Richtung Myhlen. Sie liebte Alleen. Königsberg hatte unzählige. In manchen, wo die

Kronen sich in der Mitte berührten, konnte man auch am Tage das Gefühl des Dämmers haben. In der Erinnerung schien es Elvira, dass sie als Kind solche Alleen als bedrohlich, später im Erwachsenenalter aber eher als schützend und bergend empfunden hatte.

Auf einer ähnlichen, nicht enden wollenden Allee, der Chemnitzer, war sie ab Frühjahr des letzten Kriegsjahres, aber auch noch in den beiden Nachkriegsjahren wöchentlich zwei-, dreimal von ihrem Bauern Drescher nach Borstädt geeilt. Zum Zentrum hin wurde aus der Allee eine Straße (irgendwann später beides nach Karl Marx benannt), flankiert von Trikotagenfabriken, der Borstädter Brauerei und einer Baumwollspinnerei. Elvira lief am Alten Borstädter Friedhof neben der Kirche vorbei. Über den kleinen Kirchvorplatz hinweg, von dem aus man rechts unter einem Torbogen hindurch auf den Markt gelangte. Doch Elvira hatte meist keine Muße zur Betrachtung der wenigen schönen, wenn auch in den Kriegsjahren von schmutzigem Grau bedeckten Renaissance- und Barockfassaden der Bürgerhäuser. Sie wollte geradeaus weiter durch die enge holprige Kirchgasse mit ihren Krämerläden, Geschäften für Elektro-, Kurz- und Schreibwaren, Scherzartikeln; wovon Letztere späterhin Sonja und Andreas oft anlockten. Am Ende der Kirchgasse den leicht ansteigenden Rathausplatz hinan (von Fritz Weitendorff ebenfalls irgendwann in Karl-Marx-Platz umbenannt, mit der erstaunlichen Bemerkung, dass Karl Marx allein, ebenso wie der liebe Gott allein, wohl nicht zum Glücksichsein reichten).

Glückliche Botschaften erhofften sich viele Menschen in dieser Zeit auf dem Rathaushof – Elviras eigentlichem Ziel. Kleine Gruppen von Umsiedlern aus Schlesien, Pommern, Ost- und Westpreußen, standen zumeist mehr oder weniger heftig diskutierend auf dem Rathausplatz, um die vier korinthischen Säulen des klassizistischen Portals herum, in der von einem Tonnengewölbe überspannten Vorhalle des Rathauses oder eben auf dem Hof, dem Tummelplatz der Neuankömmlinge.

Elvira hatte von ihrem Mann Wilhelm im Februar 45 die letzte Post erhalten (noch in ihr Aufnahmelager im Borstädter »Bellevue« gesandt, obwohl sie schon bei dem Bauern Drescher in Gippersdorf wohnten): Mit seiner Wunde habe es Komplikationen gegeben. Doch er fühle sich leidlich und hoffe demnächst auf ein paar Tage Genesungsurlaub. Sei praktisch schon zu ihnen unterwegs. Ihr Lazarett werde wegen der Frontnähe nur gerade verlegt.

Die ankommenden Menschen hofften, von den Behörden die Anschrift ihrer Familienangehörigen oder Verwandten zu erfahren. Wenn sie denn noch in der Stadt waren. Diejenigen aus den Notquartieren suchten das Gespräch mit Landsleuten. Schon irgendwie Untergekommene horchten nach einer besseren Unterkunft herum oder hatten die Illusion, dass man nur hartnäckig genug die Seinen erwarten müsse, damit sie auch tatsächlich ankämen. So ähnelte der Borstädter Rathaushof ein wenig der Myhlener »Endstelle«, bezogen auf den endlosen Kreislauf durch die Behörden.

Elvira erwartete also ihren Mann und hoffte auch sehr, ihren Vater wiederzusehen. Wie viele Umsiedler hatte sie einen Zettel mit ihrer Anschrift bei dem Gippersdorfer Bauern an eine breite Eichentür im hinteren Seitenflügel des Rathauses geheftet. Was man jetzt »Rathaushof« nannte, gab es noch nicht sehr lange. Zwar war der Seitenflügel des Rathauses schon in den industriellen Blütejahren der Stadt im Stil der Neorenaissance an das Hauptgebäude angebaut worden. Aber von einem »Hof« konnte man erst sprechen, seitdem in den Dreißigerjahren zwei lange unscheinbare Hallen für die Fahrzeuge des benachbarten Polizeipräsidiums und der Freiwilligen Feuerwehr von Borstädt als Pendant zu den Neorenaissancefassaden mit den dahinterliegenden Archiv- und Bibliotheksräumen errichtet worden waren.

Elvira brauchte Geduld. Nachts hatte sie von der Straße vor dem Gippersdorfer Gehöft aus zusammen mit ihren Kindern am Himmel den Feuerschein über dem brennenden Chemnitz gesehen. Wie sechs Monate vorher über Königsberg. Doch die Sieger brauchten diesmal kein halbes Jahr mehr. Und als Elvira im Friedensmonat Mai die Hoffnung auf eine baldige Ankunft ihres Mannes aufgab, jedoch umso ungeduldiger auf eine Nachricht von ihm aus einem Lazarett in der Gefangenschaft wartete, an den Zettel im Borstädter Rathaushof kaum dachte – da wies dieser dem alten Mattulke den Weg zu ihr. Sie befürchtete damals, ihr Schwiegervater werde den Mai nicht überleben. Aus einem energievollen Pensionär war ein mitleiderregender klappriger Greis geworden. Seine Frau Marie und sein Sohn Reinhard hatten schon im Januar im Budkusschen Treck Frohstadt verlassen. Auf ein uneigennütziges Angebot des Barons hin, das der alte Mattulke nicht als solches empfand.

Elvira erneuerte mehrfach ihren Adresszettel. Und zwei Jahre später im Frühsommer 47 stand tatsächlich Isabella vor ihr im Rathaushof. In engem Rock, Stöckelschuhen und einer Kaninchenfelljacke, die aussah, als sei Isabella in ihr unlängst einem Moorbad entstiegen. Die Schuhe hatte sie kurz zuvor gegen ein kleines Entgelt erworben, da sie in ihren alten Schuhen fast barfuß gelaufen war.

Isabella kam mit bei Elvira, den Kindern und dem alten Mattulke bei dem Bauern Drescher unter. Elvira war überglücklich, mit Isabella nach dem Tod ihrer Mutter ihre sozusagen noch einzige familiäre Vertraute bei sich zu haben. Und Isabella war auch so liebevoll zu ihr wie Mutter, Freundin und Cousine in einem. Immerzu umarmte sie sie, weinte oft, aus Freude, aber wohl auch aus erinnertem Leid. Das schloss Elvira aus ihren wiederholt gebrauchten Worten: »Ach, Kindchen, Kindchen, bloß gut, dass du das nicht miterleben musstest.« Dabei erzählte Isabella, wissend um die Sensibilität ihrer Cousine, längst nicht alles. Über Elviras Vater beispielsweise sagte sie: »Ich habe ihn leider nicht wiedergesehen. Wahrscheinlich ist er verhungert.« Ihre grausigen Vermutungen entlockte

Jahre später einmal Werri seiner »Tante Isabella«, wie die Kinder sie nannten. Auch über die tagtägliche Gewalt, die ungezählten Vergewaltigungen sprach Isabella zu Elvira nur in Andeutungen. Wenn ihre Gedanken wie wegirrten, Isabella ziellos in die Ferne blickte, ahnte Elvira freilich, dass es auch zu Isabellas Selbstschutz geschah. Und sie war ihr dankbar dafür. Umhalste ihre Cousine nun ihrerseits tränenüberströmt. Oder auch völlig tränenlos. Starr und fest wie ein Roboter.

So fühlten die beiden Frauen miteinander. Verstanden sich oft wortlos. Vermittelten den Kindern die nicht zu leugnenden Tatsachen, hielten jedoch die bösen Umstände möglichst von ihnen fern. Und bald sollte sich zeigen, was immer eine aufgeklärte Leserschaft davon halten mag, dass sie damit recht taten. Ob sie sich selbst damit recht taten, wollen wir offenlassen.

Eines Tages im Spätsommer im Rathaushof, den Elvira unvermindert ansteuerte – sie wusste nichts über ihren Bruder Rudolph, war der Vater wirklich tot, hatte Wilhelm womöglich ihre Adresse verloren, lebte ihre Freundin Ellen noch? … Derlei Gedanken gingen Elvira durch den Kopf, als eine junge hübsche Angestellte des Rathauses – Elvira kannte sie schon von ihren noch sporadischen Einsätzen für Fritz Weitendorff und hatte sie ein bisschen ins Herz geschlossen, da sie sie an ihre eigene Jugend erinnerte – mit lang ausgestrecktem wehendem Arm auf sie zugelaufen kam. Einen Brief in der Hand. Elvira dachte sofort an Wilhelm. Der Brief kam aus Berlin. Elvira las mit zitternden Händen: Professor Dr. Jakob Isakess – die Adresse Prenzlauer Berg. Die junge Angestellte fragte: »Von Ihrem Mann?« Elvira nickte, schüttelte jedoch sofort heftig den Kopf. Die junge Frau merkte, es war besser, die Kollegin allein zu lassen.

Reglos blieb Elvira eine Weile stehen, starrte auf die Adresse, ohne den Brief zu öffnen. Hatte sie sich nicht nach ihrer Ehe mit Wilhelm oft verboten, an ihn zu denken? Nur einmal noch versagt und mit heftigsten

Schuldgefühlen monatelang dafür büßen müssen? Tausendmal hatte sie ihn für tot gehalten. Ihren lieben Jakob-Jud! Langsam ging sie vom Hof, durch die Vorhalle des Rathauses, lehnte sich draußen an eine der korinthischen Säulen, schloss die Augen. Hatte er womöglich in Kuba von dem Geisterschiff absteigen dürfen? Oder wie war er den Häschern entgangen? Jetzt erst gelang es ihr, zu lächeln. Wie auch immer. Er lebte. Sie setzte sich auf eine leere Bank auf dem Rathausvorplatz, öffnete den Brief. Er hatte über den Suchdienst des Roten Kreuzes ihre Adresse erfahren. Er hatte sie gesucht! Hatte sie selbst nicht sogar manchmal gedacht: *Ist es leichter, mit einem toten Liebsten die Erinnerung zu teilen?* Er wollte sie gern sehen. Solveig ging es wie ihm ganz gut. Das hoffte er auch sehr von ihr …

ZWEITER TEIL

Wahnsinn ist keine Krankheit.
Er ist die psychologische Wahrheit der Gesundheit,
insofern er ihr menschlicher Widerspruch ist.
(nach Michel Foucault [4])

ERSTES KAPITEL

Alte Liebe?

Seit Isakess' Brief war kein Tag, ja manchmal glaubte Elvira, dass keine Stunde vergangen sei, in der sie nicht an ihn gedacht hatte. Irgendwann antwortete sie:»Danke! Danke für deinen Brief, danke, dass du mich gesucht hast. Unzählige Male waren in den vergangenen Jahren meine Gedanken bei dir, bei uns – und nun weiß ich nicht, ob ich dir auch danken soll, dass du mich gefunden hast. Aber du siehst, ich schreibe, ich könnte mich ja auch totschweigen. Ich warte immer noch auf meinen Mann Wilhelm. Seit drei Jahren habe ich kein Lebenszeichen mehr von ihm, obwohl er zuletzt so optimistisch klang. Nun fürchte ich ein bisschen, dass mein Herz zerreißt. Oder ganz taub ist. Wenn ich vor dir stehe? Vielleicht im Herbst? Wenn das Jahr seine Alterung zeigt, die auch wir nicht verdecken können.«

Elvira hatte Isakess' Brief ein paar Tage lang an ihrem Herzen getragen: überlegt, ob sie ihn verbrennen, ob sie ihn mit Küssen bedecken, ob sie so tun sollte, als gebe es ihn nicht. Dann hatte sie ihn Isabella gezeigt. Isabella, die Eingeweihte, war mit vor Staunen geöffnetem Mund auf sie zugetreten, hatte sie umarmt und gesagt:»Mein Gott, so ein Mann entsinnt sich deiner, meine Kleine, und du zweifelst – hast du ein Glück! Mein Revisor käme nie auf solche Ideen!«

»Ich habe inzwischen geheiratet und von meinem Mann drei Kinder, 14, 12 und 6 Jahre alt«, entgegnete Elvira.

»Na und? Wenn Wilhelm nun schon drei Jahre lang tot ist?« Sie setzten sich auf eine kleine Holzbank am Fenster. Die Kinder tobten unter Werris Anleitung auf der Wiese hinter dem Haus zwischen Kühen umher, die sie eigentlich hüten sollten. Zumindest Werri und Sonja. Doch nur der Kleinste, Andreas, schien das mit lang erhobener Rute ernst zu nehmen.

»Er ist ebenso verheiratet«, sagte Elvira. »Und es käme für mich eine Ehe mit ihm auch der Kinder wegen nicht infrage. Was sollen sie von mir denken? Tausende Männer sind als Gefangene in Russland und zur Zwangsarbeit verpflichtet. Irgendwann kehren sie heim!«

»Ach Gottchen, und du willst derweil ein Nonnenleben führen?«

»Ja«, antwortete Elvira leise. »Ich weiß gar nicht, ob ich noch etwas anderes kann, will.« Sie dachte aber auch: *Könnte ich doch ein bisschen lockerer, so wie Isabella, sein. Alte Liebe? Gibt es das? Vielleicht bei alten Leuten, die ein Leben lang zusammengehalten haben und auch am Ende zärtlich füreinander einstehen.* Isabella meinte dazu: »Wenn alte nicht ›abgestanden‹ bedeutet? Liebe muss frisch sein, keine Gewohnheit, auch wenn sie nur noch Streicheleinheiten abverlangt.«

Das war auch Elviras Auffassung. Ja, es durchrieselte ihren Körper bei solchen Gedanken wie mit frischem Blut. *Vielleicht bin ich doch noch nicht zu alt und zu verschreckt für die Liebe,* dachte sie. Manchmal hört man von älteren Frauen, dass die Jahre zwischen vierzig und fünfzig für sie die besten waren. Die hatte sie noch vor sich … Elvira empfand es als Segen, dass in diesen Tagen ihre Aktivität als Hausfrau und Mutter gefragt war. Es galt, umzuziehen. Von Gippersdorf nach Borstädt. Vorerst sollten auch Isabella und ihr Schwiegervater in der Wohnung Platz finden. Ihr Schwiegervater auf Dauer, Isabella zu Elviras Bedauern nur für kurze Zeit. Für Andreas begann im September in der ansehnlichen Borstädter Schule »der Ernst des Lebens«, wie sein Großvater zu ihm fast bedrohlich gesagt hatte, sodass Elvira besorgt einwandte: »Aber Vater, Lernen bedeutet Freude! I c h habe mich immer auf die Schule gefreut!« Für Werri lief die Schulzeit aus. Sonja hatte noch zwei Jahre zu absolvieren.

Im Oktober, als Elvira den Eindruck gewann, dass Andreas sich in der Schule eingelebt hatte und den Schulweg gern allein gehen wollte, entschloss sie sich zur Reise nach Berlin. Aber dann bekam sie Gewissensbisse und verzögerte ihre Reise Monat um Monat, sodass schließlich ein Jahr ins Land gegangen war, in dem Isakess zweimal angefragt hatte, wann sie denn nun komme. Sie beabsichtigte, nur über den Tag zu bleiben, obwohl Isakess beteuerte, solide Übernachtung ermöglichen zu können. Es war eine lange beschwerliche Reise, im überfüllten Zug, über Leipzig – für einige gemeinsame Stunden war sie anderthalb Tage unterwegs. Aber es war ihr so recht. *War er noch mein lieber Jakob-Jud? Oder mehr ein Fremder? Der Krieg hatte nicht nur Häuser zerstört. Wie wird er m i c h empfinden?* Sie hatte ihren jugendlichen Elan, die kleinen Dreistigkeiten eingebüßt, fand sie. Freudige Unruhe, mit ängstlicher Ungewissheit gepaart, trieben ihre Gedanken. Zweimal hatte sie sehr nette, kurzweilig plaudernde Nachbarn, die ihr fast zu viel erzählten. Die meisten wollten wohl in Berlin Tauschgeschäfte machen. Ihr häusliches Nahrungsdepot aufbessern. Oder sogar weiter in den Westen.

Sie sah ihn wie auch früher schon von Weitem. Am Ende des Bahnsteigs im Ostbahnhof. Den Kopf zierte nur noch ein Haarkranz, ganz weiß. Die energischen Gesichtszüge wirkten trotzdem noch weich. Die schmale gekrümmte Nase, die blauen Augen, seine Markenzeichen. Sie fassten sich an beiden Händen und standen sich so eine Weile gegenüber, den anderen still betrachtend, als wollten sie die Zeit zurückdrehen und zugleich das verflossene Leben des anderen in diesem Augenblick erkunden.

»Du hast dich nicht verändert, schöne kluge Elvira«, sagte er. »Danke, dass du gekommen bist.« Der Bann war für sie gebrochen. Mit beiden Armen umfasste sie seine Hüfte und schmiegte sich an ihn. *Er fühlt sich noch knochiger an als einst,* dachte sie, und er hat nicht m e i n e Elvira gesagt. Ihre alte Feinfühligkeit, die manchmal wehtun kann.

»Selbst wenn's so wäre«, entgegnete Elvira, »schön und klug, fern der Heimat, mittellos, eine Schar Kinder, ohne Mann und Eltern – ists eher eine Bürde. Weckt Versprechen, die nicht gehalten werden können. Tauschgeschäfte sind gefragt!«

Sie gingen an der Spree entlang. »Pessimistisch darf man in dieser Zeit sein«, antwortete Isakess.

»Ach, mein lieber Jakob«, sprudelte es nun aus Elvira heraus. »Das war nur noch die Spannung im Bauch. Wenn ich einen Fluss sehe, fühle ich mich fast wie zu Hause am Pregel …« *Ich bin ihm schon wieder näher, als er mir,* dachte sie. *Wie nahe möchte ich ihm sein? Auch ein sehr hagerer Körper lässt frisches Blut durch die Adern rieseln – und gibt es weiter, wenn man sich an ihn anlehnen kann.* Sie schaute dankbar zu ihm auf, hakte sich mit jenem kraftvollen Schwung unter, mit dem sie es einstmals angesichts der vielen ehrwürdigen fremden Königsberger zum Konzert im heimischen Dom getan hatte.

»Was macht Solveig?«, fragte sie. Er erzählte, dass sie im Moment noch Trümmerfrau sei, Ziegel aufschichte. Sie entfernten sich von der Spree, bogen Richtung Friedrichshain ein. Überall Ruinen, kahle Flächen, Trümmerberge. Zum Alexanderplatz hin sah es nicht anders aus. Isakess war im amtsärztlichen Dienst in Potsdam tätig, wohnte mit Solveig in einem kleinen Häuschen in Schönwalde, vergleichbar dem Königsberger. »So könnte man meinen, das Leben habe sich für uns gar nicht so groß verändert«, sagte er. Aber seine Worte hatten einen bitteren Unterton. »Wären wir einst in Hamburg wie geplant auf die ›St. Louis‹ aufgestiegen, jenes Judenschiff, das die Presse später als »Geisterschiff« titulierte, lebten wir sicher nicht mehr. Auch Solveig, die ich manchmal ›mein Vierteljüdchen‹ nenne, da nur ihre Großväter Juden waren. Aber auf den dringlichen Rat eines Freundes hin gingen wir über die Schweiz nach Palästina. Äußerlich brav, ja überaus angepasst, hatte sich zumindest mein Inneres nach den erlittenen Demütigungen radikalisiert. Die

Assimilation war uns verwehrt worden. Also brauchten wir Juden eine eigene Heimat. In En Gev, am Ostufer des Sees Genezareth, nordöstlich die Golanhöhlen, hatten sozialistisch-zionistisch gesinnte junge Deutsche einen Kibbuz gegründet. ›Gemeinsam arbeiten, gemeinsam haushalten, gemeinsam leben‹ war ihre Devise. Wir lebten in einer Hütte, ringsum Palisaden, ein Wachturm, alles aus Holz, schnell hin gezimmert, zum Schutz vor den Arabern. Am Abend schwammen wir im See, das heißt, wir mussten erst ein Stück hinauslaufen, denn das Ufer war an dieser Stelle sehr flach, sodass ich einmal dachte: Na ja, da kann Jesus schon über das Wasser gegangen sein – vom gegenüberliegenden Ufer betrachtet. Das war noch keine Infragestellung Gottes. Ich weiß auch heute noch nicht, ob ich ihn infrage stelle. Manchmal gewiss. Als wir das teuflische Ausmaß der Schoah begriffen, sagten wir uns: ›Gott hat uns Juden missbraucht.‹ Heute würde ich mich eher der Meinung anschließen: ›Er war überfordert.‹ Jedenfalls bin ich froh, damals selbst noch einen aktiven Schritt für das Gute getan zu haben. Nach einer Zeit des Einlebens in En Gev fuhren Solveig und ich nach Tel Aviv. Wir planten nur ein paar Tage, wollten dann zurück in unseren Kibbuz. Aber die Stadt, ihre Bucht am Meer, faszinierten uns. Über 100 000 Juden, vorwiegend aus Ost- und Mitteleuropa, hatten sich hier nördlich des kleinen arabischen Jaffa inzwischen angesiedelt. Die hinzukommenden Deutschen brachten den modernen Bauhausstil in die Architektur der sich entfaltenden Stadt ein. Viele der Intellektuellen waren linksorientiert. Ihr Gott hieß Marx. Ihre Idee Internationalismus. Wir fanden rasch freundschaftlichen Anschluss. Man vertrat eine sehr ehrliche und sehr konsequente Haltung. Auch wenn ich von meinem Gott noch nicht ganz lassen wollte. Ich ging mit einer kleinen Gruppe nach Spanien. Gegen Franco, der schon halb gesiegt hatte. Die Republik war im Zerfallen. Solveig fuhr zurück in den Kibbuz. Die Reise unserer Gruppe war wohl wenig durchdacht. Von Enthusiasmus und Aktionismus geprägt. Unser

Kommen mehr eine moralische Stütze, keine militärische mehr. Heimliche Treffen. Vorbereitung und Durchführung von antifaschistischen Aktionen. Deutsche Juden, in ihrer Heimat verfolgt, nun auch hier, wie die spanischen Republikaner! Vielleicht waren Palästina und Spanien die intensivsten Wochen meines bisherigen Lebens. In denen ich am wenigsten an mich gedacht habe!«

An der Ecke Friedrichstraße, Unter den Linden, sagte Isakess: »Dort drüben stand das ›Café Kranzler‹. In ihm habe ich am meisten über mich – und über dich nachgedacht. Vermutlich hätte ich es in En Gev oder Tel Aviv nicht allzu lange ausgehalten. Deutschland war ja mein Land. Mit einer überaus innigen Erinnerung.«

Er blieb stehen und umschlang Elvira mit seinen langen Armen. Sie schloss die Augen, genoss die Geste, die er selten aus eigenem Antrieb vollführt hatte, meist gab sie den Anstoß. »Du hast viele Anstöße gegeben«, sagte er mit hellseherischem Gespür. »Der Wichtigste war, dass ich in meinem frühen Berliner Exil, wie ich jene Dreißigerjahre manchmal nenne, denen nach und nach die unsägliche Katastrophe folgte, zu mir finden musste und wollte. Dass es gelang, habe ich ganz dir zu verdanken. Bestimmt hätte ich mich sonst wie Solveigs Großväter umgebracht.«

Elvira hörte gern Worte, die sie in Isakess' Augen erhoben. Doch diese schienen ihr zu gewaltig. Sie hatte ja einfach nur ihre Fantasien gelebt. Über der Stadt dröhnten jetzt schwere Flugzeugmotoren und sie sagte: »Hoffentlich wird der Nachkrieg nicht zum Vorkrieg.«

»Ja«, entgegnete Isakess. »Ob Brücken in der Luft oder im Leben. Sie halten nicht immer.«

Warum sagt er das, dachte Elvira. *Meint er Solveig oder mich?* Doch Isakess meinte es vor allem politisch: Die Luftbrücke in die Westsektoren der Stadt würden die Alliierten nicht endlos lange ausdehnen können. *Was ist ihnen der Blutzoll des russischen Volkes aus dem Kriege wert? Ist mein Denken zu weit links?,* fragte er sich. Oder war in dieser gottverlassenen Welt nur noch linkes Denken angebracht? Mit seiner Spanien-Gruppe war er in einem beschwerlichen Marsch über die Pyrenäen nach Frankreich gegangen. In Toulouse traf er sich mit Solveig. Von dort flogen sie nach England, lebten bis zum Kriegsende in London. Ihr Intimleben hatten sie längst eingestellt. Sie waren sich weiterhin einig, dass das kein Grund für eine Trennung sei. An das ihm von Solveig gegebene »grüne Licht« hatte er lange nicht mehr gedacht.

Wie vorgesehen nahm Elvira den Nachtzug zurück. *Wir haben uns wie Geschwister geküsst,* dachte sie unterwegs. Sie freute sich auf die Kinder und Isabella …

Acta occulta

Isabella saß mit den Kindern und Elviras Schwiegervater noch am Frühstückstisch, als Elvira die Wohnung betrat. Die Kinder stürmten auf sie zu, Sonja und Andreas schmiegten sich eng an sie. Werri umarmte sie, wie eine begehrte, aber noch nicht gewonnene Freundin. Elvira hatte ein wenig Schokolade in Berlin ergattert. Der alte Mattulke sagte: »Dein großer Sohn hat nicht Arbeit, sondern einen ‹Job› in Aussicht! Ist das nicht verrückt?«

»Ach, Großvater, nun mokier dich doch nicht über alles«, antwortete Werri. »Manche sagen halt so. Paar Tage waren die Amerikaner auch hier in Sachsen. Auf den Ämtern wirst du solche Wörter nicht hören.«

»Die Amerikaner hätten ruhig bleiben können«, entgegnete Mattulke. »Aber ihre Sprache sollten sie lieber zu Hause lassen!« Werri hatte vom Reichsbahnausbesserungswerk in Chemnitz eine Zusage für eine Lehrstelle als Schlosser erhalten.

»Da freue ich mich aber«, sagte Elvira und umarmte nun ihrerseits ihren großen Sohn gleich noch einmal, der zum Großvater zwar stolz von

»Job« gesprochen hatte, aber gar nicht recht wusste, ob der Begriff auch für eine Lehre passte. Als die Kinder in die Stube und Mattulke auf eine Zigarette auf den Balkon gegangen waren, schaute Isabella ihre Cousine neugierig an. »Na?« Elvira schüttelte den Kopf, wie sie es einst gegenüber ihrer Freundin Ellen in ähnlicher Situation und bei demselben Mann getan hatte. Isabella verstand auch sofort. »Ihr wart nicht zusammen?«

»Doch, doch«, entgegnete Elvira. »Aber nicht …«

»Na, das meine ich natürlich. Spazierengehen kann man mit jedem! Ein Mann denkt bei so einer hübschen Frau nur an eines.«

»Ich bin froh, dass ich es so gemacht habe.«

»Ich hätte es nicht gekonnt«, meinte Isabella nachdenklich. »Aber du bist eine starke Frau, meine Kleine.«

Von wegen, i c h und eine starke Frau!, dachte Elvira. *Isabella hat mir so viel voraus!* Und sie sagte: »Ich müsste auch einmal etwas abschütteln und wieder zupacken können. Das ist Stärke! An mir bleibt alles hängen und zieht mich herab. In die Depression, in Schuld.« Zu Isakess hatte sie beim Abschied gesagt: »Vielleicht sehen wir uns im Frühjahr wieder? Falls ich dann noch kommen kann?« Er hatte zunächst fragend die Augenbrauen emporgezogen, doch dann dankbar lächelnd genickt, Elvira fest in die Arme genommen. Sie hatte ihm einfach sagen wollen: ›Falls ich von Wilhelm immer noch keine Nachricht habe.‹ Sie war sich sicher, dass sie sich Wilhelms Kommen sehr wünschte. Obwohl auch wirre Gedanken in ihrem Hirn anklopften: *Will ich es wirklich? Kann es mit Jakob einen Neuanfang geben? Einen zweiten Weg? Trotz Wilhelm? Trotz Solveig? Trotz der Kinder?* Nein, das schloss sie aus. Wenn man den Gerüchten trauen konnte, hatten auch Deutschland West und Deutschland Ost vor, sich zu trennen, getrennte Wege zu gehen.

Ihr Schwiegervater kam in die Küche. Elvira trat auf den kleinen Balkon hinaus. Sie stand gern hier, um sich zu sammeln oder einfach frische Luft zu atmen, ein bisschen zu träumen. Über Gartengrundstücke,

Obstbäume, vereinzelte Tannen blickte sie zum Bahndamm. Dem mächtigen Borstädter Viadukt. Im vorigen Jahr noch hatte Werri dort oben mit vielen anderen Borstädtern von stoppenden Güterzügen durch mutige Kletterer heruntergestoßene und -geworfene Kohlen in Windeseile aufgeklaubt. Inzwischen hatte sich die Versorgungslage etwas verbessert. Werri würde in seinem RAW in Chemnitz Mittag erhalten. Für Andreas, der blass und schmächtig ein Stück in die Höhe geschossen war, hatte Elvira von der evangelischen Kirche eine Einladung zu einem dreiwöchigen kostenlosen Mittagstisch erhalten. In einem umgerüsteten ehemaligen Restaurant am Markt, das nun als Suppenküche und Gebetsraum fungierte. Erst hatte sie aus Scham abschlagen wollen, doch da Andreas sich darauf freute, willigte sie ein.

Ich muss einfach arbeiten wie alle – und nicht träumen!, dachte sie. Und es folgte eine Zeit, in der sie sich Fritz Weitendorff für alle nur denkbaren Archiv-, Schreib- und Reinigungsarbeiten, für Botengänge und als seine Assistentin bei Bürgergesprächen zur Verfügung stellte. Doch die Arbeit verdrängte nicht ihre Träume, sondern ließ sie durch das gewachsene Selbstbewusstsein eher zu.

Erst war ihr der Frühling endlos fern erschienen, nun fast zu nah. Anfang März sollte sie kommen. Isakess hatte eine kleine kulturelle Überraschung organisiert. Sie wollte diesmal übernachten, am nächsten Tag zurückfahren, und hatte Isakess gebeten, zwei Hotelzimmer für sie beide zu buchen. Er war mit Solveig nach Blankenfelde, nördlich von Berlin, umgezogen, weil er jetzt oft in Berlin zu tun hatte. Er besaß ein kleines Auto und einen Chauffeur, den er ihr nach Leipzig entgegenschicken wollte. Wieder zögerte Elvira, weil es ihr unangenehm war, als Geliebte eines renommierten verheirateten Mannes zu gelten – als mögliche Schülerin hatte sie sich wohler gefühlt. Aber Isabella ermunterte sie, die Erleichterung der Reise anzunehmen, und so willigte sie ein. *Begehre ich meinen Jakob-Jud überhaupt noch?*, fragte sie sich im selben

Atemzug, als zielten Vergünstigungen und Freundlichkeiten immer auf eine gefällige Erwiderung. *So denkt er nicht!*, glaubte sie. Es ist ein jüdisches Klischee. Uneigennützig hatte sie ihn kennengelernt. Sich selbstverleugnend zu ihrem Schutz. Wer dachte so verrückt wie sie? Sie liebte und wollte doch nicht geliebt werden. Begehrte und begehrte auch wiederum nicht.

Der Chauffeur war ein älterer, einfacher, gütiger Mann mit Liebe zu Autos. Bald wusste Elvira nicht nur, dass sie in einem DKW F8 transportiert wurde, sondern auch von den neuesten Entwicklungen in der Sparte, ihrer Zwickauer Produktionsstätte. Nördlich von Leipzig überspannten im Abstand von vielleicht zwei Kilometern mächtige eiserne Brückenbögen die Autobahn. »Die Teststrecke!«, jubelte der Chauffeur. »Hier hat Rosemayer im Rennwagen Weltrekordversuch gefahren, gnädige Frau, mit 400 Sachen!« Elvira wusste zunächst nicht sogleich, ob es um die Geschwindigkeit ging oder um die Präzision, diese Tore mit 400 Stundenkilometern zu durchbrausen. An dem »gnädige Frau« wollte der alte Mann nicht gerüttelt wissen. »Oh, ich habe noch in der Droschke Gräfinnen gefahren, dann im Auto, hochgestellte Damen – nein, da passen Sie gut hin, gnädige Frau!«

Isakess hatte sich mit ihr ganz nahe an der Spree, am Schiffbauerdamm, verabredet, wo er in einem kleinen Hotel zwei Zimmerchen gebucht hatte. Sie hatten noch Zeit, etwas zu Abend zu essen. Elvira aß abends nie viel und vor einem Theaterbesuch – Isakess' Überraschung – schon gar nicht. Ein Ragout fin, ein Glas Johannisbeermost reichten ihr. Isakess aß Makkaroni mit Käse und Tomatensoße zum Most. Den Titel des Theaterstückes verriet er nicht. Es hatte erst im Januar seine Berliner Uraufführung erlebt. Im Deutschen Theater, das auch ihr Ziel heute war. Sowohl zur Spree als auch zum Deutschen Theater hatten sie von ihrem Hotel aus nur wenige Hundert Meter zu laufen. Elvira war sehr aufgeregt. Sie hatte sich wieder bei Isakess untergehakt. Hochgewachsen ging er immer überaus gerade, sodass sie regelrecht zu ihm hinaufschauen musste. Sie hängte sich an wie die kleine Schwester bei dem großen Bruder. *Dabei könnte er mein Papa sein,* dachte sie. *Habe ich auf ihn ebenso oder noch mehr gewartet als auf Wilhelm?* Sie versuchte, den Gedanken zu verscheuchen, aber er hängte sich wie eine Klette fest. Bei bösen Gedanken pflegte sie neuerdings zu sich zu sagen: *Lieber Gott, wenn es dich gibt, nimm es nicht krumm. Der Gedanke ist einfach da. Ich habe beide geliebt und auf beide gewartet und warte immer noch.* Ach, die Spree! Elvira schaute zu Jakob auf. Seine Augen leuchteten. Er schien ein bisschen glücklich zu sein: dass er sie am Arm hatte? Mit ihr spazieren konnte? Eine Überraschung in petto? Auch sie war ein bisschen glücklich und dem Leben dankbar für diesen Mann an ihrer Seite. *Mit ihm wird die Spree für mich zum Pregel. Mein Jakob-Jud: ein Stück geliebter und geschändeter Heimat. Werde ich zu ihm je nur in Liebe aufschauen können? Ohne Mitleid? Ohne schlechtes Gewissen?*

Vor dem Theater drängten sich viele Menschen, alte und junge. »Mutter Courage und ihre Kinder« wurde gespielt. Elvira hatte davon nur flüchtig gehört. Der Autor Brecht war früher nur als Bürgerschreck mit Zigarre und Blaumann dargestellt worden. Sie freute sich, aber erschrak dann ob des kargen Bühnenbildes. Der Karren einer Marketenderin, der Courage! In ihrem Geleit zwei Söhne und eine Tochter, die stumme Kathrin. Elvira sah sehr oft auf diese Kathrin, die ihr wie ein Brandmal des Krieges schien. Stumm schrien ihre Augen, ihr Gesicht ihre Schmach in die Welt hinaus. Mein Gott! Elvira hielt sich wiederholt die Hände vor ihre Augen. Sie kroch fast zu Jakob hinüber, der sie mit seinem rechten Arm umfasste. *Vielleicht hätte ich ein fröhlicheres, zumindest leichteres Stück wählen sollen?,* dachte er. *Ja – sie weint!* Elvira barg ihr tränenüberströmtes Gesicht an seiner Brust. Die Courage sang:

»Der Frühling kommt. Wach auf, du Christ!
Der Schnee schmilzt weg. Die Toten ruh'n.
Und was noch nicht gestorben ist,
das macht sich auf die Socken nun.«

Einmal schluchzte Elvira bei diesem Refrain des Songs, den die Courage wie ein Leitmotiv im Stück mehrfach wiederholte, laut auf, versteckte ihr Gesicht verschämt hinter Isakess' Jackettrevers. Sie summte oder sang dann ganz leise mit, sodass er nur ein leichtes Vibrieren seines Brustkorbes spürte. Er irrte, wenn er glaubte, das falsche Stück gewählt zu haben. Am Ende erhob sich Elvira wie viele andere Zuschauer, wollte nicht aufhören, begeistert zu klatschen. Ja, sie weinte auch noch auf ihrem Weg zum Hotel, umarmte Isakess immer wieder, dankte ihm, sagte einmal: »Waren wir nicht alle so blind wie die Courage – und so taub wie ihre Kathrin? …« Und Isakess dachte: *Fröhlichkeit und Trauer sind bei dieser Frau aneinandergeknüpft.* Vor dem Hotel fasste Elvira ihn lachend und verschmitzt dreinschauend bei der Hand, stürmte mit ihm die beiden Treppen hinauf. Kein Gedanke an getrennte Hotelzimmer. Wie überhitzt, Elvira noch Tränen im Gesicht, zogen sie einander hastig aus. Und Isakess dachte nochmals: *Fröhlichkeit und Trauer – und die Leidenschaft im Gepäck!* Doch sein Sturm wurde noch gebremst. Elvira drückte ihn nieder, kroch nackt auf seinen lang ausgestreckten Leib und sagte: »Das Krabbelkätzchen will diesen Augenblick erst genießen …«

Manchmal dachte Elvira, so sehr sie auch die Höhen der Wollust genießen konnte, dass diese Minuten des »Krabbelkätzchens« davor und danach für sie eigentlich die wichtigeren waren. Die hüllenlose Nähe des anderen, sein Herzschlag, der Hauch seines Atems – es war wie eine Verschmelzung der Körper, Bejahung und Bestätigung über den vegetativ-animalischen Rausch, wie Isakess es nannte, hinaus … Kurz nach ihrer Ankunft aus dem im Chaos versinkenden Königsberg hatte Isabella einmal gemeint: »Es sind alles Kinder Gottes. Keine Teufelsbrut dabei. Ob in Liebe oder in Gewalt gezeugt, unter welchen Umständen auch immer. Zum Glück mag der Teufel keine Kinder, sonst hätte ich wohl ein Dutzend Gottesblagen.«

Das Leben in Borstädt hatte Elvira bald wieder eingefangen. Plötzlich hatte es für sie wieder einen Schuss Heiterkeit und Vergnüglichkeit. *Man muss ja Isabellas Worte nicht gleich wie eine sich selbst erfüllende Prophezeiung verstehen,* sagte sie sich. Wenngleich es untrügliche Zeichen gab, die Elvira wegschnürte, was bei ihrer Statur kaum nottat, oder wegdachte. Isabellas Wort »Blage« gefiel ihr nicht, darüber hinaus versuchte sie, sich zu freuen ... Die große Politik beherrschte das Land. Russland hatte im Mai die Blockade der Berliner Westsektoren aufgehoben. Ende des Monats entstand ein erster neuer deutscher Staat, die BRD. Ihr folgte Anfang Oktober ein zweiter, die DDR. *Nun auch das noch!,* dachte Elvira. *Bin ich nicht schon genug hin und her geworfen zwischen zwei Welten: Verliebtheit und Skrupel, Begehren und Abstinenz? Haben- und Nicht-haben-wollen?*

Trotzdem empfand Elvira die Wiederbegegnung mit ihrem Jakob-Jud immer noch als eine Glückssträhne: Sie konnte kleine Steinchen zu dem vorhandenen Mosaik hinzufügen. Später erwog sie allerdings manchmal, ob das Glück ihr nach diesem flackrigen Aufleuchten nicht ganz abhandengekommen sei – aber selbst dann mischte sich Frohsinn in ihre Zweifel. Sie hatten ihr Wiedersehen für den Herbst verabredet, wollten auch wieder in dem kleinen Hotel nahe vom Schiffbauerdamm nächtigen. Elvira fühlte sich nicht krank, aber wenige Tage nach Gründung der zweiten, kleineren deutschen Republik empfand sie heftige Leibschmerzen, eine flüchtige Blutung ängstigte sie. Isakess, der in Berlin an der Quelle saß, hatte in den vergangenen Monaten ihre Familie reichlich mit Geschenkpäckchen bedacht, die er möglicherweise von seiner Frau

Solveig zusammenstellen ließ, denn es fand sich darin alles, was man im Haushalt gebrauchen konnte, aber auch Obst und Naschereien. Den Kindern blieben sie als »Westpäckchen« in Erinnerung, obwohl sie eigentlich noch aus dem Osten kamen. Als Sonny sich einmal an die Mutter angeschmiegt hatte und ihr über den straffen Leib fuhr, sagte sie: »Mama, du wirst doch nicht dick werden?«

Elvira schüttelte den Kopf, lachte. »Nein, ich war wohl in letzter Zeit die größte Naschkatze hier.«

Die Naschkatze telefonierte mit Isakess über ihren Zustand. Der beorderte sofort seinen Chauffeur, sie aus dem sächsischen Borstädt abzuholen. Elvira bat jedoch, ihn wie im Frühjahr zum Leipziger Hauptbahnhof zu schicken. Das sei ihr angenehmer. So geschah es.

Professor Isakess arbeitete weiterhin im amtsärztlichen Dienst. Ein befreundeter Kollege von ihm, mit dem er in Spanien gewesen war, in der Frauenklinik im Friedrichshain. Diese sollte der F8 ansteuern. Der Kollege hatte engere Kontakte zur neuen Staatsführung, wodurch Isakess von ihm erfuhr, dass er als jüdischer linker Intellektueller und als Spanienaktivist mit doppeltem Bonus ausgestattet auf der Liste der möglichen Gesundheitsminister gestanden habe. Was Isakess hin und wieder veranlasste, witzelnd von seiner »Acta occulta« zu sprechen; eine Wendung, die Elvira später manchmal wie einen stillen Vorwurf an sich empfand.

Ihr ging es bald wieder gut. Ja, man konnte sagen, sie blühte in all ihrer fraulichen Schönheit noch einmal auf. Wenngleich auch eine Wehmut aus ihren Gesichtszügen sprach. Die Isakess zunächst in seinem Sinne als symbiotische Verbindung von Fröhlichkeit und Trauer deutete. Doch wie es nicht anders sein konnte, kam es zu einer dramatischen Zuspitzung, in deren Folge Elvira in tiefe Melancholie verfiel. Vergleichbar mit jenem Zustand, als sie geglaubt hatte, ihr Geliebter sei tot, von einem antisemitischen Mob Richtung Juditten zu Tode gehetzt.

Solveig stand plötzlich in dem Klinikzimmer, als Elvira und Jakob sich gerade zärtelnd und glücklich in den Armen lagen. Mit einem raschen Blick hatte sie die Situation erfasst. Und Elvira, die Solveig bei ihren wenigen Begegnungen immer als neutral, ja freundlich ihr gegenüber empfunden hatte – sah, wie ihr bloßer Hass aus Solveigs Augen entgegenschlug. Von Tränen der Wut getränkt. Solveig machte kehrt und verlangte, dass sie am nächsten Tag zu einem Familienrat, wie sie es nannte, zusammenkämen. Sie trafen sich in einem Hinterzimmer ihres kleinen Hotels am Schiffbauerdamm. Solveig war am besten gerüstet: Sie erwartete Liebe für Liebe. Ein Unterpfand ihrer Nachsicht und Geduld. Dann wäre für sie alles vergessen. Gute Worte für den Verlust der Liebe ihres Mannes reichten nicht.

Isakess wandte ein: »Du wirst mich ganz verlieren, Solveig, wenn du zu weit gehst.«

»Was machts«, antwortete sie unbeirrt, »rechtlich würde es etwas ändern, nicht moralisch!«

Elvira konnte kaum sprechen. Ihr Gesicht und ihr Hals waren vor Erregung puterrot, zaghaft sagte sie, mehr an Isakess gewandt: »Ich habe eine Trennung nie gewollt – wenn es dazu käme, würde ich mich aus unserer Verbindung lösen.«

Dieser Satz schien eine entspannende Wirkung zu haben. Verwundert sah Isakess, der seinen Zorn gegenüber Solveig noch zügeln musste, wie sich die Gesichtszüge der Frauen entkrampften. Während Elvira eben noch von ihrer Widersacherin gedacht hatte: *Ihr Haar liegt so streng und glatt ihren Ohren und ihrem Kopf an, als habe sie gerade das Barett der Richterin abgelegt* – empfand sie nun Mitleid: *S i e ist die Betrogene!* Es ist ihr Recht, um und für ihren Mann zu kämpfen! Solveig wiederum sagte sich: *Du verlangst Liebe, aber dein Hass macht dich unempfänglich dafür. Er wird diese Frau abstoßen, statt dass sie dir vertraut.* Sie sagte deshalb: »Des einen Unglück kann des anderen Glück bedeuten, wenn man sich in der Mitte trifft. Warum sollten nicht drei dasselbe lieben können?«

Diese Worte schreckten Elvira noch manchmal nachts auf, als sie längst wieder bei ihrer Familie in Borstädt war. Zumindest klangen sie ihr dann stets im Ohr, als habe Solveig sie ihr am anderen Ende einer langen Röhre stehend gerade zugerufen. Jakob hatte ihr einen langen lieben Brief geschrieben: »Mein liebes Elvchen, … ich lasse mich sofort scheiden und komme zu dir, wenn du nur ein einziges Wort sagst. Du hast durch dein Einlenken Solveig sehr glücklich gemacht, aber ich möchte auch dein Glück, unser beider, an dem wir ja immer schon ein bisschen gepuzzelt haben …«

»Ach, mein lieber Jakob-Jud«, antwortete Elvira. »Siehst du nicht in Wahrheit die Ehe wie vor zwanzig Jahren als ein ehernes Versprechen? Ich bin auch noch daran gebunden, solange Wilhelm nicht für tot erklärt wurde. Vielleicht lasse ich das nie zu? Und Buße könnt ihr Juden ja an eurem Sühnetag ableisten. Ich muss, wenn es nach Luther geht, wie ich von dir gelernt habe, mich wohl mit lebenslanger Selbstverachtung strafen …?«

So entschlüpften Elvira manchmal noch etwas spitze und aufmüpfige Töne, aber in der Regel war sie die Sanfte, Stille, die fleißig ihre Arbeit tat. Anders als sonst nunmehr, nämlich wie ein eingestellter, stummer Automat. Fritz Weitendorff gab ihr Aufgaben in seiner Nähe. Aber auch Isabella und die Kinder hatten die Veränderung in ihrem Verhalten nach dem letzten Berlinausflug gespürt. Isabella hatte in einer kleinen Druckerei Arbeit gefunden und traf sich zum Feierabend immer einmal mit ihrer Cousine in der Stadt. Mehr und mehr Geschäfte öffneten. Ein Bummel, ein Plausch, ein Kaffee zündeten Lebensgeister. Werri schien sich jetzt im Wechsel der Jahreszeiten frisch zu verlieben. Andreas entdeckte mit seinen Freunden das Fußballspiel als wichtigste Beschäftigung außerhalb der Schule. Und Sonny registrierte, dass ihre Mama schön, schlank und grazil wie eh und je war, fragte sie einmal, warum sie nicht auch solche schönen schwarzen Haare wie sie habe – dieses »olle Blond«! Elvira lachte – es war eine ihrer wenigen von Herzen kommenden kleinen Lachsalven in dieser Zeit, Ausdruck ihres tief verwurzelten Frohsinns, ihrer fröhlichen Natur. Sie fasste ihre Tochter beim Schopfe, kuschelte ihr Gesicht in deren Haar und sagte: »Oh, es ist eben der Schopf des langen Blonden, deines Papas! Der liebe Gott wollte es wohl so. Dein Haar wird immer dichter und schöner, mein Sonnchen, bekommt einen leicht goldenen Glanz. Sei froh, dass du es hast. Es wird dich noch wie eine lebendige Krone erfreuen, wenn die Schwarzhaarigen längst grau oder weiß sind.«

Paradiesäpfel zum Jugendtreffen – heimliche Beobachter

Ganz Borstädt schien aus dem Häuschen zu sein. Oder zumindest seine Jugend, deren Familien und Anverwandte. So einen Trubel kannte Elvira nur aus Königsberger Zeiten.

Ein Lkw-Konvoi hatte sich auf der Bahnhofstraße, von der Promenade bis zur Höhe des Jugendklubhauses, formiert. Ein Pionierchor – Knaben und Mädchen allesamt in weißen Blusen und blauen Halstüchern – und eine Schalmeienkapelle intonierten vor dem Klubhaus Jugend- und Kampflieder. Und die fröhliche und bewegte Menschenmenge ringsum stimmte je nach Belieben ein.

Überall Jugendliche in blauen Hemden. Abschiedsszenen und halbmilitärische Kommandos, die zum »Aufsitzen!« aufforderten. Transparente mit den Aufschriften: »Wir verteidigen den Frieden«, »Nieder mit Militarismus und Imperialismus«, Sprechchöre und Hochrufe auf und wider nicht anwesenden politischen Repräsentanten hier und dort. Plakate mit durchkreuzten Atompilzen. Rote und blaue Fahnen, auf den blauen das FDJ-Emblem. An den Autos grüne Eichenlaub- und bunte Papiergirlanden …

Der alte Mattulke stand mit beiden Händen auf seinen Krückstock gestützt am Straßenrand. Er wirkte unbeteiligt, blinzelte müde gegen die heiß-flimmrige Sonne an und schüttelte nur hin und wieder kaum merklich den Kopf.

Halbe Zucht ist halbe Liebe, dachte er. Das hatte er alles schon schneidiger gesehen. Mit weniger Klimbim! *Und was hat ein Mattulke-Spross zwischen den plärrenden Gören in einem Schulchor verloren?* Nun, ihm sollte es egal sein. Das Leben bestand für ihn sowieso nur noch aus Verzicht.

Elvira bedauerte, aus dem Alter heraus und ihr Sohn Andreas noch nicht alt genug zu sein, um an dem hauptstädtischen Jugendtreffen teilnehmen zu können. Der Junge stand in der letzten Reihe des Chores, direkt an der kühlen Wand des Jugendklubhauses. Was ein Glück war, denn so konnte er sich an die Mauer lehnen, um auszuruhen. Das lange Stehen, die Hitze, die Aufregung und sein in der Familie bekanntes, nahezu ununterbrochenes und unstillbares Hungergefühl spielten ihm arg mit. Dabei war er, blass und schwächlich aussehend, wenn auch schon gehörig in die Höhe geschossen, trotz seines beträchtlichen Nahrungskonsums durchaus kein Raufbold und Draufgänger nach dem Wunsche des Großvaters. Sein Bruder Werri neckte ihn: »Andreas muss doppelt, weil für sich und seinen Bandwurm, essen!«

Werri wurde gerade, ein goldumrandetes samtrotes Ehrenbanner der Stadtparteiorganisation im Arm, zusammen mit seiner Schwester Sonja, die sich Kränze aus rosafarbenen Nelken um Haupt und Hals gelegt hatte, hinter dem Führerhaus des ersten Lastwagens postiert und rief seiner Mutter zu, dass er versuchen werde, in Berlin Ölsardinen zu bekommen. Andreas' rotblonder Schopf tauchte plötzlich in der fidelen Sängergemeinschaft wie eine Sternschnuppe unter … Die kurze Ohnmacht befreite ihn von weiterer Singpflicht. Sonja reichte Andreas ein Päckchen Kekse aus ihrem Reiseproviant hinunter. Werri eine Tomate mit dem Kommentar: »Für dein Würmchen, du parasitischer Held!«

»Danke, mein großer Bruder, 's is sowieso ungerecht«, entgegnete Andreas. »Ihr dürft weit weg in die Hauptstadt fahren, habt euern Spaß und kriegt obendrein Paradiesäpfel!«

Der alte Mattulke knäckerte belustigt. Nein, das musste man sagen: So sehr sein jüngster Enkel aus der Art schlug und so sehr er ihn auch zuweilen an die Weichheit und grüblerische Versponnenheit seines Sohnes Wilhelm erinnerte – die Butter vom Brot ließ sich das Bürschchen nicht nehmen! Wenn es also nicht am »Grips« lag – so vielleicht doch an der Zeit, dass sich die heranwachsende Generation wieder etwas beherzter gab. Behauptet wurde es allenthalben. Und tagtäglich laut genug hinausposaunt, dass dieser Staat der eigentliche sei zum Glücklich-Werden für die kleinen Leute. Dass es »klein« und »groß« nach Besitz und Ansehen nicht mehr gebe, sondern die »Kleinsten« gerade die Richtigen seien für die größten Aufgaben! Wie sich überhaupt jedermann frei entfalten könne.

Nun, Mattulke hatte seine Zweifel. Ein Haus zu erwerben, war jedenfalls »drüben« leichter. Was seines Erachtens weniger diesem Mister Marshall zu danken war als vielmehr deutschem Fleiß und deutscher Sparsamkeit! Wo sollte es hinführen, wenn nicht mehr dem Geld der Vorrang gebührte, sondern den Ideen? Nicht der Arbeit, sondern der Propaganda? Wenn anstelle geiziger Haushaltführung Verpulverei rangierte! Für Tamtam und Trara!

»Es geht um Deutschland im Ganzen, du kleiner Schmarotzer, in Einheit und Frieden! Und es ist 'ne Auszeichnung!«, rief Werri Andreas vom Auto herunter zu.

Der hatte die fast tennisballgroße Tomate im Ganzen in seinen Mund gesteckt und dementsprechend mühsam daran zu kauen. Von einer

Erwiderung nicht zu reden. Außerdem liebte er seinen Bruder wegen dessen heiteren, mitunter etwas rabaukenhaften Wesens. Ja gerade auch um seiner freundlichen Frechheiten willen. Erwachsene wie Kinder schienen Werri seine Derbheiten nicht übel nehmen zu können, da er sie ihnen mit einer fast liebreizenden Arglosigkeit präsentierte. Sodass sie beinahe wie eine Schmeichelei wirkten. Oder er foppte sie, um sich ihnen sodann dienlich zu erweisen. Wie gestern den Mädchen im »Bellevue«.

Andreas war mit seiner Mutter abends zum »Bellevue« im Wettinhain gegangen. Noch nie hatte seine Mutter ihn so spät am Tage gebeten, sie beim Spaziergang zu begleiten. Natürlich war er sofort Feuer und Flamme gewesen.

»Jetzt reichst du mir ja bereits bis zur Schulter, Junge«, hatte Mutter erstaunt festgestellt, als er sich bei ihr unterhakte. »Du bist schon ein richtiger kleiner Kavalier!«

Andreas hatte ähnlichen Stolz empfunden wie damals bei dem verwunderten Ausruf ihrer Gippersdorfer Bäuerin, dass aus dem »kleinen Süßen«, Sonjas Kosebezeichnung für ihn, ja allmählich »ein großer Bengel« werde!

»Die Sabine von Höschels gefällt mir, Mama«, sagte er jetzt in einem der Angelegenheit angemessenen Ernst. Womit er seine Mutter überraschte. Weil sie derlei Eingeständnisse von ihm nicht gewohnt war. Werri und Sonja berichteten ihr bis heute viel freimütiger über ihre Erlebnisse als Andreas. Werri meist in einer etwas prahlerischen Manier, wie ein welterfahrener Lebemann. Sonja mit einer Neigung zum Schwärmerischen, als sei ihr ganz Ungewöhnliches zugestoßen, das sie nur im Verein mit ihrer Mutter verkraften könne.

Andreas hat nie einen interessierten Vater um sich gehabt, dachte Elvira. *Kann die beste Mutter der Welt einem Jungen den Vater »überflüssig« machen?* Und hatte sie nicht selbst Grund, hundertfach an sich zu zweifeln, dass sie zu sehr an sich gedacht, was sie alles falsch gemacht, versäumt hatte? Sie griff nach dem Brief in ihrer Manteltasche, der sie seit Tagen in heftige Unruhe versetzte. Sie umklammerte ihn mit ihren Fingern. Wie ein kostbares, lang erwartetes Elixier, das ihre Lebenskraft erneuern sollte.

Durch die hohen Fenster des »Bellevue« hatten sie in den hell erleuchteten Tanzsaal geschaut. Sonja saß auf der gegenüberliegenden Saalseite inmitten einer Gruppe von jungen Mädchen aus ihrer Näherei, wo sie seit ihrer Ausbildung angestellt war. Jedes der Mädchen hatte ein Glas mit roter Limonade vor sich auf dem Tisch und nippte hin und wieder daran. Und alle gackerten lustig durcheinander. Wie eine berauschte Hühnerschar. Die Herren marschierten an den langen Tischen vorbei wie Marschälle am Rande des Gefechtsfeldes. Oder postierten sich bescheiden in der Nähe ihrer jeweiligen Erwählten, um beim Einsetzen der Musik die Rivalen im Sprint zu schlagen.

Elvira beobachtete – ihre rechte Hand unablässig an dem Brief in ihrer Manteltasche – einen ihr nicht unbekannten blond gelockten jungen Mann. Jedes Mal verpasste er den Start zum Tanz. Das heißt, er wünschte Sonja als Tänzerin – und die floh mit Schnelleren davon. Dabei wirkte der junge Mann sympathisch, nett und unaufdringlich. Wie die meisten der Anwesenden war er schlicht gekleidet, in eine helle Windbluse, einen zitronengelben Nicki und eine braune, schon etwas ausgebeulte Baumwollhose.

»Er ist mir zu jung, Mama! Muss erst noch fünf Jahre studieren, ehe er was darstellt, und wartet immerzu in diesem fürchterlichen gelben Pullover, wenig galant und stumm wie ein abgestelltes Postauto am Betriebstor auf mich. Am liebsten würde er mich sofort heiraten! Ist das nicht entsetzlich?«

»Aber, Kind! Er hat ein Ziel, wird Ingenieur! Mag dich so sehr, dass er kein Auge von dir lässt. Ich weiß nicht, wie du zu diesen Allüren kommst, wo wir selbst nichts sind und nichts haben.«

»Eben deshalb, Mama! Du hast dich stets mit dem beschieden, was du gerade besaßest. Doch ich will nicht so genügsam leben wie du!«

Sonja war im Begriff, mit einem um einige Jahre älteren und aufgrund seines dunklen Anzugs und der feuerroten Krawatte, die im Ton zu seinem schon etwas schütteren roten Haupthaar passte, irgendwie komisch distinguiert erscheinenden Herrn zur Bar zu gehen. Elvira, die Augen dicht am »Bellevue«-Fenster, wie vor einem wundersamen Kaleidoskop, entsann sich, dass ihre Mutter ihr einmal einen ähnlichen Vorwurf gemacht hatte wie ihre Tochter … *War denn meine Generation eine Ausnahme? Durch Arbeitslosigkeit, Krieg und Nachkrieg zur Anspruchslosigkeit und geduldig ertragenen Genügsamkeit erzogen? Von den eigenen Eltern und Kindern an aktivem Glücksstreben übertroffen?*

»Ich hatte doch keine andere Wahl!«, sprach sie versehentlich halblaut vor sich hin. Andreas schaute verwundert zu seiner Mutter auf. Sie umfasste beruhigend seine Schultern, lächelte und schüttelte den Kopf, um ihm zu bezeigen, dass mit ihr nichts weiter sei, sie nur laut gedacht habe.

Natürlich hätte ich anders, einen anderen wählen können. Keinen Verheirateten als Liebsten. Keinen Mann mit dem NSDAP-Abzeichen am Revers, was schon ein Symptom für Wilhelms Haltlosigkeit war. Er trug es sogar einmal zu unserer Verabredung. Ich stutzte, aber missbilligte es mit keinem Wort. Er nahm das Abzeichen wieder ab, steckte es in seine Jackentasche und sagte: »Keine Angst, Liebes, ich gehöre nicht zu ihnen.« Und dabei hatte ich den Eindruck gehabt, dass ihm das »Bonbon«, wie Isabella immer sagte, einen Moment lang einen scheußlichen Mut gemacht habe. Seht an, einer von der »Bewegung«, die über die nächsten tausend Jahre bestimmen wird! Er suchte irgendwo Halt – und wurde am nächsten Tag wegen seiner »ungeheuerlichen Anmaßung der Zugehörigkeit zur Partei« von dem Besitzer des Kolonialwarenladens, in dem er gerade arbeitete, entlassen. Das

geschah noch vor seiner SA-Episode ... Vielleicht war meine schein-
bare Toleranz für Wilhelms Schrulle schon ein charakterliches Zeichen
für meine Unentschiedenheit!

Sie knüllte den Brief in ihrer Hand. Drückte ihn dann wieder behutsam gegen die Innenseite ihrer Manteltasche, um ihn zu glätten. *Mein Gott, er will tatsächlich kommen! Morgen schon! Fast hätte ich die Hoffnung auf-gegeben, ihn noch einmal zu sehen. Seit fünf Jahren wäre er nun bereits mein Mann, wenn ich mich damals hätte entscheiden können!*

Nun, es lässt sich denken, dass es sich weder um Wilhelm noch um Isakess handelte. Jedenfalls musste es ein Mann gewesen sein, der Elvira beeindruckt und ihre Sehnsüchte angestachelt hatte. Andreas vergnügte sich indessen an den aufdringlichen Späßen seines großen Bruders. Werri war fast ständig von einem halben Dutzend Mädchen umringt. Die mit ihm schäkerten, um seine Gunst warben. Er spendierte rote Limonade, helles Bier, braune Likörchen. Wie ein die Staatskasse flöhender Prinzregent, aber nicht wie ein junger Schlosser, für den sich wegen seines niedrigen Gehaltes Bescheidenheit in doppeltem Maße geziemte. Oder gar in dreifachem, wenn man bedachte, dass er jeweils nach der Hälfte des Monats auf die heimlichen Zuwendungen seines Großvaters und den offenkundigen Pump bei seiner Mutter angewiesen war. Im »Café am Bahnhof«, seiner Lieblingslokalität, ließ er seine Zeche bis zum Gehaltstag freimütig anschreiben. »Ich komme ja wieder, ihr Lieben!«

Sonja spöttelte: »Der große Schmuser braucht wieder Geld«, wenn ihr Bruder die Mutter koste oder dem Großvater salbungsvoll um den Bart ging. Allein sie war ebenfalls bereit, Werri für ein paar freundliche Worte unverzüglich ihr letztes Taschengeld zu borgen. Was oft auf eine Schenkung hinauslief.

Elvira verfolgte den etwas losen Lebenswandel ihres erwachsenen Sohnes nicht unbekümmert, eignete sich jedoch nicht dazu, ihn zu unterbinden: Zum einen war sie weder so eine Pfennigfuchserin, auch den kleinsten Posten ausklügelnde Hauswirtschafterin wie ihre Schwiegermutter Marie. Noch eine so gestrenge Hausherrin wie ihre Mutter Anja. Sie ließ die Zügel locker – und es funktionierte im Wesentlichen auch. Sah man einmal davon ab, dass Elviras Haushaltskasse nicht selten zwei, drei Tage vor neuerlicher Auffüllung leer war. Ihr Schwiegervater half dann aus. Mit der Ergebenheit eines reuigen Delinquenten, der sich seinen Aderlass selbst zuzuschreiben hatte, wenn er ein lasches Regime tolerierte. Schweigend, ohne Aufhebens, legte er etwas Geld auf den Tisch oder kaufte das Nötigste an Lebensmitteln für die Familie ein, sehr wohl wissend, dass Elvira ihn nie darum bitten würde.

Die erschrak jedes Mal aufs Neue angesichts des Mankos in ihrer Haushaltskasse. Und jedes Mal aufs Neue nahm sie sich vor, ihre Finanzen besser einzuteilen. Aber ihre Nachgiebigkeit gegenüber Werris Schlendrian und auch ihr etwas großzügiges »In-den-Tag-hineinleben« (»Es wird schon wieder Rat!«) machten ihr stets einen Strich durch die Rechnung. Dabei kamen fast alle zusätzlichen Ausgaben den Kindern zugute. Elvira selbst gönnte sich so gut wie nichts. Wie das Gros der Mütter dieser Zeit litt sie unter dem Selbstvorwurf, ihren Kindern ohnehin nicht das geben zu können, was sie brauchten. Weder die für ihr gesundes Gedeihen notwendige Kost und geistige Anregung noch den bescheidenen Luxus noch die familiäre Geschlossenheit und Harmonie eigener Kindheits- und Jugendjahre.

Und schließlich wurde von ihr Werris sträfliche Sorglosigkeit nicht ganz umsonst geduldet: Hatte er nicht schon als Halbwüchsiger bei Hamsterfahrten mit Sorg und Wehe für die Familie eingestanden? Übte er sich nicht schon als Jugendlicher für Andreas in der Rolle eines Vaters, der mit Alberei und Strenge, Bakschisch und Backpfeife, Missachtung und Zärtlichkeiten den Bruder führte?

Auf Andreas' Gesicht erstrahlte gerade ein Feuer der Begeisterung. Wie ein Reflex auf das dreist-fröhliche Treiben des Bruders drinnen im hell erleuchteten Saal. Werri warf sich die Mädchen beim Tanz von einem Arm in den anderen. Verzögerte mitunter seine Hilfestellung, sodass seine Partnerin mit bangem Erschrecken und erschröcklichem Gejuch tiefer als gewohnt fiel – und doch noch rechtzeitig in seinem rettenden Arm landete. Oder er geleitete seine Dame zu ihrem Platz, schob ihr artig den Stuhl unter den Po, um ihn ihr freilich sogleich wieder darunter wegzuziehen – und die Dame in seinen Armen aufzufangen.

Ach, welche Dankbarkeit! Für diesen von Charme sprühenden jungen Mann! Sonja, drei Meter von ihrem Bruder entfernt, grinste und zog missbilligend den Mund breit: Dieser pudeläugige Salonlöwe mit dem Haar eines schwarzen Panthers und der sich bereits abzeichnenden Fülle eines biersüffelnden Bernhardiners – hatte heute noch nicht mit ihr getanzt!

Ihre heimlichen Beobachter Mutter und Brüderchen Andreas bemerkten Sonjas Gekränktheit nicht. Andreas nahm sich vor, so mitreißend zu sein wie sein großer Bruder! Wünschte sich insgeheim, von den Mädchen auch so begehrt zu werden wie er. Außerdem war er nahe daran, seiner Mutter Weiteres über Sabine Höschel mitzuteilen. Nämlich über sein erstes erotisches Abenteuer mit ihr. Es war für ihn allerdings enttäuschend ausgegangen. Die körperliche Inspektion in ihrem Deckenzelt in Höschels Hinterhofgarten hatte bei Sabine noch die gleiche Kahlheit wie bei ihm zutage gebracht!

Elvira dachte an Uwe Thornberg, jenen Mann, den sie erwartete: Im Nachkriegsjahr war er bei ihrem Bauern in Gippersdorf aufgetaucht. Inzwischen hatte sie ihn fast vergessen. Isakess und Solveig waren im Vorjahr, vor allem auf heftiges Betreiben von Solveig, von Berlin nach Hamburg umgezogen. Es kam Elvira wie schon einmal wie eine Flucht vor ihr vor. Sie streichelte den Brief in ihrer Manteltasche und dachte: *Womöglich ist deine Mama doch noch ein bisschen auf Glückssuche, liebe Sonny – und weiß davon nichts?*

Mattulke erholt sich, der Mann in Grau

Elvira hatte damals nichts Gutes geahnt. Was sich ihr im Nachhinein bestätigte. Aber ihre Sorge hatte mit ihrer Vermutung unredlicher Geschäfte ihres Schwiegervaters zu tun gehabt. Und insofern hatte ihre Ahnung sie doch getäuscht.

Der Mann stand auf halber Treppe. Wie eine graue Eminenz der sich einrichtenden Staatsgewalt. Oder einfach wie ein ob Wuchs und Angesicht eminent beeindruckender Mann in Grau. Hinter sich den neugierigen Blick der Bäuerin. Vor sich Elvira, furchtsam und gespannt. Andreas presste sein Gesicht gegen ihren Leib. Für die Mutter wie eine nachsichtheischende Geste an den Unbekannten. Für den Knaben verschämte Zuflucht, da er mit jedem fremden Mann seinen ihm fremden Vater erwartete.

Furcht war in dieser Nachkriegszeit Elviras bestimmendes Gefühl. Und sie wunderte sich später sehr, wenn besonders Werri und Sonja ihr gerade für diese Jahre einen nimmermüden, tatkräftigen und fast heiteren Optimismus bescheinigten. Als habe sie zwei Leben geführt: ein unerschrockenes, kooperatives, vornehmlich körperliches kraft ihrer Jugend und ihrer gesunden Glieder. Und ein schreckhaftes, seelisches, sorgsam in ihr verschlossenes, mit der Furcht davor, dass Wilhelm nicht mehr komme oder vielleicht zurückkehre, aber entstellt, äußerlich und innerlich ein anderer als derjenige, der von ihr fortging. Mit der Furcht, dass sie nicht stark und bildend genug sei, ihre Kinder in selbstständige Existenz zu geleiten. Und gleichzeitig davor, dass es alsbald geschehe!

Mit der allerorten gegenwärtigen Furcht der Mütter, am nächsten Tag kein Essen auf den Tisch bringen zu können. Aber eben auch mit der Furcht vor den »vorsorgenden«, ihr verheimlichten Machenschaften ihres Schwiegervaters und deren schlimmen Folgen. Wovon zunächst die Rede sein soll.

Es war ihnen plötzlich besser gegangen. Zwar mühte sich Elvira weiterhin stundenlang für ein paar Wruken oder einige Pfund Schrotgetreide oder Kartoffeln auf dem Feld oder bei Entladearbeiten im Hof des Bauern Drescher. Doch ihr Schwiegervater, nach ihrer Ankunft auch Isabella und manchmal sogar Werri, schafften auf einmal Speck, Halbdutzendweise Becher mit Kunsthonig, Brote, Spitzfüße von Schweinen, ja ganze Rippenstücke herbei, die Mattulke mit der Akribie eines gerechten Stammesvaters in gleiche Teile zerlegte. Um dann doch ein Gros davon, grimmig in sich gekehrt, wie eine leidige Pflicht befolgend, der wie nichts mehr in der Welt an Genuss abzuringen sei, als Karbonade zu verzehren.

Mattulke war nach Monaten scheinbar stumpfsinnigen Dahinbrütens wieder zu einer kämpferischen Aktivität erwacht. In der ersten Zeit nach seiner Ankunft in Gippersdorf hatte er sich morgens wie mechanisch aus seinem Bett erhoben, gewaschen, angekleidet, gegessen. Den Tag über in Grübeleien um eigene Todeswünsche, Ängste und Rachegelüste versunken. Schließlich hatte er sich Elvira bei einfachen Verrichtungen wie dem Schälen von Kartoffeln, dem Putzen von Gemüse oder dem Abtrocknen des Geschirrs nützlich gemacht. Zwar gelangte er nie wieder zu früherer Vitalität und Energie, sondern blieb im Grunde ein gebrochener Mann, der sich zu seiner letzten Wegstrecke aufmachte. Doch für den Unterhalt der Familie wurde er wieder zu einer respektablen Kraft. Was nur Elvira mehr Unbehagen als Freude bereitete. Zum Beispiel die Sache mit der Sau.

Mattulke hatte in der Hofeinfahrt Schmiere gestanden, während Christoph Genth die unangemeldete Sau aus ihrem Stallversteck trieb.

Es schien, dass das Schwein wüsste, dass es selbst Mondlicht zu meiden habe, denn Genth vermochte auch mit immer heftigeren Fußtritten und Knüppelhieben nicht, es aus der schattigen Hofflucht zu bugsieren. Die Flucht nach vorn ergriff es allerdings, als der hellhörig gewordene Bauer an seinem Haus das Außenlicht einschaltete. Genth seinerseits versuchte nun, zusammen mit dem Tier zu fliehen, und es vermöge seiner autorisierten Amtsgewalt in der befohlenen Richtung zum Tor hinauszulenken. Womit sich weder die Sau noch der Bauer abfanden. Die Sau scheute die lebensverkürzende Freiheit, sprang zur Seite und stieß Genth in jauchigen Modder. Und der Bauer eilte mit einer gerade greifbaren Schaufel auf den am Boden Liegenden zu. Freilich nicht, um ihm zu helfen, sondern »eins über zu helfen«, wie es Mattulkes Redensart war. Genth fand in dieser unrühmlichen Lage als beklagter »Schuft! Dieb!« zu den anklagenden Worten: »Ich meld's den Russen! Du Kulak! Wie viel Schweine hältste dir noch schwarz, um sie zu verschieben?«

Es ist unklar, was den Bauern abhielt, mit der Schaufel auf den Missetäter einzuschlagen. Genths Vorwurf oder die Vermutung, dass statt eines alten Mannes eine einsatzbereite Gruppe der von Genth beschworenen Schutzbefohlenen hinter dem etwa um eine Schweinebreite geöffneten Hoftor lauerte. Mattulke, der ansonsten nicht mehr allzu gut hörte, war nämlich bei Genths laut drohendem Ausruf des Wortes »Russen« heftig erschrocken! Er hatte einen Schritt zurück ins Dunkel getan. Der freigegebene Torflügel knarrte ein wenig. Und der Bauer ließ die zum Schlag erhobene Schaufel sinken.

Womöglich hätte er Genth sogar mit seiner Sau davonziehen lassen. Aber die war über alle Berge in Nachbars Gemüsegarten. Dem eigentlichen Grund, weshalb die missglückte nächtliche Aktion am nächsten Morgen in ganz Gippersdorf und schließlich sogar im zuständigen Borstädter Bürgermeisteramt bekannt wurde.

Genth versuchte hierauf sein Glück in westlicher Richtung. War kurze Zeit Bergmann im Ruhrgebiet. Dann Kellner im nordfriesischen Husum. Decksmann auf einem Frachtschiff. Und die Mattulkes glaubten, dass sie seiner im küstenfernen Sachsen auf ewig ledig seien.

Das war ungefähr die Zeit, da Elvira sich um die Zuweisung einer Wohnung für ihre Familie kümmerte und Mattulke erstmals die Besatzungsbehörde vom Objekt seiner Furcht zu seinem Schutzorgan – nach dem Beispiel Christoph Genths – mit Erfolg verkehrte. Er war extra in den Peniger Forst gegangen, um Brennholz zu sammeln, weil es ihm im von Gippersdorf näheren Heiersdorfer Holz wie leer gefegt aussah. Zwischen Tannenreisig und Geäst aus dem Unterholz versteckt hatte er sich ein paar Kloben junger Fichtenstämme, die in Sichtweite vom Forsthaus am Weg aufgestapelt lagen, auf seinen Handwagen gepackt. Aber kein Forstmeister des einst so königlichen und nun reichlich gefledderten Waldstücks hatte ihn gestellt, sondern ein Flurschutzmann. Er saß kaum fünfzig Schritte entfernt und gut getarnt auf einer Eiche und spähte offenbar statt nach räuberischen Kartoffelfeldplünderern in der Flur nach harmlosen Holzsammlern am Waldessaum. Intuitiv schnauzte Mattulke ihm mit einer Dreistigkeit wie zuzeiten seines gewinnbringendsten Grundstücksschachers seine Empörung entgegen: »Was willst? Ich melds dem Russ', du! Ich weiß, was du für einer warst!«

Ein andermal bluffte Mattulke mit doppeltem Erfolg: Er war mit dem alten Bauern Drescher in Streit geraten. Nicht nur, weil dieser ihm einen kleinen, von Stallung und Werkstatt durch Zwischenwände isolierten Raum zur Schnapsbrennerei zur Verfügung gestellt hatte und sich in der Folge wie ein Antialkoholiker abgespeist fühlte. Sondern weil der Bauer zu Recht vermutete, dass von ihm nicht zur Verfügung gestellte, aber sehr wohl produzierte Zuckerrüben und Kartoffeln zur hochprozentigen Veredlung kamen. Mattulke besserte überdies den destillierten Schnaps nach einem Rezept seines Sohnes Wilhelm mit

Wacholder aus dem Heiersdorfer Holz auf, was das Faible des Bauern für den Schnaps verstärkte.

»Unerhört!«, rief Mattulke jedenfalls fassungslos und schritt von zweckentfremdeter Stallbucht und vom Bauern weg auf das Wohnhaus zu. Zornig drehte er sich einige Meter hin auf dem Hof um: »Früher die Fremdarbeiter schinden, heutzutage die Umsiedler bis auf den letzten Tropfen auspressen! Das sieht euch ähnlich! Vor Jahr und Tag als Ersatz für 'ne Geldspende den Hund auf SPD- und KPD-Leut hetzen – und nu brave Proleten beschuldigen! Ich melds noch dem Russ', Bauer!«

Im Hausflur wartete gerade ein glatzköpfiges Männlein mit rotem Schlips auf bunt kariertem Hemd: Fritz Weitendorff. Das heiratsversessene »Borstädter Faktotumchen« hatte wohl schon bei seiner ersten Besichtigung der misslichen Wohnverhältnisse der Familie an Elvira einen Narren gefressen. Des alten Mattulke parteiliche Rede überzeugte ihn nun vollends: Hier musste geholfen werden.

Weitendorff bat Mattulke, seine Schwiegertochter von ihm zu grüßen. Elvira war gerade nicht zu Hause, da sie jetzt mehrmals wöchentlich für Stunden in der Heiersdorfer Gärtnerei beim Jäten und Pikieren aushalf. Weitendorff versprach, bald wiederzukommen, und bot dem alten Mattulke vorerst ohne irgendein Arg eine Stelle als Wachmann im Lebensmittellager in Borstädt an: Was Mattulke sogleich annahm.

Im weiten Lodenmantel, auch die Schirmmütze aus Loden, in der rechten Hand sein einziges aus Frohstadt gerettetes Stück, den Krückstock, in der Manteltasche eine rote Armbinde mit der weißen Aufschrift »Wache«, das rechte Bein etwas nachziehend, im Gesicht hagerer geworden, das linke Auge stierte deutlicher als einst, die Nase war nicht mehr groß und fleischig, sondern groß und knochig. So ging er alsbald fast täglich, wie meist betont aufrecht, die lange Chemnitzer Straße entlang zum »Alten Amtsgericht«, wo das Lager eingerichtet war. Wie Elvira, wenn sie zum Rathaushof eilte. Manchmal fühlte er sich wie in vergangene Zeiten versetzt. Zwar tat er nicht Dienst beim Gericht, sondern bewachte ein Lebensmittellager. Aber er war wieder bei seinem alten Stand angekommen. Und er besaß nichts. Wie immer nahm er auch seinen Dienst ernst. Er war allgemein gesehen ein verlässlicher Wachmann, und konkret in persona: kein Schieber en gros. Die Sternstunden seiner Geschäftstüchtigkeit hatte er hinter sich. Gelegentlich halfen ihm Isabella und sein Enkelsohn Werri, etwas Butter, Mehl oder Honig zum eigenen Verbrauch oder zum Tausch beiseitezubringen. Für seine kleinen Scharlatanerien, sich auf die Schutzmacht zu berufen, hatte er selbst eine Entschuldigung: In Zeiten des Chaos, der Not und der Hoffnungslosigkeit besaßen Schwindler und Hochstapler eben eine Chance.

Elvira zog es für sich tausendfach vor, in »weißer Weste« zu hungern, statt in »befleckter« satt zu werden. Doch im Interesse ihrer Kinder fragte sie zumeist nicht viel, wenn unerwartet das eine oder andere Essbare auf den Tisch kam. In Saus und Braus lebten sie weiß Gott nicht.

Aber als dann auf einmal dieser große athletische Mann vor ihr stand. Ganz wie ihr klischiertes Bild von einem Kriminalisten: mit grauem breitkrempigen Hut, im grauen Anzug, den Trenchcoat leger über dem Arm, ein schmales ernstes Gesicht, graue eindringlich blickende Augen. Da rutschte ihr doch das Herz sonst wohin. Und sie hielt sich und die ihren, die im seichten Gewässer der ordnungswidrigen Nachkriegsordnung ihre wenig ergiebigen Fischzüge machten, nicht für einen sündigen Millionenfall, sondern für den Pfuhl der Sünde selbst.

Er fragte nach »Mattulke«. Und sie war dermaßen aufgeregt, dass sie nur ihren Schwiegervater für gemeint glaubte. Sich in dem Moment gar nicht besann, ebenfalls eine »Mattulke« zu sein. Denn der Mann in Grau wollte zu ihr. Einer ehemaligen Przyworra. Er kannte ihren Bruder Rudolph von der Front, hieß Uwe Thornberg und war kurioserweise tatsächlich Polizist. Angestellt in der »Deutschen Verwaltung des Innern« in Berlin.

Sie saß ihm an dem kleinen vierbeinigen runden Tisch gegenüber. Ein altes, wackliges und verschrammtes Stück, wofür sie im Frühjahr eine gute Woche lang auf dem Drescherschen Feld Rüben verzogen hatte. Ihre Hände lagen parallel nebeneinander auf der bloßen Tischplatte. Aufrecht und sittsam ihre Körperhaltung, erinnerte Elvira darin an den alten Mattulke. *Ich und sittsam!*, schoss es ihr durch den Kopf. *Oder bin ich es doch? War ich es im Grunde immer?*

Sie entschuldigte sich für Dürftigkeit, Enge und »Ach, den ganzen Krasel, die Unordnung!« in der Behausung. Was nicht nötig gewesen wäre. Thornberg gestand ein, in Berlin nicht besser zu wohnen. Der Bauer hatte für ihren Schwiegervater nebenan eine Abstellkammer zur Nutzung als Schlafgemach ausgeräumt, aber tagsüber vollzog sich ein guter Teil des Familienlebens doch vor allem in diesem einen Zimmer. Thornberg schaute auf das einzige schöne Stück im Raum: einen Kupferstich – mit der Silhouette Borstädts zur Jahrhundertwende. Elvira hatte ihn bei der Entrümpelung der Abstellkammer vor dem Müll gerettet und sich über das Bett gehängt, in dem sie zusammen mit ihrer Tochter schlief.

Offenbar stach auch Thornberg die imposante Schule ins Auge, denn er sagte: »Ein beliebtes Thema Ihres Bruders war die Überwindung der bürgerlichen Privilegien in Bildung, Kunst, Urlaubs- und Freizeit-, Ess- und Wohnkultur … Überwindung des Zustands der Ungleichheit, um alle an diesem reichen Schatz teilhaben zu lassen, wie er meinte. Leider habe das Kapital materiellen Besitz inzwischen zum Wert aller Werte erhoben. Womit sich die Bedeutung der Privilegien relativiert habe.«

Elvira brühte eine Kanne Malzkaffee auf und mutmaßte, dass der Mann in Grau mit seiner Rede beabsichtige, schlimme Nachrichten hinauszuzögern. Sie stellte einen blauen Keramikbecher mit Magermilch und ein gläsernes Kompottschälchen mit Zucker auf den Tisch. Andreas rief auf dem Hof laut und wiederholt nach Liesel, einer der beiden Kühe des Bauern. Sonja und Werri kamen heute erst am Nachmittag aus der Schule. Ihr Schwiegervater war nach Chemnitz gefahren, um sich einen neuen Krückstock zu besorgen, da man ihm seinen alten bei einer Transaktion auf dem Schwarzmarkt in der Borstädter Kirchgasse gestohlen hatte.

»Ihr Bruder lebt nicht mehr«, sagte Thornberg. Elvira goss den Kaffee ein. Damals hatte sie gedacht: *Sind mir durch den Krieg und die Fremde die Tränen versiegt? Was nutzte es, zu jammern, wenn die Stadt schon brannte? Zu lamentieren, wenn der eigene Mann Monat um Monat nicht heimkehrte? Zu zürnen, wenn Unrecht doch Hunger tilgte?*

Sie wich Thornbergs Blick aus. Als müsste sie vor etwas auf der Hut sein, dessen Gefahr sie noch nicht kannte. Auf die nur ihr Gehirn mit einem Impuls an ihre Augenmuskeln reagierte. Er hatte auf Rudolphs Anregung sein Heil in der Desertion gesucht. Rudolph hatte es nicht hinübergeschafft.

»Vielleicht denkt man intensiver nach, wenn man sich in einer Schuld fühlt?«, sagte Thornberg. Wie beiläufig nickte Elvira, aber die Worte trafen einen wunden Nerv in ihr. Sie goss Thornberg Kaffee in die Tasse nach. Dann sagte sie: »Mein Bruder war von einem unruhigen Geist beseelt. Von Ideen, die mich veranlassten, im Wechsel bewundernd zu staunen oder ungläubig mit dem Kopf zu schütteln. Mein Vater nannte sie zu umstürzlerisch und zu abstrakt. In jungen Jahren las Rudolph utopisch-fantastische Bücher, Biografien über Erfinder, dann schwer verständliche philosophische Schriften. Er war nur drei Jahre älter und von Statur kaum kräftiger als ich. Aber an Klugheit, wie mir schien, mir um ein Generationsalter voraus. Während ich bei der Freien Turnerschaft Tennis spielte, nahm er an irgendwelchen Kundgebungen und Versammlungen – meist der Kommunisten – teil. Müßiggang kannte er nicht. Nur einmal brachte er ein Mädchen mit nach Hause. Sie schwärmte natürlich für ihn, war wie er brünett und klein und auch von dieser ideenbesessenen Unruhe erfüllt. Zu mir sagte sie über Rudolph, wie über einen Magier: ›Er hat etwas Transzendentes!‹«

Elvira überlegte, ob es dieser Anschein des Übersinnlichen, des Enthoben-Seins aus der banalen Realität, des zum einen zwar beglückend optimistisch, aber zum anderen auch wirklichkeitsfremd anmutenden Träumens ihres Bruders von einer lichten fernen Zukunft war, was sie in früher Jugend von ihm getrennt hatte. *War ich zu n o r m a l ? Weil ohne jedes Quäntchen von Spleenigkeit?* Sie hatte weder nennenswerte Streiche begangen noch atemberaubende Abenteuer überstanden. Sie trachtete nicht nach außerordentlichen Leistungen und Erlebnissen, sondern nach Beständigkeit in ihren täglichen Arbeitsanforderungen und in menschlicher Bindung. Sie hielt sich für durchschnittlich intelligent – und mäßig mutig. Ihre Freundin Ellen hatte ihr in Bezug auf Isakess einmal »ungeheuren Mut« unterstellt. »An einen Professor würde ich mich nicht ran wagen!« Elvira lächelte in sich hinein. *Eigentlich hatte ich mir ja immer eingeredet, dass ich nur wollte, dass er mich zur Frau macht. Doch vielleicht hatte ich mich von Rudolphs Ideenwelt, seiner Neugier, gar nicht so weit entfernt? Ein Professor musste es schließlich wissen, wo es im Leben langgeht, worin sein Sinn besteht. Zumal, wenn er älter und erfahrener war, als man selbst.*

»War es schlimm für ihn, dass es misslang?«, fragte sie den Mann in Grau, da ihr der Tod selbst weniger von Bedeutung schien als das Fazit eines unglücklichen, weil zu früh und unerfüllt verloschenen Lebens. Und ihre Hände wie zum Erwärmen um die Kaffeetasse gelegt, sinnierte sie: *Wie er starb, will ich gar nicht wissen, im Krieg gibt es keinen angenehmen Tod. Es ist so und so beschämend, vielleicht habe ich in den vergangenen Jahren zehntausendmal an meinen Mann und an Isakess gedacht und bestimmt nur einige Dutzend Male an meinen Bruder.*

Dieser Unbekannte hat mich erst wieder an Rudolph erinnert: an unseren Laienphilosophen und Berufsanarchisten, wie Vater spöttelte, wenn sein Sohn beim Hausausbau partout eine Schalung vornehmen wollte, wo e r einen Mauerdurchbruch erwog.

»Er kam nicht mehr dazu, sein Leben zu resümieren«, sagte Thornberg. »Wir hatten gerade das Niemandsland passiert, als sich unsere Granatwerfer auf den vor uns liegenden Frontabschnitt einzuschießen begannen; ein kleines Wäldchen, das den sowjetischen Truppen als Konzentrierungsraum diente, wie sich zeigte. Rudolph war plötzlich wie vom Erdboden verschluckt. Als habe ich ihn eben, keine zehn Schritte neben mir, nur als Trugbild – anstelle einer jungen Birke – wahrgenommen. Das Bäumchen ragte nach der Detonation wie ein blanker, in Kopfhöhe abgeschlagener Wäschepfahl aus dem Boden. Daneben ein Krater, tief, modrig und weich, als könne man darin unversehens in die Hölle versinken …«

Nun hatte Elvira doch das Gefühl, dass sich ihr Herz und ihr Magen ineinander verkrampften. Aber steif wie eine Wachsfigur bei Madame Tussauds saß sie auf ihrem Stuhl. Sie hielt die Hände immer noch um die Kaffeetasse gelegt, den Blick auf Thornberg, ohne ihm in die Augen zu schauen. Sie stellte fest, dass sein rechtes Ohr größer war als sein linkes und sein Haar in der Mitte der Stirn etwas tiefer ansetzte als an den Seiten. »Die Ruchlose und ihr Liebhaber«, fantasierte sie als Titel für diese triste Szene im Londoner Kabinett der Madame.

Sie erschrak über ihren ebenso dreisten wie absurden Gedanken an eine Liebschaft. Flüchtet man aus Sehnsucht oder aus Not in Liebschaften? *Er wird mich nicht nur für einen politisch unbedarften, sondern auch für einen gefühlskalten Menschen halten,* dachte sie. *Früher habe ich lachen und weinen können, wenn mir danach war. Heutzutage ist eine Sperre in mir, die den Gefühlsstrom bremst.*

Doch in demselben Moment, da sich in Elvira ihr legitimer Anspruch auf Liebe ganz vage und zaghaft rührte, nahm sie ihn zurück: Hatte sie nicht ihre Kinder? Hatten nicht so viele Menschen unendlich viel mehr Leid erfahren als sie?

Thornberg war nur knapp dem Typhustod entgangen und auf der Antifaschule den vermutlich tödlichen Folgen einer Verleumdung. Die sich als Irrtum des Denunzianten in der Identität Thornbergs erwies. Mitunter sei er in den qualvollen Wochen der Klärung des Vorwurfs, an einer Exekution von sowjetischen Zivilisten teilgenommen zu haben, trotz reinen Gewissens schon erschreckend uninteressiert am Ausgang der Nachforschungen gewesen. Und manchmal wiederum habe er wie im Wahn die Gerechtigkeit wie eine sicht- und fühlbare Justitia beschworen. Geglaubt, dass er körperliche Torturen leichter ertragen könne als diese seelischen.

Aber das sei wohl eine falsche Annahme. Da unsere Seele es vermutlich besser als unser Körper gelernt habe, sich gegen quälende äußere Einflüsse zu schützen.

»Wer weiß?«, sagte Elvira.

Von Thornbergs hoffnungsvoller Stippvisite, Weitendorffs Primelkrankheit, Genths Rückkehr und Revolte

Der Lkw-Konvoi hatte sich in Bewegung gesetzt. Erklomm rauchend und stinkend die Bahnhofstraße. Die jugendlichen Delegierten auf den Fahrzeugen winkten mit roten Tüchern und schwenkten die Fahnen. Pionierchor und Schalmeienkapelle hatten sich aufgelöst und begleiteten zusammen mit den Zuschauern zu beiden Seiten der Straße wie ein weißgesprenkelter grauer quirliger und lärmender Schweif die farbenprächtige Autokolonne ein Stück des Weges.

Werri rief: »Salut, Großvater, Mutter! Adieu, mein Brüderchen Vielfraß!« Sonja neben ihm hatte aus Vorfreude und Abschiedsweh feuchte glänzende Augen.

Andreas schnitt seinem Bruder eine Fratze: aufgeblasene Wangen, schielende Augen, die Hände gekreuzt auf dem schmalen eingezogenen Leib. Was sowohl hungergequältes Verlangen nach mehr als auch brechreizende Übelkeit vom ungewohnten Genuss solcher Kost wie süßer Butterkekse und übergroßer Tomaten bezeichnen konnte.

Vom letzten Fahrzeug warf jemand einen Feuerwerkskörper auf die Mitte der Straße. Ein kümmerlicher Knall entlud sich. Doch unmittelbar darauf schlug eine meterhohe Flamme empor, als habe sich die brisante Energie statt in lauten Schall in lichte Lohe umgesetzt.

Elvira schreckte auf. Mit einem Blick zur Bahnhofsuhr hatte sie sich vergewissert, dass in gut einer Stunde Uwe Thornberg eintreffen würde. Sie lief mit Andreas, der sich bei ihr untergehakt hatte, noch ein Stück durch die Menschenmenge den Fahrzeugen hinterher. Sie winkten Sonja und Werri nach, obwohl die beiden kaum noch zu erkennen waren, da die Kraftwagen jenseits des Bahnhofs auf der abschüssigen Strecke nach Gippersdorf schnell an Fahrt gewannen.

Der alte Mattulke war am Bahnhofsberg stehen geblieben. Auch ihn hatte das plötzliche Aufflammen des harmlosen Feuerwerkskörpers erschreckt. Ungehalten schimpfte er vor sich hin und kehrte dann um, um zu sehen, ob sich für ihn in der Promenade noch Gelegenheit zu einem Schwätzchen bot.

Unterdessen trollte sich Andreas mit einem Klassenkameraden davon, den die Kinder »Puszta« nannten, weil er mit seinen Eltern, ursprünglich Ungarndeutsche, erst einige Jahre nach dem Kriege in Borstädt ansässig geworden waren.

So stand Elvira mit einem Mal vereinsamt vor dem leeren Bahnhofsgebäude. Als hätten sich die männlichen Mattulkes und alle Welt untereinander abgesprochen, sie in dieser Stunde allein zu lassen.

Sie ging zu der kleinen Grünanlage am Rande des Bahnhofsvorplatzes hinüber, setzte sich auf eine Bank. Dreiundvierzig Minuten Zeit blieben ihr immer noch. Für jedes Jahr meines Lebens eine Minute, dachte sie. Sie übersprang die ersten achtunddreißig. Denn der Mann, auf den sie wartete, war mit ihren letzten fünf verknüpft. Anfangs hatte er ihre Fantasie belebt. War für sie oft ein Traumbegleiter gewesen. Aber dann war Isabella gekommen. Isakess hatte sich völlig unerwartet gemeldet. Es war viel geschehen inzwischen. War er trotzdem noch ein Strohhalm für sie, an den sie sich gern klammern würde? Oder war er es jetzt wieder? Nach wie viel Strohhalmen würde sie noch greifen können?

Ein Schnellzug raste, aus Leipzig kommend, vorüber. Vielleicht saß Thornberg darin? Schnellzüge hielten in Borstädt nicht. Es war deshalb günstig, bis Chemnitz zu fahren, und dann die kurze Strecke bis Borstädt mit dem Bummelzug zurück. Vor fünf Jahren hatte Thornberg nach seinem Besuch in Gippersdorf von Chemnitz (wo er dienstlich zu tun gehabt hatte – und dessen Umbenennung in Karl-Marx-Stadt diskutiert worden war) an sie eine Karte mit der Nachricht gesandt, dass er beabsichtige, auf der Rückreise noch einmal in Borstädt Station zu machen.

Das hatte Elviras Träume genährt. Sie war wie heute zu früh auf dem Bahnhof gewesen. Hatte von ebendieser Bank aus ihn beobachtet: Wie er federnd aus dem Zug ausstieg, den Trenchcoat wieder leger über dem Arm, kurz innehielt, nach rechts und links schaute, um sich zu vergewissern, ob sie schon auf ihn wartete. Sie war hinüber bis zum Zaun neben dem Bahnhofsgebäude gelaufen. Wollte Thornberg ein Zeichen geben, dass sie da sei, und er nicht womöglich enttäuscht wieder in den Zug einstieg.

Seinen Hut hatte er artig vom Kopf genommen, als er auf sie zutrat. Und sie hatte wohl ebenso artig vor ihm gestanden. Ihre Hände vor der Brust gefaltet, als bitte sie ihn von vornherein um Nachsicht.

Er fragte sie geradezu: »Sie warten noch, nicht wahr – auf Ihren Mann?« Sie nickte heftig. Und war ihm dankbar, dass er ihr die Antwort, halb suggerierend, leicht gemacht hatte.

Sie setzten sich auf diese Bank und erzählten sich voneinander. Drüben auf den Abstellgleisen des Güterbahnhofs schippten zwei Männer Kohlen aus einem Waggon auf einen Lastwagen. Aus einem anderen Waggon trugen Männer Säcke mit Kalk über die schmale Verladebühne in einen Lagerraum. Dahinter auf dem Sportplatz lärmten Kinder beim Fußballspiel.

Thornberg hatte bis zur Einberufung in die Wehrmacht bei seiner Mutter in Torgau gelebt. Seine Verlobte war als Dienstverpflichtete in einer Munitionsfabrik bei einem Bombenangriff auf Leipzig umgekommen. Vierzehn Tage bevor sie heiraten wollten. Zwei Jahre jünger als Elvira war er.

Sie erinnerte sich jetzt, wie sie, während sie Thornberg zuhörte, die in Wolken von Kohle- und Kalkstaub arbeitenden Männer beobachtet und – an Wilhelm gedacht hatte. Oft hatte er ja auf dem Güterbahnhof oder im Stadthafen von Königsberg solche Arbeiten verrichtet. Aber es war ihr nie so recht bewusst geworden, wie schwer und wie schlimm es für ihren »Musenliebling«, wie sie ihn bisweilen ein wenig spöttisch genannt hatte, gewesen sein musste.

Die vier Bänke standen damals schon hier. Jeweils zwei an einer Seite. Dazwischen war ein bisschen Kies zur Befestigung des Platzes verstreut. Erst in dem Jahr nach Thornbergs Besuch hatte Fritz Weitendorff vorgeschlagen, den Platz attraktiver zu gestalten. Mit einem kleinen Ausstellungspavillon, in dem Länder und Leute der Sowjetunion vorgestellt werden sollten.

Daraufhin hatte man Muttererde herangefahren, rund um die Bänke herum ausgebreitet und Rasen gesät. In der Mitte zwischen den Bänken wurden zwei große Keramikschalen mit gelb- und rotblühenden Primeln platziert. Die erste Exposition in dem seitlich von Bänken und Blumenschalen errichteten Pavillon war dem dreißigsten Jahrestag der Oktoberrevolution gewidmet und schon im Herbst jenes Jahres von Elvira und ihren Ratskolleginnen zusammengestellt worden.

Weitendorff, damals noch unbeweibt, erschien nach der Besichtigung mit einer fleischfarbenen Primel im Jackenknopfloch und voll Lobes im Rathaus. Am nächsten Tag waren seine Oberlippe und seine Nase seltsam verschwollen und gerötet. Als habe er sie über Nacht unausgesetzt gerieben oder auf irgendeine genüsslich schnüffelnde Weise überstrapaziert. Jedoch weder er noch seine Mitarbeiter fanden eine plausible Erklärung. Erst als Wochen später Weitendorff wiederum mit einer Primelblüte im Knopfloch auftauchte – und prompt tags darauf die nächtliche Verwandlung seines sonst freundlichen und hellwachen menschlichen Angesichts in eine Art stupider rötlicher Schweineschnute dokumentierte, dämmerte es einem ebenfalls allergisch veranlagten Kollegen. Der Genosse Bürgermeister leide wohl an der »Primelkrankheit«?

Weitendorff wies an, die Primeln durch Rosen zu ersetzen. Was gärtnerisch nicht ohne Weiteres realisierbar war. Außerdem entpuppte sich der derzeitige Stadtgärtner als Dickkopf und Witzbold. Er meinte, dass an einem solchen Platz nicht die »Königin«, sondern der »gemeine Mann« der Blumen, eben die Primel, angebracht sei. Weitendorff stimmte zu und in den Folgejahren blühten bis Juni Primeln und danach Vergissmeinnicht oder Pelargonien in den Schalen.

Keineswegs ulkig war dagegen die Tatsache, dass vor Jahresfrist an der Stelle des inzwischen wiedererrichteten Pavillons – wie jetzt inmitten der Straße als Rückbleibsel des niedergebrannten Feuerwerkskörpers – nichts weiter als ein kohlrabenschwarzer Fleck zu besichtigen gewesen war. Die ihn verursacht hatten, saßen zurzeit ein. Einer von ihnen hieß Christoph Genth. Für Elvira zwar weiterhin ein »armer Junge«, bedeutete es aber, dass sie ihre Kader-, Familien- und sonstigen Akten mit einem schwarzen Fleck behaftet fühlte.

Dabei »pflegten der Genth und die Mattulkes keinerlei Kontakte«, wie es in einem Untersuchungsbericht korrekt hieß. Nicht, dass Elvira jemals die Idee gekommen wäre, Genth abzuweisen! Aber er kam nicht.

Nach seinen rasch wechselnden Törns als Bar- und Storekeeper, redlicher Kohlenförderer und unredlicher Kohleeinheimser zu Wasser oder zu Lande war er plötzlich wieder in Borstädt angelandet. In einem leidlich gängigen VW Käfer, bestückt mit jeder Menge verteufelt gängiger Pin-up-Girls und einem Seesack mit wenigen Utensilien.

Genths Bekanntenkreis wechselte in der Regel ebenso rasch wie seine Tätigkeiten. Er war überall und nirgends bodenständig. Die gutmütige und unkomplizierte Isabella noch sein beständigster Anlaufpunkt. Isabella hatte bald nach ihrer Anstellung als Hilfskraft in einer kleinen Borstädter Druckerei, die die Wäscheetikette für Trikotagenproduzenten, Einladungs- und Visitenkarten und dergleichen herstellte, ein Mansardenzimmer in der Borstädter Kirchgasse bezogen. Kaum drei Minuten Fußweg von ihrer Arbeitsstätte entfernt.

Da aber Isabellas Wohnung zu etlichen Borstädter Kneipen ebenso günstig lag, ging Christoph Genth hier hin und wieder nach ausgedehnten Zechtouren mit schwerer Schlagseite vor Anker. Vorausgesetzt, Isabella hatte nicht Herrenbesuch. Einen Kollegen, der ihr Zimmer vorgerichtet, eine hölzerne Wand zur Abtrennung eines schmalen Küchenraumes eingezogen hatte und auf Isabellas Bitte hin anfallende Klempner- und Schlosserarbeiten erledigte. Genth hatte sofort begriffen, dass es sich um eine Art »Revisor« handelte, denn Isabella, sonst kulant, gewährte ihm an manchen Tagen partout keinen Zutritt. Flüsterte ihm dann vielmehr – Lippen und Wangen immer noch prall und gerötet, wie das Haar – mit spitzbübischer Miene ein energisches »Verdufte!« entgegen …

Beim genauen Hinsehen bemerkte Elvira noch schwärzliche Spuren in dem sandigen Boden um den neuen Pavillon. Möglicherweise hätte sich Genth nie zu der Brandstiftung hinreißen lassen, wenn er gewusst hätte, dass auch sie hier bei Auswahl und Anordnung der Ausstellungsstücke geholfen hatte. Seine Haltung ihr gegenüber war immer von Respekt geprägt.

»Na, Christoph, das ›Goldene Vlies‹ in der weiten Welt gefunden?«, hatte sie ihn einst nach seiner Rückkehr nach Borstädt bei einer zufälligen Begegnung in der Stadt gefragt. Und Christoph Genth hatte wie von ungefähr passend und auch unverblümt geantwortet: »Nur ein schwarzes Schaf entdeckt, Frau Mattulke!« Wie selbstanklagend hatte er seine schmalen brünetten Hände gegen die Brust gepresst und spöttisch gegrinst – sich aber sogleich wieder halb abgewandt, wie eine scheue Wildkatze, die zuschlug oder nach kurzem prüfendem Kontakt weiterzog.

Elvira betrachtete die Exponate ringsum im Pavillon. Eine Bluse mit bunten gestickten Ornamenten, ein reich verzierter Ledergürtel, Bilder mit weißen Kuppelbauten, den tiefblauen Balchaschsee, Schutzdämme gegen Geröll- und Schlammlawinen, im Hintergrund der Gletscher des Karatau – eine Repräsentation Kasachstans. Vom Rat der Stadt war der Pavillon inzwischen in die Verfügung der »Gesellschaft für Deutsch-Sowjetische Freundschaft« übergeben.

Ein Pferdegespann, aufgeschreckt von einer Horde von Halbwüchsigen, die lärmend aus dem gegenüberliegenden »Café am Bahnhof« traten, galoppierte die Bahnhofstraße hinunter. Die derbe junge Frau auf dem Kutschbock, von den Borstädtern hintersinnig »Kutscher ohne« genannt, fluchte und griff kraftvoll in die Leine. Die Jungen flachsten laut und anzüglich über eine Kellnerin.

Elvira ging um den Rasen herum auf den Bürgersteig, der hier meterhoch über der Straße lag und von einem Eisengeländer begrenzt wurde, sodass sie sich wie auf der Kommandobrücke eines Schiffes vorkam. Aber weder die harmlosen Jungen, offensichtlich Oberschüler, die jetzt in einem fort über mögliche erotische Vor- und Nachteile von Angehörigen der europiden und der negriden Rasse witzelten und spöttelten, noch seinerzeit die zum Mob eskalierte Kumpanenschar von Christoph Genth hätten auf einen Einhalt gebietendes Kommandowort von ihr gehört. Genths bezechte Gefolgsleute hatten damals beim Verlassen des »Café am Bahnhof«, davon überzeugt, dass die Borstädtsche Stille eine Stille zorniger Ohnmacht gegenüber der nicht legitimierten Staatsmacht und ihrer fremden Helfershelfer, die Ruhe vor dem Sturm war – mit Steinwürfen in die Scheiben und schließlich mit dem Anzünden des Pavillons den Borstädtern ein Fanal der Revolte setzen wollen. Am unteren Ende der Bahnhofstraße, kurz vor der Promenade, endeten ihr Weg und ihr Aufruhr.

Wäre er doch nie gekommen

Ein Personenzug war aus der Leipziger Richtung eingetrudelt. Nur wenige Fahrgäste stiegen aus den Wagen. Elvira beachtete sie nicht, da sie ihren Besucher aus der entgegengesetzten Richtung erwartete. So bemerkte sie auch nicht – in Gedanken noch mit Christoph Genth beschäftigt, der im Grunde ja doch zu den Mattulkes »Kontakte gepflegt« hatte, wenngleich mehr zu Isabella, einer geborenen Poppel, und zudem meist unbeobachtet –, dass ein großer schlanker Mann von der Treppe vor dem Bahnhofsgebäude nach beiden Seiten Ausschau hielt, bis er Elvira entdeckte und langsam auf sie zuging. Sein Schritt wirkte verhalten, sein Gesichtsausdruck ernst, wie von einer unausgesprochenen Sorge oder einem unsichtbaren Leiden gezeichnet.

Elvira schoss bei seinem Anblick das Blut in den Kopf. Sie lief freudig auf ihn zu. Verzögerte jedoch ihren Gang, als sie die augenscheinliche Veränderung im Wesen des erwarteten und auch etwas ersehnten Mannes erkannte.

Sie legten ihre Hände ineinander und Elvira senkte ihre Stirn gegen Thornbergs Brust. Sie seufzte erleichtert und zufrieden auf. Offenbar soeben empfundene Betroffenheit vergessend: als ob sie wenigstens diesen Augenblick auskosten, sich ihre Illusion erhalten wollte. Die bloße

Berührung seiner Hände und seiner Brust wie eine Entschädigung für Jahre des Wartens, der Ungewissheit. Seine spärlichen und verworrener werdenden Briefe. S e i n e wortlosen Vorwürfe und i h r e stummen Selbstbeschuldigungen für das plötzliche Trauma Krankheit, das ihn überkam. Auf das er in seinen Zeilen scheinbar lax anspielte, sich aber nie ausführlicher einließ. Und das sie dann, beglückt durch Isakess, verdrängte, völlig vergaß – bis es sie wieder einholte.

Ihr schwindelte. Sie beugte ihren Kopf zurück in den Nacken, um sich das glühende Gesicht im aufkommenden Wind zu kühlen. Er wirkte ausgemergelt wie ein alter Mann. Hatte Mühe, ihrem Gewicht standzuhalten. Und sie dachte: *Arbeitet er zu viel? Oder hat diese schleierhafte Krankheit ihn so mager gemacht?*

Mit schwacher Hand strich er ihr über ihre geschlossenen Lider, die hohen Wangenknochen und das seidige, im flackrigen Lüftchen geblähte schwarze Haar. Er war einen Moment in Versuchung, wie sie so ihren Oberkörper von ihm wegneigte, schön und begehrlich, sie kräftig und ungeniert zu packen und zu liebkosen. Allein das hatte er sich nicht einmal als entschlossener Brautwerber vor fünf Jahren gewagt.

Elvira drückte ihm, sich um Schaulustige nicht scherend, ihren Leib entgegen. Doch was er sich einst gewünscht, machte ihm jetzt Angst und Bange.

»Gehen wir ein Stück!«, sagte er. Sie hakte sich bei ihm unter. Thornberg hatte sich diesen Weg nach Borstädt wie einen Bußgang auferlegt. Nicht im Geringsten ahnend, was diese Frau nach der verflossenen Zeit sich noch an Gefühl für ihn bewahrt hatte. Er wollte einen Schlussstrich ziehen. Mit Aufrichtigkeit eine aufrichtige, aber nicht gelebte Liebe beenden. Auch in ihm breitete sich die nicht mehr vermutete Trauer einer Abschiedsstimmung aus. Während Elvira aus seiner wie ehemals gewinnenden Stimme schloss, dass – was auch geschehen war – ihr aufgeschobenes Versprechen füreinander womöglich noch einlösbar sei.

Er schlug vor, sich ins Café zu setzen. Sie nahmen an einem runden Zweimanntisch an dem Fenster zum Bahnhof Platz. Die Wirtin, die in etwa Isabellas körperliche Ausmaße hatte und ihr Haar hochtoupiert trug, sodass es sich hinter ihrem schmalen weißen Häubchen wie ein dunkles Pfauenrad sträubte, nickte Elvira gleich einer Bekannten freundlich zu. Ihre Tochter, ein krausköpfiges dunkelhäutiges Mädchen von ungefähr acht Jahren, flüsterte ihr gerade irgendwelche Wünsche oder Heimlichkeiten ins Ohr. Elvira war noch nie in dem Café gewesen und rätselte folglich, ob der Gruß der Wirtin das stille verständnisvolle Einvernehmen einer alleinstehenden Frau mit ihr bedeutete. Vielleicht hatte sie sie vor dem Bahnhof beobachtet. Oder ob sie wusste, dass sie Werris Mutter war? Sonja hatte ihr nämlich neulich schmollend eröffnet, als Werri eines Nachts nicht nach Hause gekommen war: »Damit du's nur weißt, er hat ein Liebchen, eine Kaffeehaustante, die seine Oma sein könnte und es im Übrigen auch mit Schwarzen hält! Aber e r darf sich ja alles erlauben!«

Thornberg bestellte zwei Kännchen Kaffee. Die Frauen musterten sich unaufdringlich aus der Nähe. Die Wirtin trug eine weiße Seidenbluse mit gefälligen Puffärmeln und einem weiten Ausschnitt. Ihr schwarzer enger Rock und der breite schwarze Lackgürtel sollten wohl ein wenig strecken und die Taille betonen. Trotz ihrer Fülle wirkte die Frau nicht dick. Selbstbewusst und nett trat sie auf. Wie eine, die mit ihrem Leben zufrieden war, sodass Elvira sie schon ein bisschen beneidete. Außerdem hatte Sonja maßlos übertrieben, denn die Kaffeehauswirtin war allenfalls dreißig Jahre alt.

Zwar brauchte sich Elvira in keiner Weise zu verstecken, doch ihr zuweilen noch aufflackernder jugendlicher Übermut und ihre Wiedersehensfreude waren gedämpft. Sie rückte mit ihrem Stuhl um den Tisch zu Thornberg herum, um aus dem Gesichtsfeld der Wirtin zu kommen. Als fühlte sie sich für jedwedes Rivalinnenspiel untauglich.

Die Wirtin lachte. Verunsichert drehte Elvira sich um. War s i e gemeint? Aber Tochter und Mutter Cafetiere tuschelten miteinander.

Außer Elvira und Thornberg saßen nur noch zwei ältere Frauen an einem der Tische in dem vorderen Caféraum. Offenbar galt ihre Aufmerksamkeit besonders dem dunklen Mädchen. In dem seitlich von Theke und Kuchenbüfett befindlichen Hinterzimmer wurde laut um Bier geskatet. Elvira hätte nun doch gern eine andere Lokalität vorgezogen.

Alte Haut, kalte Braut, dachte sie. Die sich eben noch wie eine Jungsche gefühlt hatte. Und ähnlich wie gegenüber Isabella: Wenn ich doch so unkompliziert wie diese Frau sein könnte. Argwöhnisch belauerte sie Thornberg, ob er nach der jungen Wirtin ausschaute. Sie ergriff zaghaft seine Hand und war erfreut, dass er ihren Druck erwiderte.

»Fünf Jahre können ein Leben radikal verändern«, meinte Thornberg. Elvira lief es eiskalt über den Rücken, als würde eine Tür unwiderruflich zugeschlagen. »Irgendwann ist alles zu spät«, sagte er. Sie ließen ihre Hände ineinander und sahen sich an. »Damals hätte ich dich liebend gern mit Kind und Kegel in meine großstädtische Einsiedelei entführt. Heute ist jemand an meiner Seite, den ich nach schweren Tagen nicht mehr missen mag.«

Sie nickte. Lächelte jetzt sogar einfühlsam. Als habe sie von der lautersten und vernünftigsten Sache der Welt erfahren. Sich absolut nichts anderes vorstellen können. Sie würgte an ein paar Tränen, wie um einen lästigen Beigeschmack loszuwerden. Schloss sekundenlang die Augen: gleichwie den Vorhang vor einem Hauptakteur ihrer Träume.

Thornberg stand auf, um den beiden älteren Damen, die sich nun zum Aufbruch rüsteten, in ihre Mäntel zu helfen. Vielleicht wäre er von Elvira sogar wieder zu erobern gewesen? Seine derzeitige Bindung war nicht allzu fest. Zudem vorrangig aus Dankbarkeit entstanden. Während Elvira sein Herz vormals mit dem ihr eigenen, doch ihr selbst weitgehend unbewussten Zauber von Anmut und Sachlichkeit gewonnen hatte.

Eine Wirkung, der er sich auch jetzt nicht gänzlich entziehen konnte. Unmittelbar nach dem Krieg, als er – glücklich, mit heiler Haut davongekommen zu sein – noch glaubte, ein beinahe endloses Leben vor sich zu haben, hatte er seinen Gemütsbewegungen viel mehr Befugnisse über sich eingeräumt. Heutzutage hütete er sich, ihnen ohne Weiteres nachzugeben. Wie hatte er diese Frau seinen Freunden gegenüber nicht verteidigt! Eine Provinzlerin umständehalber! Eine Königin! Wie nur das einfache Volk sie hervorbringt! Stolz über sein weites Herz hatte er empfunden, wenn jemand kleinlich meinte, dass er sich mit einer um zwei Jahre älteren Frau und drei angeheirateten Kindern der Lächerlichkeit preisgebe.

Als dann jedoch zwei wenig ersprießliche Jahre mit herzigen unverbindlichen Briefen ins Land gegangen waren, hatte er sich kurz entschlossen nach Borstädt aufgemacht. Verstohlen wie Pennäler küssten sie sich hinter dem Pavillon. Im »Bellevue« hatte er sich ein Zimmer gemietet. Am zweiten Abend tanzten sie in die Nacht hinein. Am Fuße des Aussichtsturms, der sich vor dem sternenhellen Himmel wie ein dunkles gewaltiges Mahnmal erhob, bremste sie seine Ungeduld mit dem niederschlagenden Satz: »Gestern ist der totgesagte Mann einer Nachbarsfrau aus russischer Gefangenschaft heimgekehrt.«

Er stand da wie mit kaltem Wasser übergossen. Fühlte sich wie ein in flagranti ertappter rücksichtsloser Eindringling. Und sie weinte still, mit ihren tastenden Lippen Verzeihung heischend an seinem Hals.

Thornberg sagte: »Ich war damals nicht stark genug, um auszuhalten.« Elvira wollte ihm widersprechen. Auch von Isakess erzählen. Aber Thornberg drückte ihr sacht seine Hand auf den Mund und fuhr fort: »Vielleicht auch einfach zu gierig. Alles jieperte schließlich nach Zukunft. Die Republik stand vor der Taufe. Von heute auf morgen wurde unsere Verwaltung ein Ministerium. Und i c h sollte mich bis zu irgendeinem Sankt-Nimmerleins-Tag gedulden? Ich tobte mich aus. Gewiss wäre irgendwann ein unüberhörbares offizielles Stoppzeichen gekommen. Aber klammheimlich und hinterrücks schlich es sich bei mir ein. Kaum, dass ich das Leben genoss. Als ob der biologische Halt mehr Aussicht auf Erfolg verspräche als ein amtlicher! Es nistete sich bei mir ein. Ummauerte mein Gedärm. Und als es sich endlich zu erkennen gab – war ich unvermittelt ein sterbenskranker Mann. Neununddreißig Jahre alt. Flausen von höchsten Ehrungen und höchster Fleischeslust im Kopf. Während das Fleisch sich schon verselbstständigte. Wild wuchernd von den beflügelten Sinnen abkoppelte. Zerstörerisch und gefräßig. Das Gesunde unterlag dem Kranken. Welch Widersinn der Natur. Mein Leib blähte sich. Wie eine Trommel, in die sich alles Lebendige zurückzuziehen schien, um sich zu unterwerfen.«

Vor dem Caféfenster flitzten ein paar Leute vorbei. Thornberg und Elvira bemerkten erst jetzt, dass es regnete. Ein dünner lautloser Schleier.

»Ich glaube, man ist über den Berg, wenn man plötzlich dankbar, wie nie zuvor den Regen und die Sonne wahrnimmt«, fuhr Thornberg fort. »Einer meiner Ärzte sagte mir: ›Wir haben den Weg verkürzt. Sie von einem Meter Darm befreit.‹« Thornberg lachte. Er hatte gut lachen. Nach zweijähriger Invalidität arbeitete er wieder. »Besser tätig gestorben als geruhsam gelebt!«, sagte er. Und Elvira antwortete im Geiste: Besser zu Tode gehofft als zu Tode gezweifelt. Und als sie Minuten später hinter dem Zaun am Bahnsteig stand, der Zug anruckte, Thornberg sein Abteilfenster öffnete und ihr noch etwas zurief, dachte sie: *Wäre er doch nie gekommen. Dann bliebe mir wenigstens die Hoffnung.* Die Hand erstarrte ihr im Winken. Und ein leeres Lächeln irrte über ihr Gesicht.

Flammendes Orakel

Der alte Mattulke saß einige Hundert Meter von seiner Schwiegertochter entfernt auf einer Bank in der Promenade. Den Regen hatte er bei einem Bier im »Borststädter Krug« abgewartet. Da sich immer noch kein Gesprächspartner einfand, wetterte Mattulke noch einmal über die unbotmäßige Jugend, die gönnerhaft Brandsätze von sich warf, als handele es sich um eine Handvoll Leuchtkrebse.

Sein fortgesetzt während ungestillter Appetit auf Garnelen und andere hierzulande seltene Meeresfrüchte hatte natürlich nichts mit seinem Ärger zu tun. Vielmehr hatte der emporlodernde Feuerwerkskörper Mattulke stärker erschreckt als Elvira und als man überhaupt vermuten konnte.

Es hing mit Mattulkes Sensibilität gegenüber dem Feuer zusammen, dass Flammen ihn erschreckten und er jedes Mal wie gebannt in sie stierte, als stehe er vor dem Orakel und vernehme göttliche Weissagung über sein Schicksal.

Wie oft hatte er schon das eine Bild vor Augen gehabt, das ihm wie ein unwirkliches Höllenfeuer erschienen und doch höllische Wirklichkeit gewesen war: Er hatte fast an derselben Stelle gestanden wie damals nach seinem einträglichen Bittgang zum Baron. Hinter ihm ragten die Kronen der Pappeln entlang der herrschaftlichen Straße zum Budkusschen Gut über die Hügel. In das Gut hatte sich bis vor Tagen ein sowjetischer Armeestab einquartiert. Vor ihm, sozusagen zwischen Kirch- und Schulberg gefangen, Frohstadt, seine Vaterstadt. Wie eine Durchgangskaserne für die Siegenden. Von keinem Kanonenschuss beschädigt. Lediglich der Bahnhof hatte einen Volltreffer abbekommen. Über die Danziger Straße rollten nach Westen Nachschubtransporte mit Kriegsmaterial und Proviant, da die nördliche Reichsstraße nach einem Sabotageakt an einem leicht verletzlichen Viadukt vorübergehend gesperrt war. Am Oberländer See wusch ein junger sowjetischer Sergeant seinen Jeep. Sein Vorgesetzter, ein Major der rückwärtigen Dienste, stöberte im Röhricht Wildenten auf.

Aber Mattulkes Blick war starr auf einen Punkt gerichtet: Auf sein Haus am Schulberg, das lichterloh in Flammen stand.

Es hatte geradezu den Anschein, als könnte der alte Mann gleich einem im grellen Lichtkegel fixierten Tier seine Augen nicht von dem brennenden Haus abwenden. Als sei ringsum die Welt für ihn ins Dunkel versunken, nicht mehr existent. Ja, obwohl er sein Haus selbst angezündet hatte, fragte er sich sogar, ob es sich womöglich um eine Spiegelung der glutrot untergehenden Sonne handelte. Was er sah, also eine Täuschung?

Und wenn er eben noch außer sich vor Furcht und seelischem Schmerz den Schulberg hinan, auf der anderen Seite durch den Wald, durch trockenes, reißendes Farn- und Brombeergestrüpp hindurch, über das wellige Acker- und Wiesenland vor dem Budkusschen Gut zurück zur Stadt gehetzt war, als züngele das Flämmchen, das er im Keller seines Hauses an einen Haufen Lumpen gelegt hatte, wie ein gefräßiges feuriges Reptil hinter ihm her und treibe ihn zugleich zurück zum Ort seiner Tat – er wähnte fremdartige Hilfeschreie, stiefelschwere Verfolgerschritte, MPi-Geknatter –, so glich er nun mehr und mehr einem seelenlosen Geschöpf. Jeglicher Angst und Freude abhold. Unfähig zu Gefühl und Verstand. Ausbrennend wie sein Haus.

»Es gehört m i r , Starschina!« – »Faschistiestski Fantasjor!«

Mattulkes Einfalt und Starrsinn hatten ihm mehrere Fußtritte eingebracht, die ihn längs durch seinen Hausflur bis auf den ungepflasterten, in harten Frösten aufgebrochenen, aber nun schon vom frischen Frühlingsgrün zweier übermannsgroßer Goldregensträucher geschmückten Hof befördert hatten, als er sich den feldlager- und kampfesmüden Soldaten der triumphalen »Roten Armee« entgegengestellt und laut auf seinem Recht auf sein Haus bestanden hatte.

Wie ein räudiger Hund um sein Herrenhaus war er an den darauffolgenden Tagen um seinen Besitz geschlichen. Hatte ein ums andere Mal stundenlang auf der sumpfigen Wiese an der Frohe, die hinterwärts an sein Grundstück grenzte, dann in angemessener achtbarer Entfernung auf der Straße am Schulberg gestanden. Und bei Gott mit unangemessener hasserfüllter Verachtung das fremdländisch-martialische, einverleibende Treiben in seinem Haus beobachtet. Zwei Abfuhren holte er sich noch auf stattgehabte Art. Bis ihn der Raptus packte, sein für ihn verlorenes Haus anzuzünden.

Monate später vermochte er nicht zu rekapitulieren, wie er unbemerkt in den Keller seines Hauses, nachdem er Feuer gelegt, wieder hinaus – und schließlich nach Sachsen gelangt war. Und diese Amnesie erhielt sich bis an sein Lebensende. Oder sollte man sagen: erhielt e r sich bis an sein Ende? Denn teils schien es, dass er sein Gedächtnis durchaus nicht befördern w o l l t e (indem er diesbezügliche Fragen überhörte oder auf sie nicht einging), teils allerdings auch, dass er es nicht k o n n t e (obwohl er angestrengt nachdachte), weil ein Stück seines Lebens wie durch Krankheit »erloschen« war.

»Krank« wiederum war Mattulke sicherlich nicht; wenn man der Einfachheit halber einmal seelische Krankheit von solcherlei psychischer Verfassung abgrenzt, die einfühlbar und also verständlich war und weder von den Betroffenen selbst noch von ihren Angehörigen als ärztlich behandlungsbedürftig angesehen wurde. Zwar hatte Elvira Bedenken, ob ihr Schwiegervater wieder zu Kräften kommen würde, aber ihn einem Psychiater vorzustellen, erwog sie mit keiner Silbe. Außerdem: Wenn nicht Mattulke – wen denn von den leidgeprüften und kummergeplagten Millionen Menschen in dieser Zeit hätte man von nervenärztlicher Konsultation ausnehmen sollen?

Das große schicksalsschwer befriedete Leben selbst musste nun auch die kleinen persönlichen Lebensschicksale befrieden. Bekanntlich tat es das – wenngleich mit mäßigem Erfolg – auch bei dem alten Mattulke.

Er arrangierte sich. Notgedrungen. Und im O s t e n deutscher Lande. Obwohl er sehr bald nach dem Krieg zu der Ansicht kam, dass im W e s t e n eigentlich »mehr zu machen« sei.

Es ist sonnenklar, dass er damit nicht unbedingt finstere Geschäfte meinte, sondern vor allem: den Erwerb eines Hauses. Was er nämlich einst für einen ein für alle Mal ausgeträumten Traum gehalten hatte, erwies sich plötzlich wieder als reale Möglichkeit. Kalkulierbar, jedoch diesmal ohne ihn. Allein von Marie und Reinhard, die als landsmannschaftlich organisierte und behördlich registrierte »Vertriebene« für das Frohstädter Haus eine ansehnliche Abfindungssumme in Deutscher Mark vereinnahmt hatten.

»Das Glück wäre perfekt, lieber Erich«, schrieb Marie nicht ganz aufrichtig an ihren Mann, »wenn wir dich bei uns hätten. Man traut es sich ja keinem zu sagen, dass sein eigener Mann immer noch in der Ostzone lebt! Bei Schwiegertochter und Enkeln statt bei Frau und Sohn!« In Wahrheit war Marie nicht unglücklich, dem Diktat ihres Mannes nicht mehr ausgesetzt zu sein – und für ihren Sohn Reinhard war es eine höllische Vorstellung, dass der Vater zu ihnen käme. So arrangierte auch Marie sich notgedrungen und schrieb weiter: »Hier sind alle so gut zu uns. Der Herr Baron hat sogar in seiner beispiellosen Güte …«

Bei solchen Worten schwoll Mattulke der Kamm! »Mit Habenichtsen sollte man halt keinen Handel machen!«, hatte der so grundgütige Baron ihm vorgeworfen. Wenige Tage bevor er sich mit seinem Tross gen Westen absetzte! Und so einer verzichtete auf seinen briefhypothekarisch beurkundeten Anspruch?

Mattulke war mehr als skeptisch. Denn er konnte sich nicht denken, dass des Barons Entscheidungen ab und an auf Sentimentalitäten beruhten. Obwohl die Baronin sich einmal im Familienkreis über ihren Mann lustig gemacht haben soll: »Er rudert wie ein stets aufs Neue hoffnungsvoller Schiffbrüchiger ewig zwischen den gleich unerträglichen Ufern der Sentimentalität und des Dilettantismus einher. – Mon Jaques Bonhomme!«

Mattulke selbst hatte nur ein einziges Mal in seinem Leben (seine kleinen finanziellen Zuwendungen an Werri aus jüngster Zeit rechnete er nicht dazu), nämlich als designierter Hausbesitzer im Gefühlsüberschwang gehandelt. Und prompt eine unaussprechliche Dummheit begangen, indem er seiner Frau einen teuren Ring kaufte. Und er war davon überzeugt, dass die Menschen, je begüterter sie waren, sich umso weniger eine solche rührselige Torheit leisteten.

Nun, Baron von Budkus hatte tatsächlich die Mattulkesche Restschuld aus der Hypothek abgeschrieben. Ja, er hatte ohne irgendeine Prätention, völlig uneigennützig und ohne Berechnung auf seinen Anteil an der Abfindungssumme der Mattulkes verzichtet. Er erwähnte sein Motiv auch mit keinem Wort, als Marie und Reinhard in der leidigen, von ihm fast vergessenen Hypothekenangelegenheit bei ihm vorstellig wurden. Zumal er es sich selbst erst im Nachhinein bewusst machte: dass er schon seine Entscheidung zur Gewährung der Hypothek weniger aus irgendeiner Dankbarkeit für diesen »Gnatzkopf« von einem alten Mann, als vielmehr aus einer Art verstohlener sentimentalischer Zuneigung zu der jungen Frau, die dann und wann mit ihren Kindern im Hause des Alten weilte, getroffen hatte. Lange bevor er von ihrer verwandtschaftlichen Beziehung wusste, hatte ihn das helle und leichte Lachen der Frau, das so wohltuend frei war von Gefallsucht und Heischen nach Aufmerksamkeit, aus seinem Schilfversteck um den Oberländer See herum gelockt. Er kannte sie, ehe sie ihn kannte. Und nun, angesichts seines deutlichen Alterns und da für ihn das Zusammenleben mit seiner Frau von Jahr zu Jahr quälender wurde, kam es ihm vor, als sei jede seiner Begegnungen mit dieser heiteren und naturliebenden schönen Fremden dazu bestimmt gewesen: über seine Erinnerung an seine

Jugendliebe hinaus, seine Fantasie für glücklichere Umstände als die gegenwärtigen wachzuhalten.

Der »propere« Herr Baron, wie Elvira ihn einmal bezeichnet hatte (denn um keine andere als sie handelte es sich natürlich bei der »Fremden«), besaß also durchaus Grund zur Dankbarkeit. Und man sieht – ob man es will oder nicht: die Träume der »kleinen Leute« nach bescheidenem Wohlstand treffen zuweilen die der »Herrschaften« nach einfachem Glück.

Der alte Mattulke las den Satz seiner Frau: »Man traut es sich ja keinem zu sagen, dass sein eigener Mann immer noch in der Ostzone lebt!«, mit zwiespältigen Gefühlen und wechselte mehrfach die Betonung: Immer noch – in der Ostzone! Immer noch – lebt! In der Ostzone – lebt!

Mattulke stolperte über diese Worte, weil sie gehegte Zweifel, hin und wieder aufkeimende Hoffnungen, kaum bewältigte Ängste und erlittene Kränkungen in ihm aufwühlten. Denn obgleich er sicherlich zu den »hartverpackten« Menschen zählte, die sich von einem Misserfolg oder einer Demütigung nicht sogleich entmutigen oder aus dem gewohnten Takt bringen ließen, so hatte er natürlich seine Achillesferse.

Schon die Äußerung des Barons vom »Habenichts« hatte ihn getroffen. Und derart empfindlich verletzt, dass Mattulke als vorläufigen Endpunkt seiner Flucht (ohne zu zögern, wenn auch halb unbewusst – da zu dieser Zeit ein Weggang aus seiner Heimatstadt für ihn noch indiskutabel war) nicht Hamburg, sondern Borstädt in Sachsen festgelegt hatte. Diese drei Worte sprach er dann auf der Anhöhe vor Frohstadt, als sein Haus wie ein unnützer Kehrrichthaufen am Schulberg abfackelte, erstmals und seltsam skandierend vor sich hin. Wie zur Eigenorientierung. Fast in Ohnmacht – ein Synonym für den rettenden Strohhalm, an den e r sich klammerte: »Borstädt in Sachsen«.

Diese drei Worte blieben auch die einzigen, die Mattulke stereotyp und müde, wie ein abgeklapperter Automatenmensch hersagte, wenn ihm ein mitleidiger Weggenosse ein Stück Brot zusteckte. Den zerlumpten kachektischen Alten nach dem Ziel seiner Reise fragte. Und ohne Kenntnis der Lage des Städtchens und der Fronten mit wohlgemeinten Ratschlägen Mattulkes Odyssee verlängerte.

Ja, und wenn in diesen Wander- und Irrfahrtwochen im Kopf des alten Mattulke überhaupt etwas vorging, so wog dabei eben der verletzte Stolz durch einen »Weißen«, den Baron, schwerer als die Angst vor den »Roten«, den Rotarmisten. Das bestimmte an dieser Wegscheide seine Wahl. Er befürchtete weniger kleinliche Gläubigerforderungen, als dass der Baron ihm wie eine Schmeißfliege auf einer ihr Leben aushauchenden Kreatur im Genick säße. Allein durch seine nahe Gegenwart ihn stets und überall daran erinnernd, dass er es zu absolut nichts gebracht hatte. Und überdies noch ein Schuldner war ...

Dieser Gedanke verfestigte sich in Mattulkes Gehirn zu einer überwertigen Idee. Doch wie schwer muss es den alten Mann erst angekommen sein, als er erkannte, dass er nicht nur ein güterloser, sondern auch ein von niemandem geliebter Mensch war.

Lange Zeit hatte er es nicht wahrhaben wollen. Und seine verwunderliche Entscheidung, statt bei Frau und Sohn im Westen bei Schwiegertochter und Enkeln im Osten zu leben, lediglich mit Hinweisen auf die vertrackten Umstände ihrer Um- und Ansiedlung infolge des Krieges begründet. Die naheliegende Erklärung, dass mit seinem Haus auch die letzte Feste für ihren familiären Burgfrieden gefallen war, hatte er wohl erahnt, aber nie verwendet.

Am Sarkasmus der Epoche, dass der Krieg etwas Neues, teils scheinbar, teils tatsächlich Antagonistisches zu gebären half, kam auch des alten Mattulke Kelch nicht vorbei. Die Mattulkeschen personalen Beziehungen waren jedenfalls wieder in ihrer Wesenheit bloßgelegt, von Tünche und Fassade befreit.

Der Krieg hatte also der Wahrheit zum Durchbruch verholfen. Und Mattulke besaß genügend Argumente, mit denen er ihr aus dem Wege ging. Schwiegertochter Elvira war allein mit den Kindern, ohne Herr und Meister. Maries und Reinhards Hinterhofbleibe in Altona ohnedem für jeden Dritten zu klein.

Ein-, zweimal jährlich fuhr Mattulke für einige Tage trotzdem hin. Man konnte meinen, dass er sich über die Nachkriegsjahre hinweg die Chance erhalten wollte, »mehr zu machen«, denn als Nachtwächter zwei-, dreimal nächtens ums Gebäude der »VEB Borstädter Baumwollspinnerei« (im Volksmund kurz »Spinne« genannt) zu schlurfen. Seinem zusätzlichen Broterwerb, mit dem er sich seit Liquidation des Lebensmittellagers im »Alten Amtsgericht«, wo sich das Borstädter Theater etablierte, die Rente aufbesserte.

Erst jüngst, mittlerweile sechsundsiebzigjährig, hatte er diese Arbeit ganz aufgegeben. Obwohl um die Pfingstzeit die Nächte meist schon warm waren und mithin Mattulkes Leiden gering. Er fühlte sich weder krank noch gebrechlich, doch Wachdienste bei Winterkälte waren ihm ein Gräuel geworden. Weil er sich mit den Jahren tagsüber oft kaum mehr richtig erwärmte, Schmerzen in Hüft- und Kniegelenken ihn piesackten. Besonders in seinem lädierten rechten Bein.

Nun also, an der Wende zum Sommer, und nachdem Elvira wochenlang auf ein Wort ihres Schwiegervaters über seine letzte, ungewöhnlich vorfristig beendete Hamburger Reise gewartet hatte, war Mattulke ihr stattdessen mit dem kargen Satz gekommen: »Es ist genug!« Wie einer, der soeben errechnet hatte, dass er sein Pensum an Arbeit für sein Leben just auf den Tag genau geschafft habe und sich nun zur Ruhe setzen wolle. Um seines Todes zu harren oder in Gottes Namen auf seine letzten Tage sich mit gänzlich anderen Dingen zu beschäftigen.

Freilich tat Mattulke weder das eine noch das andere. Er wartete nicht auf seinen Tod – und doch stellte er sich darauf ein. Ja er schien sich darauf vorzubereiten. Er zeigte plötzlich Interesse für alltägliche Sorgen Elviras mit den Kindern und im Haushalt, worum er früher einen Bogen gemacht hatte. Er liebte immer noch Märsche und Militärparaden, hasste feminine Mannsart (wozu er zum Beispiel auch Andreas' verpimpelnde, wie er sagte, Mitarbeit im Pionierchor zählte). Er verabscheute Schlendrian und Verschwendungssucht noch ärger als vor Jahren, obgleich er an Elvira und den »ewigen Singbeutel« Werri seine Zugeständnisse machte.

Mattulkes Verhalten änderte sich also einerseits in der Richtung, wie landläufig oft erlebt: Der Sparsame wurde im Alter knausrig, der Akkurate pingelig. Andererseits aber auch in jener Richtung, die wahrscheinlich weit seltener vorkam: Dass das säbelrasselnde Großmaul sich zum friedlichen Gesellen mauserte. Der Playboy und Taugenichts im Alter fromm, bieder und strebsam sein bislang versäumtes Lebenswerk schuf. War ersteres Verhalten der Senilität zuzuschreiben, so zweites der Weisheit.

Zu seinem Glück bekam der alte Mattulke von beidem etwas ab. Wobei er die Weisheit über den Schock einer letzten schweren Herabwürdigung einheimste.

Noch ein Eklat zwischen Vater und Sohn

Natürlich war er alsbald hinübergefahren, nachdem er Maries Brief erhalten hatte. »Das Glück wäre perfekt, lieber Erich …« Und er hätte seine Frau nicht einmal der Lüge zeihen können. Denn so wie ihn selbst einander widerstrebende Gefühle bewegten: Hin zu dem »Wirtschaftswunderland«, zu Frau und Sohn, an die ihn trotz manchen Missmuts vieles band – und weg von dem, was war, über Jahrzehnte Zorn und Kummer bescherte, zu nichts führte. Genauso erging es Marie. Einerseits befand sie sich mit Reinhard in auskömmlicher wirtschaftlicher Lage, waren sie gemessen an ihrem bescheidenen Anspruch durchaus angesehen und lebten so gemach und friedlich wie wohl nie zuvor. Andererseits plagte das

Gewissen Marie: Hielt sie es doch vor Gott und Nachbarn für eine schwere Sünde, für amoralisch und des unbedingten Totschweigens nötig, dass sie getrennt von ihrem Mann ihr Dasein fristete.

Ihr Sohn Reinhard hatte keine Skrupel. Im Gegenteil. Er empfand die zum Kriegsende zunächst als zwangsläufig und vorübergehend erachtete, später dann gewohnte Distanz zu seinem Vater wie eine individuelle Befreiung. Im Großen gesehen ließ er das Wort »Befreiung« nicht gelten, bezeichnete sich als »Konservativen«. Staatsdiener und CDU-Wähler, der er war (übrigens im Gegensatz zu Baron von Budkus, der in diesen Jahren – da die Sozialdemokratische Partei auf Bundesebene noch weitab von Regierungsgewalt laborierte – sich hin und wieder den Jux machte, wie aus Trotz gegenüber seiner Frau, SPD zu wählen). Reinhard verhielt sich geradlinig. Als wolle er nach ehemaligen krummen Sachen nun seine wahre Gesinnung bezeugen. Er arbeitete wieder bei Gericht, als Sekretär, und liebte über alles seinen weizenfarbenen, etwa fußhohen Pekinesen. Den der alte Mattulke, sooft er ihm bei seinen Besuchen zu nahekam, wie einen im Wege liegenden Wolllappen mit dem Fuß sanft hinwegfegte. Nach Möglichkeit für Reinhard unbemerkt.

Das war auch ziemlich die einzige Karambolage, wegen der Vater und Sohn bei Mattulkes Kurzbesuchen in Hamburg noch aneinandergerieten. Ansonsten hatten die Zeitereignisse Reinhard zum Souverän gemacht. Von brüderlicher Rivalität befreit und an die Spitze der Minifamilie gesetzt. Worauf Reinhard, plötzlich ohne führenden Kopf und gestrenges Regime, zwei Jahre lang mit heftigster Gastritis reagiert hatte. Aber inzwischen beinahe, wie einst sein Vater seine Mutter drangsalierte. Was heißt, es stand bei den beiden nicht um alles so friedlich und zum Besten.

Marie indessen, fleißig und sorgsam im Haushalt wie eh und je und an Kummer gewöhnt, registrierte Undankbarkeit und Vorhaltungen von ihrem Sohn ganz anders als ehemals von ihrem Mann. Etwa Vorwürfe von Reinhard, das falsche Futter seiner Hündin gereicht zu haben. Dass sie ihr lieber von ihrem Geschabten hätte abgeben sollen! Oder dass er einmal eine Stunde in seinem Zimmer allein sein wolle, ohne dass sie ihm auf den Geist gehe! Marie verzieh Reinhard alles. Sie gewährte ihrem Sohn sozusagen Narrenfreiheit. Oder vielleicht besser: die Freiheit des befreiten Knechts.

Er stieß sie, indem er sie beschämte, nicht wie einst ihr Mann in den Dreck. Er machte sich nur zu ihrem Herrn. Er stellte, wenn er s e i n Los beklagte, nicht i h r Leben infrage. Er war ihr Pfand versprochener, aber zerbrochener Liebe – und sie sein dienstbarer Geist. Wie früher für seinen Vater. E r im Grunde ein armer Schlucker, der außer Arbeit und Hund nichts vom Leben hatte. S i e halt eine arme Mutter. So dachte Marie.

Doch wenn Mattulke anreiste, stieg sie in ihr prächtigstes Kleid aus smaragdgrünem Brokat, ging zur Dauerwelle. Obwohl sie sonst immer noch die Gewohnheit hatte, sich ihr Haar selbst einzudrehen. Sie holte ihre schlangenlederne Handtasche hervor und steckte die schweinslederne weg. Sie legte ihren goldenen Armreif und ihre goldgefasste Tigeraugenbrosche an. Sie mimte gemeinsam mit ihrem nach Maß gekleideten Sohn ein gerütteltes Maß eitel Freude und bescheidenen Neureichtums.

Die ersten beiden Tage von Mattulkes Besuchen verliefen in der Regel nach demselben Zeremoniell. Zumindest neuerdings, nachdem Marie und Reinhard vor knapp zwei Jahren von Altona nach Hamburg-Billstedt umgezogen waren. In Altona hatten sie am Ende der Buttstraße gewohnt, unmittelbar oberhalb vom Fischmarkt, wo seit zweieinhalb Jahrhunderten der frisch angelandete und geräucherte Fisch, aber inzwischen auch Obst, Spielwaren, Kleidung und aller möglicher Plunder aus vollem Halse und in der Art der Frohstädter Fisch-Nelly von Händlern feilgeboten wurden. Mehr und mehr also Volksvergnügungs- und

Krämerstätte als Fischmarkt. Wiewohl von Jung und Alt geschätzt. Nicht von Reinhard. Er liebte lärmendes Volk ebenso wenig wie Fisch. Den er von Kindesbeinen an weder riechen noch anfassen noch essen mochte. An manch einem Markttag hatte ihn Migräne geplagt und er seiner Mutter, seine Fingerspitzen gegen die schmerzenden Schläfen drückend, geklagt: »Oh, dieser perniziöse Gestank! Wann bloß werden wir aus dieser Buttgrotte herauskommen!?«

Die Abfindung half. Weil Marie und Reinhard ihrem neuen Hauswirt nicht nur sympathisch, sondern sie vor allem auch bereit waren, die Beseitigung eines Wasserschadens in künftighin ihrer und der darunterliegenden Wohnung – verschuldet von ihrem nach langer Krankheit relativ unbemittelten und vor allem dazu noch aufsässigen Vormieter – finanziell mitzutragen. Und für die ihre Ruhe liebenden Hausbewohner im Schiffbecker Weg von Billstedt war es ein doppeltes Glück. Dass ein Querkopf mit seiner fortwährend quäkenden Kinderschar sie verließ – und so friedliche Leute wie Marie und Reinhard Mattulke einzogen. Deren Behausung mit drei Wohnräumen, Innentoilette, gefliestem Bad und einer Küche mit einem kleinen Balkon, von dem aus man auf einen mit gelblichen Wegplatten ausgelegten sauberen Hof und einen Flecken Rasen hinabsah, das das halbe Dutzend Borstädter Mattulkes einschließlich Isabella nun in den Schatten stellte.

Dem alten Mattulke, aus dessen Schatten ja Reinhard und Marie selbstbewusst herausgetreten waren, fiel freilich besonders auf, dass sein Sohn immer fetter, weibischer und arroganter und seine Frau immer einfältiger wurde. Reinhards Gesicht wirkte rundlich, ein Doppelkinn zeichnete sich ab, und über dem Hosenbund prangte schon der kugelige Bauch des »Wohlstandsbürgers«. Sein Haar war fast völlig ergraut und noch lichter geworden. Nach der knappen Begrüßung sagte er nicht mehr: »Hast du Hunger oder Durst auf ein Bier, Vater?«, sondern: »Was darf ich dir anbieten, Väterchen? Vielleicht einen Drink?«

Marie führte ihren Mann jedes Mal zunächst durch die Wohnung, zeigte ihm ihren ganzen Segen. Die Neuanschaffungen an Hausgerät, Gestühl, Wäsche. Jedoch mit besonderer Liebe und Ausdauer nicht das teuer erworbene N e u e , sondern das pfleglich behandelte A l t e . Als wolle sie ihm ein Stück von ihr bewahrter alter heiler Welt zeigen. An die sie nicht aufhören konnte, zu glauben, dass es sie gegeben habe, weil ihr sonst ihr bisheriges Leben wie ein Nichts zerrann. Behutsam strich sie vor Mattulkes Augen mit ihren Händen über die große Holztruhe, die sie von ihren Eltern ererbt hatte, mit ihren blanken Beschlägen und Kriegsmalereien von kämpfenden nackten Leibern und Mordwaffen. Über den schnörkeligen Holzrand und die zopfartigen Seitenlehnen ihrer alten Couch, deren grünen abgeschubberten Plüschbezug sie erst unlängst hier in Hamburg durch roten Samt hatte ersetzen lassen. Zu der kleinen Kommode führte sie Mattulke, ihrem liebsten Möbelstück: mit den fein geschwungenen verzierten Beinen und den dunklen glänzenden Knäufen wie winzige Knöpfe auf dem zartädrigen hellbraunen Holz. Auch ihren Regulator hatte sie im Budkusschen Treck mitgenommen. Und stets hatte sie sogleich ein Taschentuch oder einen Staublappen zur Hand, wenn sie ein Schmutzkörnchen entdeckte oder meinte, mit ihren Fingern Berührungsspuren hinterlassen zu haben.

Mattulke sagte am Ende ihres Rundgangs meist wie jetzt: »Fein, Marie!«

Und Marie: »Du könntest dich bei dem Herrn Baron ruhig selbst einmal dafür bedanken, dass er mir und Reinhard mit etwas Habe ein Plätzchen auf einem seiner Fuhrwerke einräumte. Was hätten wir sonst gerettet? Und der Herr Baron hielt ja auch immer große Stücke auf dich.«

An Mattulkes zweitem Besuchstag führte ihr Spaziergang sie durch die Kolonnaden im Zentrum der Stadt, wo der Baron und seine Frau in einem vornehmen Haus mit schmuckvoller neobarocker Fassade nach dem Krieg erste Unterkunft gefunden hatten. Das Haus gehörte einem älteren

Bruder der Baronin, der mit Bezug auf sich gern behauptete: »Von den Bankiers Rothschild schlug einer zum Unglück der Familie aus der Art, wurde Weinbauer und verkehrte mit Kommunisten. Von den Bauern und Kaufleuten Gravenhagen desavouierte einer ihre Tradition und wurde zum Glück der Familie Bankier und ein Schreckgespenst für alle Sozis.«

In den goldenen Zwanzigerjahren hatte die Fassade des Hauses bei einem Revolvergefecht zwischen Kommunisten und den von dem Bankier finanziell unterstützten Nazis ein paar Schrammen davongetragen. Längst war der alte Glanz wiederhergestellt und die paar Kommunisten mundtot gemacht, sodass sich der Bankier genötigt fühlte, seine politischen Gegner allgemeiner und sozial umfassender zu benennen. Kurioserweise glaubte sich sogar sein Schwager, Baron von Budkus, mit dem Begriff »Sozis« gemeint, da er sich als Freigeist verstand und nach dem Kriege den schwägerlichen langen Arm »ohne Dank und über Gebühr«, wie seine Frau ihm vorhielt, strapazierte.

Im Parterre und ersten Stock des Hauses war jetzt ein Café eingerichtet. Das Haus selbst schon mehrfach weiterverkauft.

»Dort oben die gesamte erste Etage hat der Herr Baron bewohnt«, sagte Marie zu ihrem Mann zum soundsovielten Male. In einem Tone, als lüfte sie ihm das streng zu wahrende Geheimnis um einen vertrauten königlichen Freund. »Zusammen mit seiner Frau, ihrem Oberinspektor und drei Bediensteten freilich. Aber ein Käfterchen für das Baronenpaar, verglichen mit ihrem derzeitigen Zuhause in Blankenese! Das musst du sehen, Erich!«, flüsterte Marie, halb ehrfürchtig, halb sehnsüchtig. »Eine weiße Villa am Hang über dem Elbstrom, inmitten grünen Grunds.« Letztere Worte hatte die mitunter träumerische, aber im Grundsatz prosaische Marie allerdings einem Wanderplan entnommen. In dem Blankenese mit seinen »weißen Villen am Hang …, elf Kilometer flussabwärts der Sankt-Pauli-Landungsbrücken«, als schönster Stadtteil Hamburgs empfohlen wurde.

Doch Mattulke weigerte sich, Blankenese und des Barons Villa anzusehen. Dagegen ließ er sich Jahr für Jahr bereitwillig von Reinhard und Marie durchs Zentrum der Stadt geleiten. Meist eilte Reinhard – so auch in diesem Jahr, wo Mattulkes Besuch mit einem nicht voraussehbaren Eklat endete – seine Pekinesenhündin Hu Wau an der Leine, seinen Eltern, wie weiland Marie ihrem Mann, um wenige Schritte voraus. Da die Alten nie auf Tuchfühlung gingen, geschweige denn sich unterhakten, wirkte ihr Sohn wie ein sonderlicher Stadtführer vor und zwischen zwei Fremden. Oder auch wie ein sonderliches, eigensinniges und womöglich eifersüchtiges Kind, dessentwegen die Alten nicht zusammenkämen.

Wie sonst empfanden auch diesmal Vater und Sohn aneinander nicht ungeteiltes Amüsement. Aber sie machten es nicht offenkundig. Im Grunde waren sie mehr pikiert als belustigt von den Eigenheiten des anderen; doch hinreichend gewohnte, eher unangenehme als erfreuende Seltsamkeiten der Mitmenschen vermögen uns halt bisweilen auch zu erheitern. Vater und Sohn Mattulke verhalf die nicht nur durch die Kriegswirren zwischen ihnen entstandene Distanz jedenfalls zu jenem toleranten Schmunzeln.

So folgte der Vater dem Sohne auf dem nicht immer ergötzlichen verzwickten Wege in der fremden Hafenstadt weit weniger mürrisch und verbissen freundlich als der Sohn einst dem Vater zur Besichtigung ihres neuen beschaulich gelegenen Frohstädter Häuschens. Entlang der Binnenalster über den neuen Jungfernstieg, die Alte Lombardsbrücke, zurück über den Ballindamm, unter den Alsterarkaden hindurch. Reinhard blieb stehen, nahm Hu Wau (ein in keck aufgelegter Stunde des Hundekaufs von ihm selbst erdachter Name) auf seinen Arm und deklamierte stolz: »Die Kleine Alster – ein architektonisches Kleinod nach venezianischem Vorbild! Wenn meine Wenigkeit befragt ist. Nicht wahr, Väterchen?«

Schon »schwänzelte« er weiter. Wie der alte Mattulke schmunzelnd vom Hund bemerkte und vom Sohn dachte. *Er will mir sagen, das ist m e i n e Stadt! Mutters und m e i n e Stadt! Oje! Ein Pimpelhans war er immer, nun ist er dazu noch fein geworden. Ein »Kleinod«! Wenn meine »Wenigkeit« befragt ist. Und wie g r o ß er sich dabei fühlt! Er wird doch kein Schwuler sein, das Söhnchen?*

Sie gingen über den Rathausmarkt zur Ost-West-Straße in Richtung Sankt Pauli. Aber nicht, um die größte norddeutsche Barockkirche, St. Michaelis, zu schauen. Für Kirchen und Museen schlug nicht Mattulkes Herz. Sondern um dem »Eisernen Kanzler« Verehrung zu bezeugen! Das war alljährlich Mattulkes Wunsch. Wenn Reinhard ihn umgangen hatte, sagte er: »Könnten wir nicht noch bei Bismarcken vorbei?«

Nun kam Reinhard an die Reihe, zu schmunzeln. Diese Pose! – wie sein schmächtiger alter Herr sich reckte, seinen Krückstock mit der rechten Hand fest umspannt und wie den Säbel eines Paradeoffiziers schräg nach vorn gerichtet, den knochigen weißschopfigen Schädel etwas rückwärts geneigt, den Blick ehrfurchtsvoll empor zu dem mächtigen Kanzler (auf übermächtigem Sockel), ein staunendes »Donnerwetter!« auf den Lippen, das sowohl dem markigen Reichsgründer höchstselbst als auch seinem monumentalen Denkmal gelten konnte. Eigentlich war diese Pose Reinhard kein Lächeln wert. Zumal sie auf ihn nicht einmal lächerlich wirkte. Ja, da er sie in Frohstädter Zeiten in etwa der Art oft erlebt hatte, erschien sie ihm geradezu wie die Verkörperlichung des Gewaltdenkens und der Herrschsucht seines Vaters. Trotzdem lächelte Reinhard.

In diesem Moment passierte etwas, was möglichst schonungsvoll beschrieben sein will (versichert sei: Es geschah einzig und allein an diesem Tag und keineswegs alljährlich zu Mattulkes Besuch an dieser Stelle; und es hat auch noch nichts mit dem angekündigten eklatanten Ereignis zu tun). Mattulke hatte wohl aus Ehrfurcht seine Bauchmuskulatur zu übermäßig angespannt – denn es entfuhr ihm einer. Seine Frau Marie hinter ihm überlegte, ob es sich um einen solchen gehandelt habe. Da ihr Mann – selbst hochnotpeinlich überrascht (was bei derlei windigen Anlässen sonst nicht seine Art war) – zur Täuschung sich augenblicklich räusperte, schnaufte und hustete, wenn auch nicht übertrieben, aber doch so, als sei ihm ein Schwarm Mücken in Nase und Rachen gestiebt. Reinhard freilich stellte entgegen seiner Mutter zweifelsfrei und empört fest, dass sein Vater mit einem Flatus seinem militanten Gehabe nun wahrhaftig die Krone aufgesetzt hatte. Verschämt nahm er Hu Wau auf den Arm, wie um sie vor gefährlicheren Böen zu schützen, und drehte sich um, um sich zu vergewissern, ob Passanten belästigt worden seien. Zwei zufällig vorübergehende Teenager kicherten Seit an Seit in ihre hohlen Hände. Reinhard sagte tadelnd: »War das nötig, Vater!«

Mattulke, wieder Herr seiner selbst und der Lage, antwortete wie auf eine Frage: »Offensichtlich! 'n spontaner Salut! In dieser Brust schlägt immer noch ein begeisterungsfähiges Herz!«

Aber das waren große Worte. Reinhard spürte sehr wohl, dass er nicht mehr wie früher gewärtig sein musste, sein Vater werde seinen Gefühlen und Überzeugungen mit der Krücke Nachdruck verleihen.

Mattulke schwieg denn auch bis zur Haltestelle der U-Bahn. Und danach bemerkte er nicht einmal, dass sie nicht nach Billstedt, sondern in eine ganz andere Richtung fuhren. Sodass Reinhard seine Auffassung bestätigt sah: Sein despotischer Vater war ein schlapper Greis geworden. Höchstens noch einmal zu polternder Phrase fähig.

Trotzdem ist es schwer, nachzuvollziehen, was Reinhard mit seiner folgenden Aktion bezweckte. Auf die er sich im Übrigen seit Wochen vorbereitet, Wort für Wort seiner Rede zurechtgelegt hatte. An den Ort des Geschehens gefahren war. Wollte er sich endlich über seinen Vater e r h e b e n ? Oder ihm i m p o n i e r e n ? War er so sehr schon selbst ein »alter Mattulke«, mit dessen Wertvorstellungen, dass er gar nicht anders handeln konnte? Bluffte er oder meinte er es ernst? Und versanken letztlich all diese Fragen über den sein Leben lang währenden Zwiespalt Reinhards zu seinem Vater im Ungewissen?

Wie dem auch sei. Reinhard hatte mit einer Schockwirkung und demzufolge mit einer harmloseren, weil blockierten Reaktion seines alten Vaters gerechnet.

In Wandsbek-Gartenstadt stiegen sie aus. Marie, die offenbar ebenfalls ein bisschen gedöst hatte, und ihr Mann waren gleichermaßen verblüfft, als sie erkannten, dass sie sich in einer ihnen unbekannten Gegend befanden. Auf einem Straßenschild stand in schwarzen Lettern: »Ostpreußenplatz«.

Mattulke sagte: »Sieh an!« Reinhard grinste spitzbübisch. Marie beklagte, ihre Brille nicht mitgenommen zu haben.

Sie gingen einmal um den nicht allzu verkehrsreichen Platz herum. Eine zweitrangige Magistrale führte von Nord nach Süd über ihn hinweg. Doch viel interessanter für die Mattulkes war: Von der Ostseite des Platzes zweigte die »Pillauer Straße« ab. Und westlich zu beiden Seiten längs der U-Bahn verliefen der »Ostpreußensteg« und der »Pregelweg«.

»Ach, nein, dass es das hier gibt!«, sagte Marie bewegt.

Stolz geleitete Reinhard seine Eltern zu weiteren Zeugnissen ihrer geografischen Vergangenheit: in den »Graudenzer Weg« und die »Thorner Gasse« über die »Tilsiter« und die »Allensteiner Straße«, den »Sackheimer«, »Schaldeutener« und auch den »Mohrunger Weg«, wo Marie zum dritten oder vierten Male mit geringfügigen Änderungen und Zusätzen erstaunt ihr Sprüchlein wiederholte: »Ach, nein. … Ist das nicht rührend, Erich?« – »Ach … Das kann doch nicht wahr sein, Reinhard!«

Stocksteif und anscheinend mit nachlassendem Interesse stolzierte währendem Mattulke hinter seinem Sohn und Hu Wau und im Meterabstand neben seiner Frau einher, als besichtige er wohl ein ungewöhnliches

Museum, aber eben nur ein Museum. Weswegen er noch lange nicht Feuer und Flamme sein konnte.

In einer seitlichen kurzen Sackgasse des Mohrunger Weges, der beidseits je drei Grundstücke mit Häusern in der Art des Frohstädter Hauses der Mattulkes anlagen, nahm Reinhard sein Pekinesenhündchen wieder auf den Arm. Er wirkte jetzt hasplig und aufgewühlt, sodass man den Eindruck gewann, dass er bloß etwas in den Händen haben wollte, das ihm Sicherheit gab. Er blieb vor einem von den beiden hintersten zweistöckigen Wohnhäusern stehen. In und an dem Haus machten sich buchstäblich von unten bis oben gerade Maurer, Zimmerleute und Dachdecker bei einer Generalüberholung oder einem Umbau wie es schien zu schaffen. Am Wege zum Haus waren Dachziegel, Sand, Bauschutt, alte Holzbohlen und Dielen gelagert. Trotzdem sah es nicht wüst aus, sondern die Ordnung tätiger Handwerker bestimmte eben das Bild. Der Vorgarten war wie anderswo gepflegt und sauber und auch die Straße wie die anderen in der Gegend untadelig anzusehen.

Reinhard drückte Hu Wau gegen seine Brust, um seine Erregung zu dämpfen, und sagte, bemüht leger und an seine Mutter gewandt, aber vor allem an seinen Vater gerichtet: »Dieses Haus ist vakant! Ich überlege, ob ich es kaufe, Mutter? Eine zweite Hypothek wäre auf das Grundstück aufzunehmen und gegebenenfalls ein Kredit zur Begleichung der Reparatur- und Umbaukosten. Momentan zeichnet noch ein Zahnarzt als Bauherr verantwortlich. Aber er ist nicht mehr interessiert, da seine Ehe in die Brüche ging, sein einziger Sohn, ein Schulkind noch, vor Monaten an Leukämie verstarb. Ist es nicht sonderbar, Vater, dass sich für uns Mattulkes eine Chance immer in anderer Leute Unglück bietet?«

Mattulke, der hellhörig und reglos im Rücken von Sohn und Frau gestanden, trat – von Reinhards kaum merklicher Kopfdrehung zu ihm hin ermuntert – einen Schritt vor und zwischen die beiden aufs Trottoir.

Argwöhnisch blickte er zu dem Haus, als sei es tatsächlich ihr Frohstädter Besitz. Zu seinem Spott aus der Erde gestampft. Dann blickte er zu Reinhard, zu seiner Frau, wieder zu dem Haus, bevor er antwortete: »Das ist halt so im Leben, Reinhard. Unsereiner kommt nur auf die Beine, wenn ein anderer die Segel streicht. Schlag deshalb zu, wenn du kannst!«

»Um Himmels willen!«, rief Marie, noch ganz perplex von der Eröffnung ihres Sohnes. Aber bereits seine Überforderung befürchtend. »Wie willst du das jemals ohne Vater schaffen! Du hast doch bei Gericht mit all den Schlechtigkeiten der Leute genug um die Ohren!«

Reinhard überhörte geflissentlich die Zweifel seiner Mutter. Er sagte: »Wir müssen unsere Historie wachhalten! Und sei es nur in Form von Straßennamen. Sie sind nicht Schall und Rauch!« Hu Wau jaulte und winselte plötzlich, weil Reinhard sie bei »Schall« und bei »Rauch« in Emphase geboxt hatte. Entschuldigend kraulte er ihr die fransigen Hängeohren. Natürlich kämpfte Reinhard noch mit seinem Vater, wollte sich ihm jedoch nicht als kleinlicher, um Haus und Hof besorgter Spießer, sondern als Protagonist tradierter Werte darstellen.

Mattulke trat einen weiteren Schritt nach vorn auf das Grundstück zu. Mit ausgebreiteten Armen seinen Sohn und Marie mit sich führend. Marie, ob des ungewohnten Umfangens erstaunt, ließ es doch nicht ungern geschehen. Reinhard setzte eilends Hu Wau auf den Erdboden, um sich der unangenehmen Umklammerung zu entziehen.

Derb grapschte Mattulke ihn beim Aufrichten rückseits am Jackett und sagte schmeichelnd: »Du hast recht gesprochen, Reinhard, man soll altbewährte Ziele niemals aufgeben. Manchmal fühlt man sich halt nur zu alt dazu.«

»Ja, Vater, das ist keinem zu verdenken. Wir sind alle einmal am Ende«, entgegnete Reinhard triumphierend. »Und außerdem braucht dich ja Elvira mit den Kindern.«

Marie stieß einen langen Seufzer aus. Mattulke hielt jetzt seinen Krückstock wie Bismarck sein Eisen zieh- und hiebbereit an seiner linken Seite, wo Reinhard stand. Weil er sich mit seiner rechten Hand schnäuzen wollte.

Sie schauten über die niedrige Hecke zum Haus. Wie Kinder in ein Schaufenster mit einer Märchenlandschaft. Die nachmittägliche Frühjahrssonne lugte, neugierig wie die drei Mattulkes, hinter dem Grundstück zwischen zwei hohen Pappeln hindurch. Ein friedsames, zukunftsträchtiges Bild. Der alte Mattulke sagte auch noch friedfertig, ja, ohne seinen stets präsenten knarrigen Unterton hätte es sogar ein wenig melancholisch geklungen: »Ich wünschte mir am Ende meines Weges ein Heim, in dem ich zufrieden und in Ruhe sterben könnte. Manchmal scheints mir, als habe mich der emsige Gevatter schon vorsorglich auf seine Liste gesetzt: Bei Elvira habe ich Logis, aber natürlich braucht sie mich im Grunde nicht mehr. Bei euch bin ich eigentlich daheim, aber es ist für mich nicht mehr Platz.«

Mattulkes ungewohnt zaghaftes erstmaliges Klopfen an der ominösen familiären Trennwand wurde von Marie erhört. Das heißt, sie wollte Gegenteiliges, Aufnahmebereitschaft oder doch Raumfülle bekunden. Aber Reinhard kam ihr zuvor: »Das ist nun so, Vater«, sagte er kurz angebunden und ließ Hu Wau die lange Leine. »Die Geschichte mag zyklisch verlaufen. Nicht unser Leben. Es hat uns in der Vergangenheit ausgedehnt und arg genug zugesetzt.«

»Du meinst, i c h habe euch arg zugesetzt?«, fragte Mattulke und wandte sich langsam und sichtlich betreten seinem Sohn zu.

Reinhard schwieg, schaute geradeaus zu dem Haus und schalt Hu Wau, die ungeduldig an der Leine zerrte. Marie mahnte zum Aufbruch, um die Kampfhähne voneinander abzubringen. Aber die Männer verharrten stur nebeneinander. Blickten nun beide verbissen zu dem Haus, als sei e s einzig der Grund ihres Streits.

»Mutter hat recht«, sagte Mattulke wider Erwarten versöhnlich. »Du schaffst es nicht allein, Reinhard! An solch ein Objekt muss ein erfahrener lenkender Kopf! Ob diese Bauleute oder jener Zahnklempner – die Burschen ziehn dir das letzte Hemd vom Leib, wenn du sie nicht straff an die Kandare nimmst! Du bist nicht der Mann, andere zu übertölpeln, Aber nur s o kommst du zu einem Haus!«

»Nein, Vater! Auf unlautere Weise will ich keines. Und entweder ich erreiche es allein oder es soll nicht sein. Jeder andere Preis wäre zu hoch.«

»Was sagst du dazu, Marie? Die Anwesenheit seines Vaters wäre unserem Sohn ein unangemessener Preis für dieses Häuschen! Ist das der Lohn dafür, dass wir unser Söhnchen einst in u n s e r e m Haus wie ein rohes Ei behütet haben, statt es den Gefährdungen der Welt auszusetzen? Dass du ihm die Schuhe wichstest und ich ihn bei Gericht unterbrachte?«

»Ich habe euch zu danken«, unterbrach Reinhard seinen Vater. »Aber auch zu viel Schutz kann zu Gebrechen führen. Ich hätte mich viel eher auf eigene Füße stellen sollen!«

»Du hast es aber nicht g e t a n ! Und du warst längst ein erwachsener Mann!«, entgegnete Mattulke nun in einer Lautstärke, dass ein älterer, bereits zu dieser frühen Jahreszeit sonnengebräunter Dachdecker verwundert von seiner Arbeit aufsah. Einer der Maurer schaute kopfschüttelnd aus einem Fenster zu den drei Zaungästen herüber. »Mach uns deshalb heute wegen von dir angenommener Hilfe keinen Vorwurf!«

Marie bat händeringend und mit scheu umherspähenden Blicken: »Ach, beruhigt euch doch! Man wird schon auf uns aufmerksam!«

»Nein, er muss es einmal erfahren, Mutter!«, ereiferte sich jetzt Reinhard. Den Mund schmal, weil entschlossen verkniffen. Die leicht hängenden Wangen fahl und bebend vor Erregung. »Wie er unser Leben vergiftet hat! Dass ich mich vielleicht längst erhängt hätte, wenn er bei uns geblieben wäre!«

»O Gott, Kind, versündige dich nicht!«, rief Marie.

»So! So, so!«, sagte Mattulke nach einer Pause gemeinsamer betroffener Schweigsamkeit und blickte wie versteinert zu dem vom rumorenden Baubetrieb belebten Haus. »Ich hoffe, du wärst im entscheidenden Moment zu feig dazu gewesen, Reinhard!«, fuhr er dann beinahe sanftmütig fort. »Obgleich Mut für mich immer die Tugend des Tüchtigen war. Deine überaus tatkräftige Großmutter hat ja Hand an sich gelegt. Aber sie war von der Schwindsucht, vor Kraftlosigkeit und Schmerzen wohl schon wie von Sinnen. Ich habe es selbst erst lange nach dem Tod meines Vaters von meinen Brüdern erfahren. Zu d e i n e m Übel hast du also mich auserkoren? Wie einfach – und wie mir's scheint, auch sehr in Mode. L a u t e r e r möchtest du sein als dein Vater? Dass ich nicht lache! In dieser unlauteren Welt! Ha! Ha! Ha!«

»Du wirst wie immer unausstehlich unsachlich«, sagte Reinhard und ging, Hu Wau an der Leine, langsam davon. Marie folgte ihm, winkte jedoch ihrerseits ihrem Mann, ebenfalls zu folgen.

»Geht nur!«, rief Mattulke aufgebracht und stapfte hinterdrein. »Das Kind bei seinem rechten Namen zu nennen, ist unangenehm! Nicht wahr, mein Sohn? Bewahre dir deine Illusion! Halte nur weiter den Schild der Unschuld über dich. Zum K ä m p f e n benötigst du sowieso keinen!«

Reinhard und Marie legten einen Schritt zu, sodass Mattulke es schwer hatte, mitzukommen. Umso dreister krakeelte er hinter ihnen her: »Den Vater zum Bösewicht machen! Das fehlte noch! Verantwortlich für die Schlappschwänzigkeit des Sohnes! Ha-ha! Große Worte von Selbstständigkeit – aber an den Mutterrock klammern! Das A n g e - n e h m e sich um jeden Preis erhalten, aber das U n a n g e n e h m e, den fordernden und tätternden Vater, sich um keinen Preis aufbürden!«

»Alte-Herren-Logik«

Wieder auf seiner Borstädter Promenadenbank angelangt hatte Mattulke sich von einem kurzen Gang zu der mit Jasminsträuchern getarnten Wellblechrotunde, die zwar etwas abseits von Büschen und Linden stand, doch den Stadtvätern seit Langem in Aug und Nase stach und durch eine unterirdische Gelegenheit ersetzt werden sollte, Gesellschaft mitgebracht. Einen alten Herrn, etwas jünger und verfallener als Mattulke, der über seine Prostata klagte. Das heißt, er klagte zunächst über seine damit verbundene leidvolle Erschwernis. Aber da er ein allseitig interessierter Mensch war, spekulierte er auch über die biologischen Ursachen und deren mutmaßliche Entstehung. In seinem Berufsleben als Friseur hatte er sich für 80 Pfennig auch Mattulkes Schopfes oft angenommen.

»Kriegst du heutzutage dafür noch einen Haarschnitt, Erich? Nee! Du musst schon paar Groschen drauflegen, und wenn du nicht aufpasst, zwei, drei Märker, weil se dich, eh du dich's versiehst, mit angeblich haarwuchsfördernden Ölen oder duftenden Wässerchen besprüht und befummelt ham. Der Erfolg: Erst brennts oben – und ein paar Jahre später unten. Und das ja nich nur von wegen de Friseurs! Da wird de Butter gepanscht und 's Vieh und Obst ›gesundgespritzt‹. Frisst also immer weniger Natierliches und immer mehr Kinstliches. Isses da een Wunder, dass de Vorsteherdrüs schwillt? Nu denk fuffzig Jahr voraus, Erich, da könn se de Urologen in de Kindergärten schicken!«

Erich Mattulke war nun allerdings an anderlei Spekulation immer noch mehr interessiert. Der Friseur, ein alteingesessener Borstädter, verfügte auch stets über Informationen betreffs der örtlichen Geschäftsauflösungen, Immobilienwünsche und Hausverkäufe. Und Mattulke hatte sich nach seinem missglückten Hamburger Vorstoß vom vermutlich letzten heißen Draht seines Lebens in diesen Sachen abgeschnitten, auf den spielerischen Umgang mit errechneten Flächengrößen, Baum- und Strauchbeständen, dem Zeitwert von Bausubstanzen, einkalkulierten Hypotheken und geschätzten Umsatzhöhen verlegt. Seine einstige Lebenspraxis also zu seinem theoretischen Steckenpferd gemacht. Sofern es ging, inspizierte er auch unbemerkt die infrage kommenden Anwesen. Zeichnete Grundrisse, notierte Zahlen, versuchte, sich ein Bild von den psychologischen Qualitäten der diskutierten Bewerber zu machen, taxierte ihre Finanzkraft – und war schließlich stolz, wenn er im Nachhinein von einem Kauf erfuhr, der sich in etwa nach seinen Berechnungen vollzogen hatte.

Von seiner hanebüchenen Enttäuschung in Hamburg durch Sohn und Frau erzählte er keinem. Möglicherweise gemäß dem Sprichwort: Das ist ein sauberer Vogel, der das eigene Nest beschmutzt. Er wurde im Grunde genommen ein Pensionär par excellence. Stand, wie schon erwähnt, ein bisschen mehr Elvira zur Seite. Setzte ein Testament auf, in dem er sein geringfügig Hab und Gut zu gleichen Teilen seinen Enkeln zusprach. Suchte sich, was er früher für ausgeschlossen gehalten hatte (sich nämlich wie ein Tattergreis auf Parkbänke zu setzen), hin und wieder Gesprächspartner in der Borstädter Promenade.

Zu dem Friseur a. D. sagte er jetzt: »Nicht doch, Alfred, kuck dir die heutige Generation bloß an: Ist sie nicht schwächlicher und hartherziger als die unsrige? Ich fürchte, man wird nicht die Urologen, sondern die P s y c h i a t e r in die Kindergärten schicken müssen!«

ZWEITES KAPITEL

»Es wird Luft!«

Es dauerte seine Zeit, ehe Elvira und ihr Schwiegervater ihren Schmerz um das erhoffte, wortwörtlich ja greifbar nahe, aber ihnen versagte Glück überwunden hatten. Das heißt: Es hatte den Anschein, dass es bei beiden so war. Dass nur noch die Erinnerung da war, etwas heiß Erstrebtes endgültig aufgegeben zu haben. Aber ansonsten kühler Sachverstand regierte. Und die allgemeinen Lebensumstände und die besonderen der Mattulkes kamen ihnen dabei zustatten.

Nach ihrem einstigen Umzug von dem Bauern in Gippersdorf in die Borstädter Wohnung hatte sich der Lebensstandard ihrer Familie wieder verschlechtert: Auf einmal spürte man doch, wie hilfreich die kargen Rationen an Milch, Kartoffeln, Korn und Gemüse gewesen waren. Noch dazu über all die Jahre zumeist fünf Menschen in einer zwar wohnlicheren, aber immer noch zu engen Behausung ... Nun trat eine doppelte Entlastung ein, die die wenig gläubige Elvira manchmal im Stillen wie eine gottgewollte Rechtsprechung empfand: ›Wo Mitleid ist, da ist auch Hilfe.‹

Mattulke sagte lapidar: »Es wird Luft!«

Gemeint war damit Sonjas und Werris Weggang aus dem Hause. Zwei Ereignisse, die den verbleibenden drei Mattulkes mehr Wohnraum und eine Konsolidierung ihres Budgets einbrachten (schließlich flog nicht nur der »Singbeutel« Werri aus, sondern es lässt sich denken, dass auch das schmale Kostgeld einer jungen Dame wie Sonny durch mancherlei Zugaben aus der Familienkasse für Kleidchen, Strümpfchen, Jübchen sich rasch aufzehrte). Doch l e i c h t fiel ihnen der Abschied von den beiden keineswegs.

Zwischen Werri und dem alten Mattulke hatte sich in den letzten Jahren – besonders nach Mattulkes Zerwürfnis mit Reinhard und Marie – ein Verhältnis seltsam ungetrübten Einvernehmens entwickelt. Das durch keine noch so gewagte Eskapade Werris erschütterbar gewesen war (Sonja hatte eines Tages die Nachricht nach Hause gebracht, Werri habe im »Café am Bahnhof« lauthals erklärt, dass er die Zeche schuldig bleiben, weil er »für einen greisen schlingwütigen Großvater und fünf minderjährige unersättliche Geschwister mit aufkommen« müsse. Worauf er von der gut informierten Wirtin aus dem Café gewiesen worden sei. Werri dementierte teilweise: Ein Techtelmechtel mit einer ehemaligen Freundin von ihm sei vorausgegangen).

Dagegen hatte Mattulke erwartungsgemäß nichts einzuwenden. Vermutlich akzeptierte er sogar Sonjas Version. Denn er l i e b t e Werri. Falls das für einen Mann von Mattulkes Wesensart nicht ein zu überschwängliches Wort war.

Er liebte ihn auf seine Art. »Pack Werner ordentlich etwas ein, Elvira!«, sagte er zu seiner Schwiegertochter, wenn Werri einmal für längere Zeit aus dem Hause ging oder verreiste. Wie ehemals zu seiner Frau Marie, wenn ihr Sohn Wilhelm wieder aufbrach. Mattulke sprach auch als Einziger seinen Enkel mit seinem eigentlichen Namen an, der allen anderen in der Familie, den Freunden und Kollegen in Bezug auf Werri regelrecht fremd klang.

Kurz: Es hatte sich weder an Mattulkes sachliche, übergroße Nähe meidendem Wesen noch an Werris Offenherzigkeit, gelegentlicher Großmäuligkeit und schmeichlerischen Umhalsungsaktionen etwas geändert. Und trotzdem glaubte Mattulke, ein neuartiges Gefühl in sich entdeckt zu haben: Das Gefühl, dass ein Mensch ihm höher stand als er sich selbst. Dass er fürchtete, ihn zu verlieren, weil er ihm sehr teuer war. Ja, dass er mit dem Gedanken spielte, lieber selbst von einem Unheil betroffen zu werden, als dass es seinem Enkelsohn Werri zustieße (was nichts mit Mattulkes Alter zu tun hatte). Und zum ersten Mal in seinem Leben tolerierte er ja auch solche Schwächen eines anderen Menschen, die nicht zugleich seine waren.

In Werri sah Mattulke wenn nicht eigene Lebenshaltung, so doch eigenen Lebenssinn am besten verkörpert. Obgleich Werri im Grunde nur – aber wie sein Großvater letztendlich auch – die sich ihm bietenden sozialen Angebote und Ansprüche nutzte.

Kaum hatte Werri seine Schlosserlehre beendet, ging er auf Anregung von Fritz Weitendorff, der unentwegt hinter Proletariersöhnen her radelte, um sie zum Studium zu animieren, an ein pädagogisches Institut – brach die Ausbildung ab und folgte einem Parteiaufgebot, um Soldat zu werden; was ihm eine Offizierslaufbahn verhieß. Auf diese Weise verließ Werri das Haus.

Und Sonja, die ihrerseits für ihre Mutter Elvira immer mehr zu einer engvertrauten gleichberechtigten Partnerin geworden war, heiratete. Ebenjenen Mann, den sie einstmals an dem Abend im »Bellevue«, von Mutter und Bruder Andreas beobachtet, kennengelernt hatte.

Er war der Sohn eines im Ort angesehenen Textil- und Kurzwarenhändlers. Dessen Familie darüber hinaus über eine beachtliche Tradition verfügte, indem sie es bis in die Zwanzigerjahre über Generationen fertiggebracht hatte, dass ihre Oberhäupter Borstädter Ratsherren wurden. Vor Sonjas Eheschließung mit dem Juniorchef befand man sich allerdings auf dem Tiefstand der Firma. Aus wirtschaftlichen Gründen war man gezwungen, drei Viertel des Geschäfts an die hiesige Konsumgenossenschaft zu verpachten.

Davon verstand Sonja nichts und wollte sie nichts wissen. Ihr Mann, ein grundgütiger, zu keiner strengen Miene und keinem bösen Wort fähiger Mensch, verehrte sie über alles. Er war sieben Jahre älter als sie und mit seiner etwas plumpen dicklichen Gestalt, seinem weichlich anmutenden Gesicht und dem feuerroten krausen Haar, das sich trotz seines noch jugendlichen Alters in der Mitte des Schopfes schon deutlich lichtete, sodass das blanke Schädeldach hindurchschimmerte – solchergestalt also nicht gerade das, was man sich als junges Mädchen unter einem attraktiven Mann vorstellte.

Doch Sonny mochte ihren Mann sehr. In ihrem Wesen mehr ihrer Großmutter Marie als ihrer Mutter ähnlich, wünschte sie sich ein trautes Heim, drei bis vier Kinder, Ordnung, Beschaulichkeit und hinlänglich Wohlstand.

Und beinahe alles schien sich ihr zu verwirklichen. Sodass selbst der alte Mattulke, der naturgemäß nicht viel auf Sonjas Ehemann gab, sich doch nicht zuletzt dank des Unterkommens seiner Enkeltochter irgendwie mit seinem Schicksal aussöhnte. Mit Wohlgefallen schaute er, wenn er auf seiner Parkbank mit pensionierten Friseuren oder Wachmännern debattierte, hin und wieder zu dem vornehmen Eckhaus zwischen Rathaus- und von ihr abzweigender Promenadenstraße hinüber. Wo Sonja manchmal im ersten Obergeschoss, über dem Haupteingang zum Geschäft, in dem breiten dekorativen Eckerker die Gardine beiseitezog und ihrem Großvater zuwinkte. Was Mattulkes altersschwache Augen zwar nicht mehr recht wahrnahmen, wohl aber den noblen Bau an sich: mit seinen vier Stockwerke hochstrebenden tadellosen Fassaden, den kleinen Ziergiebeln zu beiden Seiten, im Winkel mit dem sie überragenden Türmchen.

Als Mattulke noch besser zu Fuß war, schlenderte er manchmal von der Promenade an Sonnys neuem Domizil vorbei, um Rathaus und Polizeipräsidium zum Markt und zurück. Einmal traf er am Rathaus zufällig auf eine Stadtführung. Er blieb diskret zurück, war aber neugierig, da die Stadtführerin ihn in ihren körperlichen Ausmaßen an seine Frohstädter Elisa erinnerte und ihr Mundwerk an dasjenige von Fisch-Nelly. Er dachte: *In welchem Landstrich wir auch leben – die Menschen ähneln sich.* Früher wäre ihm ein solcher Gedanke wohl nicht in den

Sinn gekommen. *Das haben wir Bismarcken zu verdanken!*, resümierte er noch. Die hiesige Nelly erzählte, dass das Rathaus einst der Wohnsitz eines der industriellen Pioniere der Stadt gewesen sei. Eine helle hohe Barockfassade, an Portalen und Fenstern Gewände aus rotem Rochlitzer Porphyr. Das blauschwarze Mansarddach mit Gaupen und Turmuhr. Ein Weberstädtchen, Strumpfwirkerei und Handschuhfabrikation vor allem. Ein Flüsschen Frohe hatte man nicht, weshalb Pferdegöpel, später Kohle, Gas, Strom als Antriebskraft genutzt wurden. Die englische Konkurrenz war zu stark. Aufwind brachte die Baumwollspinnerei. Die Eisenbahnlinie Leipzig–Chemnitz bewirkte einen regelrechten Bau- und Industrieschub. Maschinenfabriken, Buchdruckereien entstanden ... *Ja, Industrie bringt mehr ein als Landwirtschaft!*, dachte Mattulke. Er sah sich um. Die Leute trugen zumeist ziemlich abgerissene Kleidung wie er. *Vielleicht war ihr Elend nur ein bisschen geringer als das unsere? Aber wer von ihnen war überhaupt noch ein Ansässiger?*

Auf dem Rückweg winkte seine Enkeltochter am Fenster, rief ihn herauf. Aber er wollte lieber noch ein Weilchen in der Promenade sitzen. *Es ist schon merkwürdig,* dachte er, *dass Werners Werdegang für mich mehr Gewicht besaß als jener von Sonja.* Nach gut einem Jahr Dienstzeit als Soldat war er Offiziersschüler geworden: »Zack, zack – und stehn! Das Herz lachte dir im Leibe, Großvater!«, schrieb Werri. »So richtig ins Schwitzen komme ich aber erst bei Sphärik, Ballistik ...«

Donnerwetter, dieser Bengel!, staunte Mattulke insgeheim voll Hochachtung und Stolz. Zugleich regte sich aber sein berechnender Ökonomensinn: Schlosser – abgebrochenes Studium – Offizier! Als was soll er denn nun Geld bringen und nicht nur schlucken?!

Seine Floskel, dass »drüben« mehr zu machen sei, hatte er keineswegs aufgegeben. Im Gegenteil, seine Kenntnis der bedrohlichen Flaute in einer seit Zeiten so gut betuchten Familienfirma, in welche Sonja eingeheiratet hatte, bekräftigte ihn darin.

»Wo bleibt da die Gerechtigkeit? Und eine gesunde Konkurrenz!«, wetterte er in der Promenade. Ermuntert von nickenden greisen Friseur- und Wachmännerhäuptern. »Wenn unser Warenfonds von vornherein ungleich verteilt wird! Konsum und HO für ihre Trägheit belohnt werden! Eigeninitiative nichts mehr nützt!«

Hatten die alten Herren auf diesem Feld genügend Dampf abgelassen, kamen sie auf die Preise zu sprechen: Sie schimpften also weiter. Obgleich der Brötchenpreis inzwischen von 65 auf 5 Pfennig gesunken war. Eine Bockwurst kostete 80 Pfennig. Was Andreas nach versäumter oder verschmähter Schulspeisung immer häufiger zum Kauf verleitete. Seine Mutter Elvira empfand es als Erleichterung, dass nach Mehl und Brot nun auch die Rationierungen für Fleisch, Wurst, Butter, Milch und Zucker aufgehoben worden waren. Nichtsdestoweniger bullerte Mattulke: »Ein Jammer! Eine famose Prellerei! Die Lebensmittelkarten einziehen, aber die Preise beinahe auf HO-Niveau belassen! Ist das eine E r r u n g e n s c h a f t ? Ich denke, der Sozialismus hält es mit der Ehrlichkeit? Und mit unsereinem – dem kleinen Mann?«

Großvater und Enkel in der Promenade

Nun, die Preise fielen deutlich, und es ging den Mattulkes deutlich besser. Wenn auch dem alten Mattulke eben bei Weitem nicht deutlich genug.

Das war denn auch der Anlass für ein später in der Familie etwas umstrittenes Gespräch, wie es sich an einem sonnigen Septembernachmittag – man schrieb mittlerweile das Jahr 1958 – zwischen Großvater und Enkelsohn zutrug.

Mattulke befand sich im Achtzigsten. Seine körperliche Verfassung gestattete ihm keine langen Kundschafterzüge mehr quer durch die

Stadt. In Hüft- und Kniegelenken steifer geworden, empfand er sein zu kurzes rechtes Bein jetzt mitunter wie eine mit seinem Leib verschmolzene leblose Stelze. Nicht mehr narbendurchsetzte Haut und Knochen, sondern Leder und Gehölz! Durch das sein Herz nur noch dann und wann über rätselhafte Kanäle das Blut bis in die Zehen trieb.

Doch in der warmen Jahreszeit machte er sich nach wie vor fast täglich für ein Stündchen zur Promenade auf. Von ihrem Haus eine nahezu ebene Strecke. Vielleicht 300 Meter bis zum Anger, der nur noch in seiner Randzone an eine Wiese erinnerte. Sonst erdig-kiesige Fläche mit vom Regenwasser ausgespülten Rinnen und Mulden und mit steinigen Höckern, sodass die Kinder ihn kaum noch zum Ballspiel nutzten. Dafür die Schausteller und Karussellbetreiber alljährlich im Frühjahr und Herbst zur Rummelzeit.

Mattulke ging stets durch die Schlippe zwischen Anger und Stadtbad sowie der Infektionsabteilung des Krankenhauses, und wunderte sich jedes Mal aufs Neue, dass man ausgerechnet die an einer ansteckenden Krankheit Leidenden hierher ins Borstädter Zentrum verlegt hatte. *Vermutlich,* wie er sich sagte, *um ihren Angehörigen den weiteren und durch den Anstieg etwas beschwerlicheren Weg zum Krankenhaus hinter der Schule zu ersparen. Somit den Kontakt zu den ohnedies Isolierten zu fördern.* Es stand auch wieder eine Reihe von Menschen vor dem weiß getünchten, auch äußerlich wie steril wirkenden Haus, die sich mit den Kranken in den geöffneten Fenstern unterhielten oder mit jenen hinter den Scheiben gestikulierten oder ihnen etwas zuriefen.

Der Durchgang fiel zur Promenade hin leicht ab, was Mattulkes Gelenke zusätzlich strapazierte. Aber er musste so nicht hernach die umso steilere Treppe vom Anger hinunter, um an sein Ziel zu gelangen.

Die erste Hälfte des Monats war ungewöhnlich kühl und regnerisch verlaufen. An manchem Tage hatte er in Stube und Küche schon eingeheizt, wenn es ihm zu klamm gewesen war. Der Kanonenofen in der

Küche, den sie anfeuerten, wenn sie nicht auf dem Herd kochten, hielt die Wärme nicht. Und ihr alter Berliner Kachelofen in der Stube brauchte den halben Tag, bevor er strahlte. Regelmäßig rieb sich Mattulke morgens und abends Knie- und Schultergelenke und Waden mit irgendeinem vom Arzt verordneten Rheumamittel ein. Er schluckte tagtäglich Knoblauchpillen. Badete seine Füße in durchblutungsfördernden Essenzen, bis sie ihm wie mit Brennnesseln traktiert feuerten. In bestimmten Abständen ließ er seinen Blutdruck kontrollieren. Tat jetzt, gegen sein Lebensende, so gut wie alles, wovon man sich allgemein ein langes Leben versprach. Freilich war der biologische Verschleiß nicht aufzuhalten; aber Mattulke wollte auf jeden Fall nicht vorzeitig aufstecken. Wann immer Freund Hein sich zu ihm gesellen würde.

Bisweilen kam der Wunsch in ihm auf, noch einmal seine Frau und seinen Sohn Reinhard zu sehen. Sie schrieben sich wieder. Sachliche, kühle Texte. Von dem Haus am Mohrunger Weg in Hamburg war nie wieder die Rede gewesen.

Mit einem Stoßseufzer, jedoch hoch aufgerichtet, setzte sich Mattulke in der Promenade auf seinen gewohnten Bankplatz. Es knarrte und knackte in seinen Knien. Wie meist legte er seine Hände auf seinen vor ihm aufgestellten Krückstock, da es ihm das Atmen erleichterte. Und freute sich ansonsten, dass der scheidende Sommer sie nochmals mit Windstille und Sonnenkraft überrascht hatte.

Er war der Einzige in der kleinen Parkrunde, die nicht mehr als siebzig mal achtzig Meter ausmachte. Wie ein Rhomboid, die spitzen Winkel gegen Bahnhof- und Promenadenstraße. In der Mitte ein Rondell mit Wiese und einer mächtigen Kastanie, die Mattulke sowohl hinsichtlich ihres Ausmaßes als auch ihrer Nutzung an die Buche vor dem Frohstädter »Goldenen Herz« erinnerte. Nur entleerten sich dort die Pichler und hier die Pinscher. Um die Kastanie herum der Weg mit einem halben Dutzend Bänken. Dann wieder Bäume, Linden und Buchen, Jasmin-

und Holunderbüsche, die Rotunde. Am seitlichen Ausgang zum Anger eine ausgediente Pumpe.

Eine ältere Frau führte ihren akkurat geschorenen Pudel spazieren, der in dem wenigen, schon herabgefallenen Laub schnüffelte.

Wer hätte geglaubt, dass ich so alt werde, dachte Mattulke. *Trotzdem: Auf einmal ist alles vorbei. Wie seltsam.* In Stunden überschäumender Freude war ihm früher aus Dank wie jetzt in solchen der Besinnlichkeit aus Ehrfurcht der Gedanke an einen Gott gekommen, der ihn abberief. Viel mehr konnte er mit ihm nicht anfangen, als dass er ihm Symbol der Huldigung und Schlüssel für das Unverständliche war.

Nach dem Krieg hatte seine Schwiegertochter, die er bis dahin immer für ungläubiger als sich selbst gehalten hatte, plötzlich eine Zeit lang jede Mahlzeit mit dem Vaterunser begonnen. Als erhoffte sie damit, ihrer aller Not lindern, die Heimkehr ihres Mannes erbitten zu können.

Derlei fromme Erwartungen waren Mattulke fremd. Zu romantisch. Eigene Hand ist Herr im Land! Dennoch hatte er während des Gebetes stets seine Hände übereinandergeschlagen, sich geduldet wie die Kinder. Die seltsam andächtig und respektvoll ihrer Mutter lauschten, die Hände brav gefaltet, mucksmäuschenstill.

Ja, seltsam, seltsam, dachte Mattulke. Eine seltsame Frau, diese Elvira. Nach ein paar Monaten hatte sie die religiöse Zeremonie wieder fallenlassen. Dann irgendwann wieder aufgenommen. *Nein, mag sein, was will, ich habe mit ihr und den Kindern einen guten Fang gemacht.*

Sage und schreibe, sein leiblicher Sohn Reinhard, hatte es ihm in der großen Hamburger Wohnung verwehrt, dass er sich seine schmerzenden Gliedmaßen einsalbte! »Bitte, Väterchen, dieser penetrante Geruch! Das musst du verstehen.«

Eine Schande! Zwar hatte auch Werner manchmal nach dem Essen gefrotzelt: »Großvater, ein Rheumadessert gefällig?« Rieb ihm aber dann fröhlich die Waden ein. Elvira, Sonja und Andreas ließen sich nie auch nur einen Deut anmerken, versicherten eher angelegentlich, dass sie es gern röchen. Obwohl es ihm selbst zuweilen, wenn er die Wohnung betrat, in der kampfergeschwängerten Luft den Atem benahm.

Wie alte Menschen oft, sinnierte Mattulke also über seine körperlichen Gebrechen, den Tod und über die Rücksichtslosigkeit oder das ungleich seltenere Verständnis der in seinen Augen »heutigen Jugend« – als sie ihm in Gestalt seines Enkelsohnes tatsächlich über den Weg lief.

In Wahrheit wäre Andreas heute seinem Großvater lieber aus dem Wege gegangen, wenn er ihn rechtzeitig bemerkt hätte. Aber es war für ihn zu spät, um sich außen um die Promenade herum über den Anger nach Hause fortzustehlen.

Sein Großvater blickte genau in die Richtung der Schulstraße, aus der er daherschlenderte und die hier in ihrem Ursprung, wo sie mit Bahnhof- und Rathausstraße zusammentraf, nur eine Gasse war. Gerade fünf Meter breit. Links und rechts kleine alte Häuschen, den Berg hinan in Reihe aneinander geschachtelt. Der Giebel des nachfolgenden überragte regellos denjenigen des vorderen, sodass sich ein bizarres Bild aus blauschwarzen Schieferdächern, glatten hellen Wänden oder unansehnlich bröckligen mit schmalen Balkonen, von zumeist rostigen Eisenbrüstungen umgrenzt, Leinen mit bunten Wäschestücken, winzigen blumengeschmückten Fenstern oder großen zugemauerten ergab.

Durch dieses beinahe orientalisch anmutende Öhr schritt Andreas auf seinen Großvater zu. In der einen Hand Werris lederne speckig-bewährte Aktentasche. Ein in Mattulkes episodischer Glanzperiode der Nachkriegszeit auf dem Borstädter Schwarzmarkt gegen Honig und Butter ertauschtes Produkt. Welches Werri schon durch seine Schlosserlehr- und Studienzeit begleitet hatte. In der anderen Hand eine Bockwurst.

»Du scheinst dich ja gut zu stehen«, sagte Mattulke gewohnt knurrig und angesichts der Wurst mit leisem Vorwurf.

Andreas hatte versucht – wohl eine derartige Äußerung befürchtend – den letzten Happen rasch hinunterzuschlingen. Was ihm jedoch nicht schnell genug gelang und nun in Luftnot versetzte. Noch mit vollem Munde kauend und nach Luft schnappend entgegnete er zur Entschuldigung: »Von meinem Schulgeld!«

»Na! Eine dieser Verrücktheiten!«, wetterte Mattulke geradezu angestachelt los. »Die staatliche weltliche Schule des neuen Deutschlands k a s s i e r t nicht, sondern z a h l t ! Damit ihre Arbeitergymnasiasten ihr subventioniertes warmes Mittagessen in die Abfalltröge befördern. Um sich stattdessen teuer bezahlte laue Bockwürste in ihre zu dünnen Hälse zu stopfen!«

»Ach, Großvater, nun wirst du schon achtzig und bist immer noch nicht friedlich!«, antwortete Andreas nach gebührlicher Verschnaufpause ein bisschen aufsässig. Es benannte den eigentlichen wunden Punkt in der Beziehung zwischen Großvater und Enkel. Denn wie sich leicht vermuten lässt, wünschte sich d i e s e r mehr Schwung und j e - n e r mehr Freundlichkeit von dem anderen. Dabei war Andreas durchaus kein Trödelfritz oder Tollpatsch! Aber eben nicht nach des alten Mattulke Maß. Also auch kein temperamentvoller Charmeur beziehungsweise Schmusepeter wie Werri. Weder Hansdampf noch Hanswurst. Nicht unbeschwert draufgängerisch wie ein Haudegen und noch nie voll wie eine Haubitze. Was bei seinem Großvater höchstens verschmitztes Mitleid erregt hätte.

Zudem befand sich Andreas in jener ein wenig trostlosen Entwicklungsphase, in der ein zartbesaiteter Jüngling gern ein handfester Mann sein möchte. Wo Triebe und Sehnsüchte sich regen, aber die gleichaltrigen Mädchen nach den zwei, drei Jahre älteren schauen. Wo die Natur fortwährend ihre Streiche mit einem spielt. In jedem Jahr schubste sie Andreas um drei bis vier Zentimeter in die Höhe. Reckte seine Glieder über die jeweilige Hosen- und Jackenlänge hinaus, sodass die Abmessungen der Kleidung alleweil hinter denen des Körpers zurückblieben. Auf seiner Stirn blühten kleine rote oder gelblich-pustulöse Pickelchen. Die Stimme schlug ihre Kapriolen von Dur zu Moll. Für den betroffenen Weltenstürmer – und welcher Bursche in diesem Alter fühlte sich nicht dazu berufen? – eine Pein. Ein unsagbares Handicap, wenn die an sich gut sitzende, männlich-derbe, erst im Frühjahr von der Mutter gefertigte und mit eindrucksvollen Kappnähten versehene Wollhose schon wieder auf Hochwasserniveau stand. Das Hemd am Hals würgte. Die angestrickten Bündchen an der über alles geliebten moosgrünen Cordjacke von Werri begannen, über die Unterarme und über die Nieren den Rücken hinaufzuwandern. Einzig Werris Schuhe waren geeignet, Andreas' Wachstumsexplosion standzuhalten. Ihr Großvater persönlich hatte sie vor Jahren von einer seiner Hamburgreisen mitgebracht und beteuert, dass es sich um ein echt amerikanisches Fabrikat handele. Ein solides handgearbeitetes, äußerlich ansprechendes Schuhwerk: aus festem braunem Wildleder, quer über der Schnürung eine abdichtende Lasche, die Sohlen aus einem handdicken stabilen Krepp und mit einem Profil wie auf Treckerreifen. Was besonders ihre Griffigkeit und Unverwüstlichkeit ausmachte. Offenbar hatte ihr Großvater auch weit vorausgedacht, denn die Schuhe waren damals Werri um vier und derzeit Andreas immerhin noch um drei Nummern zu groß. Weshalb er sie vorn mit einem Wattebausch und hinten mit einem Filzstreifen auspolsterte.

»Wirklich feine Galoschen!«, sagte Mattulke jetzt wieder einmal. »Die ›drüben‹ machen eben noch was Echtes!«

Tatsächlich schienen die Schuhe nicht abnutzbar. Werri hatte sie allerdings nur hin und wieder in seiner Lehre getragen. Und absolut wasserdicht! Wenngleich Andreas ständig das Gefühl hatte, zwei Dreipfundbrote an seinen Füßen herumzuschleppen. Was blieb ihm in seinem Dilemma also weiter übrig, als Kopf und Schultern hängenzulassen und nicht sehr selbstbewusst, um sich zu blicken?

»Gerade! Setz dich gerade, Jung!«, forderte Mattulke ihn auf.

Andreas gehorchte halb. Rekelte sich in den Schultern, da die Muskulatur von seiner etwas krummen Haltung spannte, und sagte aufmüpfig: »Hier h ü b e n wird aber über die Geschichte entschieden, Großvater!«

»Hm«, brummelte Mattulke und schaute dabei abschätzig zu seinem Enkelsohn. Wie zu einem pubertierenden Lümmel, der bei der nächsten Frechheit eins mit der Krücke verdiente. *Mein Gott,* dachte er, *kein Fleisch auf den Rippen, aber die* »*historische Mission*« *in der Brust! So erziehen sie heutzutage die Jugend!* »Hm, na ja«, entgegnete er, »dann wird der Sozialismus aber zumindest noch lernen müssen, Schuhe zu fabrizieren! Mit kalten Füßen ist das ja och all nix.«

»Du kennst die Zahlen nicht, Großvater!«, putzte Andreas ein wenig seinen Pennälerstatus heraus. »Unsere Arbeitsproduktivität wächst doppelt so rasch wie die im Kapitalismus. Du kannst dir ja ausrechnen, wo wir da in zehn Jahren stehen. Da werden die von ›drüben‹ hinter uns herwinken. Wie hinter Kindern aus dem Schlaraffenland.«

Nun meckerte Mattulke belustigt. Denn er entdeckte just in diesem Moment zum ersten Mal in dem milchig-bleichen Knabengesicht seines Enkels die große fleischige Mattulkesche Nase.

»In zehn Jahren lebe ich nicht mehr«, sagte er. »Aber es wird gut sein, wenn dann überhaupt noch einer von drüben nach hüben und in umgekehrter Richtung winkt.«

»Vielleicht wunderst du dich, wie alt du noch wirst, Großvater. Die Tiere erreichen ihr sechsfaches Wachstumsalter. Warum sollte das uns Menschen nicht gelingen? 120 würdest du dann!«, glänzte Andreas noch einmal mit seinem Schulwissen.

Mattulke stutzte auch tatsächlich. Wiegte bedächtig sein Haupt. Worauf Andreas noch eins draufsetzte. »Unser Geschichtslehrer sagt: ›Es nimmt alles seinen Lauf. Gesetzmäßig. Ob wir's verstehen oder nicht.

Ob wir's wollen oder nicht.‹ Du liebäugelst immer mit dem Westen, Großvater. Doch die Macht der maschinellen Agenden«, Andreas meinte Agenzien, »wird so groß, dass, blieben sie in Privatbesitz, sie den Rückfall in absolutistische Gewaltherrschaft einer kleinen Gruppe von Eigentümern bewirkten. Da die Geschichte nicht rückläufig geht, wirds Revolutionen geben – und den Kommunismus, Großvater! Ob dir's passt oder nicht.«

In solcher Situation hätte Mattulke früher wohl doch gehörig vom Leder gezogen oder es Andreas sogar gegerbt. Stattdessen schaute er erstaunt auf. Aber mit dem Blick eines Verteidigers, nicht eines Angreifers. »Was hältst du mir Lektionen, Jung! Mag sein, dass die Menschen altersmäßig einmal mit den Tieren gleichziehen. Mich wird es nicht mehr treffen. Aber auch Eigentum ist historisch gewachsen und muss geachtet werden! Wenn das Recht des Stärkeren und nicht mehr des Wendigeren regiert, d a n n bedeutet es Rückschritt. Nimm die Familie deiner Schwester: ehrbare, fleißige Leute. Es wird nicht lange dauern und der alte Herr wird mit seinem Restladen auf Kommission machen. Also klein beigeben. Ist das recht und billig? Ja, billig ist es, mein Jung.«

»Der gesellschaftliche Fortschritt erzwingt sich auch über persönliche Katastrophen, meint Hegel!«

»Du Schlaumeier, du! Über das Fiasko eines Napoleon! Nicht über Katastrophen en masse!« Nun brach sich doch Mattulkes Leidenschaft Bahn. Er fuchtelte mit seinem Krückstock. »Weißt du, dass dein Großvater ein Hausbesitzer war!? Ich! Ich! Ich!« Er schlug sich mit der linken Faust gegen die Brust. »Und was bin ich heute? Ein T-Kommunist! Da staunst du, was?«

Nein, Andreas staunte nicht. Er war ungeheuer verblüfft. Und dem Lachen nahe. Sein Großvater ein Kommunist! Das »T« irritierte ihn freilich. Er nahm zunächst an, dass es Kommunisten waren, die sich in gemütlichen Teestunden zu den Idealen des Kommunismus bekannten. Sie

330

aber in der rauen Lebenspraxis verneinten (erst Tage später erfuhr er, dass das T dem Namen des jugoslawischen Partisanenführers und Staatsmannes Tito entlehnt war).

So sagte er jetzt schelmisch, indem er sich aus seiner krumm hingeflegelten Positur erhob: »Hab gar nicht gewusst, dass du ein Teefreund bist, Großvater. Als Kommunist musst du aber die Arbeiterklasse als dominierende Masse anerkennen. Und die trinkt lieber Kaffee und Bier.« Kreisend schleuderte er seine Aktentasche in der Luft und hoppelte davon. Wahrscheinlich, weil er ein bisschen als Sieger aus dem Feld gehen und seinen Großvater nicht zu neuem Widerspruch provozieren wollte. An der Pumpe blieb er stehen, setzte seine Tasche ab und bewegte den Schwengel auf und nieder. Wasser beförderte die Pumpe seit Jahren nicht mehr ans Tageslicht. Offenbar aber verborgene Gedanken. Denn Andreas hielt plötzlich inne und rief zu seinem Großvater zurück: »Ich habe mich übrigens entschlossen, Arzt zu werden, Großvater!«

Damit stürzte er die Treppe zum Anger hinauf. Infam genug, den alten Mann mit dieser Enthüllung alleinzulassen. Mattulke hörte, wie sein Enkel oben auf dem Anger nach einem Jungen aus ihrer Straße schrie. Und er sagte sich: *Hirngespinste! Das alles kommt dabei heraus, wenn man glaubt, die Welt ummodeln zu können! Ärzte gehen aus Arzt- oder Ingenieursfamilien hervor. Intelligenz braucht intellektuellen Vorlauf!*

Aber er hielt doch für möglich, dass es Ausnahmen gab. Eine Überlegung, die ihn unruhig machte. Sollte diese Ausnahme ausgerechnet in ihrer Familie ...? Nein, unmöglich! Nicht mit einem Jungen wie Andreas! Der aus einer eigentümlich gemischten Scheu von Gehemmtheit und Achtung meist alsbald die Flucht vor ihm ergriff, wenn sie beide einmal allein in der Wohnung waren. Der noch bis gestern dem Vorbild seines großen Bruders nachzueifern wünschte: Nicht etwa als Lehrer oder als Offizier! Nein – als P i o n i e r l e i t e r !

Mattulke ließ das Wort auf seiner Zunge zergehen. Es bedeutete für ihn so viel wie Amme, Hausmädchen, Aufwartung. Er stützte sein Kinn gegen seine Hände auf dem Krückstock und dachte: *Wer soll das auch aushalten? Sie müssen zu viel bimsen! Jedes Unmaß verwirrt den Geist.*

Bei Blümels

Nach Dienstschluss besuchte Elvira fast täglich ihre Tochter Sonja. Die hundert Meter vom Rathaus stürmte sie gleichsam dahin, so sehr freute sie sich auf die Begegnung, den nachmittäglichen vertrauten Plausch bei einer Tasse Kaffee.

»Ich will nur kurz schauen, wie es dir geht, Sonny, bin sofort wieder hinaus«, versicherte sie wiederholt. Aber wenn die beiden Frauen erst einmal beieinandersaßen, war eine Stunde schnell vergangen.

Manchmal schlüpfte Elvira gleich durch den kleinen Laden hindurch in Sonnys Wohnung. Durch jenen Teil des Geschäfts, der Franz Blümel und seinem Sohn Walter, Sonjas Ehemann, verblieben war. Er hatte seinen Zugang zur Promenadenstraße hin, die sich schmal hinter der Grünanlage entlangzog und hier spitz in die Rathausstraße mündete. Eine unscheinbare Tür neben dem Hauseingang, die früher nur zur Warenannahme geöffnet worden war. Sie führte, gemessen an der vom Konsum gepachteten Ladenfläche, in einen winzigen Raum, ehemals Kontor. Jetzt Verkaufsstätte der Blümels für Reißverschlüsse, Knöpfe, Kordel, Strumpfbänder und Schleifenband – Kurzwaren also. Die hatten sie sich bewahrt, während die Stoffe und Konfektionsartikel mit der Pacht an den Konsum übergegangen waren.

Elvira begrüßte die Herren freundlich, die es ihrerseits nie an Nettigkeit missen ließen. Nach ein paar unverbindlichen Worten stieg sie in dem anliegenden, etwa vierzig Quadratmeter großen Lagerraum, der nun ebenfalls fast ausschließlich vom Konsum genutzt wurde, rasch die schmale eiserne Wendeltreppe zum ersten Obergeschoss hinauf. Groß war die Freude jedes Mal, wenn sie ihre Tochter auf diese Weise überraschte. Obgleich Elvira auf ihrem Wege vom Bibliothekszimmer, wo die Treppe endete, durch die Wohnung stets durch Hüsteln oder durch Klopfen an Türen und Schränken auf sich aufmerksam machte, um ihre Tochter nicht zu erschrecken.

Doch meist – besonders auch dann, wenn einer der Herren im Geschäft nicht zugegen war – wählte Elvira den normalen Besucherweg über den Hausflur. Zuvor kiebitzte sie kurz durch die Ladenscheibe, die sich als ehemaliges Kontorfenster gegenüber den größeren und dekorativer gestalteten drei Schaufenstern des Konsums – eines zur Promenaden-, zwei zur Rathausstraße hin – gleichfalls recht armselig ausnahm. Sofern Vater Blümel oder ihr Schwiegersohn sie bemerkten, winkte sie und huschte ins Haus.

Es wirkte auch im Inneren vornehmer als alle Häuser, in denen Elvira je gewohnt hatte. Die Wände des Vorflurs, über den es geradewegs durch die Hintertür auf einen geräumigen Hof hinausging, waren bis in Blickhöhe mit rauchgrauen Kacheln gefliest. Jede umrahmt von einem zarten bläulich geblümten Muster. Links vor dem Ausgang zum Hof eine große schwere Pendeltür mit Messingknauf. Auch an den anderen Türen Beschläge und Klinken aus Messing. Der Fußboden aus einem feinen Terrazzo. Die Treppe breiter als gewohnt. Zentral ein massives blankes Holzgeländer, das sich über die Stockwerke bis zum Boden emporwand.

Sonja empfing ihre Mutter in einem türkisfarbenen Morgenmantel aus Seidenbatist. Darauf kleine bunte Vögelchen mit langen gelb und grün leuchtenden Schwanzfedern und goldglänzende Pagoden mit purpurroten Dächern. Ein Hochzeitsgeschenk von Großmutter Maria und Onkel Reinhard aus Hamburg.

»Kind, du wirst dich erkälten!«, rügte Elvira ihre Tochter nach der begrüßenden Umarmung freundschaftlich. »Noch am Nachmittag so oft in diesem Aufzug! Kaum ein bisschen Wäsche darunter. Will es dein Walter denn so?«

»Wenn es nur so wäre, Mutter!«, klagte Sonja lausbübisch und zog eine halb verdrießliche, halb verschmitzte Miene. Elvira schmunzelte und ärgerte sich zugleich über sich selbst, da sie sich oft über ähnliche Vorhaltungen ihrer Mutter echauffiert hatte, wie sie sie nun selbst machte.

Sie nahmen im Frühstückszimmer Platz, das auch als Empfangsraum für Gäste diente. Sonja hatte schon zwei Kaffeegedecke aufgelegt. Das Zimmer war, abgesehen von jenem des alten Herrn Blümel, der kleinste Raum der Wohnung. Groß genug freilich, um einen rechteckigen Tisch, den man zu Feierlichkeiten auch ausziehen und so eine regelrechte Tafel herrichten konnte, sechs hochlehnige Stühle, einen Regulator und eine Blumenbank aufzunehmen. Letztere bestückt mit Sansevieria-, Usambaraveilchen- und Anturientöpfen. Das »Goldene« bevorzugte Sonja offensichtlich. Wenn leider nicht als Geschmeide, so doch wenigstens als bestimmendes Kolorit. Hier im Frühstücksraum in Form einer zartgolden großblumig gemusterten Tapete und einer fünfarmigen goldenen flämischen Deckenleuchte. Goldfarbene Kordel und Quaste an der bauschigen, da an beiden Seiten gerafften Gardine. In den übrigen Zimmern, von denen das Schlafgemach der jungen Leute und die Stube an den Frühstücksraum angrenzten, in Form gold- bis kaffeebrauner breitflächiger Vorhänge im Schlafzimmer. Oder lediglich schmaler Schals und bogenförmig geschnittener Falbeln vor den Fenstern in Stube und Küche. Goldgelb oder lindgrün gelackte Döslein und Näpfchen standen herum, bemalt oder unbemalt. An den Wänden eine Unmenge goldener, vereinzelt weißer oder bräunlicher Rähmchen mit zumeist sehr bekannten gedruckten meisterlichen Bildnissen oder mit absolut unbekannten, aber originalen. Nippes aus Elfenbeinporzellan, gehäkelte Deckchen und glitzernde Kristallschalen in und auf dem Büfett. Neben dem Fenster eine beige Bodenvase aus Keramik mit plastisch gearbeiteten rötlichvioletten Trauben und grünem Blättergeranke. Im Schlafraum – wegen des großen Erkers und der Sicht nach zwei Seiten Sonjas Lieblingszimmer – ein überdimensionaler »Elfenreigen« über den Betten mit luftig schwebenden Röckchen. Über dem Toilettenschränkchen ein nicht minder großer golden gerahmter Spiegel, in dem sich die wolkigen Stores der Fensterreihen abbildeten.

Sonja fühlte sich immer, wenn sie in den Spiegel hineinschaute, wie von einem duftigen Gewölk umgeben. Dass sie sich nicht wie im siebenten Himmel fühlte, hatte verständliche irdische Gründe.

»Nein, ich will nicht klagen«, sagte sie jetzt zu ihrer Mutter. Die beiden Frauen nippten von ihrem heißen Kaffee. Die breiten Flügeltüren zu Stube und Schlafzimmer standen offen und sie blickten sich von ihrem Platz aus gefällig in der Räumlichkeit um. »Es ist ganz goldig hier, und goldene Herzen haben meine zwei Männer weiß Gott!«

»Wahrhaftig, du hast es gut getroffen«, bekräftigte Elvira. »Die zwei Jahre deiner Ehe haben auch mir gutgetan. Man lebt regelrecht auf, wenn die Kinder ihre Familie gründen. Es ist, als feiere man fröhliche Urständ. Obwohl bei mir anfangs ein bisschen Trauer um deinen abgeblitzten Studenten mitspielte. Den ich gut leiden konnte, wie du weißt.«

»Ja, Mutter, vielleicht hätte ich in der Sache mehr auf dich hören sollen. Aber eigentlich hatte ich dann das Gefühl, du seist Feuer und Flamme für diese Entscheidung!«, entgegnete Sonja ein wenig fahrig und las vor ihren Füßen zwei Wollfussel von dem zwar alten, aber äußerst gut erhaltenen rotbraunen Perserteppich.

»Richtig, Kind! Man ist manchmal hin- und hergerissen. Du hast ein wohlsituiertes Zuhause hier und wie du selbst feststellst, zwei gutherzige Männer. Wenn ich daran denke, wie i c h angefangen habe, und wo ich jetzt mit meinem bissel Hausrat stehe. Der immerhin inzwischen umfänglicher ist als das, was ich vor dem Kriege besaß. Da bist du weit voraus, Sonny. Zwei gute Mannsleute habe ich ja gottlob auch noch neben mir. Dein Bruder Andreas beweist mir tagtäglich, welche Vorzüge ein Nachzügler hat«, sie lächelte sanft über ihr harmloses Bonmot, »und dein Großvater ist, was man auch immer an ihm aussetzen könnte, doch eine treu sorgende Seele.«

»Du hast recht, man muss die Dinge nehmen, wie sie sind«, sagte Sonja und fuhr, von den Worten ihrer Mutter angeregt, fort: »Und man sieht doch, wo der Wohlstand seine Heimstatt hat. Auch wenn von der Pracht einstiger Kaufmanns- und Ratsherrenherrlichkeit der Blümels kaum noch etwas geblieben ist. Aber wo findet man heute noch so eine große schöne Wohnung? Zentralbeheizt! Der jetzige Heizer vom Konsum ist allerdings ein unzuverlässiger Patron. Die Diele ist wie ein Tanzsaal! Wie oft haben wir davon nicht schon Gebrauch gemacht. Zu Familienfeiern oder wenn Werri uns mit einem Mädchen besuchen kam. So ein geräumiges Badezimmer hat keine Neubauwohnung in der Berliner Stalinallee, Mutter! Zwar sollen hinterm Bad im Zimmer meines Schwiegervaters und in der Bibliothek die eigentlichen Schätze liegen, wie Walter mir immer mal wieder einzureden versucht. Doch an hölzernen Truhen und Bänken mit Kisten unter den Sitzen oder knorrigen mannshohen Rückenlehnen kann ich einfach keinen Gefallen finden. Auch wenn sie von noch so viel komplizierter Schnitzerei strotzen! Noch weniger an zwei oder drei Jahrhunderte alten Büchern. Ob in Leder oder in Leinen gebunden. Walters Vater kauft tatsächlich bis auf den heutigen Tag fast jede Neuerscheinung. Mag darin von vorn bis hinten von Sozialismus die Rede sein, es ist ihm egal. Als gehe es ihm um die Fortführung eines ehernen Prinzips, das nichts mit Sympathie, sondern mit Weisheit und Bildung zu tun hat. Er spricht jedenfalls vom guten Buch als unbestechlichen Bewahrer des Zeitgeistes! Womit offenkundig gesagt sein soll, dass man darauf nicht verzichten dürfe! I c h kanns ganz gut! Auf mein Bad oder mein Schlafzimmer möchte ich dagegen nicht verzichten. Obgleich ich mir ihre Nutzung wesentlich heißblütiger träumte! – Nun ists endlich mal raus, Mutter, es bewegt mich seit Langem.«

»Es klang in deinen Reden ja auch schon wiederholt an«, antwortete Elvira. Mehr nachdenklich als aufhorchend. »Nur immer wie ein Spaß, nicht wie eine Enttäuschung.«

»Ach, wegen jeder kleinen Wischwaschaktion verrammelt er sich im Bad!«, sprudelte es aus Sonja entrüstet hervor. »Als sei er ein verkleideter Adonis unter tausend liebestollen Nymphen! Er schwitzt sich beinahe zu Tode, wenn ich ihn mal zärtlich, wirklich ohne jeden Hintergedanken berühre. Weicht mir wohl deswegen schon aus! Im Bett traue ich mich gar nicht mehr, mich an ihn zu schmiegen. Weil er dann womöglich wie Espenlaub zu zittern beginnt. Als würde ich ihn von früh bis spät unausgesetzt bedrängen. Dabei wünschte ich mir oft nur ein bisschen Liebkosung, Mutter. Ich bin doch weder eine Mannstolle noch ein Vamp, möchte mich nur als seine Frau fühlen!«

Sie weinte jetzt leise in ihre vors Gesicht gehaltenen Hände. Und ihre Mutter schaute recht besorgt und hilflos darein.

»Ich hätte gar nicht gedacht, dass es deinem Walter so sehr an Aufmerksamkeit mangelt«, sagte Elvira. »Dein Großvater hatte ihm gegenüber ja immer seine Vorbehalte, die ich nicht teilte. Aber ein bisschen mehr Manns könnte sich Walter gewiss erweisen!«

»Nein, hackt mir nicht auf Walter herum!«, protestierte Sonja. »Das will ich auch nicht!«, und wieder in weinerlichem Tonfall: »Ich bin nur so furchtbar ratlos!?«

Nun war es an Elvira, sich mit den Händen verstört übers Gesicht zu fahren und zu sagen: »Verzeih, Kind, was quassle ich auch so dumm!« Und sie erinnerte sich wieder an ihre eigene Mutter. »Wahrscheinlich, weil ich selbst keinen Rat weiß. Vielleicht solltest du dich einfach wieder vernünftig anziehen. Nicht so herausfordernd!« Sie biss sich auf die Lippen, weil ihr einfiel, wie herausfordernd sie ihrem Jakob-Jud anfangs begegnet war.

»Mutter, mach mich nicht verrückt!«, echauffierte sich denn auch Sonja. »Es ist mir angenehm so, weiter nichts. Walter war nie ein Sexualprotz. Ich kann mir aber auch gar nicht denken, was das ist. In unserem ersten Ehejahr ging es bei ihm immer schnell, sodass es für mich nicht gerade ein großes Vergnügen und fast ein Wunder war, dass ich überhaupt schwanger wurde. Die Fehlgeburt hat mich zurückhaltender gemacht. Manchmal haben wir wochenlang nichts miteinander gehabt. Ohne dass es mich störte. Schließlich schien es sich gut einzurenken. Doch nun ist es mit einem Mal völlig aus!«

»Befürchtest du denn, dass eine andere Frau eine Rolle spielt?«

»Mutter! Walter himmelt höchstens seinen Vater an! Von wegen einer anderen Frau!« Sonja klatschte ob dieser kuriosen Vorstellung in die Hände. »Ich glaube, eher hinterginge der englische Prinzgemahl seine Königin oder verließe sie – als Walter mich!«

»Die Männer naschen gern, ohne gleich an Trennung zu denken!«, behauptete Elvira in Verteidigerpose. Fiel dann aber in das gedämpfte Gelächter ihrer Tochter mit ein, da sie ihren Gedanken nun offensichtlich doch für etwas absurd hielt.

»Er leidet! Wegen irgendeiner dummen Sache leidet er. Die mir entweder noch nicht bekannt oder nicht schlüssig ist«, sagte Sonja. »Denn was auch kommt: Wir haben eine herrliche Wohnung. Mögen uns. Müssen nicht hungern …« Mit jeder dieser Feststellungen entlud sich ein Schwall glucksender Geräusche aus Sonjas Kehle, eine eigenartige Mischung aus Lachen und Weinen.

Ihre Mutter, hilfloser als zuvor, sagte, mehr um etwas zu sagen als aus Überzeugung: »Ich verstehe gar nichts mehr! Leidet e r nun oder d u ?«

Ein paar Tage später brachten die Herren persönlich ein wenig Licht in das Dunkel der Frauenköpfe.

Elvira und ihrer Tochter war beim Kaffee wieder einmal die Zeit davongelaufen. In der Regel machte sich Elvira auf, bevor die Männer aus dem Laden hochkamen. Aber diesmal hatten die Frauen, ins Gespräch vertieft, den Geschäftsschluss verpasst – und plötzlich standen, lautlos über Wendeltreppe und Bibliothek hereinspaziert, Vater und Sohn Blümel wie zwei freundliche Heinzelmännchen vor ihnen.

Überrascht und erfreut sprang Sonja auf, umhalste ihren Gatten, lief dann in die Küche, um den Männern ihren Tee aufzubrühen. Denn das war ein ungeschriebenes Gesetz der Blümels, dass so wie die Frauen ihre Kaffee-, die Herren zum Feierabend ihre Teestunde pflegten. Allabendlich, die Sonntage eingeschlossen. Nur dann um zwei Stunden früher. In schweren Kristallgläsern mit feinziselierten Silberfassungen kredenzte Sonja ihnen ein starkes Getränk aus britischem Tee. Der natürlich aus Indien kam, fünf Minuten ziehen musste, da er nicht die müden Geister wecken, sondern die unruhigen besänftigen sollte. Die Abendmahlzeit nahm man weniger gewichtig, manchmal zwischendurch zu sich. Ihren Tee tranken die Herren ohne Zucker, jedoch mit viel Sahne. Der alte Herr Blümel nahm dabei seine am Morgen an- und zu Mittag weitergerauchte Havanna wieder auf und schmauchte sie gemächlich, zumeist nochmals eine Pause einlegend, zu Ende.

Er begrüßte Sonjas Mutter mit galanten, wohlgesetzten Worten. Seine ausgestreckte Hand ihr hoch über den Tisch entgegenreichend: »Es tut uns leid, liebe, wie's scheint, ewiglich jugendfrische Elvira, in eure Plauderei so unversehens hineinzuplatzen. Aber so genießen auch wir wieder einmal das Glück deiner Anwesenheit. Die du sonst – allzu befangen oder rücksichtsvoll, ich vermag es nicht zu sagen – deiner Tochter vorbehältst.«

»Die Pflicht, gleichfalls zwei Männer zu versorgen, treibt mich gottlob meist zur rechten Zeit nach Hause!«, antwortete Elvira ausweichend. Wegen des Kompliments, das der alte Herr Blümel aufgrund der Tischbarriere heute ausnahmsweise nicht mit einem Handkuss besiegelte, leicht errötend.

Sein Sohn Walter ging um den Tisch herum, küsste Elvira auf die Wange und sagte: »Tag, Mutti! Bleib noch ein Weilchen! Da hörst du wieder, was Sonja und ich dir immer beteuern: Du bist jederzeit gern gesehen bei uns.«

Dann setzte er sich ihr gegenüber neben seinen Vater.

Der steckte sich seine Zigarre an und blickte zufrieden den ersten dünnen Rauchschwaden nach. »Apropos Glück, liebe Elvira: Es gibt halt manchem viel, doch niemandem genug. So bleiben immer Neider. – Wenn du unsere Bitte derart verstehen möchtest?«

Er lächelte wieder wohlwollend, dabei genüsslich paffend. Hoch aufgerichteten Hauptes, die Zigarre zwischen gestrecktem Zeige- und Mittelfinger seiner rechten Hand. In den Rauchpausen weit von sich haltend. Sein Sohn war bei dem Wort »Neider« in ein so heftiges und verbissenes Kopfnicken verfallen, dass es unmöglich der freundlichen Aufnahme seiner Schwiegermutter gelten konnte.

Aber vorerst kam man nicht zum Kern der Sache. Sagte sich noch einige angenehme belanglose ehrpusselige Dinge, die vornehmlich Sonja in ein günstiges Licht rückten. Bis die ersten Schlucke heißen Tees der Situation das Unverhoffte genommen und die liebenswürdige Harmlosigkeit des Gesprächs für alle bedrückend wurde.

Walter transpirierte zusehends, was – da Sonja beinahe zwei Meter von ihm entfernt neben ihrer Mutter saß – entweder von der Hitze des Getränks oder von seiner in der Art eines Trachtenrocks gearbeiteten Jacke aus olivfarbenem warmem Tuch herrühren musste. Er trug dazu ein hoch geschlossenes weißes Hemd und einen Binder in der Farbe der sattgrünen

Jackettborte. Abwechselnd blickte er zu den Frauen und seinem Vater, bei dem seine Augen stets länger verweilten. Aus seiner Jackentasche fingerte er ein sorgsam zusammengefaltetes grünlich gemustertes Schnupftuch und wischte sich damit angelegentlich über Stirn und Nasenrücken.

Elvira fiel auf, dass ihr Schwiegersohn in den letzten Wochen im Gesicht schmaler geworden war. Was ihm aber gut stand. Die durchsichtige Blässe der Rotblonden ließ an seinen Schläfen zwei hellblaue Adern erscheinen. Für Elvira kraft ihrer Fülle eigentlich ein Zeichen für Willensstärke. Auch das kürzer als gewöhnlich geschorene Haar und seine von einer inneren Unrast glänzenden, mitunter starr fixierenden Augäpfel verliehen ihm den Ausdruck eines aufs Ganze gehenden, entschlossenen jungen Mannes. Sodass Elviras Empfinden also keineswegs zu ihrer Tochter wehleidigem Bild von ihrem Mann passte.

Der alte Herr Blümel wirkte in seinem graublauen Anzug aus bestem schottischem Tweed, dem unüblich gewordenen Stehkragen, dunkelblauer Fliege auf zart hellblau gestreiftem Hemd wie Mylord persönlich beziehungsweise wie eine Altmagnifizenz. Sein schlohweißes Haar war mit etwas haltgebender Pomade hochfrisiert und peinlichst gescheitelt, und er sagte jetzt in das entstandene Schweigen in herberem Tone, jedoch mit unverminderter Freundlichkeit: »Ich glaube uns in der Ansicht konform, liebe Elvira, dass es an der Zeit ist, dass die beiden uns beweisen, was in ihnen steckt! Die nötige Muße dazu wollen wir ihnen schon geben, nicht wahr?«

Er legte die erloschene Zigarre in einen tellergroßen Aschenbecher aus Messing, seine Hornbrille auf den Tisch, als wünsche er nun die Fortsetzung des Gesprächs ohne jedes Requisit, Auge in Auge. Sein Sohn bearbeitete sich gerade neuerlich mit dem Taschentuch Stirn und Nase. Sonja grinste hinter vorgehaltener Hand.

»Mein Vater ist ein Kindernarr«, sagte Walter an seine Schwiegermutter gewandt. »Fast wöchentlich fragt er mich, wie es um ein Enkelkind stehe.«

»›Kindernarr‹ ist der falsche Begriff, mein Sohn«, korrigierte ihn sein alter Herr. »Mich sorgt weniger der Gedanke, dass wir Blümels als K a u f l e u t e aussterben, als dass wir ü b e r h a u p t aussterben! Dein Bruder hatte nichts Gescheiteres zu tun, als sich für die Waffen-SS zu opfern. So hängt allein an dir die Bürde. I c h werde die unseres Geschäfts noch eine Weile tragen.«

»Wenn es sich nur so auf Bestellung machen ließe!«, warf Elvira halb amüsiert ein und fasste ihre Tochter solidarisch um die Hüfte. »Außerdem ist ein langer anstrengender Tag im Laden sicherlich kein Liebespolster, auf dem es sich unbeschwert tummeln lässt.«

»Nun sind wir aber gespannt, was uns unsere Altchen aus ihrem reichen erotischen Schatz für Ratschläge zu geben haben, meinst du nicht auch, Walter?« Sonja lachte und stupste ihre Mutter in die Seite.

»Die Arbeit im Laden, um aufrichtig zu sein, liebe Elvira, ist nicht der Rede wert«, sagte der alte Herr Blümel. »Zudem kann sie auf Dauer weder uns beide beschäftigen noch uns drei ernähren oder gar ...«

»Ist ja gut, Vati!«, rief Walter von der Diele aus, wo er eben im Begriff war, sich seines Jacketts zu entledigen. »Ich werde mich um eine andere Arbeit kümmern!«

»Es ist seine empfindliche Stelle«, erklärte Herr Blümel den Damen und strich sich mit einer Gebärde über sein Haar, als sei es außer Rand und Band geraten. Doch aufgewühlt war nur die Seele seines Sohnes.

»Du kannst natürlich das Geschäft weiterführen, wenn du willst, das weißt du«, sagte der Vater dem Sohne. »Aber ich befürchte, seine glücklichen Zeiten sind vorbei. Momentan ist das Käfterchen mit unseren Kurzwaren jedenfalls bloß zu einer Art Beschäftigungstherapie für vom Alter gebeugte Herren gut. Die sich der Illusion hingeben, die Beibehaltung alltäglicher Gewohnheiten verlängere das Leben. Dabei frage ich mich längst, ob das nicht selten zu spürende Mitleid oder auch die gelegentlich festzustellende Schadenfreude der Kundschaft nicht viel mehr geeignet sind, es zu verkürzen! Und den Ertrag aus dem Ganzen könnten wir ohne den Pachtzins des Konsums unter Ulk verbuchen. – Ja, die bittere Realität lässt manch einen verzagen und manch einen, wie dich, liebe Elvira, erstaunen!«

»Ich hatte keinen Begriff von euren Verhältnissen«, entgegnete Elvira.

»Es ist so: Wir tragen neue Kleider aus altem Bestand, leben von unserer Substanz.«

»Wenn es derart um uns bestellt ist, gehe ich wieder arbeiten!«, wandte Sonja impulsiv und ehrlichen Herzens ein. Offensichtlich ebenso überrascht wie ihre Mutter. »Walter soll das Geschäft behalten. Er hängt mit seiner Seele daran. Und es ist sein Beruf!«

Der alte Herr Blümel und die Frauen schauten gleichzeitig zu ihm hin.

»Es ist lieb von dir, Sonny, dass du an mich denkst«, entgegnete Walter. »Aber selbstverständlich kommt es nicht infrage, dass du wieder arbeiten gehst! Vati sieht die Sache schon realistisch. Ich bin nicht so dynamisch und mit dem Geschäft verwachsen wie er. Wenn er es die zwei Jahre bis zu seinem Siebzigsten noch betreibt, wie er sich vornimmt, wird es ausgedient haben. Wir verkaufen dann alles und kommen somit wenigstens zu einem schönen Spargroschen. Außerdem verbleibt uns das Haus. Wenn es heutzutage auch beinahe mehr Geld verschlingt als einbringt. Und i c h muss mich wohl oder übel auf eine neue Tätigkeit einrichten!«

Nun trat in die kleine Familienrunde wieder Stille ein. Eine etwas geläuterte, wie es schien, ohne die Schwüle unausgesprochener Herzensnot. Obwohl es für Walter natürlich ein Problem war, das bestimmt Gesagte auch bestimmt zu bewerkstelligen. Denn er war weder handwerklich geschickt noch ein Kraftmensch noch hatte er irgendetwas anders gelernt, als Textil- und Kurzwaren zu verkaufen. Und obendrein

hegte Walter die Absicht, mit seiner schönen jungen Frau in ihrer Kleinstadt standesgemäß Staat zu machen!

Nachdem er sich des zufriedenen Lächelns seines Vaters versichert
hatte, schaute er glückstrahlend und betroffen, wie nach einem Pyrrhus-
sieg, zu Sonja hin. Diese lief sofort um den Tisch herum, warf sich auf
Walters Schoß und zärtelte ihn dankbar.

Elvira kämpfte wieder mit ihrem Erstaunen. Über das binnen Stun-
denfrist Gehörte, das Verhalten ihrer Tochter, die harmonisierende Atmosphäre im Hause Blümel.

Sie empfand Bewunderung für die Beherrschtheit der Männer, hatte
aber ebenso das beklemmende Gefühl ihrer Unnahbarkeit. Als brauche
die Bedrohung doch ihre Fassade. Und fiel es ihr nicht beständig schwer,
ihren Schwiegersohn vertraut mit »Walter«, und vor allem seinen Vater
mit »Franz«, anzusprechen. Als ob liebenswerte Freundlichkeit auch so
glatt machen konnte, dass man nicht zuzufassen wagte? So vornehm und
distanziert, dass man Bögen umeinander schlug?

Sonja liebkoste ihren Mann. Der blickte beseligt zu seinem Vater.

Theater mit Marlene

Manchmal beging Mattulke die Unsitte, sein Wasser in den Küchengully
abzuschlagen. Es war eine Gewohnheit seit seiner Kindheit in der
Frohstädter Lehmkate. Seine Schwiegertochter und Andreas übersahen
es meist. Es sei denn, Hochsommerhitze lastete im Raum. Mattulke murmelte dann rechtfertigend: »Die paar Tropfen …!«

Bei entsprechender Gelegenheit rächte sich Elvira, die zudem
wusste, dass Andreas dem großväterlichen Beispiel ab und an nächtens
heimlich folgte, um nicht die halbe Treppe im Hausflur hinunter zu müssen, mit einer Bemerkung dahingehend: »Was hätten w i r in einem

nobleren Haus zu suchen? Mit mehr Komfort! Wo wir den vorhandenen kaum nutzen. Unmanierlich wie ihr oft seid! Nehmt euch erst einmal die Blümels zum Vorbild!«

Andreas, der am Exempel seines Großvaters spitzgekriegt hatte, dass er in gewissen Situationen am besten fuhr, wenn er Kontra gab, antwortete, gestützt auf seinen Lernstoff im Fach Staatsbürgerkunde: »Das Sein bestimmt das Bewusstsein, Mama! Und von einer Erscheinung kann man nicht auf ihr Wesen schließen!«

Auf diese Weise sammelte Andreas Punkte. Bei dem alten Mattulke. Für sich selbst. Denn natürlich machte es ihn stolz, wenn sich die Mutter, von einer solchen Logik überrumpelt, geschlagen zeigte (obwohl ihr die Worte bekannt vorkamen) und der Großvater ihm grinsend sein Einverständnis bekundete.

Doch Andreas Streben nach persönlicher Entwicklung erschöpfte sich nicht darin, fragwürdige großväterliche Vorrechte zu übernehmen und Schulkenntnisse auszubreiten. In jugendgemäßer Bescheidenheit bedachte er für sich Zielvorstellungen, die man verkürzt wie folgt beschreiben könnte: Entfaltung seiner schlummernden genialischen Schöpferkräfte, höchste objektiv mögliche berufliche Selbstverwirklichung, ein politisches Engagement voller Leidenschaft und Konsequenz und – zuletzt genannt, aber erstes und bedeutendstes Vorhaben – die Eroberung einer Schönheit, wie die Welt sie noch nicht gesehen hatte. Was nicht nur deshalb, wie sich zusammenreimen lässt, schwierig wurde.

Im Wesentlichen konform also mit allgegenwärtig geforderten Idealen – was ja sein Großvater schon bestürzt, festgestellt hatte –, musste Andreas nun bei seinem Sturm in die Welt gesicherten Boden finden – und Prioritäten setzen: Das eine lief nicht fort, das andere fortlaufend.

Für sicher hielt er, dass intellektuell für ihn so gut wie keine Schranken existierten. Was daher kam, dass er noch an keine gestoßen war. Bis zur fünften Klasse ein relativ unbedarfter Schüler, in der

Mitte des Schwarmes schwimmend und ohne spürbare eigene Kraftentfaltung im Strom mitgeführt, hatte er plötzlich einen enormen Leistungssprung vollzogen. Den sich der in biologischen Phänomenen unterwiesene Oberschüler Andreas nachträglich mit dem natürlichen Schwund seiner Rachenmandel erklärte. Wodurch er mehr Luft und somit mehr Sauerstoff für seine Denkarbeit erhielt. Der psychologisch interessierte Medizinstudent wird später seine gereifte kindliche Persönlichkeit und der angehende Psychiater beides, Mandel und Psyche, eingebettet in ein wachendes und steuerndes soziales Netz, verantwortlich machen.

Jedenfalls war Andreas ohne besondere Mühe an die Spitze seiner Klasse gelangt. Von ihrem Klassenlehrer – übrigens ebenfalls ein einstmaliger Protegé Fritz Weitendorffs – schnell davon überzeugt worden, dass er »unter a l l e n Umständen die Oberschule besuchen« müsse, weil ihm dann »a l l e Wege in dieser Republik offen« stünden. Und nun von einem regelrechten A l l e s -Trauma beduselt – hatte man mit ihm die Schererei.

Als eine höchste, von allen objektiv möglichen Professionen, kam immerhin die Funktion des Staatsoberhauptes in Betracht. Andreas, der ja erst unlängst den alten Mattulke mit der Nachricht verdattert hatte, Arzt werden zu wollen, teilte jetzt eines Abends Mutter und Großvater nebenher mit, dass er sich mit dem Gedanken trage, die Diplomatenlaufbahn einzuschlagen.

Elvira fragte: »So?? Wie kommst du denn darauf?« Während Mattulke mit der Hand auf den Tisch schlug und sagte: »Spitzbube, du!« Da er sich hinters Licht geführt fühlte.

»Wer ist mehr, Großvater: ein Botschafter oder ein Medizinmann? Siehst du, ich kann mir denken, wie du urteilst. Das mit dem Arzt war von mir nur so eine Idee. Weißt du eigentlich, Mama, dass Großvater ein Kommunist ist?«

Erschrocken ob des unvermuteten Angriffs rollte Mattulke mit den Augen. Ein ungewohnter feuriger Schimmer trat im fahlen Küchenlicht auf seine greisblassen Wangen, sodass er sie mit den Knöcheln seiner rechten Hand verlegen rieb. Dann lunschte er aus den Augenwinkeln zu dem arglistigen Enkelsohn hin und sagte poltrig: »Deine Großmäuligkeit steht zur Debatte, nicht mein unernst gemeintes Wort. Das du dazu noch falsch verstanden hast. Kommunist ist nicht Kommunist! Mir war gleich klar, dass du den Mund zu voll nimmst!«

Dagegen verwahrte sich nun wiederum Andreas. Er habe es zwar ernst gemeint, aber nicht so unumstößlich wie der Großvater sein Bekenntnis. Seit dieser Stunde wurde das Gespräch der beiden in der Promenade von den Kontrahenten zuweilen heftig umstritten.

Obwohl in seinen Zielen und Äußerungen also noch sprunghaft, kam natürlich auch Andreas nicht an den Realitäten vorbei. Was allgemein bedeutete, dass vorerst nicht das objektiv, sondern das subjektiv Mögliche seine Grenzen absteckte. Und konkret: Dass Andreas unter erstem Liebeskummer litt – und als Agitator in seiner Schulgruppenleitung der FDJ mitwirkte.

Einen seiner glühenden Artikel für die Wandzeitung überschrieb er: »Das rote China werden nicht die niederträchtigsten imperialistischen Machenschaften beflecken!« Er war mit seinem Freund Puszta darüber in Streit geraten, ob es tatsächlich oder nur gerüchtweise Zwiespältigkeit zwischen Maos gelobtem Land und den übrigen sozialistischen Staaten gebe?

Puszta hörte oft westliche Sender und meinte, genau zu wissen, dass es wirklich an dem sei. Auch der alte Mattulke kroch manchmal regelrecht ins Radio hinein, um irgendeine Feindesstimme, wie Andreas in fester Solidarität mit seinem Bruder Werri sagte, zu erhaschen. Werri forderte bei seinen Besuchen rigoros: »Großvater, wenn du den F e i n d nicht wegdrehst, muss i c h wieder fort!«

Womöglich murrte Mattulke noch, bevor er den Sender wechselte, wie ein echter ideologischer Koexistenzler: »Der ärgste Feind ist in uns selbst!«

Eine weitere Abhandlung hatte Andreas unter dem Titel vorbereitet: »Wer darf sich ›Kommunist‹ nennen?« Worin er darauf abzielte, dass Kommunisten einen einheitlichen Typ von Menschen mit absoluten und hehren Idealen von Toleranz, Moral und Gerechtigkeit repräsentierten. Die jedoch so schwer zu realisieren seien, dass nur wenige Persönlichkeiten es schafften und folglich das Recht hätten, sich so zu bezeichnen.

Über diesen Artikel waren Schulgruppenleitung und geladener Direktor wegen des »bemerkenswerten streitbaren Engagements des Jugendfreundes Mattulke für höchste und edelste menschliche Werte« – Worte des Direktors – voll des Lobes. Sonderten ihn bei der Endauswahl für die neue zentrale Wandzeitung im unteren Treppenflur der Schule aber aus, da er mit dem erklärten Erziehungsziel, das es auf Menge absah, nicht übereinstimmte.

Hitzewellen und kalte Schauer durchfuhren Andreas freilich weniger aus Gründen des Drum und Dran um sein agitatorisches Werk – als um sein holdes Gegenüber. Die monatliche FDJ-Sitzung empfand er jedes Mal wie eine Walstatt in Lustgärten und Höllenreichen. Je nachdem, wie acht s a m oder acht l o s die Schöne mit ihm verfuhr.

Ihr schulterlanges seidiges Haar, das für Andreas den Duft und die Farbe von Orangen hatte, wedelte sie zu seiner Verwirrung zehn- bis fünfzehnmal pro Sitzung von einer Kopfseite auf die andere. Entblößte zarte schneeige Nackenfelder. Ohrmuscheln wie durchscheinendes zerbrechliches Porzellan. Kräftige blanke Zähne von nie gesehener makelloser Güte. Lippen wie rosige Mondsicheln. Dazu Augen wie Sterne aus Zimt.

Und auch ihr anderes Drum und Dran war von der Art, dass es Andreas' ungeteilte Aufmerksamkeit abverlangte. Mitunter wusste er am Ende der Sitzungen nicht den Kern ihrer Beratung, mithin den

Schwerpunkt seiner Agitation anzugeben. Die kernig-süßen Dinge rundum waren zu einnehmend gewesen.

Nach den Sitzungen stürzte sie zumeist wie gehetzt die Schulhaustreppe hinunter, über den Schulhof und nach Hause. Andreas, der für sich entschieden hatte, dass es an der Zeit sei, mit dem anderen Geschlecht Ernst zu machen, wie ein Jagdhund ihr auf den Fersen. Vor dem Viadukt kam er endlich dazu, ihr hechelnd klarzumachen, dass er gern mit ihr »gehen« würde. Was das für sie bedeutete, blieb unklar. Doch sie sagte für den Nachmittag zu, mit ihm ins Kino zu gehen. Für Andreas eine neuerlich Hitzestürme und Pulsgalopp auslösende freudige Überraschung.

Sie wohnte am Anfang der Tauraer Straße in einem gewöhnlichen schmucklosen Mietshaus, obwohl ihre Familie sich durchaus nicht für gewöhnlich hielt und das auch an dem Mädchen demonstrierte. Denn Marlene, so hieß sie, war nicht nur hübsch von Angesicht, sondern auch immer sichtlich aufgehübscht. Sie trug stets Röcke und Kleider aus den feinsten Stoffen, reizende Petticoats mit hervorlugenden weißen Spitzen, fesch geschnittene zarte Blusen, blinkende Broschen und Spangen. Die modernsten Schuhe. Wie überhaupt alles an ihr den Ateliers westlicher Modeschöpfer zu entstammen schien. Obgleich Marlene und ihre Mutter sich in Wirklichkeit lediglich ihre Schuhe im Schleichhandel – da sie keine Westverwandtschaft besaßen – teuer erstanden. Alles Übrige entstand unter ihren geschickten Händen oder denen einer Nachbarsfrau.

Die Borstädter sahen sich um, wenn Marlene und ihre Mutter durchs Städtchen defilierten. Wie aus dem Ei gepellt. Ein Glanz und eine Anmut ohnegleichen. Was man wie einen vorübergehenden Rausch genoss. Die beiden Frauen übrigens auch.

War Marlenes Stiefvater dabei, der unweit ihrer Wohnung in der Borstädter »Textima« als Oberingenieur arbeitete, hörte man die

Einheimischen jedoch zuweilen spötteln: »Der Herr Ingenieur könnte weiß Gott seinen Pepitaanzug wieder einmal wenden! Das Muster schlägt schon durch. Aber er hat ja seine Engel – und seinen Seidenschlips!« Womit zum einen natürlich auf die Damen, zum anderen aber nicht etwa auf den Binder des Ingenieurs angespielt wurde, sondern auf eine in öffentlichen Versammlungen gern von ihm dargebrachte Geschichte: Sein Großvater, ein Uraltmitglied der Arbeiterpartei, hatte als junger Mann Ende der Achtzigerjahre des vorigen Jahrhunderts, zu Zeiten des Sozialistengesetzes, wöchentlich einige Tausend Exemplare des illegalen »Zentralorgans der Sozialdemokratie deutscher Zunge«, wie es im Zeitungskopf hieß, in Borstädt gedruckt. Nicht unter dem Namen »Der Sozialdemokrat«, sondern der tarnenden Bezeichnung »Der Seidenschlips«. Zum Greifen nahe den Fängen der königlich-sächsischen Borstädter Gendarmerie, in einem hofseitig gelegenen Waschhaus der Kirchgasse. Weshalb die Ingenieursfamilie nach dem Kriege mit anderen Mitstreitern für eine Umbenennung der Gasse in »Gasse des Roten Seidenschlips« plädierte. Ein Argument, für das Weitendorff damals allerdings taube Ohren zu haben schien. Zumindest Marlene hatte jedoch von der Geschichte ihr Gutes: Unbesehen kam sie auf die Oberschule. Und in deren zentrale FDJ-Leitung.

Fürs Kino hatte Andreas Werris Wildlederkähne und die scheinbar schrumpfende moosgrüne Cordjacke, seine derzeit beliebteste und auch effektvollste Montur angelegt. Seine hochwassernde Hose ergänzte den Eindruck eines ausgehungerten halbwüchsigen Tramps. An der Stirn hatte er sich in Vorbereitung auf sein Stelldichein zwei Pusteln aufgequetscht, an deren Stelle jetzt blutunterlaufene spitze Höcker wie zwei kleine verglimmende Vulkankegel standen.

Marlene schwärmte zur Begrüßung von der Reinheit der Haut ihrer Mutter, die sie Gott sei Dank ererbt habe. Von männlichen sportlichen Staturen wie der ihres Stiefvaters. Seiner aufopfernden Liebe zu ihr, sodass er sich selbst lieber tausendmal etwas versage, als ihr einen Wunsch abzuschlagen. Halb in ihrem Windschatten schlenderte Andreas verzaubert einher. Ein verklärtes Lächeln auf den Lippen. Er erfasste kaum, was die Teure sagte. Liebend gern hätte er sie geküsst. Vor all den sie neugierig musternden ihnen begegnenden Borstädtern.

Das Kino am Marktplatz hatte »aus technischen Gründen« geschlossen. Das andere, in einer Parallelstraße zur Schulstraße, Ruhetag.

Marlene strebte wieder heimwärts. Aber Andreas, jählings aus seinen Träumen erweckt, überredete sie wie mit entliehenen Engelszungen, mit ihm auf einen Sprung irgendwo einzukehren.

Sie gingen vom Markt durch die Toreinfahrt, die genau genommen nur einen Schwibbogen zwischen erstem Haus der Kirchgasse und Pfarrhaus darstellte. Über den Kirchvorplatz in die Chemnitzer Straße hinein, die jetzt Karl-Marx-Städter-Straße hieß. Die »Altdeutsche Bierstube«, schräg gegenüber von Isabellas Arbeitsstätte in dem kleinen Druckereibetrieb, war überfüllt. Etliche Männer standen schon rauchend und schwatzend, ihre Biergläser in den Händen, mangels Sitzgelegenheit um die Theke herum. Andreas grüßte den alten Pförtner der Druckerei. Isabella befand sich gerade wieder einmal auf »Westtournee«. So nannte sie ihre halbjährlichen Reisen zu Marie und Reinhard und zu einer wie sie alleinstehenden Frau aus ihrer Straße in Königsberg. Mit der sie sich während ihrer Hamburger Aufenthalte angefreundet hatte.

In der Schlippe, entlang der Mauer des Alten Friedhofs, einem stillen, wenig begangenen Durchlass, wo Borstädt zu seinem westlichen Stadtrand hin abfiel, links das brüchige Mauerwerk, rechts ein Zaun und wuchernde überhängende Holunderbüsche, geradeaus auf der Anhöhe gegenüber die kleine Kapelle des Neuen Friedhofs – hier wurde Andreas ein bisschen frech. Er drängte Marlene gegen die kühle alte Friedhofsmauer, ertastete mit seiner schlanken Brust wonniglich anliegende Täler und Höhen. Was Marlene an diesem verwaisten Ort ohne

Widerstand, ja, nicht teilnahmslos geschehen ließ. Mutiger geworden strich er ihr mit seinen großen Händen nun über die in kurzweiligen FDJ-Leitungsstunden bedachten kleinen Kerngebiete seines Interesses. Worauf Marlene unmäßig stöhnte. Tupfte sich mit seinen Lippen an ihrem samtenen Hals empor. Aber ihr Mund blieb ihm verschlossen. Marlene presste ihre Zahnreihen wie in plötzlichem Sinneswandel trutzig gegeneinander.

Trotzdem hocherfreut gab Andreas sich zufrieden. Auf diesem Terrain galt nach seines Bruders Erfahrung die Taktik der kleinen Schritte. Sturmangriffe lohnten sich angeblich nur dort, wo man bereit war, den eroberten Boden sofort wieder aufzugeben. Doch solche berechnenden Überlegungen entsprachen nicht Andreas' jugendlich unschuldiger Gefühlswelt.

Marlene glättete sich etwas unwirsch Bluse und Rock und gab dem Eroberungslustigen somit zu verstehen, dass das Gerangel durchaus ein einseitiges Vergnügen gewesen sei.

Auch Borstädt hatte sein »Goldenes Herz«. Und Andreas wurde es um sein Herz immer schwerer. Scheinbar gleichmütig wölbte er seine Lippen vor und rülpste vernehmlich. Offenbar hatte er sich nun für andere Mittel entschieden, seine Herzensdame zu beeindrucken. Marlene kicherte. Ein Bach schlängelte sich hinter dem Gasthaus herum, verlief dann parallel zur Straße. Vom Erfolg angespornt spuckte Andreas in flachem Bogen über das Geländer der schmalen Betonbrücke, auf der sie standen, in das kümmerliche Rinnsal.

Nachmittägliche Messgänger kamen aus der kleinen katholischen Kirche neben dem Wirtshaus. Sie war nach dem Kriege für die sich im evangelischen Borstädt ansiedelnde Katholikenschar aus einer stillgelegten Weberei entstanden. Ein unscheinbares niedriges kastenförmiges Gebäude mit einem rechteckigen Glockenturm. Seine innere Ausstattung wirkte dagegen prunkvoll, wie Andreas vor geraumer Zeit staunend festgestellt hatte, als er Puszta zum Gefallen, der Ministrantendienst tat, einmal mit in die Kirche gegangen war.

Über eine Quergasse gelangten sie in Höhe des »Alten Amtsgerichts« zurück auf die Karl-Marx-Städter-Straße. Andreas hätte nun nichts mehr dagegen einzuwenden gehabt, heimwärts zu pilgern. Aber Marlene verspürte plötzlich Appetit auf Schokoladeneis. Natürlich gab es keines, und Vanilleeis – für das Andreas sofort eine Lanze brach – mochte Marlene nicht. Enttäuscht er, gekränkt sie, strebten sie durch die düstere Gaststube des »Alten Amtsgerichts« an der breiten geschlossenen Flügeltür zum Theaterfoyer vorbei wieder dem Ausgang zu. Das heißt, Marlene schwirrte wie ein aufgeregter hübscher bunter Schmetterling voran. Und Andreas stiefelte großtapsig hinterdrein.

Genth als Kommunarde

Kurz vor der Ausgangspforte stoppte sie ein eigentümlich hoher gekrächzter Zuruf: »Hallo, Mattulke! Wohin mit dem flotten Püppchen?«

Andreas tat zunächst, als interessiere ihn nicht ein x-beliebiger Schreihals aus finsteren Kneipenecken, und drängte Marlene, die kokett aufhorchend stehen geblieben war, weiter zur Tür. Aber Christoph Genth – kein anderer von denen, die Andreas kannte, besaß eine solche Stimme – rief ihn nochmals, geradezu feierlich an: »He, Mattulke! So überstürzt verlässt man nicht heilige Hallen, in denen dein Großvater einst über kostbare Fressalien wachte! Und wo deine Mutter nun den Sachsen Flötentöne in Sachen Kultur beibringen soll!«

Genth stand hinter dem einzigen besetzten Tisch. Im äußersten Winkel des Restaurants, neben der Tür zu den Toiletten. Um sich herum jugendliche Geschöpfe wie Marlene und Andreas. Drei Jungen und zwei Mädchen. Von denen die einen desinteressiert in ihr Bierglas starrten, ab und zu ein Schlückchen von dem schalen Gebräu tranken, die anderen zu Genth aufschauten, wie zu ihrem Abgott und die Ankömmlinge neugierig musterten. Allesamt waren sie betont salopp gekleidet, ein bisschen uniformiert: zwei der Jungen in weite, schon etwas schäbige Rollkragenpullover, einer hatte sich zusätzlich einen langen violetten Wollschal lose um den Hals gelegt. Der dritte Junge und die beiden Mädchen in modische Kutten mit Kapuze und diversen Taschen, Schnallen und Riemchen. Genth selbst trug einen schwarzen Manchesteranzug und ein schwarzes leger geöffnetes Hemd. Er hatte sich einen Vollbart wachsen lassen. An seinem Hals bis zum Ansatz seines krausen schwarzen Brusthaares hinunter glitzerte ein goldenes Kettchen.

Andreas sah sofort, dass Genth bei Marlene in Sekunden das geschafft hatte, was er nicht in Stunden. Er sagte, die bittere Pille auf der Zunge: »Hab dich 'ne Weile nicht gesehen, Genth! Dein Haar wird an den Schläfen ja schon regelrecht silberfuchsig! Über meine Mutter weißt du offenbar besser Bescheid als ich und der gesamte Rat der Stadt!«

»Ganz Borstädt ist außer sich. Dass die Bezirksstädter, die schon genug Zucker in den Arsch geblasen kriegen, nun auch noch unser Theater kassieren! Und als Lückenbüßer muss unser Orchester hier einziehen. Damit der schöne Konzertsaal im ›Bellevue‹ als Möbellager eingerichtet werden kann! Prost Mahlzeit! Aber deine treue Opportunistenseele kriegt davon anscheinend nichts mit, Mattulke!«

»Wirkst mächtig geläutert!«, erwiderte Andreas kühl. Doch sein etwas abgehackter Redefluss und seine wiederholten merklich tiefen Atemzüge ließen seine Anspannung spüren. »Das Wort ›unser‹, aus deinem Mund klingt wie eine Vokabel des schwarzafrikanischen Suaheli. Dabei bin ich mir sicher, dass du noch nie einer Theatervorstellung, schon gar nicht einem Konzert beigewohnt hast!«

Genth lachte anzüglich und ziemlich herablassend. Wie über den unbeabsichtigten Kalauer eines Naseweises.

Und Andreas – obwohl er erkannte, dass, je mehr Licht er in Genths banale Lebenspraxen brachte, er diesen für Marlene mit umso mehr Glanz umgab – sagte auffahrend: »Dein Lachen hat irgendetwas Zickenhaftes, Genth! Im Knast gabs doch nicht etwa nur Grünzeug? Schnaps soll man sich ja aus jedem Futter brauen können, sofern nur ein bisschen Zucker drin ist!«

»Meinethalben schimpf mich Ziegenbock, geiler Bock, wie du willst. D u bist jedenfalls ein Neidhammel«, entgegnete Christoph Genth und machte Anstalten, um den Tisch herum zu kommen. »Was kann ich dafür, wenn sich die Madamchen um mich reißen? Keiner von den Mattulkes steckt so voller Gift wie du! Dein Großvater ist ein netter Alter, dein Bruder ein feiner Kerl, wenngleich ich mit ihm noch ein Hühnchen zu rupfen habe, und deiner Mutter habe ich manches zu danken! Und Isabella erst!«

»Mir bricht vor Schmach gleich das Herz!«, unterbrach Andreas ihn. »Bei den Frauen scheinst du ja ganz gut abzuschneiden. Nur musst du wissen, dass du für meinen Großvater nichts weiter als ein Rüpel warst und bist. Und für meinen Bruder heutzutage einfach ein Spinner!«

Solche Wertschätzungen seiner Person überhörte Christoph Genth. Zudem war er mit Gefälligerem beschäftigt. Er begrüßte Marlene mit Handkuss, brabbelte irgendwelchen fuchsschwänzerischen Schnickschnack gegen ihre zarte Patsche. Reichte ihr wie ihr Gespons den Arm und geleitete sie auf den Ehrenplatz neben sich. Er bestellte sechs Bier. Für Marlene ein Glas Rotwein. Andreas schlurrte wie ein begossener baumlanger Pudel um den Tisch. Bezog Posten an der Tür zu den Pinkulatorien, um wenigstens formal noch etwas in Marlenes Nähe zu bleiben. Von der Runde nicht mehr beachtet.

Ein solches Fiasko hatte er befürchtet. Genth war vierzehn Jahre älter als er. Scharte aber fortwährend sehr junge Leute um sich, mit denen er meist stundenlang debattierte. Über Yoga, Pizza, Pilze und Filze, einen

Liter Château und einen Leader Mao. Von Hinterladern zu Ladenhütern. Über Freikörperkultur, Freitod, Freistaat und freie Marktwirtschaft. Gesellschaftlich geforderte Initiative und Präservative. Offene Grenzen und begrenzte Offenheit. Scheißgestellung dort, Scheißgestellung hier. Sozialismusmodelle inklusive Pornowelle ... Nach seiner wegen guter Führung erfolgten vorzeitigen Entlassung aus dem Oberlausitzer Arrest war Andreas ihm schon mehrfach begegnet. Immer in vergleichbaren Situationen. Immer in ähnlichen Gruppierungen. Andreas allerdings zumeist in Gemeinschaft von Hannes Kamprad alias Puszta und anderen Schulkameraden. Wenn sie nach einem Kinobesuch oder einem Spiel ihrer Borstädter Fußballelf, die aus der Kreisklasse in die Bezirksklasse aufgestiegen war, bei einem hellen Bier in einer Kneipe Tag und Woche ausklingen ließen. Trafen sie zufällig auf die Genthsche Gesellschaft, wurde es nicht selten hitzig und zum Aufbruch kam es später als beabsichtigt.

Zwar reizte Christoph Genth Andreas ein ums andere Mal zum Widerspruch. Aber seine Diskussionsrunden hatten für die Pennälertruppe um Andreas natürlich auch etwas Prickelndes. Genths Alter schmeichelte ihnen. Seine regelmäßigen Obszönitäten machten sie sprachlos oder lachen. Und wenn es dabei um seine konkreten, von ihm ungeschminkt ausgeplauderten Liebeserfahrungen ging, auch hellhörig. Und schließlich rührte die in seinem Kreis alleweil anzutreffende Proteststimmung an von ihnen mehr oder weniger brav akzeptierten Tabus.

Andreas hörte, wie sie sich wegen seines Ausdrucks, Genth habe vermutlich noch nie einem Konzert »beigewohnt«, über ihn lustig machten. »Ich wohne immerfort irgendjemandem bei! Nur leider noch nie einem Dirigenten!«, erklärte Genth unter dem Gelächter seiner Jüngerschaft. Wie eine verschworene Bande waren sie über der runden Tischplatte mit ihren Köpfen zusammengerückt. Allein Marlene richtete sich immer einmal wieder leicht auf, lunschte seitwärts zu Andreas, als habe sie einesteils ein bisschen ein schlechtes Gewissen und wolle ihm doch anderteils zu verstehen geben, wie interessant sie diese Tischgesellschaft im Gegensatz zu ihm finde.

Genth, von dem Andreas' Mutter meinte, dass er früher ausgesprochen einsilbig und menschenscheu gewesen sei, führte ohne Unterlass das Wort. In einer Weise redselig und gesellig, als hätten die Jahre des Gewahrsams in ihm einen immensen Stau an Gedanken und Gefühlen bewirkt, sodass es nun für den Rest seines Lebens munter aus ihm heraussprudelte. Als habe er für sich entdeckt, dass es sich aufgeschlossen besser leben ließ als zugeknöpft und verdrossen.

Für Andreas ausdrücklich vernehmlich erzählte er, sich nunmehr dem Vegetarismus verschrieben zu haben. Weil die reine Pflanzenkost die ursprüngliche Kost des Menschen sei. Aus Zeiten, da er mit den Tieren wie überhaupt der Natur noch in Frieden lebte. Die tierischen Fleischgifte zersetzten den menschlichen Körper, verursachten Krebs, Leiden über Leiden – das Ärgste davon aber sei die Gier nach immer mehr Fleisch, Butter … Genuss! …

Genth bannte seine Hörer durch Blicke und Gesten. Andreas fühlte sich wie ein stiller Beobachter einer spiritistischen Sitzung. Genth das Medium. Entzückt schaute Marlene von Christoph Genth zu Andreas, zurück zu Genth.

»Unsere einzige Rettung sind die Kommunen!«, verkündete dieser Marlene. »In ihnen entziehen wir uns der tödlichen Konsumsucht! Der Konformierung durch den Staat! Wie heißt du eigentlich, Schätzchen? – Hältst du uns für zufrieden, Marlene? Ja, wir sind es. In der ersten Kommune von Gippersdorf-Borstädt! Da bist du von den Socken! Nun, sachte, sachte. Noch nicht acht Tage alt, versuchen uns die allgewaltigen Borstädter Stadtväter schon zu zerreißen. Immer aufs Neue formiert sich die Macht gegen den Geist, Marlenchen! Wir sollen in unsere Familien zurückkehren. Wir w o l l e n es aber nicht! Wir sollen monogam leben, geregelte Arbeit aufnehmen, für ihre Hilfsangebote dankbar sein. Wir w o l l e n aber nicht! Sieh mich an: Ich bin Kräuter- und Beerensammler. Huflattich- und Birkenblätter, Efeutriebe, Linden-, Kamillen-, Holunderblüten, Blaubeeren, Sanddorn, Preiselbeeren, Brennnesseln, Wacholder, Schafgarbe, Löwenzahn – alles wandert bei mir in Töpfchen und Säckchen. Bin ich nicht ein nützliches Glied der Gesellschaft? Sollte man mich hierin nicht schalten und walten lassen? Statt mich in irgendeine Brigade quetschen zu wollen! Der Wald ist von Kindheit an meine Heimat. Meine Freiheit ist mein Sozialismus. Man sagt, ich s e i ein freier Mensch, aber man will mich unentwegt dirigieren! Ich sage: Versucht es doch mal mit dem Gegenteil! Lasst mich gewähren, und ich werde euch gehorchen. Ihr beschränkt das private Handwerk, um in den Mittelschichten nicht zu viel neuen Besitz und neue Macht anzuhäufen. Und die wenigen übrig gebliebenen Handwerker benehmen sich prompt arrogant und korrupt wie Könige! Ihr macht den Arbeiter beständig auf seine neue sonnige soziale Lage, seine Macht aufmerksam. Aber er baut lieber an seinem in jeder Mistwetterlage beständigen Bungalow. – Was meinst du, Mattulke? Bin ich mit dieser Auslegung ein Konterrevolutionär?«

Andreas, der sich gerade auf dem mit einem roten Kokosläufer ausgelegten Weg durchs Gastzimmer davonschlich, drehte sich nun nochmals um, antwortete aber nicht. Marlene wich seinem Blick aus, beabsichtigte also offenbar, nicht mitzukommen.

Genth rief: »Merk dir wenigstens, dass wir Biertrinker sind, Mattulke! Von Fusel halten wir nichts!«

Andreas ging hinaus. Unentschlossen und betreten verharrte er vor der Tür. Drinnen sangen sie:

»Zump, zump, ti, ti, zump, zump, ti, ti.
Wenn mich die Welt, dies Jammertal,
mit Langweil sucht, zu plagen,
so flücht ich mich zum Gerstensaft
und schlürfe dort Behagen.
Zump, zump, ti, ti, zump, zump, ti, ti.
Und wenn mich mein Gewissen schilt
ob mancher meiner Taten,
so nimmt am ehesten es beim Bier
mich wieder auf in Gnaden.
Zum, zump, ti, ti, zump, zump, ti, ti …«

»Ich war an deines Vaters Grab!«

Andreas war längst außer Reichweite der Sänger, als er zu seiner Selbsttröstung auf dem Heimweg verhohnepipelnd »Lump, Lump, Pipi! …«, trällerte. Wobei er sich Christoph Genth vorstellte: in ähnlicher Kalamität wie einst dessen unter Befehlsnotstand handelnden schwachsinnigen Vater! Als er nach Werris Kommando, wie von der Tarantel gestochen und unablässig sein Wasser ablassend über den Hof in der Frohstädter Silbergasse geschest war. Wovon Werri dem jüngeren Bruder früher oft und ausschmückend berichtet hatte. Allerdings ohne Erwähnung seines ihm von Christoph Genth verpassten sehr schmerzhaften Denkzettels.

In fieberhafter Eile kam plötzlich Andreas' Mutter aus Richtung Gippersdorf angeradelt. Andreas gewahrte sie erst, als sie fast auf seiner Höhe stadteinwärts vom »Alten Amtsgericht« angelangt war. Selten benutzte seine Mutter sein Fahrrad. Ein »Elite-Diamant«, das Werri sich als Schlossergeselle gekauft und ihm bei seinem Eintritt in die Armee geschenkt hatte. Der Sattel war für seine Mutter viel zu hoch eingestellt. Ihr etwas enger Rock und die Fahrradstange behinderten sie zusätzlich. Selbstvergessen wäre sie auf dem holprigen Pflaster beinahe an ihm vorbeigerumpelt. Andreas rief: »Mama! – Mutter!«, und lief zu ihr hinüber auf die andere Straßenseite.

Völlig außer Atem und sichtlich ergriffen sagte sie, als er ihr das Fahrrad abnahm, um es zu schieben: »Ich war an deines Vaters Grab!«

Andreas wusste nicht, ob er lachen oder weinen sollte: »Wo kommt denn das auf einmal her?«, fragte er. Mehr belustigt als eine konkrete Auskunft erwartend.

»Am Heiersdorfer Holz. Nicht weit vom Dorf entfernt. Nahe an der Straße«, antwortete seine Mutter. Im Tone tiefster Überzeugung und immer noch nach Luft ringend.

»Direkt am Waldrand? In dem Winkel zwischen Straße und dem Weg, der zum Steinbruch führt?«

»Ja, Junge, dort!«

»Aber das ist doch das ›Grabmal des unbekannten Soldaten‹!«

»Es ist Wilhelms, deines Vaters Grab!«, erwiderte Elvira bestimmt.

»Ach, Mama – entschuldige, aber wie das auf einmal?«, versetzte Andreas etwas ungestüm und schaute seine Mutter zugleich besorgt an.

»Ja, wir wissen nun, dass es Papas Grab ist«, sagte Elvira unbeirrt. »Ein alter Mann aus Myhlen war nämlich heute bei uns im Rat, Junge. Er wollte sich über den Filmvorführer beschweren, der am Sonntagvormittag zur Familienvorstellung die Rollen in verkehrter Reihenfolge eingelegt hatte. Es zu spät bemerkte und auf Vorhaltungen noch patzig wurde. Als der alte Mann meinen Namen hörte, fiel ihm alles ein. Dass sie sich wenige Wochen vor Kriegsende aus der Torgauer Gegend Richtung Grimma durchgeschlagen hatten. Er wollte nach Rochlitz. Wilhelm nach Heiersdorf, weiter nach Borstädt. Ein Dritter nach Glauchau. Bei Geithain trennte er sich von den beiden. Jahre später ist er mit seiner

Familie nach Heiersdorf umgezogen, dann nach Myhlen. Vater sei sehr gebrechlich gewesen, habe es wohl nicht geschafft!«

»Und der Mann hat tatsächlich von W i l h e l m M a t t u l k e gesprochen?«

»An den Vornamen konnte er sich nicht entsinnen. Aber der Nachname habe ganz so geklungen, da sei er ziemlich sicher.«

»Mutter, so ähnlich klingen auch: Pachulke – Radulke – Mattulske! Einem alten Mann nach dreizehn Jahren wahrscheinlich sogar Matthies und Matthes! Außerdem wohnten wir damals noch in Gippersdorf und nicht in Borstädt! Vater war nicht gebrechlich, höchstens kränklich! Und wenn man ihn gefunden hätte, wäre er doch durch irgendwelche Papiere zu identifizieren gewesen! Man hätte dich benachrichtigt!«

»Nein, nein, Papiere kann man leicht verlieren. Vielleicht hat er sie auch weggeworfen. Der Krieg war noch nicht zu Ende«, entgegnete Elvira. Unerschütterlich in ihrem einmal gefassten Glauben, eine Spur ihres Mannes gefunden zu haben.

»Aber das Grabmal: Es ist wie viele im Land zur Erinnerung an die unzähligen Namenlosen, an die Vermissten errichtet worden! Nicht für einen einzelnen, einen bestimmten Toten!«

»Du bist noch zu jung, um das zu begreifen«, sagte Elvira mit beschwichtigendem Lächeln.» Ich fühle, dass es das Grab deines Vaters ist. Ja, n a m e n l o s ist er freilich gestorben. Doch warum hat man ausgerechnet an jener Stelle, wo er unbedingt vorbeimusste, wenn er zu uns wollte, die Grabstätte angelegt? Es wird seinen Sinn gehabt haben!«

Andreas gab es auf, seine Mutter vom Gegenteil zu überzeugen. Natürlich hätte sein Vater auch über Lunzen, Chorsdorf, Myhlen oder durchs Chemnitztal nach Borstädt und schließlich nach Gippersdorf gelangen können. Aus allen Himmelsrichtungen!

Er schob das Rad dicht an der Gehsteigkante neben sich her und hielt es für das Beste, von etwas anderem zu reden. Christoph Genth setze

Gerüchte von einer angeblichen Verlegung des Theaters in die Welt. Der Tanz- und Konzertsaal des »Bellevue« solle zum Möbellager umfunktioniert werden. Die Maßgeblichen vom Rat der Stadt hätten Genths Clique auseinandertreiben wollen.

Von Letzterem wusste seine Mutter nichts. Das andere stimmte. Gegen den Saal im »Bellevue« hatte die Bauaufsicht Bedenken. Wahrscheinlich würde man ihn sogar ganz und gar sperren müssen. Die Akustik im »Amtsgericht« sei zudem besser. Leider habe die Zuschauerzahl im Theater einiges zu wünschen übrig gelassen. Die Anfahrt von Besuchern aus der Umgebung sei zu kompliziert und zu aufwendig. In der Bezirksstadt alles viel problemloser zu realisieren. Und dorthin, an eine Bühne der attraktiveren Großstadt, seien auch Schauspieler einfacher und auf längere Dauer zu engagieren.

»Warum hast du davon nie etwas erzählt?«, fragte Andreas.

»Die Entscheidungen fielen ein bisschen Hals über Kopf. Ist es denn so wichtig? Was d u zu erzählen hast, ist wichtig, Kind!«

»Ich bin kein K i n d mehr, Mama!«, begehrte Andreas auf. Doch er hatte den Eindruck, dass seine Mutter in Gedanken schon wieder bei seinem toten Vater war.

Motiv Sehnsucht

Einige Wochen lang fuhr Elvira fast täglich mit dem Fahrrad nach Heiersdorf und legte am »Grabmal des unbekannten Soldaten« für Wilhelm Blumen nieder. Elvira redete sich sogar ein, dass sie es im Grunde immer gewusst, immer schon gespürt habe, dass sich hier ihres Mannes letzte Ruhestatt befand. Bereits zu jener Zeit, da sie nach dem Kriege stets mit Beklemmung am frühen Morgen die Straße längs des Waldstücks passiert hatte, um in der kleinen Heiersdorfer

Gärtnerei auszuhelfen. Oder dann Stunden später, wenn sie heimwärts ging.

Aber ihre mit einem Foto von Wilhelm angestellten Recherchen im Ort, ob jemand etwas über das Ende des abgebildeten Soldaten aussagen könne, erregten nur Kopfschütteln und Verwunderung.

Auch Mattulke schüttelte den Kopf, sagte jedoch nichts zu seiner Schwiegertochter Unternehmungen. Man musste die Frauen in ihren Verrücktheiten gewähren lassen, dann beendeten sie sie am schnellsten. Oder die Verrücktheit stellte sich als sinnvoll heraus. Ins Gedächtnis rief er sich dabei Isabella, Elviras Cousine. »Diese Hirnverbrannte!«, wie er zunächst wetterte. Hatte sie ihnen doch lakonisch mitgeteilt, dass sie von ihrer derzeitigen »Westtournee« nicht nach Borstädt zurückkehren werde, jetzt vielmehr gedenke, in Hamburg ihren Wohnsitz aufzuschlagen. Auf St. Pauli habe sie auch schon Arbeit neben der Frau Garderobiere! Woraus Mattulke schloss, dass die »Dame des Fin de Siècle« als Toilettenwärterin tätig sei … Nun, Isabellas verrückten Unternehmungen pflichtete Mattulke insgeheim längst bei.

Andreas hatte damit zu tun, seinen ersten Liebeskummer zu verwinden. Marlene lief ihm nun tatsächlich fortlaufend davon. Nicht nur nach den FDJ-Leitungssitzungen, sondern sooft er ihrer habhaft zu werden trachtete. Gelang es ihm doch einmal, sie zu stellen und in ein Gespräch zu verwickeln, so schützte sie Tantenbesuche, Onkelgeburtstage und dergleichen vor, um eine neuerliche Verabredung mit ihm zu umgehen. Und als er ihr schließlich einmal mit einem der Genthschen Kommunenbrüder begegnete, der ihn noch dazu, wie eine scharfe Dogge mit vorgeschobener Kinnlade musterte, als würde er sich bei der geringsten verdächtigen Annäherung auf ihn werfen, gab er Marlene endgültig auf. Er tat, als interessierten ihn die beiden nicht. Schnipste mit seiner Zunge ein Spuckewölkchen in den Wind und pfiff sich eins.

Doch Marlenes kalte Schulter brannte ihm mehr auf der Seele, als er sich und seinem Freund Hannes Kamprad eingestand. Hannes sagte, wie es sich für einen echten Freund gehört: »Sie ist deiner nicht wert!« Im Übrigen war er froh, dass Andreas von seinem Exkurs in das von ihnen noch nicht erforschte Gebiet so rasch zu ihm zurückkehrte. Selbst kleiner als Andreas, schon jetzt fast an der Grenze seiner zukünftigen Mannesgröße, von Wuchs kräftig und harmonisch gegliedert, das Gemüt nur scheinbar durchweg heiter, denn wegen eben jenes bedrückenden Gefühls, von zu geringer Körper- und – was mitnichten gerechtfertigt war – auch zu geringer Geistesgröße zu sein, erfuhr er zuweilen buchstäblich am eigenen Leibe tiefe Melancholie. Rappelte sich jedoch alsbald wieder auf, jederzeit hilfsbereit und liebenswürdig. Von einer unstillbaren Sportbegeisterung beseelt. In dem ruhelosen Gesicht Augen, die den Mädchen wie sanfte Ruhekissen waren. Sodass Hannes' Trip in die rätselhafte Damenwelt womöglich profitabler verlaufen wäre!

Aber Hannes Kamprad hatte damit nichts im Sinn. Beziehungsweise praktizierte er noch die verdeckte kindgemäße Art erotischer Plänkelei. Wenn Andreas mit steilen Botschafterkarrieren lockte, schlug Hannes in der Sportstunde vor der heimlich Angebeteten locker Purzelbäume und steile Räder. Versuchte Andreas, sich anzunähern, versuchte Hannes, sich mit annäherndem Schulrekordtempo zu entfernen. Wagte Andreas, an hartes Friedhofsgemäuer gelehnt, sich weich nach vorn zu tasten, so wagte Hannes im harten Schülergedränge, sich zurück an weiche Teile zu lehnen … Da trafen ihre Wünsche also doch zusammen.

Genaugenommen lebten die Freunde noch nach gleicher Passion. Hannes lediglich ein paar Stunden mehr pro Woche auf dem neuen Sportplatz ihrer Stadt hinterm Bahndamm. Andreas ein paar Stunden wöchentlich in der FDJ-Leitung ihrer Schule. Und trotzdem war wohl Andreas ein bisschen glücklicher dran: Denn in ihm nagte ja nicht der

Zweifel vermeintlicher Unzulänglichkeit – sondern seine Sehnsucht hatte nur neue Nahrung erhalten.

Sein »Motiv Sehnsucht«, wie er es direkt nannte, war für ihn ein bestimmender Antrieb. Später als Student verglich und relativierte er es zuweilen mit dem philosophisch gemeinten »Prinzip Hoffnung«. Aber da Mädchenfreuden und berufliche Höhen vorerst nicht realisierbar waren, hätten seine Sehnsüchte ja nun eigentlich vornehmlich materieller Natur, wenn auch bescheidener Art sein können. Ein kleiner Rundfunkempfänger beispielsweise, wofür Hannes Kamprad sparte. Ein Moped, womit schon ein halbes Dutzend seiner Mitschüler aus Taura und Heiersdorf daher gebraust kamen. Aber es schien, als gelänge es Andreas, seine Radio-Moped-Sensoren so tief in sein Bewusstsein zu versenken, dass er nicht nur den Reiz der Dinge nicht wahrnahm, sondern darüber hinaus seine Existenz als für ihn nicht vorhanden leugnete.

Seine Mutter und sein Großvater, mit der eigenartigen Kluft in seinen Träumen konfrontiert und darüber verwundert, waren dennoch von dieser seiner Haltung ganz angetan. Mattulke verbrämte Volksmund, sagte: »Bescheidenheit ist der Jugend Zier – im Alter kommst du weiter ohne ihr!«

Hannes Kamprad krittelte Andreas mitunter wegen seiner scheinbaren Wunschlosigkeit, seiner elitären Antikonsumgesinnung, wie er es nannte. »Deine Gleichgültigkeit möchte ich haben! Wofür willste denn leben?«

Diese Frage wurde vorerst zugunsten eines leichtathletischen Trainingsprogramms à la Hannes Kamprad entschieden. Doch außer körperlicher Ertüchtigung schlich sich für Andreas als Ernst des Lebens auch die Sorge um die Mutter ein. Als sie nicht mehr zu dem vermeintlichen Grab seines Vaters nach Heiersdorf fuhr, beobachtete er sie zuweilen, wenn sie einfach nur dasaß und strickte oder grübelte. Situationen, für die er früher kein Auge gehabt hätte. Die ihn aber nun aufmerken ließen, als müsse er darüber wachen, ob seine Mutter neuerlich irgendwelche behexten Gedanken ausbrüte. Ja, er war nicht frei von einem Gefühl der

Unheimlich- und Ängstlichkeit. Registrierte diese Veränderung an sich selbst einerseits positiv als Weitung seines Blickes, von sich weg, andererseits nahm er sich aber auch vor, demnächst einmal vor Ort Recherchen zu dem Denkmal anzustellen. Zumal seine Mutter in den Wochen, da sie ihrer Einbildung ergeben, praktisch für die zweckmäßige und sinnvolle Gestaltung ihres Familienalltags kaum zu gebrauchen gewesen war. Sie regte nicht mehr wie sonst die notwendigen Lebensmitteleinkäufe an, überließ es allein ihm und seinem Großvater. Huschelte entgegen ihrer an und für sich akkuraten Art bei Reinigungsarbeiten mit Wisch- oder Staublappen über Fußböden und Möbel. Sie interessierte sich weder für seine schulischen noch für seines Großvaters körperliche Belange, nicht für lesenswerte Zeitungsartikel, unterhaltsame Rundfunksendungen. Und ihre nicht übertriebene Ordnungsliebe ließ sie noch etwas mehr schleifen.

So tat Andreas aus Sorge vor neuen Luftgebilden seiner Mutter etwas sehr Einfaches, Natürliches, was er ehedem trotzdem nur nebenher, ausnahmsweise oder wenn seine Mutter von sich aus zu erzählen begann, getan hatte. Er fragte sie nach diesem und jenem ihrer ihm bekannten Kollegen. Nach dem Ausgang verschiedener ihm noch erinnerlicher Angelegenheiten ihrer Arbeit. Nach dem neuesten Rathausklatsch ebenso wie nach allgemeiner Umgänglichkeit und spezieller Laune des neuen Bürgermeisters. Fritz Weitendorffs dritten Nachfolgers innerhalb dreier Jahre, ein frisch diplomierter Gesellschaftswissenschaftler. Andreas fragte nach Widrigkeiten ihrer heutigen und Annehmlichkeiten ihrer morgigen Aufgaben.

Außerdem passierte mit Rücksicht auf die von Elvira allzeit gewünschte Familieneintracht eine Kuriosität: Ohne Absprache, aber in stillem Einvernehmen, mampften der alte Mattulke und Andreas jetzt gelegentlich wieder von Marie auf dem Umweg über Sonja geschickte Leckereien: Schokolade, buttergelbe feinknusprige Kekschen, glasierte

Haselnüsse, gebrannte gesalzte Mandeln, auch einmal die ihnen an sich zu süßen Datteln und Feigen …

Kurios war dies insofern, als Mattulke nach dem Hamburger Eklat mit seinem Sohn Maries nächste Päckchensendung als »jämmerliches Almosen von diesem engherzigen Tölpel!« zurückgesandt und fortan in diesem Geruch stehende Viktualien kategorisch abgelehnt hatte. Nach der Herkunft des ab und an morgens von seiner Schwiegertochter kredenzten Bohnenkaffees fragte er nicht. Aber das kleine Depot von Süßigkeiten, von Elvira im rechten oberen Seitenfach ihres Küchenbüfetts angelegt, tastete er nicht an, kaum dass er es gelegentlich eines Blickes würdigte. Obwohl gerade er so wie am Abend für Bratkartoffeln am Nachmittag für eine Kleinigkeit an Zuckerwerk oder -bäckereien eine Vorliebe besaß. Und Andreas hatte sich schweren Herzens dem Beispiel der mit Werri komplettierten Männerschaft gebeugt.

Allerdings war ihm das Argument seines Großvaters weniger sinnig gewesen als das seines brüderlich-väterlichen Vorbilds Werri. Der hatte erklärt: »Jawohl, Großvater, wir korrumpieren uns nicht wegen eines Stückchens Fondant aus Großdeutschland!« Dann zum Beginn seiner Offiziersausbildung: »Nun aber die Türen absolut dicht, Mutter! Bitte keine Kontakte mehr! Mit Naschereien wollen sie uns an den Hals!«

Freiwillig, wenngleich also uneigennützig sich den Vertilgungsaktionen unterziehend, schauten Großvater und Enkel dabei jedenfalls nicht missvergnügt drein. Elvira hingegen freute sich ehrlich. Sie füllte nun etwas häufiger und umfänglicher das kleine Büfettlager wieder auf und berichtete, von Andreas dazu angestoßen, während sie zu dritt zu Abend aßen, jetzt nicht selten ausführlich von ihrer Arbeit. Das Filmtheater am Markt bleibe geschlossen. Man würde des Schwammes dort nicht mehr Herr. Die Rekonstruktion komme um einige Jahre zu spät. »Mein Gott, wie muss man hinterhersein, damit die Tanzkapellen mindestens zu sechzig Prozent DDR- und nur den Rest Westschlager spielen!« Im

Foyer des »Alten Amtsgerichts« sollten künftig auch Kammerkonzerte stattfinden. Alle Hände voll zu tun hatte Elvira mit der Vorbereitung von Jubiläen: Im nächsten Herbst feierte man das sechzigste Gründungsjahr der Schule! Zum fünfzigsten Jubeltag war die Republik aus der Taufe gehoben und die Jubiläumsfeier davon untergebuttert worden! Das »Borstädter Sinfonieorchester« wurde im Frühjahr darauf hundert!

Ungeheuerliche Vermutung oder verrückte Idee?

Andreas hatte zwar die Vermutung seiner Mutter, seines Vaters Grab gefunden zu haben, leicht abgetan, doch unbeeindruckt ließ ihn der Gedanke nicht, sodass er ein paar Wochen später, als er das Gefühl hatte, in seiner Mutter sei die Idee etwas zur Ruhe gekommen, sich selbst Aufschluss verschaffen wollte. Er setzte sich aufs Fahrrad und fuhr zum Heiersdorfer Holz hinaus. In dem hügeligen Land eine meist flache Strecke, nur einige leichte Anstiege und Abfahrten befanden sich darin. Wie oft war er als Kind mit seinen Freunden in der Gegend herumgezogen oder mehr westlich und nördlich zum Peniger und Myhlener Forst hin. Das Denkmal hatte kaum eine Rolle gespielt. Ja, er war sich jetzt unsicher, ob es nur aus einem Obelisken oder auch aus einem halb oder ganz dargestellten Soldaten bestand.

Die Straße zwischen den Ortschaften Heiersdorf und Näsdorf führte hier nahe am Wald vorbei, aus dem ein Weg sie kreuzte und weiter zu einem Steinbruch führte, der längst mit Wasser gefüllt, im Sommer den Einheimischen als Badestätte diente. In dem stumpfen Winkel zwischen Straße und Weg befand sich das Denkmal. Andreas ging um es herum, stieg die drei Stufen, die dritte wie ein Sockel erhöht, zu dem Soldaten hinauf, der wie aus einem Block des Steinpfeilers herausgemeißelt war und von ihm um Mannesgröße überragt wurde. Andreas musste sich an den Schultern des Soldaten festhalten, um nicht nach hinten wegzukippen. Ein ernstes Gesicht eines Mannes mittleren Alters, barhäuptig, den Stahlhelm in der rechten Hand gegen die Hüfte gepresst. Eine schmucklose Uniform. Auch ringsum an dem Obelisken keine Symbole oder Namen.

Andreas fuhr das Stück von der Straße hin zum Ortseingang, der sich mit einem kleinen Platz öffnete: inmitten eine stattliche Linde, zu beiden Seiten katenähnliche flache Häuschen, erst weiter hin an der Dorfstraße Gehöfte, vereinzelt Wohnhäuser, abseits ein größeres Gut. Auf einer Bank unter der Linde saßen mehrere alte Männer, ein Einzelner auf den Eingangsstufen zu seinem Häuschen. Andreas ging zu ihm hin, bat mit einer Handbewegung, neben ihm Platz nehmen zu dürfen.

»Ich habe Sie am Denkmal beobachtet«, sagte der Alte, »so eine Linde wie hier stand früher auch dort.«

»Warum hat man sie abgeholzt?«, fragte Andreas. »Sie hätte doch dem Soldaten Schatten spenden können.«

»Tja, Sie haben recht, aber manches wissen nur die Engel«, entgegnete der Alte und kniff die Augen zusammen, die deutliche Greisenringe zeigten, da die Sonne jetzt hinter einer Wolkenbank hervorlugte und sie blendete. *Aber er sieht wie ein jugendlicher Greis aus,* dachte Andreas. *So dünn und geschmeidig, wie er seine Beine miteinander verschlingt.* Das dünne Haupthaar war gänzlich weiß. Er trug es länger als gewöhnlich. *Vielleicht war er der Dorfschulmeister gewesen?*

»Gibt es einen Grund für Ihr Interesse an dem Denkmal?«, fragte der Alte.

»Keinen besonderen«, erwiderte Andreas. »Wir sollen einen Aufsatz über irgendein Kriegerdenkmal schreiben.«

»Ja, für gefallene Soldaten ist es sicher auch ein Ehrenmal«, meinte der Alte und riss seine Augen vielsagend auf, halb Andreas zugewandt.

»Für wen sonst noch?«, fragte Andreas.

»Da gibt es viele Geschichten, Junge. Ich kenne sie auch nur vom Hörensagen. Bin als Neulehrer hier für die beiden benachbarten Dörfer nach dem Krieg eingesetzt worden. Die alten Alten wollte man nicht mehr haben, da hat man auch mal neue Alte genommen. Aber die Akteure von damals sind schon tot oder haben sich nach dem Westen abgesetzt.«

»Worum gings denn?«, fragte Andreas neugierig geworden.

»Sie werden davon nichts schreiben können«, heizte der Alte Andreas Neugier weiter an. »Vielleicht will man in fünfzig Jahren einmal etwas davon wissen. Vielleicht auch nie? Außerdem ist alles ungewiss.«

Andreas entschied sich für eine neue Taktik. Er schwieg. In der Hoffnung, dass nun in dem alten Dorfschulmeister, der er ja tatsächlich war, die Spannung steigen würde, sein Wissen preiszugeben. Der sagte denn auch nach einer Weile: »An dem Soldaten ist Ihnen sicher aufgefallen, dass er seinen Stahlhelm abgesetzt hat?« Andreas nickte. »Natürlich kann das einfach bedeuten, dass er um seine gefallenen Kameraden trauerte.« Andreas nickte wieder. »Er trug aber auch keine Waffe mehr! Vielleicht soll uns das sagen, dass er genug hatte vom Kämpfen, vom Krieg. Der glücklicherweise im April 45 in den letzten Zügen lag. Zwei Geschichten also.«

»Ein Fahnenflüchtiger?«, fragte Andreas erstaunt nach.

»Vielleicht? Vielleicht auch nur ein müder Soldat auf dem Heimweg? Wir kennen nicht einmal die Zahl. Ein kleiner Trupp? Oder nur einer oder zwei? Die straffe Kriegsordnung löste sich zu guten Teilen auf. Überall waren Menschen unterwegs, suchten eine neue Heimstatt. Auch Männer auf der Flucht vor Gefangenschaft oder womöglich letztem todbringenden Einsatz. Ohne Zweifel gab es in den umliegenden Ortschaften genügend gefallene Soldaten, denen das Denkmal zur Ehre gereichte. Auch die im Ersten Weltkrieg Gefallenen hätte man einbeziehen können. Man tat es nicht. Und es hielt sich nach dem Krieg das Gerücht, dass man es bewusst nicht tat, um nicht einer Schande auch noch eine Heuchelei hinzuzufügen.«

Andreas stand auf. Die innere Spannung trieb ihn hoch. Er wusste nicht recht, was er denken, vermuten sollte. Er stellte sich vor den alten Lehrer und sagte erregt: »Schande? Heuchelei? Weder das eine noch das andere passt zu einem Ehrenmal.«

»Richtig!«, sagte der Lehrer und bedeutete Andreas, wieder neben ihm Platz zu nehmen. »Das einzig Gute an dem Gerücht wäre ja, wenn man eine Schande mit einem Ehrenmal sühnen wollte.« Er verharrte einen Moment, als müsste er seine Gedanken kurz ordnen. »Natürlich waren zum chaotischen Ende nicht nur Menschen unterwegs, die froh waren, mit heiler Haut davongekommen zu sein. Sondern auch Ordnungskräfte, für die Heil einen ganz anderen Sinn besaß. Die womöglich an einer neuen Dolchstoßlegende bastelten. Es heißt, dass die Feldgendarmerie, die nicht grundlos den Beinamen ›Kettenhunde‹ trug, dort drüben in dem Wäldchen ein paar Männer dingfest gemacht habe. Von der Straße her kam ihnen auf Fahrrädern eine Volkssturmgruppe mit Panzerfäusten und Sturmgewehren entgegen. Und wieder zwei Geschichten, Junge: Die Feldgendarmerie sei nachsichtiger gewesen. Wollten sich die Leute einen ihr Gewissen beruhigenden Abgang verschaffen? Der Volkssturm, vornehmlich Männer aus Heiers- und Näsdorf, war aufgebracht. Während sie zu Opfern bereit waren, verdrückten sich andere heimlich! Jedenfalls sei im Morgengrauen die Linde für jedermann ein sichtbares Zeichen für Gerechtigkeit bis zur letzten Stunde gewesen! In den Ortschaften stritt man sich bald darauf, wies sich gegenseitig die Henker zu. Als die längst untergetaucht waren, stritt man sich, wem die Ehre des Mals eher zustünde. – Aber wie gesagt, alles Gerüchte. Es kann auch ganz anders gewesen sein.«

Andreas musste erst noch einen Moment durchatmen. Dann bedankte er sich. Betreten ging er davon. Schwer schob sich sein Fahrrad mit einem Mal. Wie ein mit Panzerfäusten und Gewehren beladenes Gefährt. Vor dem Denkmal blieb er noch einmal stehen. Er stieg wieder hinauf, fasste den Soldaten an den Schultern. Er war in Versuchung, seine Lippen gegen das steinerne Haupt zu drücken, ließ es aber, da er annahm, dass der alte Lehrer ihn wieder beobachtete. Er sagte leise: »Danke, Vater, dass es dich gab. Was auch immer geschah …«

Wie ein Besessener radelte er zurück. *Wenn Sport nicht hilft, helfen vielleicht Drogen, Alkohol. Oder man dreht durch?,* dachte er. Zum ersten Mal wurde ihm bewusst, dass Wahn auch eine Funktion hatte. Der Mensch baute sich eine Gegenwelt auf, wenn ihm die eigene wirkliche zu trist erschien. Und wer nie angekommen war, konnte auf diese Weise noch ankommen. An jedem Weg lauerte zudem der Tod. Auch jetzt, wenn er bei dieser rasanten abschüssigen Fahrt in ein Schlagloch geriet. Manche Väter kamen nie zu Hause an, weil sie sich einer anderen Familie angeschlossen hatten. Auf einmal glaubte Andreas, sich sicher zu sein, dass er mit Medizin das richtige Studienfach gewählt hatte. Wo konnte man besser das Leben mit seinen Tücken und Gemeinheiten erkunden als am Krankenbett, im OP- oder Sektionssaal, im Labor, in alten Büchern …? Es wäre aber zu viel gesagt, zu behaupten, dass er in diesen Stunden psychischer Angespanntheit schon den Entschluss gefasst habe, Psychiater zu werden. Die Sorge um die Mutter behinderte ihn. Da verwehrte sich ein professioneller Zugang. Auch hatte seelische Krankheit für Andreas noch lange den Anstrich des Unheimlichen.

Ein Unfall

Elvira lebte »dank meiner zwei Mannsleute«, wie sie ihrer Tochter gestand, wieder etwas auf. Was gut war, denn ihr standen einige Nackenschläge unmittelbar bevor.

»Mein Gemüt funktioniert wie ein Barometer!«, sagte sie zu Sonja. »Bei Schönwetter in der Familie signalisiert es ›heiter‹, bei Bewölkung oder Sturm fällt es auf ›trüb‹. Hat Andreas, der Arme, Liebeskummer und verschweigt es selbstbeherrscht – habe i c h keinen Appetit! Quält den Vater sein Gelenkrheuma – ist's mir, als bekäme ich ähnlichen Kummer damit! Wenn Walter sich nur fängt! Damit auch du wieder zur Ruhe kommst, mein Kind; es macht mich richtig krank, wie schlecht du aussiehst. Und immer diese angespannte Stille in eurem Haus! Wo ist dein Frohsinn bloß hin, Sonny? Deines Mannes Initiative und Energie?«

Es war nur ein Strohfeuer gewesen, mit dem Walter Blümel sich unbekannte wildwüchsige Ufer erschließen wollte. Die Borstädter Spinnerei, wo er wegen akuten Bedarfs als Transportarbeiter Anstellung nahm – mit Aussicht auf einen Platz in der Verwaltung – war zwar der größte und neben der »Textima« produktivste Betrieb des kleinen Städtchens, aber auch derjenige mit der größten personellen Fluktuation. Wen es nach Borstädt verschlug, der fragte in der »Spinne« nach Arbeit. Hier hatten außer dem alten Mattulke auch schon Isabella und Christoph Genth vorübergehend Beschäftigung gefunden. Ja, wenn man so sagen wollte, bildete ein verwurzelter Stamm mit einem sich wild erneuernden Geäst die Belegschaft. Und die kundigen Borstädter belehrten die weniger kundigen in diesen Jahren (später verwischten sich die Grenzen): »Das ist einer vom ›Spinnenstamm‹!«; was eine Art Ehrbezeichnung war.

Folglich gehörte Walter zu jenem Teil des Spinnenvölkchens, das als weniger ehrenhaft denn verschrien, weil ohne Ausdauer, nicht sesshaft, ungelernt, womöglich mit nichts als mit Erfahrung aus dem Knast versehen oder aus der Myhlener »Klapsmühle« vermittelt – kurzum als unverlässlich galt. Wenngleich diese Charakteristik für ihn selbst ja nicht zutraf. Zudem war er für das Gros vom Stammpersonal kein unbeschriebenes Blatt, das man nur dann zur Hand nahm, wenn man dafür

Verwendung hatte. Walter hatte und spürte ständig – auch während der Arbeitspausen, beim Essen in der Kantine oder zum Schichtende – die halb kritischen, halb anerkennenden, halb gleichgültigen, halb wohlwollenden, die spöttischen und hämischen, stutzigen, unverständigen und auch nachdenklichen Blicke seiner Kollegen in seinem Rücken; der von der ungewohnten Atmosphäre und Arbeit liebedienerisch schmerzvoll gebeugt war. Und manch einer trieb natürlich mit dem unbeholfenen und verschüchterten »Budikersöhnchen«, das als Stammhalter offenbar versagte, weil sowohl zum Strumpfband l ö s e n als auch zum Strumpfband v e r k a u f zu ungeschickt, auch einmal sein kleines Schindluder.

Walter griff beim Stapeln von Baumwollballen wie zufällig in tote Mäuse. Glitt in unerfindlich aufgekommenen suppentellergroßen Öllachen aus. Er transportierte mitunter, nicht zufällig und seine Hauptaufgabe, zylindrische Behälter, die sie »Kannen« nannten, korrekt randvoll mit lockerem leichtem Wollband, jedoch darunter halb voll mit kompaktem Gestein oder Metallstücken gefüllt. Glücklicherweise hatten die jungen bis mittelaltrigen Flyerinnen, denen Walter zuarbeitete, zwar spitze und anzügliche Zungen, aber ein barmherziges Wesen. Bei ihnen fand er oft handfesten weiblichen Beistand gegen seine sich ins Fäustchen lachenden männlichen Plagegeister.

Aber einige Wochen lang schwitzte er Blut und Wasser. Hatte weitere zehn Pfund an Gewicht und damit an Leib und Gesicht verloren, sodass er nun geradezu eingefallen wirkte. Todmüde und zerschlagen kehrte er morgens, mittags oder abends, je nachdem, aus welcher Schicht er kam, heim. Die Lungen wie mit Wollstaub ausgestopft. Die Seele wie zugemauert. Die Zunge wie an den Mundboden geheftet.

Er stürzte einen halben Liter Milch hinunter und fiel, ohne noch ein Wort mit seiner Frau oder seinem Vater zu wechseln, ins Bett.

Franz Blümel machte sich Vorwürfe, seinen Sohn ohne zwingende Not dieser Qual ausgesetzt zu haben. Sonja stand tagsüber oft lange am

Fenster, wartete händeringend auf ihren Mann; und wenn er dann nach Hause gekommen war und schlief, schlich sie um sein Bett herum oder äugte wiederholt ins Zimmer, als rechnete sie jeden Augenblick damit, dass er aufführe und nach ihr verlange.

Ja, und Elvira – traute sich kaum noch ins Blümelsche Haus. So war die Verbindung zu ihrer Tochter als wichtiger Lebensnerv für sie blockiert. Und wenn es nicht ein zu einfacher Schluss wäre, könnte man vermuten, dass sie allein aus diesem Grunde derart vehement und ausdauernd die Idee von Wilhelms Grab verfolgt hatte. Andreas sagte ihr nichts von seiner Exkursion zum Denkmal. Vielleicht würde er irgendwann später einmal mit ihr die ungeheuerliche Vermutung teilen, die auch in ihm schon wieder an Bedeutung verloren hatte. Gegenwärtig erachtete er es für das Beste, dass seine Mutter an der Version des Myhlener Kriegskameraden seines Vaters festhielt, dass er es nach Hause nicht geschafft habe. So oder so stimmte es.

Nun, Walter Blümel erholte sich auch. Er hatte Fuß gefasst, sich löblich eingearbeitet. Die Zweifler überzeugt und die Spötter und üblen Possenspieler zur Zurückhaltung veranlasst. Was Wunder, dass er in eine gehobene Stimmung geriet, die mit überschießender Einsatzbereitschaft einherging – und dadurch zu seinem Verderb wurde.

Eine defekte Glühbirne war auszutauschen. Der Elektriker hatte die neue schon bereitgelegt, war nur noch einmal weggegangen, um seine Leiter zu holen. Walter stieg es plötzlich in den Kopf, die Auswechslung der Glühlampe ohne viel Umstände selbst vorzunehmen. Er stieg auf den Rand einer gerade abgeschalteten Spinnmaschine, turnte zum Entsetzen zweier Arbeiterinnen in die Höhe und hatte – mit seinem Oberkörper weit über den Transmissionsriemen gebeugt – die neue Glühbirne nahezu festgeschraubt, als er den Halt verlor und stürzte.

Etwa zwei Minuten lang lag er bewusstlos am Boden. Was nicht bemerkt wurde, da die beiden Spinnerinnen in ihrem Schreck zunächst wegliefen, um Hilfe zu holen. Walter selbst glaubte später, dass er sofort wieder aufgestanden sei. In Wirklichkeit rekelte und erhob er sich erst, als die beiden Frauen, verstärkt durch zwei Flyerinnen und den zurückkehrenden Elektriker, in dem langen Gang zwischen den Spinnmaschinen auf ihn zueilten. Er wusste für einen Moment nicht, was geschehen war. Erfuhr es von den aufgeregt losplappernden Frauen, die ihm wegen seiner Leichtsinnigkeit und Verwegenheit Vorhaltungen machten.

Walter grinste wie über eine tolle Flugparade seinerseits. Er fasste sich an seine linke schmerzende Schläfe und schlenkerte angelegentlich und beinahe fröhlich, zum Zeichen für seine Kollegen, dass alles an ihm heil und beweglich geblieben sei, mit seinen Beinen und Armen. Trotzdem entschied sein hinzugekommener Meister, dass er »sicherheitshalber und zur fachgerechten Beurteilung« in die Klinik müsse. Er bat einen Kraftfahrer, der gerade Feierabend hatte, Walter noch schnell im betriebseigenen Pkw zum Krankenhaus zu fahren. Was auch geschah.

Dem ihn dort untersuchenden Arzt in der chirurgischen Klinik versicherte Walter aufgeräumt, dass er ausnahmslos liebenswerte und besorgte Kollegen habe, die ihn völlig unnötig dieser zeitraubenden und kitzeligen Prozedur zugeführt hätten. Er sei halt, was schließlich jedem einmal passieren könne, »ein bisschen gefallen.«

Da sowohl die Röntgenaufnahmen als auch die übrigen Befunde keine krankhaften Abweichungen aufwiesen und Walter ausdrücklich darauf bestand, nach Hause zu wollen, wurde er noch am frühen Abend entlassen.

Er ging zu Fuß. Fast daheim, am Alten Friedhof, schwindelte es ihm. In der Kirchgasse erbrach er sich. Die Beine wurden ihm schwer und sein Puls schlug ihm wie mit Hämmern. Mühsam schleppte er sich bis in ihre Wohnung. Sonja, die ihren Mann in den letzten Tagen frohgemuter erlebt hatte, wunderte sich, dass er eine Stunde eher als sonst aus der

Spätschicht kam und noch dazu in einem Zustand, als habe er zwei Schichten hintereinander absolviert. Er versprach, es ihr morgen zu erklären. Trank seinen halben Liter Milch und legte sich zu Bett.

Wiederholt stöhnte er im Schlaf. Wie in den ersten Wochen seiner Arbeit in der Spinnerei, fasste sich an den Kopf. Als er Sonja etwas sagen wollte, aber die Worte nicht mehr klar hervorbrachte, alarmierte sie seinen Vater. Der herbeigerufene Arzt stellte tiefe Bewusstlosigkeit fest. Doch den neuerlichen Weg zur Klinik schaffte Walter Blümel nicht mehr: Er starb an einer versteckten Hirnblutung, kurz hinter der russischen Kommandantur, als der Krankenwagen etwas mühsam den Schulberg erklomm. Diesen Weg, dieses Ringel, wie er sagte, war er mit Sonny gern gegangen: bis zur Schillerstraße, dann zum Bahnhof, die Bahnhofstraße hinab bis zur Promenade. Auch die Mattulkemänner Werri und Andreas pilgerten mit ihren Liebsten gern hier entlang. Es war wie ein Ehrenpfad. Für Werri, weil er an seinem Lieblingscafé vorbeiführte. Für Andreas, wie sich noch zeigen wird, weil er für ihn sehr symbolträchtig war: oben auf dem Berg das kolossale Gebäude seiner Oberschule, der er fast alles verdankte. Nicht weit entfernt der kleine Bahnhof, der früh in ihm Sehnsüchte nach Ferne weckte. Für Walter Blümel nun ein Ehrenpfad ins Grab.

Blutsturz

Elvira schien alles unwirklich. Zu plötzlich. Zu banal. Sie entsann sich, wie sie vor vielen Jahren, noch vor dem Kriege, sich einmal über ihren Mann Wilhelm echauffiert hatte, als er, nach längerer Arbeitslosigkeit als Vertreter einer Staubsaugerfirma tätig, eines Abends unverrichteter Dinge und zermürbt heimgekehrt war und meinte, dass es nichts Banaleres gebe als das Leben!

Sie war damals zu jung, zu sehr voller Erwartungen an das Leben gewesen, etwa so alt wie Sonny jetzt, vier-, fünfundzwanzig, um sich mit solch resignierender Redensart abzufinden. Und nun erteilte ihr binnen acht Wochen das Leben selbst Lektion!

»Ich will versuchen, über Walters Tod hinwegzukommen, Mama. Mich bei Großmutter Maria ein paar Tage verwöhnen lassen und erholen. Lange halte ich es ohne dich sowieso nicht aus!«, hatte ihre Tochter ihr beim Abschied gesagt.

»Ja, Kind, fahr nur zu und mach dir keine Gedanken um mich. Du hast es nach diesem Unglück wahrlich nötig, ein bisschen auszuspannen. Ich muss hier für die beiden Männer sorgen. Und die Arbeit im Rat wird für mich mit den Jahren auch nicht leichter!«

Ihr lieber Jakob-Jud, der sich eigentlich jetzt häufiger als früher für nicht gläubig hielt und mit dem sie nach wie vor hin und wieder Briefe austauschte, hatte ihr neulich, als sie traurig darüber, wie das Leben vorbeirauschte, einen Satz des Philosophen Jaspers geschrieben: »Realität in der Welt ist ein verschwindendes Dasein zwischen Gott und unserer Existenz ...« *Ja, wir sind nur ein Moment in der Unendlichkeit,* hatte sie gedacht. Und trotzdem schuldbeladen. Momentchen die schönen Augenblicke.

Tag um Tag waren von Sonja Karten und Briefe aus Hamburg ins Haus gepurzelt. Beinahe jeder Bericht enthusiastischer, ruheloser als der vorangegangene. »... Sie sind alle so lieb zu mir, Mama! Großmutter bringt sich rein um für mich. Ich trau mich schon gar nicht mehr, einen Pulli schön oder ein Tortelett lecker zu finden. Sofort muss ich ihn anprobieren oder es wird gekauft. An Bananen habe ich mich fast schon übergessen. Und immerzu backt oder brutzelt die Großmutter irgendetwas daheim ...« – »Onkel Reinhard ist richtig goldig. Großmutter meint, er sei jetzt durch meinen Besuch regelrecht aufgelebt, habe Farbe bekommen! Neulich war ich mit ihm zum Pferderennen auf der Horner

Rennbahn. Er hat nichts gewonnen, aber todschick gings dort zu, oh, ich war furchtbar aufgeregt ...« – »Diese Isabella, nein, unverwüstlich und kess, als könne ihr nichts und keiner etwas anhaben! Mich herzt sie fortwährend und will mir immer mal wieder eines ihrer abgelegten, noch fast neuen, weil kaum getragenen Kleider aufschwatzen. Sie sind viel zu groß – zum Glück; denn meinen Geschmack hat Isabella ja nicht gerade, sie liebt die leuchtenden Farben und die tiefen Dekolletés. Was alles sie sich in der kurzen Zeit hier angeschafft hat, bewundernswert!« – »Zweimal schon hat sie mich mit zur Reeperbahn gezerrt; aber zerren ist übertrieben, denn ich war ungeheuer neugierig. In dem Lokal, in dem Isabella arbeitet, ist abends Show: Strip sei darin die harmloseste Vorführung, sagt sie, wollte mich aber auf keinen Fall kiebitzen lassen – dabei bin ich so gespannt (glaub's nicht, Mama!). Wie als Ersatz führte mich Isabella zurück durch die David- an der Herbertstraße vorbei (du kannst dir sicher denken, wer sich da in den Schaufenstern präsentiert). Als wir jedenfalls gerade durch den Pfortenspalt in die Straße lunschen wollen, weißt du, wer uns da entgegenprallt? Der Baron von Budkus! Ich hätte ihn gar nicht mehr erkannt, aber Isabella rief sofort: ›Hoppla, Herr Baron!‹ Wochen zuvor habe sie ihn schon mal in dieser Gegend gesichtet, sei deshalb nicht sehr überrascht gewesen, verriet sie mir später. Er war zunächst verdattert, fasste sich jedoch schnell und erklärte uns lachend, dass man halt überall seine Studien machen müsse. Nachdem Isabella ihm verständlich gemacht hatte, wer ich sei, lud er uns sogar noch zu sich ein. ›Zu guter ostpreußischer Küche!‹, sagte er. Ich drehe hier bestimmt noch durch bei der vielen Aufregung. Bin wie in einem ununterbrochenen Taumel. Jeden Tag passiert etwas Neues. Manchmal – sobald ich an Walter denke – mache ich mir Vorwürfe (es ist ja eigentlich noch Trauerzeit, und ich schäme mich ein bisschen, dass ich schon wieder so lustig und albern sein kann). Ich werde immer wieder schnell abgelenkt. Wenn du doch bloß bei mir wärest, Mama! ...«

Mein Gott, ich verblute noch!, dachte Elvira und schreckte auf. Der Brief zitterte in ihren Händen. Sie legte ihn zu den anderen auf den Tisch zurück. Lief zur Toilette. Setzte sich wieder an den Tisch.

Ihr Schwiegervater kam herein und warf ein paar Kohlestücke in den Kanonenofen. Dann hörte sie, wie er sich draußen im Flur mit Andreas unterhielt, der offenbar im Begriffe war, wegzugehen. Vielleicht um noch etwas einzuholen?

»Ich muss für die beiden Männer sorgen«, hatte sie Sonja in den schon anfahrenden Zug zugerufen. Und nun sorgten die beiden schon tagelang für sie. Mit einer Selbstverständlichkeit, als sei es nie anders gewesen. Allerdings hatte sie das Gefühl, dass sie Schlimmeres verhüten wollten. Dass Andreas, wenn er ohne besondere Aufforderung, ja entgegen ihrem Willen ihr die Hausordnung abnahm, und ihr Schwiegervater, wenn er gnatzig, aber unbeirrt das Mittagessen zubereitete, sie es lediglich abschmecken ließ, sich dachten: *Solange sie bloß Briefe liest und schreibt und hin und wieder über ihren Körper klagt, mag es noch angehen.*

Tatsächlich hatte sie in den vergangenen zehn Tagen, seit ihrer Krankschreibung, vor allem im Bett oder auf der Couch gelegen. Ein bisschen gegessen; so wenig, dass die Männer sie fortwährend mahnten. Zweimal aus dem Haus zum Arzt. Dann stundenlang am Tisch vor dem Küchenfenster. Mit Briefen: wie bitterlich schockierende, unumstößliche und über Nacht vollzogene Lossagungen – ihrer Kinder Sonja und Werri. Von Sonja als Gesang von Glückseligkeit. Von Werri als Schmährede.

»Wir Mütter haben's zu tragen, lieber Jakob: Dieses schwindende Dasein – in jedem Moment dieser zerrissenen Welt! Dabei ist mir, als zerrisse es m i c h ! Oder als revoltierte mein Leib gegen die Schande seines undankbaren geborenen Lebens! Ein blutiges Stigma: Wie es bei manchen religiösen Menschen an den Gliedmaßen als Wundmale

Christi erscheinen soll. Bei mir innerlich. Wie eine aufbrechende Wunde. Ein pulsierender Strom. Schuld und Sühne! Nie habe ich bisher in meinem Leben damit besondere Probleme gehabt. Ich konnte von meinem vierzehnten Lebensjahr an fast die Uhr danach stellen. Hatte kaum einmal Beschwerden. Die Blutung hielt sich in Grenzen. Und nun überfällt sie mich unverhofft und überstark mit einem grässlichen Grimmen, das, sobald ich einmal glaube, zur Ruhe zu kommen, wieder anhebt, als müsste es meine Erinnerung an meine eigene Not und Schande wachhalten! Der Gynäkologe erwägt vor lauter Ratlosigkeit schon, mich zum Psychiater zu überweisen ...«

Sie blickte durch das Küchenfenster über die kahlen schneeverharschten Bäume hinweg zum Bahndamm. Spät hatte der Winter in diesem Jahr Einzug gehalten. Mit umso größerer Strenge. Der Abendeilzug aus Leipzig kam heute ausnehmend pünktlich. Elvira wunderte sich, dass sie trotz ihres Leids noch einen Sinn für derlei Nebensächlichkeiten hatte. Als brauchte der Mensch in solcher Situation das Alltägliche, Eingefahrene, Gewohnte als Stütze und Orientierung.

Zum soundsovielten Male breitete sie die zuletzt empfangenen Briefe und Karten ihrer Tochter vor sich aus, überflog sie nach ihrer zeitlichen Reihenfolge noch einmal. Stapelte sie an der Tischkante. Las auch noch einmal die beiden Briefe von Werri, die – so knapp sie waren – sie von allen am meisten schmerzten: »Sie soll sich gefälligst zurückscheren! Die spinnt doch! Was hat sie bei den Schlotbaronen verloren? Glaubt sie, ihr fliegen dort gebackene Tauben zu?« – »Damit du's weißt, Mutter, ein für alle Mal: Mir wird speiübel bei dem Gedanken an meine Schwester! Ich werde von nun an in die Fragebögen schreiben: Geschwister? – Ein Bruder! Schwester angeblich. Keinerlei Verbindung. Unbekannt.«

Keine Taube – ein Mann war es gewesen. Freilich wie für Sonja gebacken. Bei Königsberger Klops und geräuchertem Stint hatte sie ihn kennengelernt. In des Barons von Budkus weißer Villa am Hang über dem Elbstrom. Die zwar eine graue war, aber Sonny bestätigte ihrer Großmutter Maria nicht nur »weiß«, sondern setzte noch das Wörtchen »fantastisch« davor. Sie nickte auch begeistert, als ihre Großmutter ein wenig verhalten und versonnen »inmitten grünen Grunds« hinzufügte, obwohl der Rasen um die Villa zu dieser Jahreszeit schon mehr bräunlich-gelb als grün aussah. Und für Sonja überhaupt nicht nur Hamburg-Blankenese, sondern die ganze Welt schon in rosigem Licht erschien.

»Er ist groß und schlank, Mama! So schwarzhaarig wie du und Werri. Zuvorkommend und gebildet. Dabei nicht aufdringlich. Obwohl auch er gerade erst einen Schicksalsschlag hinter sich brachte, hat er Isabella und mich zwei Stunden lang vergnüglich unterhalten (der Baron hat sich gleich nach dem Essen verdünnisiert!). Alexander heißt er. Kopinski! Er kleidet sich elegant, ist aber bescheiden. Ich weiß nicht, welche Eigenschaften ich noch aufzählen sollte, damit du dir ein Bild von ihm machen kannst. Auf alle Fälle wären es nur gute! Bisher habe ich aufgrund deiner Schilderungen und meiner Erfahrungen immer nur an ein e i n z i g e s Wunder von einem Mann geglaubt: nämlich an Papa! Verzeihst du mir, wenn ich davon abrücke?«

Auf Sonnys Nachricht, dass sie »… vorerst im Westen bleibe. Weil ich sicher bin, dass ihr mir mein Glück gönnt!«, hatte Elviras Schwiegervater mit den Achseln gezuckt, noch irgendetwas gemurrt. Nachts aber wie eh und je tief und fest geschlafen, sodass seine Atemzüge von der Stube, wo er auf der Couch sein Lager hatte, bis ins Schlafzimmer zu Elvira und ihrem Sohn deutlich vernehmbar waren. Denn Elvira selbst und Andreas – dessen Bett nur durch einen schmalen etwa meterbreiten Gang getrennt am Fenster zur Straße neben dem ihrigen stand – hatten lange wach gelegen. Elvira von der Hoffnung erfüllt, ihre Tochter möge es sich anders überlegen. Aber hinwiederum auch von dem Wunsche, sie glücklich zu wissen. Glücklicher, als sie selbst es war. Während Andreas um den Verlust seiner Schwester vor allem trauerte. Für Minuten auch still vor sich hin weinte. Was seiner Mutter nicht entging.

Elvira gab sich einen Ruck und schrieb an Uwe Thornberg: «... Ich weiß noch nicht, was auf mich beruflich zukommen wird, wenn ich wieder gesundgeschrieben bin. Wie man entscheiden wird. Dass es für Andreas an der Oberschule Konsequenzen gibt, kann ich mir nicht denken. Aber mein älterer Sohn Werri ist von seiner Offiziersschule relegiert worden. Ich bin deswegen ganz verzweifelt. Ich weiß mir keinen Rat. Habe auch keinerlei Ahnung, ob du etwas für ihn tun kannst? Ob es ein vermessenes Anliegen von mir ist? Doch was bleibt mir noch – außer meinen Söhnen?»

In der Dunkelheit lief sie zum Briefkasten. Zögerte, den Brief einzuwerfen. Tat es dann endlich und lief davon, als schämte sie sich nun, es getan, den Brief überhaupt geschrieben zu haben.

Es nieselte, und der feine Regenfilm auf den Straßen gefror sogleich. Aber Elvira lief von zu Hause fort – halb schlitternd und stürzend, klamm und frierend. Die Lindenstraße entlang bis zum vorderen Viadukt. Dann in die Stadt hinein.

Sie hatte es geahnt. Dieser Traum! Sie war aus dem brennenden Königsberg auf die Pregelbrücke zugelaufen. Die plötzlich aussah wie der Borstädter Viadukt. In der Mitte zerbombt hingen die Schienen des Viadukts beidseits der Lücke wie erstarrte Spinnenbeine ins Flussbett herab. Doch der Pregel führte nicht Wasser, sondern Blut! Darin trieb, unerreichbar für sie, ein schwarzer Kahn zum Meer davon: mit Wilhelm, ihren Eltern, Isabella, ihren Kindern ... Es war erst der Anfang vom Ende! Andreas wollte unbedingt zum Studium. Noch dazu möglichst weit weg: nach Rostock! Nach Moskau! Und wer wusste, wie lange ihr Schwiegervater noch zu leben hatte? Sie lief über den menschenleeren Markt. Durch die Kirchgasse hindurch. Wie im Vorgefühl auf die kommenden Jahre. Ihr Alleinsein.

Das Rathaus eine kühle, Zuflucht bietende Burg. Elvira umging es weitläufig. Als suche sie nach einem ganz anderen, ihr selbst unbekannten Ort des Schutzes. Kehrte jedoch über die Promenadenstraße wieder zum Stadtzentrum zurück. Aus dem Bibliothekszimmer des alten Herrn Blümel drang ein schwacher Lichtschein. Elvira überlegte, ob sie klingeln, trösten sollte, um selbst getröstet zu werden. Doch plötzlich packte diese unbegreifliche Furcht sie wieder, ihre Vorahnung könnte sich schon verwirklicht haben! Sie eilte nach Hause. Stürzte nun tatsächlich in der Finsternis und bei der Glätte mehrmals. Ihr Schwiegervater und Andreas hatten mit dem Abendbrot auf sie gewartet. Sie richteten sich bei Tische erleichtert auf, als sie die Wohnung betrat.

DRITTES KAPITEL

Elvira in Hamburg

Sicherlich hundertmal hatte Elvira in den Jahren seit Sonnys Fortgang auf Fotos dieses Haus betrachtet: die Grundform ein Würfel. An den zur Elbe hin über die halbe Breite des Gebäudes eine sechseckige Veranda mit großen, leicht bräunlich getönten Glasscheiben angebaut war. Über drei Stufen gelangte man aus ihr in den, gemessen an den kleineren Nachbargrundstücken, relativ weitläufigen, nur mit einigen niedrigstämmigen Obstbäumen und rundum auf schmalen Beeten das Jahr über mit Blumen bepflanzten Garten. Beginnend mit Schneeglöckchen und Märzenbechern und endend mit Christrosen. Zum Strom hin verblieb eine ausgedehnte, mäßig abschüssige freie Rasenfläche, auf der man sich nach Belieben sonnen und tummeln konnte.

Elvira schritt die enge, auch zu dieser Nachmittagsstunde unbelebte Straße hinan. Verpustete ein paarmal, da sie vor lauter Aufregung drei Viertel der Strecke vom S-Bahnhof bis hierher im Eilmarschtempo zurückgelegt hatte. Rechts und links säumten gusseiserne dreiarmige Kandelaber mit großen weißen Kugelleuchten die makellos asphaltierte Fahrbahn. Seitab führten Gässchen und Treppchen den Hang hinauf. Das Grundstück wurde von einem schmiedeeisernen Zaun auf fußhohem Zementsockel eingefasst. Hier zur Straße hin hatte man allerdings zusätzlich eine Hecke aus Hainbuche gepflanzt, um den Einblick in den Garten, wenn nicht zu verwehren, so doch zu behindern.

Dumpf und freundlich blies ein Typhon über die Norder-Elbe. Elvira drehte sich noch einmal um, bevor sie in den Seitenweg zur Vorderfront des Hauses einbog. Schlepper und Fährboote, hin und wieder auch noch ein Segler kreuzten den Fluss. Behäbig und majestätisch glitten zwei riesige Frachtschiffe vorüber. Das eine Richtung Meer. Das andere Richtung Hafen; sein Heck glänzte, vom Sonnenlicht überflutet, wie in Silber getaucht. In der Ferne überspannte eine Hochbrücke mit zwei mächtigen Pylonen, die sich wie grätschbeinige Stahlgiganten in den Himmel reckten, einen Teil der unübersehbar weiten, farbenfrohen und bewegten Hafenlandschaft. Mit ihrem Gewirr von Schiffsmasten und Kränen an schier endlosen Kaien, mit Bahnlinien, Deichen, Werften und Fischereibetrieben, Verwaltungskomplexen, mehrstöckigen Speichern und flachen Lagerhallen.

Elvira fühlte sich wie in eine Traumwelt versetzt. Teils lebhafte freudige Erinnerung an ihre Heimatstadt mit ihrem Hafen, dem Pregel, seinen Brücken und Schiffen, dem wirren großstädtischen Treiben, teils unruhevolles Erlebnis, da ihre herkömmlichen Maße und Werte hier nicht mehr zählten, ihr alles größer, hektischer, bunter, reicher als gewohnt erschien.

Fast zaghaft setzte sie einen Fuß vor den anderen. Der Weg mutete sie sehr privat an, wie nur für Vertraute des Hauses erlaubt. Die offenen Rückseiten der Gärten zweier benachbarter Grundstücke mit hohem Baumbewuchs grenzten an ihn an. Tannen und Birken wie eine rechtwinklige, in den Lücken von Buschwerk geschlossene Palisade, sodass man sich plötzlich in einer gleichsam halb bewaldeten Sackgasse befand. Die jedoch Pergolenweg hieß: nach zwei Seiten Mutter Grün, nach einer das Haus.

Hier also hatte Sonja ihn kennengelernt: ihren »eigentlichen Mann«, wie sie einmal geschrieben hatte. Um dessentwillen sie in der Ferne Wurzeln schlug – und ihre Mutter gern sich selbst überließ.

Elvira hatte nicht geglaubt, dass dieser Schmerz noch in ihr sei. Diese kleinliche Vorhaltung, wie ihr Verstand ihr sofort sagte, während ihr Herz für Sekunden noch einmal Kränkung empfand. Wie ertappt musterte sie unsicher die Fenster, ob sie aus ihnen womöglich schon beobachtet wurde. War sie überhaupt, trotz der vielen kleinen brieflichen Vertraulichkeiten, wenigstens für ihre Tochter noch eine – Vertraute? Und dann der Umstand ihres Besuchs! Sie hatte Sonja keine genaue Zeit für ihr Kommen nennen können, sie lediglich gestern Abend, nach ihrer Ankunft in Hamburg, schon einmal kurz angerufen.

Von diesem Balkon hatten Sonny und ihr Mann schon als jungvermähltes Paar hinabgeschaut. Es war das erste Bild, das sie ihr geschickt hatten (ihr »eigentliches Hochzeitsfoto« erreichte sie erst Wochen später). Auf das Haus des Barons hatte zumindest Kopinski wohl schon damals reflektiert. Nun, immerhin – er hatte es geschafft! Wenngleich für Elvira die Beziehung ihres Schwiegersohnes zur Baronenfamilie, ebenso wie seine Profession, immer etwas undurchsichtig geblieben war. Sonny hatte ihren Mann in ihren Briefen stets als »Gesellschafter« bezeichnet, sodass sie annahmen, dass er des Barons Kompagnon sei. Aber »untermauert« hatte sie diese ihnen suggerierte Vermutung lediglich mit Beispielen der Art, dass er in Gesellschaft ein fantasievoller Plauderer war. »Was ist er denn nun: ein F a b u l a n t oder ein F a b - r i k a n t ?«, hatte Elviras Schwiegervater, der selige alte Mattulke gefragt.

Auch das Gitter des nicht sehr breiten, aber langen Balkons war aus Schmiedeeisen gearbeitet. Unter dem Balkon, genau in der Mitte des Gebäudes, befand sich die Haustür: eichen und schwer, schimmernd in einem satten Nussbraun. Das Holz und die rundbogige steinerne Einfassung sparsam mit Ornamenten versehen. Stilisierte vegetabile Formen, wie an dem Balkongitter. Und wie sie auch an den pilasterartigen, jedoch fast nur in der Kontur gekennzeichneten, kaum aus der Wand vorstehenden Pfeilern der Fassade wiederkehrten; und die hier zusammen mit dem Gesims gegen den ansonsten beigen, fast weißen, erst im Vorjahr erneuerten Verputz des Hauses, in zartem Ocker abgesetzt waren.

In dem Moment, als Elvira auf den Klingelknopf drückte, bemerkte sie über »Kopinski« noch ein zweites Schildchen an dem breiten, aus Granitquadern zusammengefügten Pfosten der Eingangspforte – mit dem Namen »v. Budkus«. Das hatte sie nicht mehr erwartet. Ihre Hand schreckte zurück. Aber eine zweite Klingel existierte natürlich nicht. Möglicherweise hatte man bisher nur versäumt, das Namensschild des Barons zu entfernen.

Ohne dass sich jemand über die Sprechanlage zum Haus gemeldet hatte, vernahm sie nun einen Summton. Sie öffnete schnell die Tür und betrat den Vorgarten des Grundstücks. Geradeaus ein schmaler Weg aus zementierten blanken Platten. Beidseits Rosenstöcke und Zierrasenfläche; nach rechts an der Anfahrt zu den Garagen und nach links zur Straße von je drei sogenannten abendländischen Lebensbäumen flankiert. Die Bäume ragten etwas über den Balkon in der Beletage, fast bis in Höhe des Mansardengeschosses hinauf. Ihr schuppenblättriges Kleid schillerte jetzt, Mitte Oktober, in der Nachmittagssonne in grünen und gelbbraunen Farbtönen.

Doch wenn vor Minuten noch freudige Erregung Elvira vorangetrieben hatte, so ließ nun eine unbestimmte Beklemmung sie immer mehr zögern. Sie wartete auf eine Regung aus dem Haus. Aber es tat sich nichts. Erst als sie unmittelbar vor dem Portal des Gebäudes stand, hörte sie wieder ein Summen, drückte die Tür auf und tat einen Schritt über den kaum zwei Meter breiten Flur zur nächsten Tür, als eine freundliche, wenngleich etwas atemlose Frauenstimme sie anrief: »Nein, bitte hier herauf, liebe Frau! Dort gehts bloß hinunter in den Weinkeller.«

Ein älteres Pärchen in der Kleidung Bediensteter stand linksseitig zehn Stufen hinan auf dem Treppenabsatz. Klein und pummelig, wie füreinander geschaffen, beide ergraut, Güte und Ehrerbietung in Person.

Trudchen und Hermann!, ging es Elvira wie eine Wortfügung durch den Kopf. Denn niemals hatte Sonny nur von »Trudchen« oder nur von

»Hermann« geschrieben, sondern stets von »Trudchen und Hermann«. Wie von zwei nicht nur durch Zuneigung und gemeinsame Arbeit, sondern darüber hinaus gleichsam organisch zu einem siamesischen Korpus verbundene Menschen.

Auch jetzt hielten die beiden miteinander Tuchfühlung. Trudchen, ein frisch aufgebügeltes schneeweißes Servierschürzchen über dunklem Rock, die cremefarbene, in sich gestreifte Seidenbluse am Hals mit einem Schleifchen geschlossen, das silberweiße Haar mit Zierkämmchen geordnet. Also adrett hergerichtet und wohl ständig bereit, auf Wunsch aufzutischen, bloß eben etwas außer Atem, da die zu ungewisser Zeit erwartete Besucherin sie womöglich ausgerechnet in einem unpassenden Moment mit ihrem Klingeln aufgeschreckt hatte. Trudchen fasste mit ihrer linken Hand ihres Mannes Schirmmütze, die dieser in seiner Rechten hielt, während sein Ellbogen, wie eine moralische Stütze in Trudchens Hüfte lag. Hermann war in einen neuen, noch gestärkten Schlosseranzug gekleidet. Hatte wie alte Männer oft, hohe, blank geputzte schwarze Schnürschuhe an den Füßen. Das Gesicht rosig glattrasiert.

Sehr glatt schienen Elvira auch die Stufen, ebenso wie das Geländer aus Marmor. Sie hängte sich deshalb ihre große Basttasche mit den kleinen Geschenken für ihre Tochter und ihren Schwiegersohn zusammen mit ihrem ledernen Handtäschchen über den einen Arm, um den anderen zur Balance und Sicherung frei zu haben. Zum ersten Mal hatte sie sich für diese Reise ihr schwarzes Haar färben lassen, weil sie fand, dass es abblasste. Sich nach längerer Pause auch wieder ein neues Kostüm zugelegt: in sportlichem Stile, grau, mit langer doppelreihiger Jacke, Ledergürtel und einem schmalen Rock mit Gehschlitz und Flügeltaschen. Als schmückende Accessoires ein weißes Tüchlein, eine Silberspange und ebenfalls silberne kleine Ohrstecker.

»Die gnädige Frau, was ihre Tochter ist, gibt sich seit Tagen ganz närrisch«, sagte Trudchen. »Dass Sie endlich einmal kommen können!

Mein Gott, sie heult und lacht immerzu. Würden wir sie nicht so gut kennen, müssten wir wohl schon an ihrem Verstande zweifeln.«

»Ja, das ist so, liebe Frau. Aber wem das Herz voll ist, dem laufen halt Augen oder Mund über«, ergänzte Hermann wie aus Trudchens Mund.

Und inniglich schüttelten sie nun, oben auf dem Podest wie eine offiziöse Abordnung ihren Gast empfangend, mit beiden Händen Elviras freie Rechte. Sie verbeugten sich mehrmals leicht, »Grüß Gott! – Grüß Gott!«, sprachen auch Willkommensgrüße – die Hausherrin sei bloß schnell noch einmal mit dem Auto in die Stadt. Schließlich sagte Trudchen: »Mein Mann hat recht. Es ist ein Segen für die gnädige Frau, ihre Mama einmal bei sich zu haben. Denn freilich kommen Tränen nicht immer nur aus v o l l e m Herzen.«

Als habe sie sich damit schon ein bisschen verplaudert, ergriff sie eilends Elviras Taschen, übergab sie ihrem Mann und geleitete die Besucherin nach links in die Garderobe. Ein schmaler hoher Raum, mehr wie ein Gang. Mit eingebauten Schränken bis hoch zur Decke. In eine Wand war ein rötliches marmornes Waschbecken eingelassen, wie eine Taufschale; das Postament zugleich Standfuß und Verkleidung.

Elvira legte ihre Jacke ab und sie gingen von der Garderobe, über die in einem rhombischen Muster parkettierte, geräumige Diele und durch einen ebenso großen Raum hindurch, der nebst Küche und drei weiteren Zimmern vom Flur abzweigte, hinüber zur Veranda. Aus der Diele führte eine breite Holztreppe mit einem wuchtig wirkenden Geländer aus gedrechselten Balustern in das Hauptgeschoß hinauf. Aus der Mansardenetage – wo Trudchen und Hermann ihre Bleibe hatten – senkte sich ein Kronleuchter aus einem mächtigen Holzreif mit fünf gelblichen Glasglocken an dunklen Metallketten bis dorthin herab.

Das Zimmer vor der Veranda hatte einen schönen hohen Kamin und war mit dicken Teppichen und lederbezogenen Polstermöbeln ausgestattet. An den Wänden hingen Ölbilder maritimer Thematik: brausende See, ein friedlich segelnder Fischerkahn, Möwen über flacher Dünung.

»Die Gnädige Frau meinte, ihre Frau Mama sei eine romantische Natur und würde deshalb, falls sie wider Erwarten schon vor der Rückkehr der gnädigen Frau käme, am liebsten hier auf der Veranda ausharren. Wo man das große Wasser nicht gemalt, sondern praktisch hinter dem Gartenzaun habe.«

Mit diesen Worten komplimentierte Trudchen Elvira in einen Korbsessel, holte Gedeck und Kännchen eines weißen, mit erhabenem Dekor versehenen Mokkaservices herbei, dessen Tassen und sonstige Behältnisse auf je vier zierlichen Füßchen standen, brachte auch ein wenig Gebäck, Russisch Brot und gefüllte Waffeln – entschuldigte noch einmal die gnädige Frau, die sicherlich geschwind zurück sei; und bat schließlich, auch sie zu entschuldigen.

»Aber ja!«, entgegnete Elvira, neuerlich wie traumverloren und im Grunde froh, noch ein Weilchen allein sein zu können. »Mir scheints, ich bin sowieso noch zu aufgelöst. Wie ein aufgescheuchtes, verstörtes Hühnchen, aber nicht wie eine gesetzte Mutter, die ihr Kind aufsucht. Dieses unerwartete Reiseglück! Ihr bezaubernder Landstrich hier an der Zufahrt zum Meer! Und dann ist erst vor wenigen Wochen der jüngere meiner beiden Söhne Arzt geworden, mit seiner Verlobten in unser Städtchen zurückgekehrt! Verstehen Sie? Nach schweren Jahren einsamen Alltags habe ich plötzlich meine Kinder wieder! Beginnt sich die scheinbar stillgestandene Welt wieder wie ein fröhliches Karussell, um mich zu drehen!« Sie stand auf, lächelte ein bisschen verlegen. »Jetzt muss i c h mich entschuldigen: für meine Geschwätzigkeit! Ich wollte Ihnen nur gern sagen: Es macht mir nichts aus, ich bin das Warten gewöhnt! Und diese paar Minuten Wartezeit auf meine Tochter können mir nur jene langen sauren Fastenjahre versüßen!«

Trudchen, noch in der Tür von der Veranda zum Kaminzimmer stehend, hatte aus Anteilnahme feuchte Augen bekommen. Sie hielt ihre Hände über ihrer weißen Schürze gefaltet. Und Hermann, der sich lautlos wieder neben seine Frau gesellt hatte, sagte: »Ja, liebe Frau Mattulke, wir verstehen Sie gut: Wer warten kann, hat viel getan.«

Verblüffende Zeitungslektüre

Manche alten Leute haben zu allem irgendein Sprichwort parat!, dachte Elvira, als sie in der Veranda allein war. *Aber von Generation zu Generation scheinen die überlieferten Spruchweisheiten weniger beachtet zu werden. Neue Zeit verzichtet auf alte Erfahrungen. Sprichwörter sind unmodern geworden. Heutzutage möchte ein jeder Mensch unverwechselbar sein, sich nicht durch Sprüche kategorisieren lassen.* Sie setzte sich wieder in ihren Sessel und schloss für einen Moment die Augen. Denn sie hatte das Gefühl, dass, je mehr sie umherschaute, sie umso erregter wurde. Dabei benennt Volksweisheit schlicht das Wesentliche. Doch sie ist oft radikal. Stimmt nicht auch: Die wartet ehrsam, der fährt ab die Bahn?

Um Gottes willen, bin ich etwa neidisch? Neidisch auf Sonny, das fehlte noch! Elvira schüttelte heftig ihren Kopf, als wolle sie diese niederträchtige innere Stimme aus sich herausrütteln. Sie öffnete wieder ihre Augen.

Ein schwarzer Kater schlich um die Obstbäume im Garten. Am Oberrand der Wipfel tuckerte ein kleines Tankschiff elbabwärts. Offensichtlich liebte es ihr Schwiegersohn, hier in der Veranda zu arbeiten. Neben einem nierenförmigen Schreibtisch aus Mahagoni stand zu ebener Erde ein Regal mit Büchern zu Steuer-, Rechts- und Wirtschaftsfragen, Fachzeitschriften des Baugewerbes. Allerdings auch mit

Lektüre aus Jagd- und Forstkunde. Eine Monografie über Fische von Brackgewässern.

Die Mauerfläche rundherum unter den Fenstern, an den Eckpfeilern und die Decke waren mit einer Stofftapete ausgekleidet. Mit einem Muster, fast im Rotbraun des Schreibtisches, wie geschwungene Bandschleifen. Als Deckenleuchte ein Pendel: stilisierte Blüte, milchig weiß und in Blei gefasst. Formen und Dessins also, die an die Ornamentik des Jugendstils erinnerten. Dazu auf dem weißen Korbgestühl verstreut jede Menge Tages- und Boulevardpresse, sodass Elvira sich unschlüssig war, ob sie ihrem Begehr nach I n f o r m a t i o n oder nach S e n s a t i o n Genüge tun sollte.

Ungezielt blätterte sie hier und da ein bisschen in den Zeitungen. Bis sie plötzlich merkte, dass es sich weder um eine zwanglose Auswahl noch um die jeweils letzten Nummern der Druckerzeugnisse handelte. Vielmehr waren sie im Wesentlichen über die vergangenen drei Wochen und allem Anschein nach sehr bewusst unter einem konkreten Bezug gesammelt. In einer der Zeitungen lautete eine sarkastische Artikelüberschrift: »Sooft es auch schon im Rathaus stank: Den nächsten Bauskandal haben wir – Gott sei Dank!«

Elvira durchforschte nun etwas wachsamer die umherliegenden Blätter. Vor allem, nachdem sie auf eine von irgendjemandem mit Rotstift gekennzeichnete Anmerkung eines findigen Reporters gestoßen war. Zunächst ging es in dem Beitrag um die unredlichen Praktiken eines der Bestechlichkeit bezichtigten und sich inzwischen in Untersuchungshaft befindlichen Hamburger Baustadtrats. Der jedoch jede Schuld entrüstet von sich wies und Stein und Bein schwor, erhaltene Gelder nie persönlich, allenfalls einmal für seine Parteiarbeit verwendet zu haben. Am Schluss war der Zusatz zu lesen: »In diesem Sumpf von Spekulationen um Baugrund, Aufkauf von gut bewohnbaren Häusern, lediglich, um sie verfallen zu lassen und irgendwann höchst gewinnbringend zu

verhökern, wo stadteigene Wohnungen tausendstückweise zu Schleu-
derpreisen an sich erkenntlich zeigende Zwischenkäufer veräußert und
anschließend zu Horrorsummen privatisiert wurden – in diesem Sumpf,
fast möchte man sagen, heutiger ›Bandes noires‹, ist bislang ein sich
bescheiden in den Schattenzonen haltendes, aber deshalb nicht weniger
gut gedeihendes Pflänzchen unbeleuchtet geblieben: ›Baurepa GmbH &
Co.‹ ist sein Name. Eine Firma, die sich angeblich mit Baureparaturen
und Rekonstruktionen beschäftigt. Vor einem Dutzend Jahren ins Leben
gerufen, schlug sie sich gegen die Konkurrenz ohne Aufsehen scheinbar
wacker durch. Ein gewisser Gunther Baron von Budkus steht ihr vor.
Nun brauchte man deswegen noch keinen Argwohn hegen, nicht einmal,
wenn man weiß, dass der besagte Herr Baron entweder auf seinem Gut
bei Rendsburg oder in seinem Bauernhaus am Chiemsee das abgeschie-
dene Leben eines auf Jagen und Angeln versessenen Pensionärs führt.
Aber sein Treuhänder im Hamburgischen ist ein nicht ganz so unbe-
scholtener namenloser Alexander Kopinski. Er sorgte vor fünfzehn Jahren schon einmal in ähnlicher Angelegenheit für Schlagzeilen. Und dieser Kopinski nun wiederum ist ›seit Langem ein dicker Freund‹, wie es
in eingeweihten Kreisen heißt, des endlich hinter Gittern sitzenden und
sattsam zitierten Baustadtrates H. S. aus Hamburgs dichtest besiedeltem
Stadtbezirk. Nachtigall, ick hör dir trabsen! Jedenfalls hört man hier ab
und an die Meinung, dass es ein Wunder wäre, wenn sich der ›smarte
Alexander‹ aus dicker Freundschaft nicht auch ein dickes Stück, von
dem durch den Herrn Baustadtrat verteilten Kuchen einverleibt hätte.«

Neben dem Artikel befanden sich zwei Abbildungen, die Elvira genauer in Augenschein nahm. Die eine zeigte den Wohnsitz des Barons
an dem bayrischen See: ein schönes altes Bauernhaus, wie aus einem
Bilderbuch, rundum zwei Reihen Fenster mit dunkelbraunen Läden,
Schornsteine wie überdachte weiße Türmchen mit Schießscharten. Im
oberen Stockwerk über die ganze vordere Giebelfront und auf die

Längsseiten des Hauses übergreifend ein Austritt, wie ein Rundgang in Ritterburgen, geschützt von dem überhängenden Dach. Hintenan Laubwald – und vorn der See: Den man, nach dem Fleckchen umgebender näherer Landschaft, das auf dem Foto einzusehen war, auch für den Oberländer See von Frohstadt hätte halten können; zumindest kam Elvira auf diesen an sich unpassenden Vergleich.

Das andere Bild kannte sie (allerdings in einer etwas andersartigen Konstellation): ein Schlangentempel auf Penang, einer idyllischen malaysischen Insel, nach Ceylon Sonnys zweite Station während ihrer einstigen Hochzeitsreise. Die sie und ihren Mann dann noch weiter nach Singapur und Bangkok geführt hatte; und von überall hatte Elvira von ihrer Tochter schwärmerische, farbenprächtige Karten erhalten, mit goldenen Buddhas, prachtvollen vielstöckigen Pagoden, Fahrradrikschas, parkend im Schatten von Palmen und sich mühend im Großstadtgedränge. Beladen mit Kohlköpfen oder Menschen, Dschunkengewimmel zwischen geordnet auf Reede ankernden Ozeanriesen, Seilbahngondeln über Meeresengen: »Welcome to Sentosa«. Freundliche buddhistische Mönche in ihren schlichten orangefarbenen Gewändern und überlebensgroße Kriegerskulpturen in grässlichen Masken vor von Gold prunkenden, in Glorie erstrahlenden Tempelanlagen.

Die bewusste Abbildung nun stellte das Innere eines solchen Tempels zur Schau: inmitten der üppigen exotisch bunten Ausstattung mit purpur- und scharlachroten Wandbehängen, Gebinden von künstlichen Blumen, quittegelben Portieren, von Weihrauch umhüllt: Schlangen. Träge lagen sie in sparrigen Ästen, wanden sich aus Vasen und Näpfen; eines der grünlichen Reptilien am Hals eines kleinen unscheinbaren Mannes mit einem seltsam konturenlosen dösigen Gesicht, als sei er wie die Schlange benebelt. Neben ihm respektvoll Sonny und Kopinski. Der Text zum Bild: »Des Barons Fiduziar im Jahre 1960 auf seiner dritten Hochzeitsreise: mit seiner zarten, aus der Ostzone stammenden Frau –

und seinem ›dicken‹, hier als Schlangenbändiger fungierenden Freund; damals noch einfacher Ratsangestellter, aber für Kenner der Szenerie bereits der designierte Baustadtrat.«

Auf jener Elvira einst von ihrer Tochter zugesandten Fotografie trug Sonny die Schlange um den Hals. Neben ihr erhob Kopinski in gespielter Furcht seine Hände: »Wiederholter Sündenfall!«, hatte Sonny daruntergeschrieben. Elvira hatte keine Ahnung davon gehabt, dass die beiden nicht allein gereist waren.

»Großes Haus – große Sorg!«

Die Zeitungen brauchen ihre Storys!, dachte Elvira. Zu guter Letzt stimmen davon zehn Prozent, wenn überhaupt. Sie vernahm das Geräusch eines sich nahenden Autos, legte die Zeitungen rasch beiseite und trat an die Verandascheibe heran. Eine Nobelkarosse in dunklem Blaumetallic blinkte auf der Straße nach links, beabsichtigte also, in den Pergolenweg einzuschwenken. Elvira ging auf die andere Seite der Veranda und hörte bald vor den Garagen eine Autotür zuschlagen. Französische Balkone zierten hier an der Hinterfront des Hauses die Fenster in der Beletage. Ein Schwibbogen überspannte den nicht sehr breiten in den Garten führenden Durchgang zwischen Garagentrakt und Wohnhaus. Und dort hindurch, gewissermaßen geradewegs auf die Ausspähende in der Veranda zu, schritt in diesem Moment ein Mann, der nach Elviras Empfinden von seinem Äußeren her gar nicht zu dem angekommenen vornehmen Mobil passen wollte. Er winkte ihr sogar zu, da er sie vor dem hellen Hintergrund in der verglasten Veranda offenbar sofort wahrgenommen hatte. Eine Reaktion, die Elvira, so sehr sie davon berührt war, für ein wenig überspitzt, ja eigentlich für unangemessen vertraulich hielt, und die ihr nach der kalten Dusche des soeben gelesenen Artikels nun die Hitze ins Gesicht trieb.

Unwillkürlich war sie einen Schritt ins Innere der Veranda zurückgetreten. Sie drückte sich ihre Hände gegen ihre heißen geröteten Wangen. Während der Ankömmling über irgendetwas erstaunt an einem Apfelbaum stehen blieb. Wie es schien, den Fruchtstand begutachtend, dann mit dem Rücken seiner rechten Hand bedächtig über mehrere Blätter wischte, als seien sie von Spinngeweben bedeckt, von irgendeiner Krankheit befallen, oder als vergewissere er sich nur ihrer gesunden Beschaffenheit.

Ich bin doch aus den Wechseljahren heraus!, sagte sich Elvira. Diese fatalen, kaum erträglichen Hitzewallungen! Aber beherzt ging sie zur Verandatür, öffnete sie – und er rief ihr aus dem Garten entgegen: »Da staunt sie, was: Dass unsereiner sie nach einem Vierteljahrhundert auf Anhieb wiedererkennt! Als wäre sie eben erst mit diesem marodierenden Lauser aus dem Wald und nach Frohstadt hinein!«

»Des Herrn Baron Leidenschaft hat seine Sinne geschärft; und sein Auge ist vom Ansprechen des Wildes geschult!«, antwortete Elvira ungewollt doppelbödig.

Er lachte, erwiderte jedoch, als er ihr jetzt die Stufen zur Veranda entgegenkam: »Mein Aug' ist leider matt, mein Gehör stumpf geworden. Eure Tochter hat mich über euer Kommen instruiert. Sie hat jenen Hang ins Träumerische, der uns Ältere auf die besseren Zeiten in unserer Jugend besinnen lässt.«

»Ich wähnte den Herrn Baron den Freuden der Gegenwart nicht entrückt, sondern ganz zugewandt?«

Er hielt ihre Hand, prüfte wohl an Elviras Blick, ob er ihre Rede noch wie früher als unschuldig naiv oder jetzt vielmehr als hintersinnig ironisch zu werten habe, sagte in gutem Glauben: »Grüß Gott, Frau Landsmännin!«

Und Elvira aus Furcht, sich eine Blöße zu geben – denn nun hätte sie den Baron doch am liebsten wie einen altvertrauten Bekannten umarmt

– entgegnete: »Einen schönen guten Tag dem edlen Herrn!«, und machte einen Knicks.

»Ich sagte euch einstmals schon, Ihr solltet mich am besten ›Schuldenmajor‹ nennen. Die Welt ist heutigentags zwar etwas friedlicher, aber nicht weniger trüb – und teurer denn je!«

»Wenn der Herr Baron auch gleich die W e l t kaufen wollen!«, wandte Elvira verschmitzt ein. »Ach, könnt ich doch auch einmal über Schlösser und Paläste, Empfänge und Partys barmen! Mir schnürte es immer schon die Kehle zu, meine Söhne zu bitten, sie mögen ihre Mutter zu Haus in ihrer kleinen Wohnung nicht ganz und gar vergessen!«

Wie auf Bestellung brachte Trudchen ein zweites Kaffeegedeck herein, schüttelte den Kopf über des Barons Ölzeugkluft, derer er sich gerade entledigte, sammelte dann Jacke und Hose vom Fußboden auf und trug sie unter ihres Mannes Blicken, der in der Diele erbötig auf sie wartete, hinaus.

»Unser Hermann würde sagen: ›Großes Haus, große Sorg!‹«, nahm der Baron ihren Gesprächsfaden wieder auf; dieweil Elvira ihm Kaffee eingoss und der Baron – bevor er sich zu ihr an den Tisch setzte – sich mit den Fingern durch sein struppiges, trotz seiner 66 Jahre noch leidlich dunkles Haar fuhr, das er sich seit einiger Zeit so kurz wie weilend Elviras Vater schneiden ließ. Wie Elvira mit einem Mal überhaupt eine gewisse Wesensverwandtschaft der beiden Männer festzustellen glaubte: das Urwüchsige, Rustikale, der schlichte Zimmermannsaufzug unter der von Trudchen fortgeschafften Fischerkluft (hatte sie nicht vorhin auf dem Zeitungsbild vom Haus am Chiemsee noch einen Mann in biederer Tiroler Kleidung gesucht?), eine freundliche Entschlossenheit und Unbeirrbarkeit, Toleranz und Humor – darüber hinaus die gestuckte kräftige Statur, die Wetterbräune des vorrangig im Freien tätigen Menschen.

»Sie wären bestimmt ein guter Bauer geworden, wenn Sie nicht so reich geworden wären, Herr Baron!«, sagte Elvira im Scherz. »Aber eigentlich wollte ich Ihrem Sprichwort noch eins hinzufügen: ›In ein kleines Haus kehren Kinder nicht gern zurück.‹ Ein Wort, das Herr Hermann sicherlich ebenfalls kennt.«

»Ja, vermutlich«, sagte der Baron grüblerisch. Es berührte, anders als von Elvira gemeint, eine alte wunde Stelle in ihm. »Manchmal denk ich auch, ich könnte froh sein, keine Bälger gezeugt zu haben. Manchmal allerdings fühl ich mich auch elend deswegen. Wenn ich beim Angeln die Fischer beobachte, wie sie zusammen mit ihren erwachsenen Söhnen ihre Kutter wieder flottmachen. Oder die stolzen Eltern, die mit ihren aufgeputzten Kinderchen die Uferpromenade entlangflanieren. Dann vermisse ich zuweilen etwas. Besonders seit dem Tode meiner Frau. Obwohl mein Leben seither an sich ruhiger, friedfertiger geworden ist – oder vielleicht empfinde ich den Mangel eben deshalb.«

»Der Herr Baron kann reisen, sich in der Welt vergnügen!«

»Ich k ö n n t e – aber ich kanns nicht. Ich liebe die Sesshaftigkeit. Einer der vielen, sich wer weiß wie klug dünkenden Freunde meiner Frau hat mich mal, nicht ganz zu Unrecht, als einen ›herrschaftlichen Landstreicher‹ bezeichnet; wie mir meine Angetraute amüsiert berichtete. Doch am Abend krieche ich stets wieder gern zu Hause unter. Gehe meist zeitig schlafen. Ich bin ein Festmuffel. Hülle mich, wie Ihr seht, am liebsten in warmen weichen Stoff wie diesen Manchester. Drücke mich vor öffentlichen Verpflichtungen, allein es gelingt nicht immer! Was glaubt Ihr, weshalb ich vom Lande wieder einmal in diese laute, düstere Stadt eindringe?! Weil ich reden soll! Vor dieser tölpischen Jugend! Die nichts weiter kennt, als zu Hammelherden zusammengepfercht in Sälen herumzuhopsen und Krawall zu machen. Einen leibhaftigen B a r o n wollen sie sehen! Und einen richtigen P r e u ß e n hören! Verrückt! Und da sagt Ihr, ich habe keinen Grund zum Lamentieren!«

Elvira hob an, sich zu korrigieren oder zu verdeutlichen. Aber der Baron lachte. Wohl weniger über seine Worte als über ihren Effekt – und möglicherweise über die Kuriosität seines bevorstehenden öffentlichen Auftritts selbst: lachte, weder lauthals noch hämisch, sondern still, mehr in sich hinein, die Hände auf seinem Kugelbauch, die Beine übereinandergeschlagen, in den Sessel gelümmelt – kicherte wie ein derbknochiger Waldbruder über ein in seiner Verlegenheit nun für ihn noch ansehnlicheres Comtesschen. Dabei war es Elvira ebenso eher ulkig zumute. Obgleich die Offenheit des Barons sie schon verwundert und sein wachsender Eifer sie nachdenklich gemacht hatte, ob sie nicht zu forsch »Wohl s t a n d « und »Wohl s e i n « gleichgesetzt habe. Eine Formel, die sie für sich längst nicht mehr gelten ließ, auf den Baron aber angewandt hatte.

»Ich glaube, Daseinsfreude ist vor allem Freude an menschlichen Bindungen«, sagte sie deshalb vorsichtiger.

»Und Freude an der Natur!«, pflichtete der Baron ihr bei. »Unser Urbehagen ist an den Urquell unserer Existenz gebunden! Aber wir wissen ihn nicht mehr zu schätzen, weder seinen göttlichen noch seinen natürlichen Pol. Das ist der eigentliche Grund meines Lamentos: Ist ein Naturkind heutzutage nicht fast ein Ausgestoßener? Hält man seine Passion nicht schon für eine Ausgeburt verstiegener Romantik? Belächelt sie allenfalls wie eine zeitwidrige Attraktion. Das kalkulierte Machbare ist gefragt! Das Korsett, nicht die freie Bewegung. Das Leben ist selbst schon ein Computer!«

»Ach ja, wenn das Schöne doch auch immer das Nützliche wäre«, bemerkte Elvira wieder etwas sicherer.

»N u r das Nützliche ist schön! – Sofern die Natur es gezeitigt hat!«, beharrte der Baron auf seiner Argumentation. »Wir reden von Zivilisationskrankheiten, aber je weiter wir in der Zivilisation voranschreiten, umso mehr entpuppt sich dieser Prozess vermeintlicher Gesittung selbst als Krankheit!«

Nun lachte Elvira kurz auf, als sei sie froh, ihrerseits auch den Baron einer Unbedachtheit zeihen zu können. »Sie sind zu weit voraus, Herr

Baron!«, sagte sie. »Vor zwei Jahren erhielt ich eine neue Wohnung; mit Ofenheizung zwar noch – aber erstmals mit Bad! Ich habe mich riesig gefreut, in meinen vier Wänden ein bisschen kulturvoller leben zu dürfen. Denn ist es nicht wie ein Geschenk? G l ü c k l i c h freilich war ich dennoch nicht. Wahrscheinlich sind die Pfade zu unserem Seelenfrieden viel weniger verzwickt, als wir mitunter annehmen: Herzenswärme beschwingt, Herzensnot verbiestert uns. Schwierig wird es nur dadurch, dass wir zumeist auf das Mittelbare verbiestert reagieren.«

»Ha! Sie ist eine ganz Gewitzte!« Der Baron rekelte sich aufgeräumt in seinem Sessel. »Sie kommt hintenherum und auf Katzenfüßen wie ihr Schwiegervater! Und meint doch nichts anderes, als dass ich ein einsamer Alter sei, der seinen wirklichen Kummer hinter Naturtümelei verberge. Vielleicht ist in der Tat etwas dran? So man vermögend ist, hat man wenig Freunde, aber viel Hörige und Laffen! Nur möchtet Ihr mir schon glauben, liebe Landsmännin, dass ich Euren Gewinn an Komfort gutheiße, jedoch Kulturzuwachs einzig durch Kultivierung verurteile! Wir sind an einem Punkt angelangt, wo das Paradoxon eintritt, dass m e h r Kultur durch w e n i g e r erreichbar ist. Wo wir die Natur wieder sich selbst überlassen müssen. Den simplen Waldarbeiter dem gebildeten Gecken vorziehen sollten. Das florierende Hochmoor dem trockengelegten.«

»Ich weiß nicht, ob's so geht, entschuldigen Sie«, sagte Elvira und schaute flüchtig durch die Verandascheibe in Richtung des bogenüberdeckten Garteneintritts; als überkomme nach der Ablenkung durch Lektüre und Gespräch mit dem Baron nun ihre Ungeduld sie wieder. »Ich ärgere mich immer, wenn jemand aus Villenperspektive unsere Neubauviertel im Osten als Steinwüsten verunglimpft. Schön, dass die Leute sich eine Spur ordentlicher waschen können – aber diese unästhetischen Klötze!«

»Oh, Pardon!«, sagte der Baron und machte im Sessel eine leichte Verbeugung. »Ich spreche natürlich pro domo! Die Verrohung der

Beziehungen ist das Resultat jedenfalls unserer westlichen kulturellen Revolution! Übrigens: Haben gegen eure Wohnsiedlungen im Osten nicht die Soziologen größere Bedenken als die Städtebauer? Gleichwohl, es geht mir um uns und hierzulande. Und da ist allemal Grund zu arger Betrübnis. Wir Deutschen brauchen offensichtlich zur Verfechtung ehrbarer Ziele perfide Anlässe! Im Großen wie im Kleinen!«

Was der Baron jedoch nicht weiter darlegte. Er kam zu Elviras Genugtuung auf für sie näherliegende Sachverhalte zu reden. Auf ihr geliebtes Frohstadt zum Beispiel, das Bekannte aus seiner Chiemsee-Nachbarschaft, die aus Mohrungen stammten, im vergangenen Jahr während einer kurzen Urlaubsreise aufgesucht hatten. Vom Frohstädter Bahnhof existierten nur noch die Geleise, ein Stück Perron. Das Gebäude sei ausgebombt und abgetragen, die Strecke stillgelegt. Hohes Unkraut überwuchere die brüchigen Mauerreste und die Gleisanlagen. Auch den Friedhof. Er sei aber im Ganzen erhalten; wenngleich viele Grabsteine umgestürzt am Boden lägen und man die Wege kaum noch zu erkennen vermochte. Das Frohstadt umgebende Land sei erstaunlich akkurat bestellt, zumeist in Handtuchfeldern. Alle hundert Meter grase eine Kuh am Straßenrand. In dem ehemaligen Sitz des Barons befinde sich ein polnisches Staatsgut.

Der Baron plauderte wie über eine selbstvorgenommene Besichtigung. Ohne Bosheit und Rachegefühle, ja, weniger angestrengt als zuvor, da Elvira sich nicht gänzlich des Eindrucks erwehren konnte, der Baron wolle sie überzeugen, weshalb und besonders w o v o n hätte sie allerdings nicht sagen können.

Ein Schwarmgeist für die Natur war sie wie er. Was er bestimmt noch wusste. Natürlich war es nicht so, dass für sie ein Baron schon an sich die personifizierte Gewichtigkeit bedeutete. Etwa so, wie konträr dazu, sich für ihren alten Freund und Fürsprecher Fritz Weitendorff mit diesem Begriff der Prototyp des Parasiten verband.

Aber Elvira, als Mitglied einer offiziellen Delegation aus Mitgliedern von Organisationen und Blockparteien zum ersten Mal in den westlichen deutschen Staat gereist, von eben jenem Fritz Weitendorff, der in einer Veteranenkommission immer noch ein gewichtiges Wort mitsprach, in die Abordnung hineinlanciert: Elvira fühlte sich auch nicht als Personifikation oder als Prototyp des »neuen sozialistischen Menschen«, von dem ihre Zeitungen schrieben, also als eine höchst rechtmäßige Sendbotin des östlichen deutschen Staates.

Sie hatte zwar einen Antrag auf Parteiaufnahme gestellt, aber aus der Überzeugung heraus, dass es gut sei, aktiv zu sein, nicht aus einem inneren Drang. Auch ein Gefühl der Dankbarkeit gegenüber Fritz Weitendorff hatte eine Rolle gespielt. Aber vor allem der Wunsch ihres Sohnes Werri. Als dieser jedoch äußerte, sie setze damit ein politisches Zeichen gegen den Weggang von Sonny, zog sie ihren Antrag sofort zurück. Denn das wollte sie auf keinen Fall! Andreas versuchte noch, sie davon abzuhalten, indem er sagte: »Deutschland ist zerrissen wie die Welt, Mama, wir müssen jeder das uns vernünftig und dienlich Scheinende tun.«

Ach, mein kleiner Sohn, hatte sie gedacht. *Wenn ich immer nur das Vernünftige getan hätte, wäre mir so viel Schönes entgangen. Isakess zum Beispiel.* Obwohl in der Erinnerung an ihn Glück und Unglück eng beieinanderlagen. Parteien hielt er für Totalitarismusinstrumente. Über Augustinus und Franziskus erfuhr sie von ihm – dem Juden! Ebenso über die Psychoanalyse. Freud und Marx bezeichnete er als böse Ideologen. Der eine verschlampte die Wissenschaft, der andere zerstörte gesunde Gesellschaftsstrukturen. In Bezug auf Freud änderte sich später seine Meinung. Für Andreas waren Freud und Marx schon jetzt fast Heilige.

Elvira knabberte an dem feinen Gebäck. *Mein Gott,* dachte sie, *drei Jahre ist es schon wieder her, dass wir unser Orchester an die Bezirksstadt loswurden! Nun will man die höheren Klassen der Oberschule verlegen! Nach Limburg-Unterlaura, ein Städtchen, kleiner zwar als unseres, aber aufstrebend! Mit einem Zementwerk, Zulieferbetrieben der Elektronikindustrie. Nein, es gibt wahrhaftig noch kein Zuviel an Kultur, Herr Baron!* Woher Christoph Genth und seine Jungen solche Informationen bloß immer aufschnappten? Blockierten, zusammengehockt wie eine Traube, die Treppe, als man die Klassenzimmer ausräumen wollte! Anschließend die Rathaustreppe! Im Hochsommer, wo normalerweise jeder seinen Ferienvergnügungen nachgeht! Und sogar Andreas meldete sich im Examensfieber entsetzt aus seinem Studienort: »Ist das wahr, Mama? Das könnt ihr doch nicht tun! Unsere herrliche Schule zu einem Torso verstümmeln! Zu einem hohlen, kopflosen Ungetüm!« Als ginge es an sein eigenes Haupt!

Der Baron war vor der geöffneten Verandatür, die Beine gespreizt, die Arme weit nach vorn gestreckt, in die Knie gegangen, da er – wie stets um diese Tageszeit – Müdigkeit hatte aufkommen spüren, und wäre beinahe hintenübergestürzt – wenn Elvira ihm nicht mit blitzartigem Reflex zur Hilfestellung ihre Hand gereicht hätte. Und so zogen die beiden sich nun mit vor Anstrengung und unterdrücktem Lachen hochroten Köpfen aneinander empor! Ja, man hatte fast das Gefühl, dass sie ihr gegenseitiges Aufrichten bewusst ein wenig verzögerten. Dass der Baron, nun wieder fest auf den Füßen, Elvira sogar etwas niederdrückte, um diesen plötzlichen Augenblick der Nähe noch festzuhalten; unterdes ihm womöglich wieder vage Erinnerungen und sinnige Erwägungen durch den Kopf gingen.

Noch eine Weile vernahm man beider heiteres Blubbern und Jauchzen. Elvira schüttelte zur Entspannung ihre von dem Baron kraftvoll gepressten Hände. Der Baron holte noch ein paar Kniebeugen nach.

Atemlos stand er dann neben ihr in der Tür und sie blickten hinunter zur Elbe. »Weiß sie übrigens, dass man das Land dahinten im Westen Hamburgs das ›Alte Land‹ nennt?«, fragte der Baron. »Die Marsch, fruchtbar und hochkultiviert, von Gemüse und Obst strotzend. Am Rande zur sandigen Geest befindet sich eine große Heilanstalt; ich hörte, dass ihr Jüngster Nervenarzt ist oder wird, ein geheimnisvoller Beruf. Vielleicht ist das Land dort drüben fünfhundert Jahre früher besiedelt worden als dasjenige in unserer Heimat! Und was haben die Jahrhunderte Vorlauf hier und anderswo eingebracht? Mehr Kraut- und Bosköppe, ja! Aber auch mehr Menschen und mehr Blattläuse! Größere Irrenanstalten! Griese und veralgte Gewässer! Kahlschläge für Autobahntrassen!«

Ein Aufschrei – wie ein undefinierbares Stöhnen aus überwältigender Freude oder Angst – unterbrach ihre Unterhaltung. Elvira lief die Stufen von der Veranda auf den Rasen hinunter. Völlig konfus, mit hastigen kleinen Schritten, die Arme ausgebreitet, kam ihre Tochter ihr entgegengestürmt: »Mamaa! Mama!« Die Frauen schlossen sich in die Arme, verharrten still – weinten.

Für den Baron eine ebenso berührende wie befremdliche Szene. Er hatte in den letzten Jahren, selbst als seine Frau noch lebte, nur Prostituierte umhalst. Ein meist mehr zwangsläufiges als inniges Umfangen. Obgleich er in jüngeren Jahren auch an Dirnenbrüsten entflammt war! Doch mit zunehmendem Alter beunruhigte ihn anscheinend nur noch das Echte.

Verfluchte gute Grenze

Der Baron ging wieder in den Raum hinein, sah Kopinski, mit diversen Päckchen beladen, in den Garten treten. Mutter und Tochter fanden nun erste Worte füreinander: »Hätte ich bloß gewusst, dass du schon da bist, Mama! Wo jede Stunde so kostbar ist. Aber wir haben dich erst gegen Abend erwartet!«

»Ich konnte nun doch ein bisschen eher weg. Und der Herr Baron hat mir die Zeit verkürzt! Lass dich erst einmal richtig anschauen: Du siehst gut aus, mein Kind!«

»Kein Kunststück – bei so einer Mutter!«, entgegnete Sonja. Lachend fielen sie sich wieder um den Hals.

Kopinski kam zögernd herbei und legte sein Gepäck auf dem Rasen ab. Die Frauen lösten ihre Umarmung. »Na, wie gefällt dir mein ›Gebieter‹?«, fragte Sonny stolz und schürzte keck ihre Unterlippe.

Statt Elvira antwortete Kopinski; wobei er ihr die Hand reichte: »Bilder trügen zumeist in die eine oder andere Richtung. Jedoch was dich betrifft, liebe Schwiegermama, muss ich gestehen: Sie waren mir eine einzige Irritation! Und nun sehe ich: mit vollem Recht! Deine Tochter kann von Glück reden, mir v o r dir begegnet zu sein.« Damit neigte er sich schmunzelnd zu ihr herab und küsste sie auf beide Wangen.

»Du hörst es, Mama! Er denkt bereits an Scheidung!«, warf Sonny in gespielter Entrüstung ein.

Wahrhaft »irritiert« fühlte sich indes Elvira, denn derart attraktiv – und nicht ohne Charisma – hatte sie sich ihren Schwiegersohn gar nicht vorgestellt. Väterlicherseits war er ukrainischer, mütterlicherseits deutscher Abstammung, wirkte aber wie ein Italiener. Schwarzgelockt, an den Schläfen grau meliert. 42 Jahre alt war er vor Wochen geworden. Ein dunkler Anzug mit einem feinen Nadelstreifen umschloss maßgerecht seine hochgewachsene athletische Figur. An der weinroten Krawatte stak ein erbsengroßer Brillant. Das Gehäuse seiner Armbanduhr mutete wie ein kleiner Goldbarren an. Das ebenfalls goldene Uhrenarmband war in der neuen maskulinen Art mit Schraubenverzierungen versehen. Am kleinen Finger der linken Hand trug er einen breiten Ring; ähnlich einem Familienring alten Adels, mit farbigem Stein und Diamanten.

Auf dieses schmückende Beiwerk hätte er nach Elviras Dafürhalten allerdings gut und gerne verzichten können. Ja, es ließ seine Eitelkeit zu deutlich werden. Sonny erweckt im Vergleich zu ihm einen beinahe bescheidenen Eindruck. Ihr wieder langes, diesmal goldblond eingetöntes Haar hatte sie unter einen weißen, vereinzelt schwarz gesprenkelten Seidenturban gesteckt. An den Ohren trug sie große halbkugelige Klipse aus arabischem Onyx, mit Kettchen und Kügelchen, Letztere aus demselben schwarz-weißen Edelstein. Mit Vorliebe kleidete sie sich »ganz auf Taille – kann ich mir doch leisten, Mama!«, wie jetzt, ein Schalkragenjäckchen im Westenstil mit grauem Fischgrätmuster und eine schwarze, ihre schmalen Hüften betonende Hose mit Bundfalten. Dazu die unvermeidlichen hochhackigen Pumps.

Elvira wurde von ihrem Schwiegersohn am Arm zurück auf die Veranda geleitet. Der Baron grinste, als er sah, wie gesittet die beiden hereinkamen; er begab sich gerade ins Zimmer nach nebenan und sagte von der Schwelle her zu Kopinski: »Oh, morbleu, le mons – tout en famille!«

Sonny, die zwar nur die Hälfte verstanden, aber den Spott nicht überhört hatte, meinte pikiert zu ihrem Mann, als der Baron im dunkleren Hintergrund des angrenzenden Zimmers verschwunden war: »Unser Bummi wird doch nicht eifersüchtig sein, Alex?«

Kopinski gab ihr mit gestrenger Miene zu verstehen, stillzuschweigen, und folgte seinerseits dem Baron. »Du entschuldigst mich bitte, Mama!«

Trudchen fragte ungeduldig an, ob sie im Speisezimmer auftragen solle. Doch Sonny vertröstete sie mit herziger Umarmung, wortreich: Ihr Magen sei rein zu, sie könne noch keinen klaren Gedanken fassen, schließlich sei ja auch alles unfassbar, sie sei jetzt gar nicht fähig, sich ruhig an den Tisch zu setzen, brauche noch ein paar Minuten der Besinnung.

»Wie die Mutter, so die Tochter«, war Hermann, der von draußen die sorgsam verschnürten wunderlichen Rollen, Kistchen und Pakete mit Präsenten hereingeholt hatte, hinter Trudchen zu vernehmen.

Von der Aufregung erschöpft ließ sich Sonny neben ihrer Mutter auf einer der beiden Korbbänke links und rechts von der Tür zum Kaminzimmer nieder, streifte ihre Schuhe ab, warf den Turban auf den Tisch, löste zwei Kämmchen aus ihrem Haar, sodass es ihr über die Schultern fiel, hakte sich bei ihrer Mutter unter und schmiegte sich, mit angezogenen Beinen, halb auf der Bank liegend, an sie.

»Ach, Mama, wenn du wüsstest, wie oft ich mich in den zehn Jahren zu dir auf und davon machen wollte!«, begann sie wehmütig. »Manchmal habe ich diese Grenze zwischen uns verflucht, dann wieder gutgeheißen, weil ich doch durch sie an meinem Platz geblieben war. Alex tut für mich, was er kann. Es ist schließlich nicht leicht, sich im Geschäftsleben immer wieder zu behaupten. In letzter Zeit habe ich ihn schon ein bisschen bei seinen Schreibarbeiten unterstützt; auf die Sekretärinnen ist heutzutage ja kaum noch Verlass, entweder sie lassen sich vom Osten zum Spionieren anwerben oder sie gehen irgendwelchen Journalisten auf den Leim. Jedenfalls hat auch Alex mit ihnen nicht die besten Erfahrungen gemacht. Und du kannst dir nicht vorstellen, Mama, wie gemein bei uns die Presse ist, wenn sie einen erst einmal auf dem Kieker hat!« Bei diesen Worten musste sich Sonny vor Empörung aus ihrer kuscheligen Stellung aufrichten. »Sie lassen nichts Gutes an einem!«

Zugleich kam ihr offenbar die Idee, ihre innere Unruhe mit einem süßen Branntwein zu dämpfen. Sie huschte auf Strümpfen zum Schreibtisch, spähte durch das Zimmerfenster zu den Männern hinüber, die mit sich beschäftigt waren, und entnahm einem Fach des Schreibtisches eine bauchige, bereits angebrochene Flasche eines dunkelroten Likörs und ein kleines langstieliges Gläschen.

»Die samtigste Kratzbeere, die es gibt!«, sagte sie mit gesenkter Stimme. Drückte sich wieder an ihre Mutter, trank zunächst selbst ein Gläschen leer und füllte es dann ihr: »Prosit und herzlichst willkommen, liebe Mama! Heute wird Alex doch einmal Verständnis aufbringen. Für dich hat er natürlich Champagner im Keller. Aber mich hält er kurz, meint, es zieme sich für eine junge Frau nicht, mal ein Gläschen zu trinken. Hat sogar Trudchen und Hermann angewiesen, mir nichts zu geben; als wäre ich ein Süffel! Dabei lässt er mich oft nächtelang allein. Und ich soll dann auch noch glauben, dass es stets nur um ›Geschäftsinteressen‹ ginge.«

Sie tranken beide noch ein Gläschen. Und Sonny erzählte in einem fort – als fürchte sie, ihre Mutter würde sie plötzlich wieder verlassen, ohne dass sie sich ihr habe eingehend mitteilen können. Großmutter Maria höre immer schlechter und verfalle zusehends. Onkel Reinhard interessiere sich anscheinend nur noch für Hunde, Pferde und Gerichtsreporte. Isabella, die gute Seele, besitze keine Geduld mehr zum Zuhören. Ja, und ihr eigener lieber Mann sei halt wie die meisten Männer: ein bisschen zu sachlich und zu kühl. In den ersten zwei Jahren ihres Zusammenseins habe sie mit ihm freilich das nachgeholt, was sie mit Walter, wie der Stand der Dinge nun einmal gewesen sei, versäumt hatte. Aber dann habe Alex ein immer größeres Gefallen am Kurs von Wertpapieren und Dividenden gefunden – und s i e plötzlich im Kurs nicht mehr so hochgestanden. »Die Liebe, Mama, ist sie nicht sowieso etwas Zweitrangiges?« Wenn sie doch wenigstens Freunde hätte! Doch alle ihre Bekannten seien Alex' Freunde. »Ich könnte hier bei dir so liegen bleiben bis ultimo, Mama! Nimmst du es mir noch übel, dass ich damals nur an mich, nicht an euch, vor allem zu wenig an dich gedacht habe?« Denn eitel Glück sei das Leben hier ja auch nicht. Und wenn sie wenigstens verheiratet wäre – natürlich wisse der Baron auch seit Langem, dass ihre Hochzeitsreise nach Asien damals nur eine fingierte war, damit er sie sponserte. Sie selbst sei ja noch im Trauerjahr gewesen. »Nett, dass du dich trotzdem Schwiegermama nennen lässt.« Sie sei zu der Erkenntnis gekommen: Wer es sich anfangs zu leicht mache, sich praktisch in das gemachte Nest setze, müsse damit rechnen, später vor unerwartete Hindernisse zu geraten. Zu einer Zeit, da man sich schon nicht mehr so blendend fühle, sie spielend zu meistern. »Denn im Grunde kann ich ja jetzt für Alex gar nicht die stützende Frau sein, Mama, die er in dieser geschäftlichen Misere brauchte. Ohne besondere Bildung! Ohne eignes Profil in der Gesellschaft! Ohne eigenes Geld!« Sie wolle aber nichts gegen ihren Mann, der er ja nun einmal sei, sagen, er sei sehr aufmerksam, nett, rauche nicht, trinke nur ab und an aus Geselligkeit ein wenig und – »Was ich nicht weiß, macht mich nicht heiß!« Allerdings sei er in manch einem Punkt auch zum Lachen einfältig und starr: Zum Beispiel existiere im ganzen Haus kein besseres Versteck als in seinem Schreibtisch! Weil er gewohnheitsmäßig nur die linke Seite benutze. Rechts könnten Trudchen und Hermann ihr also ohne jedes Risiko einer Entdeckung gelegentlich ein Fläschchen unterstellen.

Sonny goss sich schnell noch einmal das Gläschen voll. Ihre Mutter lehnte ab: »Nicht so eilig, Kind, und es ist überhaupt genug. Ich werde ja beschwipst!«

»Und ich verrückt, Mama. Der Baron raucht!«, flüsterte Sonny, als sie die Likörflasche wieder im Schreibtisch verschlossen und mit einem raschen Blick ins Nebenzimmer die Situation erkundet hatte. »Das tut er nur, wenn er aufgeregt ist. Was hast du mit ihm angestellt, Mama?«

Amüsiert hakten Mutter und Tochter sich wieder ein und kicherten und prusteten sich eine Weile gegenseitig gegen Schultern und Arme. Dann versuchten sie, als ziehe jeder Spaß Ernst nach sich, in sich gekehrt, doch weiter eng beieinander, dem Gespräch der Männer zu lauschen, die in den schweren Ledersesseln vor dem Kamin Platz genommen hatten und deren Rede hitziger geworden war.

Alles ein Spiel

»Eine Blamage! Man schämt sich ja, sein Gesicht zu zeigen!«, sagte der Baron.

»I bewahre, Baron!«, entgegnete Kopinski gelassen. »Es ist nicht so schlimm, sein Gesicht zu v e r l i e r e n , wie keins zu haben! Überdies sieht Sie kaum jemand: Wann kommen Sie aus Ihrer Landherrlichkeit schon mal heraus? Hierher, wo man den Pulsschlag der Arbeit fühlt! Die Niederländer sagen von sich: In Rotterdam würde ihr Geld verdient, in Den Haag verteilt und in Amsterdam ausgegeben. U n s e r Geld wird in den Städten erschuftet und auf dem Lande konserviert, will mir scheinen.«

»Ganz nebenbei bemerkt: Er selbst sitzt sozusagen in einer Geldkiste, die er sich noch nicht verdient hat, Kopinski! Jeder hat seinen Job. Mir scheint vielmehr, es wird in unseren Städten zu viel Zeit nutzlos und zu viel Geld unnütz vertan. Auf dem Lande lebt man sowohl effektiver als auch genügsamer. Zugegeben, ich folge meinen persönlichen Antrieben und Neigungen: ebenso unersprießlich wie unverzichtbar. Während e r zu seinem Pech angehalten ist, ungeliebte Pflichterfüllung auch noch mit höchstem Nutzeffekt zu koppeln!«

»Ach nein, Baron, ich tue meine Arbeit gern!«, sagte Kopinski lachend; und obwohl sein Lachen aufgesetzt wirkte, klang seine Stimme nun doch freundlich ergeben. »I c h habe meine Börsen- und Markt- und S i e Ihre Jagd- und Naturspiele. So ist eben das Leben: Spiel und Pflicht, Wahn und Wirklichkeit! Und heißt es nicht: Das Spiel ist das Kind der Arbeit? Also doch wohl Vorstufe als auch Fluchtweg? Leider können wir nur nicht immer unseren realen Lebensbedingungen entfliehen, um uns ganz unseren eingebildeten hinzugeben.«

»Er steht mit Vergnügen im Rampenlicht, Kopinski – i c h nicht! Für mich ist es ein Albtraum!«

»Denken Sie an die gute Sache – vielleicht finden Sie dann sogar an der Show Gefallen, Baron! Denn ist sie nicht auch ein Spiel? Ein gedankliches Umwandeln der Realität? Ein Ausprobieren, Sich Vorwagen! Sie werden eine begeisterte Jugend erleben, die zwar nicht begreift, wofür ihr Blut in Wallung gerät, aber die den Reiz der Sache spürt. Ein Teil dieser Jugend ist von der Sexwelle schon ermattet, von der sie sich eben noch die eigentliche menschliche Erfüllung erhoffte. Ernüchtert sucht sie nach neuen Fixpunkten. Ein anderer Teil trägt schwer unter der Erinnerungslast seiner Eltern und glaubt im Vergangenen und Verlorenen liege die Erlösung. Ein weiterer Teil läuft blind dem Zauber jeder Art von Fahnen- und Wappengepränge, Gesängen, Festreden, Trommelgetöse und Fanfarenstößen hinterher. Sie alle flüchten spielend in eine heilere Welt – wie wir, Baron! Weil ein Hauch von Einfluss, Geltung und Macht sie dort umgibt. Das nämlich, was zählt in unserer Ordnung. Sie fühlen sich wie die Prinzen, die das den Vätern geraubte Königreich zurückzuerobern haben! Und wenn es für sie ein lebenslanges Spiel bleibt: Geschieht es nicht rechtmäßig? Nutzlos und doch unverzichtbar: ein Anspruch, wie Sie ihn sich gestatteten, Baron! Und bedenken Sie darüber hinaus: Wer von u n s erreicht wird, kriecht nicht den Ideen irgendwelcher zweifelhafter Intellektueller – die sie durcheinanderbringen und dann doch wieder alleinlassen – oder gar den Marxisten auf den Leim!«

»Ja, ja, ich stimme ihm ja zu! Nur sollte e r eben reden, er kann es besser!«

»Mir fehlt Ihre Aura, Baron!«, antwortete Kopinski und lächelte selbstgerecht.

Baronin im Geiste

Sonny hatte die herumliegenden Zeitschriften links im Schreibtisch verstaut, und die Frauen waren noch einmal hinaus in den Garten gegangen.

»Du musst unser Auto sehen, Mama, es ist ein Gedicht!«

Neben des Barons seriöser dunkler Limousine stand vor den Garagen ein weinrotes Coupé. Ovales Fließheck, rundum bläulich getönte Scheiben. Sonny zählte im Handumdrehen einige Vorzüge und Finessen des Wagens auf. Und Elvira sagte: »Andreas spart auch schon auf einen ›Trabant‹! Doch Cornelia, seine Freundin, meint: ›Ich möchte lieber ein A u t o – keinen Karton!‹ Es war das erste Mal, dass ich erlebt habe, wie die beiden sich in die Haare kriegten!«

»Man kann nicht gleich alles haben!«, sagte Sonja. »Was glaubst du, Mama, wie froh wir sein werden, wenn uns dieser Prachtbau von einem Haus in drei oder fünf oder vielleicht auch erst in zehn Jahren einmal gehört? Der Baron ist großzügig, aber kein einfältiger, verkalkter Krösus, der sein Vermögen verschenkt! Immerhin: Für Trudchen und Hermann sind w i r bereits die Herrschaften. Doch der Baron hat noch allerhand von seinem Krimskrams im Haus belassen: Bücher, Kledage …, was weiß ich.«

»Warum nennt ihr ihn eigentlich ›Bummi‹? Ist das nicht ein bisschen respektlos?«

»Mama, er ist wie ein Bärlein, gütig, manchmal auch brummig, und vor allem tapsig und bequem. Alex rackert sich für ihn ab, während er durch die Wälder streift. Der Baron muss sich einfach auch einmal für das Geschäft exponieren. Besonders in dieser heiklen Zeit. Aber versteh mich bitte nicht falsch: Er ist unser Freund!«

»Ja, ohne Freunde wäre die Welt auch gänzlich ohne Sonne«, erwiderte Elvira. »Ich weiß nicht, wie ich es sonst damals durchgestanden hätte, als du weggingst. Aber Werri durfte plötzlich wieder an seine

Offiziersschule zurück. Und mich ließ man im Rathaus in Ruhe. Ich habe nie etwas Konkretes gehört, glaube jedoch, dass Freunde dahintersteckten, sodass wir so glimpflich davonkamen. Einem von ihnen verdanke ich diese Reise.«

»Was seid ihr überhaupt für eine Truppe, Mama, dass ihr so ungehindert in den Westen fahren dürft?«, fragte Sonny halb neugierig, halb skeptisch.

»Die meisten sind altgediente oder frisch berufene Partei- und Staatsfunktionäre. Aus unseren sogenannten Blockparteien. Oder Vertreter von Jugendverband und Gewerkschaft. Ich mache in doppelter Hinsicht eine Ausnahme: Denn einerseits war ich in meiner Jugend noch politisch zu dumm, um aktiv zu werden, wie etwa einstmals mein Vater oder mein Bruder, andererseits bin ich heutzutage schon zu alt, um mich noch, wie deine Brüder für Ideen begeistern zu können.«

Kopinski und der Baron kamen zu ihnen heraus.

»Der Baron möchte sich verabschieden, Schwiegermama!«, sagte Kopinski. »Er kann nicht mit uns speisen, da er noch Schulaufgaben hat.«

Unwirsch winkte der Baron ab. »Sie hört hoffentlich nicht auf Schwadroneure!« Er fasste Elvira unter den Arm – wirkte nun freilich und kurioserweise eher wie ein sanfter Bet- als ein ungestümer Waldbruder – und sagte: »Wenn i c h Bauer, sollte s i e Wahrsagerin werden. Vermutlich hat sie meine Lage gut erkannt, Landsmännin! Où est la femme? Mir träumte von einer Lösung.«

Kopinski grinste. Der Baron ging ihnen voran schnell ins Haus. Und Sonja fragte erstaunt: »Was sind mir das für Heimlichkeiten, Mama? – Was hat er zu ihr gesagt, Alex?«

»Er meint, seine Situation habe mit einer Frau zu tun. Also wohl mit keiner. Begreifst du?«, antwortete Kopinski.

»Mama?«

Elvira zuckte mit den Schultern. »Ich verstehe auch nicht, was er ausdrücken wollte«, sagte sie entgegen ihrem Empfinden.

Später als sie zu dritt zu Abend gegessen hatten und Sonja ihre Mutter durchs Haus führte, um ihr ihren »Palast«, wie sie sagte, »ganz« zu zeigen: da ein kleiner Salon mit Sitzmöbeln im Chippendalestil, hier Trudchens und Hermanns Reich. Anheimelnd die kleine Mansardenwohnung. Darunter die große Küche in der Beletage. Die Kellerräume praktisch und piecksauber wie alles im Haus. Das Zimmer des Barons war natürlich tabu. Nicht das Schlafzimmer der Kopinskis, Sonny immer noch der liebste Raum. »Obwohl halt alles nicht mehr das ist, was es einmal war, Mama, aber ein Schmuckkästchen à la Louis-quinze ist es allemal, nicht wahr?« Zu dieser späten Stunde, da Elvira gerade an die Zeit und ihren Aufbruch gemahnte, glaubte ihre Tochter d i e Erleuchtung zu haben. »Mama, ich verlier noch den Verstand! Weißt du, was der Baron gemeint hat? Dass d u für ihn die richtige B a r o n i n wärst!«

»Ja, in deinem Haus ist alles wunderschön – aber im Oberstübchen bist du tatsächlich ein bisschen durcheinander!«, erwiderte Elvira scheinbar entrüstet, als treibe ihre Tochter mit ihr einen sehr üblen Scherz.

»Überleg doch mal, Mama: Warum passt er dich nachmittags hier ab, wo er doch sonst bis zum Abend irgendwo bei Brunsbüttel den Flundern nachstellt? Warum reagiert er so böse, wenn Alex dich lediglich galant ins Haus hereinbringt? Warum hält er plötzlich eine Frau für eine ›Lösung‹ in seiner Lebenslage? – Der Baron ist in dich verknallt!« Sonja jauchzte auf. Drehte sich lachend im Kreise. Fiel ihrer Mutter um den Hals. »Meine Mama – eine B a r o n i n!«

Missmutig befreite sich Elvira aus ihrer Umklammerung. »Dein Gedanke ist so absurd, dass ich nicht einen Deut Spaß daran finden kann«, sagte sie.

Sonny schien gar nicht hinzuhören. »Ich war einfach blöd, Mama! Wie oft hat er in den vergangenen Jahren von dir gesprochen! Von euren

Begegnungen in Frohstadt, draußen am Oberländer See oder in den Straßen der Stadt. Als seien wir Kinder nie dabei gewesen. Und ich war so naiv, seine Worte immer bloß für freundliche Erinnerungen zu halten, die auf m i c h gemünzt waren!« Sie lachte und drehte sich wieder im Kreise. »Mama! Eine Baronin!«

Noch einmal ganz in Familie

Am nächsten Tag sahen sie sich noch einmal. Sonny hatte ihre Mutter am Vorabend mit dem Auto zu ihrer Unterkunft, einer für die Delegation gemieteten bescheidenen Pension im Hamburger Norden, gebracht und mit ihr vereinbart, sie vom Dammtorbahnhof abzuholen. Dort in der Nähe hatte Elviras Delegation bis zum Nachmittag eine herzliche Zusammenkunft mit ihren örtlichen Gastgebern, die ebenfalls verschiedenen Parteien und Gewerkschaftsverbänden der Kommune angehörten.

»Für ganze drei Stunden kann ich mich dann nochmals freimachen«, hatte Elvira froh gestimmt ihrer Tochter mitgeteilt. Für den Abend war in etwas kleinerer Runde ein Bankett geplant, dem sie nicht fernzubleiben wagte. Aber Elvira hatte nicht zu Unrecht im Stillen gehofft, dass sie vier, ja fünf Stunden und damit ein, zwei für sich für einen kleinen Weg gewinne. Nach einem zweiten Frühstück konnte man nicht schon wieder zu Mittag essen, sodass ihre Zusammenkunft in der letzten Vormittagsstunde endete. Elvira saß wie auf Kohlen. Sie winkte Fritz Weitendorff kurz zu, strebte dann hinaus, ohne sich groß umzublicken, obwohl ihr ihr eigentliches Ziel gar nicht recht bekannt war. Ja, sie fragte sich, als sie auf der Straße stand, um sich herum hastig vorbeieilende Menschen, hinter sich dahinrauschende S-Bahnen, vor sich gestaute Autoschlangen: *Will ich es überhaupt? Vielleicht sind Geheimnisse des Menschen Übel und nicht sein Trost? Wie es so schön im Lied heißt.*

Sonny wusste nichts davon, wenn sie es nicht irgendwann geahnt hat, Isabella nicht alles. Isakess wohnte an der Außenalster. »Reichlich hundert Meter sind es bis zum Ufer«, hatte er ihr nicht nur einmal im Brief geschrieben, »durch die Lücken der Häuser hindurch sehen wir das Wasser, wie in Königsberg den Oberteich.« Isakess wusste um Elviras Vorliebe für solche Vergleiche. Er hatte sich auch schon die Frage gestellt, ob ihre Liebe zu ihm vor allem durch ihn selbst oder durch ihre gemeinsame Heimatstadt währte. *Es wird nicht zu trennen sein!*, hatte er sich beruhigt. Womit er Elviras Neigung wohl am nächsten kam. Einmal hatte er die Königsbergkarte fast ein bisschen überreizt. Er schrieb ihr: »Vom Dammtorbahnhof einfach auf dem Mittelweg geradeaus in nördlicher Richtung. Stell dir vor, du gehst in Königsberg die Sackheimer Mittelgasse entlang, rechts in die Gartenstraße, dann links in die Blumenstraße – bist bei dir zu Hause am Pregel. Hier musst du rechts in die Alte Rabenstraße, dann links in die Magdalenenstraße. Überall spürst du schon unser Alsterlüftchen …« Mutwillig hielt sich Elvira etwas links vom vorgezeichneten Weg, noch selbstbewusst und froh gestimmt vom Vortag, sinnierte: *Sein Zuhause ist nicht mein Zuhause!* An der Staatsbibliothek und der Universität dachte sie jedoch: *Ja, hier wird er sich heimisch fühlen.* Auch vom Mittelweg wich sie zunächst nach links ab, lächelte über ihren kindlichen Trotz. Aber als sie dann in einer nahen Parallelstraße »Museum für Völkerkunde« las, freute sie sich, diesen Weg eingeschlagen zu haben. Hier hielt er sich oft tagelang auf, fand »Schätze über Schätze – die Psychiatrie, Elvchen, wird uns im Gegensatz dazu noch lange vor allem mit ihrer Schande beschäftigen!«

In der Magdalenenstraße verzögerte Elvira ihren Schritt. Es war eine vornehme Gegend. Ehrfurchtsvoll schaute Elvira die schicken Fassaden empor, mit schönen Erkern und Balkonen. Die Gärten und Wiesen sehr gepflegt. Zur Alster hin alte Villen. Sie dachte: *Ich will sie ja nicht überfallen. Nur einen Moment in ihrer Nähe sein, sehen, wo sie leben.*

Eigentlich reicht es mir schon. Sie hatte mit Isakess nichts abgesprochen. Er wusste nicht, dass sie in Hamburg weilte. Sie war froh, als sie ein kleines Café fand. Eine ältere Frau kam mit einem Packen Kuchen heraus. Ihr Rücken war insgesamt leicht gekrümmt, ziemlich starr, wie es Elvira schien. Den Kopf konnte die Frau nicht völlig senkrecht erheben.

»Ich bin dankbar, dass ich den Kuchen so balancieren und die Sonne wieder sehen kann«, sagte die Frau zu Elvira, als sie das Gefühl hatte, von ihr anteilnehmend betrachtet zu werden, was ihr nicht fremd war. »Morbus Bechterew! Mit Eisenspangen und Schrauben haben die Ärzte meine Wirbelsäule wieder aufgerichtet. Übrigens kriegen Sie den besten Kuchen drinnen weit und breit.«

»Ja, entschuldigen Sie, danke«, erwiderte Elvira. Sie glaubte jetzt, dass die Frau nicht älter war als sie selbst. »Ich werde ihn probieren.« Sie wollte über die Schwelle ins Café eintreten, verharrte dann aber einen Moment und wandte sich nochmals an die Frau. »Als Medizinererfahrene, entschuldigen Sie – ist Ihnen zufällig ein Professor Isakess hier in der Gegend bekannt?«

»Aber natürlich!«, rief die Frau geradezu erfreut aus, »ohne ihn hätte ich die Operation vielleicht nie gewagt! Man wird ja mehr oder weniger zu einem metallenen Flitzbogen umfunktioniert. Professor Isakess hat mich dabei begleitet. Sein Haus ist gut fünfzig Meter hin auf der linken Seite. Er praktiziert aber kaum noch. Er hat ja mit seiner Frau auf seine alten Tage noch ein Töchterchen bekommen. Inzwischen freilich auch fast zwanzig. Ein bildhübsches Kind, wie man es nicht alle Tage sieht. Und noch dazu den beiden Eltern wie aus dem Gesicht geschnitten.« Sie nannte Elvira noch diesen und jenen Vorzug der Isakess', die trotz allem aber sehr bescheiden und zurückhaltend seien. Ihr Mädchen nicht ausgenommen. Nachmittags gehe sie oft zum Sport. Vielleicht habe sie Glück? Sie werde ihr mit Sicherheit auffallen, auch wenn sie sie nicht kenne.

Elvira setzte sich an einen kleinen runden Tisch am Fenster, bestellte ein Stück Aprikosenkuchen und eine Tasse Kaffee. Ein adrettes dunkelhäutiges Mädchen bediente sie. Elvira fiel sofort die junge Kellnerin in ihrem Borstädter Café ein. *Die Mädchen haben schon einen besonderen Reiz,* dachte sie. Dieses schien auf jemanden zu warten. Denn sie lief immerfort zur Tür, schaute in die Richtung, aus der auch Elvira die Isakess-Tochter erwartete. Elvira hatte noch über eine Stunde Zeit, brauchte sich aber nicht lange zu gedulden. Sie erkannte sie auf Anhieb. An ihrem aufrechten Gang. Der Leichtigkeit und Beschwingtheit ihrer Bewegungen. Sie trug einen einfachen Freizeitanzug, hatte sich eine dunkle Wolljacke locker um die Schultern gehängt, da die Sonne noch gut wärmte. Das volle schwarze Haar hatte sie glatt nach hinten gekämmt, in einem Pferdeschwanz gebändigt. In der rechten Hand einen Sportbeutel, aus dem, wie Elvira meinte, ein Hockeyschläger lugte. Sie stand auf und trat einen Schritt zurück in den Raum. Sie umfasste fest die Rückenlehne ihres Stuhls, da ihre Hände zitterten. Das sie bedienende Mädchen hatte offenbar auf dieselbe Dame gewartet. Sie lief hinaus. Die Mädchen umarmten sich kurz, wechselten ein paar Worte. Das half Elvira, sich zu sammeln. Doch sie fühlte ihr Herz unerträglich schlagen. Sie setzte sich wieder, stützte die Ellenbogen auf den Tisch und hielt sich die Hände vor die Augen.

Die Bedienung erschrak, als sie sie so sitzen sah. »Mein Gott, ist Ihnen nicht gut? Eine Kalkwand ist ja farbig gegen Sie!«

»Der Blutdruck ist zu niedrig«, sagte Elvira. »Kennen Sie sich?« Sie machte mit dem Kopf eine Bewegung nach draußen, in Richtung der fortgegangenen Isakess-Tochter.

»Wir sind zusammen zur Schule gegangen«, sagte das Mädchen. »Katia war unsere Schlaueste und Hübscheste. Sie hatte und hat immer Freunde, aber ganz nahekamen weder wir Mädchen noch die Jungen an sie ran. Ich zerrte meine krausen Haare in die Länge, damit sie so schön und glatt würden wie Katias. Ihr selbst schien das nicht wichtig zu sein. Es war aber keine Überheblichkeit, wie man denken könnte, weil sie von der Natur so reich beschenkt worden war. Da ihr das Lernen sehr leichtfiel, half sie oft Schwächeren. Uns kam es manchmal so vor, dass sie uns für Schönredner, für nicht echt hielt. Sie war wie von einem anderen Stern!«

Elvira trank ihren Kaffee aus, stand auf und sagte lächelnd zu dem Serviermädchen: »In Ihrem Alter habe ich mir einmal mit einer Brennschere Locken eingedreht, weil ich fand, dass meine natürlichen nicht genug seien. Sie sind sehr hübsch mit Ihrem krausen Haar.«

Verdutzt schaute das Mädchen Elvira lange nach, als sei ihr zu spät ein anderer Gedanke aufgegangen.

Das schlechte Gewissen, ihrer Tochter zwei Stunden vorenthalten zu haben, diktierte Elvira die Formel: Angriff ist die beste Verteidigung. »Fang bitte nicht wieder mit dieser unsinnigen Geschichte an!«, sagte sie ihrer Tochter als Erstes, nachdem sie zu ihr ins Auto gestiegen war und noch bevor sie sich begrüßt hatten.

Isabella, die »Dame des Fin de Siècle«, mittlerweile also siebenundsechzigjährig und besonders um die Lenden um einige Pfund schwerer, was angeblich an ihrer neuen »ausgesprochen si-itzfä-ästen Liäsong« lag, wartete zu Hause bei Sonny schon auf sie. »Mein gu-utes Ki-indchen!«, sagte sie zu Elvira und küsste sie immer wieder auf die Wangen. Isabella sprach wie eh und je die Vokale lang und weich. Natürlich hatte sie in kluger Voraussicht selbst ein Fläschchen mitgebracht. »Mein Revi-isor in Königsberg trank nur nach Sonnenu-untergang. I-ich genehmige mir am liebsten alsbald nach Sonnenau-aufgang ein Schnäpschen: Es belebt mich, ma-acht mir Appeti-ijt!«

Vergnügt klopfte sie sich auf ihre prallen Hüften, war im Nu bei einem anderen Thema, dann wieder bei dem soeben verlassenen.

»Elvi-irachen, du siehst ja so vermückert aus! Je-ejben sie euch immer noch nich jenuch zu ä-äßen? – Wie viel Mänschen werden in Königsberg verhungert sein, denke ich manchmal. Was war nicht dein Vater für ein prächtiger Kärl! Ist es nun richtig, dass sie fast ein Vierteljahrhundert danach noch keinen von uns in die Stadt hineijnla-assen? Militärisches Sperrgebiet!, heißt es. Als hätten wir nich ein für alle Mal jenuch vom Militär!«

Als Isabella einen Moment Atem schöpfte und Sonny kurz hinausgegangen war, neigte sich Elvira an Isabelles Ohr und flüsterte:»Ich habe ein Engelchen gesehen. Seine göttliche Botschaft: Man wird dich wegen Menschenschmuggels erschießen!« Die sonst schlagfertige Isabella war derart perplex, dass sie kein Wort hervorbrachte, zumal Elvira lächelte und Sonny zurückkam. Sie nahm ihr Taschenspiegelchen zur Hand, dachte noch: *Mein Gott, ist sie kränker als du denkst?* Isabellas Make-up war immer schon etwas zu aufdringlich, glich mit den Jahren mehr und mehr einer Art Kriegsbemalung. Ihr wie eh und je rötlich gefärbtes Haar hatte sie jetzt im Alter mit einem Toupet ergänzt, neuerdings mit einem Stirnband ein wenig gerafft. Gekleidet war sie in Steppjacke und -rock, die Jacke in Blousonform, mit einer asymmetrisch, schräg von der linken Schulter nach unten zur Mitte am Jackenbund verlaufenden Reihe großer Knöpfe als Verschluss. Beides, Jacke und Rock, uni glänzend – lila!

»Alle paar Jahre startet Isabella den ›letzten Versuch‹! Was hältst eigentlich d u davon, Mama?«, fragte Sonja; fuhr jedoch sogleich selbst fort, als sie merkte, dass ihre Mutter ihre Frage womöglich als unerwünschte Anspielung auf den Baron verstand.»Nicht wahr, Isabella, es ist dein dritter Liebster, den du auf die Erlösung vorbereitest?«

»Hör deine Göre an!«, sagte Isabella ohne einen Anhauch von Kränkung zu Elvira und wieder gefasst.»Manchmal ist sie ganz schön fräch! – Weißt es noch nich? Ich habe eine Ma-arktlücke entdeckt, mich selbstständig gemacht. Ich muss nicht mehr nachts irgendwo in verräucherten Lokalitäten herumlungern, mir die betüterten Mannsleute vom Leib halten. Aber mit ei-ijnem nehm ich es noch allemal und ganz gern auf! In den meisten Pflegeheimen werden sie doch sowieso bis zum Tode bloß geschröpft. Na, hat es da so ein alter Herr nich gu-ut bei mir? J-ich bin doch eine ährliche Haut! Und stellt es euch nicht so einfach vor: wenn sie sich dann bepi-inkeln und beka-acksen und einem immer noch an die Wä-äsche wollen ...«

»Nein, Isabella, du bist ein Unikum!«, fiel Elvira, der keine Bedrückung anzumerken war, ihr ins Wort. Die Frauen lachten.

Auf Elviras Wunsch hatten sie sich wieder auf die Veranda begeben. Trudchen-Hermann – in Sichtweite in der Diele – hatten ihnen als Vesper Hefeteigpastetchen mit einer würzigen Hackfleischfüllung, dazu schwarzen Tee und als kleines Dessert frische Erdbeeren mit Schlagsahne aufgetragen. Trudchen wortlos, fast scheu, denn sie empfand Isabella zu laut, zu vereinnahmend und als Frau etwas zu grobschlächtig.

Versonnen blickte Elvira einem Frachtschiff mit Kurs zur Nordsee nach und sagte zu ihrer Tochter: »Wilhelm, deinen Vater, machte das Meer immer sehnsüchtig und traurig. Das Fernweh trieb ihn in Gedanken beständig fort, doch die Trauer um das zu Verlassende daheim hielt ihn stets zurück. Erst heute verstehe ich ihn. Zumal dein Bruder Andreas von ähnlichen Sehnsüchten spricht.«

Sonja schluckte an ein paar Tränen. Denn ihre Mutter hatte just die beiden Männer ihrer Familie angesprochen, zu denen ihre Zuneigung am tiefsten und deshalb auch ihr Verlust, ihre Trennung am schmerzlichsten waren. Isabella sagte: »Ja, diese Welt ist nichts mehr für sensible Naturen. Sie ist zu kapu-utt! Man weiß nicht mehr, ob es vor- oder zurückgeht. Ob man hin oder her will – wo man hingehört. Übrigens habe ich im vergangenen Jahr zufällig einen Schu-ulfreund von Wilhelm getroffen; ich sollte euch grü-üßen, habe es aber wohl vergässen. Er hat eine Tankstelle in Bre-emen – mein voriger alter Herr fuhr mich ja bis zulätzt noch mit dem Auto spaziejren. Er heißt Mund, wie Maule, sagte er, denn so hätten sie ihn immer geru-ufen. Über den Krieg ist er heil gekommen und am Tankstellengeschäft scheint er sich nun gesundzustoßen. Jedenfalls ist er dicker als i-ich! Marie und Reinhard habe ich gleich von ihm erzählt; sie konnten sich noch gut an ihn entsi-innen.«

Elvira schaute, um sich abzulenken, wieder zur Elbe hinunter. Sie spürte, wie sich ihre Tochter schon wegen des bevorstehenden Abschieds quälte. Einen »Maule« kannte Elvira nicht.

»Na ejben – Marie und Reinhard! Sie trauen sich wohl nicht he-er?«, fragte Isabelle ein bisschen provokant.

»Onkel Reinhard ist seit zwanzig Jahren zum ersten Mal auf einer Dienstreise. Die Großmutter fühlt sich nicht so recht auf dem Posten«, wandte Sonja ein und lief hinaus, wahrscheinlich weil sie fürchtete, ihrer Tränen nicht mehr Herr zu werden. Sie kam aber gleich wieder zurück.

»I c h bin ihnen nicht böse«, sagte Elvira, da sie das Gefühl hatte, Isabella sei mit Sonjas Antwort nicht zufrieden. »Ich konnte sie damals nur nicht verstehen. Dass sie nicht das Bedürfnis hatten oder die dumme Furcht vor der ›Ostreise‹ nicht überwanden, um den Mann beziehungsweise Vater zur letzten Ruhe zu betten.«

»Ja, freijlich, i c h wäre gern gekommen und durfte nicht«, meinte Isabella. »Aber glaubst du vielleicht, i-ich gehe noch mit Freujden hin zu den beijden: wo sie nur Maulaffen feilhalten, wie verrückt ich wieder aussehe und mich habe, kaum ein Wort sprä-ächen, weder ein freujndliches noch ein gehässiges. Jeder Besuch bei ihnen bedrückt mich. Mehr als eine Fernsehsendung über Behinderte.«

Isabella unterhielt die Frauen noch eine Weile. Mit Episoden über allerlei Be- und Verhinderungen ihrer früheren Gäste auf St. Pauli. Und wie sie dereinst als »dreijstes Pischwisch-Madamchen« in ihrem Reeperbahnlokal Abhilfe schuf. »Gäld stinkt nich nur nich, Kinder – es desodoriert! Apropos Pipi«, von einem Ausflug mit Reinhard und Marie erzählte sie: »Ach neijn, und ich dummes Aas nehme doch dieses altersschwache Vieh von Hu Wau, Reinhards Hund, auf meinen Scho-oß! Tiere kann man nich betrü-ügen!« Ihre nicht immer gar bald pflegebedürftigen Herren hatte Isabella per Annonce kennengelernt. Sie stellte sich bei jedem darauf ein, das Ende ihrer Tage mit ihm zu verbringen; würde es aber dennoch eben d a r a u f noch ein- bis zweimal ankommen lassen.

Zu dritt fuhren sie in die Stadt. Und die gute Isabella »schlabberte und schnodderte«, wie sie später von sich selbst Reinhard und Marie erzählte, während Mutter und Tochter sich in den Armen lagen und es so schien, als wollten sie nicht voneinander ablassen.

Dann stand Elvira plötzlich allein am Straßenrand. In dem auf und ab wogenden Gedränge der fremden Stadt. Betreten, wie nach einer unzureichend genutzten, verpassten Gelegenheit. Mit dem unbestimmten Gefühl einer Schuld, wie es sie oft bedrückte. Bestürzt von der Unwiederbringlichkeit des Geschehenen. An sich Gewöhnlichen. Die Nähe ihrer Tochter, die sie so viele Jahre ihres Lebens wie einen Teil von sich gewohnt gewesen war!

Sie riss vor dem Großstadttrubel aus. Lief in eine Grünanlage hinein, setzte sich für einen Augenblick auf eine Bank, um vor dem festlichen Empfang die Spuren des Abschieds mit ein wenig Farbe und Puder zu überdecken. *Man gewöhnt sich auch an das Ungewöhnliche,* dachte sie. *Ja, bin ich es inzwischen nicht viel mehr gewohnt, mutterseelenallein zu sein?*

Auf der abendlichen Festlichkeit hatten sie dann gut gegessen und getrunken und freundschaftlich geplaudert. Aber Elvira fühlte sich den Abend über wie ihr eigener Schemen, inmitten einer Gemeinschaft Gleichgesinnter wie ein körperlicher entseelter Geist, weder unvergnügt noch vergnügt.

Weitendorff sagte zu ihr am nachfolgenden Morgen im Zug, dass die westdeutschen Kollegen von ihr sehr angetan gewesen seien, was sie erstaunte. Und er fragte sie, wie es ihr gefallen habe. Elvira antwortete: »Es war wundervoll anstrengend, Fritz. Eine irre Traumfahrt.«

Sie saß am Fenster und lehnte sich an ihn. Ihren rechten Arm untergehakt, den Kopf schräg gegen seine Schulter. Wie halt an einen väterlichen Freund. Weitendorff hatte sich extra für diese Reise einen dunklen Anzug gekauft und wieder einmal einen seiner roten Binder angelegt.

Elvira wäre gern so eingeschlummert. Andreas und Cornelia wollten gestern für ein paar Tage zu Cornelias Eltern in Urlaub fahren, fiel ihr ein. »Von den ersten Strapazen unseres Ärztedaseins erholen!«, hatte Cornelia gemeint. Andreas dagegen pathetisch: »Das große Schöne erst einmal verdauen – sich bewusst machen, Mama!«

Meine Söhne! Die reinsten Idealisten!, dachte sie und schmunzelte. Andreas ist ganz auf Werris Wellenlänge. Der Zug ruckte an, um in den grauverhangenen, kühlen Morgen hinauszurollen. Und Elvira glaubte, ihren Augen nicht zu trauen: Wo kamen sie auf einmal alle her? Aus der Unterführung? Hinter dem Kiosk hervor? Sonja, Marie, Reinhard. Marie und Reinhard beinahe wie ein Ehepaar, in schwarzen Übergangsmänteln und auch sonst dunkel gekleidet wie Trauernde, Marie mit Stock und Hut, klein, in sich zusammengesunken. Reinhard eng an ihrer Seite, die paar weißen Haarsträhnen akkurat quer über dem Haupt, ein ungewisses Lächeln um den Mund – Ängstlichkeit oder frohe Erwartung? Sonny in ihrer Lederjacke mit dem prächtigen Weißfuchskragen, einem zum Autofahren zu engem Rock. Sie spielte nervös mit den Wagenschlüsseln.

Reglos, gleichsam wie ein lebendes Bildwerk zu Elviras Erinnerung, blieben sie stehen, offenbar enttäuscht, sich verspätet zu haben. Und als wagten sie sich nicht, zu winken, sich überhaupt irgendwie zu erkennen zu geben, um Elvira nicht womöglich Unannehmlichkeiten zu bereiten. Oder hatten sie sie noch gar nicht entdeckt? Elvira drehte rasch ihr

Abteilfenster herunter und winkte mit ihrem weißen Seidenhalstuch. Nun kam Sonny hinter dem Zug hergelaufen. Fuhrwerkte mit ihren Armen in der Luft. Marie und Reinhard winkten mit den Händen.

»Dein Clan?«, fragte Weitendorff, als Elvira, tief Atem schöpfend, sich wieder neben ihm niedersetzte.

»Die andere Hälfte!«, antwortete sie.

»Ich habe eine Legende gebraucht, um dich zu entschuldigen; wo du stecken würdest«, sagte er.

»Vielen Dank, Fritz! Es tut mir leid.«

Isabella hat die drei bestimmt überredet!, dachte Elvira. Sie wird gestern zusammen mit Sonny noch zu Marie und Reinhard gefahren sein, um ihnen eine Standpauke zu halten: »Seid fro-oh, dass ihr eine richtige Familie seid! Keine fremden alten Herren zur Gesellschaft nötig habt, die nich mehr wi-issen, ob man ihre Mama, Tochter oder ihr Hausgeist ist. Bä-ässer im Leben gekü-ümmert, als im Tode gereujt!« Sicher machte sich Isabella auch wegen ihr Sorgen und Elvira dachte: *Nicht nötig. Isabella, es ist alles in bester Ordnung! 's ist so, wie es ist ...*

Weich raste der Zug über die Geleise. Vielleicht wird es doch noch schön? Heißt es nicht, auf einen grauen Morgen folgt ein heller Tag?

Hoffentlich trinkt Sonja nicht zu viel. Aber wenn ihr Mann es ihr schon verwehrt? Wenigstens Trudchen und Hermann werden ein Gespür dafür haben, was gut für sie ist. Elviras Blick glitt über die karge herbstliche Flur bis hin zum Horizont. Sonjas »Schnapsidee« kam ihr wieder in den Sinn. Nein, es bleibt ein total verrückter, widersinniger Gedanke! Jakob, auch Thornberg hatte sie geliebt und konnte nicht weg zu ihnen. Irgendetwas hinderte sie immer. Und was bedeutet schon ein bisschen Neigung? Der Baron braucht bestenfalls eine Wirtschafterin, die auch gelegentlichen Schmusereien nicht abhold ist.

Sie stellte sich – und man kann nicht sagen: ohne Genuss – die Reaktionen ihrer Söhne auf Sonnys absurden Einfall vor. Werri im Affekt:

›Ich schieß ihn ab! Rot und schwarz geht nicht, nur im Roman!‹ Andreas besinnlich vorwurfsvoll: ›Dass du bei so einer Verrücktheit mitspielst, Mama!‹ Vielleicht auch einlenkend: ›Warum nicht friedliche Koexistenz?‹ Sie beschloss, ihnen lieber gar nichts davon zu erzählen.

Doch für eine Weile ließ sie nun ihren Gedanken freien Lauf: Wanderte mit dem Baron um den Chiemsee herum. In die bayrischen Alpen. Saß mit ihm vornehm in vornehmen kleinen Gesellschaften. Fuhr in einer noblen Limousine in dunklem Blaumetallic über den Nord-Ostsee-Kanal nach Husum hinüber, von wo Christoph Genth nach dem Kriege an Isabella einmal eine hübsche Ansichtskarte geschickt hatte. Von dem Besitz des Barons am Chiemsee machte sie sich ein ähnliches Bild – weitläufig und pompös – wie von seinem Frohstädter, dachte noch: *Was den Baronen wohl so »träumt«? Es ist eigentlich schlimm, meine Arbeit könnte ich aufgeben, nicht meine Söhne!* Und schlief an Fritz Weitendorffs Schulter ein.

VIERTES KAPITEL

Werri in Aktion

Ausgedehnte Läufe und Märsche hatten sich Werri als ein Ventil bewährt, um seine innere Spannung zu mindern. Ausgepumpt fühlte er sich in entsprechenden Fällen meist besser als ausgeschlafen. Bevorstehende strapaziöse Pflichten hatten an Intensität, überstandene Ärgernisse ihren Stachel eingebüßt.

Er hätte vom Borstädter Bahnhof aus den Bus nehmen können. Als er sein geliebtes, ihm in seiner Lehrzeit so heimisch gewordenes Café verließ, fuhr der Bus gegenüber vor dem Bahnhof gerade ab. Der Fahrer, der Werri gut kannte, hielt noch einmal an. Werri winkte jedoch ab. Ließ sich seinen Zorn nicht anmerken. Stiefelte lieber kraftvoll hinterdrein.

Ein stämmiger Hauptmann. Epauletten und Spiegel seiner Uniform wiesen ihn als Artilleristen aus. Werri wirkte aber als Politoffizier. Im Stab der Artillerietruppen eines Schützenregiments.

Er drehte sich kurz um, um sich zu vergewissern, ob Susanne ihm vom Fenster der Gaststube oder aus der Tür womöglich nachblickte. Vom schlechten Gewissen wachgerüttelt. Doch sie war wie er nicht der Typ, alsbald einzulenken. Immerhin eine tüchtige Frau! Manns genug, eine Horde von Handwerkern so zu dirigieren, dass innerhalb eines Vierteljahres das Café vorgerichtet, ein Gerüst ums Haus emporgezogen, die Fassaden frisch abgeputzt, Dach und Dachrinne ausgebessert waren! Anderswo standen die Gerüste monatelang ungenutzt herum, verfielen lecke Dächer und mit ihnen die Bodengelasse mehr und mehr.

Eine einzelne Fernsehantenne überragte hoch den First des an sich schon hoch liegenden Hauses. Diese Frau wollte es allen tratschsüchtigen, schadenfrohen Borstädtern beweisen: ›Jawohl, ich bin nur eine sitzen gebliebene Kaffeehauswirtin! Jawohl, ich habe ein schwarzes Töchterchen! Zerfetzt euch die Zungen, von wegen ich sei ein loser Vogel! Wer noch kann so hoch hinaus wie ich? Gibts bei mir nicht den besten Kaffee weit und breit? Gratis ein tadelloses Fernsehbild in Farbe? Wo in der Stadt noch einmal solch schmucke Stübchen wie in einem Wiener Café? Und nicht zuletzt solch schmucke Damen wie uns – ihr Scheinheiligen! Mokiert euch über meine Jugendsünde und hofft, vor Geilheit selbst zum Sündenfall zu werden.‹

Das Stück Weg von der Einmündung der Bahnhofstraße in die Karl-Marx-Städter Straße, dann außerhalb weiter in der Karl-Marx-Städter Allee, die südlich zur Limburger Allee wurde, legte er im Dauerlauf zurück. Koppel und Mütze in den Händen. Er war kein schneller, aber dank seiner Kraft ein zäher Läufer. Von muskulöser Statur; allerdings mit einer Neigung zur Beleibtheit, die er erst in letzter Zeit, auch mithilfe seines wöchentlichen Laufpensums, in halbwegs unauffälligen Grenzen zu halten vermochte.

In der Allee kamen ihm Fußgänger entgegen. Werri kleidete sich wieder korrekt. Schritt zügig aus. In Höhe des Limburger Kreiskrankenhauses wurde ihm bewusst, dass sein Bruder seit einigen Wochen Arzt war. Er hatte es völlig vergessen. *Warum bloß ausgerechnet Nervendoktor?*, fragte er sich. Wurden nicht genug Chirurgen, Orthopäden, Internisten gebraucht?

Er nahm sich jedoch vor, Andreas gelegentlich einmal in seiner Klinik aufzusuchen. Es war die entgegengesetzte Richtung. Er könnte an Andreas' Klinikum in Myhlen aus dem Borstädter Bus aussteigen und nach Stippvisiten bei Mutter in Borstädt und Bruder in Myhlen die rund zehn Kilometer bis zur Kaserne laufen. So hätte er zwei Fliegen mit einer Klappe geschlagen. Für familiäre Bande fehlte ihm nach wie vor etwas der Sinn. Was ihn neuerdings mitunter nachdenklich machte: In seinem Alter heiratete manch einer zum dritten Male! Als er vor zwei Jahren von seiner

Versetzung aus dem Schweriner Raum ins sächsische Myhlen-Chora erfahren hatte, war ihm im ersten Moment absolut nicht klar gewesen, dass man ihn sozusagen in seine zweite, engere Heimat zurückbeorderte. Westlich und südlich von Myhlen, Chorsdorf, Lunzen lag sein wortwörtlich neues Objekt praktisch einen »Katzensprung« von Borstädt entfernt.

Gott sei Dank weit genug, dass er über seine Freizeit selbst verfügen konnte. Obgleich er noch in der Kaserne wohnte, erst im nächsten Jahr für ihn eine kleine Neubauwohnung in der Nähe ihres Objektes vorgesehen war.

»Salvo errore!« Eine auf den Ehebund bezogene Wendung eines jungen, offenbar des Lateinischen mächtigen Genossen, der erst vor wenigen Wochen aus dem Transportzug des Regiments als Kraftfahrer in den Artilleriestab abkommandiert worden war. Werri und der Fahrer hatten sich zu Mittag im Lkw nach Borstädt aufgemacht, um für zwei renovierte Klubräume ihres Artillerieblockes ein paar Bilder und Grünpflanzen und für die an der Erneuerung der Räume beteiligten Soldaten Bücher, Briefpapier und andere kleine Geschenke einzukaufen. Während der Fahrt hatten sie unter anderem übers Heiraten debattiert. Im Anschluss an ihre Besorgungen bat dann der Genosse Gefreite, einen kranken Onkel im nahen Limburg besuchen zu dürfen – und Werri hatte großzügig zugestimmt und die Gelegenheit gern genutzt, zu der kerngesunden, für ihn immer noch mit allerhand Reizen ausgestatteten Susanne ins »Café am Bahnhof« zu eilen.

Irrtum vorbehalten! – F ü r c h t e t e er, sich zu irren? Auf die Ehe zu wenig vorbereitet zu sein? Auf »ewigen Bund« – Gebundenheit! Widersprach sie seiner Lebensart? Rein vernunftmäßig hatte er in den vergangenen fünf Jahren schon mehrfach gesagt, dass es mit über dreißig auch für ihn nun langsam an der Zeit sei, eine eigene Familie zu gründen, sich von verbissen heiratswilligen Damen jedoch stets ohne viel Bedacht wieder gelöst.

Wo die Straße sich kurvenreich und baumlos durch das hügelige Land zog und ihm nur noch selten ein Fahrzeug begegnete, lief er wieder in gemächlichem Trab. Der Zorn brandete neuerlich in ihm auf. Zuerst diese irrsinnige Karte seiner Mutter! »Es umarmen dich herzlich Mama, Sonja und Isabella.« Ach, wie zauberhaft! Welche familiäre Herzlichkeit! Als hätten dort im Westen alle guten Geister sie verlassen; wo sie genau wusste, dass er weder über Post noch sonst wie Verbindung haben durfte! Und dann der Affentanz mit Susanne: Diejenige, die er g e r n umarmte, gab ihm einen Korb!

»Wann heiraten wir denn nun eigentlich, mein Hauptmännchen?« Eine Angelegenheit, die er vor fünfzehn Jahren zwischen ihnen ausgeräumt glaubte! »Habe ich da einen Fussel an der Wade oder kriegst du die Schüttellähmung, du Guter?« Sie ging einen Schritt von ihm weg.

»Ich bin ein Mann zum Lieben, nicht zum Ehelichen, Susannchen!«

»Ha, was du dir nicht einbildest, du hochmütiger Kanonier, als ob d a s die Seligkeit wäre!«

Werri legte an Tempo zu. Er musste regelrecht dampfen, dann würde ihm besser. Er hatte mit dem Gefreiten vereinbart, dass er ihn an der Limburger Stadtgrenze wieder einsammelte. Über die Fernverkehrsstraße kamen sie schnell zurück nach Norden zur Kaserne. *Wenn Frauen wie Susanne auf die fünfzig zugehen, bekommen sie ihre Schrullen!*, dachte Werri.

Mit seiner Versetzung in die Gegend hatte seine Mutter wohl die Illusion gehabt, ihn beinahe an jedem Wochenende zu sehen. Eine Hoffnung, die sie jetzt bezüglich Andreas und dessen Freundin hegte. »Ärzte müssen mehr als andere heute in die Bücher schauen, Mutter, um sich weiterzubilden – und darüber hinaus sind die beiden jungverliebt, werden also genug mit sich zu tun haben«, hatte er ihr im Sommer angesichts ihrer geplanten regelmäßigen Familienzusammenkünfte vorsichtig geantwortet. Seine Mutter hatte verständig genickt. Schon oft hatte er sich gewundert, wie sie ohne Probleme von einem Standpunkt auf den anderen umschwenkte. Vielleicht machte das ihre Beliebtheit aus? Jene Zuneigung, die ihr von allen Seiten entgegengebracht wurde. Von einem Mann wie diesem Baron oder von Weitendorff. Selbst der Großvater war ihr mit Respekt begegnet, obwohl er gespürt haben musste, dass nicht nur sein Sohn Wilhelm, unser Vater, um sie geworben hatte. Oder gerade deshalb dieser Respekt? Sie selbst schien es nicht zu merken. Sie irrte aber, wenn sie glaubte, auch ihre Kinder merkten nichts. Ende der vierziger und in den Fünfzigerjahren war sie mitunter einen Tag, zwei Tage weggefahren. Zu Großmutter, zu Freunden. Nach Hamburg? Nach Berlin? Sie brachte rare Lebensmittel und kleine Geschenke mit. Seine damals sich noch unterordnende Schwester und er hatten allerdings unterschiedliche Theorien zu diesen Ausflügen. Für die schwärmerische Sonja war Liebe im Spiel. Mutters jedes Mal eher aufblühende als welkende Schönheit als Beweis! Einmal verstieg sich Sonja zu der Vermutung: »Wir kriegen ein Geschwisterchen!« Doch für ihn war es weniger das Äußere ihrer Mutter, was sie für so gegensätzliche Menschen interessant machte. Woher wusste sie von Dingen, die sie selbst nirgendwo studiert haben konnte? Hatte sie womöglich kluge Auftraggeber? Trieb ihre Mutter still und beherzt ein Doppelspiel?

Werri schwitzte und wurde immer schneller. Vielleicht finden Andreas und seine Freundin zu Mutter einen guten Draht? Andreas war anhänglicher als er. Mit wuchtigen, weit ausholenden Schritten stürmte er am Rande der Landstraße dahin. Seine Arme bewegten sich rhythmisch und schwungvoll, wie die Pleuelgestänge einer Dampflok. *Der Körper ist tatsächlich wie eine Maschine,* dachte er. *Häufiger Stillstand führt eher zu Störfällen als unentwegte Rotation!* Am Ende hätte e r sich noch als Schuldiger gefühlt: Lüstling, ohne Herzensneigung, nichts weiter als eine Kognakpumpe im Leib, zu egoistisch für die Ehe!

Die ersten Häuser von Limburg-Unterlaura waren zu sehen. Werri fühlte sich gut, wenngleich ihn weiterhin ein unbändiger Drang zur körperlichen Tat beherrschte. In Mußestunden las er gern. Bastelte Schiffsmodelle: Roll-on-Roll-off-Katamarane, Torpedoboote, visionäre Tragflügelschiffe, Unterwasserfrachter … Auch nachgebildete Granatwerfer und 107-mm–Kanonen zierten ein Bord in seinem Zimmer. Eine Leidenschaft, die er in der Offiziersschule von einem Freund angenommen und seither beibehalten hatte.

Ein Lkw überholte ihn, bremste scharf. Der Fahrer hupte. Als Werri unverwandt an dem Fahrzeug vorbeilief, schaltete er das Licht ein, denn es dämmerte bereits.

»Was ist das für eine Art, Genosse Paulus?«, rief Werri zu dem Gefreiten am Steuer hinauf. »Ich denke, ihr seid ein wohlerzogener, gebildeter Mensch, lest die Heilige Schrift!« Er stieg zu ihm ins Auto. »Einen Polithauptmann hupt man nicht einfach so an. Er ist wie euer berühmter Namensvetter ein Apostel, wiewohl Diener der Arbeiterklasse und auserwählt, zu predigen den Marxismus!«

»Ich bitt auch schön um Entschuldigung!«, antwortete schmunzelnd der Soldat; ein Blondschopf mit noch weichen Gesichtszügen und Muskelpaketen wie ein Ringer. »Aber da hinter uns ist ein Gewitter im Anmarsch, Genosse Hauptmann – und es heißt, Sie seien einer von den ganz ›Humanen‹, verzeihen Sie das Wort, vor dem man nicht immerzu ›Männchen‹ machen und irgendwelche profanen Dinge herbeten müsse.«

»So, sagt man das? Da irrt man: Ich bin einer von den Unerbittlichen; ihr werdet 's schon noch am eigenen Leibe erfahren, lieber Paulus!«, entgegnete Werri, dem sein feurig geführter Streit mit Susanne immer noch auf der Seele brannte.

»Pau l u s c h , nicht -lus bitte, Genosse Hauptmann!«

»Ah, ja: Sind Strenge und Charakterfestigkeit in unserem Kampf nicht am Platze, Genosse Paulusch? Wo wir es doch mit einem hart gesottenen, unverbesserlichen Gegner zu tun haben!«

»Gewiss, Genosse Hauptmann! Die Christen sagen allerdings: ›So jemand auch kämpft, wird er doch nicht gekrönt, er kämpfe denn recht!‹«

»Siehst du, sie haben früher schon gerechte von ungerechten Kriegen unterschieden! Gut, sehr gut! Ich war immer der Meinung: Ein guter Christ ist auch ein guter Kommunist!«

»Ja, gewiss, Genosse Hauptmann, nur, entschuldigen Sie: gerecht und ungerecht relativieren sich im Atomzeitalter von selbst.« Der Soldat stellte den Scheibenwischer an, denn ein Ausläufer der Gewitterfront hatte sie mit böigen Schwaden bereits erreicht. »Ist deshalb heutzutage nicht wieder mehr eine Haltung gefragt, zu der wir schon in der Bibel aufgerufen sind: Ergreifet den Schild des Glaubens, den Helm des Heils und das Schwert des Geistes!«

»Jawohl, beten Sie, Genosse Paulusch, beten Sie! Wenn es Ihnen hilft, hilft es auch uns!«, meinte Werri, die ineinander verschlungenen Hände beinahe flehentlich erhoben. »Ansonsten bin ich natürlich skeptisch, dass derlei Schilder und Schwerter allein genügen. Die Kirchenfürsten im Übrigen wohl auch, schließlich hielten sie grausame Methoden wie die der Inquisition ebenso vonnöten wie unredliche Konkordate, Dekrete. Ist im Gegensatz dazu unser Kampf für soziale Gerechtigkeit und Freiheit nicht überaus r e c h t , Paulusch? Und die Theologie der Befreiung eine im Grunde überfällige zeitgemäße Reaktion?«

»Kann schon sein, Genosse Hauptmann! Wäre jedenfalls schön, wenn man mit allen so wie mit Ihnen über solche Fragen reden könnte.« Er fuhr rechts an den Straßenrand heran und hielt unmittelbar vor dem Ortseingangsschild an. »Mir fällt gerade etwas ein. Eine Sekunde bitte, Genosse Hauptmann!«

Eilig, mit hochgezogenen Schultern lief er durch den Regen nach hinten zur Ladefläche, kletterte hinauf, und Werri verfolgte durch das rückseitige Fenster im Fahrerhaus, wie er mehrere Taschenflaschen, die er offenbar nach ihrer Trennung irgendwo gekauft und einstweilen lose zwischen den Geschenkartikeln und Utensilien für ihre Klubräume verstaut hatte, nun unter einer Zeltplane versteckte. Als er verdattert aufblickte, weil er an die Möglichkeit, beobachtet zu werden, augenscheinlich nicht gedacht hatte, gab Werri ihm ein Zeichen, ein Fläschchen mit nach vorn zu bringen.

»Sieh an, der Paulusch!«, sagte er. »Ich dachte, na, sein alter Oheim wird wohl eine junge Muhme sein. Aber es war anscheinend bloß eine Schnapsemma!« Er drehte die Flasche in seinen Händen hin und her, reichte dem sichtlich verlegenen Fahrer, großzügig berechnet, einen Geldschein hinüber, monierte weiter: »Kirsch-Whisky – das also ist eure Freizeitbeschäftigung! Haben Sie eigentlich ein Hobby, Paulusch?«

»Die Tiere, Genosse Hauptmann! Meine Eltern sind Bauern, und ich möchte gern Tierarzt werden. Ich habe mich deshalb auch für drei Jahre verpflichtet. Und die Kurzwelle, Genosse Hauptmann! Zu Hause kurbele ich von früh bis spät alle Frequenzen durch. Freue mich riesig, wenn ich weither, aus Australien oder Südamerika beispielsweise, einen Sender erwische. Mit nichts anderem als einem gewöhnlichen Rundfunkempfänger. Und zehn Meter Draht! Von meinem Zimmer bis zu unserem Kirschbaum im Garten. Ich habe eine Korrespondenz in alle fünf Erdteile, Genosse Hauptmann! Nur nach Antarktika noch nicht!«

»Interessant!«, sagte Werri und nahm erst einen kleinen, dann einen größeren Schluck aus der Flasche. »Ja, das lässt sich trinken. Auf der Offiziersschule nannten wir so was ›Artilleriefeuer‹! – Fahren Sie gern nach Hause, zu Mutter und Vater, Paulusch? Oder nur zu Ihrer Rundfunkkiste?«

»Wir sind alle sehr familiär eingestellt, Genosse Hauptmann, gern zusammen.«

»Ja? Hm! Aber was man mit so einer Antenne alles machen kann! – Da kommt mir doch eine Idee, lieber Paulusch!« Werri streckte sich bequem aus, stemmte seinen rechten Fuß gegen den Haltegriff an der

Handschuhablage und sagte nachsinnend: »Stellt euch vor, ihr säßet als ein etwas privilegierter Gast allein im Hinterzimmer eines feinen Cafés. Die Wirtin umgarnte euch ein wenig. Wäre Ihnen das unangenehm, Paulusch? Natürlich nicht! Plötzlich kriegt sie aber einen Rappel! Platziert einen Haufen Teenager um Ihren Tisch herum. Die für ihre dunkelhäutige Tochter schwärmen und just zu dieser Stunde ihrer Schwärmerei Luft zu machen gedenken, indem sie sich zu wilder, ohrenbetäubender Rock-'n'-Roll-Musik buchstäblich um Sie herum schaukeln und rollen. Eine Provokation! Nicht wahr? Na also, Sie verstehen mich. Sie sind Soldat! Nicht irgendjemand! Tragen ein Ehrenkleid! Nun gut: Sie lassen die Meute eine Weile hampeln und plärren, wollen dann bezahlen und gehen. Aber man bringt Ihnen keine Rechnung!«

»Unerhört!«, sagte der Soldat, während Werri sich neuerlich einer Salve Artilleriefeuer aussetzte. »Kann ich losfahren, Genosse Hauptmann? Der Regen wird immer stärker und bald so dicht sein, dass er uns die Sicht nimmt!«

»Uns nicht, lieber Paulusch, uns nicht! Warten Sie noch! Wir lassen uns nicht die Augen verkleistern: ›Links den Kurs, geradeaus den Blick!‹ Nicht wahr? Ein altes Lied der Proletenkinder.«

»Die Kaserne liegt aber rechter Hand, Genosse Hauptmann, entschuldigen Sie!«

»Paulusch! Sie sind doch nicht etwa ein Verkappter? – Abstraktion ist Ihnen doch nicht fremd? Sie glauben, wie ich annehme, an die Auferstehung? Gibt es etwas Abstrakteres!«

»Ich weiß nicht, Genosse Hauptmann, aber wenn Sie mich so fragen: Ist der Kommunismus nicht eigentlich ebenso abstrakt? Wird es das je geben: ›Jeder nach seinen Fähigkeiten, jedem nach seinen Bedürfnissen‹? Soll ich jetzt losfahren, Genosse Hauptmann?«

»Einen Moment noch! – Ja, wahrhaftig, schwer, aber immerhin k o n k r e t vorstellbar ist er, der Kommunismus, lieber Paulusch. Und man kann etwas dafür tun!« Die versonnene Art, in der Werri den Satz ausklingen ließ, erweckte ganz den Eindruck, als habe er gerade jetzt noch überaus Konkretes vor.

»Unser Dorfpfarrer schrieb meiner Schwester vor Jahren in ihr Poesiealbum«, entgegnete indes Paulusch. »Lasse dich nicht verführen! Böse Geschwätze verderben gute Sitten. Deine Sitte aber sei der Glauben! Es wird gesät ein natürlicher Leib und wird auferstehen ein geistlicher Leib. So ist unser Tod verschlungen in den Sieg. Und unsere Auferstehung eine Hoffnung, die uns im hiesigen Leben ein tägliches Auferstehen, Sich-Erkennen, Sich-Läutern bedeute – eine tägliche Aufforderung zur humanen Tat!«

»Bravo! Großartig!«, schrie Werri, um einen plötzlich über sie hereinbrechenden Donnerschlag, das anschwellende Grollen und Tosen zu übertönen. Er riss dem verdatterten Gefreiten die Hände vom Lenkrad. Führte sie ihm jedoch sogleich wieder behutsam ans Steuer zurück, rief: »Jawohl, fahren Sie los, Paulusch, fahren Sie! Aber retour! Ich sagte es doch: Ein guter Christ ist auch ein guter Kommunist! Hat nicht schon Luther das Evangelium sozialistisch gedeutet – den Menschen zum L e b e n befreit? Die T a t ist es, was uns eint! Und die Herrlichkeit unserer Zukunftsvisionen!«

Sie rasten durch den peitschenden Regen zurück. Passierten jetzt den kürzeren Weg von Norden über die hiesige Myhlener Allee nach Borstädt hinein. Über ihnen Gedonner und Geblitz. Behäbige blauschwarze Wolkenfelder. Einmal war in der Ferne Andreas' Klinikum wie eine Feuerfestung im Blitz aufgeflammt. Der Soldat schaute konzentriert geradeaus. Nur hin und wieder wandte er den Kopf leicht zur Seite, als warte er auf eine Erklärung, einen Befehl.

Werri goss Öl ins Feuer seiner gekränkten Seele. Die fast leere Flasche steckte er sich in seine Brusttasche, drückte sie sich mit der Hand gegen das Herz und sagte: »Sehr richtig, Genosse Paulusch, sehr richtig:

Das böse Geschwätz verdirbt unser Leben. Warum können die Menschen alten Hader nicht begraben? Warum verlangen sie immer wieder Unmögliches voneinander? Zanken, fordern, drohen. Ob Weib, ob Mann! Ob Kneipwirtin, ob Papst! Ja, Papst, lieber Paulusch: Eure Piusse, scheint mir, waren auch von der Sorte. Weshalb soll ein braver Katholik, wie ihr es seid, exkommuniziert werden? Bloß weil er sich zum Kommunismus bekennt! Eine Teufelei! Gilt als Heiliges Offizium auferlegt: per Schrift, per Kanzel, per Äther!«

»Es gibt ja schon die ›Kirche von unten‹, Genosse Hauptmann! Sie wird für Reformen sorgen!«, bemerkte der Soldat.

»Umso besser, Paulusch, umso besser! W i r müssen aber nach oben: unters Dach! – Ja, nur noch die Bahnhofstraße hinauf! Folgendes: Ich habe Ihnen vorhin nicht zu Ende berichtet, Genosse Paulusch«, sagte Werri jetzt mit betont ernsthafter Miene, aber in deutlich angeheitertem Tonfall. »Ich erzählte Ihnen von der jugendlichen Meute im Café: Nun, sie wurde ebenso schnell müde oder doch unlustig, wie sie auf getanzt hatte. Ich fühlte mich erleichtert, entschloss mich, noch ein Bier zu trinken. Einer der Bengel stellte auf Wunsch der Teenagerschar den Fernseher an. Zunächst hielt ich es für ein harmloses Jugendtreffen, was man uns da präsentierte. Als ich merkte, dass es westlicher Flimmer war, der mir den Aufenthalt in der Kaffeestube nun neuerlich vergrämte, versuchte ich, mich auf mein Bier zu konzentrieren und die Wirtin oder ihre Tochter endgültig zum Abkassieren heranzuwinken. Es lässt sie kalt. Sie kommen nicht. Dafür aber über die Mattscheibe plötzlich heißmacherische Töne. Ich denke, ich sehe nicht richtig: Schaue in das pomadige Gesicht eines alten Krautjunkers – aus meiner Heimat, Paulusch! Um ihn herum junges Volk in Ihrem Alter! Irgendeine Zusammenkunft des ›Jugendbundes der Heimatvertriebenen‹, so ist zu vernehmen. Kerlchen und Julchen, die nie eine andere Heimat als ihre heutige westdeutsche kennengelernt oder in sich aufgenommen haben! Einige von ihnen, wie

Statisten in einer makabren Szenerie, in östlich angesiedelte Trachten hineingesteckt. Und vornehme ergraute alte Herren vom Schlage dieses Barons machen ihnen fernes Land schmackhaft!«

»Ein Wahnsinn!«, sagte der Soldat und lenkte das Fahrzeug ungewiss der Absichten seines Vorgesetzten, aber dennoch entschlossen, in die Bahnhofstraße.

»Es war nur das übliche, üble Gewäsch, lieber Paulusch, das man sich freilich keine Minute lang ohne Herz- und Kopfschmerzen anhören kann. Natürlich wollten sie keine n e u e r l i c h e ›Vertreibung‹, eine sei schon genug, doch die Ostverträge seien keine Grenzverträge, und die Jugend müsse in einem geeinten Europa selbst frei bestimmen können, wo sie sich niederlassen möchte und so weiter. Das Hinterhältige daran ist ja, dass sie mit diesem friedlich scheinenden Geplärr nichts anderes als Krieg predigen! Von Aussöhnung reden, im selben Atemzug aber im Namen der historischen Wahrheit Forderungen erheben. Denn wie soll ihr Recht auf Heimat wohl verwirklicht werden? Welche deutsche Jugend möchte heutzutage, geschweige denn in hundert Jahren, an der Weichsel oder am Pregel siedeln, wo bekanntlich Polen und Russen sesshaft geworden sind? Vielleicht passierts sogar einmal, Paulusch? Wenn die Welt s o z i a l i s t i s c h ist! Aber eine ›europäische Friedensordnung‹, die dies ermöglichen soll, ist für mich: ein Hirngespinst! Politischer hinterhältiger Mischmasch! Und dabei verschlingen sie fette Eisbeine, leeren ihre Bierhumpen! Wie im Vorgefühl auf böhmischen Pilsner und ostelbischen Schlachtfesten!«

»Die ›Werke des Fleisches‹, Genosse Hauptmann!«, stimmte der Soldat empört zu – wenn auch wie ein verschmitzter Seelenhirte, dem Werris Alkoholatem plötzlich in die Nase gestiegen war. »Als da sind: Ehebruch, Hurerei, Zorn, Zwietracht, Rotten, Hass, Saufen, Fressen und dergleichen; sie werden uns das Reich Gottes nicht bringen. Die Frucht aber des Geistes ist Liebe, Freude, Friede, Geduld, Sanftmut, Güte … – ich habe mich manchmal schon gefragt, Genosse Hauptmann: Ein neues Zeitalter hat angeblich begonnen, aber wurde nicht auf alte Art Frieden gestiftet?«

»Alte Ungerechtigkeiten wurden behoben, Paulusch! Vorpostenland requiriert! Das mag wehtun. Dürfen wir uns beklagen? Sanftmut und Güte für Mord und Raub? – Nein, nein, lieber Paulusch: Es gelüstet diese Barone und ihresgleichen selbstverständlich nach wie vor nach dem Fleische, aber sie haben d i e s e s im Grunde schon längst abgeschrieben; trotzdem halten sie ihr Süppchen am Kochen: Es ist das Werk bösen Geistes – des Antikommunismus, Paulusch!«

Sie fuhren auf dem Bahnhofsvorplatz ein und Werri sagte: »Jetzt langsam bitte, vorn in Höhe der Apotheke umlenken und halten! – Wunderbar! Ja, da, schau hin, das Fenster hofseitig, im Hinterzimmer des Cafés – die Jugend tanzt wieder ein bisschen. Der Fernseher ist aus! Es hat sie vorhin auch gar nicht interessiert, was gesendet wurde; sie wollten eine Geräuschkulisse, weiter nichts. Als ich sagte: ›Ich denke, ihr seid ebenfalls dafür, dass ich diesen Zirkus beende‹, widersprach niemand. Aber die Wirtin versperrte mir den Weg, verlangte: ›Der Fernseher bleibt an! Hier befehle ich!‹ Eine Infamie, nicht wahr, Paulusch? Ja, wir verstehen uns. Nun schau mal da hoch zum Dach: Ein imposantes Antennchen, findest du nicht auch? – Wäre es also nicht eine echte Friedenstat …?«

»Ich weiß nicht, Genosse Hauptmann. Es heißt in der Bibel: ›So jemand meine Stimme hören wird und die Tür auftun, zu dem werde ich eingehen und das Abendmahl mit ihm halten.‹ Ich glaube, die Menschen müssen viel m e h r miteinander reden, nicht weniger; und sei's über Fernsehkanäle hinweg. Einer weiß nichts vom anderen. Jeder kümmert sich nur um sich. – Ists ein Befehl?«

»Nein, eine Haltung! Wider das Böse! Dem g u t e n Geist bleibt Tür und Tor geöffnet! Sag's frei heraus, Paulusch, wenn eine innere Stimme dich abhält! Ich steige auch allein hinauf!«

»Nein, Genosse Hauptmann, das kommt nicht infrage!«, entgegnete der Soldat nun entschieden, als fühle er sich bei seiner Mannesehre gepackt. »Wir Christen halten zwar unser Gottvertrauen für den besten Schutz gegen alle Bösewichte. Doch es steht auch geschrieben: ›Trachtet nach dem, was droben ist, nicht nach dem, was auf Erden ist!‹«

»Werkzeug und eine Zeltplane, Paulusch! Zack, zack!«

Sie stießen mit dem Lkw noch ein Stück zurück. Bis vor die Berufsschule. Wo sie – vom Café aus nicht mehr zu sehen – parkten. Dann liefen sie durch den strömenden Regen zum Haus. Gelangten unbemerkt über den Hof, durch den Treppenflur auf den Dachboden.

Eilig, gleichwohl gemessen und alsbald von einer seltsamen Ausgelassenheit erfüllt, gingen sie zu Werke. Die hoch aus dem Dach ragende Antenne war mit ihrem Mast an einem Sparren, einer der Dachstuhlsäulen, mehrfach verschraubt. Sie mussten einige Dachziegel aus ihrem Verbund lösen, um an dem herabgesenkten Dipol besser hantieren zu können. Der Regen dröhnte gegen das Dach, schlug ihnen ins Gesicht. Durchnässte ihr Haar, ihre Blusen. Werri hatte sein Fläschchen leer getrunken. Er trällerte die Melodie von »Alle Möpse bellen« vor sich hin. Der Soldat sagte: »Denn was sichtbar ist, das ist zeitlich; was aber unsichtbar ist, das ist ewig!«

»Nicht bei uns, lieber Paulusch, nicht hier – zumindest nicht heute!«, hielt Werri ihm entgegen.

Unter dem Dach waren scheinbar regellos kreuz und quer an den Pfetten, Stielen und Streben noch etliche Antennen montiert. Und schon machten die beiden sich auch darüber her. Füllten ihr Zeltplanensäckchen mit Direktoren. Reflektoren …

»Ja! Jetzt fühle ich mich wieder ausgezeichnet! Wie neugeboren, Paulusch!«, meinte Werri. Ein Blitzstrahl zuckte über ihnen am Dachfenster vorüber.

»Potz Wetter!«, flüsterte der Soldat; halb erschrocken zum Himmel, halb an Werri gewandt. »So lasset uns Gutes tun an jedermann! Allermeist aber an des Glaubens Genossen!«

Werri sang, leise und beschwingt, der Soldat stimmte ein – und so fuhren sie, später heil im Auto, fort:

> »Noch ein Ochsenköpfchen, noch ein Ochsenköpfchen
> in das kleine Henkeltäschchen!
> Oh, Susanna, du hast da
> aah! – 'nen Leberfleck,
> oh, Susanna, der Leberfleck
> muss weg!«

Streit um ein nicht vorhandenes Haus

»Keine schönere Krankheit in meinen Augen als das Heimweh!«, sagte Andreas.

Cornelia umarmte und küsste ihn. Sie reichte ihm nur knapp über die Schultern und zog seinen Kopf ein Stück zu sich herab. Andreas rekelte sich an ihren runden Brüsten, umfing mit beiden Armen tief in der Hüfte ihren wendigen Körper, sodass sie ihn zärtlich schalt: »Du sollst nicht immer gleich die Hand statt des kleinen Fingers, Sturm wollen, wenn ein Windchen weht – du Lieber! Ich bin so froh, dass du mit mir mitgereist bist. Diese blöde Dissertation für ein paar Tage beiseitegelegt hast. Meine Eltern können dich gut leiden. Du ahnst gar nicht, was sie alles für uns tun würden, wenn sie uns häufiger zu Gesicht bekämen. Mich hast du also fürs Erste auskuriert! Aber du sprachst wohl gar nicht als Arzt, sondern als Patient?«

»Es sind Worte eines gewissen Hamann«, antwortete Andreas. Hand in Hand gingen sie weiter, den Blick über den See zu seinem jenseitigen bewaldeten Ufer. Zwei Männer, offenbar Fischer, wirtschafteten in einem Boot herum. Bald nach dem Frühstück waren sie zu ihrer Wanderung aufgebrochen. Von Bollendorf, wo Cornelias Eltern Tür an Tür mit dem Bürgermeister des Ortes in einem hübschen, an seiner Südfassade von wildem Wein bewachsenen Reihenhäuschen wohnten. Über Luckow nach Oberhain. Dem Wendepunkt ihres nicht gerade kurzen, aber für sie doch noch gemütlichen Fußmarsches.

»Goethe hat diesen Hamann einen ›Magus aus Norden‹ genannt«, sagte Andreas. »Er muss ein Mystiker gewesen sein, ein eigenbrötlerischer Typ: unentwegt tiefsinnig Abstruses, Bedenkenswertes, Unwahrscheinliches aus seinem schlauen Kopf hervorzaubernd. Aber hat der karge, spröde Norden nicht sowieso weit mehr Magisches an sich als der exotisch bunte Süden? Ich wäre nie von der Rostocker zur Leipziger Universität gewechselt, wenn meine Mutter mich nicht indirekt darum gebeten hätte; direkt hätte sie es nie gefordert. Dass ich sie dann trotzdem nicht viel häufiger zu Hause besuchte, liegt an dir.«

»Nein, es wäre nie anders verlaufen; auch wenn wir uns nicht kennengelernt hätten«, behauptete Cornelia. Legte sich kess ihr schulterlanges braunes Haar hinter die Ohren, blähte ihre ohnedies breiten Nasenflügel – die sie trotz Andreas' gegenteiliger Versicherung als einen körperlichen Makel empfand – und erhob herausfordernd ihr Haupt: »Weil du nämlich ein Alles-oder-nichts-Mensch bist – wie die meisten Männer!«

Schon umarmte und zärtelte sie ihn wieder, als wolle sie ihn bitten, ihre Worte nicht zu absolut zu nehmen. Ließ nun selbst ein bisschen Sturm aufkommen. Ein Fischadler ging auf den See nieder, um einen müden Karpfen zu schlagen. Zweihundert Meter entfernt sprangen kleine silbrige Fische quicklebendig ins wärmende Sonnenlicht. Cornelia und Andreas sahen und hörten eine Weile lang nichts um sich herum. Ein Eichelhäher warnte in einer nahen Kiefernwaldung vor irgendeiner

Gefahr. Aber die beiden standen unbekümmert und allein, gleichsam in sich vertieft, auf der schmalen Straße, die am See entlang in die Ortschaft Oberhain hineinführte.

Cornelia flüsterte Andreas ins Ohr: »Ich habe noch eine Überraschung für dich!«

»Sag nicht, dass meine Mutter bei uns Station macht! – Sie kommt heute aus dem Westen zurück!«, fügte er hinzu, da Cornelia ihn unverständig anschaute.

Noch perplex antwortete sie: »Wenn sich s o die Liebe der Söhne zu ihrer sich nach ihnen verzehrenden Mutter gestaltet, möchte ich lieber keine gezeugt haben!«

»Wir lieben unsere Mutter«, sagte Andreas, wie um sich und seinen Bruder auf der Stelle zu rechtfertigen. »Sie hat es aber verpasst, sich für die beschaulichen Jahre des Alters einen Liebsten zu angeln, der sie das Alleinsein vergessen macht. Ein Sohn ist ein schlechter Ersatz. Weil er auf Wehleidigkeit nur mit Verdrossenheit reagiert – statt auf Beglückung zu zielen.«

»Pfui! Du solltest dich schämen, derart von deiner Mutter zu reden!«, sagte Cornelia und trommelte ihm nicht sehr nachdrücklich mit ihren Fäusten gegen die Brust. »Ich habe deine Mutter noch nie wehleidig erlebt. Und so, wie sie aussieht, könnte ich mir vorstellen, sie erhält noch mehr Anträge als ich.«

»Soll sich nur einer wagen, dir Anträge zu machen!«, empörte sich nun Andreas in gespielter Entrüstung. »Wehleidig ist ein falsches Wort: Mutter ist sehr melancholisch, als traure sie ständig unserem Vater, ihrem Leben nach. Spricht aber nicht darüber.«

Eine Stockentenfamilie begleitete sie; gründelte im flachen Wasser der Uferzone. Cornelia sagte: »M i r würden meine Eltern wohl nie zu viel; gleich, wenn ich sie immerfort um mich herumhätte. Dazu drei oder vier Kinderchen, meinetwegen alles Mädchen!«

444

Andreas' Kehle entrang sich ein Lacher, der sich wie ein Schmerzensruf anhörte. »Auf die Töchter ist mitunter weniger Verlass als auf die Söhne!«, gab er zu bedenken.

»Es wird ja sowieso nichts damit«, entgegnete Cornelia. Sie hakte sich mit beiden Armen bei ihm ein. »Mit vier Gören gilt man doch heutzutage als asozial!«

»Du hast ja auch noch eine Verpflichtung gegenüber Asklepios und Hygieia!«, sagte Andreas mehr ironisch als pathetisch.

»Meine Arbeit als Ärztin werde ich bestimmt schön finden. Ich möchte aber auch Kinder haben! Etwas erleben! Von der Welt sehen! Wie das unter einen Hut passen soll, weiß ich nicht. Doch Hauptsache, man kommt mir nicht immerzu nur mit ›Pflicht‹!«

»Nenn es ›Ideal‹, einen ›höheren Sinn‹!«

»Mein Sinn ist – wie i c h bin, Liebster!« Sie schmiegte sich mit ihrem Kopf an seine Brust. »Bin ich deiner Mutter eigentlich ähnlich?«

»Nein, gar nicht! Nicht sehr! Aber das wenige reicht ja zum Glück, dass ihr euch gut versteht!«

Schweigend gingen sie bis zum Ende des Sees, wo der Ort begann. Die muntere Entenfamilie ihr Gefolge. Cornelia hing förmlich an Andreas' Arm, blickte wiederholt zu ihm auf: neugierig, als sei er ihr noch eine Antwort schuldig, versöhnlich, als gelte es, ein Kriegsbeil zu begraben, zusehends nervös – als habe sie noch Gewichtiges auf dem Herzen.

Andreas wandte sich noch einmal um und sagte zum See hin: »Vielleicht seid ihr euch tatsächlich ähnlicher, als ich es wahrhaben will? Die Mutter ihres Sohnes Vorbild für sein zukünftiges Liebesobjekt! Nach Rostock bin ich womöglich auch gegangen, um ›Ähnlichem‹ nachzuspüren? Einer Vorstellung von Königsberg, meiner Geburtsstadt. Sie ist zehn Jahre vor Rostock gegründet worden. Ihr einstiger Stadtschreiber war Hamann! Der junge Herder ist in der Nähe meiner Großeltern bei

Frohstadt aufgewachsen. Meine Mutter meint, um Königsberg herum sei das Land weit und breit flach gewesen. Wir mussten zu meinen Großeltern erst eine ganze Weile mit dem Zug fahren, ehe es ein bisschen wellig wurde. Dann kamen die Seen. Wälder, Hügel. Endmoränen wie hier. Die Gegend dort vermutlich lediglich etwas waldreicher. Aber im Grunde alles zum Verwechseln ähnlich. Von Holstein bis Masuren! Es ist kaum zu glauben.«

Cornelia lief den kleinen Hang von der Straße zum See hinab. Drei Meter Wiesensaum bis ans Ufer. Leichter Wind kräuselte das Wasser. Cornelia breitete ihre Arme aus, als wolle sie den kühlenden Luftstrom einfangen. Andreas folgte ihr langsam. Lächelnd trat sie ihm entgegen. Doch bevor er sie umfasst hatte, entwand sie sich ihm. Eilends ruderten die Enten vom Ufer weg ins tiefere Wasser.

Die Straße führte nach rechts in den Ort hinein. Links war ein Abzweig mit einigen villenartigen Häuschen, die direkt an den See grenzten. Vor ihnen weitete sich das Ufer zu einer Wiesenaue. Drüben am Waldrand lag eine Reihe Bungalows halb versteckt im Gehölz.

Cornelia zeigte nacheinander auf die ihnen nächstgelegenen Häuser und sagte: »Ad eins: der Zahnarzt! Ad zwei: der Bürgermeister! Ad drei: der Direktor des Sägewerkes!«

Andreas zuckte mit den Schultern. »Viele Arbeiter haben heutzutage mindestens eine Datsche!«

»Jedenfalls stellt man als Arzt in so einem Städtchen noch etwas dar!«, sagte Cornelia.

Als sich eine Lücke zwischen den von gepflegten Gärten umgebenen Häusern auftat, ehemals ein Durchgang zum See und alljährlich zu Pfingsten Standort eines Karussells, jetzt Bauplatz inmitten verwilderten Rasens, stiegen sie die flache Böschung wieder hinan. Das Terrain war noch nicht umzäunt. Grundmauern erhoben sich über einem Fundament. Ringsum in dem hohen vertrockneten Gras und auf kahlen sandiglehmigen Flächen Eisenträger, ein Betonmischer, Haufen von Ziegeln, Bretter, Sand.

Cornelia kletterte auf einen Stapel Hohlziegel und sagte: »Bis hierher müsste die Terrasse reichen. Durch eine große verglaste Flügeltür gelangt man ins Speisezimmer. Daneben ist die Küche. Vorn das Wartezimmer, die Behandlungsräume. Im ersten Stock Wohn- und Schlafstube. Ein großes Bad mit beigefarbenen Fliesen, kaffeebraunen Becken und goldenen Armaturen. Am Schlafzimmer sollte sich ein kleiner Balkon befinden, damit man frühmorgens als Erstes ins Freie treten kann, um vom Wald und vom See her diese wunderbare Luft zu atmen.«

Andreas hinter ihr fuhr mit seinem Mund kosend über ihren Nacken. »Ja, es ist mit dir schön hier«, sagte er. Er stützte seinen Kopf mit dem Kinn auf ihre Schulter. »Bestimmt gibt es hier auch Graureiher! Hechte! Mein Vater muss sich vorzüglich aufs Hechte fangen verstanden haben; mit Drahtschlingen – wie ein Wilderer. In unserer Familie hat fast jeder irgendeine Versessenheit, einen Tick gehabt. Einer meiner beiden Großväter war ein Hobbyhistoriker, ein ›Slawophiler‹, im wörtlichen Sinne, der ein mysteriöses Baltenland als seine Heimat ansah. Im Familienkreis plädierte er dafür, die ausgestorbene altpreußische Sprache – welche slawischen und germanischen Elemente in sich vereinte – nach 250 Jahren der Vergessenheit als völkerverständigendes Medium neu zu beleben! Er war ein Sozialdemokrat, der wie ein Lutheraner von Humanismus und christlicher Toleranz redete. Königsberg nannte er nach einem Ausspruch des Universitätsgründers Herzog Albrecht von Brandenburg-Ansbach, ›Wittenberg des deutschen Ostens‹. Sein Sohn, mein Onkel, war Kommunist. Es passt mehr unter einen Hut, als wir gemeinhin annehmen.«

Cornelia drehte sich zu ihm um, sagte: »Ich hab dich lieb. – Mir würde es, nebenbei bemerkt, absolut nichts ausmachen, die Frau eines Mannes zu sein, der schlauer ist als ich! Manchmal bist du nur ein bisschen zu vernünftig. Zu stur! Muss es denn unbedingt dieses olle Borstädt sein, wo wir sesshaft werden?«

»Keineswegs!«, erwiderte Andreas erstaunt.

»Schau mal«, sie druckste ein wenig herum, spielte mit ihrem Zeigefinger an den Knöpfen seiner Windjacke. »Mein Papa ist doch im Rat des Kreises. Kein kleines Licht, wie du weißt – und er kennt allerhand Leute. Natürlich auch den Kreisarzt. Die Bürgermeister. Auch den von Oberhain. Das Landambulatorium in Luckow und die zwei niedergelassenen, inzwischen ziemlich betagten Ärzte in der Umgegend schaffen es einfach nicht mehr. In den vergangenen Jahren ist so manch einer aus den verräucherten Industriegebieten im Süden hier hoch in den Norden gezogen. Außerdem ist eine Vergrößerung der Campingplätze geplant. Kurz: Man will deshalb jetzt noch eine staatliche Arztpraxis hier errichten. Da siehst du sie!« Sie wies mit dem Kopf in Richtung des kaum in seinen Grundfesten stehenden Bauwerks.

Andreas sprang von dem Ziegelstapel, lachte und rief. »Ist das deine ›Überraschung‹? Die haben gerade auf u n s gewartet! Was glaubst du, wen sie hier brauchen? Einen Allgemeinpraktiker! Keine Internistin, die sich auf Immunologie spezialisieren will. Von einem Psychiater gar nicht zu reden. Und Fachärzte! Keine Anfänger!«

»So sehr hänge ich an dieser inneren Medizin nicht,«, meinte Cornelia und hüpfte nun ebenfalls von dem Stapel herab. »Außerdem ist man als praktischer Arzt doch wohl vor allem Internist? Und Arm in Arm mit einem Nervenarzt wahrscheinlich gegen alles gewappnet.«

Damit hakte sie sich wieder bei ihm ein und sie gingen davon. Alle weiteren Bedenken räumten sie sich unterwegs so en passant aus dem Wege, dass ihnen jemand zuvorkäme. Weil selbst eine unverhältnismäßig lange Ausführung des Baus sich voraussichtlich nicht über die fünf Jahre ihrer Ausbildung zum Facharzt hinziehen würde. »Vielleicht kann mein Papa daran ›drehen‹? – Man darf die Facharztprüfung aber auch vorfristig ablegen!« Andreas hielt zur Überbrückung eine Zwischenlösung mit anderen Ärzten für möglich. Sie verwarfen den Gedanken, dass man in ein solches Nest Mediziner nur mit Häusern locken könne. Bot Borstädt als Stadt ihnen mehr? Oberhain war zwar ein wesentlich kleinerer Ort, streckte sich aber dafür, zu drei Viertel von nahem Wald wie umfriedet, idyllisch zwischen zwei Seen. Dass Andreas' Mutter Borstädt nicht verlassen, weil sie sich zu alt fühlen würde, noch einmal in ihrem Leben verpflanzt zu werden, kalkulierten sie ebenso ein, wie ihre eigene Gewöhnung an Oberhain und seinen reizvollen Umkreis.

»Es ist nicht aller Tage Urlaub«, sagte Cornelia. »Um deine Mutter täte es mir natürlich leid. Aber man lebt ja nur einmal!«

»Voraussichtlich käme sie sogar liebend gern mit«, entgegnete Andreas. »Wenn es nicht nur ein Spleen von uns wäre.«

Augenblicks stieß sie ihn von sich. »Was fällt dir ein!? M i r ist es voller Ernst damit!«

»Ja doch, entschuldige, mir auch«, sagte er. »Ich denke mir bloß: Sie werden die Planstelle für einen Allgemeinpraktiker, der fünfhundert Menschen zu betreuen hat, nicht mit einem Nervenarzt besetzen, der laut offiziellem Schlüssel immerhin für dreißigtausend vorgesehen ist!«

»Lass das doch bitte den Kreisarzt entscheiden!«

»Wo sollen die Menschen herkommen in so einer menschenleeren Gegend! Außerdem will ich nicht schlechthin N e r v e n a r z t, sondern P s y c h i a t e r werden!«

»Du hast mir doch selbst schon gesagt, dass nur zwanzig Prozent eurer Patienten wegen ihrer Nervenstränge eure Sprechstunde aufsuchen: demzufolge achtzig Prozent wegen ihres Seelenkummers! Sind dir das nicht genug?«

»Cornelia, hör mir doch bitte einmal eine Minute lang zu, ohne sogleich in Harnisch zu geraten!«, sagte Andreas. »Es gibt in der bürgerlichen Geschichtsschreibung die Auffassung, dass sich unser eigentliches

Leben in den Irrenanstalten und Zuchthäusern abspiele. Das glaube ich zwar nicht, aber die eigentliche P s y c h i a t r i e wird an den großen Kliniken betrieben. In der ambulanten Behandlung wird ungeheuer viel getan; und im Grunde ist sie, von der Quantität der Leistungen her, wichtiger als die stationäre. Doch notgedrungen bleibt man oft an der Oberfläche. Ist immer in Eile. Muss sich auf die leichteren Fälle beschränken. Und ich fürchte, ich wäre dabei immer unzufrieden. Das nächste Fachkrankenhaus ist aber über hundert Kilometer von hier entfernt!«

»Wovor i c h mich fürchte, fragst du natürlich nicht. Oder hast du schon einmal daran gedacht, dass es mir ein Gräuel sein könnte, fast ein Leben lang Tag für Tag in eine Klinik zu gehen, in der man sich wie in einem Getto fühlt? Ständig von Schwachsinnigen, eingebildeten Kranken und Lustmördern umlagert!«

»Du bist ungerecht. Schattenseiten gibt es überall.«

»Ja, aber ich möchte nicht ewig ein Schatten d a s e i n führen! Was kann ich dafür, dass ich im Gegensatz zu dir in einer intakten Familie aufgewachsen bin? Ein harmonisches, schönes Zuhause hatte, das ich auch in Zukunft nicht missen möchte!«

Cornelia lief ihm ein Stück voraus, kämpfte gegen ihre Tränen an.

Sie hatten heimwärts den Weg über die Hügel gewählt, die sich, nicht höher als zweihundert Meter, teils bewaldet, wie eine Kette im Bogen südwestlich von Oberhain nach Bollendorf ausspannten. Hinter ihnen ein Zipfel des Oberhainer Sees. Vor ihnen, noch weiter ab, in einer Senke Bollendorf. Dazwischen zwei kleinere Seen, Waldfetzen, am Horizont die Kirchturmspitze von Luckow.

Andreas schloss Cornelia in seine Arme. Doch sie sperrte sich und verdeckte mit ihren Händen ihre Augen, als wolle sie weder ihn sehen noch das Land ihrer Heimat – da er es ihr vergällt habe.

»Du kannst natürlich auch nichts dafür, dass ihr hier schon seit fünf Generationen sesshaft seid«, sagte Andreas. »Ja, ich habe mir manchmal meinen Vater, meine Przyworra-Großeltern, die Mattulke-Großmutter, später meine Geschwister herbeigewünscht. Aber es war auch so auszuhalten bei uns daheim. Das ist also nicht so sehr mein Problem. Ich habe dir verschiedentlich schon von meinem Großvater erzählt, dem Frohstädter. Es war nach dem Physikum. Ich also gerade cand. med. geworden, als er sich niederlegte, weil er sich schwach wie von einer Grippe fühlte, die er meinte einfach ausschwitzen zu müssen. Es ging aber nicht so schnell, er hatte ja auch Krebs, wie dann später die Obduktion ergab. Eines Tages jedenfalls rief er mich an sein Bett, und ich dachte, er käme mir wieder mit seinem Grundstückstick oder habe irgendeine Bitte, die er in den letzten Jahren meist mit einer kleinen Fopperei verband: ›Na, Doktor, balsamierst du mich ein bisschen oder ist das die Sache unserer Stationsmutter?‹ So in dieser Weise. Besonders unangenehm für mich war einmal, nachdem ich noch in meiner Oberschulzeit – erst bei unserer Schuldirektion, dann bei der FDJ-Kreisleitung – aus so einer Anwandlung heraus nachgefragt hatte, wie es in Bezug auf mich um eine Diplomatenlaufbahn bestellt sei. Und mir das eine Mal ein kategorisches Nein wie auf ein unverschämtes Verlangen, das andere Mal eine mehr ausweichende Antwort über ›Länge des Weges‹, ›fragliche persönliche und kaderpolitische Eignung‹ und so weiter mitgeteilt worden war. Wochenlang empfand mein Großvater damals eine Höllenfreude daran, mich wieder auf dem Teppich zu sehen und ›Herr Konsul, Agrément in der Tasche?‹, ›Kopf hoch, Exzellenz!‹ und dergleichen zu frotzeln. Bis es meiner Mutter zu viel wurde. Aber diesmal nun sagte er: Na, Jung! K a n d i d a t ! O ja, man kann hier heutzutage schon allerhand mehr werden als unsereins! – Was meinst du: Ist es mein Totenbett?‹ Ich antwortete: ›Auf keinen Fall, Großvater! Du siehst gut aus und kommst bestimmt an die hundert ran!‹ Es war meine erste Fehldiagnose: Er lag noch fünf Tage lang zu Bett, bevor er sechsundachtzigjährig starb.«

Andreas legte seinen Arm um Cornelias Schultern und sie gingen weiter, doch Cornelias straffer Gang und ihr regloses Gesicht schienen eine trotzige Ernüchterung auszudrücken.

»Über all die Jahre hatte ich aus seinem Munde immer nur gehört, dass sich ›drüben‹ mehr machen ließe«, fuhr Andreas fort. »Und nun, als er sich anschickte, sein Leben zu vollenden, auf einmal unbewusst wie ein zweiter Teil seines Credos, dass man hier schon allerhand werden könne. Als ob sich erst in dem Moment für ihn die Wirklichkeit ganz auflichtete, da er spürte, dass er von ihrem Schauplatz bald abtreten muss.«

»Wie wirklich ist die Wirklichkeit?«, antwortete Cornelia mit einer Frage, die sie mehrfach schon von Andreas gehört hatte.

»Wir haben immer geglaubt, eine lange Entwicklung mit einem großen Schritt aufholen zu können; aber nicht nur unser Körper verfällt schon vom ersten Tage an und macht sich doch noch – wie man an dir sieht – so schön heraus«, sagte er.

»Ich habe dich selten so witzig erlebt«, entgegnete Cornelia spitz.

»Wenn du meinst, dass wir dem Kapitalismus zwar wirtschaftlich vielleicht noch ein Jahrhundert lang hinterherlaufen werden, dafür ihm, aber bereits voraushätten, summa summarum in unseren Grenzen mehr entwickelte Persönlichkeiten zu sein: So muss man sich doch fragen, ob wir das Pferd nicht vom Schwanz her aufzäumen? Oder zumindest im Pfingstputz – obgleich es nicht zur Spazierfahrt, sondern zum Pflügen bestimmt ist!«·

»Oder: Ob wir kraft der Bildung der Massen, eines erneuerten Kulturgefühls mit der Zeit nicht altüberkommener Konsumhaltung, der Gier nach Besitz einen Riegel vorschieben werden? Uns auf unseren eigentlichen menschlichen Wert besinnen: Verstand zu besitzen und zu gebrauchen.«

Mit einem ironischen Lacher quittierte Cornelia diesmal Andreas' Pathos. »Du sprichst wie ein marxistischer Pastor! Wenn das gelänge, hätten wir ja geistige Onanie! Außerdem haben noch niemals Appelle, fromme Wünsche – vom päpstlichen oder vom parteilichen Zentralkomitee-Stuhle aus – die Menschen geläutert! Sie brauchen eine Triebkraft und sind und bleiben deshalb materiell eingestellt – und die meisten von ihnen sind ja auch recht genügsam. Sie wollen in Ruhe arbeiten, angenehm wohnen, außer Brot ein paar Leckereien, hin und wieder reisen, unterhalten werden. Einige Illusionisten flüchten sich in Nostalgie oder Utopie, Askese oder Ausschweifung. Erfüllung im Geistigen ist nur ein Luxus für eine Handvoll Erfinder, Wissenschaftler, Künstler!«

»Du glaubst doch selbst nicht, was du sagst!« Andreas machte eine ausfahrende laxe Geste. »Andernfalls hättest du nie studiert!«

»Ich glaube daran: Weil ich es keineswegs für habgierig halte, zum Beispiel ein Häuschen besitzen zu wollen. Weil ich mir vorstellen kann, einmal ein Jahr oder zwei Jahre lang zu Hause zu bleiben, um mich nur um mein Kind zu kümmern, den Haushalt zu führen. Ja, es erscheint mir nicht einmal abwegig, mal ein halbes Jahr lang zu faulenzen, im Garten die Blumen zu gießen, mich hübsch anzukleiden, im Auto auszufahren … Mit solchen Wünschen wird man bei k l e i n e n Schritten natürlich unzufrieden, da man möglicherweise nie ans Ziel gelangt. Obwohl man genau genommen selbst Schuld hat; insofern gebe ich dir recht. Aber wir blicken ja fortwährend in Nachbars Schaufenster!«

»Entsinnst du dich, wie der kleine Adi Schmidt nach unserem letzten Examen, als wir aus der Chirurgie hinausgingen, sagte: ›Nun werden wir endlich Geld verdienen, schade nur, dass man bei uns nichts davon irgendwo i n v e s t i e r e n kann.‹ – Das ist doch pervers!«, rief Andreas. »Er ist hier aufgewachsen! Hat hier studiert! Seine Eltern sind einfache Leutchen! Eisenbahner!«

»Wars ein Trauma für dich?«, fragte Cornelia spöttisch. »Aber ein logisches! Der Einzelne kann sich Bildung als Selbstzweck schließlich noch viel weniger leisten! Eventuell in elysischer Zukunft: wenn man im materiellen Überfluss schwimmt! Andererseits wäre es dann auch egal, ob der Überfluss von sozialistischer oder kapitalistischer Produktion herrührt. Der Kapitalist existierte ja nur noch formal, da Überfluss für jeden gleichen Überfluss bedeutet. Es sei denn, die ›drüben‹ hätten m e h r Überfluss als wir. Der Kapitalist risse den Mehr-Überfluss an sich – und das setzte natürlich Kräfte für den Sozialismus frei!«

Sie kicherten beide. Und Cornelia umhalste Andreas nun wieder. »Nimm's mir nicht übel!«, sagte sie versöhnlich. »Du hast mich richtig kollerig gemacht! Kennst du die Geschichte von dem Märchen, das keines wurde, weil es keinen Prinzen gab?«

»Ein Piekserchen gegen ein Pickelchen« und Rosa

Im Jahr darauf, acht Wochen später, Mitte Dezember, es lag bereits eine feine Schneedecke, die allerdings wegen der milden Tagestemperaturen und der bei anhaltendem leichtem Winde meist nur kurzzeitigen Flockentänze von den Straßen und den stark begangenen Fußwegen immer wieder schnell wegtaute, feierten die Mattulkes Hochzeit.

Eine doppelte zudem. Denn kurz entschlossen hatten die Brüder gemeinsam diesen Termin gewählt. Doch wir wollen nacheinander erzählen, müssen noch etwas einfügen.

Werri – durch seine Antennenaktion in eine regelrechte Lebenskrise geschlittert – hoffte, mit dem bislang gescheuten Schritt in eine Ehe wieder festeren Boden unter die Füße zu bekommen. Andreas hielt zwar eine Eheschließung nicht unbedingt für an der Zeit, aber auch nicht für verfrüht; von Cornelia zärtlich umgarnt, die sich ausrechnete, wenn überhaupt, so am ehesten als seine Gemahlin ihn zu einer Korrektur seiner noch nicht allzu fest umrissenen Lebensbahn bewegen zu können; womit nicht gesagt sein soll, dass Cornelia jene etwas saloppe Haltung manch junger Damen eigen war, die lautet: Lieber einmal geschieden, als nie verheiratet.

Werri hingegen hatte sich inzwischen mit Galgenhumor zu der Auffassung durchgerungen: Lieber einmal degradiert, als nie befördert.

Eine Zeit lang freilich war es ihm unmöglich erschienen, für sich wieder einen Konsens mit der offiziösen Meinung herzustellen. Galt plötzlich das bisher Richtige als falsch? »Mitdenken! Umdenken, Genosse Mattulke!«, hatte sein Kommandeur ihn getadelt. »Das Richtige falsch gemacht, ist, was uns schadet! Ideologische Diversion verhindern – aber indem wir Wege aufweisen, nicht abreißen! In ein paar Jahren ist der Himmel voll von Satelliten! Wir können nicht in den Orbit hinaufklettern!«

»Ans Werk, Paulusch, ans Werk: Bauen wir diesen Kram also wieder an!«

»Jawohl, Genosse Oberleutnant, montieren geht über studieren! Wissen Sie, für was uns jetzt mancher Besserwisser erklärt: für nicht zurechnungsfähig – mente captus! Doch ein Sternchen macht noch keinen Abend, Genosse Oberleutnant, und eins weniger noch keinen Weltuntergang!«

»Recht so, Paulusch, recht so: Klage, aber leide nicht!«

Eine Frau, die über der Apotheke im Nachbarhaus wohnte und gerade mit dem Zug von einem Besuch bei Verwandten heimgekehrt war, hatte sie von der Bahnhofstreppe aus gesehen: wie sie mit ihrem unförmigen, monströsen, aber offensichtlich nicht übermäßig schweren Bündel zum Auto eilten! Zur Hälfte konnte sie sich sogar noch des Kennzeichens des Autos erinnern; was gar nicht mehr nötig gewesen wäre, weil für die besonders betroffene und deshalb auch mit besonderem Eifer recherchierende Caféinhaberin Susanne der Fall so gut wie gelöst war; als feststand, welcher Berufsgattung die ungebetenen Gäste angehörten.

Werri und der Soldat entschuldigten sich reihum. Und Susanne bekam bei dieser Gelegenheit von Werri zu hören, dass er ihr alles erdenklich Gute wünsche – und ansonsten demnächst heiraten werde. Es war sein letzter kleiner Racheakt in der Sache: »Ein Piekserchen gegen ein Pickelchen«, wie es der Gefreite Paulusch kommentierte; der sich aus Wort und Wirkung seinen Reim machte. »Aber Gott sei Dank – der uns den Sieg gegeben hat durch unsern Herrn!«

»Und dein Herr gebietet dir jetzt: Fahr zu deinem Onkel, oder wie die Whiskytante heißt! Sintemal wir sowieso arme Sünder sind! I c h lauf ein Stück!«

Kraftvoll wie ein Landvermesser schritt Werri aus. Außerhalb Borstädts in der Myhlener Allee nahm er Koppel und Mütze wieder in die Hände und lief. Ohne sich umzublicken. Ohne eine Verschnaufpause. Der Gefreite Paulusch holte ihn diesmal nicht ein; aber Werri wäre auch nicht zu ihm ins Fahrzeug gestiegen. Er hatte sich nun selbst in die Pflicht genommen. Er lief in nördlicher Richtung auf Myhlen zu, dann westlich in sein Garnisonsörtchen Myhlen-Chora hinein. Eine Seitenstraße zu einem kleinen Gehöft empor: mit dem einzigen Vorsatz – zu heiraten.

Sie hieß Rosa. Wurde von ihren Eltern jedoch ausnahmslos Rosl genannt, und von Werri hin und wieder Röschen. Er kannte sie schon fast ein halbes Jahr lang, war aber bisher kaum ein halbes Dutzend Mal mit ihr zusammengetroffen. Bei einem Tanzvergnügen im Klubhaus des Ortes, wohin sie sich nur im Verein mit ihrer Freundin gewagt hatte, danach zu Tête-à-Têtes im Kino, bei einer sonntäglichen Matinee im Sport- und Kultursaal der Kaserne, bei einem Radausflug über Chorsdorf, Lunzen zur Rochsburg und einmal bei ihr zu Hause. Sie war nicht so schön wie Susanne, doch insgesamt gut anzuschauen: Mit ihrem kurzen welligen dunkelblonden Haar, den hellen Augen in einem offenen, etwas derben Gesicht mit immerfort rötlichen Wangen, wie es die Leute vom Land nicht selten kennzeichnet, einer Werri ebenbürtigen kräftigen Statur. In lustiger Runde mitunter wie er ein Schalk. Darüber hinaus zupackend und geradlinig, ohne Neigung zu Larmoyanz; die ihm im Wechsel mit den kleineren und größeren Bosheiten an Susanne besonders gestört hatte. Sodass Werri sein »Röschen« also auch für ausgeglichener und wohl auch für verlässlicher hielt. Dass sie ihn auch an die Kandare nehmen würde, wenn er »ausschlug«, war nicht direkt Absicht, höchstens eine Vermutung von ihm.

Sie waren gleich alt und nahezu gleich groß; Werri um eine Spur größer. Demnach weder ein sehr feudales noch ein sehr junges Brautpaar, aber von einer eigenartigen Harmonie. Rosa hatte gar nicht mehr daran geglaubt, noch einen Mann »abzukriegen«, wie sie ihm freimütig gestand; vielleicht – dass ihr noch einmal ein braver, etwas reiferer, verwitweter oder geschiedener Feldwebel über den Weg gelaufen wäre? Aber ein Hauptmann!? (Für Rosa blieb Werri unbeirrt ein »Hauptmann«; und in seinen verzagten Stunden sagte sie ihm sogar: »Man stürzt so leicht und steht so schwer auf; folglich ist das Fallen keine Schande und das Aufrichten eine Ehr!«, Wobei nicht geklärt wurde, ob sie statt von »S i c h -Aufrichten« irrtümlich oder vorbedacht nur von »Aufrichten« sprach.)

Jedenfalls betrachtete sie selbst es als ihre »Pflicht und Schuldigkeit«, Werri nicht nur Trost zu spenden, sondern ihm künftighin auch eine liebreiche, für seine Erbauung – sie sagte »Erbau-ong« – sorgende Frau zu sein. Wie im Detail und unter welche Räder er gekommen war, wusste sie gar nicht, und es interessierte sie auch nicht. Sie hatte zu dem Auf und Nieder des Lebens aus eigener Erfahrung hinlänglich Bezug. Fast dreißigjährig setzten ihre Eltern sie lediglich aufgrund des unglücklichen Umstandes in die Welt, dass ihr erstes Kind, ein Sohn, kaum Schulgänger, an Diphtherie gestorben war. Rosas ärmliche, aber von den überängstlich gewordenen Eltern überaus behütete Kindheit endete wie

Werris de facto im Nichts: Ihre Wohnung in einem Chemnitzer Mietshaus zerbarst in einem Volltreffer, als die Mutter sich mit ihrer Tochter
schon vorsichtshalber zu einer Schwester aufs Land geflüchtet hatte. Ein
Jahr darauf im Frühling des Jahres 1946 kehrte der Vater aus amerikanischer Kriegsgefangenschaft heim. Und die drei Ausgebombten zogen
von ihrer Zufluchtsstätte in Lunzen nach Myhlen-Chora um; wo der gelernte Stellmacher, späterhin Rangierer und Packer, und die ehemalige
Plätterin eine Neubauernwirtschaft begründeten. Mit einem halb verfallenen Häuschen, einer Scheune, die, ein ansehnliches Loch im Dach,
sich eher als behelfsmäßige Sternwarte geeignet hätte, einem kleinen
Stallgebäude und fünf Hektar Land. Es war übrig geblieben, weil – mit
Steinen übersät, teils in einer Senke, teils um einen mit hohem Buschwerk und ein paar Buchen bestandenen Hügel gelegen – es wahrscheinlich keiner haben wollte. Entsprechend erbärmlich fielen die Erträge
aus. Und da die Eltern ihrem eigenen Bauernschaffen offenbar nicht
recht trauten, wurde Rosa Verkäuferin. Am Tage fertigte sie im Lebens-
mittelkonsum des Ortes die Kunden ab, am Feierabend zu Hause das
Vieh. Als sich die Wirtschaft einigermaßen eingelaufen hatte, kam die
Kollektivierung übers Land. Rosas Eltern, inzwischen Rentner, aber
beide noch rüstig, halfen regelmäßig in der LPG aus, bestellten emsig
das ihnen verbliebene Stück Acker, fütterten Jahr für Jahr sechs bis sieben Schweine heraus und verkauften sie, außerdem jede Menge Eier,
Karnickel … Rosa leitete das kleine Konsumgeschäft – der Familie ging
es besser als je zuvor. Ja, man kann sagen, dass den dreien nur noch eins
zu ihrem Glück fehlte: ein Mann für die Tochter, ein Schwiegersohn.
Der ihnen in Gestalt von Werri nun also ins Haus lief, sodass sich auch
denken lässt, dass sie bereit waren, ihn auf Händen zu tragen.

Ganz andere Reaktionen erlebte sein Bruder Andreas: Denn weder
Cornelias Eltern waren von der Entscheidung der beiden Heiratswilligen
sonderlich beglückt – fragten vielmehr, ob es denn schon sein m ü s s e –

noch Elvira, die sich zunächst einmal an dem Gedanken und der sich alsbald einspielenden Praxis erfreut hatte, wieder »zwei Kinder« in ihrer Nähe zu haben; aber die unausbleibliche plötzliche Konsequenz nun wie ein Abschotten der Kinder zur Mutter empfand beziehungsweise wie ein Signal: Der Sohn von seiner jungen Gefährtin unmissverständlich mit Beschlag belegt!

Die Hochzeit der Brüder

Das Standesamt befand sich im rückwärtigen Teil des Seitenflügels des Rathauses. Hinter ebenjener Eichentür, die zum Kriegsende vornehmlich den Umsiedlern in der Stadt als Anschlagtafel für die Zettelchen mit ihren Adressen, Quartierwünschen, Kaufgesuchen über Mobiliar und anderes mehr gedient hatte. Die Trauung erfolgte im oberen Stockwerk, in einem schönen Saal, mit Stuckaturen an der Decke, wie geriefte Leisten, die diese in ein harmonisches System von Rechtecken und Kreisen gliederten. Grünlich die Flächen, die Stuckleisten in einem dunklen Braun, in den Kreisen goldfarbene Blattornamente. Dazu ein Lüster mit viel blassgrünem Glas und ein wenig Goldgeglitzer. An den seitlichen Wänden je zwei Halbsäulen: wie zur Aufteilung der Hochzeitsschar.

Ganz vorn die Brautpaare. Dann Elvira, Cornelias und Rosas Eltern, zwei Tanten von Rosa mit ihren Männern, ein verwitweter Onkel Cornelias, »erfolgreicher Fuchsfänger und finanzstarker Autowäscher«, wie Andreas von Cornelia erfahren hatte, Bruder ihres Vaters, mit seinem erwachsenen Sohn, Isabella (die nach Beginn der kleinen Feierstunde unerwartet hereingeplatzt war; Elviras dezenten brieflichen Hinweis missachtend, dass Werri gemeint habe, es sei »das Beste«, wenn man »zur gemeinsamen Tafel im ›Borstädter Krug‹ in Familie zusammentreffe«, – in Wirklichkeit hatte Werri gesagt:»Das Beste wäre, die

Westbagage bliebe, wo sie ist! Aber da dir so viel daran liegt, Mutter – in Gottes Namen! Jedoch erst nach der Feier!« Nun, bei Werri war noch gar nicht der Groschen und seiner Mutter ein Stein vom Herzen gefallen, dass die langersehnten Hamburger Gäste sich endlich eingefunden hatten. In den letzten drei Reihen saßen Freunde und Bekannte der Vermählten: Hannes Kamprad, zwei Arbeitskolleginnen von Rosa, ein Arzt aus Andreas' Klinik als Vertreter des Kollektivs, ein mit Cornelia und Andreas seit ihrer Studienzeit befreundetes junges Paar, jetzt Stomatologen in Zwickau, drei Genossen aus Werris Granatwerferbatterie, in die er zur Bewährung aus dem Artilleriestab abkommandiert worden war.

Die Standesbeamtin, eine Frau in Elviras Alter, hatte im umfassendsten Sinne ihres Amtes gewaltet, sich leidenschaftlich für eine friedliche Welt erklärt, zu Aktivität und Solidarität aufgerufen, die allüberall anzutreffende Unbekümmertheit gegeißelt, mit der man sich heutzutage Seitensprünge erlaube … Andreas hatte nicht zum ersten Mal empfunden, wie leicht Pathos ins Komische umschlug. Früher auf der Oberschule war er nicht ungern zur Rezitation vor die Klasse getreten: »Lewer duat üs Sla-av!« Hannes Kamprad hatte ihm manchmal beteuert: »Keiner spricht so gut wie du die Vokale! Du kannst einen ›A-arm-loch‹ betiteln: Es klingt wie eine Erhebung!«

Die Vokale – sind sie das einzige bewahrte Zeugnis unserer Herkunft?, dachte Andreas. *Ostpreußische Zutat im sächsischen Salat? Ein bisschen Zucht im »Gemäre«!* Er lauschte dem Allegro der Violinen. Seine Mutter hatte das Quartett engagiert, drei ältere Herren und eine junge Dame, die zu den verschiedensten kleinen festlichen Anlässen in der Stadt auftraten und ehemals zum in die Bezirksstadt verlegten Borstädter Sinfonieorchester gehörten.

Die junge Dame spielte virtuos die Soli. Andreas bewunderte ihre Pizzikati und Tremoli. Die harmonische Geschlossenheit des Konzertes, das wie ein Triptychon über ein gefühlsbetonteres, kantables Adagio wieder zum spritzig-feierlichen Allegro geriet. Musik brauchte Pathos nicht zu fürchten. In der elften Klasse, als Hannes Kamprad sich mit Sternbildern und Galaxien befasste, hatte Andreas sich eine Bassblockflöte gekauft, ein paar Wochen lang darauf geübt – später oft bedauert, es nicht beständig und ernsthafter getan zu haben. Er hatte auch versucht, ein bisschen in den Theorie- und Begriffsdschungel der Musik einzudringen. Più mosso – con grazia! Er achtete auf das Ritornell. Smorza-ando – diese Vokale!

»Unsere sozialistischen Kinderchen müssen in gutbürgerlicher Weise ein Instrument erlernen!«, flüsterte er Cornelia zu, bevor die Gratulanten sie umringten. Sie nickte glücklich.

Die Mütter küssten nun ihre Kinder ab. Reichlich Tränen flossen. Isabella hatte am meisten damit zu tun, sich selbst schnell vorgestellt. »Das gute Ta-antchen aus dem Wästen!« Sich resolut zwischen die Frauen gedrängt: »Neijn, diese Bängels: kaum gabs noch eins auf'n Dubs, den kleinen Schietern!«

Auch Rosas Mutter schnäuzte sich, wischte sich über Augen und Wangen. Sie litt etwas unter zu hohem Blutdruck, sodass sie jetzt in der Aufregung einen pochenden Kopfschmerz spürte, ihr Gesicht sich heftig gerötet hatte. Ganz im Gegensatz zu ihrem Mann, einem hageren, sehnigen Männlein, war sie überaus korpulent. Mithilfe ihrer Tochter hatte sie sich extra zur Hochzeit aus einem zart ziegelroten Wollstoff einen Hänger geschneidert: die kurzen Ärmel schräg angeschnitten, mit Schulterpolstern.

»Das macht die Hüften schmal, Mutsch!«

»Ja, Rosl, du wirsts schon wissen. Dor Voati muss mich so un so nähm.«

Rosa selbst trug ein hängerartiges Spitzenkleid und ein weißes Schleierhütchen mit bauschigen Federchen. Werri an ihrer Seite in Uniform – und von Rosa soeben wieder befördert: »Mein liebster Hauptmann!«, pisperte sie bei einem Kuss.

In einem Zuge ulkten und lachten sie mit ihren Kollegen, die ihre Glückwünsche abstatteten, umarmten und küssten sich.

»Nachmachen, Zugführer!«

»Lasset die Kinderlein kommen!«

»Du siehst wundervoll aus, Rosa!«

»Wie Marquise Pompadour zur Silberhochzeit – noor?«

Cornelia und Andreas standen zwangsläufig ein wenig in ihrem Schatten. Im Vergleich zu Werri und Rosa eher schüchtern als vital, eher zerbrechlich als kraftstrotzend. Andreas wie ein sich in den Prüfungen befindender Student, der sich nur einmal zur Hochzeit schnell herausgeputzt hatte: hoch aufgeschossen, doch nirgendwo ausgefüttert, blass, dunkler Anzug, breite Fliege, das Haar kurz geschoren, sodass im Verein mit der großen Mattulkeschen Nase seine etwas abstehenden Ohren nun deutlich hervorstachen. Cornelia freilich wie eine Prinzessin: im taftenen Brautkleid, lange Handschuhe, zart und schneeweiß, das braune Haar hochgesteckt unterm weit und locker hüllenden Schleier, ein Kränzchen aus Myrtenblüten wie als krönender Halt.

Die Brautpaare voran setzte sich der Hochzeitszug in Bewegung. Isabella hatte angesichts des kahlen Hausflurs bereits bei ihrem Eintreffen zusammen mit Sonja vom Portal die Treppe hinauf bis vors Standesamt Rosen verstreut; aber Sonny hatte sich dann nicht mit in den Saal hineingetraut, sondern sich mit ihrer Großmutter Maria zu einem kleinen Spaziergang aufgemacht. Nun streuten auch Cornelias und Andreas' Studienfreunde Blumen aus: ein buntes Blütengemisch aus Astern, Chrysanthemen, Alpenveilchen.

Elvira hatte kurzerhand Cornelias Onkel untergefasst. Sie war in ein schwarzes Samtkostüm mit einem bis zu den Waden reichenden Rock gekleidet; Top und Handschuhe in Silbergrau – das einzig Schmückende. Sodass Cornelias Mutter beim ersten Anblick schon gedacht hatte: *O Gott, man könnte ja fast annehmen, dass sie trauert.*

Wenn ihre glühenden Wangen nicht wären – und diese strahlenden großen schönen Augen!

Auch Elvira hatten an Cornelias Mutter zuerst die Augen beeindruckt: Eine »Carmen«! Ihr Haar hatte sie sich wie ihr Mann einfach glatt nach hinten gekämmt. Im Nacken zu einem Knoten gebunden. Ihr Mann war schwarz. Sie blond. Eine blonde »Carmen«! In einem eng anliegenden, in Gold, Schwarz, Silber, Bronze changierenden Jackenkleid – dessen Dekolleté handbreit über dem Nabel endete. Dazu war sie wie ihr Mann von stattlicher Größe und Gestalt. Und Elvira sinnierte wieder einmal, was alle außer ihr anders wahrnehmen: Es ist halt so, weder im Schutze Wilhelms noch Thornbergs noch Isakess' hätte ich als Frau konkurrieren können. Lächelnd blickte sie seitwärts zu ihrem lustig von »höchste Zeit zum Essen« brummelnden pummeligen Kavalier.

Im Rathaushof stand eine geräumige, in dunklem Blaumetallic gehaltene Limousine; Baron von Budkus' Automobil, das Kopinski ihm günstig abgekauft hatte. Ein paar neugierige Kinder und Erwachsene drückten sich um das Gefährt herum. Von Sonny und Marie keine Spur!

Die Gesellschaft schlenderte in Richtung Promenade. Die meisten hatten ihre Mäntel oder Kutten angelegt, nur einige der Jüngeren, die Bräutigame eingeschlossen, trugen ihre winterlichen Kleidungsstücke über den Arm, lehnten sich fröhlich und trutzig gegen den sanften Wind und Flockenwirbel.

Sonja und ihre Großmutter standen auf dem Bürgersteig gegenüber Blümels Haus. Sonja erklärte Marie offensichtlich gerade Anordnung und Funktion ihrer ehemals so sehr vertrauten Räumlichkeiten. Marie schien noch mehr in sich zusammengefallen als vor Jahresfrist, als Elvira ihrer aus dem abfahrenden Zug im Hamburger Bahnhof kurz ansichtig geworden war. Vom Hütchen bis zu den Schuhen ganz in Schwarz. Den Krückstock eng am Körper wie eine unentbehrliche Stütze. Sonny in einem Persianermantel mit Nerzkragen und -kappe, unter der ihr goldfarbenes Haar hervorquoll – neben der von Alter und Altersleiden gebeugten Großmutter aufrecht gestikulierend.

»Dacht ich mir's doch!«, rief Elvira erfreut aus, die der Hochzeitsschar ein Stück vorausgeeilt war. Sie lief auf Sonja und Marie zu. Umarmte und küsste zunächst stürmisch ihre Tochter, dann behutsam Marie. »Schön, dass du mitgekommen bist, Mama!«

»Ja, will doch einmal wenigstens an Erichs Grab getreten sein, bevor ich selbst hinabfahre«, sagte Marie mit etwas zittriger, aber nicht ausgesprochen hinfälliger Stimme. »Der Herrgott wird hoffentlich junge Buße vor alter Sünde, Gnade vor Recht ergehen lassen.«

»Je älter Großmutter wird, umso mehr spricht sie von ›Sünde‹. Man könnte meinen, es ist wie mit der alten Geiß, die auch gern hüpft«, witzelte Sonny, die seitwärts ihre Brüder mit ihren Bräuten bemerkte, doch weiter geradeaus zu dem Blümelschen Haus blickte. Sie lachte ein bisschen zu laut, wohl mehr Werris wegen, um ihre Anspannung zu überspielen.

»Lästere nicht, Kind, wenn ich um Gottes Nachsicht bitte!«, entgegnete Marie. »Bist selbst noch so jung und obwohl ohne Sünde schon genug gestraft.«

»Ja, ja, die Wege des Herrn sind eben unerforschlich – so wie zuweilen die seiner Kinder«, konnte sich Sonja nicht enthalten, wieder ziemlich laut zu sagen.

»Haben Trudchen und Hermann dir nicht mit auf den Weg gegeben, alte Wunden nicht unnötig aufzureißen?«, sagte Elvira weniger im Tone einer Frage, als eines freundlichen, flehentlichen Appells an ihre Tochter – und vor allem an ihre Söhne; die, vorn Werri mit Rosa, hintereinander auf dem schmalen Trottoir neben ihnen Halt gemacht hatten.

»Nicht u n n ö t i g ist gut, Mama – zumal, wenn die Gastfreundschaft mit einer Aussperrung beginnt!«, antwortete Sonja verletzt und schaute beharrlich zum Blümelschen Haus hinüber, als stünde es nach wie vor im

Zentrum ihrer Aufmerksamkeit. »Nein, Hermann hätte auf meine Bedenken höchstens so etwas wie ›Die Zeit heilt alle Wunden‹ – was ich ja leider nicht feststellen kann – oder ›Nimmermehr ist allzu lang‹ geantwortet. – Sag doch, Mama: Offenbar ist es richtig, was bei uns erzählt wird, nämlich dass ihr den Kapitalismus über die Hintertür wieder einführt? Ich dachte, nach dem Tode von Walters Vater hätte der Konsum auch den restlichen Ladenteil übernommen. Sozialistisches Eigentum also von der lichten Vorderfront bis in den hintersten finsteren Winkel! Aber nun sehe ich dort, wo Walter und sein Vater Kurzwaren feilboten, einen p r i v a - t e n Gemüsehändler! Bringt der Sozialismus den Menschen denn immer noch nicht das, was sie von ihm erwarten? Sattsam Möhren, Zwiebelchen, Kohlköpfe, hin und wieder mal Tomaten …?«

Werri schaltete sich als Erster ein: »Die M e n s c h e n bringen noch nicht das, was die Gesellschaft braucht: S o wird ein Schuh draus«, sagte er knapp. »V e r s t e h e n kann man das allerdings nur aus hiesiger und heutiger Perspektive. Nicht als Sendbote aus der Vergangenheit!«

Er wollte an Sonja vorbeigehen, doch Andreas hielt ihn von hinten fest und rief: »Rum wie 'num, Schwesterchen: Muttermale sind halt nicht immer bloß Schönheitszeichen wie bei dir! Und wir sind doch lernfähig!«

»Unser ›Süßer‹!«, rief Sonny – gerührt wie bei einem unverhofften Zusammentreffen. »Er ist tatsächlich ein richtiger Mann geworden!«

Sie flog mit erhobenen Armen auf Andreas zu. Küsste ihn unter Freudentränen. Dann nicht viel weniger innig und ausgiebig seine »niedliche Braut«, wie sie sagte. Darauf kurz und bündig Rosa. Wünschte Segen und allzeit einen guten Stern – und sprach schließlich und endlich zu Werri mit steif hingestreckter Hand: »Gratulation, Bruder Märtyrer!«

Mittlerweile war die gesamte Hochzeitsgemeinde herangekommen, sodass die Geschwister sich bemüßigt fühlten, erst einmal voneinander abzulassen. Elvira war heilfroh, atmete auf. Ihre Wangen brannten ihr wie von Ohrfeigen. Sie blickte die Häuserfronten empor, ob jemand am Fenster etwas von der Auseinandersetzung vernommen habe. Sonny machte eine ungezwungen galante Begrüßungsrunde. Maries altes Herz belebte sich an ihren Enkeln: »Stattlich schaust du aus, Werri! Auch deine liebe Frau! Rosa? Ach ja – wenn Sie erlauben, gern. Aber ist es nicht zu gefährlich, so immerzu beim Militär? Natürlich, Isabella, begann nicht früher schon bei dir der Mensch erst beim ›Zwölfender‹? Spaß muss sein, Kinder! Andreas, Jung! Ein leibhaftiger Doktor bist du nun wirklich? Wie sich der Mensch raus machen kann. Hattest als Kleines doch fortwährend mit der Lunge, der Leiste oder dem Nabel zu tun …? So, Werri, wars mit der Lunge? Das verwechsle ich dann wohl. Und gleich noch eine Doktorsche am Arm – entschuldigen Sie, junge Frau! Kann man all die Krankheiten und Medizinen überhaupt im Kopf behalten?«

Gerade recht kamen die Brautpaare zu ihrem Fototermin, vis-à-vis der Promenade in einem kleinen Laden. Danach scharte sich die Gesellschaft draußen vor der großen Kastanie inmitten des Promenadenrondells im Halbkreis hinter ihnen. Schließlich in Gruppen: Rosa und Werri und Cornelia und Andreas jeweils im Familien- und Verwandtenkreis, allein mit ihren Eltern, mit Freunden und Kollegen, ein Soldatenbild, die Onkel und Tanten vereint, die Ärzte – und während alldem rief Elvira zweimal, wenn auch nicht sehr durchdringend und beherzt: »Und nun Sonny und ihre Brüder!«

Andreas machte jedes Mal Anstalten, sich aufzustellen, aber Werri und Sonja ignorierten entweder die Aufforderung ihrer Mutter oder zogen sich, zur Mitte geschoben, noch jemanden wie als Puffer an ihre Seite: Werri seinen Batteriechef, Sonny Isabella und Marie.

Am Ende waren die für Elvira gewichtigste »Ausbeute« zwei Bilder: sie wie angeklammert oder dazwischengedrängt – das eine Mal zwischen Cornelia und Andreas, das andere Mal zwischen ihre Tochter und ihre Söhne.

»Wer heiratet am Morschen, hat am Amd och noch zu gehorschen«

Nach dem Mittagessen – als Hauptgericht hatte es gespickte Rehkeule mit angebratenen Apfelscheiben, Kartoffelbällchen und Preiselbeerkompott gegeben, als Dessert ein Parfait mit Schlagsahne und Krokantstreuseln – ging die Gesellschaft noch einmal auseinander. Das heißt: Andreas' ärztlicher Kollege, Werris Genossen und auch Rosas Kolleginnen aus der Verkaufsstelle verabschiedeten sich. Die Männer hatten schon am Vorabend zum Poltern ausdauernd zusammengesessen. Sonja fuhr in ihrer Limousine Cornelias Eltern, Onkel und Cousin und Isabella ins »Bellevue«, wo sie Zimmer genommen hatten und für Isabella noch eines reserviert war. Hannes Kamprad schaffte zur musikalischen Umrahmung der späteren Stunden seine Tontechnik herbei. Andreas und Cornelia, denen der Polterabend noch in den Gliedern steckte, zogen sich mit ihren Studienfreunden zu einem Schlummerstündchen in ihre kleine Mansardenwohnung zurück. Sie war zwar schon mit gebrauchten Möbeln in Küche und Schlafzimmer (ihre Gäste schliefen auf Feldbetten) und mit auf Kredit gekauften Anbauschränken in der Stube halbwegs wohnlich ausgestattet, aber ohne Teppiche und ohne die von Cornelia gewünschte, doch nicht greifbare samtene Sitzgarnitur (versprochenes Hochzeitsgeschenk ihrer Eltern) noch etwas unvollständig eingerichtet. Übrigens befand sich ihre Wohnung nicht weit entfernt von ihrem Hochzeitslokal, zweihundert Meter die Schulstraße hinan, in einer Querstraße, von wo sie aus ihrer Mansarde das Borstädter Schulgebäude wie ein kolossales, mit Leben erfülltes Monument vor Augen hatten. Es war ein kluges Zugeständnis Cornelias an Andreas' romantischen Geist. Denn wie wir wissen, hatte trotz ihrer heftigen Zuneigung füreinander ihr Zueinanderstreben gelitten. Wenn sie sich schließlich doch zur Hochzeit entschlossen, so Andreas deshalb, weil Cornelia glaubte, schwanger zu sein, und Cornelia, weil sie halt glaubte, Andreas angetraut schon noch zum Umzug in ihre geliebte Heimat bewegen zu können.

Werri und Rosa hatten solche Sorgen nicht und waren sichtlich standhafter als Andreas und Cornelia. Samt Eltern, Tanten und Onkel unternahmen sie einen Spaziergang durchs Städtchen. Und Elvira schließlich führte ihre Schwiegermutter gemächlich am Arm zu ihrer Wohnung in der Lindenstraße, wo Marie und Sonja für die Tage ihres Besuches unterkamen. Dort warteten sie auf Sonnys und Isabellas Rückkehr aus dem »Bellevue«, brachen wenig später zum Friedhof auf, von wo sie sich – nachdem sie ihre Sträuße und Gestecke am Grabe des alten Mattulke abgelegt, allerlei gute Worte des Gedenkens an ihren Mann und Schwiegervater gesprochen (»frejlich hatte er auch seine Äcken und Ka-anten, wie wir a–alle«, so Isabella), auch ein bisschen um die Buchsbaumeinfassung des Grabes herumgehackt und geharkt hatten – wieder zum »Borstädter Krug« begaben.

Aus dem Nebenraum der Gaststätte, in dem sie feierten, dröhnte ihnen schon Musik entgegen. Cornelia und Andreas und das Zahnarztehepaar tanzten einen Dixieland. Flink, doch mit Vorsicht, drehten sie sich innerhalb der in Hufeisenform aufgebauten Tafelfläche, auf der allerlei Obst- und Cremetorten, Tellerchen mit Gebäck und Pralinen und als Dekoration Sträußchen aus weißen Kosmeen und roten Rosen standen. Die Plätze der Brautpaare an der Stirnseite hatte man wieder mit Myrtenzweigen geschmückt.

Andreas umschlang mit einem Arm seine Mutter, Cornelia seine Schwester, die ihrerseits beide Marie untergefasst hatten, und sie tanzten ein paar Schritte im Kreise.

»Haltet ein, Kinder, haltet ein!«, bat Marie, gleichermaßen ängstlich wie vergnügt. »In meinem Alter denkt man nicht mehr ans Tanzen, sondern an seine Schenkelhälse, so sagt man doch wohl medizinisch, nicht wahr, ihr Doktors?«

Die Frauen ließen sich vorn an der rechten Seite der Tafel nieder. Isabella kurz entschlossen zwischen dem jungen Zahnarzt und Cornelias Onkel, dessen Sohn den Abschluss der Reihe bildete, unmittelbar neben Hannes Kamprad, der sich mit Rundfunk- und Tonbandgerät, Plattenspieler und Verstärkeranlage an der Trennwand zum Schankraum postiert hatte. Als Sonny merkte, dass sie zuseiten Werris und nicht Andreas' zu sitzen kam, wechselte sie demonstrativ ihren Platz mit ihrer Mutter. Elvira blickte freundlich in die Runde – während eine Hitzewallung sie neuerlich überfiel. Werri grinste spöttisch zu seiner Schwester hin.

Die achtete nicht auf ihn, nickte lächelnd Rosas Eltern zu, die ihr gegenüber zwischen ihrem Schwestern- und Schwägeranhang und Cornelias Eltern Platz genommen – und sowohl jetzt das stumme Geplänkel der Geschwister verfolgt hatten als auch von ihrem einstmaligen derbwortigen Zerwürfnis wussten. Rosas Vater verzog – offensichtlich aus Solidarität zu Werri – keine Miene; sitzend wirkte er noch unscheinbarer als in seiner vollen Mannesgröße. Und zwischen den beiden Frauen – rechts sein eigenes Weib in thronender freundlicher Positur, links Cornelias Mutter mit dem Flair der selbstbewussten schönen Dame – saß er von vornherein auf verlorenem Posten.

Sonja fragte, rundum gut vernehmlich, die Zahnärztin an ihrer Seite: »Kennen Sie hier im Osten eigentlich auch schon Jacketkronen aus Porzellan und künstliche Wurzelimplantate?«

»Ja, wir k e n n e n sie«, antworte die Zahnärztin, schmunzelte.

Elvira schaute besorgt zu Werri und hörte angespannt Sonja zu.

Marie sagte: »Erich war immer auf das Leben bedacht, hielt nicht viel vom Totenkult.«

»Ja, Mama«, entgegnete Elvira. »Mach dir keine Gedanken deswegen! Wir kümmern uns schon um das Grab, damit Vater seine verdiente Ruhe hat.«

Cornelias Mutter gab dem Ober durch Winken zu verstehen, dass es an Kaffee zunächst genug sei, aber noch eine Schüssel Schlagsahne fehle; sie hatte den gesamten Speisezettel zusammengestellt, einschließlich der Mittags- und Abendmahlzeit, des kalten Büffets, sich zur Absprache darüber extra an einem Tag vom Chauffeur ihres Mannes nach Borstädt fahren lassen.

»Wer soll dat bloß alles äßen!«, stöhnte Isabella.

»So sieht das Hungertuch des Sozialismus aus, Tantchen, an dem wir nagen!«, sagte Werri.

»Je saurer verdient, umso süßer genossen – Genossen!«, meinte der junge Zahnarzt. Cornelia und Sonja lachten. Und Cornelia fügte hinzu: »Der Morgen grau, der Abend blau.«

»Hast du dich auch vergewissert, dass deine Braut kein Blut im Schuh hat, Bruder?«, wandte sich Werri an Andreas.

»Aschenputtel ist heutzutage männlichen Geschlechts!«, antwortete dieser und schickte sich an, einen seiner Schuhe vorzuzeigen.

»Nun ist genug!«, mischte sich Elvira ein. Und Rosas Mutter unterstützte sie: »Wer heiratet am Morschen, hat am Amd och noch zu gehorschen – seiner Mutsch natierlich!«

Ins Gelächter ließ Hannes Kamprad »Wiener Blut« aufrauschen. Die Sitzordnung lockerte sich bald auf. Rosas Vater, ein konsequenter Gegner des Rauchens, erging sich ein bisschen draußen vor dem Lokal in frischer Luft. Streitbare Themen kamen auf. Cornelias Cousin, der Physiker werden wollte, diskutierte stehend mit Hannes Kamprad. Er frage sich, ob an den Befürchtungen, dass sich zukünftige Technik verselbstständige, nicht etwas dran sei. Es gebe doch auch Phänomene in der Natur wie das Aussterben ganzer Arten. Krankheiten, die Suchten, die irgendwann ihre Eigengesetzlichkeit hätten, losgelöst von ihren Antrieben, Ursachen verliefen. Mit den Halbleitern sei die zweite industrielle Revolution eingeläutet worden. Aber was werde es erst bedeuten, wenn man in einem winzigen Chip das Vielfache eines genialen menschlichen Gedächtnisses speichern, die abgerufenen Informationen bewerten, kombinieren, aus ihnen Schlüsse ziehen könne! Ein Umbruch heutiger Zivilisation! Das intellektuelle Vermögen eines Akademikerheeres in einem Computer von den Ausmaßen eines Fingerhutes. Unser Denken aus den Großhirnzellen in intelligente elektronische Bausteine verlagert!

»Das automatisierte Denken«, schränkte Hannes Kamprad ein. »Eine Fähigkeit zur Überschau – aber nicht zur Vorausschau! Und kannst du dir vorstellen, dass jemand über Neuerungen grübelt, ohne ein erhebendes oder meinetwegen aufgrund misslicher Erfahrungen auch niederdrückendes Gefühl dabei zu haben? Das ihn aber so oder so anspornt! Letztendlich sein Motiv ist! Verlang es also nicht von einem Automaten, der vielleicht tausendmal schlauer ist als wir – aber ohne Seele!«

»Bravo, Hannes!«, rief Andreas, der im Vorbeitanzen die letzten Sätze mitgehört hatte. »Physiker müssen rechtzeitig wissen, dass Technokratie eine Irrlehre ist. Wenn schon – dann Psychokratie! Wer anders als wir Psychologen und Psychiater könnte schließlich die Menschen zum Umdenken bewegen: von bloßer Konsum-, Sinnen-, Genussfreudigkeit zur Freude an Kreativität! An philosophischem Eros!«

»Ha!« Cornelia lachte hell auf. »Pharisäer!«

»Oder Märtyrer?«, sagte die Zahnärztin. »Nichts dann mit Hochzeitsnacht – von nun an Keuschheit! Wenn schon, so möchte man doch zu jemanden aufblicken wie zu einem ›Weltgeist‹, einem ›Brahma‹! Auch der Absolution wegen!«

»›Macht, dass der Mensch mit Wenigem zufrieden sei!‹, forderte der große Kant. ›So werdet ihr gütige Menschen machen, sonst ist es umsonst‹«, brachte Andreas vor.

Die Damen ließen ihre Tänzer stehen und liefen Arm in Arm und lachend hinaus in die Gaststätte.

»Die Philosophen, die Künstler ... und in aller Bescheidenheit wir Lehrer sind die Erzieher der Nation!«, sagte Hannes Kamprad. »Nicht nur ›Sprachrohre des Zeitgeistes‹ sein!«

Sonja, die etwas ungehalten auf Marie eingeredet hatte, schaute sich kurz um, da der Ausspruch sie an ein Wort ihres lesebesessenen Schwiegervaters Blümel erinnerte.

Rosas Tanten und Mutter berieten sich über ein Zitronencremerezept für Torten. Ihre Männer debattierten über Fußballergebnisse. Cornelias Onkel teilte Isabella gerade unter dem Siegel der Verschwiegenheit mit, dass e r für den mittäglichen Rehbraten gesorgt habe; hauptsächlich stelle er aber Meister Reineke nach: mit Tellereisen, die er am Abend getarnt in die Spur ausbringe – um den Räuber am Morgen, Auge in Auge, zu fassen. Ein lüsternes Gurren stieg aus seiner Kehle, als ginge es im nächsten Moment der fuchsigen Isabella an den Kragen. 70 bis 80 Pelze in einer Saison – das mache ihm nicht so schnell einer nach! Isabella wollte so viel Tüchtigkeit und Mut ihre Anerkennung zollen – da vernahm sie über sich in beinahe beschwörendem Flüsterton: »Es ist ein hinterlistiges, feiges und brutales Unternehmen, das mein Vater da betreibt: einem angeschlagenen, gefangenen Tier mit dem Knüppel zu Leibe zu rücken! Um sein Fell nicht zu beschädigen!« Die beiden Alten blickten sich alles andere als konsterniert, eher ein bisschen belustigt an, und Isabella sagte: »Ach, Jungchen, das Leben ist hart gepflastert; man findet reijn ni-ichts, wenn man seinem Glück nicht ein wenig na-achhilft.«

Elvira hatte sich zu Cornelias Mutter gesetzt, während Cornelias Vater das Gespräch mit seinem Schwiegersohn suchte. Die Frauen – sehr nahe waren sie sich noch nicht gekommen – betrachteten einander mit dem Wohlwollen und dem Respekt wie etwa zwei Schauspielerinnen, von denen jede die andere ein bisschen bewunderte – aber auch um ihre Hauptrolle fürchtete. Cornelias Mutter meinte, dass es wohl nur zu natürlich sei, dass man an seinem einzigen Kind sehr hinge; selbstverständlich freuten sie sich, nun mit Andreas – einem so netten und strebsamen jungen Mann, wie man ihn sich für seine Tochter nicht besser wünschen könne – ein zweites Kind hinzuzubekommen. Andererseits diese Entfernung! Sie würden in das junge Paar keineswegs dringen, mit in ihr Häuschen zu ziehen; obwohl zumindest vorerst noch genug Platz für sie alle darin wäre – aber Jung bei Jung und Alt bei Alt, sei schon die richtige Devise. Freilich ein Stück näher bei sich hätten sie die Kinder gern.

»Ja, das verstehe ich«, sagte Elvira; und ihr war, als senke sich eine schwere Last auf sie nieder, drücke sie gegen ihren Stuhl. »Mit Ihrem Zimmer im ›Bellevue‹ sind Sie hoffentlich zufrieden? Es ist das einzige Haus in unserem Ort mit Logis. – Aber wäre es nicht an der Zeit, dass wir uns duzen?«

Die Männer sprachen über berufliche Dinge. Cornelias Vater äußerte Hochachtung vor der Tätigkeit des Psychiaters. »Fast ein Leben lang zwischen diesen bemitleidenswerten Geschöpfen. Doch sind wir in unserer hektischen Zeit nicht im Grunde alle gefährdet? Vielleicht sogar alle ein bisschen neurotisch? Von irgendwelchen Ängsten geplagt? Hut ab jedenfalls. Geduld, eigene innere Festigkeit – sind vermutlich das Wichtigste für euch?«

»Ich glaube, vor allem Verständnis«, sagte Andreas. »Nicht dirigieren und vorschreiben, sondern verstehen und auf die Sprünge helfen. Gefühle bewusst machen, Wünsche, Hoffnungen, Entbehrungen, Entsagungen. Sich selbst zu erkennen!«

»Die Fragekunst des Sokrates lebt offenbar wieder auf! Mäeutik! Du fragst – und meine Antworten verhelfen mir zu neuen Einsichten. Das mir Mögliche zu tun!«

Andreas wollte einwenden, dass der Psychiater jedoch nicht in die Rolle des allwissenden, unfehlbaren »Heiligen« schlüpfen dürfe, sondern seine Kunst gerade darin bestehe, in den Äußerungen seines P a t i e n t e n die wesentlichen, oft verborgenen Lebenshaltungen und -gefühle aufzuspüren – das Primäre sei also d e s s e n Aussage, nicht s e i n e ärztliche Frage, aber seine Schwester unterbrach plötzlich ihn wie die allgemeine Plauderei.

»Lass mich doch endlich in Ruhe!«, fuhr sie zornentbrannt, doch auch mit einem Anklang Weinerlichkeit in der Stimme ihre Großmutter an; und Marie wäre gewiss am liebsten in den Boden versunken. »Wie soll ich mit einem Bruder auskommen, mit ihm reden, womöglich freundlich tun – der mich verleugnet hat! Bloß weil ich mir erlaubt habe, bei euch zu bleiben. Ein Stück von der Welt zu sehen!«

Werri wollte weitertanzen. Sich wie unbeteiligt, desinteressiert geben. Doch Rosa zog ihn zurück zu ihrem Platz. Hannes Kamprad legte eine Platte von Sinatra auf: »My kind of town …«, und ging in die Gaststube hinaus, aus der Cornelia und ihre Freundin gerade zurückkehrten. Sie staunten über die Stille und betretene Starre in der Runde. Grimassierten aus Verlegenheit. Cornelia huschte zu ihrem Vater und zu Andreas hin; der seinen Bruder in einer Weise anschaute, die wohl ausdrücken sollte: ›Du kommst jetzt nicht drumherum, etwas zu sagen.‹ Die Zahnärztin setzte sich leise zu ihrem Mann an den Tisch. Lediglich Isabella und Cornelias Onkel redeten noch miteinander, prosteten sich mit halb vollen Biergläsern zu.

»Was soll ich dir antworten, Schwester?«, sagte Werri in förmlichem Tone und mit einer Miene wie: Es hat sowieso keinen Zweck. »Die Welt ist nicht heil!«

»Und was kann i c h dafür? Außerdem lebe ich nicht zweihundert Jahre – bis zu ihrer möglichen Gesundung!«

»D u wolltest bloß ein Stück in die Welt hinaus – und i c h wäre um Haaresbreite auf dem Abstellgleis gelandet.«

»Auch dafür hätte ich nichts gekonnt.«

»Ja, wofür k a n n man denn etwas, wenn nicht für stinkenden Eigennutz, für törichte Blindheit!«, begehrte Werri nun auf.

»Mama, sag ihm, dass er ›stinkend‹ zurücknehmen soll! Oder kümmert e r sich um dich etwa mehr als ich? Wer töricht ist, wird die Geschichte beweisen, wie man hierzulande schön zu sagen pflegt; das kränkt mich nicht.«

»›Das kränkt mich nicht‹«, äffte Werri seine Schwester nach. »Bildest dir wohl ein, eine Dame von Welt zu sein? Mit Pelzen behängt – aber von jedem Penny abhängig! Du wärst heute in deiner ehemaligen Näherei vielleicht Direktrice, hättest einen Ingenieur als Mann. Wäre das nichts? Das große Glück scheints drüben ja auch nicht zu sein.«

»Für das Glück gibt es nirgendwo Garantie«, antwortete Sonja stolz. »Ich war einmal sehr glücklich und heutzutage bin ich nicht unglücklich. Ich bereue nichts. Am wenigsten – und das war in der Zeit mit Walter schon so, in meiner ersten Ehe – dass ich nicht mehr Näherin bin. Lieber etwas kürzer und intensiver gelebt als ständig mit Sparflamme. Und dass ich nicht lache: Bist du nicht tausendmal abhängiger als ich! Jahr für Jahr von engen Grenzen. Tag für Tag von einem unzulänglichen Angebot. Ja, Stunde für Stunde von deinen lieben Genossen, vor denen du eine freundliche Miene aufsetzen musst – auch wenn sie dir gerade in den Hintern getreten haben!«

»Was heißt überhaupt, die Geschichte w i r d es beweisen!«, rief Werri, als habe er Sonnys Entgegnung völlig überhört, und schnellte hoch. »Hat sie es nicht längst getan?« Er legte sich die flache gespreizte Hand auf die Brust. »Hat unsere Familie schon jemals einen O f f i z i e r hervorgebracht? Er zeigte auf Andreas. »Hat sie schon jemals einen A k a d e m i k e r besessen?«

»Das kennen wir«, sagte Sonja spöttisch und wandte sich ab. »Vom Bauern zum Institutsdirektor und umgekehrt. Und was kam dann? Die erste Missernte!«

Unbeeindruckt lief Werri um den Tisch herum, fasste seine Mutter bei der Hand:»Komm! Bitte!« Er winkte seinen Bruder herbei. Und sie traten zu dritt in die Mitte der Tafelrunde.»Das Wichtigste wisst ihr noch gar nicht: Nämlich, dass unsere Mutter seit Kurzem zu den Oberhäuptern in dieser Stadt gehört! Wir können ruhig sagen – auch wenn es vielleicht jemanden gibt, der darüber die Nase rümpft – zu den R e g i e r e n d e n !« Er wollte wohl in Anlehnung an einen Referee einen Arm seiner Mutter wie den einer Siegerin emporheben, aber die sträubte sich dagegen. Cornelias Eltern und Rosas Mutter klatschten Beifall. Isabella sagte:»Elvi-irachen, das is doch nich mö-öchlich – bist du jetzt Senato-orin?«

»Jawohl, Isabella!«, bekräftigte Werri und forderte auch die Unterstützung seines Bruders heraus.»Nicht wahr, Andreas?« Und sie sagten wie aus einem Munde; wobei sie jeder einen Arm um ihre Mutter legten:»Es ist nun unsere Frau Mutter Senator!«

Elvira hatte das Ganze mehr wie eine Pein, denn eine Ehrung über sich ergehen lassen. Schien eher jeden Moment wegzulaufen, als Werri als Alibi dienen zu wollen. Und erst die Umarmung ihrer Söhne hatte sie wohl jetzt mit der vertrackten Situation ein wenig – buchstäblich »versöhnt«.

»Macht nicht so viel Gesumse, Kinder!«, sagte sie kaum hörbar. »S t a d t v e r o r d n e t e bin ich – weiter nichts! Und ich gäbe sonst was drum, wenn ich e u c h regieren könnte: zu Friedlichkeit und Toleranz – wenn es denn Liebe nicht mehr …« Nun versagte ihr gänzlich die Stimme, und sie drehte sich rasch um und verließ den Raum.

Hannes Kamprad entschied sich für französische Chansons.

»Kennt keiner ein paar Witze?«, fragte Cornelias Mutter; ein Verlangen, das man von allen Anwesenden ihr gewiss am wenigsten zugetraut hätte. Ihr Schwager steuerte sofort Jägerlatein und einige neuere Ostfriesenwitze zur wenig humorigen Unterhaltung bei. Hannes Kamprad verlas ein Dutzend Maßregeln und Strafandrohungen, wie sie aus Festzeitungen geläufig sind.

Georges Brassens sang:

»… wenn Gott mir dereinst die Hand
auf die Schulter legt und sagt: ›Geh
und sieh nach, ob
ich da oben bin!‹«

Rosas Mutter und ihre Schwestern forderten ihre wenig animierten Männer zum Tanz auf. Rosa rief leicht beschwipst: »Stimmung!« Dann wechselte Rockmusik mit Schlagern der Fünfzigerjahre. Und damit gelang der Durchbruch. Nach Herzenslust tanzte und scherzte man auf einmal. Sodass später, als Isabella und Rosas Mutter unter dem Jubel der ganzen Gesellschaft eine Polonaise anführten, und kurz darauf, als man sich zum Abendessen niedersetzte, man derart in Schwung und fröhliche Unterhaltsamkeit geraten war, dass kaum noch einer an den Streit vom Nachmittag und die sich anschließende aufgesetzte Heiterkeit dachte.

Der Abend zog sich bei Gemütlichkeit und Turbulenz dahin. Die Älteren beobachteten, die Jüngeren zärtelten ein bisschen häufiger. Je später es wurde, umso öfter traten Werri und Rosa ins Zentrum des Geschehens. Tonangebend im Gesang und Gelächter. Mit wildem Tanz. Werri mit einem Solo zu »Kalinka«, das besonders Cornelia begeisterte, da sie nicht für möglich gehalten hatte, dass man trotz Beleibtheit so behände sein konnte: wie er flink und kraftvoll aus der Hocke seine Beine emporschleuderte!

Plötzlich war auch einer der Genossen aus Werris Regiment wieder unter ihnen, ein Hauptmann, und Werri sang:

»Auf, auf denn und trinket
den köstlichen Trank!
Ihr vornehmen Römer
aus Gold euren Wein.
Teuts Weiber und Söhne
aus dem Kruge von Stein:
Juvivallerallerallera!«

»Meine Schwester gefällt dir wohl, Leo?«, fragte Werri den Hauptmann, der interessiert zu Sonja schaute. Sie tanzte gerade mit Andreas; allerlei Scherzchen vollführten die beiden: liefen weit auseinander, umfingen sich wieder, drehten sich bis zum Taumel, gingen in die Knie, hüpften, klatschten, jauchzten. »Ein fesches Weib war sie immer schon!«, sagte Werri. »Und hat sie nicht auch recht, Leo: Haben mich nicht meine eigenen Genossen im Stich gelassen, mir in den Hintern getreten, wie sie sagt? Was heißt, es sei nicht mehr die Zeit für solche Aktionen? Für mich ist immer die Zeit dafür. Sind wir nicht zu dieser Konsequenz erzogen worden!?«

Andreas rief: »Jetzt gibts Kaffee, Bruderherz, den bösen Weingeist zu vertreiben!«

»Weißt du Grünschnabel vielleicht, w e l c h e r Geist heutzutage gefragt ist? Woran man glauben soll?«, antwortete Werri mürrisch, erhob sich und ging hinaus.

»Trink wenigstens du bitte nicht so viel!«, sagte Elvira mit Blick auf Werri zu ihrer Tochter, als Sonja sich wieder zu ihr gesetzt hatte.

»Ja, sie trinkt zu viel«, meinte Marie.

»Sagt's eurem Kronsohn! Für uns Frauen ist's sowieso einerlei, ob wir trinken oder nicht trinken«, erwiderte Sonja. »Ihr müsst's doch besser wissen als ich! Sobald der zarte Schmelz bröckelt, aber spätestens, wenn es auf die vierzig zugeht und die Jungen nachrücken, merken wir so und so, dass wir die benachteiligten Geschöpfe auf dieser Erde sind!«

Isabella und Cornelias Onkel tranken Brüderschaft. Hannes Kamprad hatte irgendwelchen Ärger mit der Technik. Werri kam wieder zur Tür herein und deklamierte:

>>Wer sich zwischen zwei Stühlen hält,
sitzt bald mit dem Arsch auf der Erden!
Es gibt nichts Schöneres auf der Welt,
als Offizier zu werden!<<

>>Küsst euch!<<, rief Sonny Andreas und Cornelia zu. >>Küsst, küsst!<<
Rosas Verwandte beratschlagten offenbar schon über ihren Aufbruch. Werri tanzte mit Rosa einen Schieber und sang:

>>Mein Rös-chen ohne Hös-chen
ganz famös-chen, fa-mös-chen, fa-mös-chen ...<<

Sonny kicherte und sagte beschwipst: >>Hörst du ihn, Mama? Er ist ein Ferkel! Ein Schuft!<<, und sie kicherte wieder, blickte zu ihrem Bruder hin, der ihr – nun wie beseelt – eine Kusshand zuwarf. >>Es ist wie früher: E r darf sich alles erlauben, i c h mir nichts!<<
Und zum ersten Mal an diesem Abend lachte Elvira herzhaft, als hörte sie Sonnys Kindermund.

Rosas und Cornelias Hoffnung

Wenige Monate später, im Frühling des neuen Jahres, war Rosa guter Hoffnung. Und Cornelia hegte die Hoffnung, dass Andreas ihr bald zu ihren Eltern nachfolgen würde. Sie hatte eine sich plötzlich bietende Gelegenheit wahrgenommen, Borstädt und ihrer Internistenlaufbahn zu entsagen und dafür in ihrem Heimatkreis eine vakante Ausbildungsstelle zum »Facharzt praktischer Arzt« zu belegen.

»Liebster Mann! So schnell gewöhnt man sich aneinander – dass Briefe nicht mehr genügen: Ich kann nicht mehr richtig schlafen, essen, den Feierabend genießen. Mutter und Vater wieder häufiger, um sich zu haben ist schön; aber eben nicht die wahre Liebe (mein Vati meint übrigens, er habe de facto die Zusicherung des Kreisarztes, dass für die Praxis in Oberhain auch eine nervenärztliche Planstelle eingerichtet werde, da das einem dringenden Bedürfnis der Bevölkerung im Kreis entspreche). Kommst du mit deiner Dissertation voran? Ich kann mich im Augenblick zu nichts weiter als zum täglichen Klinikdienst aufraffen. Schreckliche Vorstellung: Auch noch promovieren zu sollen! Irgendwann eigene Kinderchen versorgen zu müssen! Ein Baumaschinist aus unserer Verwandtschaft, ein neunzehn Jahre altes Kerlchen, verdient sage und schreibe so viel wie wir in fünf Jahren als Fachärzte! Haben wir da nicht wenigstens ein Recht auf einen angenehmen Arbeitsplatz?«

»Meine liebe Cornel! Manchmal kommt mir der Gedanke, dass du mich vor allem deshalb geheiratet hast, um mich an dein imaginäres Traumhäuschen in Oberhain zu ketten. ›Dein Eifer für dein Haus verzehrt mich!‹, ein Wort von Jesus. Und ich ertappe mich immer häufiger dabei, wie ich mir das Leben dort schön vorstelle. Ein eigenes Heim im Grünen, Arbeits- und Erholungsort. Zwei Autos, man ist schnell in der Kreis- oder in der Hauptstadt, kein Garagenproblem, keine Notwendigkeit, um sich standesgemäß eingerichtet zu fühlen, auch noch einen Bungalow zu erwerben oder zu erbauen. Der See wie ein Swimmingpool gleich hintenan. Bei nötigen Reparaturen am Häuschen die Handwerker nicht irgendwann und unwillig, sondern sofort und beflissen, man ist schließlich wer! Kein Dr. X in einer x-beliebigen Klinik, sondern d e r Doktor. Der die Großeltern, Eltern und auch die Kinder behandelt und kennt. Das Leben wäre schön rund. Ich bin wie elektrisiert, sage mir immerzu: Du musst hinter Cornelia her! Sonst brennt dir eine Sicherung durch! Doch wohin – wenn dieses aufgeladene Teufelchen im Leibe zur Ruhe gekommen ist? Du mokierst dich über meine ›Verrückten‹, aber – nimm's mir nicht übel – bei ihnen p a s s i e r t doch wenigstens etwas! Allgemeinmediziner könnte ich nicht mehr werden, mittlerweile fehlt mir die Einstellung dazu: von früh bis spät geschwollene Mandeln und Ohrenschmalzpfropfe, fiepende Bronchien, verdorbene Mägen! Hochachtung trotzdem, Cornel, dass du es wagst, dich auf tagtäglich 70, 80 Patienten einzulassen! Als Psychiater zur Ausbildung in Berlin wäre ich dir aber nicht viel näher als hier in Borstädt! Professor Oeser ist gefällig und nett wie immer, nur, je mehr Ergebnisse ich zusammentrage, desto mehr scheucht er mich nach weiteren umher. Als sei ich Pythias Sohn, der ihm das neuzeitliche Orakel eröffnet hat! Wir beuten unsere armen Irren nämlich ganz schön aus: Berechnet an ihren Arbeitsleistungen im Krankenhaus ist ihre Vergütung ein Almosen! Und die Pflegesätze zu ihrer Betreuung sind die niedrigsten in der Medizin! (Von wem die Gesellschaft nicht mehr allzu viel an Leistung erwartet, der ist ihr anscheinend auch nicht allzu viel an Leistung wert?)«

»Das darfst du nicht wieder schreiben, das ist gemein! Mir geht es nicht um das Haus (obwohl es nicht imaginär ist!), sondern um uns! Ich liebe dich – wenn das ein Argument d a f ü r wäre? Sonst komme i c h eben zurück! Als dein ›Blitzableiter‹ bin ich mir allerdings zu schade. Du weißt, ich wäre nie weggegangen, wenn d u es nicht akzeptiert hättest; insofern ist unsere Trennung eine Prüfung, ob du mich eigentlich r i c h t i g brauchst.«

»... Richtig! Falsch! Cornel, man b r a u c h t sich! Auch ein bisschen als ›Blitzableiter‹! Und mit jedem Jahrzehnt vermutlich ein bisschen anders. Das ist deine typische hinterhältige Bescheidenheit, der ich einmal und immer wieder auf den Leim gegangen bin! Außen Zurückhaltung, während es innen zum Angriff bläst! Unsicherheit spielen, aber selbstsicher sein! Im Madonnengewand die Hexe: die liebenswerteste freilich, die ich kenne. Hast du dich nicht mit Vorbedacht im Hörsaal stets in die erste Reihe gesetzt? An demselben Platz allezeit dasselbe allerliebste Persönchen. Das prägt sich nicht nur ein: Das okkupiert! Blicke, Wörter ... Herzen! Der Herren Professoren – und wie erst des braven Studienjahressekretärs. Fünf Semester lang zuvor in Rostock Büffler- und Agitatorseele! Kaum ein anderer Weg als der vom Hörsaal in irgendeine Leitung der Uni, in irgendein Sitzungszimmer, zur Mensa, ins Studierkämmerchen. Die Augen in die Ferne gerichtet – und im Sachsenland in die erste Reihe zu dieser herzigen Brünetten! Gelegentlich brach sich dein Inneres zur Oberfläche Bahn; dein süffisantes Lächeln, als ich mich auf der Beststudentenkonferenz verheddertte: W i d e r den inhumanen Leistungsdruck im kapitalistischen Gesellschaftsgetriebe! F ü r ihn im Sozialismus! Höchstleistung ist normal! Ideen sind Pflicht! Dein Beistand: Bewusstsein ist nicht abrechenbar, aber kostet uns zu viel, nicht ersetzlich, aber zu langwierig. Alles w i d e r eine Verzerrung des Leistungsprinzips! Mehr als der Hälfte der Mitglieder unserer FDJ-Leitung strichen wir damals ihr Leistungsstipendium! Xanthippe und Epiphania! Und ich: ein Hurra-Rufer! Der nun entdeckte, dass zu einer Haltung außer Gläubigkeit auch Gründlichkeit und Zivilcourage gehörten ...«

Nach solchen Briefen trafen sie sich an jedem Wochenende. Bisweilen auch noch dazwischen für eine Nacht. Einmal fuhr Andreas zu Cornelia, das nächste Mal kam sie zu ihm. Später, im Augenblick ihrer endgültigen Trennung, schätzten sie diese Stunden als ihre glücklichsten ein. Als hätte das befürchtete Ende ihrer kurzen Ehe sie ganz füreinander frei gemacht. Für ihre Empfindungen, für Sinnesfreuden, die sie im Übermaß aneinander genossen – wie aus Angst, es könnte das letzte Mal sein. Ein ständiges Angezogen-Werden und Sich-Fliehen!

Des Öfteren kam es zu kleinen Auseinandersetzungen. Sagte Cornelia: »Wenn ich schon nicht aus dem Land hinaus kann, wie ich will, möchte ich mich wenigstens drinnen einrichten, so gut es geht.« – »Um in diesem Borstädt zu verkommen, hätte ich bloß Scheuerfrau werden brauchen!«

Oder Andreas: »Ich muss auch an meine Mutter denken: Was und wen hat sie denn außer ihrer Arbeit und mir!«

»Nein! Dass du derart heuchelst, lasse ich nicht zu!«, entrüstete sich Cornelia. »Du bist ein Ehrgeizling! Deine Mutter ist dir scheißegal!« Danach zu trauter Kaffeestunde bei Elvira: »Stimmts, Mama: In einem Häuschen auf dem Lande fühltest du dich bei uns doch gut aufgehoben?«

Ein kurzer forschender Blick Elviras zu ihrem Sohn, der schweigend in seiner Tasse rührte – und lächelnd, ohne Antwort, ging sie in die Küche. Ein andermal von Cornelia erneut hierzu angesprochen: »Ach, ich weiß nicht, Kinder, stehe ich euch nicht im Wege?«

Elvira liebte diese Nachmittage in ihrer kleinen Familienrunde. Freute sich bereits Tage zuvor darauf. Meist aßen sie bei ihr schon gemeinsam zu Mittag. Ein Spaziergang zu dritt (selten waren außer Cornelia und Andreas auch Rosa und Werri zugegen) oder ein Schläfchen, Kaffeezeit, plaudern, häkeln oder stricken, ein bisschen lesen. Vor dem Abschied das Abendbrot … Für Elvira erfüllte Tage, die sie stets mit wilden Einkäufen, aufwendigen Koch- und Backprozeduren und ausführlichen Reinigungen ihrer Wohnung vorbereitete.

Als nach ihrem Studium Cornelia und Andreas nach Borstädt gezogen waren, hatte Cornelia Elvira oft auf einen Sprung besucht; gleich im Rathaus, kurz vor Feierabend, oder in ihrer Wohnung in der Lindenstraße.

»Keine Angst, es ist nichts Schlimmes passiert, Frau Mattulke!« (Erst nach der Hochzeit sagte sie »Mama Mattulke« oder einfach »Mama« zu Elvira.) »Ich komme nur zu einem Plausch. Ihr guter Sohn zieht es heute wieder vor, sich mit der Dame Wissenschaft zu beschäftigen; ich finde, um diese Zeit eine reichlich anstrengende Person!«

Manchmal brachte sie ein kleines Geschenk mit: ein Spitzendeckchen, eine hübsche Keramikschale, einen winzigen Zinnleuchter. Oder nur ein schlichtes Blumensträußchen als Aufmerksamkeit. Und Elvira versuchte ihrerseits, mit schwer zu erlangenden Büchern, begehrten Schallplatten, kleinen Modeartikeln Cornelia hin und wieder eine Freude zu bereiten.

Oh, wie war Elvira aufgelebt! Gar so sehr geizte das Leben anscheinend doch nicht mit ihr. Mit seinen kleinen Wonnen. Erinnerungen an ähnliche gemütliche Stunden mit ihrer Tochter Sonja im Blümelschen Hause waren in ihr wieder aufgekommen. Dann das ungeheure Glück der Reise nach Hamburg! An die Hochzeit ihrer Söhne dachte sie wie an ein kostbares, doch mit manchem Kummer behaftetes Familienstück.

»Erzähl, Mama, erzähl von deiner Arbeit!«, forderte Andreas sie neuerdings wieder häufiger auf, sofern sie allein waren. »Du gehst mir wieder zu sehr in dich.«

»Nein, sorg dich nicht meinetwegen! Du hast mit deiner Doktorarbeit und deiner jungen Frau genug am Hals. Verstehs richtig, Junge; ich wünsch dir ja so sehr, dass du beides in den Griff kriegst, wie man so sagt. I c h bin mit mir ganz zufrieden; wenn es nur um euch und vor allem um Sonny so gut stünde.« Sie zeigte ihm ein Bild, das einem zum Teil von Marie diktierten Brief Isabellas beigelegt war; ein Schnappschuss in Isabellas Wohnung: Sonja in ausgelassener Stimmung, die Beine lang auf dem Couchtisch, in der erhobenen Hand ein volles Weinglas, irgendeinen Toast ausbringend. Nicht sehr damenhaft, nicht mehr sehr nüchtern – mit trunken verklärtem Blick, die Lider und Wangen leicht verquollen. »Wir schicken dir dieses Foto gegen Sonnys Willen«, stand dazu in dem Brief. »Aber es hilft ja alles nichts. Solche Szenen häufen sich! Rede ihr bitte ins Gewissen, liebe Elvira! Auf dich hört sie eher als auf ihr ›Großmuttchen‹. Ich kann ihr ja nicht böse sein. Sie glaubt doch tatsächlich, dass ihr Mann von diesen heimlichen

Trinkereien nichts merkt! Isabella findet sie auch weniger schlimm, aber ich, die das Alkoholzeug nicht riechen mag, bin in großer Sorge.« Ein korrigierender Nachsatz von Isabella: »Elvi-irachen, Kindchen, ich weiß nicht, was ich davon halten soll. Unsere Sonny verträgt nix mehr. Manchmal möchte ich lachen, manchmal weinen.«

Und Elvira berichtete ihrem Sohn wieder einmal von ihrer Arbeit. Von Problemen ihrer Kollegen: einer jüngeren Juristin, die sie nur vom Mittagstisch her kenne, tätig als Notar, ihr Mann sei Arzt. Sie habe Schwierigkeiten, ihre Tochter auf der Oberschule unterzukriegen! »M i c h hätte dein Lehrer ins Gebet genommen, wenn ich's n i c h t g e w o l l t hätte! So schnell ändern sich die Zeiten! Was für e u c h gut war, wirds nicht unbedingt für eure K i n d e r sein!« Nun versuche sie, über eine Berufsausbildung mit Abitur für ihre Tochter ihr Ziel zu erreichen; irgendein Weg müsse sich ja finden lassen. Gott sei Dank sei die Verlegung der Oberschule nach Limburg-Unterlaura vorerst aufgeschoben worden. »Aufgrund der öffentlichen Meinung!« Fritz Weitendorff habe man zum Ehrenbürger von Borstädt gewählt; viele würden, wie sie meinen: »Ein überfälliger Beschluss«. Eine »Werkstatt der Laienchöre« ihres Kreises wollten sie ins Leben rufen und alle zwei Jahre organisieren. Die Rasenfläche vor dem »Ehrenmal für die Opfer von Faschismus und Militarismus« im Rosa-Luxemburg-Hain solle in die Gestaltung der kleinen Mahn- und Gedächtnisstätte einbezogen werden, um dieser ein repräsentativeres Aussehen zu verleihen. »Ist es nicht eigenartig, dass so viele Jahre nach Umbenennung des Hains trotzdem fast nur in der Amtssprache vom ›Rosa-Luxemburg-Hain‹ die Rede ist, aber ansonsten jedermann weiterhin vom ›Wettinhain‹ spricht? Dabei glaube ich, dass es auch nicht das Geringste mit dieser tapferen Frau selbst zu tun hat – und noch weniger mit den Wettinern! – Ach, nein, Junge, das gefällt mir nicht! Ich sehe es dir doch an, ich langweile dich!« Elvira war vom Tisch aufgestanden und zum Fenster gegangen. »Du bist in Gedanken bei deiner Cornelia oder deinen Patienten! Das ist ja in Ordnung. Aber geh bitte nicht mit mir um, als sei i c h deine Patientin!«

Andreas trat hinter sie, sagte: »Entschuldige, Mama! Es ist schon eine verfahrene Chose. Ich muss sie bald irgendwie lösen.«

»Spring nicht auf den falschen Zug auf, Junge! Und – sag, um Himmels willen: I c h bin doch nicht schuld, wenn ihr auseinanderlauft?«

Vierzehn Tage nach diesem Gespräch mit seiner Mutter fasste Andreas sich ein Herz. Aber er wartete damit bis zum letzten Moment. Als er am Zug von Cornelia Abschied genommen hatte, sie eingestiegen war und das Abteilfenster – da ein rauer Wind wehte – schon wieder ein Stück hochgedreht und noch gemeint hatte: »Die vergangenen Wochenenden waren weiß Gott unterhaltsamer. Du warst diesmal recht zugeknöpft. Vielleicht sollten wir wieder einmal eine Pause machen?«

»Ich fürchte, sie wird uns nicht mehr helfen«, antwortete Andreas und winkte mit einer kurzen Handbewegung einem Bekannten zu, der eben erst aus dem Zug ausgestiegen war, als habe er die Ankunft verschlafen; scheinbar interessiert schaute Andreas ihm hinterher. »Wir spielen und spiegeln uns etwas vor. Verunsichern uns und andere: Weißt du, dass meine Mutter glaubt, s i e sei an unserem Dilemma schuld? Verrückt, nicht wahr? Die Wahrheit ist: D u würdest in meinem Myhlener Klinikum kaputtgehen und i c h dort oben in dieser Einöde. Meine Großeltern haben auch einmal gehofft, mit einem Haus ihre Ehe zu befestigen.« Er schrie nun fast, als nehme er Cornelia ihr Schweigen, ihre Starre übel, und weil sie das Fenster wie ein Roboter langsam weiter nach oben kurbelte. »Aber wir sind nicht so wie sie. Um letztendlich bis zum Tode getrennt zu leben! I c h bin nicht so stark wie mein Großvater, und d u hasst mich nicht wie meine Großmutter ihn hasste!« Cornelia nickte mechanisch; als wolle sie sagen, dass sie ihn in diesem Augenblick sehr wohl hasse.

Der Zug fuhr an, und Andreas schrie neuerlich (wie um Kraft seiner Stimme sich selbst vollends zu überzeugen): »Es ist sinnlos!«

Keine Regung mehr von Cornelia. Kein Wort des Widerspruchs – wie ein durch Schweigen Geschlagener blieb Andreas zurück.

Cornelia reichte die Scheidung ein. Und Mitte August, zum ersten Termin vor Gericht, wurde ihre Ehe geschieden. Noch am selben Tage fuhr Cornelia mit einem jungen Oberarzt des Kreiskrankenhauses, an dem sie derzeit als Assistenzärztin hospitierte, an die Ostsee in Urlaub. Andreas feierte zwei Tage darauf mit Hannes Kamprad nachträglich die Verteidigung seiner Dissertation, überlegte, ob er nicht aus der begonnenen Psychiaterlaufbahn noch einmal ausbrechen sollte – und bewarb sich mit dem zwiespältigen Segen seines Chefs, Professor Oeser, in Rostock als Schiffsarzt.

FÜNFTES KAPITEL

Iduna oder Seemannsbraut

Andreas hatte die Vorstellung, durch die neuen Aufgaben und ein äußerlich bewegtes Leben als Schiffsarzt am ehesten zu Cornelia einen inneren Abstand zu gewinnen. Für zwei Jahre, dann wollte er zurück an seine Klinik. Auf seine Bewerbung erhielt er jedoch von der zuständigen Direktion Schifffahrt des verkehrsmedizinischen Dienstes die Antwort, dass zwei Jahre praktischer Tätigkeit als Arzt Bedingung seien. Ebenso wie Erfahrungen in kleiner Chirurgie, Befähigung zur Blinddarmoperation, zu stomatologischer Behandlung, Kenntnisse in Hygiene und Ernährungskunde, Haut- und Geschlechtskrankheiten. Er legte seinen Plan auf Eis. Vertiefte sich stattdessen in die Psychiatrie, begann eine zusätzliche psychotherapeutische und psychoanalytische Ausbildung. Professor Oeser freute sich, seinen jungen Assistenten für sozialpsychiatrische Forschung weiter zur Verfügung zu haben.

Als nach zwei Jahren die Direktion Schifffahrt anfragte, ob er noch Interesse an einer schiffsärztlichen Tätigkeit habe, verneinte er zunächst. Cornelia hatte inzwischen wieder geheiratet. Seine Schwester Sonny war mit ihrem Mann Alexander Kopinski von Hamburg nach London verzogen. Werri hatte man wieder befördert. Die Amerikaner waren auf dem Mond gelandet ... Andreas wollte wenigstens seine Approbation als Nervenarzt in der Tasche haben. Urlaube und Wochenenden nutzte er, um sich in Praktika und Hospitationen auf die Seefahrt vorzubereiten. Dann schien ihm eine Verschnaufpause angebracht. Durch Cornelias Entscheidungsfreudigkeit wäre ihm fast die Motivation für den Schiffsarzt abhandengekommen. Werri musste er versprechen, dass Großmütter-, Schwestern- und Tantenbesuche im Westen für ihn nicht infrage kämen. Die Brüder, die, voran Werri, die sozialen Ideen und Ideale dieses Staates grundsätzlich befürworteten, zumal sie sie am eigenen Leibe fördernd wahrgenommen hatten, waren sich aber auch seltsam einig in der Akzeptanz von Hintertürchen wie der Seefahrt, um Reglementierungen und starre Grenzen zu überwinden. Und für Abenteuer jedweder Art hatten beide ein Faible.

In puncto seiner geliebten Schwester Sonny beabsichtigte Andreas keineswegs, die formale Zusage an seinen Bruder einzuhalten, falls er Gelegenheit zu einer Begegnung mit ihr haben würde. Von seinem anderen Vorhaben hatte er ihm gar nichts erzählt. Sonja hatte ihren Alex extra nach London-Bloomsbury dirigiert, weil Isabella ihr eingeflüstert hatte, dass dort im Kriege ein »sehr, sehr guter Freund« ihrer Mutter gelebt habe. Als Elvira davon hörte, meinte sie: »Ja, ein guter Tennisfreund.« Isabella habe wohl etwas falsch verstanden, eine Adresse in London habe sie nie gekannt. An ausgiebige Nachforschungen hatte Sonny auch gar nicht gedacht. Für sie war es mehr ein wohlig-kribbliges Gefühl, in dieser Londoner Gegend mit dem Geheimnis ihrer Mutter zu leben.

Gegen Ende des Studiums, als Andreas schon einmal mit einer schiffsärztlichen Tätigkeit geliebäugelt hatte, war ihm eingefallen, dass sie in ihrem Semester einen Lukas Isakess hatten. Gelegentlich kamen sie zu einem zwanglosen Gespräch zusammen. Andreas berichtete von seinem Plan und dass seine Mutter in Königsberg einen Tenniskameraden namens Isakess gekannt habe. Ob sein »Großonkel«, wie sich herausstellte, Tennis gespielt habe, wusste Lukas nicht, aber ein Königsberger war er. Vielleicht könne Andreas ihn in Hamburg, wo er lebe, besuchen? Er selbst werde ja wohl vor seinem Rentenalter keine Möglichkeit dazu haben.

So war Andreas zu einer Hamburger Adresse gekommen, die seine Mutter »vielleicht einmal besessen, aber vergessen oder schusselig verlegt« hatte, wie sie sagte. Vermutlich, weil für sie bedeutungslos. Andreas' Interesse hingegen wuchs in den Jahren seiner Ausbildung zum Facharzt, da er von seinem Studienkameraden Lukas auch erfahren hatte, dass sein Großonkel als Psychiater praktizierte …

Nun war Andreas ein erstes Mal in Hamburg. Sein Schiff lud noble Karossen für Korea. Vor dem morgigen Nachmittag war an ein Auslaufen nicht zu denken. Rotterdam und Antwerpen standen in Westeuropa noch auf ihrer Route. Mittags hatte Andreas eine Sprechstunde abgehalten, fällige Tetanusauffrischungen vorgenommen. Krank war zurzeit keiner.

Hamburg-Rotherbaum war sein Ziel, eine vornehme Gegend. »Prof. Jakob Isakess« stand auf dem Türschild. Ein Fahrstuhl hatte Andreas leise und geschwind in den vierten Stock getragen. Alles wirkte gediegen und fein. Holz, Metall, viel Glas. Der hagere ältere Herr, der ihm öffnete und ihn mit leiser freundlicher Stimme einzutreten bat, überragte Andreas trotz seines leicht altersgekrümmten Rückens noch ein wenig. Schlohweißer Haarkranz, große feine Hände, gekrümmte Nase und große gelbliche Zähne registrierte Andreas als Erstes. *Möglicherweise in jungen Jahren ein guter Sportsmann,* dachte er. Mehr konnte er sich beim besten Willen nicht vorstellen.

Tee und Plätzchen waren aufgetischt. Und die Herren kamen schnell aufs Fachliche. Ja, der liebe Lukas, sein Großneffe (die Großväter ihrer beiden Familien waren Brüder) wollte unbedingt Internist werden. Ein Fach, das auch ihn anfangs sehr interessiert habe, wie er überhaupt zu Beginn seiner beruflichen Laufbahn sehr der Naturwissenschaft verbunden gewesen sei. »Freud war mir ein Dorn im Auge. Ein spekulativer Tausendsassa. Erst das Leben lehrte mich, einzulenken. Zu Zeiten, da ich Ihre liebe Frau Mutter beim Tennisspiel kennenlernte, war ich noch völlig verbohrt. Naturwissenschaft hatte bei Ursachenforschung das absolute Primat, psychodynamisches Denken allenfalls pathoplastische

Bedeutung. Es drang nicht zum Kern der Dinge vor. Dabei hatte der große Bleuler [1] sogar bei der Schizophrenie neben organischen und endogenen schon psychodynamischen Aspekten das Wort geredet. Aber was erzähle ich von mir, junger Freund! In der DDR hat die Psychoanalyse wohl heutzutage noch einen derart verwaisten Platz wie einst bei mir?«

Andreas musste sich erst sammeln, denn ihn hatte vor allem die Sprache des Professors beeindruckt. Sie klang mitunter etwas hart, weil sehr prägnant, Vokale und Umlaute betont, das T war T und nicht wie im Sächsischen ein D, das Jot verweichlichte viel seltener als bei Isabella. Im Grunde war es die Sprache, die er von Mutter, aber auch von Werri und Sonja kannte, die ja noch in Königsberg zur Schule gegangen und für das Sächsische weniger anfällig waren als er. Andreas erwiderte: »Die klassische Psychoanalyse führt bei uns tatsächlich noch einen verordneten Dornröschenschlaf. Eine sogenannte intendiert dynamische Therapie eines Herrn Höck [7] wird bevorzugt. Sie will den therapeutischen Leiter und die Patientengruppe auf ein gemeinsames Ziel orientieren. Der Leiter gewährt zunächst Abhängigkeit, entzieht sie jedoch alsbald unkommentiert. Löst dadurch heftige Aggressivität aus. Heilung durch Überwindung der Abhängigkeit. Herr Freud grüßt um die Ecke.«

Professor Isakess lachte. Es war kein abwertendes, sondern ein verstehendes Lachen. Er sagte: »Vielleicht könnte damit eine stille Rebellion der Jugend, bei Ihnen gegen die allzu diktatorischen roten, bei uns gegen die allzu glatten braunen Alten Erfolg haben? Besser jedenfalls als Steinattacken auf der Straße und Gerangel in den Hörsälen!« Und er fügte hinzu: »Bei Ihnen vom Ich zum Wir, bei uns zur echten Demokratie!«

Nun lachte Andreas ein bisschen aufsässig, denn er spürte sehr wohl den kleinen Seitenhieb. Isakess fuhr unbeirrt fort [6, 10]: »Mitscherlich und Habermas haben bei uns im vergangenen Jahrzehnt die Psychoanalyse zu einer leitenden sozialphilosophischen Theorie gemacht. Sie gegen andere sinnträchtige Systeme wie die Existenzphilosophie und kritische Theorien der Orientierungskrise eines Walter Benjamin und Adorno abgesetzt. Die Studenten lernten, Freuds Gedanken als Selbstaufklärungsweise zu verstehen, nachdem der an sich als Psychopathologe so großartige Jaspers sie mit seiner rigorosen Negation verunsichert hatte. Mitscherlich und seine Frau hielten uns an, sie zu kollektiver Trauerarbeit zu nutzen, da unser Volk die Fähigkeit zum Trauern nach der großen Katastrophe offensichtlich verlernt hatte [11]. Obwohl sie mehr nottat, als je zuvor. Für mich persönlich waren Worte von Viktor von Weizsäcker besonders wichtig, dass Therapie und Heilung ein umstürzlerisches Moment haben könnten [16]. Etwa wenn wir in einer Ehekrise ungelebtes Leben entdecken und vom nur funktionierenden zu einem etwas vollkommeneren Menschen werden. Mitscherlich spricht von der Selbstverborgenheit des Sinnes! Ein herrliches Wort, nicht wahr? Zu dessen Erschließung wir nicht unbedingt Ärzte und Psychologen benötigen. Meine wissenschaftliche Position hat sich in den vergangenen fünfzig Jahren um 180 Grad gedreht: weniger durch Wertewandel als durch Erfahrung. Die biologischen Psychiater gestalten ihre Vorstellungen heutzutage nach psychodynamischen Modellen, wie es aussieht, da auf zellulärer und molekularer Ebene offenbar kein rechtes Vorankommen ist. Doch die Übersetzung der Psychoanalytiker fällt ihnen nicht leicht, hat noch etwas verzweifelt Gewolltes. Es ist zu einer Umkehr gekommen, scheint mir. Sozialmedizin und Psychoanalyse zeigen der Naturwissenschaft den möglichen Weg. Aber ihre Zeit als Domäne wird etwa mit der Genforschung auch wiederkommen ...«

Andreas fiel auf, dass sich der Professor von der Objekt- in die Subjektposition begeben hatte. Isakess schaute ihn gütig lächelnd an. Natürlich konnte Andreas sich nicht denken, dass der alte Herr ihm in diesem Moment besonders nahe war. Sie hörten das Einklinken einer Tür und Isakess sagte: »Meine Tochter! Sie kommt vom Sport zurück. Macht mir Sorgen. Seit vor zwei Jahren ihre Mutter verstorben ist, neigt sie zur Melancholie.«

Herein trat jedoch eine Dame mit fröhlich-beschwingtem Gang und lachenden Augen. Sie fiel ihrem Papa um den Hals, küsste ihn auf die Wange, reichte Andreas mit lang ausgestrecktem Arm die Hand, sagte: »Katia«. Andreas war aufgestanden und nannte brav seinen Namen. Sie nickte dankend und lief mit den Worten »Mach mich nur kurz etwas frisch!« wieder hinaus. Ihr Vater rief ihr hinterher: »Ja, und zeig unserem jungen Freund dann unsere schöne Gegend! Er ist zum ersten Mal in Hamburg.«

Andreas hatte sich wieder gesetzt. Er war gelinde gesagt etwas verwirrt. Hatte er doch ein larmoyantes Pummelchen erwartet, keine selbstbewusste junge Frau, die sogar im Trainingsanzug aufmerken ließ. Im Hinausgehen hatte sie ihr zu einem Pferdeschwanz gebundenes langes schwarzes Haar gelöst und hochgesteckt. Auf des Vaters Anregung noch »Ja, gern!« geantwortet.

Isakess sagte: »Sie muss hinaus, sitzt zu oft trübsinnig bei ihrem alten Vater rum. Schade, dass Ihr Schiff morgen schon wieder ausläuft.«

Andreas' Gedanken waren mit Katias Augen beschäftigt. Ein leuchtendes Blau. Auch Werri hatte dunkle Haare und blaue Augen. Aber in diesem Gegensatz wie bei Katia hatte er es noch nie gesehen. Ihr Haar war pechschwarz. Vermutlich wie in jungen Jahren auch das ihres Vaters. Und Andreas stellte jetzt auch fest, dass der alte Herr ebenfalls blaue Augen hatte. Ein Jude mit blauen Augen! Gab es das überhaupt? Später erhielt er durch Katia Aufklärung. »Ja, Papa ist ein echter Jude. Meine Mama nannte er oft ›mein jüdisches Viertelchen‹. Und ich bin wohl nur noch ein ›jüdisches Achtelchen‹.« Sie lachte.

Da es abends empfindlich kühl wurde, hatte Katia einen Rollkragenpullover angezogen, dazu Röhrenjeans und eine dunkelblaue Fliegerjacke mit Lammfellkragen.

»Wenn du die Marine präsentierst, muss ich die Lufthoheit betonen«, sagte sie. »Welchen Rang hat man eigentlich als Schiffsarzt?«

»Man ist ein Erster Offizier«, antwortete Andreas. Er war froh, dass sie ihn so unkompliziert duzte. Ihr Haar fiel jetzt locker über ihren Rücken. Ihre blauen Augen faszinierten, aber irritierten ihn auch. Als seien sie für ihn etwas Willkürliches, Künstliches in seinem eben erst gewonnenen Bild von ihr. *Kein Papa anhänglicher Pummel, sondern eine schöne Frau,* sagte er sich. *Wie ein Déjà-vu mit verstörendem Blick.*

Sie gingen den Harvestehuder Weg entlang. Prachtvolle Villen aus dem späten 19. und frühen 20. Jahrhundert säumten ihn. Östlich die Außenalster, ihr Wasser von einer leichten Abendbrise kräuselnd. Vereinzelt kleine Schaumkämme. »Mit dir zusammen kann ich hier auch wieder ein bisschen staunen«, sagte Katia. »Über den romantischen Historismus mit seinen Türmchen und Zinnen. Über Neorenaissance, Neobarock und Jugendstil. Aber allein meide ich den Weg meist, weil mich zuweilen ein Gruseln befällt: Straße der Millionäre, Paläste der ›Pfeffersäcke‹ und Senatoren – in den Dreißigerjahren verdrängten die Nazis die reichen Juden. SA- und SS-Führer logierten hier, die Wehrmacht, nach dem Krieg die britischen Besatzer.«

Andreas nahm Katias linken Arm und klemmte ihn unter seinen angewinkelten rechten, was sie gern geschehen ließ. Im Laufen hatte sie ihn wiederholt mit dem Ellenbogen oder mit der Hüfte wie versehentlich angestoßen. Seitdem Andreas Freud gelesen hatte, glaubte er nicht mehr so recht an Versehen, Versprechen, Verhören. Jedenfalls deutete er solches Erleben gern positiv in seinem Sinne. Jedoch wollte er Freud auch nicht überstrapazieren. Die alten Psychiater meinten zum Beispiel, dass Déjà-vus nicht selten Wahncharakter hätten oder einfach Täuschungen seien. Es gab Tausende und Abertausende schöner Frauen.

Es dunkelte. Am Vorgarten eines Bürohauses in der Rabenstraße zum Harvestehuder Weg hin fasste Katia Andreas' Hand und zog ihn in den

Garten hinein. Hinter hohen Büschen stand dort eine bronzene Dame. Fast im Flüsterton sagte Katia: »Iduna – die germanisch-keltische Göttin der Jugend und Unsterblichkeit.« Die Dame war zierlich, schlank, ihr Blick zärtlich-melancholisch, kleine spitze Brüste, ein schöner ovaler Kopf – wenn nicht das kurze Haar gewesen wäre, hätte Andreas geglaubt, Katia bestaunte ein bisschen ihr Ebenbild. »Ist sie nicht schön?«, sagte sie. »Ich meine nicht den Körper, sondern ihre Souveränität. Sie bewacht die goldenen Äpfel, die den Göttern ewige Jugend und damit Unsterblichkeit geben. Als mannstoll beschimpfte man sie, weil sie ihre schönen weißen Arme schützend um den Mörder ihres Bruders legte.«

»Ob es Äpfel vom Baum der Erkenntnis waren?«, fragte Andreas.

»Wer weiß?«, antwortete Katia – und es klang jetzt mehr schelmisch als andächtig. »Vielleicht auch einfach vom Baum des Lebens?«

Sie ließ seine Hand bis zu ihrem Haus in der Magdalenenstraße nicht mehr los. Und Andreas fragte sich schon, ob er mutiger sein sollte. Katia zog ihn ungemein an. Er hatte diesen Sog, seit die Frauen ihn mit über zwanzig für sich entdeckt hatten, schon wiederholt gespürt, wenngleich ihm selten nachgegeben. Bei Cornelia, ja. Doch es war ein anderer Sog, vor allem von Sympathie und gemeinsamen Studienzielen getrieben. Gab es eine Neigung sui generis? Von Liebe auf den ersten Blick wollte er nichts wissen, hielt sie für zu einfältig. Befand er sich in der Position eines katholischen Priesters, der das menschlich Grenzenlose spürte – im Bewusstsein einer menschlich unerbittlichen Grenze, die viele den Eisernen Vorhang nannten? Von Freuds Es, Ich und Über-Ich wusste er noch zu wenig. Das Es ein Lustmotor ohne Logik und Moral. Das Über-Ich mit Biederkeit und Verboten. Dazwischen das Ich – wie ein Häufchen Unglück zerrieben?

Im Fahrstuhl blickte er Katia in die Augen: Brannte sie auch ein bisschen? Nach drei Stunden des Kennens? Schmunzelnd erwiderte sie seinen Blick. Als die Fahrstuhltür sich öffnete, schubste sie ihn sanft hinaus.

Zum Abendessen hatte sie sich umgezogen – und Katia sendete nun Signale auf ihre Art: im dünnen eng anliegenden schwarzen Wollkleid mit langen Ärmeln und extrahohem Rollkragen. *Sie wirkt wie verpackt – für die Sünde,* dachte Andreas. Denn fast alles, was ihr Körper ihm an Schönheit zeigen konnte, zeigte sie sorgsam verhüllt.

»Es ist wirklich jammerschade, dass Sie schon wegmüssen«, sagte Professor Isakess. »Ich glaube, Sie haben meiner Tochter gutgetan. Wie auch mir – es war sehr angenehm, wieder einmal mit einem Kollegen über die Psychiatrie zu schwätzen.«

Sie plauderten noch über dies und das. Andreas erfuhr, dass Katia eine Schwesternausbildung absolviert hatte, in einer Eppendorfer Klinik arbeitete. Noch an ein Studium dachte. Sie war acht Jahre jünger als er. Man erwog, sich auf der Rückreise wiederzusehen, falls Andreas' Schiff erneut Hamburg anlief.

Mit dem letzten Ferry boat gelangte Andreas von den Landungsbrücken zu seinem Schiff. Aufgewühlt, doch froh gestimmt, stürzte er sich in den nächsten Wochen und Monaten in seine Arbeit. Er hielt täglich zweimal Sprechstunde. Stimmte mit der Hygienekommission und dem Chefkoch Speisepläne und Desinfektionsmaßnahmen ab. In Singapur wollten sie das Schiff gegen Kakerlaken ausspritzen lassen. Er impfte, bohrte Zähne, röntgte, legte Gipse an, vernähte Schnittwunden, inzidierte Abszesse, die besonders in den Tropen rasch aufblühten. Er amputierte Fingerglieder, wenn einer das Schott vor dem Nachfolgenden zu heftig und unvorsichtig zugeworfen hatte. Es gab nie eine Zeit, in der er als Arzt völlig sorgenfrei war. Wenn doch einmal, dann spielte die Crew im nächsten Hafen garantiert gegen eine einheimische Elf oder eine andere Schiffsbesatzung Fußball – und Andreas hatte mit schmerzhaften Distorsionen oder geschwollenen Knien mit »tanzender Patella« zu tun, sodass er punktieren musste. Es war die bewegte Arbeit eines Allgemeinpraktikers. Der Seelenarzt

wurde höchstens abends einmal bei Wodka und Cola in Konflikte eingeweiht.

Hinzu kamen seine eigenen Konflikte. Während der langen Liegezei-
ten auf Reede in Korea, China und Vietnam hatte er Muße, darüber nach-
zudenken. Eben hatte er sich von einer hübschen engagierten Dame getrennt, weil er nicht auf dem Land versauern, sondern an der Universität
forschen wollte. Nun schickte er sich an, sich Hals über Kopf in eine
Dame zu verlieben, von der ihn diese schier unüberbrückbare Grenze
trennte. Konnte er positiv werten, was auf den ersten Blick eher negativ
zu Buche schlug? Der Schwiegervater ein schon etwas älterer Herr, aber
ein renommierter Wissenschaftler. Wenn die Hormone sich beruhigt hatten, bedeutete eine Fernbeziehung Ruhe zur Arbeit. Und mit einem Mal
spürte Andreas, dass er auch als Praktiker auf einem entlegenen Landstrich hätte glücklich werden können. War er ein Hans im Glück: die
eine mit Haus und Hof in die Arme eines anderen getrieben, frei wie ein
Vogel, ohne Bürde – stand die Nächste schöner und verführerischer vor
ihm? Was normalerweise nur attraktiven amerikanischen Präsidenten
passierte, sofern sie ihr Stützkorsett schamhaft verbargen. War Scham
statt Stolz angebracht? Liebe brauchte Zeit und Freizügigkeit!

Als sie auf der Rückreise wieder in Singapur Halt machten, um Wasser und Diesel zu bunkern, schickte Andreas folgenden Brief ab: »Liebe
Katia – oder soll ich K a t u n a schreiben, weil du Iduna so schätzt und
weil, seit ich dir begegnete, ein Schub von unversiegbarer Lebenskraft
mich anzutreiben scheint? Ich wollte nur eine Zeit als Schiffsarzt arbeiten, um Ablenkung zu haben, eines Studienkameraden Grüße seinem
Großonkel zu überbringen – und wurde unverhofft eingefangen von einem Zauber. Deinem! Denn deine Natürlichkeit und Schönheit bezau-
berten mich, Katia. Schönheit vergeht, sagt man. Aber nur, wenn sie
nicht der Liebe begegnet, von Eitelkeit genährt wird. Mag das Gesicht
alter Menschen ein bisschen verknautscht aussehen – die Erinnerung

ihrer Liebe erhält es ewig schön. Vielleicht haben die Menschen sich deshalb immer wieder Götter ausgedacht, weil ihnen das nicht bewusst war. Du wirst ewig schön sein, liebe Katia, denn ich glaube, ja, ich bin gewiss, dass ich … Ich denke nicht, dass es innere oder äußere Kräfte gibt, die uns vorbestimmt lenken – und doch werde ich dieses Gefühl jetzt nicht los.

Herzliche Grüße auch an deinen Herrn Papa.

Ich umarme dich sehr.

Andreas

PS: Von unserem Kapitän erfuhr ich soeben, dass wir Antwerpen und Rotterdam wieder anlaufen werden, Hamburg sei nicht sicher – und wenn, dann nur für Stunden. A.«

Vor Antwerpen schickte Andreas an Katia ein Telegramm: »Sind übermorgen in Hamburg. Komme gegen 15 Uhr. Knapp drei Stunden Ausgang. Am Abend wieder Auslaufen. Gruß, Andreas.«

Obwohl es Andreas also sehr zu Katia hinzog, hatte er auch widerstrebende Gedanken: Wenn er nicht hinginge, hätte es auch keine Folgen. Womöglich sahen sie sich nie wieder? Weshalb sich den Stress antun? Der alte Herr würde ihn wieder mit seinen psychoanalytischen und psychiatrischen Kenntnissen verblüffen. Und mit Kekschen füttern. Ob Katia überhaupt auf ihren Nachmittagssport einmal verzichten würde? Vermutlich war sie entschiedener und konsequenter als er selbst.

Sie öffnete ihm – im Nachthemd! Zart gelb, mit gehäkelten Gänseblümchen im Oberteil. Kichernd hielt sie sich die Hände vor ihre kleinen bebenden Brüste. »Papa ist bei Freunden, kommt erst zu Mitternacht wieder«, sagte sie statt einer Begrüßung. Andreas trat ein. Und nun fielen sie sich um den Hals. Ihr erster Kuss schon ein heftiges Verlangen. Ihre Lippen wanderten über Hals und Wangen. Andreas, als der Erfahrenere, sagte sich, dass die Frauen viel klüger und zupackender seien als sie Männer. Behutsam wollte er wenigstens sein! Cornelia war dafür immer sehr dankbar gewesen. Also trug er Katia in ihr Schlafzimmer, legte sie aufs Bett, zog sich so rasch er konnte aus und legte sich zu ihren Füßen. Er streichelte sie, küsste Fußsohlen und -rücken, sagte: »Auch deine Füße sind schön, Katuna.«

Sie wollte ihn zu sich hochziehen, ließ es aber sogleich, als er ihr Nachthemd langsam bis zur Hälfte hochschob und sein Mund den Bewegungen seiner Arme folgte. Katia schloss die Augen, atmete tief und sagte: »Danke für den wunderschönen Brief. Ich habe noch nie so einen Liebesbrief erhalten.« Er bedankte sich, indem er seine Lippen und seine Zunge tupfend und züngelnd über ihren Körper gleiten ließ. »Es ist auch schön, dass du ein bisschen frech bist«, sagte sie mit stockender Stimme. Aber als er ihr das Hemd nun gänzlich über den Kopf auszog, wollte sie mehr teilhaben am Liebesspiel – und sie umarmten und küssten sich nun immer heftiger und ungeduldiger, wie ein Liebespaar, das sich lange kannte und nur gemeinsam die wollüstige Höhe genießen wollte …

So blieb es über Jahre. Denn wir müssen einen Sprung machen, die Liebenden ihrer selbst willen verlassen, damit sie ihren Weg suchen. Ob sie ihn finden, wissen wir noch nicht. Andreas glaubte später manchmal, dass Jugend, Schönheit und Wollust ihn geblendet hätten, er dadurch die unweigerliche Katastrophe nicht nahen sah. Katia fand ihr Zusammensein unvermindert wunderbar und erfüllend. Es hätte so bleiben können. Für sie gab es keine Katastrophe. Höchstens Verdruss, Trauer und Verlust, wogegen sie anzukämpfen versuchte.

In dem Jahr nach ihrem Kennenlernen unternahm Andreas noch eine letzte Reise als Schiffsarzt. Sie liefen auch wieder Hamburg an. Andreas hatte etwas mehr Zeit, der alte Isakess war für ein paar Tage bei Freunden, sodass er über Nacht bleiben konnte. Sie kamen buchstäblich nicht aus den Betten. Ein paarmal weinte Katia. Es waren Tränen des Glücks und der Trauer, wie sie gestand. Was Andreas nicht für möglich gehalten hatte. Er wollte wie geplant wieder an seiner Klinik arbeiten.

»Dann komm ich zu dir!«, rief Katia spontan und unter Tränen. »Jedes Jahr für vierzehn Tage!« Andreas umarmte sie, sagte: »Das wäre wunderbar, Katunchen!« Aber sie glaubten in diesem Moment wohl beide nicht, dass sie eine gemeinsame Zukunft hätten.

Am Abend entschlossen sie sich, nach Keksen, Schokolade, belegtem Brot am Tage, in einer nahen Gaststätte noch etwas zu essen. Katia sagte lachend: »Ich habe mehr Hunger als nach drei Tagen ununterbrochenem Hockeyspiel.« Erst wollten sie beide Steaks mit Pilzen essen, dann entschieden sie sich für Fisch. Katia für Zander, Andreas für Tintenfisch. Er sagte: »Tintenfisch ist das Lieblingsgericht der Albatrosse – dieser wunderbaren Segler über den Meeren, die, wohin es sie auch in der Welt verschlägt, sich lebenslange Treue halten, immer wieder zueinander zurückkehren!«

Katia meinte später zu Hause: »Gut, dass sich der Hunger von euch Männern nicht immer von unserem unterscheidet. Als Mädchen glaubte ich es noch. Einmal hatte ich auf Papas immer unaufgeräumtem Schreibtisch einen Artikel gefunden: ›Hunger auf Sex?‹ Es war eine polemische Schrift gegen Freuds ›Sexualkrämerei‹, wie Papa eine Zeit lang, als er in jüngeren Jahren ganz der Naturwissenschaft verschrieben war, gemeint haben muss. Nicht weit von dem Artikel entfernt lag in dem Stoß von Papieren die Kopie eines Bildes von Gustave Courbet: schrecklich – eine Vulva! Wie sollte man darauf Appetit, geschweige denn Hunger haben?! Ich stöberte überall nach Bildern dieses Courbet, fand schöne farbenprächtige aus der Natur: Ein Mädchen in einer Hängematte fällt mir ein. – Ich weiß gar nicht mehr, worauf ich hinaus, was ich dich fragen wollte«, stoppte Katia etwas verlegen ihre Rede.

»Vielleicht, ob die Vulva nun ein Objekt der Kunst oder der Begierde sei?«, antwortete Andreas nicht ohne Vergnügen. »Ich denke beides: Als

Objekt der Kunst ist sie realistisch, verursacht allenfalls Aufregung, als Objekt der Begierde« – er beugte sich zu ihr ans Ohr, küsste es und flüsterte: »sehr sinnlich und …«

Als sie dann wieder aneinandergeschmiegt im Bett lagen und Andreas merkte, dass ihn eine Runde Schlaf überfiel, sagte er: »An dir ist übrigens alles erregend, Liebes, deine Beine, dein Leib, deine Augen …«, und schon halb im Schlaf murmelte er Freuds Worte über den Eros: »›Die Kraft, – die alle – Welt – zusammen – hält …‹«

Elvira im Wahn

»Ich fahre in jedem Jahr nach Hamburg«, sagte die alte Frau zu Elvira. »Für eine Woche. Dann reicht es mir auch wieder für ein Jahr.«

»Ja«, sagte Elvira leise und nickte in Gedanken.

»In Horn wohnt meine Schwester. ›Bei den Zelten‹ – ist das nicht lustig? In einem Zelt haust sie wahrhaftig nicht! So gediegen und schön, wie sie wohnt. Alles wie ausgesucht: Teppiche, Geschirr, Wäsche. Die Möbel noch aus kompaktem Holz! Dabei heißt es, dass vieles hier bei uns hergestellt würde. Na ja, in die Grube können wir sowieso nichts mit hinabnehmen! – Ach, entschuldigen Sie, habe ich Sie verletzt? Sie sind in Trauer. Ihre Tochter? Mein herzliches Beileid. Ich gehe schon seit drei Jahren, seit dem Tode meines Mannes, in Schwarz; da wird der Anblick fast zur Gewohnheit. Denken Sie nicht schlecht von mir, junge Frau! Im Alter wird man nur ein bisschen bequem und schrullig. Erst wollte ich auch nicht mehr weiterleben. Aber dann vergeht Tag um Tag; na, wenigstens bin ich auf das Ende vorbereitet. Ja, warum bloß holt der Herrgott immer die Jungen?«

»Was meinten Sie?«, fragte Elvira verstört.

»Es geht leider nicht der Reihe nach, wollte ich sagen. Ist es Ihre Einzige gewesen? So, zwei Söhne haben Sie noch? Das Reden fällt Ihnen schwer, ich merke es. Ich habe leider niemals Kinder gehabt. Doch ein Mann ist manchmal auch wie ein Kind! Beinahe fünfzig Jahre haben wir zusammen verbracht; für wie viele ist es nicht schon das ganze Leben. Und was für eine Seele von Mensch war er. Postbeamter – nebenbei Kaplan! Nein, ich bin nicht undankbar, wenn es mit mir so weit ist. Meine Schwester hat Angst vor dem Tode, ich nicht! Kerngesund ist sie und fünf Jahre älter als ich – stellen Sie sich das vor; aber kaum ein Brief, kaum ein Tag meines Besuches bei ihr, wo sie sich nicht vor dem Sterben ängstigt. Freilich, wenn man noch jung ist. War sie krank, Ihre Tochter?«

»Nein – vielleicht, ich weiß es nicht!«

»Es ist ja auch alles nicht zu begreifen. Acht Geschwister waren wir daheim: sieben Mädchen, ein Junge; der Junge ist schon mit zwanzig an Tuberkulose gestorben. Ich wurde Köchin. Auch zwei meiner Schwestern. Zwei andere Sanitäterinnen. Eine Stenotypistin. Das Lieblingskind unserer Eltern. Herthachen hier, Herthachen da! Raten Sie, wer es war? Natürlich meine Schwester in Hamburg – die schon seit zwanzig Jahren jeden Augenblick stirbt; wir zwei sind die Letzten von uns acht. Sie kann nicht kochen, kann nicht nähen, aber hat den Kopf voller fremdländischer Wörter! Keinen Mann zu versorgen, keine Kinder. Die ganze Etage eines Hauses voller Bücher. Nein, nein, man darf nicht zu unbescheiden sein. Alles im Leben rächt sich!«

»Sie w a r nicht unbescheiden!«, rief Elvira. »Sie wollte nur ihr kleines Glück. Nicht hoch hinaus wie dieser …! – Verzeihen Sie! Ich hatte meine Gedanken woanders. Ich glaube, sie erzählten von Ihrer Schwester?«

»Ich werde jetzt lieber stricken«, sagte die alte Frau gekränkt.

Sie holte Wolle und Nadeln mit einem halb fertigen Jackenbündchen aus ihrem Gepäck hervor und vertiefte sich in ihre Arbeit. Für eine altgediente Köchin hätte sie wohl kaum jemand gehalten, eher für eine Erzieherin oder eine ehemalige Oberschwester. Klein und hager war sie. Ihre Haut wie ledern. Die Bewegungen flink und energisch. Der Blick aufmerksam; immer einmal über den Brillenrand hinweg auf Elvira gerichtet.

Die Frauen hatten das Abteil für sich. Der Zug war fest leer. Mit einigen Dutzend Menschen besetzt.

Elvira schaute bestürzt zur Uhr. Es kam ihr vor, als rase die Zeit wie der Zug dahin. *Hab Weile, Weile – es kommt alles früh genug!*

Gleißend stand schon zu dieser Vormittagsstunde die Sonne über den Feldern. Viele waren bereits abgeerntet. Ein sehr warmer Tag würde es wieder werden. Und wahrscheinlich ein gutes Getreidejahr. Alles ging weiter, als sei nichts passiert: Die Menschen reisten, ernteten … Tag, Nacht. *Ob Sonny das Selbstverständliche, Natürliche zuletzt auch als widersinnig empfand?*

Das Sonnenlicht blendete sie. Die alte Frau blickte wieder zu ihr herüber. Elvira schloss die Augen. Sie wäre gern bis Hamburg in einem dunklen Tunnel gefahren. Sie schluckte. Schluckte. Dass sie nach diesen Tagen, seit der schrecklichen Nachricht, überhaupt noch Tränen in sich hatte?

Es war so, wie die alte Frau sagte: *Alles im Leben rächte sich! Unsere kleinen Fehler schütteln wir ab, die großen bleiben in unserer Erinnerung – ein Leben lang! Nur Gott kann sie uns abnehmen, wenn es ihn gibt.* »Jeder Aberglaube hat seine Wahrheit«, hatte ihr Vater manchmal gesagt, wenn sie und ihr Bruder Rudolph über die Mutter gelacht hatten, weil sie sich partout »nichts Spitzes« – eine Anstecknadel, Bestecke und so weiter – schenken lassen wollte, weil es die Freundschaft zersteche. Man machte so vieles falsch im Leben und konnte kaum etwas wiedergutmachen. Wie hatte sie nicht mit den Kindern geschimpft, besonders mit Sonny, die immer an ihr herumzerrte, schneller voran wollte, da sie von irgendwo Musik hörte. In Königsberg – auf ihrem letzten Spaziergang als vollständige Familie! Wilhelm das vorletzte Mal in Urlaub; und sie fürchtete schon, es könnte auf lange Zeit das letzte Mal gewesen sein. Gespenstiger Trost. In dieser grauen Uniform, die ihm so gut stand, wie sie fand. Weil er darin entschlossener wirkte? Werri ganz stolz, zum ersten Mal in dem Matrosenanzug, den Marie genäht und ihm zusammen mit dem Großvater zum Geburtstag geschenkt hatte. Sonja in einem weißen Glockenrock. Die langen Zöpfe zu »Affenschaukeln« gebunden. Sie hochschwanger mit Andreas im Leib. Werri und Sonny hatten sie in der Schwangerschaft ordentlich traktiert – aber Andreas klopfte nur hin und wieder mal zaghaft an, wischte sachte über ihre Bauchwand; als wage er es nicht, sich mit Nachdruck bemerkbar zu machen.

Ein Tag wie heute war es gewesen. Geradezu schmerzhaft hell und warm. Spürte das Kind im Leib die Stimmung der Mutter? Stieß und strampelte es nicht, weil es Vorbehalte, sich nicht willkommen fühlte? »Doch, sorg dich nicht – ich freu mich jetzt auch auf das Kind!«, sagte Wilhelm auf der Holzbrücke des Schlossteiches. Sie war belebt wie sonst an Sonn- und Feiertagen. Überall, ringsum auf der Promenade, in den Terrassencafés, an den Bootsanlegestellen ein reges Treiben. Wären nicht die vielen Uniformierten gewesen, hätte man denken können, es sei ein Tag wie vormals, als sie mit Werri oder mit Sonja in anderen Umständen war: Sonnenschein, Trubel und Heiterkeit – Frieden. »Das sagst du so, Wilhelm. Dabei weiß ich nichts, weswegen ich mich n i c h t zu sorgen brauchte: Ob auch dieses, unser drittes Kind gesund wird? Ob du in diesem Jahr noch einmal Urlaub erhältst? Ob ich die drei werde ausreichend versorgen können? Ach, Sonja, nun ist aber mal Schluss! Dieses Gequengel und Gezupfe! Werri, es wäre furchtbar nett, wenn du dich ein einziges Mal mit deiner Schwester beschäftigtest – statt Steine ins Wasser zu schnipsen! Fehlt bloß noch, dass du jemanden in den Booten triffst!« Prompt hatte sie Streit mit Wilhelm wegen der Kinder gehabt. Noch nie hatte er ihnen irgendein maßregelndes Wort gesagt! Sein banger, wie selbst nachempfundener Grundsatz: »Sie zahlen es uns heim, womit wir uns an ihnen versündigt haben.«

Es ging nicht. Sie konnte an diesem Tag nicht geduldig und gütig sein. Alles um sie herum schien ihr gestellt! Geheuchelt! Unwahr! Eine vorgetäuschte friedevolle Welt! Neben der Oper am Paradeplatz spielte eine Militärkapelle muntere Weisen. Praktizierte man diesen Zauber tatsächlich immer noch? Oder nur ausnahmsweise heute? Wie lange war es her, dass sie mit Wilhelm und den Kindern hier regelmäßig sonntags vorbeigegangen war. Ein Weilchen gelauscht hatte. Wie früher mit ihren Eltern und ihrem Bruder. Ausgerechnet an diesem, ihrem letzten Tag in Familie hatte sie kein Verständnis gehabt: nicht für das Umhertollen ihrer Kinder. Nicht für die poetischen Neigungen ihres Mannes. Jede Faser in ihr hatte sich widerstrebt. Beklommen hatte sie ihren Leib befühlt. Spürte sie etwa schon die Senkwehen? Oder war mit dem Kind etwas passiert, dass der Körper die Frucht abstieß? Sie lehnte sich an einen Baum, drückte ihre Hände gegen ihren Unterleib. Wilhelm sah nichts, wenn er ins Schwärmen kam. Irgendeine Dichterin wohnte im Kneiphof, auf der Dominsel mitten in der Stadt. Oder hatte dort gewohnt. Wilhelms große schöne Hände auf den Schultern der Kinder – und seine bedrückend sanfte Stimme:

»… Höre mein Kind! Gletscher schmolzen
und Völker, die lange vergessen sind –
von Haff und See über das sumpfige Tal …«

»Nein, aufhören! Aufhören! Ich kann diese schnulzigen Ergüsse nicht mehr hören!«

»Ist Ihnen nicht gut?«, fragte die alte Frau Elvira.

»Nein, wieso? Habe ich wieder gedöst? Oder laut gedacht? Es ist so eine dumme Angewohnheit von mir, vor mich hinzusprechen. Wissen Sie, wenn man zu Hause so oft allein ist.«

»Ich kann das gut verstehen. Sie haben ja noch einen schweren Gang vor sich.« Die Frau legte ihr Strickzeug auf den freien Platz neben sich. Faltete ihre Hände und blickte andächtig geradeaus, in Elviras Richtung; als wolle sie für sie beten.

Elvira zuckte mit ihren noch auf ihrem Leib ruhenden Händen zurück, sagte: »Man kommt doch durcheinander, wenn man einen lieben Menschen verloren hat!«

»Seien Sie gottergeben!«, sagte die alte Frau. »Oder sind Sie nicht fromm?«

»Nein, eigentlich nicht. Nicht sehr. Aber ich bin mir auf einmal nicht mehr sicher. Es gibt wohl Zeiten im Leben, wo man nach einer großen Kraft sucht. Mir scheint, dass sich alles in mir umkehrt, zum Negativen wendet: Das bisschen Mut, das ich hatte, wird zu Kleinmut, Ängstlichkeit. Eben aufgekeimte Zuversicht schlägt in ein Gefühl der Ausweglosigkeit um!«

»Das vergeht, junge Frau, das vergeht. In der Heiligen Schrift steht: ›Aus sechs Trübsalen wird er dich erretten, und in der siebenten wird dich kein Übel rühren.‹«

Elvira erhob sich und sagte: »Es steht aber auch geschrieben: ›... und sie wurden gerichtet, ein jeglicher nach seinen Werken‹.« Sie glättete ihr schwarzes Kostüm. Blassgesichtig und wie zerbrechlich stand sie vor der alten Frau. Wie vor einem Hohen Gericht. Schien noch auf eine Erwiderung zu warten, sagte schließlich: »Unsere Güter können wir ins Grab nicht mitnehmen. Da haben Sie recht. Doch von unserer Schuld kommen wir auch dann nicht frei!«

»Ja, gehen Sie ein wenig Luft schnappen!«, sagte die Frau. »Es ist zu heiß hier im Abteil. Wenn Sie so freundlich wären, die Tür etwas offenzulassen.« Sie nahm wieder ihr Strickzeug zur Hand und schaute noch einmal kurz über ihren Brillenrand zu Elvira hin.

Dass man immer erst begreift, wenn es zu spät ist: I c h bin schuld, nur ich, dachte Elvira. Sie streckte ihre Hände zum Fenster hinaus in den Fahrtwind. Wie aus Abscheu, als seien sie wie die eines Henkers blutbefleckt. *Ich bin schuld: dass Andreas eine Frühgeburt wurde. Dass Wilhelm, kaum zurück auf seinem Wachposten an der litauischen Grenze, gleich wieder um Urlaub bat, ihn erhielt, und dafür nie wieder! Dass Sonny überstürzt zum ersten Mal heiratete, statt mit diesem Studenten ihre Jugend zu genießen. Dass sie nach dem Westen ging – und blieb! Dabei wollte sie bloß von uns weg, um sich zu beweisen, dass sie eigenständig war! Weil i c h sie zu sehr unterdrückt, gebunden habe!*

Ein heftiger stechender Schmerz durchfuhr ihr Herz. Sie hielt den Atem an. Presste ihre Hand gegen die Brust. Lehnte sich an das halb geöffnete Fenster und drehte ihr Gesicht in den kühlenden Luftstrom. Dann wagte sie, wieder zu atmen. Einmal, zweimal. Der Krampf löste sich.

Wäre es nicht ein schöner Tod? Wenn man zu müde ist, zu leben; so, wie ich jetzt. Was bleibt mir noch zu tun, als Chorauftritte zu organisieren, ein paar Zeilen Ankündigung für die Kreisseite der Presse, hin und wieder ein Conférencier aus der Haupt- oder ein Operettenbuffo aus der Bezirksstadt. Andreas will wohl eine Wissenschaftlerkarriere machen. Hat er nicht sogar schon davon gesprochen, an die Universität zurückzugehen? Werri und Rosa werden noch seltener zu Besuch kommen, wenn ihr zweites Kind erst da ist.

Eng umschlungen schlenderte ein Paar in mittleren Jahren einen Waldweg entlang. Gut gekleidet. Kaum auf Wandern erpicht. Eheleute? Abseits an der Straße stand ihr Auto. Die Frau winkte lachend irgendjemandem im Zug. Wie im Hochgefühl. Ihren freien Arm kräftig schwingend. Große weiße Zähne, großer Mund, große Augen.

Warum fiel ihr gerade jetzt Beatrix ein? Eine Frau, die sie weder kannte, noch sich vorstellen konnte. Lediglich in zwei Sätzen hatte Wilhelm in einem Brief einmal von ihr gesprochen: »Sie kann zupacken ...« und »sie ist kulant und bedauernswert, eine anständige Frau!« Wieso hatte er Wert daraufgelegt, sie »anständig« zu nennen? Weil sie nie einen »Fehltritt« begangen hatte? Oder weil er sich wünschte – »bedauerns-wert«! –, dass sie ihn beginge? War es nicht n o r m a l, »anständig« zu sein, unnötig, betont zu werden? Was glaubte er denn, wie s i e sich zu Hause benehme?! Oder war eben das der Grund gewesen: dass er fürch-tete, sie lasse es an dem gebührenden »Anstand« missen?

Er wusste nicht alles von ihr. Alle wussten nicht alles von ihr. Das war ihre Schuld. Aber hatte sie je das Gefühl gehabt, »unanständig« zu sein? Sagt man nicht, in der Liebe gebe es nichts Unanständiges? Das meint etwas anderes. Ja, doch, sie hatte sich oft geschämt. Und mona-telang Wilhelms Sätze im Kopf. Noch in Gippersdorf: »Sie kann zupa-cken!« Wann? Wie? Wo? »Sie ist … eine anständige Frau!« Sie schrieb ihm nichts von ihren Vorhaltungen, die sie ihm in langen einsamen Nächten machte. Von ihren Bedenken. Mein Gott, sie war nicht blind und prüde – aber treu! Treu in der Seele. Ihr Körper? Manchmal spürte sie, wie die Unanständigkeit, das Verlangen in ihr hochkroch. Isabella schlief mit dem jungen Bauern, kaum dass er drei Wochen aus Gefan-genschaft zurück war! Nie ertappte er sie beim Stehlen: Nicht im Kar-toffel- oder Kohlenkeller, nicht im Rübenfeld, nicht im Hausflur an der Kanne mit Magermilch. Nie trafen Isabella Vorwürfe der Bauersleute. Immer nur sie: Werri und »der alte Griesgram«, ihr Schwiegervater, hätten doch wieder gestohlen! Man werde ihnen noch die Polizei auf den Hals schicken! Habe selbst nicht genug und sei doch wahrhaftig großzügig!

Aber hatten sie nicht recht mit ihren Beschuldigungen? *Ja, es ist so, ich bin schlecht,* sagte sich Elvira. *Niemals hätte Wilhelm mir vergeben! Wer vom anderen Schlechtes denkt, hats selbst längst getan …*

Sie hatte sich sehr beeilt. War pünktlich aus der Gärtnerei in Heiersdorf aufgebrochen. Sie wollte schon zu Hause sein, wenn Sonny mit Andreas, den Sonja nach der Schule aus dem Kindergarten abholte, eintraf. Sie mit einem feiertäglich gedeckten Tisch überraschen. In der Gärtnerei war sie für ihre Arbeit belobigt worden. Hatte eine kleine Prämie erhalten. Weder mit Lob noch mit Prämie im Entferntesten gerechnet. Sie hatte etwas Kuchen eingekauft: Baisers, Honigscheiben, die Sonja und Andreas besonders gern mochten. Sich schon auf ihre perplexen, strahlenden Gesichter gefreut!

Das große Hoftor war geschlossen gewesen, was sie gewundert hatte, da um diese Zeit der Bauer sonst erst mit seinem Gespann vom Feld heimkehrte. Auf dem Hof das friedliche Gewirr der Hühner, Gänse und Enten. Aber keine Menschenseele. Sonntagsstille. Behutsam hatte sie die Haustür geöffnet, um diese Ruhe nicht zu stören. Im Hausflur stand der junge Bauer, den sie nicht unsympathisch fand, aber auch nicht sehr mochte. Immerhin war er noch der Netteste aus der Bauernfamilie. Mit einem Topf hatte er Milch aus der Kanne geschöpft. Für Isabella? Vermutlich wollte er gerade die Treppe hinauf, wo sie und Isabella wohnten. Ihr Schwiegervater war heute wieder einmal zu irgendwelchen »Transaktionen« auf dem Schwarzmarkt unterwegs, Werri mit seiner Schulklasse noch zu einer Wanderung. Wie Teufelsgeflüster schossen ihr diese Gedanken durch den Kopf, als der Bauer sich zu ihr umdrehte.

Sie drückte hinter sich die Tür ins Schloss. Er grinste frech. Sie merkte, dass er angetrunken war. Er reichte ihr den Topf mit Milch, duzte sie, was er noch nie getan hatte: »Nimm! Nimm ihn! Ich gebs gern!«, Sie griff mit der rechten Hand zu. Er trat dicht an sie heran. Lehnte sich gegen ihren Leib. Sie stieß ihn nicht fort! Er fasste sie derb an. Sie ließ es geschehen! »Hübsch!«, sagte er. »Zu hübsch, um einfach wie son Mauerblümchen einzugehn!«

Sie sah, wie sich die Tür zum Garten öffnete. Aber unfähig zu einer Reaktion, starrte sie nur dorthin! Er ließ sofort von ihr ab, als er das Geräusch der einklinkenden Tür vernahm. Die Bäuerin schien nicht einmal sonderlich überrascht, zumindest weniger über den Sachverhalt als über die weibliche Person. Er grinste wieder frech, sagte zu seiner Frau: »Guck nicht so dämlich! Alles menschlich! Kriegst doch auch noch genug ab!«, empfahl sich, salutierend wie eine ihre Possen treibende Ordonnanz, in die Küche.

Eine Sekunde lang glaubte sie, dass die Bäuerin mit ihr Mitleid haben würde. Dieser Blick: erbarmungsvoll? Sie war zu weit weg. Als sie näherkam, erkannte sie den Hass in ihren Augen! Den unbeschreiblichen Hass! »Pack! Diebsgesindel!«, zischelte sie. Vor Erregung mangelte es ihr an Stimmgewalt. »Nicht genug damit, dass ihr uns wie Schmeißfliegen im Genick sitzt, von uns lebt – müsst ihr uns auch noch unsere Männer wegnehmen! Schert euch weg! Ich will euch nicht mehr sehen!« Sie schlug ihr den Milchtopf aus der Hand, riss sie an den Haaren, kreischte: »Stehlt und buhlt doch, wie es euch gefällt, in eurem verlumpten Preußen! Aber nicht bei uns! Hungerleider! Schlampe! Dirne! Dirne! Dirne!«

Ein Poltern oben auf dem Flur brachte sie wieder halbwegs zur Besinnung. War Werri womöglich schon da? Oder ihr Schwiegervater? Oder Sonny mit Andreas? Um Gottes willen! Diese Schande! Sie versetzte der Bäuerin einen Stoß. Riss die Tür auf und stürmte über den Hof hinaus auf die Straße. Wie gehetzt lief sie zurück in Richtung Heiersdorf. Hunderte Meter!

Nein, ihre Kinder konnten es noch nicht gewesen sein! Ausgeschlossen. Sie musste sie abfangen! Sonny und Andreas, Werri, alle drei! Unbedingt! Sie kehrte um. Rannte, was ihre Beine hergaben, nun wieder in die entgegengesetzte Richtung. Um das Gehöft herum schlug sie einen weiten Bogen über die Felder. Erblickte endlich Sonny, Andreas an der Hand, zwischen anderen Mädchen abseits auf der Straße …

»Junge Frau, wären Sie so lieb, die Tür wieder zu schließen! Es ist doch schön ausgekühlt jetzt.«

»Ja, ja!«, antwortete Elvira und drehte sich fahrig um.

Erst war die alte Frau so heiter und redselig. Und jetzt auf einmal so still und ernst? Elvira ging ein paar Schritte von ihrem Abteil weg. Tatsächlich, sie hielt durch die Türscheibe nach ihr Ausschau! Auch der Schaffner benahm sich so merkwürdig. Warum musste er schon vom anderen Ende des Ganges aus zu ihr herüberblicken? Als ob er sich mehr für sie als für die dortigen Fahrgäste interessierte, deren Billetts er zu kontrollieren hatte! Dabei dröhnte aus ihrem Abteil unmäßig ein Radio, »Lüge, Lüge, Lüge ...«, sang eine schmalzige Frauenstimme.

Sie ging wieder in ihr Abteil hinein, setzte sich auf ihren Platz. Man sah es den Menschen an, wenn sie ihre wahren Gedanken verbargen: Wilhelm lächelte, aber hielt ihrem Blick nicht stand, sobald er sich verstellte, ihr vorzugaukeln versuchte, dass er vom Krieg nicht mehr allzu viel befürchte. Weil er sowieso bald zu Ende ginge. Oder wenn er Freude über Andreas' Geburt vorgab. Sonny summte ein Liedchen, wenn sie verlegen oder aufgeregt war, weil sie etwas Unerwartetes entdeckt hatte. Sie schmiegte sich an sie. Ihr Leib war etwas rundlicher und fester als sonst. Sonny summte, schaute zu ihr auf. Meine Mutter eine Lügnerin?, fragten ihre Augen. *Fast dreißig Jahre ist es her. Dass man mich erkannt hat! Ins Visier nahm.* Verschreckt blickte sie zur Tür: Verkündeten es nicht schon die Radiostationen? Lügnerin! Die alte Frau schaute gleich gar nicht mehr zu ihr auf. Täuschte ihr vor, mit ihrer Arbeit wer weiß wie beschäftigt zu sein. Dabei beobachtete sie genauestens jede ihrer Bewegungen.

Zum Schein wandte sich Elvira ab, blickte zum Fenster hinaus – aber flugs wieder zurück zu der alten Frau. Na, bitte! Wie sie sie über den Brillenrand hinweg belauerte! Von Anfang an war sie ihr verdächtig vorgekommen.

Elvira sagte herausfordernd: »Sie wissen also Bescheid?«

»Wie meinen Sie bitte? – Sehr viel haben Sie ja noch nicht von sich erzählt.«

»Ach? Sie sollen mich aushorchen?«

Wohl ebenso verdutzt wie verärgert schaute die alte Frau sie an. Widmete sich kopfschüttelnd wieder ihrer Strickerei.

»Geben Sie es doch zu! Sie haben einen Auftrag!«, drang Elvira weiter in sie. Und als die Frau nicht reagierte, fuhr sie in beschwörendem Flüsterton fort: »Ja doch, es stimmt! Ich allein bin schuld! Ich bin ein schlechter Mensch! Ich habe es nicht anders verdient! Soll ich verhaftet werden?«

»Was reden Sie sich da bloß ein!«, empörte sich nun die alte Dame und richtete sich impulsiv ein wenig auf. »Ich will zu meiner Schwester, ich sagte es Ihnen doch! In meinem Alter belastet man sich nicht mit fremder Leute Ärger. Und wie dem auch sei: Ich kann mir nicht vorstellen, dass Sie etwas auf dem Kerbholz haben.«

Elvira gab ihr mit der Hand ein Zeichen, dass sie sie bitte, leiser zu sprechen. Ängstlich spähte sie zum Gang hinaus. Der Schaffner befand sich im Nachbarabteil. Sie nickte heftig. »Doch!«, sagte sie leise. »Es ist die Wahrheit!« Zur besseren Verständigung und zur Dämpfung ihrer Worte hielt sie ihre Hände wie ein Sprachrohr vor den Mund. »Ich mache Ihnen ja keinen Vorwurf! Ich habe Ihre Warnung vorhin verstanden: Alles im Leben rächt sich! Es ist so weit!«

»Gott behüte, so habe ich es nicht gemeint!«, flüsterte die alte Frau zurück; ihrerseits nun offenbar in dem Glauben, Elvira spreche von der göttlichen Rache. »Zu Lebzeiten haben wir nur Prüfungen zu bestehen, hat mir mein Mann immer erklärt, Gottes Zorn, das ›Jüngste Gericht‹ kommt über uns erst im Tode! Verstehen Sie? ›Erde und Himmel flohen vor seinem Angesicht; ihnen ward keine Stätte gefunden. Und ich sah die Toten stehen vor Gott – die Toten! – Bücher wurden aufgetan. Und so jemand nicht ward geschrieben gefunden in dem Buch des Lebens, der ward geworfen in den feurigen Pfuhl!‹«

Elvira machte eine abwehrende Handbewegung. Und als der Schaffner eintrat, schwiegen die Frauen.

»Haben Sie es gemerkt? Er hat meine Karte viel gründlicher als ihre geprüft!«, sagte sie wieder mit flüsternder Stimme. »Er ist kein Schaffner!«

»Was sonst?«

Elvira zuckte mit den Schultern. »Ich glaube, ich habe ihn schon gesehen. Als ich meinen Reisepass abholte! Bei der Polizei!«

Das erschien der alten Frau nicht völlig abwegig. Allerdings drückte ihre Miene Zweifel aus. »Vielleicht hat er ebenfalls bloß seine Papiere geholt?«, sagte sie, legte zum Zeichen des Schweigens aber eilig ihren Finger auf den Mund, als der Schaffner auf dem Gang wieder vorbeikam.

»Da, da! Sehen Sie!«, fuhr Elvira furchtsam auf und zeigte auf einen Schrankenwärter neben seinem Häuschen, an dem der Zug gerade vorbeifuhr. »Sie haben schon die ganze Strecke abgeriegelt!«

»Ach, nein! Nun hört aber alles auf!« Fassungslos lehnte sich die Frau in ihrem Sitz zurück. Dann nahm sie Elviras Hände und patschte sie tröstend. »Sie machen sich ja fertig! Bevor es für Sie überhaupt losgeht! Ich weiß nicht, in was für eine Schuld Sie verstrickt sind. Aber lassen Sie den da oben darüber befinden. Reue ist Buße!« Noch einmal patschte sie Elvira tröstlich gegen Hände und Wangen und drängte sie dann resolut auf ihren Platz zurück. »Der Schaffner ein Polizist! Ein Bahnwärter ein Polizist oder ein Soldat! Ich womöglich auch eine Polizistin, nicht wahr? Nein, Sie bilden es sich ein, junge Frau! Mancher Schmerz überfordert uns ohne Gottes Beistand. Ich werde für Sie beten. Sie müssen stark sein für den letzten Gang mit Ihrer Tochter.« Sie faltete ihre Hände. Schloss die Augen. Und ihre Lippen bewegten sich leicht.

Auch Elvira schloss ihre Augen und legte ihre Hände ineinander. *Die Frau ist so gut,* dachte sie. *Aber so streng! Ich würde mich jetzt gern in ihren Schoß schmiegen. In alle Ewigkeit schlafen!*

Ja, Sonny kuschelte sich gern an mich. Bei jeder Gelegenheit. D a - n a c h nicht mehr so oft. Oder nur zur Kontrolle, wie mir schien. Aber ich? An eine fremde Frau? Einen fremden Mann? Ihn zwei Minuten lang gewähren lassen und dafür eine Ewigkeit büßen. Für zwei Minuten Vergessen. Erstaunen! Erst das Lob in der Gärtnerei! Dann das Wunder – man wurde noch begehrt! Da hatte sich Isakess noch nicht wieder gemeldet.

Ein Spießrutenlaufen die Wochen darauf für sie in Haus und Hof. Ihr Hals-über-Kopf-Gang zum Wohnungsamt. Weitendorffs schöne Augen für sie waren ihr anfangs unheimlich. Später komisch. Als sie Thornberg kennengelernt hatte. Doch mussten sie nicht beide für etwas mit büßen, wofür sie nichts konnten?

Auf Schuld folgt Schmerz. Dann Strafe. Sie fasste sich wieder an ihr Herz. *Ich glaube, Strafe ist leichter zu ertragen als Vergebung.* Wonach eigentlich wollte die alte Frau für sie Gott anrufen? Sie beanspruchte keine Milde! Und zurückgeben konnte er ihr nichts: nicht die Heimat. Nicht die Eltern. Nicht den Mann, die Kinder. Wie hochgekämmt die Frau ihr Haar trug. Es streckte ihr längliches Gesicht noch mehr. Die scharf geschnittene Nase. Dieser harte schmale Mund. Aber an seinen Augen erkannte man erst den Menschen. Sie blickten freundlich! Mitleidig und auch ein wenig listig. Ihre Hände hielt sie eigenartig gegeneinander verschlossen. Von sich weg. Hielt sie in ihnen etwas versteckt? Angeblich gab es Mikrofone, Tonbänder, kleiner als Fingerhüte! Nein, jetzt sah man es. Ihre Hände waren leer.

Ich muss ruhig bleiben. Sonst stehe ich es mit Sonny tatsächlich nicht durch. Es ist nicht zu ändern. Will ich es überhaupt durchstehen? Wofür? Für meine ganz sich selbst lebenden Söhne? Für meine Arbeit im Rat der Stadt? An der ich so unheimlich hänge, dass ich sie jederzeit zur Betreuung eines Enkelkindchens aufgeben würde! Auf Werris Söhnchen, auch auf das kommende Kind, sind Rosas Eltern schon regelrecht versessen. Andreas wird, wenn überhaupt jemals, so schnell keine Kinder haben. Mein Gott, nicht nur »seine«, sondern eine »große Frau« wollte Fritz

Weitendorff am liebsten aus mir machen. Dabei zähle ich zu jenen Menschen, deren höchstes Glück es ist, in einer intakten Familie ihr Dasein zu fristen. Und die – je mehr sie vergeht – selbst untergehen?

Warum mustert er mich so? Ich bin kein Ausstellungsobjekt! Gehen Sie weiter, Mann!

»Warum laufen wir über die Felder, Mama, und nicht mit den Mädchen aus meiner Klasse auf der Straße?«, hatte Sonny sie damals gefragt. Sonny hatte schon als kleines Mädchen meist konkrete, kluge Fragen. Wilhelm hatte Marie »Mutter« genannt. Worauf Sonny: »Muss ich, wenn du alt bist, zu dir auch Mutter sagen, Mama?«

»Nein, auf keinen Fall! Ich glaube, wenn die Kinder älter werden, sagen manche irgendwann lieber Mutter als Mama. Dein Papa meinte, das habe mit Achtung und Dank zu tun. Man sage auch ›Mutter Heimat‹ und ›Mutter Erde‹.«

»Aber ich achte dich und danke dir auch, Mama.«

»Oh ja, mein Kind, das macht mich auch sehr glücklich. Und der Papa ist ja ein Dichter. Da baut man aus Wörtern Bilder und Geschichten …« – »Es ist besser, Kind, hier auf den Feldwegen zu laufen, die Menschen mögen uns nicht.«

»Wer? Die Mädchen?«

»Nein, die Erwachsenen!«

Als sei das halbe Dorf hinter ihr her, hatte sie ihre Kinder mit sich gezogen. Die nahen Gippersdorfer Gehöfte nicht aus den Augen gelassen. Die Illusion gehabt, dass die Kunde von dem schmählichen Ereignis schon in aller Munde sei. Illusion? Dort lachte jemand schallend. Da schlug ein Tor zu. Ein schmuddeliger Schäferhund blieb ihnen, wie auf sie angesetzt, auf den Fersen. Kreischend flogen, durch irgendetwas aufgescheucht, Saatkrähen davon.

»Aber wir haben doch nichts Böses getan, Mama!«

»Nein, wir haben nichts Böses getan, Mama!«, plapperte Andreas die Worte seiner Schwester nach.

»Nein, meine Lieben. Ihr nicht! Doch wir gehören nicht hierher, in dieses Land. Haben keine eigene Wohnung. Von den fremden Leuten Möbel, Geschirr bekommen. Essen von ihnen mehr, als wir für unsere Arbeit bei ihnen verdienen. Deshalb können sie uns nicht leiden. Und euer Vater ist aus der Kriegsgefangenschaft noch nicht zurück. So machen sie mit uns, was sie wollen!«

Sonny hatte sie heftig umarmt, gesagt: »Wir halten zusammen, Mama!«

Andreas bestürmte sie mit denselben Worten von der anderen Seite. Und sie hatte – dank ihrer Kinder – sich trotzig aufgerafft. Entschlossen, der Bäuerin ungerührt aus dem Wege zu gehen. Ihre bösen Blicke nicht zu sehen, gehässigen Worte nicht zu hören. Jedwede ihre Gemeinheiten als nicht wahrgenommen zu erdulden.

»Dat wird er mir bü-üßen, dieser Feijling!«, hatte ihr Isabella auf ihre Beichte hin gelobt. Doch Elvira wollte nur schnell hinaus aus diesem Haus! Vielleicht kam Wilhelm bald? Vielleicht konnten sie in ein paar Wochen zurück nach Königsberg? Dieses schreckliche Gippersdorf war nirgendwo und überall: ein paar Häuser nur, endlose Wege – und überall traf man jemanden aus dem Dorf. Wurde neugierig und misstrauisch angestarrt! In Königsberg tauchte sie unter im Gewimmel der Menschen, von niemandem beachtet und doch überall heimisch, ging durch die Tore hinaus aus der Stadt – was wäre Königsberg ohne seine Tore: das Rossgärter, das Brandenburger, das Friedländer, das Sackheimer, das Tragheimer, das Königstor! Und doch blieb man immer in der Stadt.

»Ich gehe noch ein Weilchen hinaus auf den Gang«, sagte Elvira. »Es wird mir schon wieder zu warm hier im Abteil. In einer halben Stunde sind wir ja am Ziel! Ich mag gar nicht daran denken. Alles ist mir so unheimlich. Wie unwahr. Vielleicht habe ich Fieber?« Sie bückte sich, damit die alte Frau ihre Stirn berühren konnte. »Wie in Wellen kommt es über mich. Kaum denke ich, dass ich mich ein bisschen gefangen habe, dass meine wie ein Karussell in meinem Kopf kreisenden Gedanken endlich zur Ruhe kommen, ist es wieder da! Dieses unheimliche Gefühl. Wie ein unsichtbares Ungetüm. Das mir die Brust einschnürt, die Glieder. Mich steif macht. Im nächsten Augenblick wieder entfesselt. Sodass ich mich wie angetrieben fühle!«

»Ja, gehen Sie nur!«, antwortete die Frau. »Ein kleines Persönchen wie Sie muss von so einer Sache ja umgeworfen werden. Versuchen Sie, sich abzulenken!« Sie drückte ihr die Hände, nickte ihr ermutigend zu, und ein Lächeln huschte über ihre strenge Miene. »Auch für Sie kommt der Tag, an dem es wieder aufwärtsgeht. In Ihrem Alter hat man doch noch so viel vor sich.«

»Danke!«, sagte Elvira. Und sie dachte: *Das habe ich all die Jahre geglaubt.* Sie ging hinaus. Öffnete das Fenster einen Spalt weit. *Nichts lenkt so sehr ab wie der Alltag. Er beruhigt, setzt immer neue Hoffnungen. Von Tag zu Tag belügt man sich. In Richtung Zukunft und sogar zurück in die Vergangenheit. Bin ich nicht mit Andreas von Borstädt nach Gippersdorf gelaufen, eigens zu dem Zweck, mich der »Freundlichkeit« der Bäuerin zu versichern?*

»Das ist aber fein. Und der kleine Süße wird ja allmählich ein großer Bengel!« Seht her: So umgänglich sind wir miteinander. Es ist alles gar nicht wahr. Es w a r nichts. Es i s t nichts. Nie hat einer dem anderen Unrecht getan.

Sie legte ihr Gesicht an die Scheibe: Es i s t wahr. Sonny ist tot. Und ich bin schuld. Warum bin nicht i c h statt Sonny gestorben?

Minutenlang stand sie unbewegt am Fenster, sah nicht um sich, nahm nicht die Gegend wahr, durch die der Zug rollte – und empfand nichts als ein ungeheures Elend.

Dann schien es, als ob sie mit sich abgeschlossen, ausreichend Gericht gehalten habe und sich im Bewusstsein eigener Schuld ihrem Schicksal beuge. Beherrscht blickte sie sich um, winkte ihrer betagten Reisegefährtin freundlich zu, mit einer Geste, als wolle sie ihr sagen, ich bin gleich zurück. Schlenderte den Gang entlang, schaute interessiert, weder ängstlich noch aufdringlich in die Abteile, wie um sich lediglich der allseits angenehmen Reiseatmosphäre zu vergewissern. Vom Schaffner erfuhr sie, dass der Zug »im Fahrplan« liege, also pünktlich in seinem Zielbahnhof eintreffen werde. Sie streichelte einem kleinen Mädchen, das widerborstig vor seiner Mutter schluchzte, über seinen rotblonden Haarschopf. Pflichtete einer jungen Frau bei, die über die Hitze klagte. Sodass es alles in allem den Anschein hatte, dass in dem Maße, wie sie es für nötig erachtet hatte, sich zu sich selbst zu bekennen, um ihre innere Ordnung zu finden, auch ihre äußere sich wieder hergestellt habe.

Im Speisewagen wurde bereits abkassiert. Elvira wollte nur schnell ein Mineralwasser kaufen. An einem der Tische unterhielten sich zwei ältere Herren, die von Statur und Physiognomie wie Brüder aussahen, aber im Aufzug grundverschieden: Der eine, etwas beleibte, trug nach Künstlerart ein rotes seidenes Halstuch, eine gämsfarbene Hemdbluse aus Charmeuse und ein groß kariertes braunes Jackett. Das ergraute Haar nackenlang und onduliert. Ein Menjoú-Bärtchen. Der andere, schlankere, aber insgesamt nach Größe, Breite, Gliedern etwa von gleichem Wuchs, stak in einem schwarzgrauen feinen, jedoch offensichtlich ein wenig zu engen Anzug, hatte eine dunkelblaue Fliege angelegt, das Haar kurz, akkurat gescheitelt, war überaus glattrasiert. In Haltung und Gebaren wirkte er ebenso sehr korrekt und gesetzt, etwa wie ein emeritierter Professor.

Elvira horchte auf, als der vom Künstlertyp sagte: »Es ist immer wieder eine Freude, dich zu sehen, Bruderherz! I c h denke und rede von unserem Preußen. Aber d u lebst es!«

»Auch das denkst und redest du nur!«, antwortete der Korrekte. »Du hattest doch stets ein Faible für Fantasien und Showeffekte. Sit venia verbo: Der größere Drill steckt in dir! Du gestehst es dir bloß nicht ein. Nicht umsonst nimmst du Magentropfen und Herztabletten.«

»Ei, ei!«, lachte der Künstlertyp, breitete seine Arme aus, als wolle er vor Ergötzen die ganze Welt umfangen, und wandte sich dabei den wenigen noch im Speisewagen befindlichen Gästen zu. »Eine halbe Stunde jünger ist er als ich, also doch eigentlich der weniger Erfahrene, aber er muss mich ein Leben lang belehren. Meine moralische Instanz! Als wäre ich noch zu unreif gewesen, hätte allein i h m unsere Mutter Ehrlichkeit und Rechtschaffenheit eingepflanzt.« Er fasste Elvira, die ihm am nächsten stand, am Arm, sagte: »Nicht wahr, junge Frau, man hat uns vielleicht unterschiedlich ›gepolt‹, aber es ist uns doch anzusehen, dass wir von dem gleichen Kaliber sind!« Er lachte wieder. Und Elvira nickte nur einmal stumm, während ihr Blick unsicher über die beiden Männer hinwegging – nahm ihr Mineralwasser in Empfang.

»Nein, d u fühltest dich doch immer als der Schlauere, der Fleißigere«, protestierte sein Bruder. »Das Recht des Daseins nahmst du nur für d i c h in Anspruch; nicht für den Nachgeborenen.«

»Hören Sie sich das an!«, entgegnete der Künstlertyp wieder lachend und ergriff neuerlich Elviras Arm, die sich gerade wegbegeben wollte. »Ich habe ihn g e s u c h t , um ihm auf die Beine zu helfen, hochzupäppeln, weil ich wusste, wie schwer er sich mit dem Leben tat!«

»O Actus purus! Weil dir jemand fehlte, über den du bestimmen konntest!«

»Bleiben Sie doch, traurige Schönheit! Bleiben Sie bitte! – Ja, so kenne ich meinen Bruder. So liebe ich ihn!«

»Es soll sich nicht suchen, was nicht zueinanderfindet«, sagte der Korrekte. »Per se! Non per alter ego – per cassa!«

»Ist er nicht herrlich? Er beschimpft mich, dass ich ihm seine Brüderlichkeit mit Geld danke; schlägt es aber nie aus! Oh, ich liebe ihn!«

Er versuchte, Elvira neben sich auf den Sitz zu ziehen. Die wehrte sich sanft. Stand jedoch lächelnd und wie verzaubert da. Wie vor den grotesken Puppen einer Wanderbühne!

»Spielt doch weiter!«, sagte sie leise, aber beinahe fröhlich, und blickte wie in ein Märchenland zwischen den beiden dahin. »Ich nenn euch Bruder Moralus und Bruder Mammon, ja? Bitte, spielt weiter!«

Sie bückte sich und drückte jeden einzeln an ihr Herz.

»Eine Würdelosigkeit! Er denkt, er kann sich alles leisten!«, fuhr Moralus fort, zu klagen. »Er und seinesgleichen spüren die Harmlosen, Unbescholtenen auf! Die wie ich ihren Seelenfrieden in ihren eigenen vier Wänden finden. Aber sie sollten besser die S c h u r k e n suchen!«

»Was hast du dazu zu sagen, Bruder Mammon?«, fragte Elvira wie die Vorsitzende eines Schiedsgerichts.

»Ich liebe ihn! Und ich danke Gott, dass ich so reich bin.«

»Bruder Moralus?«

»Wie hoch ist das Honorar?«

»Ich besitze nichts als meine Erinnerung«, erwiderte Elvira entschuldigend. »Sagt doch: Kennt ihr Königsberg?«

»Ja, ja, ja! Wir sind zu Hause da: in Königsberg!«, riefen beide im Chor.

»Ach? Dann kennt ihr sicher auch meine Eltern, meinen Bruder Rudolph und meinen Mann Wilhelm!« Die Brüder schauten sich an: Mammon grinste breit, schlug seine Augenlider wie bestätigend nieder. Doch Moralus erhob seinen rechten Zeigefinger und wackelte mit ihm hin und her. »Nehmt mich mit! Bitte nehmt mich mit! Ich möchte heim!«, bat Elvira mit flehender Stimme. »Ich fühle es jetzt, dass meine Eltern noch leben! Sie m ü s s e n einfach noch leben!« Sie fiel vor den Brüdern auf die Knie. Fasste ihre Hände, als wolle sie prüfen, ob sie tatsächlich aus Fleisch, Knochen und Haut bestünden, streichelte sie. Die Männer standen gleichzeitig auf. Elvira fragte ängstlich: »Oder belügt ihr mich?« Sie rutschte auf den Knien rückwärts von ihnen weg. »Ich bin doch ganz normal! Mich mögt ihr nicht? Oder doch? G e r a d e mich!?«

Sie tastete sich mit ihren Armen rücklings an einem Tisch empor und entfernte sich langsam zur Tür des Speisewagens hin. Vorsichtig mit ihren Händen nach hinten den Weg erfühlend. Immer die Brüder im Blick. Und dann sang sie – leise, wie mit Kindermund:

> »Ich bin der letzte Gast im Haus.
> Kommt, leuchtet mir zur Tür hinaus.
> Schaut nur nicht so versonnen.
> Die Heimat ist zerronnen.
> Entronnen, entnommen.
> Mein Bruder ist umgekommen.
> Vernommen, entsonnen.
> Wilhelm nicht angekommen.
> Vollkommen, vollkommen.«

Sie stieß die Tür auf und lief weg. Prallte in dem engen Gang gegen Menschen. Mehrmals schaute sie sich um. Wie, als ob sie verfolgt würde. Man befand sich im Aufbruch. Kleidete sich an und trat mit seinem Gepäck auf den Gang hinaus. Auch die alte Frau stand schon abmarschbereit in einem dünnen schwarzen Sommermantel, neben sich ihre Reisetasche in der Tür ihres Abteils. Winkend forderte sie Elvira zur Eile auf. Der Zug fuhr bereits in den Hamburger Hauptbahnhof ein. »Gottlob, Sie sind da!«, rief die alte Frau. Aber Elvira deutete die Worte als Hinweis, Drohung! Fluchtartig machte sie kehrt. Sie sind da! Ja, überall! Nirgends war man vor ihnen mehr sicher. Sie schloss sich in einer Toilette ein. Hörte, wie die alte Dame draußen vorbeihastete, nach ihr rief: »Junge Frau! Junge Frau, wo sind Sie?«

Erst als es auf dem Gang ruhig wurde, schlich sich Elvira hinaus. Eilig holte sie sich aus ihrem Abteil ihre Kostümjacke, ihren Mantel und ihren Koffer. Lief durch etliche Wagen hindurch und spähte durch ein Türfenster auf den Bahnsteig. Einige Meter hin gestikulierte die alte Frau aufgeregt mit dem Zugführer. Marie, Reinhard und Isabella hielten zusammen mit einem fremden Mann vorn am Anfang des Zuges nach ihr Ausschau.

Durch einen der Wagen näherten sich ihr Stimmen. Laute Rufe, als sei man auf der richtigen Spur, habe etwas Wichtiges entdeckt. Angstvoll stieg Elvira auf der Gegenseite des Zuges aus. Stolperte vom Trittbrett hinab und verlor ihren Koffer, ergriff ihn wieder. Lief wie um ihr Leben durch das Bahnhofsgebäude zur U-Bahn. Versteckt hinter einer Schülergruppe verbrachte sie bange Minuten des Wartens, halb in eine Wandnische des Bahnsteiges gepresst. Endlich kam der Zug, sie stieg sofort ein, setzte sich so, dass keiner im Wagen sie ansehen konnte.

Vor Erschöpfung war sie wohl eingenickt. Schrak auf, als jemand gegen die Scheibe klopfte. Instinktiv wollte sie sich wegducken. Die alte Frau! Elvira las den Namen der Station: ›Horner Rennbahn‹. War es nicht der Zielbahnhof der Frau?

Sie blickten sich an. Die alte Frau wirkte sehr besorgt. Um sie? Weinte sie? War es so schlimm um sie bestellt? Elvira wollte der Frau sagen, dass es ja nicht um sie gehe, sondern um ihre Tochter, dass es um i h r Leben nicht schade sei. Aber der Zug fuhr an. Und die alte Frau faltete wieder ihre Hände.

Noblesse

Marie und Reinhard kamen erst am späten Nachmittag nach Hause. Isabella hatte darauf beharrt, noch einen Zug abzuwarten. »Sie ko-omt, die Gute, to-ot oder lebändig!« Ihr älterer, schon etwas wackliger Begleiter, ihr neuer »Freujnd«, wie Isabella betonte, wohl mehr mit Betreuungs- als Liebesansprüchen an sie, war schnell überzeugt, sodass auch Marie und Reinhard nicht nachstehen wollten. In einem kleinen italienischen Restaurant hatten sie zu Mittag gegessen, danach einen – abgesehen von Isabellas Kommentaren, die sich an allem und nichts entzündeten – recht schweigsamen und sehr gemächlichen Bummel durch die Innenstadt unternommen. In der Gewissheit, dass Elvira bald eintreffen werde. Natürlich mit keiner Silbe ahnend, dass sie sich längst im Billstedter Wohnhaus von Marie und Reinhard befand. Eine Etage über deren Wohnung, starr auf ihrem Koffer hockend, an die Bodentür gelehnt, bei jedem Geräusch im Haus ängstlich zusammenfahrend, aufhorchend, als nahten Henkersschritte und es ginge nun an ihr Ende.

Marie und Reinhard erschraken nicht weniger, als sich auf dem Treppenabsatz über ihnen ein Schatten bewegte. Elvira fiel ihnen buchstäblich in die Arme.

»Wo ist der Mann?«, fragte sie, kaum dass sie aus ihrer kurzen Ohnmacht erwacht war. Die beiden brauchten eine Weile, ehe sie begriffen, dass Isabellas Freund gemeint war. Marie sagte: »Ich mag ihn auch nicht. Hat sie das noch nötig?«

»Was scherts dich! Sie muss selbst wissen, was sie tut!«, entgegnete Reinhard gereizt, der sich den Nachmittag anders, geruhsamer vorgestellt hatte. Er hatte nichts gegen seine Schwägerin, und mit ihrer toten Tochter, seiner Nichte, war er immer gut ausgekommen. Aber ein Freund langer Gespräche oder Spaziergänge in Familie war er noch nie gewesen. Er erging sich lieber allein mit seinem Hund. Zog sich bei Besuch (hin und wieder kam eine Frau aus dem Nachbarhaus, Isabella mit oder ohne Freund, früher seine Nichte) stets alsbald in sein Zimmer zurück; wo er die Rennberichte, alle ihm zugänglichen Informationen über Pferde und Reiter studierte, auch ein Stündchen lang Prosa las, vorwiegend Tiergeschichten, oder sich mit seinen Briefmarken beschäftigte.

Sie führten Elvira in die Stube. Marie richtete eilends die Couch her und sagte zu Elvira: »Da hörst du es: Seine Mutter darf keine eigene Meinung mehr haben! Leg dich hin, Mädel, leg dich hin! Wo kommst du denn jetzt bloß her?«

Elvira blickte sich scheu im Zimmer um, wie um zu prüfen, ob sie sich auch in sicherer Obhut befinde. »Reinhard«, sagte sie erstaunt, als habe sie ihn eben erst bemerkt. »Wie viele Jahre ist es her, dass wir uns sahen! Aus der Ferne, als mein Zug abfuhr und ihr mit Sonny plötzlich auf dem Bahnsteig erschient. Wer hätte damals gedacht, dass ich aus solchem Grunde wiederkäme?«

»Er hat ordentlich abgenommen«, sagte Marie. »Dreißig Pfund! Sein Arzt meinte, er sei im Herzinfarktalter. Und nun hat er exakt d a s Gewicht, das sein Vater fast ein Leben lang hatte. Aber die Kehrseite der Medaille: Er ist immerzu müde, und i c h muss auf meine alten Tage wieder mehr reden, machen und tun.«

»Ja, Reinhard wird jetzt im Alter Vater wieder ähnlicher, finde ich.«

»Beinahe in allem«, bestätigte Marie. »Nur ein paar Haare mehr hatte Vater. Es war sein Stolz. – Nein, es ist einfach nicht zu fassen: Vater hatte ja seine Jahre gelebt, Wilhelm war Soldat, da musste man mit dem Schlimmsten rechnen – aber die Enkelin! Warum bloß hat sie das getan!«

Marie fuhr sich mit der Hand an den Mund, als sei ihr ein unbedachtes Wort entschlüpft; und auch Reinhards Blick schien sie gedankenloser Rede zu tadeln. »Ach, du musst es ja doch erfahren, ob Isabella nun zugegen ist oder nicht!«, fügte sie schnell hinzu. »Ja, sie hat ihrem Leben selbst ein Ende gesetzt, deine Tochter!«

Elvira antwortete leise, für Marie und Reinhard kaum vernehmbar: »Ich habe es geahnt! – Sie hielt es nicht mehr aus: sich abgelegt zu fühlen – wie ein alter Frack. Der feine Herr musste sein ramponiertes Ansehen aufpolieren, mit Schönheit oder mit Geld. Dabei war ihm Sonny im Wege.«

»Da tust du Herrn Kopinski aber unrecht!«, wandte Marie ein. »Er hat bis zuletzt treu sorgend zu ihr gehalten; auch in den letzten Jahren in London – und als sie schon getrennt wohnten. Wir wissen es von Sonja selbst. Sie trank ja seit Langem zu viel. Ihr Körper hat es nicht mehr verarbeiten können: zwei, drei Schnäpschen oder Gläser Wein – und sie war hinüber. Wie Isabella immer sagte: ›Sie verträcht nix mehr, dat Kind – is' ja schon wieder hinü-über!‹ Sonny hat sicher nicht gewusst, was sie tat.«

»O doch! Doch!«, widersprach Elvira Marie, mit einer Gewissheit, als habe sie sich noch nie so gut in ihre Tochter einfühlen können wie jetzt. »Sie wusste nicht weiter. Vielleicht war sie ihm nicht im Wege, sondern hat ihm bloß nichts mehr genützt. Ihr erster Mann hat sie zu sehr und ihr zweiter hat sie zu wenig und s i c h zu sehr geliebt.«

»Du hättest sie sehen sollen, wenn sie schon vor ihrer Londonzeit im Taxi nach Hause fuhr. Mitunter bereits betrunken hier angekommen war. Ein Jammer! Bei einem Mann mag es noch hingehen – aber als Frau!«

»Wie – wie hat sie es getan?«, fragte Elvira.

Marie suchte mit den Augen Unterstützung bei ihrem Sohn; aber der reagierte nicht, ließ die Mutter machen. »Von einer Brücke. Quer auf Eisenbahngleisen hat sie gelegen. Es war nicht mehr viel heil an unserer Sonny. Und gequält hat sie sich auch nicht mehr; sie muss auf der Stelle tot gewesen sein.«

»Möglichst mühelos und ganz sicher sollte es wohl geschehen«, sagte Elvira. »Aufmerksam machen! Es war ihr letzter Vorwurf an uns. Besonders auch an mich!«

»Augenzeugen gibt es nicht«, berichtete Marie weiter. »Jedoch besteht – wie heißt es doch schnell, Reinhard – kein Verdacht auf fremde Gewalteinwirkung. Trotzdem haben die Mediziner eine Unklarheit, wie Isabella erfahren hat: ein paar Schürfwunden an Sonnys linkem Bein, die nicht zu dem Sturz passen und auch nicht danach entstanden sein können, wie man meint; die sie sich also zuvor zugezogen haben muss. An einem vorbeifahrenden oder am Straßenrand stehenden Auto? Sonny war stark alkoholisiert! Nein, dieses Kind auch! Als Mutter bleibt einem wahrhaftig nichts erspart, liebe Elvira!«

Damit war ihr Gespräch so gut wie beendet. Und es kam auch – an diesem, ebenso wie am folgenden Tage – keines mehr in dieser relativ geordneten Art mit Elvira zustande. Nachdem sie die Details um den Tod der Tochter erfahren hatte, schien sie sich wieder ganz in sich zurückzuziehen. Nur noch schemenhaft auf das kommende Geschehen eingestellt. Gefangene ihres selbstgewundenen Schuldgeflechts.

Zu dem Umstand, dass sie sich auf dem Bahnhof verfehlt hatten, sagte sie, dass sie auf der falschen Zugseite ausgestiegen, weil um sie herum alles sehr merkwürdig gewesen sei. Sie schlief in Maries Zimmer auf einer Liege, auf der ab und zu auch schon Isabella oder Sonny genächtigt hatten. Elvira kam in der Nacht aber nicht zur Ruhe. Stunde um Stunde verging, und sie wälzte sich auf ihrem Lager. Wiederholt schrak sie verängstigt auf, wenn ein Lichtschein über die Fenster huschte oder unten vor dem Haus oder in seiner Nähe ein Auto hielt. Dann trat sie ans Fenster, um zu kontrollieren, was auf der Straße vor sich ging, und um nach irgendwie Verdächtigem auszuspähen. Meist meldete sich Marie schläfrig mit ein paar besänftigenden Worten: »Kind, Elvira, leg dich hin, du brauchst den Schlaf so dringend! Es nützt ja nichts. Wir können unsere Sonny doch nicht wieder zurückhaben.«

Am Morgen stand Elvira eher auf als nötig. Setzte sich nach ihrer Toilette in der Stube auf einen Stuhl. Auch als Marie und Reinhard frühstückten, verharrte sie die meiste Zeit dort schweigend und reglos. Wie am Vorabend wollte sie nichts essen, nahm schließlich nur einige Schlucke Tee zu sich, in den Marie etwas Traubenzucker hineingetan hatte. Selbst Isabella gelang es später nicht, Elvira ein wenig aufzumuntern und gesprächig zu machen. Stattdessen überraschte sie sie mit der lapidaren Mitteilung: »Ich muss Sonny noch verheiraten! Sie hat es sich so sehr gewünscht nach ihrer so unglücklich kurzen ersten Ehe.« Isabella war baff. Aber sie wagte nicht, zu fragen, wie das mit einer Toten geschehen solle, weil sie fürchtete, es könnte Elviras Leid und Verwirrtheit noch mehr anstacheln. Sie sagte deshalb nur: »Ach, Kindchen, Elvirachen, am liebsten käme ich mit nach London, wenn ich nicht den alten dösigen Herrn an der Backe hätte.«

Und es schien auch, als wenn die Aufgabe, ihre Tochter zu vermählen, Elvira zur Ruhe und Besonnenheit brachte. Freundlich und offenbar innerlich geordnet verabschiedete sie sich am Nachmittag von Marie und Reinhard und ließ sich von Isabella im Taxi zum Flughafen bringen.

Wieder zu Hause zermarterten Selbstvorwürfe die gute Isabella, ihre Cousine nicht nach England begleitet zu haben. Sie arrangierte deshalb die Betreuung ihres alten Herrn durch eine Nachbarsfrau und folgte Elvira am nächsten Tag in die britische Hauptstadt.

In der kleinen Friedhofskapelle traf sie ein, als Elvira gerade ihre Zeremonie abgeschlossen und der Pfarrer »Ja, ich wollte« gesprochen hatte. Elviras Augen leuchteten erfreut auf, als sie Isabella erblickte, so als sei sie nun endlich da, die sie doch jeden Moment erwartet hatte. Mit beiden Händen zog sie Isabella neben sich und halb zu ihr, halb zu ihrer Tochter gewandt, rezitierte sie flüsternd [5]:

> »Wars nicht Mutters Wahn,
> die eiferte und schwur,
> Jugend und Natur
> sind dem Himmel untertan?
> Dass ihr früh mich in das Grab gebracht!
> Süßer Jüngling war mir doch versprochen,
> Mutter, hast dein Wort gebrochen,
> Durch falsch Gelübd' der anderen zuerkannt!«

Isabella verstand gar nichts. Sie wähnte nur Krankheit und schaute bedauernd auf ihre geliebte Cousine. Im Wechsel zu der wunderschön aufgebahrten Sonny. Tränen flossen in kleinen Bächlein über Isabellas rote Wangen. Und Elvira flüsterte ihr nun etwas vernehmlicher und lächelnd zu: »Als kleines Mädchen hat Sonny Andreas versprochen, dass sie ihn heiraten werde, wenn sie groß sei.«

Isabella war froh, als durch äußere Ereignisse ihre Aufmerksamkeit gebunden wurde, weg von ihrer Cousine Verwirrtheit. Eine schwere dunkle Limousine zwängte sich den schmalen zypressengesäumten Weg zur Kapelle herauf. Heraus stieg ein schwergewichtiger Mann in Frack und Zylinder. Elvira hätte ihn fast nicht erkannt. Was war aus diesem smarten und schlanken Charmeur geworden? Charmant war Kopinski aber immer noch. Er trat auf Elvira zu, verneigte sich und sagte: »Gnädige Frau Mutter, wie unendlich leid tut es mir um unseren Sonnenschein. Die Welt wird uns fortan dunkler anmuten.« Elvira schwankte zwischen Rührung und Abscheu. Hatte er sie nicht aus ihrem gemeinsamen Heim hinausgetrieben? Saß nicht sogar jetzt im Fond seines Wagens eine ihr fremde weibliche Person!

Isabella spürte, wie Elviras Körper bebte, fürchtete neue Eruption. Beruhigend legte sie ihren Arm um ihre Cousine. Kopinski war taktvoll genug, die seltsame hochzeitliche Aufbahrung nicht zu hinterfragen. Er staunte, wie unversehrt und schön Sonja vor ihm lag. Wiederholt hatte er Ekel empfunden, war es ihm übel geworden, wenn er sich ihren von einer Rangierlok mitgerissenen zerteilten Leichnam vorstellte, den man ihn zu identifizieren ersucht hatte. Nein, dieses Ende hatte sie wahrlich nicht verdient!

Er wechselte ein paar Worte mit dem Pfarrer, verabschiedete sich von ihm und mit einfühlenden Worten auch von den beiden Frauen. Die vermeintliche Dame im Wagenfond entpuppte sich als Kopinskis Trenchcoat.

»Ha! Der noble Herr hat es eilig!«, zischelte Elvira. Und mit flehender Stimme zu Isabella: »Nicht i c h habe Sonny umgebracht! Diese Noblesse war es! Die Heuchlesse – Schickesse! Nichts als Lügner! Mörder!« Sie warf sich auf den Rand von Sonnys Bahre. »Glaubs mir, Sonny, i c h wars nicht! S i e ! S i e ! S i e warens!« Qualvoll schaute sie auf ihre Tochter und zeigte mit ihrem Arm in Richtung Kopinskis davonrollender Limousine.

Isabella hob sie auf, drückte sich die weinende Elvira an ihre Brust. Zerfloss selbst in Tränen. »Kindchen, Kindchen! Nun komm! Nun wolln wir man Sonnchen ihre Ruhe lassen! Es kommt die Zeijt, wo wir a-alle uns dort versammeln.«

Entlassung aus der Klinik

»Mattulkchen, vergiss uns nicht«, rief Evelyn, die junge Lehrerin, Elvira von der Wiese aus zu, wo sie mit anderen jungen Leuten lagerte. »Und wenn du draußen in der großen Welt mal traurig bist, denk dran: Der einzige Ort, an dem es einigermaßen normal zugeht, ist hier in der Klapsmühle!« Sie schwenkte beide Arme über ihrem Kopf; ihr Haar hatte sie sich diesmal im Wochenendurlaub, aus dem sie mit drei Tagen Verspätung in die Klinik zurückgekehrt war, feuerrot gefärbt und berupft wie ein Igel.

Elvira lächelte, winkte mit der Hand leicht zurück. Andreas wollte ihr ihren Koffer mit dem Rest an Kleidung, Wäsche und Utensilien, den sie noch im Krankenhaus hatte, am Abend nach Hause in ihre Wohnung bringen. So trug sie nur ihre Handtasche bei sich. Wie eine Spaziergängerin – »in die große Welt«!

Sie ging von dem Eingang zur psychiatrischen Aufnahmestation ein Stück weg zur Suchtklinik hin, in die sie Professor Oeser eben hatte, hineingehen sehen; und von dem sie sich gern noch verabschieden wollte. Sie setzte sich auf die Bank, vor der vor nunmehr fast vier Wochen Frau Schanze sie stehend vor Erregung erwartet hatte: die doppelt, mit und von ihr betroffene Frau – als ehemalige Patientin und als geschädigte Hausbesitzerin.

Elvira drückte sich ihre Hände auf die geschlossenen Augen, die ihr ein wenig brannten. Sieben Wochen! Dabei meinte Oberarzt Lohmann, dass es für psychiatrische Patienten eigentlich keine sehr lange Zeit sei. Ja, manche waren schon ein halbes Jahr in der Klinik. Andere entlassen – und wenige Tage später wieder »eingeliefert«; erst jetzt fiel ihr die Hässlichkeit dieses gebräuchlichen Wortes auf: »eingeliefert« –, als würde eine W a r e übergeben; zur Bearbeitung, Weiterleitung oder zum Verbrauch!

Sechs Wochen stationär und eine Woche als sogenannte Tagespatientin. »Zur Eingewöhnung!«, hatte Lohmann gesagt – wohl weniger in die »große« als in die »raue« Welt. Doch sie hatte jeden Kontakt mit der rauen Wirklichkeit tunlichst gemieden: War morgens bei absoluter Stille aus dem Haus geschlüpft, um ja keinem zu begegnen. Hatte Umwege in Kauf genommen, bloß um Bekannten auszuweichen. Abends war sie länger im Krankenhaus geblieben als nötig; damit sich der Trubel im Bus, in den Straßen schon etwas gelegt hatte.

Natürlich würde sie nicht umhinkommen, den Leuten wieder in die Augen zu sehen. Ab heute? Als Expatientin? Als wäre mit dem Patientenstatus auch ihre Furcht geschwunden, man könne ihr die Verrücktheit noch am Gesicht ablesen! Bei ihrem Anblick nicht mehr denken: ›Da ist doch diese Wahnsinnige!‹

Und doch war es jetzt anders. Von Stund an brauchte sie es nicht mehr, jedem auf die Nase zu binden, was geschehen war, dass sie sich im Krankenhaus aufhielt, ohne dass sie sich zugleich als Lügnerin fühlen musste.

Kein Tag verging, an dem nicht mindestens einmal ein Notarzt vorfuhr. Chirurgie und Psychiatrie schienen miteinander zu wetteifern: um die höhere Zahl der pro Woche Verletzten oder »Durchgedrehten« und hilflosen Betrunkenen.

Ein Polizeiauto hielt vor der Chirurgie. Nach Unfällen ließ man heutzutage bei Kraftfahrern oft den Alkoholgehalt im Blut bestimmen. Ob man es bei ihr auch getan hatte? Vielleicht hatte man sie für beschwipst gehalten? Komisch: Fast hätte sie es lieber, dass es so gewesen wäre. Einmal betrunken und dabei einen Rappel bekommen: Schwamm drüber – wem passierte das nicht? Das letzte Mal ein bisschen beschwipst war sie vor sieben Jahren gewesen. Zur Hochzeit ihrer Söhne. Dazu noch von Sonny animiert! Wilhelm und sie hatten früher bei Feierlichkeiten so gut wie nie Alkohol getrunken. Gelegentlich ein Glas Johannisbeerwein, wenn sie mit Isabella unterwegs waren. »Ein Karaffche ›Koppskiekelwein‹ bittschön!« Später als Soldat hatte Wilhelm wohl häufiger getrunken.

Oberarzt Lohmann sagte, sie müsse versuchen, eine »neutralere Haltung« zu ihrer Krankheit zu gewinnen. Ohne inneren Affekt. Sie annehmen: Es ist nun einmal geschehen, schön ist es nicht – aber gefeit ist keiner davor. Eine Krankheit wie jede andere! Wenn das so einfach wäre. Mehr noch als Trunkenheit zöge sie hundert Gallenkoliken vor!

Sie glaubte, ihren Augen nicht zu trauen, als sie hinter dem Chirurgiegebäude ihren Sohn Andreas aus dem Park herbeischlendern sah, seinen Arm um die Schultern einer jungen Dame gelegt; eine Praktikantin, Medizinstudentin. Evelyn hatte in ihrer offenherzigen Art schon die Rede auf sie gebracht: »Gib acht, Mattulkchen: Dein Söhnchen hat ein Liebchen!« Doch sie hatte nichts darauf gegeben, weil ihr noch nichts aufgefallen war – und sie es auch nicht für möglich gehalten hatte. Ging es in heutiger Zeit so schnell?

Professor Oeser stand auf einmal neben ihr. Wie stets mit jugendlich anmutender Elastizität, freundlicher Miene. Sein Blick hinter den kleinen runden Brillengläsern irgendwie lachend und ermutigend, das weißgraue Haar vorn störrisch, wie ein Hahnenkamm. In einem etwas zu langen weißen Kittel, darunter nicht sehr modisch, aber bequem gekleidet: bunt kariertes Baumwollhemd, braune Cordhosen, die Schuhe breit ausladend wie Pantinen. Er sagte: »Sie wollen uns also schon verlassen, Frau Mattulke?«

»In Kliniken wie der Ihren ist es wohl eher angebracht, dankbar zu sagen: Ich darf!«, antwortete Elvira schmunzelnd und stand auf. Sie ärgerte sich ein bisschen, dass sie errötete, und wischte sich mit zwei flüchtigen Bewegungen über ihre Wangen, als beabsichtigte sie damit, das Blut aus ihnen wieder hinauszutreiben.

»Nein, empfinden Sie Ihren Aufenthalt bei uns nicht als Strafe! Sie würden sich nur selbst im Wege stehen. Im Übrigen bin ich sehr zuversichtlich, dass Sie nicht wieder erkranken.«

»Ich werde brav meine Medizin einnehmen. In regelmäßigen Abständen den Oberarzt aufsuchen. Viel mehr kann ich für meine Gesundheit nicht tun, Herr Professor! Ich kann mein Leben nicht um dreißig Jahre zurückspulen und neu beginnen!«

»Rechnen Sie damit, dass Ihnen noch eine ebenso lange Zeit verbleibt! Bloß auf das Leben der anderen dabei setzen? Das wäre ein Risiko!«

»Meinen Sie: Mein eigenes Leben sei bisher zu abwartend, zu still verlaufen?«

»Oh, stille Wasser sind tief!«, spaßte der Professor, fügte jedoch sogleich hinzu. »Freilich wird es auch, je tiefer man ins Meer hinabtaucht, umso einsamer, zumindest dunkler und kühler um uns herum.«

»Die Ärzte neigen offensichtlich dazu, unsere Probleme und Symptome mit unserer mangelnden Aktivität zu erklären. Oberarzt

Lohmann sagte mir sogar einmal mahnend: ›Hoffnung – mein süßes, allerliebstes Leiden!‹«

»Ja, wo sonst sollten wir suchen? Etwas zu ändern versuchen, wenn nicht bei den Betroffenen selbst!«

»Vielleicht habe ich in meinem Leben zwei Fehler gemacht«, sagte Elvira. »Das eine Mal gegenüber einem Mann, das andere Mal gegenüber meiner Tochter: Beide hätte ich nicht weggehen lassen, für mich verloren geben dürfen! Aber bei dem Mann war ich noch nicht so weit. Und meine Tochter glaubte, bei ihrem großen Glück angekommen zu sein. Habe ich also Fehler begangen?«

»Nein, keineswegs, Frau Mattulke, keineswegs! So spielt das Leben mit uns, und es wird ja nicht jeder krank dabei. Aber wenn doch …!«

Elvira hielt inne, dachte: *Was frage ich geschwätzig nach meinen Fehlern, wo er doch nicht einmal die Hälfte von ihnen kennt?* Sie sagte: »Ja, wenn doch – ich verstehe, die Frage der ›Kompensation‹; ich habe mit dem Oberarzt oft darüber gesprochen. Aber ich kann nicht e i n e Sache mit einer a n d e r e n ausgleichen! Ich m ö c h t e keinen Ersatz! Keinen haben und keiner sein! Für die verlorene Tochter – zur Ablenkung am Abend noch etwas mehr Kultur? Einer Sportgemeinschaft beitreten? Welcher? Wo? Ich bin kein junges Mädchen! Für den nicht vorhandenen Mann – ein höheres Amt anstreben? Einer unserer ehemaligen Bürgermeister meinte einmal, ich sei ›eine Bürgerfrau mit sozialistischem Lächeln – vor zwei Aushängeschildern‹, meinen Söhnen. Er war wie Sie, die Ärzte, der Ansicht, ich müsse mehr für mich tun. Ich weiß heute, dass es Geflunker war. So eine Art revolutionäre Schwärmerei nach dem Kriege. Es kann nicht jeder Bürgermeister werden – und i c h hätte auch nicht das Zeug dafür; dazu mangelt es mir nun wirklich an Aktivität. Vor allem aber: Meine Arbeit, die ich habe, genügt mir. Es fehlt mir dabei nichts; sie ist interessant und abwechslungsreich, selten unvernünftig, nie stupide. Wer kann das von seiner Arbeit schon sagen?

Ich möchte mich für die Behandlung sehr bedanken, Herr Professor – doch ich bin ein undankbarer Fall: Ich weiß jetzt, dass ich nicht aufgeben darf – meine Hoffnung!«

»Da haben wir ja eines ihrer Aushängeschilder!«, sagte Professor Oeser alles andere als missgestimmt und fasste Andreas, der gerade zu ihnen trat, und seine Mutter an den Schultern. Andreas' blondes ›Anhängsel‹ hatte sich mit freundlich-scheuem Gruß rasch an ihnen vorbei zu der Gruppe um Evelyn in die Büsche geschlagen. »Hat Ihnen Ihr Sohn schon mitgeteilt, dass ich ihn gestern zu unserem Forschungschef gemacht habe? Die Jugend von heute klagt über ein Zuviel an Administrieren, über zu wenig eigenen Spielraum: Geben wir ihn ihr also, damit sie uns nicht abtrünnig wird!«

Andreas lachte und antwortete: »Wissenschaftsorganisator nennt sich das Ganze, Mama! Und nicht nur bei den Franzosen steht das gewichtigere Wort oft hintenan.«

»Wie das, Doktor? Tiefstapelei?«, sagte Oeser unverändert gut gelaunt; doch runzelte er überrascht seine Stirn. »Wo es um eine selbstständige Wissenschaft geht! Und außerdem – nicht wahr, Frau Mattulke, wir werden älter und auch sonst – beginnt man, sich seinen Nachwuchs schon zu formen, bevor er das Laufen selbst richtig gelernt hat; aber Schritt für Schritt muss es schon sein, nicht im Fluge!« Damit verabschiedete er sich von Elvira, im Eifer des Aufbruchs auch zugleich von ihrem Sohn – und mit wehendem Kittel eilte er davon; hinüber in den Park, vermutlich zu einem der Häuser mit den chronischen Patienten.

»Er ist ein guter Arzt«, sagte Elvira. »Er kann eine andere Meinung seiner Patienten akzeptieren.«

»Werri hat mich angerufen. Wir sollen ihn an diesem Wochenende endlich einmal besuchen kommen; am besten morgen. Es gebe Grund zum Feiern. Ich nehme an, dass man ihn in den Artilleriestab zurückversetzt hat.«

»Ach was! Das würde mich aber für ihn freuen! Kannst du dich denn frei machen? Hast du nicht Dienst oder etwas vor?«

»Nein, es geht! Wir besprechen es heute Abend, ja? Ich muss jetzt zurück auf die Station, Mutter. In fünf Minuten kommt der Borstädter Bus für dich!« Andreas ging durch den Kopf, ob er seiner Mutter auch von Katias Besuch erzählen sollte. Er hatte sich bei dem Gedanken nicht wohlgefühlt, als sie ihn ankündigte, ihn für wenig pietätvoll gehalten. So kurz nach Sonnys Tod, Mutter gerade vierzehn Tage in der Klinik – aber er hatte seine Bedenken weggewischt, zumal Katia sich sehr darauf gefreut, die Tage fest geplant hatte, nichts von Sonny und Mutters Erkrankung wusste. Er wollte sie nicht ausladen, konnte es wohl auch nicht. Ihre Begegnung in Hamburg hatte er seiner Mutter damals eher als etwas belanglos geschildert, da er an Katias Besuch nicht sehr geglaubt hatte. Von ihrem Vater hatte er geschwärmt. Andreas, hatte ein paar Tage Urlaub genommen, was seine Mutter, so krank sie war, sehr begrüßt hatte, und sich mit Katia in Leipzig getroffen. Am selben Tag waren sie abends noch an die Ostsee gefahren. In einen Bungalow in Markgrafenheide, den er kurzfristig über einen Seefahrerfreund mieten konnte. Sie verbrachten wieder eine wunderbar wilde Zeit. Konnten nicht genug voneinander haben. Sie schwammen viel im Meer, aalten sich im Sand, aßen gut – einmal fuhren sie mit der S-Bahn von Warnemünde nach Rostock hinein. Andreas hätte nach ein paar netten Briefen zwischendurch nicht gedacht, dass ihr Feuer füreinander wieder so stark zu entfachen sei. Vielleicht in Katia noch stärker als in ihm? Was ihn schon sehr verwunderte.

Er umarmte seine Mutter, küsste sie auf die Wange. Und sie hielt ihn noch eine Sekunde lang fest. Drückte seine Arme. Erst als er die Tür zur Psychiatrie hinter sich geschlossen hatte, wandte sie sich zum Gehen.

Der Pförtner vorn in seinem Häuschen las in einem Buch, schaute nicht auf, als sie das Krankenhausgelände verließ. Es war ein noch junger, etwas dicklicher Mensch, über den man munkelte, dass er sich früher einmal an Kindern vergriffen habe. Wie Evelyn sich ausdrückte: »Sie betatscht« habe; aber jahrelang schon sei nichts mehr passiert, er habe eine eigene Familie, auch selbst Kinder.

Was es alles gibt, dachte Elvira. Und eines dünkt einen schlimmer als das andere. »Jahrelang ist nichts passiert«, hieß es nicht so in einem Schlager? Ein Damoklesschwert schwebte über ihr.

»Fachkrankenhaus für Psychiatrie«. Neuerdings waren ihr diese Schrift und das rote Kreuz auf dem nachts erleuchteten Glaskasten schon im Traum erschienen. Mal am Portal des Rathauses. Mal an der Kirche. Mal auf dem Bahnhof. Immer in Borstädt. Myhlen selbst mit seinem Klinikum und dem Fachkrankenhaus als Haupteinrichtung erschien ihr noch nicht im Traum.

An jedem Abend war sie in dieser Woche nach Hause gefahren. Und doch kam es ihr vor, als wenn sie sich erst jetzt wirklich nach Hause begab, als wäre sie an den Tagen zuvor bei sich nur auf Besuch gewesen. Um ein bisschen aufzuräumen, zu schlafen.

Aber eigentümlicherweise fühlte sie sich heute nicht so befreit wie an jenem Tage, als sie zum ersten Mal nach ihrer Einlieferung das Krankenhaus verlassen hatte, die Myhlener Allee entlang bis zur »Endstelle« spaziert war. Ihre Erleichterung war heute ebenso groß wie ihre Bangigkeit.

Der schwachsinnige Mann, der so gern wie ein Vogel ziepte und trillerte, saß heute schon zu dieser Mittagszeit auf seinem Kilometerstein an der Straße. Mit der Spitze eines Stockes stieß er scheinbar regellos, aber offenbar bei jeder Lebensregung um ihn herum zu Boden: Fuhr ein Auto vorüber. Überflog ihn ein Vogel. Raschelte eine Echse im Gras. Ging ein Mensch vorbei.

Ob es hilft, wenn man es sich ganz fest vornimmt, nicht wieder krank zu werden?, fragte sich Elvira. *Immer an die Möglichkeit denkt?* Eine

»abnorme Erlebnisreaktion« soll es gewesen sein. »So schätzen wir es gegenwärtig ein, Frau Mattulke, den primären, den wesentlichen Teil Ihrer Erkrankung«, hatte ihr der Oberarzt in ihrem Abschlussgespräch gesagt.

›Ist nicht manchmal das sogenannte N o r m a l e anormal, Herr Oberarzt?‹ wollte sie ihn fragen. Nein, sie durfte sich nicht einreden, dass es im Grunde »abnorm«, »unnormal« gewesen wäre, n i c h t wie sie zu reagieren! Hatte sie nicht zur Genüge schlimme Erlebnisse, schwere Zeiten bewältigt, ohne irgendeine abnorme Reaktion? ›Irgendwann läuft der Topf über, Herr Oberarzt‹, hatte sie ebenfalls noch sagen wollen. ›Anscheinend wird man nicht krank, wenn es schwer ist, sondern wenn der Hoffnungsschimmer erlischt.‹

Ein Pkw kam ihr entgegen. Elvira, ein paar Meter abseits auf dem Fußgängerweg rechts neben der Straße, erkannte deutlich die Menschen im Auto: ein Ehepaar, das drei Häuser von ihr entfernt in der Borstädter Lindenstraße wohnte. Der Mann hinter dem Steuer blickte nur aus den Augenwinkeln zu ihr herüber. Und als Elvira seiner Frau zunicken wollte – schaute diese weg.

Daran hatte sie noch gar nicht gedacht! Dass nicht nur ihr, sondern auch irgendwelchen Leuten eine Begegnung mit ihr peinlich sein könnte! Sie war an den Tagen zuvor bereits an der Stadtgrenze aus dem Bus ausgestiegen. Borstädt hatte auch eine Myhlener Allee, die innerorts als Myhlener Straße nach Norden aus der Stadt hinausführte und dann als Allee wie ein Fingerzeig zu ihrem Tollhaus wies. Zu beiden Seiten der Straße baggerte man Baugruben für die Fundamente von Eigenheimen aus. *Überall wird gebaut. Und am liebsten will jeder ein eigenes Haus besitzen!*, hatte sie gedacht. Nobel geht die Welt zugrunde!

Sie war stehen geblieben, als habe ein Kurzschluss ihren Bewegungsmechanismus unterbrochen oder als müsse sie einfach in völliger Ruhe verharren, um diesem Gedanken, der unversehens ihren Herzschlag beschleunigte, auf die Spur zu kommen. Hatte sie nicht auf einmal alle gehasst, denen es besser ging als ihr? In ihnen allen ihre Feinde erblickt? In den Frauen, die ihre Männer verwöhnten und selbst verwöhnt wurden. In den Familien, die vollständig waren. In den Hausbesitzern, die nur ihr eigenes enges Reich sahen, wie sie glaubte, deren Gewissen bis zu ihrem Gartenzaun reichte!

»Schiet-Le-eben«

An die Zugfahrt von Hamburg nach Borstädt konnte sie sich kaum noch entsinnen. Vermutlich hatte sie die meiste Zeit über geschlafen. Sie hatte Isabella gebeten, Isakess anzurufen; den sie dem Namen nach als ihren Königsberger Tennisfreund kannte und von ihren Ausflügen nach Berlin nach dem Kriege; wenn sie die Kinder in Isabellas Obhut gegeben hatte. Viel mehr wusste auch die treu sorgende Isabella nicht. Sie war aufgeregt gewesen, hatte zu ihr korrekt P r o f e s s o r Isakess gesagt, sodass Isabella glaubte, auch korrekt hochdeutsch sprechen zu müssen. Sie hörte, wie er nach ihr verlangte. Sie hatte das Telefon ergriffen – aber der Atem stockte ihr und sie konnte nicht sprechen. Sie vernahm seine sanfte warme, etwas leiser gewordene, aber noch feste Stimme, sein »Elvi, Elvchen, hörst du mich?« – und sie sagte schließlich: »Ja, mein liebster Jakob-Jud!« Sie hatte nur um eine Medikamentenempfehlung für die Fahrt bitten wollen, aber nun sagte sie: »Ich möchte dich noch einmal sehen, Jakob, bevor ich sterbe!« Er wollte sofort kommen. Sie hielt dagegen: Nein, nein, nicht jetzt, in dieser Verfassung solle er sie nicht sehen, vielleicht in einem Monat, in einem Jahr! Ob es ihr nicht gut gehe, fragte er. Es sei wohl wieder so eine Art »Augustinuskoller« wie vor fast fünfzig Jahren, entgegnete sie. Er nannte ihr einen befreundeten Arzt, der ihr nach kurzem Gespräch ein Neuroleptikum injizierte.

Und Isabella hatte sie mit den Worten in den Zug gesetzt: »Adieu! Komm gut an, Elvi-irachen! Is dat nich ein Schiet-Le-eben?« So war sie ruhig über die Fahrt gekommen.

Doch in ihrer Wohnung hatte sie sich sogleich verbarrikadiert! Tisch, Stühle und verschiedenes Küchengerät vor ihrer Flurtür aufgebaut. Offenbar ließ die Medikamentenwirkung schon nach. Dann hatte sie vor Schwäche wieder viel geschlafen. Immer wenn sie aufgewacht war, hatte sie heftigen Durst empfunden; keinen Hunger, nur Durst, als sei sie stundenlang durch Wüstenland geirrt. Sie war jedes Mal in die Küche getaumelt, um etwas Leitungswasser zu trinken, hatte hinter den Gardinen in die Gärten, zum Bahndamm hinausgelugt. Vom Schlafzimmer aus zur Straße. Sie könnte nicht einmal mehr sagen, ob sie sich von einer bestimmten Person bedroht und verfolgt gefühlt hatte. Genaugenommen von jedermann! Alle steckten sie unter einer Decke! Diese noblen Herrschaften! Die an Sonnys Tod schuld waren – und es nun auch auf sie abgesehen hatten.

Elvira legte sich wieder ihre Hände auf die Augen; sie hatte das Gefühl, dass sich ihr ganzer Körper dadurch ein wenig entspannte. Dann blickte sie noch einmal zum Krankenhaus zurück: Das dunkle Grün der Bäume verdeckte fast völlig die gelblichen Fassaden und die Dächer der Backsteingebäude, grenzte sie gegen die helle unbebaute Umgebung ab. *Ein Eiland,* dachte Elvira. *Auf dem Trauer und Frohsinn, Rache und Vergebung nebeneinander regieren.*

Auch diesmal stieg sie aus dem Bus eine Station eher aus. Lief die Myhlener Straße in die Stadt hinein. Sie hatte ja nur ihr kleines Täschchen; die meisten Utensilien schon an den Tagen zuvor mit nach Hause genommen. Einiges würde ihr Andreas noch bringen. Vor einer der Baugruben blieb sie stehen, erschrak, weil sie vermeinte, eine Bombe starre aus dem soeben von den Baggerklauen aufgebrochenen Boden auf. Es war aber nur ein zusammengerolltes Eisenblech. Die gesamte Familie des Grundstücksbesitzers war hier schon im Einsatz, half mit Karren und Schaufeln, die Erde beiseitezuräumen.

Die Menschen müssen immer etwas zu tun haben: Die einen bauen sich ihr Haus und werkeln dann ein Leben lang daran herum. Wie ihr Vater. Buddeln und pflanzen jahrein, jahraus in ihrem Stück Land. Sogar am Fuße brodelnder Vulkane lassen sie sich nieder – womöglich eben erst vom Lavastrom vertrieben, dem Tod entgangen! Die anderen reisen immerzu irgendwohin. Oder ziehen alle paar Jahre in eine andere Stadt um.

»Es ist wie ein Trieb, Mama!«, hatte Andreas neulich gemeint. »Die vielfach abgewandelte und differenzierte Stimme der Natur in uns! Unser Kampf zwischen Lebens- und Todestrieb, der unsere Kultur vorantreibt. Durch Liebe und Arbeit Früchte trägt. Und wer das eine nicht kann oder will, macht das andere. Das bloße Tätigsein zum Broterwerb genügt kaum noch einem. Und die reinen Vergnügungsmenschen und Faulenzer gibt es ja auch fast nicht mehr.«

Zu welcher Kategorie von Menschen gehöre ich?, fragte sich Elvira. Ein Haus bauen? Solche Gelüste waren ihr angesichts ihrer Mutter Plackerei beim Hausbau des Vaters bald abhandengekommen. Verreisen? Allein hatte sie bisher wenig Lust, keinen rechten Mut dazu gehabt. Andreas plante, im kommenden Jahr mit seinem Freund Hannes Kamprad in die Masuren zu fahren. Mit dem Zelt. Und so weit wie möglich von Frohstadt nach Nordosten zu trampen. Richtung Königsberg, das ihn besonders reizte. Aber s i e würde auch nicht nach Königsberg reisen, wenn dies möglich wäre, aus Angst, enttäuscht zu werden, weil alles verändert war – und aus Angst, auch noch ein Stück ihrer Erinnerung zu verlieren!

Fast zu Hause fasste Elvira den Entschluss, einen kleinen Umweg zu machen und bei ihren Kollegen im Rathaus vorzusprechen, um ihre Arbeitsaufnahme anzukündigen. Zum Dienstag; den Montag wollte sie sich, wenn möglich, als Haushaltstag ausbitten; um ihre Wäsche und was sich sonst noch an unerledigten Verrichtungen in ihrer Wohnung ergab, aufzuarbeiten.

Es wird doch kein böses Omen sein? An sich wählte sie den Freitag immer als Haushaltstag. Doch nach ihrer Londonreise hatte sie sich ebenfalls am Montag – als habe ihr Verstand ihr noch zu Hilfe kommen wollen – aufgemacht, um sich bei der Polizei zurückzumelden und ihre Kollegen aufzusuchen, mit der Absicht, ihnen zu berichten, wie übel man ihr mitspiele, in welcher Gefahr sie sich befinde. Vielleicht wäre im direkten Kontakt das Ärgste verhindert worden! Denn sie hatte dann nur von einer Telefonzelle aus angerufen und um Gewährung ihres Haushaltstages gebeten.

Sie ging über den Kirchvorplatz, rechts unter dem Torbogen hindurch auf den Markt. Ihr Blick glitt über die Fronten der Bürgerhäuser, verweilte für Sekunden bei jedem Haus, als wolle sie sich vergewissern, dass keinem ein Schaden geschehen sei. Die schmucken Fassaden mit ihren abgestuften geschwungenen oder eckigen Giebeln erfreuten sie immer wieder. Die in hellen Farbtönen in Ocker, Beige, Hellblau, Weiß gehaltenen Wandflächen, die man alle zwei, drei Jahre auffrischte. Die sorgsam erneuerten Reliefs. Kunstvolle Handwerkerzeichen. Der kleine lauschige Laubengang diesseits vor der Apotheke. Drüben der prunkvolle Erker über der Imbissstube. Die Häuser zu rekonstruieren und zu modernisieren, war teilweise teurer gewesen, als hätte man neue errichtet.

Eigentlich ist es schade, dass der schöne Platz so selten genutzt wird, überlegte sie, *zum Wochen- und Weihnachtsmarkt, zum Bauernmarkt im Oktober. Warum nicht zu Chor-, zu sonntäglichen Blaskonzerten? Zum Maientanz? – Schöner Platz, ja.* Aber gehörten ihre Reden über diese Stadt, ihre Versicherung des Angekommenseins und die Verneinung ihrer Sehnsucht nach Königsberg nicht zu ihren Lügen? Zu ihren kleinen

Fehlern. Aus Solidarität mit ihren Söhnen! Würde ihr je etwas über Königsberg gehen können?

In der Kirchgasse befielen sie Bedenken, ob sie schon im Rathaus vorbeigehen, sich den peinlichen Fragen, abschätzenden Blicken stellen oder sich übers Wochenende eine Galgenfrist gewähren sollte. Würde und Sachlichkeit hatte sie in dem großen Haus immer empfunden, jetzt Beklemmung. Die wuchtigen Säulen. Das hohe kühlende Gewölbe. Die breite steinerne Treppe.

Eine einzige Kollegin hielt die »Stellung«! Die jüngste von ihnen, erst seit einigen Monaten in ihrer Abteilung: Alle anderen waren »ausgeflogen« – der Stadtrat zu einer Konferenz in Rostock!

»Frau Siebert ist in der Bibliothek«, berichtete die Kollegin, »Frau Krämer bei unserem Grafiker wegen der Gestaltung der Einladungskarten zur Festveranstaltung am 7. Oktober, Muttchen Lehmann beim Fleischer. – Aber wie kommt es, Frau Mattulke? Es war die Rede davon, dass es sehr lange dauern würde – wenn überhaupt?«

»Ja, ich bin auch froh, dass es schneller ging als erwartet«, sagte Elvira. Ihre junge Kollegin stand immer noch überrascht und ein bisschen hilflos in der Tür zum Nachbarzimmer. Elvira atmete auf, drehte sich einmal mit leicht erhobenen Armen im Kreise. »Anfang der Woche glaubte ich noch, endlosen Zeiten als Tagespatientin entgegenzusehen. Und nun bin ich wieder hier!«

Sie setzte sich hinter ihren Schreibtisch. Öffnete und schloss die Fächer. Griff in die Schale mit den Stiften, Gummis, Büroklammern, als überprüfe sie ihren vollständigen Inhalt. Rückte dies und das auf dem Schreibtisch in die ihr gewohnte Lage. Ihre Topfpflanzen vor dem Fenster waren gut gegossen. Auf dem Hof putzten und reparierten Männer der Freiwilligen Feuerwehr an zwei Löschfahrzeugen herum.

»Fritz Weitendorff sagte manchmal, stolz auf sein einziges lateinisches Sprüchlein, es ist auch mein einziges: ›Hic Rhodus, hic salta!‹

Hier gilts, hier zeige, was in dir steckt! Haben S i e diesen hohen Anspruch?«

Die junge Frau lächelte verlegen, hob und senkte langsam, wie nachsinnend, ihre Schultern. »Der Ehrenhain geht uns jetzt allen durch den Kopf!«, sagte sie. »In der nächsten Woche will der Stadtrat eine Konzeption auf dem Tisch haben.«

Sie bot an, Kaffee zu kochen. Aber Elvira merkte, dass sie auch auf dem Sprung war, bedankte sich, bat, ihren Wunsch bezüglich des Haushaltstages zu übermitteln, wahrscheinlich werde sie sich deswegen jedoch selbst noch einmal am Montag melden.

Einer der Feuerwehrleute auf dem Hof grüßte sie, ein junger Bursche, der früher oft mit Christoph Genth umhergezogen war. Elvira freute sich immer, wenn sie von ihr nicht sehr bekannten oder unbekannten Menschen gegrüßt wurde – und heute zumal; und sie grüßte ein bisschen überschwänglich zurück.

In der Promenade entschied sie sich, wie sonst meist nach Feierabend, noch nicht nach Hause zu gehen, sondern einen Bummel durch die Stadt oder wie jetzt zum Wettinhain zu unternehmen.

Die Straßen schienen ihr heute leerer als an anderen Tagen. Als habe man die Menschen vor ihr gewarnt! Ihr wisst schon: d i e (eine kreisende Handbewegung vor der Stirn) wird entlassen; bewacht eure Häuser und auch das Vieh!

Zum Glück gelang es ihr bereits, über solche Gedanken zu lächeln, aber sie drängten sich ihr immer wieder auf.

Als sie von der Bahnhofsstraße in die Taurarer Straße einbog, leuchteten bei einem gerade vorbeifahrenden Auto die Scheinwerfer auf; der Wagen war jedoch so schnell an ihr vorbei und von dannen, dass Elvira nicht feststellen konnte, wer darinnen saß und ob das Lichtsignal überhaupt ihr gegolten hatte.

Zwei Jungen warfen von der Holzbrücke im Wettinhain, die sich hoch und grazil über die Teichenge spannte, mit Steinen nach Enten, welche sich eilig davonmachten. Elvira stand genau gegenüber der Brücke, an jener Stelle des Teiches, wo man bis dicht ans Ufer hinan konnte, dass hier auf einige Meter Länge betoniert war. Davor hatte man ein niedriges Eisengeländer angebracht, mehr als Zierde wohl denn als Schutz. Mitunter kletterten selbst alte Leutchen darüber hinweg, um auf dem schmalen Betonpfad ein paar Schritte zu tun – im Gefühl jugendlichen Wagemuts!

Sie hatte sich schon seinerzeit, wenn sie Sonja oder Andreas im Winter einmal zum Schlittschuhlaufen hierher begleitet hatte, weder jung noch wagemutig genug gefühlt, etwa wie andere Eltern mit ihren Kindern eins, zwei, drei über das Geländer zu steigen – und über das Eis zu flitzen. Meist hatte sie eine Weile von einer der Bänke aus zugeschaut. Sich höchstens einmal ein paar Meter auf Schusters Rappen und so am Rande übers Eis gewagt. Und war dann wieder nach Hause gegangen.

Bin ich hier in Sachsen nicht stets bloß ›nach Hause‹ gegangen? Auch als mir noch gar nicht wie ›zu Hause‹ zumute war? Dieser Gedanke – du musst n a c h H a u s e , du musst – aber eigentlich willst du gar nicht. Wohin denn sonst? Gibt es einen »Nach-Hause-Komplex«*, eine* »Zuhause-Krankheit«*?* Du musst: Die Kinder warten aufs Essen. Sonjas Kleid ist noch nicht geflickt. Werris Schlosseranzug muss gebügelt werden. Andreas hat morgen einen schweren Tag in der Oberschule; er wird sich freuen, wenn er bei seinen Schnitten ein Täfelchen Schokolade findet. Vater braucht heute wieder seinen Rheumawickel. – Pflichten! Und wenn da nicht hin und wieder ein Aufleuchten gewesen wäre! Ein Hoffnungsschimmer – welcher Art auch immer! Thornberg … Und ihr Jakob-Jud! Ihr großes Geheimnis. Das sie immer wieder verbarg, als könne man es ihr nur dann nicht wegnehmen. Auch diesmal hatte er wie schon in früheren Jahren ihr am Telefon wieder ein Heiratsangebot gemacht. Solveig war seit vier Jahren tot! Sie konnte nicht. Wilhelm, der Kinder, Solveigs, ihres Schwiegervaters wegen! Sie fand immer Gründe, die ihr gewichtiger schienen als eine endgültige Bindung. Hatte sie womöglich Angst, ihr Geheimnis zu verlieren? Ja, dass, wenn es aufgelöst war, sein Zauber verschwand? Es sich, wie alles andere, als trostlose Wirklichkeit darbot?

»Die Angst vor der Leere, vor dem Alleinsein drückt auf das Herz, Herr Oberarzt. Die Pflichten in der Familie sind demgegenüber ein Segen! Manchmal denke ich mir sogar, dass ich gern meine jetzige Arbeit gegen die schwerere und anspruchslosere in einer Gärtnerei oder auf einem Bauernhof – wie ich sie in den ersten Jahren nach dem Kriege kennenlernte – eintauschen würde. Wenn ich dafür meine Familie wieder einigermaßen zusammenbekäme!«

»Ja, die Familien brechen auseinander, die Generationen rücken voneinander ab – und ich weiß nicht, ob die Gesellschaft die entstehenden Lücken wird, je schließen können, Frau Mattulke«, hatte ihr Oberarzt Lohmann geantwortet. »Das ›Horror Vacui‹ des Aristoteles erhält, wie mir scheint, in heutiger Zeit einen neuen Sinn.«

Elvira ging weiter um den Teich herum. Zierrasen bedeckte die flache vier bis fünf Meter breite Uferböschung. Am Rande zum Weg Rhododendronbüsche, Magnolienbäumchen … Plötzlich glaubte sie, Schritte hinter sich zu hören; die jedes Mal verhallten, sobald sie stehen blieb. Aber sie sah niemanden. Und durch die Wegkrümmung und die Büsche hatte sie nur wenig Überblick. Sie sputete sich etwas. Setzte sich in den kleinen Pavillon neben der Brücke.

Die beiden Jungen hatten sich offensichtlich bar lohnender Zielobjekte getrollt. Elvira fuhr sich mit ihrem Taschentuch übers Gesicht, knöpfte sich ihre Kostümjacke auf. *Vielleicht bin ich schneller wieder in der Klinik, als der Professor und ich selbst für möglich halten! Der*

Schall von Schritten erhitzt mich nun schon; womöglich der Nachhall meiner eigenen!

Wahn ist eine blinde Kuh. Aber Professor Oeser meinte: Wahn sei eine Waffe. Zum Selbstmord oder zur Exekution? *Ich möchte wissen, woher der Professor den Optimismus nimmt, zu glauben, dass ich nicht wieder erkranke. Seine Theorie besagt jedenfalls das Gegenteil.* Es wird sich an meinem Leben kaum etwas ändern! Früh ins Rathaus. Nachmittags kreuz und quer durch die Stadt. Dann und wann von Amts wegen oder privat ein kulturelles Bonbon. Zu Hause wartet das Fernsehen. Strick- und Häkelzeug. Lektüre. Werde ich mich nach dem Abendbrot jemals wieder zu einem Spaziergang aufwagen? In die Märchenwiese? Zu meinem Schlaftrunk von frischer Luft?

Sie schaute zu dem Ehrenmal hinüber. Ein hoher schlanker Findling mit der Inschrift: »Die Toten mahnen uns«. Seitlich und dahinter kugelige Zypressensträucher, Azaleen, zur Blütezeit eine bunte Pracht von weißen, roten und rosafarbenen Stauden.

Ein schmaler Weg führte am Gedenkstein entlang. Es war eigentlich mehr ein Daran-vorbei- als ein Darauf-Zugehen, fiel ihr jetzt auf. Die Vorbereitung fehlte. Die nötige Besinnlichkeit für den Moment der Anmahnung!

Sie stellte sich vor, dass man auf zwei in leichten Bögen verlaufenden Wegen, hier von der Brücke und von der zum Parkeingang liegenden Teichseite aus, zu dem Mahnmal gelangte. Innen an den Wegrändern Rosenstöcke. Vielleicht zwei Plastiken.

Mit einem Mal hatte sie das Gefühl, durch die Rhododendronbüsche hindurch beobachtet zu werden. Ein Schauder ergriff sie. Ein Alb? Sonnys Geist? Sie stand sofort auf, lief aus dem Pavillon hinaus. Über die Brücke. Zurück zur Straße. Unsinn! Jakob nannte sie seit Jahrzehnten Elvi, Elvchen! Verband er eigentlich schöne oder dämonische Gedanken damit? Beim Aussprechen hörte sich das ›V‹ für sie stets wie ein ›F‹ an.

Andreas sprach in neuerer Zeit immer häufiger von Unbewusstem. Sie hatte keine rechte Vorstellung, was das sein könnte. Aber vom Verstand her fand sie es einleuchtender als Aberglauben, Außerirdisches, weil das Unbewusste ja etwas sein musste, das in einem selbst bestand.

Als sie den Park verließ, drehte sie sich noch einmal um. Sie sah, dass ein Liebespaar in den Pavillon hineinging.

»Behämmerte Person« mit Vision

Der ältere Herr aus Parterre, ein Buchhalter, eingefleischter Junggeselle, der Männerbekanntschaften nicht abhold sei, wie man sagte, goss in ihrem Hausgarten die Blumen. Elvira hatte ihn, nachdem er im Vorjahr in ihr Haus eingezogen war, aber noch nie mit einem anderen Mann gesehen; er hatte sich ihr gegenüber stets freundlich, doch meist etwas einsilbig gegeben.

Er stellte die Gießkanne beiseite und kam heran; er war nicht groß, ging obendrein noch etwas geduckt – reichte Elvira die Hand. »Ich habe Sie in dieser Woche schon ein paarmal aus dem Haus gehen und heimkommen sehen, Frau Mattulke. Es freut mich, dass Sie wieder gesund sind. Wenn Sie einmal Hilfe brauchen, beim Einkellern der Kohlen oder Ähnlichem, lassen Sie es mich bitte wissen!«

»Danke! Vielen Dank! Aber ich fühle mich körperlich noch in ganz guter Verfassung«, sagte Elvira.

»Ich wollte es nur für alle Fälle sagen.«

»Ja, das ist sehr nett von Ihnen.«

Oben in ihrer Wohnung sagte sie sich: *Ein Nervenzusammenbruch – und gleich ein Hilfsangebot. Wer hätte das gedacht!*

Sie duschte sich. Ging danach im Morgenmantel durch ihre Wohnung. Entstaubte in der Stube ihre einzigen beiden Gläser, die sie bei der

Umsiedelung mitgenommen und so über den Krieg gerettet hatte: zwei rubinrote Römer. Noch einmal ging sie in die Küche, ins Bad, ins Schlafzimmer, als habe sie im Sinn, herauszufinden, ob ihr das Aussehen ihrer Räume, die Möbel und das übrige Inventar noch gefielen oder es nach dieser Zäsur in ihrem Leben nun auch an der Zeit sei, die Einrichtung zu wechseln oder wenigstens neu zu tapezieren.

Sie setzte sich in der Stube an den Tisch. Eine Tasse Kaffee hatte sie sich türkisch aufgebrüht, aß eine Scheibe Knäckebrot mit ein wenig Butter und Marmelade dazu: ihr altgewohntes Vesperbrot.

Von Marie war ein Brief gekommen, mit ihrem Absender, aber wieder von Isabella geschrieben und sicherlich auch wieder mit Kommentaren von ihr versehen. Elvira öffnete das Kuvert, legte Briefumschlag und Schreiben vor sich hin, putzte ihre Brille. Die ganze Zeit über hatte sie sich gefreut: im Treppenflur, als sie den Brief aus dem Kasten genommen hatte, beim Duschen, bei ihrem Gang durch die Wohnung – sie hatte heute noch etwas Schönes vor! Ihre Überraschung zur Entlassung! Wäre es nach ihrem Interesse und ihrer Unruhe gegangen, so hätte sie den Brief schon auf dem untersten Treppenabsatz im Hausflur aufreißen und lesen müssen. Aber sie hatte es immer so gehandhabt wie jetzt: Sie wollte diese Augenblicke erfrischt und in Ruhe genießen; ein Drittel von ihrer Scheibe Brot hatte sie gegessen, von dem Kaffee nur genippt.

»... Bist du wieder auf dem Damm, Elvi-irachen?«, schrieb Isabella. »Diesmal wird mich wohl mein alter Herr unter die Erde bringen und nicht ich ihn. Einmal in der Woche sei Pflicht, sagt er. Mit achtzig! Dieser Kä-ärl! Seit vierzig Jahren ist er Pensionär, aber i c h doch nicht! Mein Arzt meint, ich hätte Herzasthma. Ich frage ihn, ob ich nun nur noch Asthmazigarren rauchen darf. Da lacht er! Marie sagt gerade, ich solle nicht vergessen, zu schreiben, dass Reinhard seit vierzehn Tagen im Krankenhaus liege: wegen der Nieren! Darauf war er ja schon von

Kindheit an empfindlich. Nun im Alter kommts durch! Noch was, Kindchen, Elvi-irachen – aber reg dich nicht wieder auf! Der Autofahrer hat sich bei der Polizei gemeldet, dem Sonny vor den Wagen gelaufen ist. Er soll angegeben haben, sie sei urplötzlich vom Trottoir auf die Fahrbahn getorkelt. Stockduster. Andererseits aber irgendwie erregt und zerfahren, als habe ihr – wie etwa einer Alkoholabhängigen – Nachschub gefehlt. Sie hätten gar nicht groß miteinander gesprochen, sich ohne viel Aufhebens jeder wieder auf seinen Weg begeben, zumal die einzige Folge der Kratzer an Sonnys Bein gewesen sei ...«

Elvira hatte sich umgekleidet. Ein zart blau-weiß gestreiftes Jerseykleid angezogen. Einen Karton mit Bildern hervorgekramt: Sonny als pausbäckiges Baby. Als Konfirmandin mit weißem Spitzenkragen, Haarrolle oben auf dem Haupt. Zur Hochzeit mit Walter Blümel: strahlend, mit langer Schleppe; Andreas dahinter als Kissenträger.

Als sie die Bilder wieder wegpacken wollte, fiel ihr eines ins Auge, das aus dem Stapel hervorlugte: ein hübsches Mädchen mit langem weißblondem Haar und stolzer Miene, wie ein Prinzesschen. Inmitten jugendlicher Männer vor einem Ladentisch; einer der jungen Männer Elviras Wilhelm. Hinten auf dem Bild stand geschrieben: »1926. Wir und die Fee zu Tiedtchens Geburtstag.«

Elvira erinnerte sich sofort an jene in der Gedenkstätte für die Opfer der Euthanasie im Krankenhaus abgebildete junge Frau – ihre verblüffende Ähnlichkeit mit diesem Mädchen! Weshalb ihr die Frau wohl bekannt vorgekommen war. Aber sie hatte keinen Hinweis, dass es sich tatsächlich um dieselbe Person handelte. Der Name der ermordeten Kranken war ihr entfallen; zudem entsann sie sich nicht, jemals denjenigen der sogenannten Fee von ihrem Mann erfahren zu haben. Und überdies: Sollte es so einen Zufall geben? Wie auch denjenigen mit der Comtesse?

Der Gedanke wühlte sie derart auf, dass sie sich vornahm, zu ihrer Zerstreuung noch ein Stück spazieren zu gehen. Sie zog sich eine weiße Leinenjacke über. Nahm aus dem Gefrierfach ihres Kühlschranks noch schnell zwei Steaks heraus, damit sie inzwischen auftauen konnten; legte sie in etwas Öl, mit Peperoni und einer zerdrückten Knoblauchzehe ein. Andreas wollte erst spät kommen, sodass sie beruhigt aus dem Haus gehen konnte, mit ihm gemeinsam zu Abend essen würde.

Man muss zufrieden sein, dass man in heutiger Zeit lebt, dachte sie. *Vor zwei-, dreihundert Jahren wäre ich als Hexe mit dem Schwert hingerichtet oder auf dem Scheiterhaufen verbrannt worden!* Nein: lieber das Schwert als das Feuer! Ihr Albtraum im Kriege: Mit den Kindern zu verbrennen!

Unversehens stand sie vor dem stadtauswärtigen Viadukt, sich unschlüssig, ob sie geradeaus Richtung Chemnitztal, Lunzen, weitergehen oder ihre Schritte nach rechts unter dem Viadukt hindurch zur Märchenwiese wenden sollte.

Sie schlenderte geradezu. Zwischen Schrebergärten. Dann in freier Flur. Parallel zu den Schienensträngen. An der Stelle, wo sich ihr Weg und die Bahnstrecke kreuzten, befand sich ein Bahnwärterhäuschen. Der Wärter kurbelte gerade die Schranken herunter. Elvira schaute ihm zu und wartete den Zug ab. Der Taurastein reckte sich wie eine graue Zigarre über die dichten grünen Wipfel des Hains, der nach dem Vorbild englischer Gärten entstanden war. Hinter ihr im Westen lugten Rathaus- und Kirchturm über die Dächer – Andreas würde sagen: wie ein dicklicher Patrizier und ein hochgewachsener Bettelmönch. *Eigenartig,* dachte Elvira, *er hat seinen Vater nie bewusst kennengelernt und doch, wie es scheint, dessen Bildersprache im Blut.*

Dann überwand sie sich. *Ich kehre um!,* sagte sie sich kurz entschlossen. *Wenn ich heute nicht in die Märchenwiese gehe, tue ich es niemals mehr!* Der alte Lehrer war diesmal zusammen mit seiner Frau im Garten; er harkte wieder die Wege, entfernte Grasbüschel und Unkraut von den

Wegrändern, seine Frau hackte und zupfte zwischen den Blumen umher.

Elvira ging langsam draußen am Zaun vorbei. Ihr Herz schlug wie wild, und ein bisschen fürchtete sie, sich zu viel vorgenommen zu haben. Sogleich in Tränen auszubrechen oder ohnmächtig zu werden, so schwummerig war es ihr zumute.

An der Grenze zum Nachbargrundstück hatte der Schotterhaufen gelegen. Noch jetzt lagen einige Steine davon an der Bordsteinkante. Der massige Fleischer wusch vor der Garage sein Auto, in seiner gestreiften Arbeitsbekleidung, Gummistiefeln und -schürze, Käppi; man erzählte sich, dass er sein Geschäft seinem Sohn übertragen habe, ihm nur noch stundenweise behilflich sei.

Familie Schanze von gegenüber war offenbar verreist, an sämtlichen Fenstern ihres Eigenheimes waren die Jalousien heruntergelassen. Vor dem Haus daneben wusch und wienerte ein junger Mann ebenfalls sein Auto.

Der Hund des Fleischers wedelte unruhig mit dem Schwanz und bellte sie wieder an. Sein vierschrötiges Herrchen blickte kurz auf, schien sie jedoch nicht wiederzuerkennen. Aber der Hund erkannte, witterte sie, wich hinterm Zaun nicht von ihrer Seite. Einer ihrer Steine hatte ihn wahrscheinlich getroffen, denn sie hatte ein lautes Jaulen und Bellen vernommen, damals gedacht: *Jetzt hetzen sie auch noch ihre blutrünstigen Hunde auf mich!* [9]

Sie ging zu dem Garten des Lehrers zurück. Umfasste mit ihren Händen zwei Eisenstäbe des Zaunes, reckte sich auf ihre Fußspitzen und rief – halblaut, sodass es nur die beiden im Garten hören konnten: »Hallo! – Hallo!«

Der greise Herr hielt in seiner Arbeit inne, drehte sich zu ihr um, rief nun seinerseits nach seiner Frau. Und die alten Leutchen tippelten herbei, er klein, kerzengerade und starkknochig, wie ein alter Sportsmann, sie wie eine ehrwürdige Dame des Theaters: einen Kopf größer als er, für ihr Alter etwas zu stark geschminkt, eine markante Sprache – auch mit erdverkrusteten Fingern zu erhabener Geste fähig. Zwei Meter vom Zaun entfernt blieben sie stehen und musterten Elvira.

»Ja, sie ist es!«, sagte er und zeigte wie auf einen widersetzlichen Gymnasiasten mit dem Finger auf Elvira.

»Erkläre dich bitte, Sebastian!«, sagte seine Frau. Sie wirkte jünger und auch noch dynamischer als er.

»Entschuldigen Sie vielmals! Ich habe nichts gegen Sie! Ich war verwirrt, krank, nicht zurechnungsfähig – so fatal es für mich ist, es muss aus mir heraus, ich muss es sagen!«, kam Elvira ihm zuvor.

»Papperlapapp! Gewalttätigkeit ist ebenso wenig wie Faulheit eine Krankheit!«, widersprach er energisch.

Nun begriff seine Frau: »Ach! Dieses teufelswilde Mädchen, das meinen Herrn Gemahl wie keines je zuvor echauffierte! Na, ganz schön erwachsen sind Sie ja schon! – Sicher haben Sie viel Kummer?«

»So ohne Weiteres kann ich darauf gar nicht mit Ja antworten!«, entgegnete Elvira und hatte das Gefühl, sie gieße mit ihren Worten dem alten Lehrer Öl ins Feuer, denn er nickte heftig.

»Ich verstehe, es ist komplizierter. Vielleicht besuchen Sie uns einmal? Ich würde mich freuen!«, sagte die Frau und knuffte ihren Mann in den Rücken. »Es war übrigens nur ein kleiner Putzschaden! Längst erledigt!«

»Das beruhigt mich!«, sagte Elvira.

»Ja, kommen Sie zum Tee! Kommen Sie in Gottes Namen! Aber ohne Steine!«, bat sich der alte Herr aus.

Elvira war schon an dem neuen Sportplatz vorbei und am jenseitigen Viadukt an der Tauraer Straße wieder auf die Lindenstraße gelangt, als ihr erst bewusst wurde, dass sie sich nahe bei ihrem Wohnhaus befand und – wie nicht selten nach Begebenheiten, die sie in Erstaunen, Betroffenheit versetzt hatten – gedankenlos durch die Straßen gewandert war.

Was hatte sie erwartet? Dass man sie verständnisvoll umarmte? Bedauerte? Hätte es nicht viel schlimmer kommen können!

»Nehmen Sie es ihm nicht übel! Er meint es nicht so! Ich warte auf Sie!«, hatte ihr die Lehrersfrau noch zugeflüstert.

Sollte sie hingehen? Wie ein gescholtenes, unerzogenes Kind?

Dieses Gesicht! Dieses Kindergesicht! Das rote Auto und der junge Mann mit dem Kindergesicht! Sie lief zurück. Ein paar Meter in Hast, dann langsamer zum Verschnaufen. Doch gemächlichen Schritt erlaubte sie sich erst wieder, als sie ihn noch, wie vorhin – ohne dass ihr ein Licht aufgegangen war! – in der Märchenwiese an seinem Auto stehen und daran herum pusseln sah.

Das Rot hatte sie alarmiert! Dann hatte er plötzlich, weil es dunkelte oder vielleicht nur, um die elektrische Anlage durchzuprüfen, das Licht eingeschaltet. Sie geblendet! Sie war auf diesen dummen Schotterhaufen gestürzt!

Er klappte die Motorhaube zu. Verschloss den Kofferraum. Ging noch einmal mit zwei Lappen um das blitzblanke Auto herum. Hier und da rieb er angespannt mit dem einen, flimmerte anschließend mit dem anderen darüber, wo es nach Elviras Anschauung, weder noch etwas weg noch etwas blank zu reiben gab.

Kleine schlanke Hände hatte er. Sein Oberlippenbärtchen war noch mehr Flaum als Bart, mehr Anspruch als Vermögen; überhaupt nahm sie es jetzt zum ersten Mal wahr. Sein helles weiches Gesicht hatte sie erschreckt: ein Kind! Missbrauchten sie für ihr schändliches Werk nun auch noch Kinder?

Und dieses Jüngelchen – mindestens ein Dutzend Jahre jünger als ihr Sohn Andreas – sollte sie g e s c h l a g e n haben? Die Ärzte durcheinandergebracht? »Erlebnisreaktion« oder »Schädel-Hirn-Trauma«? Seelische oder körperliche Erschütterung?

»Man könnte Sie beneiden: noch so jung und schon so ein großes schönes Auto!«, sagte Elvira.

»Wissen wie – meine Dame!« Er hatte jetzt offenbar eine besonders stumpfe Stelle an der Karosserie entdeckt, die er mit seinen Lappen eifrig bearbeitete. »Mein Meister sagt jedem Neuling: ›Pünktlich, fleißig, freundlich! Eine alte Regel. Doch andere Zeiten – andere Gewerke! Handwerk hat goldenen Boden, heutzutage ist dagegen S e r v i c e das große Wort!‹ – Wer hat heute keinen Kühlschrank, meine Dame? Keinen Fernseher? Keine Waschmaschine? Ständig nimmt die Zahl zu. Aber ständig geht auch irgendwo etwas kaputt! Und wer möchte nur einen einzigen Tag lang auf eines dieser kostbaren Dinge verzichten, wenn er es erst einmal besitzt?«

Wie er zu ihr »meine Dame« sagte! Ulkig! Als wenn ein Dreikäsehoch seine Eltern belehrte: Es heißt nicht Mam und Pap, sondern Herr Vater und Frau Mutter!

Sie trat etwas näher zu ihm hin und sah jetzt, dass die faustgroße Stelle, an der er herumputzte, sich im Farbton um eine winzige Nuance von der umgebenden Fläche unterschied.

»Gut hingekriegt! Was? – Steinschlag! Nicht etwa bei vollen Touren auf der Chaussee, von einem vorausfahrenden Wagen, nein – hier, meine Dame! Hier an diesem Ort! Von einer Irren!«

Sein rundes Kindergesicht nahm einen komischen, trotzig-weinerlichen Ausdruck an, als überwältige ihn bei dieser Erinnerung ein unsäglich schmerzliches Gefühl. »Die Frontscheibe im Arsch! Und dieser Schandfleck! Da muss man doch zum Schwein werden!«

Er würgte den aufgeflackerten Ärger hinunter und stolzierte dann – wie ein Tänzer beim ›Pas de deux‹ um seine Dame – mit abgespreiztem Arm und glänzenden Augen um sein Auto herum, legte sich auf der Gegenseite mit dem Oberkörper halb auf das Dach und sagte: »Ich brauch keine Kneipe! Kein Billard im Jugendklub! Keinen Fußballplatz! Ist das hier nicht genug?« Plötzlich richtete er sich auf, kniff die Lider zusammen und betrachtete Elvira einige Sekunden lang aufmerksam: »Verdammt! Wenn ich mir nicht sicher wäre, dass diese behämmerte Person hinter Gittern ist, würde ich denken, S i e waren es!« Er schüttelte den Kopf und stieg in sein Auto ein.

»Nehmen Sie mich ein Stück mit? Ich fahre zu gern Auto!«, rief Elvira durch die geschlossene Scheibe auf der Beifahrerseite hindurch.

Er ließ sie ein und fuhr mit so viel Schwung an, dass die Räder kreischten. Elvira klammerte sich an ihrem Sitz fest und fragte: »Fahren Ihre Eltern mit Ihnen manchmal mit?«

»Hab nur eine Mutter, eine gute zwar, z u gute – und die hat Angst! Mein Vater hat sich aus dem Staube gemacht!«

»Man fährt in Ihrem Auto so herrlich bequem! Wie auf einem Sofa durch die freie Natur!«, sagte Elvira.

»O ja! Ein paar PS unterm Hintern verzaubern das Leben!«, schwärmte er. »Neulich habe ich in einer Zeitung einen Artikel gelesen, in dem ein Wissenschaftler ein Bild vom Auto der Zukunft entwarf: Stromlinienform, luxuriöse Innenausstattung, alles wunderschön anzuschauen, rundum Fernsehkameras, die jede gefährliche Annäherung überwachen, überhaupt viel Technik für die Sicherheit, auf Schienen gleitet man bei Zusammenstößen, angeschnallt auf seinem Sitz, in eine weiche Schutzwand – aber man sitzt rückwärts im Auto! Kann nur das sehen, was hinter einem liegt! Das gefällt mir nicht. Fahren ist Sport! Man muss seinem Gegner ins Auge blicken können!«

Er fuhr meist in der Mitte der Straße. Auch an etwas unübersichtlichen Stellen. Je höher das Tempo, umso größer war seine Freude. Innerhalb einer Viertelstunde hatten sie das Chemnitztal erreicht, waren auf der kurvenreichen Asphaltstraße neben dem Flüsschen Chemnitz einige Kilometer dahingerast. Umgekehrt. »Mit Karacho zurück!«, hatte er gejubelt.

Einmal, als der Wagen sich gerade mit grellem Motorgeheul einen steilen Berg hinaufquälte, rief Elvira dem jungen Mann zu: »Und wenn ich's doch war? Die Scheibe! Der Schandfleck!«

Aber er gab vor Vergnügen noch mehr Gas, lachte und schüttelte wieder den Kopf: »Sie können einen Stein drei Meter weit werfen! Aber nicht fünfzehn, zwanzig! Haben ein liebes Wesen. War Nonsens von mir – Muttchen! Und im Übrigen wird die Karre sowieso bald umgespritzt: grün – wie Hoffnung! Auf die nächste Karrete!« Rasch und mühelos gewann sein Auto hinter der Bergkuppe an Fahrt und jagte über die gerade Landstraße dahin.

Noch vor der Stadtgrenze von Borstädt stieg Elvira aus. »Bis zum nächsten Mal!«, rief er ihr aus dem Auto nach, fuhr wieder schwungvoll an, streckte seinen linken Arm zum Fenster heraus und winkte.

Sie ging von der Straße weg quer über die Felder. *Ob er in zehn Jahren ein bisschen mehr vom Leben begreift?*, dachte sie. *Von Irren und Irrwegen!*

Ein endlos langer Güterzug, der über beide Viadukte und die dazwischenliegende Bahndammstrecke reichte, rollte in Richtung Leipzig. Warum bloß träumte sie so oft von Zügen ohne Lokführer? Ohne Personal? Ohne Menschen? Zukünftige Automaten konnten schließlich alles einsparen – aber nicht die Fahrgäste!

War es ein Traumsymbol für s i e : allein, herrenlos, wo geht die Reise hin?

Sie stellte sich stromlinienförmige Autos auf der Straße, Züge auf dem Bahndamm vor. Ungewohnte Formen: wie Zigarren, schlanke Kegel, Düsenjäger. An die Häuser der Märchenwiese bis hin zum Sportplatz Neubauten: drei-, vier-, fünfgeschossig, eines mit etwa zehn Stockwerken wie ein Zylinder. Die Fensterscheiben der Häuser leicht getönt, wie diejenigen in den modernen großstädtischen Hotels. Auch sonst die Fassaden in warmen Farben, überall Balkons. Davor flachere Gebäude: ein Kindergarten, Kauf-, Schwimm- und Sporthalle. Eine ansprechende Ladenstraße mit Kosmetiksalon, Kaffee- und Teestube. Nirgendwo Rauch und Kohlenstaub! Aber etliche Springbrunnen! Dann ein künstlicher See, eine schöne Strandpromenade, ringsum mit Bäumen bepflanzt.

In den Wohnhäusern: Maisonetten! So wurde jede Wohnung selbst zum Häuschen! Zum Häuschen im Haus! In der einen Etage die Alten, in der anderen die Jungen. Für beide Parteien selbstständige Eingänge von außen, aber innen die Familientreppe, die die Etagen und die Generationen verband; die man nutzte oder nicht nutzte, wie man wollte.

Je länger sie sich dieses Bild vor Augen führte, umso gegenständlicher sah sie es. Sie schaute auf ihre Uhr. Nun musste sie langsam nach Hause! Für Andreas noch ein Bier einkaufen, manchmal hatte er zum Abendbrot Appetit darauf. In Grün wollte der junge Bursche sein Auto spritzen. Rot gefiel ihr besser. Sie blickte im Gehen in ihren kleinen Taschenspiegel, kam sich etwas blass vor und trug sich noch schnell ein wenig Rot auf Lippen und Wangen auf.

NACHSPIEL

Die Geiselnahme (3)

Frau K. hatte wohl bei einer unwillkürlichen Bewegung im Schlaf die Waffe ein Stück von sich weggeschubst. Wir waren fast gleichzeitig wieder aufgewacht. Die Spannung hatte nachgelassen. *Vielleicht hat sie es auch absichtlich getan?,* dachte ich. Als der Polizeikommissar ihr zugesichert hatte, sich um eine Richterin zur Absprache über ihr Anliegen zu bemühen, hatte sie die Waffe zufrieden hinter sich gelegt. Als sei für sie das Wichtigste erreicht. Zur selben Zeit waren die Scharfschützen abberufen oder doch angewiesen worden, sich unauffälliger bereitzuhalten.

Allmählich glaubte ich, zu begreifen, welches Ziel Frau K. mit der Aktion verband. Ja, bei meinen Überlegungen nannte ich sie insgeheim bei ihrem Vornamen, dachte auch einen Moment lang, ob ich das »Theater«, das es für mich immer noch war, beenden sollte. Möglicherweise wäre es mir mit wenigen Worten gelungen, Frau K. zur Aufgabe zu bewegen. Sicher war ich mir nicht. Vermutlich war die Gelegenheit verpasst. Und Frau K. war zu stolz, aufzugeben. Wenn ich aber den tragischen Ausgang vorausgeahnt hätte, wäre mir jedwede Zurückhaltung inakzeptabel gewesen. Ich nahm an, Frau K. wollte versuchen, ihr Ziel auf Umwegen zu erreichen. Übers Gericht. Unbeirrt, wenn nicht im Ziel, weil zu viel Porzellan zerschlagen war, so doch gewiss in ihrer Haltung und der Akzeptanz durch die Öffentlichkeit.

Frauen folgen ihrer natürlichen Neigung, lassen sich durch nichts abbringen. Wo uns Männer längst Zweifel bedrängen, befragen sie nur ihr Gefühl. Manchmal können freilich auch simple irdische Anlässe Geiselnahmen beenden. So dachte ich jedenfalls, als Frau K. mir zu verstehen gab, dringend zu müssen ... Ich fand einen großen Topf, in dem die

Musiktherapeuten wohl seit Jahren Wasser kochten, da darin Kalksalze abgeschieden waren. Ich drehte mich weg. Mir fiel ein, dass mir bei der Handvoll Geliebten, die ich in meinem Leben hatte, in solchen Situationen immer die gleiche Klein-Mädchen-Haltung begegnet war: Sie wünschten ganz für sich allein zu sein. Zumindest völlig unbeobachtet. Selbst wenn man zuvor in Liebestollheit jeden Quadratzentimeter des anderen gerade erkundet hatte.

Nach einer Weile sagte Frau K.:»Ich muss vorhin ziemlich fest eingeschlafen sein. Denn ich habe geträumt. Von zwölf Söhnen. Es muss sich also um Jakob gehandelt haben, der ja seine Nichten Lea und Rahel heiratete und zusammen mit deren Mägden zwölf Söhne hatte. Ich hätte so gern wenigstens einen oder ein Mädchen, ganz egal. Hoffentlich ist es nicht schon zu spät. Ich bin 43. Komisch, diese Träume. Mein Vater heißt ja auch Jakob.«

Ich sagte:»Zeus heiratete seine Schwester Hera, die schöne Kleopatra zwei ihrer Brüder und die persischen Großkönige sogar ihre Töchter.«

Frau K. fügte hinzu:»Die Perser sollen ja sogar ein Gebot zur Inzestehe gekannt haben, um rituelle Verunreinigungen zu vermeiden.«

»Um 1000 bis 600 vor Christus vielleicht, in Zarathustras Zeit. Und wohl eher, um die Macht des Adels zu erhalten«, sagte ich. »Heutzutage hat sich ja die Perspektive gedreht. Eine degenerative Erbkrankheit bei den osteuropäischen Juden war nicht Ausdruck eines spezifischen jüdischen Gens, sondern von Inzest.«

»Bei Gebärenden über 45 soll das Risiko für Erkrankungen viel höher sein als bei Inzest«, meinte Frau K., »ich muss mich wirklich ranhalten. Wenn ich wenigstens einen Bruder hätte, Herr Professor« – und zum ersten Mal klang die Anrede aus ihrem Munde nicht nur ironisch, wie mir schien – »könnte ich ihn mir greifen und nach Paris oder Amsterdam fahren, dort ist die Zeugung nicht strafbar.«

»Wie man es auch macht, es ist verkehrt«, sagte ich. »Wir lernen ›Mens sana in corpore sano‹, betreiben einen regelrechten Kult um unseren Körper. Platon lehrte, dass höchste Geistigkeit körperlos sei. Sodass sich die Mönche fortan geißelten, hungerten, um in der Bedeutungslosigkeit ihres Körpers Gott nah zu sein.«

»Wie man es auch macht, es ist richtig«, widersprach Frau K. »Wer sein Glück in der Askese findet – nur zu! Für wen – sine obligo – inzestuöse Liebe höchstes Glück bedeutet – warum nicht? Ist nicht Liebe überhaupt das Einzige, was uns auf dieser Welt glücklich machen kann? Incestus heißt unkeusch! Mein Gott, passt denn Keuschheit noch in unsere Zeit? Der Liebe, des Genusses sich enthalten – eine Qual, die womöglich zur Droge als teuflischer Ersatz führt.«

»Als Junge habe ich meine Mutter oft bewundert, wenn sie bei allen kleinen und größeren Dingen, die wir Kinder verzapft haben, sich die Schuld gab. Als sei allein sie als Mutter für jeden unserer Fehler, für jede kleine Schandtat verantwortlich. Das war völlig unangemessen, denn sie war kein Dämon und wir keine reinen Gotteskinder. Ich fürchte deshalb, wenn wir für unser Verhalten stets Rechtfertigungen suchen, dass wir die dämonische Seite in uns nicht zulassen können.«

Frau K. sagte: »Vielleicht sollte ich außer um die Richterin auch um Ihre Mutter als Vermittlerin bitten?«

Zwei nicht ganz ernst zu nehmende Befürchtungen und eine Ohnmacht

Zwei Liebespaare müssen wir noch ein Stück begleiten, die sich einander sehr nahestanden, doch nicht sehr viel voneinander wussten. Aus verschiedenen Gründen. Einer war: Jeder kennt die Entdeckerfreude – aber auch die Furcht des Entdeckens. Letzteres spielte bei unseren

Liebenden keine unerhebliche Rolle. Wie wir wissen, reiste Andreas mit seiner Kollegin nach London, in dem dumpfen unbestimmten Drang, seiner Mutter auf die Spur zu kommen, ihren oder ihre Geliebten zu entdecken. Er wusste zu diesem Zeitpunkt schon viel mehr, aber wollte es nicht wahrhaben, um s e i n e r Liebe willen. Und so entdeckte er auch einen anderen oder erkannte in ihm in den Neunzigerjahren einen anderen als jenen, den er als Schiffsarzt in den Siebzigern kennengelernt hatte. Ja, er konnte sich eine größere Nähe dieses peniblen Wissenschaftlers als die eines Tennisfreundes zu seiner Mutter gar nicht vorstellen. Seine Mutter idealisierte er damals freilich noch wie eine Unberührbare.

Und diese leidenschaftliche Elvira!? Sie war eher still, bescheiden, Berührung ersehnend, aber vermeidend. Um sich nicht aufzudrängen. Sich nicht womöglich selbst zu verleugnen. Gegenüber Fremden bezeichnete sie sich gern als langweilig und ziemlich humorlos. Fast siebzigjährig schrieb sie immer noch an ihren »geliebten Jakob-Jud«, der ihr nach dem Tode seiner Frau zum wiederholten Male die Ehe angeboten hatte. »Verzeih mir! Ich habe einen großen Fehler begangen, er kann durch einen zweiten nicht getilgt werden. Ich kanns nicht …« Wir kennen die Gründe. Und Elvira sagte sich zudem: *Ob tot oder lebend – vor meinem Gewissen sind alle gleich. Ja, müssen wir zu den Toten nicht noch aufrichtiger und ehrlicher sein als zu den Lebenden?* Isakess seinerseits antwortete: »Mein Elvchen, nein, nichts Dämonisches, nichts Koboldhaftes ist damit gemeint, sondern weibliche Anmut und Anziehung, mein kleiner liebenswerter Schalk: Du hast mir mit deiner Offenheit und Frische den Courbet um die Ohren gehauen! Nun bin ich einundneunzig … wann können wir uns endlich sehen?«

Drei Wochen später wäre es fast gelungen. Isakess war zu einem Treffen ehemaliger Amtsärzte nach Ostberlin eingeladen. Er fuhr noch ganz gern Auto. Offenbar besaß er auch noch einen Bonus für Reisen in den Osten. Es gab nie Schwierigkeiten. Er dachte sofort an eine

Zusammenkunft mit Elvira. Aber seine stürmische Tochter kam ihm in die Quere, wollte mitfahren. Ihre geplanten gemeinsamen Urlaubstage an der Ostsee hatten Katia und Andreas im Vorjahr nicht wiederholen können. Andreas, froh, dass sich seine Mutter gesundheitlich stabilisiert hatte, war sehr mit seiner Habilitation beschäftigt. Katia nutzte die frei gewordene Zeit für einen Lehrgang zur Qualifikation als Oberschwester. Nun stand wenigstens ein gemeinsamer Tag in Berlin in Aussicht. Denn nichts anderes bezweckte Katia mit ihrer Mitreise.

Ihr Vater kam bei einladenden Freunden unter. Sie selbst – Kuriosität unserer Geschichte – wählte für sich und Andreas ein kleines Hotel am Schiffbauerdamm, ganz in der Nähe jener Unterkunft, die einst ihrem Vater und Elvira Logis geboten hatte. Die Liebe zu Flüssen und dem Meer steckte in beiden Kindern, sodass sich Katia der Zustimmung Andreas' sicher war ... Sie schlenderten an der Spree entlang. Ihr Gepäck hatten sie unten an der Rezeption stehen lassen, weil Katia Andreas nach ihrer Anmeldung sofort hinaus ins Freie gezogen hatte.

»Wir dürfen jetzt nicht gleich hoch ins Zimmer«, sagte sie zu ihm beschwörend und mit leicht bebender Stimme. »Ich habe in Vaters Auto regelrecht gezittert, wenn ich an dich dachte. Ist denn das normal? Ich fürchte, ich bin nymphoman!«

Andreas stutzte, dann lachte er, umfasste sie an der Hüfte und drehte sich mit ihr im Kreise: »Herrlich, dass du das sagen kannst, Liebes!«, rief er aus. »Und herrlicher Unsinn! Du bist die normalste Frau, die ich kenne! Schläfst wie eine honigsatte Jungbärin selig und entspannt nach Liebeswonnen neben mir ein. Eher bin ich ein Satyr! Ja, gewiss, muss mich schämen, dass ich immer nur ans Vögeln mit dir gedacht habe! Obwohl wir doch eigentlich ernsthafte und sittsame Menschen sind. Wie ein den Kastrateuren durchgeschlüpfter Kapaun bin ich, der sein Hennchen immerzu behüpfen möchte. Ja, Katunchen, so sieht es in mir aus! Nicht d u bist die Abnorme, ich, i c h bins! Sex statt Liebe im Kopf,

Schlüpfriges statt Zärtliches! Ein Satyr, der in Gedanken mit eisernem Glied an deine Hamburger Kammertür klopft, in der Kirche für dich die Glocken anschlägt ...«

»Hör auf, hör auf!«, rief nun Katia, trommelte ihm mit ihren Fäusten einen Moment lang gegen die Stirn, da sie sich verspottet fühlte. Doch dann umhalste sie ihn unter Freudentränen, sagte: »Rede weiter so frech, mein zärtlicher Liebster! Es ist ein Glück, dass du so verrückt bist wie ich. Mich nach Mutters Tod aus meiner Papasymbiose gerissen hast. Ich glaube, ich könnte dich umbringen, wenn du mich verlässt. Nein, nicht dich – mich!«

Worauf Andreas lax antwortete: »Keiner wird jetzt umgebracht – zurück ins Hotel!« Damit zog er Katia mit sich fort. Und sie stürmten nun zu ihrem Hotel, warfen ihr Gepäck in ihrem Zimmer ab – und ihre Kleidung flatterte darüber hinweg wie ein vom Wind erfasster Blätterwirbel ...

Katia war fest entschlossen, zu Andreas in den Osten zu ziehen.

»Mein Papa sagt manchmal: ›Wir sind biosoziale Wesen‹, wenn er Widersprüchliches oder Zusammengehöriges unseres Tuns aus unserer Doppelnatur erklären will. Ich sage mir: Liebe meldet sich zuerst biologisch über den Trieb, weil unser Gefühl noch unsicher ist und unser Geist mit Schranken kämpft. Aber dann spürte ich meine Sehnsucht, dir nahe zu sein, wenn du mir fern warst. Das Soziale zog mit Macht nach ...« Es war also vornehmlich eine Entscheidung Katias zum Umzug. Ihr Vater hatte ja ein Faible für die andere deutsche Republik, verband mit ihr eine stille Hoffnung, auch wenn er durch den Kapitalismus zu verwöhnt sei, um dort zu leben, wie er meinte. In Andreas sah er einen sympathischen, strebsamen jungen Kollegen. Dass er der Sohn einer ehemaligen Tennisfreundin war, störte ihn nicht im Geringsten. Anders verhielt es sich bei Elvira. Sooft Katias Name fiel, verstummte sie. Sodass Andreas aus Takt die Erwähnung des Namens vermied, sich sagte:

Irgendwann wird sie ihn akzeptieren. Dazu ist zu sagen, dass Katia nicht von Hamburg nach Myhlen – wo Andreas nach seiner Trennung von Cornelia eine Klinikwohnung bezogen hatte –, sondern nach Leipzig umziehen wollte. Was Andreas durchaus behagte, da er die Stadt seit seinem dortigen Studium liebte – doch Verdruss für seine Mutter bedeutete. Jeder Kilometer ihres Jüngsten fort von Myhlen und dem nahen Borstädt trübte ihre Gedanken. Derart erklärte sich Andreas seiner Mutter Verstummen bei Katias Namensnennung. Er hatte sich mit Katia, die Elvira ja noch nicht kannte, abgesprochen, dass sie sich zu seiner Mutter siebzigsten Geburtstag im kommenden Jahr ihr als Paar vorstellten.

»Zu Cornelia, meiner Frau, hätte ich von meiner Mutter weit wegziehen müssen, nun kommt meine Liebste zu uns – das wird sie letztlich erfreuen«, kommentierte Andreas ihren gemeinsamen Entschluss. Er stellte sich ein Zusammenleben mit Katia harmonisch und glücklich vor. Arbeit würden sie beide an der Leipziger Universität leicht finden, zumal Professor Oeser und Andreas mit der dortigen Psychiatrie durch Forschung, Weiterbildungen und Tagungen und zum Teil auch noch institutionell als Außenstelle seit Jahren eng verbunden waren. Eine Ehe wollte Andreas nicht wieder so schnell eingehen, was aber für Katia kein Thema war.

Elvira hatte sich als Feierstätte für ihren Siebzigsten für das »Bellevue« oben am Taurastein entschieden, das nach Jahren des Verfalls und der Nutzung als Möbellager, wie Christoph Genth einst richtig vorausgesagt hatte, durch Bürgerinitiativen und einen anonymen Wohltäter vor ein paar Monaten zu neuem Leben erweckt worden war. Eine ordentliche Gastronomie sorgte an fünf Tagen in der Woche für das leibliche Wohl. Vorerst drei Zimmer standen für Übernachtungen bereit; sie waren in den Sechzigerjahren von einem Wagemutigen im Rahmen eines Pensionsbetriebs mit Frühstück schon einmal hergerichtet worden, sodass zur

Hochzeit von Werri und Andreas Cornelias Eltern, Onkel und Cousin und Isabella dort bescheidenes Logis gefunden hatten. Der Tanzsaal, nach der Evakuierung aus Ostpreußen für Elvira und ihre Kinder als Strohlager erste Heimstatt, Jahre später für Werri und Sonja Anziehungspunkt für Tanzvergnügungen, war sorgfältig restauriert. Der feine Stuck und die Decke in beigem Ton gegen das Weiß der Wände abgesetzt. Die kleine Bühne aufpoliert und etwas erweitert. Zwei Kronleuchter, zwischen ihnen eine ausfahrbare Wand, die den Saal in zwei Räume teilte, sodass diese unabhängig voneinander genutzt werden konnten. Der vordere für den normalen Gaststätten- und Pensionsbetrieb, der hintere für kleine Kulturveranstaltungen und familiäre Festlichkeiten wie Elviras. Ein neuer seitlicher Zugang mit schöner hölzerner Rundbogentür ermöglichte Eintritt ohne Kontakt zur Gaststätte, die aber über einen Durchgang in der Trennwand zugänglich war.

Marie, Reinhard und Isabella waren schon einen Tag eher aus Hamburg im Zug angereist. Isabella schlief bei ihrer Cousine Elvira, die diesmal für die inzwischen hochbetagte, aber noch leidlich rüstige Marie und für Reinhard im »Bellevue« zwei Zimmer gebucht hatte. Fritz Weitendorff war mit einigen ehemaligen Kolleginnen Elviras gekommen. Natürlich Werri mit Rosa. Von Andreas wusste Elvira nur, dass er bei Hannes Kamprad übernachten, sich wahrscheinlich etwas verspäten und einen Überraschungsgast mitbringen würde, woraus Elvira auf eine neue Freundin schloss. Da Katia erst am Tage angereist war und wegen ihres greisen Vaters schon am nächsten wieder nach Hause wollte (»alle zehn Jahre wird er einmal krank – nein: ist er ›unpässlich‹!«), bestand Andreas' Ehrgeiz darin, ihr wenigstens einen kleinen Einblick von Borstädt zu vermitteln, seiner eigentlichen Heimatstadt, wie er gern betonte. Ihr einen Ausblick auf seine beiden »Festungen« zu gewähren (»hat nichts mit meiner und deines Vaters Geburtsstadt Königsberg zu tun, die als Festung zum Kriegsende ja praktisch geopfert und zum sinnlosen Grab für Tausende Menschen, auch für meine Großeltern Przyworra wurde«).

»Du wirst nachher meine lustige Tante Isabella kennenlernen«, sagte Andreas. »Als Steppke hörte ich ihre Berichte über Königsberg, verstand sie nicht: aber das Wort ›Festung‹ prägte sich mir als ein teuflischer Begriff ein, wo Hunger, Mord und Totschlag an der Tagesordnung waren.«

Andreas war ganz auf seine Stadtführerfunktion konzentriert, während Katia einfach überglücklich war, ihm wieder so nahe zu sein. Sie fand interessant, was er erzählte, aber ihr fiel es etwas schwer, aufmerksam zuzuhören. In eine Pause hinein sagte sie: »Wir werden uns heute Nacht bei deinem Freund zurückhalten müssen!«, und schnappte mit ihrem Mund nach seiner Oberlippe, seiner Nase. Andreas schmunzelte, nickte, schnappte nun seinerseits mit seinen Lippen nach ihrem Ohrläppchen, sagte: »Heute wird züchtig geschnäbelt.«

Sie waren die Stufen zum Taurastein emporgestiegen. Katia voran. Und Andreas hatte die Situation noch ein bisschen aufgeheizt, indem er mit seiner rechten Hand immer wieder über Katias Waden und Oberschenkel strich. Erhitzt umschlangen sie sich oben auf der Aussichtsplattform sogleich – und wohl nur durch den Treppenaufgang heraufschallende Kinderstimmen hielten sie von Dreisterem ab. Mit angewinkelten Armen lehnten sie sich an die angenehm kühle steinerne Brüstung, schnäbelten eben noch ein bisschen. Mit seinem rechten Arm zeigte Andreas nach Westen, wo sich auf der dem Taurastein gegenüberliegenden Anhöhe ein mächtiges Gebäude erhob.

»Als wir Kinder nach dem Krieg mit unserer Mutter das erste Mal hier hochgestiegen waren – der Turm war nicht mehr hölzern wie einst, doch noch nicht so gut wiederhergerichtet wie jetzt – sagte meine Mutter zu meinem Erstaunen: ›Diese Festung da drüben ist eine Schule!‹ Sie meinte es natürlich symbolisch als Hort der Bildung. Für mich eine ganz neue Bedeutung. Für Werri und Sonja ja nur noch kurze Zeit eine Schule. Für mich zwölf Jahre lang. Mutter war selbst beeindruckt, hatte wohl nicht einmal in Königsberg so eine große Schule gesehen, ganz zu schweigen von der kleinen Dorfschule bei ihren Schwiegereltern auf dem Land. Von hier erkennst du den Turm mit kleinem Rundgang und die Uhr. Aus der Nähe würdest du rund um die Schule in Stein gehauene Plastiken entdecken. Wuchtige Torbögen, Jugendstilelemente überall, zwei große Turnhallen, an deren Längsseiten Arkaden mit Granitpfeilern. Die Schülerschar von Grund-, Mittel- und Oberschule wurde nach Rangordnung ihrer schulischen Qualifikation von unten nach oben auf die vier Stockwerke verteilt. Und das große ziegelrote Dach: Liegt es nicht wie ein rotes Meer stolz über unserer grauschwarzen Stadtkirche, deren schmaler spitzer Turm sich wie eine Boje verzagt emporreckt, als rufe er: ›Vergesst mich nicht!‹?« Katia küsste Andreas auf die Wange. Ihr gefiel, wie er ein bisschen überkandidelt von seiner Schule und seiner Stadt sprach. Auch ihre Hamburger Schule war nicht so stattlich gewesen. »Der Turm, auf dem wir stehen, diente als Aussichts- und Wasserturm zugleich«, fuhr Andreas fort. »Vor hundert Jahren floss Wasser in Holzröhren aus der Borstädter Flur in Brunnen und Speicherbecken. Es reichte nicht mehr aus. Mit dem Bassin hier oben im Turm löste man schlau zwei Probleme: die Versorgung der Stadt mit Trinkwasser nach Bedarf– und durch die entstandene Hochdruckleitung hatte man für das wuchtige Schulgebäude Löschwasser bis ins oberste Stockwerk. Dutzende Jahre vor der Kreuzritterburg Königsberg ist hier aus einem Waldhufendorf ein ansehnliches Städtchen gewachsen. Mit einem prächtigen Bürgerpark uns zu Füßen«, sagte Andreas nicht ohne Stolz und beschrieb mit seinem rechten Arm einen Halbkreis über dem Hain, als müsse er sich mit diesem Schlusspunkt doch noch etwas von dem Traumabegriff Festung befreien. Er schaute auf seine Uhr. »Wir wollen mein Mütterchen nicht zu lange warten lassen, Katia, aber eines muss ich dir schon noch zeigen: meine zweite Festung! Du wirst sie hoffentlich bald einmal kennenlernen. Sie ist bei dem klaren Wetter heute von hier auch ganz gut zu sehen.« Damit führte er Katia ein Stück im Kreis, zeigte in nordöstliche Richtung, wo sich am Horizont ein kleiner dunkler Hügel abzeichnete. »Weiter links die Spitze ist eine bekannte Burg der Gegend. Aber der unscheinbare Hügel: unser Myhlener Klinikum! Sozusagen eine Trutzburg. Eine Festung der Trotzigen. Ehemals Königlich-Sächsische Irrenanstalt.«

Wie schon erwähnt wusste Katia nichts von der Krankheit von Andreas' Mutter. Trotzdem oder vielleicht gerade deshalb konnte sie mit dem Begriff »Irrenanstalt« nicht so locker umgehen wie Andreas, obgleich ja ihr Vater wie Andreas aus dieser Branche kam. Es ging also Katia wie den meisten Menschen, dass »irr« so viel wie unheimlich, unberechenbar, gefährlich bedeutete, weshalb solche Menschen »verwahrt« werden müssten. Ein harmloses Wort für »unter Verschluss«. Wegen dieser Gedanken schnäbelte Katia wieder etwas heftiger über Andreas' Ohren und Nase, wie als verschlüsselte Entschuldigung – die jedoch ein vieltöniges Kichern und Kreischen der inzwischen auf der Aussichtsplattform angekommenen Kinderschar hervorrief. Lachend fassten sich Andreas und Katia bei den Händen und liefen den Abstieg hinunter.

Die Geburtstagsgesellschaft hatte mit kurzen Reden von Werri und Fritz Weitendorff offenbar gerade ihren ersten offiziellen Teil abgeschlossen, denn Hannes Kamprad – wie einst zur Hochzeit der Brüder für die Musik verantwortlich – zelebrierte zum verklingenden Hochruf Fritz Weitendorffs und der Gäste auf das Geburtstagskind einen Tusch – als die beiden Turmbesteiger, Andreas voran, die immer noch lachende und aufgelöste Katia im Schlepptau, eintraten. Elvira, hocherfreut, ihren Jüngsten zu sehen, kein bisschen gekränkt wegen der Verspätung, war ein paar Schritte auf der für Tanzlustige freigelassenen Saalfläche auf ihn zugegangen, da schlüpfte Katia hinter ihrem Liebsten hervor, ein bisschen verlegen sich mit dem Handrücken die Lachtränen von der Wange wischend. Ein Raunen ging durch die Gesellschaft. Isabella fand als Erste Worte, sagte zu Marie: »Was für ein entzü-ückendes Ki-indchen!« Marie entgegnete leise: »Ganz Elvira in jungen Jahren!« Was Fritz Weitendorff offenbar aufgeschnappt hatte, denn er rief laut in die Runde: »Ja, Elvira, da sieht man wieder, dass die Söhne ihre Liebsten nach dem Bild ihrer Mutter wählen!« Die Spannung entlud sich in einem Lacher. Hannes Kamprad ließ einen Tusch folgen. Und aller Augen richteten sich nun auf das angesprochene Geburtstagskind, das für Momente zugunsten der Neuankömmlinge aus dem Blick geraten war. Elvira stand wie angewurzelt, starr, kämpfte mit den Tränen, nein, konnte nicht mehr kämpfen, ließ sie ungehindert über Wangen und Mund laufen, schloss die Augen, machte mit ihren Armen zwei fahrige Bewegungen in Richtung Andreas und Katia, stammelte zwei Worte, die später von den einen als »Ach, nein!«, von den anderen als »Herein!« gedeutet wurden. Lautlos rutschte sie in sich zusammen.

Andreas kniete neben seiner Mutter nieder, fühlte ihren Puls, der deutlich erhöht war. Die Atmung ging schnell. Zwei Decken wurden ihm gebracht, sodass er seiner Mutter Beine etwas erhöht legen konnte.

»War der Trubel für dich zu viel, Mama, hast du dich gesorgt, dass ich nicht mehr komme?«, fragte er. Aber seine Mutter reagierte nicht. Katia war neben Andreas auf die Knie gerutscht, streichelte die Hand seiner Mutter, die es reaktionslos geschehen ließ, ja, als Katia ihre Hand flach neben Elviras legte, um etwas zur Seite zu rücken und für den von Werri gerufenen Notarzt Platz zu machen, suchte Elvira mit ihrer Hand danach und legte sie auf Katias.

»Ich hatte das Gefühl, dass sie meine Hand festhielt«, sagte Katia Stunden später zu Andreas. »Aber war ich nun der Stein des A n s t o - ß e s für sie oder des W o h l w o l l e n s ?«

Andreas, der den Kollegen vom Studium her kannte und ihm die Situation kurz dargelegt hatte, antwortete: »Der Notarzt meint: ›Die Aufregung des Geburtstages, die Angst vor dem Alter, vor Verlust?‹«

»Ja, deine Mutter hat bestimmt Angst, dich zu verlieren!«, wandte Katia ein.

»Vielleicht«, entgegnete Andreas. »Jedenfalls scheint Angst statt Kampf die Oberhand zu haben, denke ich. ›Synkope‹, sagte der Kollege, ›vagovasal‹ – und mit einem Lächeln in deine Richtung: ›Ein Schuss Konversion kann auch dabei sein!‹«

»Was wollte er damit sagen?«, fragte Katia irritiert.

»Dass du für ihn als Rivalin meiner Mutter infrage kommst, Liebes!«, antwortete Andreas und umarmte Katia.

Obwohl der Notarzt Elviras Fall nicht für sehr problematisch hielt, wollte er sie doch gern zur Beobachtung für eine Nacht in das hiesige Krankenhaus einweisen und auch noch eine genauere Herzdiagnostik veranlassen. Elvira, die nur für wenige Sekunden bewusstlos gewesen war, nickte zustimmend, die Augen weiter geschlossen. Werri rief seiner Mutter hinterher: »Wir feiern noch ein bisschen, Mama – bis du am Morgen wiederkommst!« Und er schickte sich an, mit Rosa seinen berühmten Kosakentanz aufs Parkett zu legen.

Elvira lächelte zufrieden, was ihre Geburtstagsgesellschaft nicht mehr sah. Sie dachte: *Herrlich, dass Werri das Herz auf dem richtigen Fleck hat!* Aber etwas anderes ging ihr nicht aus dem Sinn: War es nur der gleiche Geschmack? Oder etwas Tieferes, ein innerer Code, eine Vorsehung, das Schicksal? Katia trug heute das gleiche mandarinfarbene Kleid wie sie einst. Das ihr Comtesse Leila schenken wollte. Nur hatte Katias Kleid keinen Bindegürtel, dafür an dem geschlitzten runden Halsausschnitt ein schwarzes Band, die Ärmel etwas trompetenartig …

Krabbelkätzchen

Nach Elviras Geburtstag waren noch zwei Jahre ins Land gegangen, bevor sie und Isakess ihr vereinbartes Treffen realisieren konnten. Natürlich in Berlin, »unser heimliches Liebesnest nach dem Krieg«, wie Isakess einmal gesagt hatte. Auch steuerten sie wieder den vertrauten Schiffbauerdamm an. Sie waren beide im Zug angereist. Elvira schon einen Tag eher, um eine befreundete Kollegin zu besuchen, bei der sie auch übernachtete, und um aus ihrer Begegnung mit Isakess etwas Spannung zu nehmen. Die Ärzte behaupteten, sie sei kerngesund, doch sie müsse im Alter etwas Rücksicht nehmen auf ihr Gemüt, das wie eine Rakete anspringe, also die Aufregung minimieren. *Wie entschärfe ich den Zünder meiner Rakete?*, dachte Elvira. *Die Außenwelt merkt ja meist gar nicht, wie explosiv es in mir aussieht.*

Sie hatten vereinbart, sich ganz locker zu kleiden an diesem sommerlichen Tag, der jedoch nicht zu heiß war, eher etwas Kühle versprach. »Wie zum Klassentreffen!«, meinte Isakess; was mehr eine spaßige Plänkelei war, denn sie kannten sich zu gut, wussten, dass sich seit Jahren zu ihren Begegnungen jeder für den anderen festlich kleidete, als könne es das letzte Mal sein. Und so kam denn auch ihr geliebter Jakob-Jud in der piekfeinen Hotelhalle im schwarzen Smoking auf Elvira zu, mit weinroter Fliege und gleichfarbigem seidenem Kavalierstüchlein wie zum Ball. Sein Rücken hatte sich mit den Jahren noch etwas stärker gekrümmt. Den schlohweißen Haarkranz hatte er länger wachsen lassen, sodass Isakess für Elvira jetzt mehr, wie ein ehrwürdiger Künstler und nicht wie ein Wissenschaftler aussah. Andererseits sinnierte sie: *War seine Liebe zu mir für ihn nicht immer mehr wie ein umstürzlerischer, kreativer künstlerischer Akt?*

Das kleine Hotel aus der Nachkriegszeit gab es noch, aber Isakess hatte nicht danach gesucht, sich für dieses vornehme Haus in der näheren Umgebung entschieden. Mit zwei nebeneinanderliegenden geräumigen Zimmern. Elvira erwartete ihn also schon zum nachmittäglichen Ausgang in der Hotelhalle. Sie sah weiß Gott auch nicht wie zum Klassentreffen vorbereitet aus. Isakess dachte sogleich zum hundertsten Male: *Was sie auch anzieht, es steht ihr alles wunderbar – und ihre Jugendlichkeit und Schönheit scheinen dem Alter zu trotzen.* Dünne Fältchen zeichneten sich in ihrer Haut. Von ihren schönen Augen überblendet. Die Hände waren nicht mehr so fein und zartgliedrig, von Adern durchsetzt. Aber ihr Körper hatte noch kein Gramm zu viel, wirkte geschmeidig, unverbraucht. Ihr Haar färbte sie seit Langem schwarz, wie es in natura war. Sie trug es halblang, es war nicht mehr so wuschelig dicht wie einst, aber noch schön füllig. Auch war ihre Kleidung immer noch körperbetont. Jetzt ein anthrazitfarbenes Rollkragenkleid, darüber wohl gegen mögliche Kühle ein schwarzes molliges Alpakajäckchen mit knopfloser Blende und weiten Ärmeln.

Sie umarmten sich. Elvira sagte: »Danke, Jakob!«

»Ich danke dir auch, meine ewige ferne Liebste!«, antwortete er.

Sie gingen vom Hotel zur Spree. Eine ganze Weile am Fluss entlang, erst in westlicher Richtung, dann zurück. Als sei das ihr wichtigstes Zeremoniell bei ihrem Spaziergang. Von der Friedrichstraße zu Unter den Linden. Sie gingen langsam. An unwegsamen Stellen glich es einem Tippeln. Isakess benutzte einen Gehstock, hatte sich einen weiten mehrfarbigen dünnen Schal über die Smokingjacke gelegt, einen breitkrempigen schwarzen Hut aufgesetzt. Elvira hatte sich bei ihm fest untergehakt, stützte ihn wohl etwas mehr, als dass sie sich anhängte. Von Zeit zu Zeit schloss sie kurz die Augen, wie um den Augenblick zu genießen. Sie unterhielten sich über Andreas und Katia. Katia beabsichtigte, im Herbst in den Osten umzuziehen. Wollte jedoch vorerst nicht mit Andreas in Leipzig leben, sondern in Berlin Arbeitspsychologie studieren, da in Leipzig nur medizinische Psychologie angeboten wurde. So konnte Andreas in seinem Myhlener Klinikum weiterhin arbeiten.

»Ich glaube, die beiden wissen oder ahnen es längst«, sagte Elvira. »Doch was können wir tun?«

»Nichts!«, entgegnete Isakess entschieden. »Gott sei Dank gibt es kein Heilmittel gegen die Liebe – keine Verleumdung, keine Hetzjagd, keinen verbrecherischen Krieg, keine Entfernung, keine Mauer!« Auf dem Rückweg, wieder in der Friedrichstraße, sagte er: »Ich habe Solveig an ihrem Totenbett versprochen, es erst in meinem Testament zu offenbaren.« Er drehte sich zu Elvira um und umarmte sie fest. Sie nickte. Sie rangen wohl nun beide um ihre Fassung, klammerten sich aneinander. So blieben sie mitten auf dem Trottoir eine Zeit lang stehen, kümmerten sich nicht um die hastig an ihnen vorbeiströmenden, teils murrenden, teils schimpfenden Menschen. Allerdings hatte Elvira nun noch einen kleinen Umweg vor. Zielgerichtet führte sie Isakess vor das kleine Nachkriegshotel – und indem sie die Fassade hinaufschaute, sagte sie: »Hier ist es geschehen, mein Liebster. Nach ›Mutter Courage‹.«

Zum Diner in ihrem Hotel erschien Elvira neu eingekleidet: Sie trug jetzt ein eng anliegendes kaffeebraunes Kleid mit langem Seitenschlitz und mit auf Passe und Bündchen handgestickten Federn in Gold, Kupfer und Ocker. Dazu an einem Ohr eine große schwarze gehäkelte Blütenspitze. Ins Haar hatte sie sich eine ockerfarbene Kamelie gesteckt. Isakess sagte von hinten über ihre Schulter hinweg, als er ihr den Stuhl zum Sitzen zurechtrückte: »Ich fühle mich in unsere Sturm- und Drangzeit zurückversetzt«, denn bei einem Blick zur Seite registrierte er mit Genugtuung, welche Aufmerksamkeit sein Elvchen auch bei jüngeren Männern und Frauen bewirkte.

»Der Drang ging wohl zunächst mehr von mir aus«, korrigierte ihn Elvira. »Aber wenn du auf die Kamelie anspielst: Ja, es war wie ein im

Sturm entfachtes Feuer, das ›La Traviata‹ in mir auslöste. Ich konnte und wollte nicht mehr zurück.«

»Deine Leidenschaftlichkeit hat mich immer fasziniert«, sagte er. »Und du weißt, wie gern ich dich ganz an meiner Seite gehabt hätte.«

»War Leo Tolstoi, auf den mich meine Kinder brachten, nicht der Auffassung: ›Leidenschaftlichkeit passe nicht zur Ehe‹?«, antwortete Elvira verschmitzt.

Der Ober kam, sagte: »Ich habe den Namen unseres großen Tolstoi gehört – Sie sind hier also richtig: Wir haben eine großartige russische Küche.« Das war den beiden noch nicht aufgefallen. Doch sie freuten sich, da sie neugierig waren und kulinarischem Probieren nicht abgeneigt. Sie bestellten zunächst moldawischen Rotwein und Wasser.

Isakess griff ihr Gespräch wieder auf: »Solche Worte hättest du als meine Ehefrau gewiss nie von mir gehört!

»Das meiste habe aber doch ich von d i r gelernt«, wandte Elvira ein. »Ich fand dich immer so klug, dass es mir wahrscheinlich ohne Liebe Angst gemacht hätte …«

Als Vorspeise wählte Elvira eine russische Vinaigrette mit roter Rübe, Möhre, Apfel, Salzgurke und Sauerkraut, fein abgeschmeckt mit einer würzigen Soße. Isakess entschied sich für einen Krabbensalat, ebenfalls mit Gemüse und etwas Mayonnaise angerichtet. Als Hauptgericht nahm Elvira gekochte Scholle mit Anchovisbutter, Isakess einen kasachischen Rinderfiletspieß Basturma. Über ein Dessert wollten sie später entscheiden.

Isakess fasste Elviras Hand und sagte lächelnd und ohne falsche Bescheidenheit, wie es schien: »Ich habe von dir gewiss mehr gelernt als du von mir, Elvchen.«

Elvira protestierte sofort: »Was willst du von m i r gelernt haben! Ich war ein einfältiges Mädchen, das einen schlauen Mann suchte, der es vielleicht zur Frau macht. Zum Glück spieltest du Tennis.«

»O, o, Liebes«, beharrte Isakess. »Du unterschätzt stets deine Kraft. Ich habe dir vielleicht etwas von Augustinus erzählt oder von Schelling, von Kraepelin oder Jaspers, Angelesenes oder durch den eigenen beruflichen Werdegang, in Studien, in Begegnungen Erfahrenes, das ich schlicht weitergab. Du dagegen sprachst aus dir selbst heraus. Durch dich lernte ich das Leben eigentlich erst kennen – und ging immerhin schon auf die fünfzig zu. Ja, ich liebte Solveig, aber durch dich begriff ich, dass zur Liebe auch Offenheit, Entdeckerfreude und Unbekümmertheit, ein Schuss Keckheit gehörten.«

»Es war meine Jugend«, verteidigte sich Elvira. »Unbedacht, spontan, nur ein Ziel vor Augen.«

»Nicht selten dachtest du weiter als ich«, fuhr Isakess fort. »Dass du dem Theologen Schleiermacher, aber auch Schelling für die Möglichkeit gelegentlicher Gottlosigkeit danktest, frappierte mich. Dabei hatte Letzterer schon als Fünfundzwanzigjähriger gedichtet: ›Geh weder zur Kirche noch zur Predigt. Bin alles Glaubens rein erledigt.‹«

»I c h befragte einfach mein Gefühl«, entgegnete Elvira. »D u hattest stets wunderbar eingängige Sprüche parat, die ich bis heute nicht vergessen habe. Zum Beispiel von Schiller: ›Hinter der Hülle der Religionen ist das Göttliche.‹ Über eine Wendung habe ich besonders oft nachgedacht, ich weiß nicht mehr, wem sie zuzuordnen ist: ›Der Widerpart der Menschen ist die nicht zu beherrschende Zeit. – Tue, was du willst, aber tue es intensiv.‹«

»Wahrscheinlich von Heidegger, dem Existenzphilosophen«, sagte Isakess.

»Ich verstehe ja absolut nichts von Philosophie oder Soziologie«, wandte Elvira ein. »Aber du hast mir durch deine Gedanken in unseren Gesprächen eine neue Welt eröffnet. Hoffentlich klingt es nicht zu großspurig: eine Welt des Geistes, des Glaubens, die die eigene kleine Welt sprengte, bereicherte. Oft dachte ich: ›Wie dumm wärst du bloß geblieben – ohne deinen Jakob-Jud!‹« Jetzt ergriff Elvira Isakess' Hände und Tränen der Rührung und des Dankes traten in ihre Augen.

Er sagte: »I c h war der Vermittler, d u die Kreative. Was nützt alle Weisheit, wenn sie nicht auf Herzensbildung trifft. Im Übrigen bin ich jetzt im Alter wieder glaubensfester geworden.«

»Könnte ich es doch auch sein!«, antwortete Elvira. »Doch mir scheint, es gehört zu meinem Leben dazu, dass zu glauben für mich bedeutet: suchen – nach Liebenswertem, Begehrlichkeiten, Zweifeln an anderen und sich selbst, Hoffen auf Verzeihung. Ohne Ende!«

Der Ober fragte, ob sie noch Wünsche hätten. Sie waren beide vom Wein, vom Essen und ihrer Rede erhitzt. Elvira bestellte sich als Dessert Blintschiki, praktisch ein Eierkuchen, mit Pflaumenmus. Isakess – weil er wohl etwas mehr vom Wein getrunken hatte, angeheitert war, wollte sich russisch versuchen, sagte: »Nemjetzkaja-russkaja druschba – okay! Tepjär na sapad: adjin Whisky paschaluista!« Was der Ober schmunzelnd annahm und Elvira zu Beifall veranlasste.

Oben vor ihren Zimmern fragte Isakess: »Gehen wir zu dir oder zu mir?«

Elvira lächelte treuherzig, sagte: »Es schickt sich mehr, dass der Herr zur Dame geht.«

Wie in jungen Jahren zogen sie sich völlig nackt aus, legten sich nebeneinander und fassten sich an den Händen. Dann streichelten sie sich und ihre Lippen begegneten sich zärtlich. »Darf ich auch wieder dein Krabbelkätzchen sein?«, fragte Elvira.

»Aber natürlich!«, entgegnete Isakess und streckte sich, als wolle er dafür gewappnet sein und auch seine ganze Körperfläche dem Kätzchen bieten. Aber die kleine zierliche Elvira war für ihren Jakob weder Last noch großflächiges Krabbeltier. Vergnügt kroch sie auf ihren Liebsten, herzte ihn mit ihren Lippen nun etwas heftiger. Er kicherte ein bisschen, sagte: »Oh, es krabbelt, Elvchen!«

»Umfass mich ganz fest!«, sagte sie. Ihren Leib mitten auf seinem, ihren Kopf gegen sein Kinn gerichtet, Arme und Beine leicht gespreizt, verharrte sie schließlich ruhig – lag nun wirklich wie ein Kätzchen über ihm und schloss die Augen. »Noch fester!«, sagte sie. »Als wolltest du mich nie mehr loslassen!« Und sie dachte: *Es wäre eigentlich ein schöner Tod, so nahe an ihm einzuschlafen.* Er sagte: »Ich hätte den Whisky nicht trinken sollen, der Wein war schon genug.« *Warum sagt er das?,* überlegte sie. *Es ist doch sehr schön so! Esel!* Fast gleichzeitig schliefen sie ein.

Eine testamentarische Mitteilung

Es war der beiden letztes Zusammentreffen. Fünf Jahre später starb Isakess, neunundneunzigjährig. Katia, die wie geplant zum Studium nach Berlin gegangen war, stand gerade in den letzten Prüfungen. Sie und Andreas hatten über die Jahre eine wilde Ehe geführt. Meist trafen sie sich in Berlin bei Katia, etwas seltener in Andreas' Wohnung im Myhlener Klinikum, das Katia gut kennenlernte und dessen Umgebung sie mit Andreas oft durchwanderte. Nach Borstädt fuhren sie nie, obwohl sie es sich immer wieder vornahmen. Aber sie fürchteten neue Zwischenfälle. Und von Elvira kam auch keine Aufforderung zum Besuch an sie beide.

Im Grunde hatte Elvira recht, als sie zu Isakess sagte, dass Andreas und Katia sicher etwas ahnten. Aber es war eine unbestimmte Ahnung, so wie der Angstpatient im Gegensatz zum Phobiker auch nicht weiß, was ihm droht. Ja nicht einmal die Tendenz, ob positiv oder negativ, war ihnen klar. Natürlich hatte Elviras Ohnmacht beiden zu denken gegeben. Als der Notarzt sich mit Elvira beschäftigte, hatte eine ihrer Kolleginnen Fritz Weitendorff halblaut gefragt: »Ist die Hübsche neben Elvira ihre

Tochter?« Weitendorff hatte wohl nur den Kopf geschüttelt, und Andreas und Katia sich lächelnd angeblickt. Katia hatte die Frage nicht einmal als absurd empfunden. Bei einer gewissen Ähnlichkeit lag sie für Fremde in der Luft. Sie selbst war immer froh gewesen, so gütige und liebende Eltern zu besitzen. Andreas hatte sich gefragt, ob seine Mutter Professor Isakess doch mehr zugetan gewesen war, als sie es vor ihm, vor Werri und Sonja dargestellt hatte. Einmal hatte er bei ihr zu Hause nach ihrem Jugendbildnis gesucht, das sie wie viele andere ältere Bilder in einem Karton aufbewahrt hatte, aber es nicht mehr gefunden. Isakess hatte das Versprechen, das er seiner Frau Solveig gegeben hatte, eingehalten. In seinem letzten Lebensjahr zu Katia allerdings einmal gesagt: »Töchterchen, wenn dich in meinem Testament eine Aussage verstört, bedenke bitte, du warst für Mutter und mich immer unsere Einzige, unsere Liebste!« Katia – im Studienstress – hatte nicht weiter gefragt; was auch geschehen war, sie liebte ihren Papa, hatte nur vergnügt gedacht: *Na, na, Papachen, hast du womöglich noch jemand auf der Wildbahn angesiedelt?*

Wahr und unwahr: Die verstörende Aussage im Testament lautete: »Du bist das Kind einer starken Liebe zwischen mir und Frau Elvira Mattulke. Die Verhältnisse, die Zeit haben deinen Weg bestimmt.« Und ein Stück hin folgte ein für Katia verwirrender Satz: »Wahrscheinlich waren deine Mama Solveig und ich unfähig, zwischen Glück und Wahrheit zu unterscheiden.«

Katia brauchte ein paar Tage, um mit dieser Mitteilung und sich selbst klarzukommen. Damit hatte sie denn doch nicht gerechnet … Nach reiflichem Abwägen sagte sie sich schließlich: *Es ändert sich für mich nichts. Meine Eltern bleiben meine Eltern. Für eine Sechsunddreißigjährige sind sie eh nicht mehr so bedeutsam. Und ist die soziale Mutter nicht viel wichtiger als die Biologische? Der Liebste bleibt ein Liebster: verliert nicht einen Deut an Zuneigung, bloß weil man feststellt, dass möglicherweise eine familiäre Nähe besteht.* Sie konnte sich auch nicht vorstellen, dass Andreas anders empfand.

An dem folgenden Wochenende fuhr sie nach Myhlen, ohne sich vorher anzukündigen. Andreas war überrascht und hocherfreut. Sie liebten sich und zärtelten einander, wie sie seit Jahren in immer wiederkehrender Sehnsucht und Begierde miteinander umgingen. Von dem Testament hatte Katia Andreas noch nichts geschrieben oder gesagt. Er wusste vom Tode ihres Vaters und dachte sich: *Der Tod des geliebten Vaters macht sie wohl noch weicher, anhänglicher und stürmischer.* Und Katia fühlte sich bestätigt: Ich liebe ihn wie vorher, es wird sich nichts ändern.

Zwei Tage später, wieder in Berlin, schickte Katia Andreas in einem Brief die testamentarische Mitteilung ihres Vaters als kopierten Auszug von fünf Zeilen. Andreas war schockiert. Das konnte doch nicht sein! Das durfte doch nicht sein! Mutter – waren meine Befürchtungen in nie geahnter Weise realistisch? Ich habe kein Recht, dich zu verurteilen. Du bist meine Mutter, ich liebe dich! Doch was wird aus m e i n e r Liebe, Mutter? Soll ich mir das liebste Mädchen, das ich, wie ich denke, bisher hatte, aus dem Herzen reißen?

Andreas war verzweifelt. Tagelang ging er nicht ans Telefon, wenn Katia anrief. Ihre Briefe ließ er ungeöffnet. *Habe ich sie womöglich nur geliebt, weil sie Mutter so ähnlich war?,* fragte er sich geradezu wahnwitzig. Katia hatte ihm in dem Enthüllungsbrief noch geschrieben: »Für mich ändert sich nichts, Liebster!« ›Ha, liebster Bruder!‹, musst du jetzt schreiben, hatte er laut ausgerufen – und sich wie in einem Weinkrampf mit dem Brief auf sein Bett geworfen.

Minuten später schämte er sich seines Verhaltens. *Sie sind stärker als ich – Mutter, Katia. Ja, es ist nun einmal so: Die Frauen sind stärker als wir Männer!* Er rasierte sich, wusch sich. Ein zügiger Spaziergang würde ihm guttun. Nach einer Stunde beschloss er, auf ein Bier einzukehren. Es dunkelte. Die Gaststätte »Endstelle« war fast leer. Er nahm an einem kleinen hinteren Tisch Platz. Zwei Alkoholiker kamen und packten sich am Tresen ihre Taschen klammheimlich mit Bier voll. Er trank mehrere Bier, zwei Kognak. Schämte sich wieder. *Wir Männer können nichts anderes als unser Dilemma zu besaufen!* Er zahlte, gab ein zu hohes Trinkgeld. Er ging am Klinikum vorbei, Richtung Borstädt. *Vater ist aus dem Krieg nie heimgekehrt,* sagte er sich. Mutter war damals ein Jahr älter als Katia heute. Da ruft die Natur noch nach einem Liebsten. *Aber die Natur muss sich auch schützen, liebe Katia, zumindest die menschliche, kultivierte: vor Inzest!*

Dieses Wort wurde für Andreas in den folgenden Wochen und Monaten zu einem Fanal der Schande und des Schreckens. Sooft er es auch verdrängte, immer wieder kam es in ihm hoch, und mitunter bildete er sich schon ein, dass seine Kollegen um seine Kalamität wüssten, obwohl er niemandem auch nur ein Wort erzählt hatte. Er fuhr auch wieder zu Katia und ließ sie kommen. Sein Verstand fand dafür als Entschuldigung: die Natur. Aber sie stritten sich jetzt häufig. Katia ließ die bloße Natur nicht gelten.

»Wie kann man sein Gefühl gegen fragwürdige wissenschaftliche Überlegungen eintauschen!«, hielt sie ihm entgegen. Immer wieder stellten sich beide blind. Doch jedes Mal, wenn sie auseinandergingen, wurde der Riss zwischen ihnen größer. Katia schrieb dann anzüglich: »Ich sublimiere jetzt dauernd.« Und Andreas, der Sozialpsychiater, antwortete: »Mutter und du, meine Schwester, ihr seid so stark, weil ihr halt dieselben Gene habt!«

Katia prompt zurück: »Wenn schon nicht L i e b s t e – dann bitte korrekt: H a l b schwester!« Aber sie schrieb auch: »Ich sehne mich so sehr nach einem Liebesbrief von dir, wie du ihn mir als Schiffsarzt schriebst: ›… wurde eingefangen von einem Zauber. Deinem! Katuna!‹« Oder ein anderes Mal schrieb sie: »Ich will doch keine Vorkämpferin für den Inzest sein! Aber das Leben hat uns in Liebe zusammengeführt, die keine geschwisterliche war!«

Katia war zum Studienende nicht wie angedacht nach Leipzig oder Myhlen gegangen, wo sie ebenfalls gute Anstellungen hätte erhalten können, sondern war in Berlin geblieben. Sie hatte eine Stellung als Streetworkerin im Prenzlauer Berg angenommen, wo sie sich vornehmlich um Drogenkranke kümmerte. Von heute auf morgen wäre sie in Andreas' Nähe gezogen, wenn dieser ihr ein positives Signal gegeben hätte. Aber er zog sich zurück, wurde für sie schwerer erreichbar – und glaubte wohl, hin und wieder bei ihr anklopfen und der unwiderstehlichen Natur blind folgen zu dürfen. Nach einigen Zugeständnissen dieser Art machte sich Katia Vorwürfe, der eigenen Betulichkeit zuliebe sich ausnutzen zu lassen, wenngleich Andreas sich ihr gegenüber weiterhin charmant, freundlich und liebevoll verhielt. Sie schob einen Riegel vor. Gemäß der ihr im Studium beigebrachten Watzlawickschen Erkenntnis, dass bei Erfolglosigkeit ein »Mehr desselben« von Übel sei. Sie schrieb Andreas ab, sachlich oder ironisch: »Du kannst doch mit deinem kleinen Schwesterchen nicht immerzu ins Bett steigen wollen!« Oder sie ließ ihn kommen und war dann nur für kurze Zeit oder in Anwesenheit einer Freundin für ihn zugegen. Einmal heftete sie ein Briefchen an die Tür, steckte einen Zettel und einen roten Lippenstift in das Kuvert, schrieb auf den Zettel: »Wenn du mit dem Stift ein Herzchen malst und die drei Worte hineinschreibst, kann wieder alles wie früher werden.« Als sie schon aus dem Haus war, kehrte sie zurück, wollte das Kuvert zerreißen und wegwerfen: als »Mätzchen, Teenagerideen!« Ließ es dann jedoch, sagte sich: *In der Liebe wird man nun einmal zum Kind oder zur Furie!* Andreas malte das Herzchen, schrieb aber nicht die drei Worte hinein, was Katia als halbherzig empfand. Es entsprach wohl seiner inneren Verfassung.

Die gefährliche Nähe zu Drogen war für Katia lange keine Gefahr. Sie nahm nur Cannabis und das oft auch nur in der Gruppe als Alibi. Mit der gesellschaftlichen Wende im Osten stieg die Zahl der Drogenabhängigen sprunghaft an. Binnen einer Stunde konnte man alles haben, was auf diesem Markt gehandelt wurde. Für die Streetworker um Katia oft ein verzweifeltes hoffnungsloses Ankämpfen gegen die Sucht. Nicht selten konnten sie nur Stütze sein, damit das Leben der Betroffenen noch halbwegs menschlich, ein soziales Funktionieren auf unterem Niveau erhalten blieb.

Das Aussperren von Andreas, ihm ihre Liebe nicht mehr zu gewähren, stimmte ihn nicht um. Katia spürte, dass sie umso intensiver und erbitterter sich ihrer Arbeit hingab, für ihre Klienten stritt, von denen manch einer alles für sie getan hätte, was sie verlangte. Böses und Gutes waren hier so eng verzahnt, wie Katia es noch nirgendwo erlebt hatte. Noch einmal sagte sie sich, ein »Mehr desselben« ist sinnlos – und kam in ihrem »letzten Kampf um seine und meine Liebe«, wie sie überzeugt war, auf eine Strategie, die sie zunächst selbst erschreckte. Weil sie das Risiko in sich barg, nicht nur ihren Liebsten, sondern auch ihren Bruder zu verlieren, und das damit verbundene eigene miese Image nicht mehr loszuwerden; freilich ein künstliches mieses Image als Mittel zum Zweck, wie sie meinte. Manche der Drogenabhängigen waren Wanderer, sie lebten mal hier, mal dort. Entweder weil sie vor irgendwelchen Gläubigern auf der Flucht waren oder weil sie glaubten, es anderswo glücklicher zu treffen. Auf diese Weise bekam Katia Informationen, nicht nur über Leipzig, sondern auch über das Myhlener Klinikum, wo man aus zwei alten Häusern der Psychiatrie durch Aus- und Umbau und neu errichtete Gebäude eine moderne Klinik schuf: eine Forensik. Der zukünftige Chef dieser Einrichtung stand gegenwärtig noch der Psychotherapie vor, wie Katia erfuhr: Es war Andreas. Sie hatten sich monatelang nicht gesehen. Und sie fragte sich, ob sie schon »mein Bruder« sagen konnte oder ob ihr das »mein Liebster« doch noch wie eingebrannt war. Ihr ging »Liebster« sehr leicht über die Lippen, während Andreas immer schon seine Schwierigkeit hatte, sie so innig zu benennen. *Wahrscheinlich, weil er schon einmal verheiratet war,* dachte Katia, *da vergleicht man womöglich mehr oder will der Ex nicht einmal in Gedanken wehtun.* Wie mochten sich wohl Vater und seine geliebte Tennisfreundin angesprochen haben? Vater hatte ihr nichts davon erzählt, nur dass sie sehr attraktiv gewesen sei und ihre »Tennisbadenixe« beim fröhlichen gemeinschaftlichen Bad im Meer … Es hieß, Andreas habe ein Verhältnis mit einer jungen psychologischen Kollegin. Was Katia wehtat, aber nicht beirrte. Sie nahm sich sowieso vor, ein paar Gerüchte über ihre Liebschaften in der Drogenszene zu streuen – ihre Rache. Was sie unterschätzte, war, dass sie sich nicht gänzlich heraushalten konnte. Um als Dealer zu gelten, musste man mindestens einmal mit Drogen gefasst worden sein. Und für ein glaubhaftes Bild von einer Drogenkarriere reichten nicht belastende Aussagen von Freunden und Klienten. Ungewollt geriet Katia, nachdem sie sich von Berlin nach Leipzig hatte versetzen lassen, so doch wieder auf eine gefährliche Gratwanderung zwischen Gut und Böse, zwischen Erlaubtem und Nichterlaubtem. Doch das war ja das gegenwärtige Thema dieser beiden Liebenden.

Katia sagte sich später: *Ich war nur konsequent.* Andreas kam – als für ihn formal alles überstanden war und er für sich innerlich auch wieder eine Nähe zu Katia zulassen konnte – zu der Erkenntnis: Eine rigorose Leidenschaftlichkeit, wie sie wohl nur Frauen eigen ist! Wo jedes Mittel genutzt wird. Mit ungeheurem Eigensinn! Sich selbst zu beschmutzen, wo Reinheit ist. Strafbares vorzutäuschen, eines Zieles wegen. Welcher Mann würde das tun? Er hatte eifrig recherchiert – nicht nur Mutters ungelenke chaotische Notizen waren für ihn zu einer reichen Fundgrube geworden, als er Ordnung in sie hineingebracht und gelernt hatte, die Zwischenräume zu füllen. Auch Katias wahre Haltung erhellte sich ihm schnell – und er schalt sich selbst, dass er zweifeln konnte. Über einige seiner Patienten hatte er leicht Zugang zu Katias Dealergruppe gefunden, deren Kopf sie gewesen sein solle. Ihrer beider Problem war damit freilich nicht aus der Welt. Und zu Papier gebracht schon gar nicht.

Zufällige Begegnung mit bösen Folgen

Unsere Geschichte ist noch nicht zu Ende, es fällt uns nur schwer, sie wegen des noch Folgenden zu Ende zu bringen.

Elvira hatte gehofft, dass Katia sich in Berlin neu verlieben würde. An Avancen hatte es ja weder bei ihr je gemangelt, ebenso wenig bei Katia. Doch bald kamen Elvira selbst Zweifel, dass es die Lösung sein könnte. Um Andreas machte sie sich keine Sorgen. Aber sie kannte sich: ihre Anhänglichkeit, ihr Beharrungsvermögen, ihre Haftung, wie sie ihre nach Andreas' Worten rigorose Leidenschaftlichkeit selbst bezeichnete.

Werri, ihr einst so quirlig-sprunghafter Sohn, und seine Familie waren für sie zu einem Ruhepol geworden. Werri und seine Frau Rosa schauten mindestens vierzehntägig an einem Nachmittag bei ihr vorbei; in größeren Abständen auch Rosas Eltern, solange sie noch gut zuwege waren, ebenso Elviras Enkelsöhne Udo und Stefan, wenn sie bei den Eltern in Urlaub waren; beide hatten im Baugeschäft und in der Informatik gute Entwicklungen genommen. Zu einer Kaffeestunde saß man bei ihr, zu einem Einkaufsbummel ging es in die Stadt. Borstädt hatte doch etwas mehr zu bieten als das Garnisonsstädtchen Myhlen-Chora. Was vor allem Rosa nutzte, deren an sich kräftige Statur noch etwas zugelegt hatte, sodass es für sie in Borstädt leichter war, passende Kleidung zu finden. Wenn Rosa das Auto übernahm, kehrte Werri zur

Heimfahrt gern auf eine halbe Stunde (»Zu einem Bierchen oder einem Kurzen – oder zu beidem, mein Röschen!«) in seinem geliebten »Café am Bahnhof« ein. Zwar führte Susanne und ihre Tochter nicht mehr das Geschäft, aber zwei ebenso sehr ansehnliche Damen, deren Anblick Werri entschädigte und turbulente Erinnerungen in ihm wachrief. Der Bahnhof gegenüber war bald nach der Wende, als im Vorjahr nach vierzig Jahren der Trennung die beiden deutschen Staaten wieder zusammengekommen waren, zur Durchgangsstation verkleinert worden. Jetzt hielten hier nur noch kurz die Züge von Leipzig nach Chemnitz.

Werri war nach dreißig Jahren Dienstzeit aus der Armee als Oberstleutnant in Ehren entlassen worden. Seine Dienststelle hatte ihm eine Tätigkeit als fliegender Buchhändler vermittelt. Von Berlin erhielt er die angebotenen Titel, fuhr dann im Pkw die Dienststellen seiner Region ab, um nach den Katalogen Bestellungen aufzunehmen. Mit der Wende wurde er arbeitslos.

Werri und Andreas waren durch die Jahre der Stagnation in der DDR zwar vorbereitet, aber vom plötzlichen Zusammenbruch des Staates dann doch überrascht worden. Unabgesprochen nahmen sich beide vor, Loyalität zu wahren, doch einer Partei nicht mehr beizutreten. Werri hatte sich ja schon wegen seiner hitzigen Ochsenkopf-Aktion von den eigenen Genossen ungerecht bestraft gefühlt – mit den neuen Herren nahm die Ungewissheit enorm zu, wie er meinte. So erhielten sich die Brüder noch vornehmlich ihr waches sozial-solidarisches Auge. Was für Andreas bedeutete, sein berufliches Engagement ganz der sich im Zuge der gewonnenen Freiheiten rasch und vehement ausbreitenden Drogenszene und ihren Auswirkungen zu widmen. Für Werri war es mehr ein gedankliches Spiel: Wie soll die Zukunft aussehen? Vor allem, nachdem er gehört hatte, dass der treue gläubige Paulusch, sein untergebener Gefährte bei der Antennenaktion, ein Dutzend Jahre jünger als er und bestallter Maschinenbauingenieur, genauso schnell arbeitslos geworden war wie er. Werri äugte also nach gängigen Zukunftspropheten. Er hatte wie viele seiner Freunde und Weggefährten die westlich dominierte Einigung Deutschlands wie eine Okkupation empfunden. Die kapitalträchtigen Westler kauften, wie der Volksmund sagte, »für nen Appel und 'n Ei« die unter chronischem Investitionsmangel leidenden östlichen Betriebe auf, versprachen den Himmel auf Erden und machten nach kurzer Zeit den Laden wegen angeblicher Ineffektivität dicht. Eine lästige Konkurrenz war ausgeschaltet. Sie besetzten alle wesentlichen öffentlichen Ämter, schrieben zu jedem Pups in den Zeitungen ihre Kommentare, damit die Ossis auch wussten, wie sie fortan zu denken hatten. In den Rundfunkstationen wurden von ihnen betrübliche Nachrichten nach einem West-Ost-Raster sortiert: Übeltaten von Wessis oder auf westlichem Boden geschehene fielen oft durch, diejenigen von Ossis wurden vorrangig behandelt, nicht selten aufgebauscht… Werri litt viel mehr als sein Bruder Andreas, der immer klinisch angestellt blieb, unter diesem Machtgehabe, der Ignoranz und Minderbewertung. Andreas hatte von seinem Freund Hannes Kamprad erfahren, dass von den zweiundzwanzig zu einem Kombinat zusammengeschlossenen Borstädter Textilbetrieben (die Baumwollspinnerei war inzwischen ein Hotel) nur ein Standort für ein »Jugendwerk« zur Förderung Behinderter erhalten geblieben war; sein Motto wie ein Hohn: »Damit euer Leben gelingt.« Selten gestand Werri sich den Einsatz der westlichen Heilsbringer als nützliche Hilfe ein: Das zusammengebrochene gesellschaftliche Gefüge rutschte so wenigstens nicht gänzlich zusammen. Die Einwohnerzahl von Borstädt, die sich nach dem Kriege durch Flüchtlinge aus Ostpreußen, Schlesien, Pommern und durch Ungarndeutsche verdoppelt hatte, halbierte sich wieder.

Werris Suche nach neuen Zukunftsentwürfen ging leider nicht gut aus. Ja, hatte nach Elviras im Nachhinein ausgesprochener Auffassung nicht gutgehen können.

Er joggte fast täglich durch die Wälder um Myhlen-Chora, durch Parks, um kleine Seen, entlang der Zwickauer Mulde. Er fühlte sich körperlich fitter als vor zehn Jahren. An einem »Klubhaus Auensee«, hin und wieder zu Kulturveranstaltungen und Versammlungen genutzt, war ihm ein in Rot und Schwarz gehaltenes Plakat aufgefallen. Werri trat näher und las: »Linke, kommt zu uns! Wir müssen uns neu formieren! Mit der Krise der sozialdemokratischen und kommunistischen Parteien haben wir nichts zu tun! Wir sind unverbraucht, basisnah, nicht verbürokratisiert, ohne stalinistische Parteitraditionen! Wir sind gegen Neoliberalismus und Globalisierung, wollen keine Regierungsbeteiligung. Wir unterstützen soziale Bewegungen, sind antikapitalistisch und prosozialistisch!« Dann folgten Datum und Uhrzeit der nächsten Zusammenkunft. Und in kleiner Schrift: Mitglied der AEL.

Offenbar war der Veranstalter eine deutsche Gruppierung der Alternativen Europäischen Linken. Andere Länder hatten sich in ihr schon starkgemacht. Die Deutschen spielten noch keine Rolle.

An einem Freitagnachmittag traf man sich. Durch den Haupteingang betraten die Mitglieder des Vereins und ihre geladenen Gäste den Saal. Interessierte und Neugierige wie Werri gelangten über eine seitliche Freitreppe zu einer Empore, von der aus sie das Geschehen unten im Saal verfolgen konnten. Knapp zweihundert Menschen, schätzte Werri. Auf der Bühne ein dreiköpfiges Präsidium an einem länglichen Tisch, abgedeckt mit roten Tüchern.

Der Hauptredner, ein großer schlanker Mann mit blassem hagerem Gesicht und spärlichem Haarwuchs wirkte auf Werri eher wie ein sensibler Universitätsprofessor als ein zupackender Parteiarbeiter. Nach der Begrüßung hielt er eine Rede, der Werri aber schon nicht mehr sehr aufmerksam folgen konnte, da ein anderer Mann drei Reihen vor ihm auf der Empore Platz genommen hatte und sein Augenmerk in Anspruch nahm. Wenn er seinen Kopf leicht wendete, mutete er Werri asiatisch an.

Er trug Vollbart, auf dem Mittelkopf glänzte eine runde Glatze. Er war halt auch älter geworden. Es war Christoph Genth.

Nicht nur von Andreas wusste Werri, dass Genth ihm seinen einstigen Sturz ins Dornengebüsch noch »heimzahlen« wollte. Längst hatte er keine Angst mehr vor Genth, ja, war ihm körperlich überlegen. Aber Werris innere Beruhigung war auch mit dem Vorsatz einhergegangen, möglichst äußere Händel zu vermeiden. Ja, man kann sagen, dass der einstige Artillerieoffizier sich der pazifistischen Haltung seines Gefreiten Paulusch und seines Großvaters Przyworra angenähert hatte. Seine Wandlung beinhaltete auch, dass er sich vornahm, bei jeder passenden Gelegenheit unredlichen Friedensaposteln, neuen Kriegsabenteurern und ihrer Deutschtümelei den Satz entgegenzuschleudern: ›Genug, genug – meinen kriegsmüden Vater haben die Fanatiker des letzten Aufgebots gelyncht, meinen Großvater die kannibalisch entmenschlichten ausgehungerten Nachbarn seiner Heimatstadt! Alles Deutsche!‹ Genth war in seinen Augen ein Asozialer, in denen seines Bruders ein Psychopath, für ihre Mutter allerdings ein armer Junge. Der Redner sagte: »Das Kapital ruft gesellschaftliche Umwälzungen neuerdings als Revolutionen aus, die keine waren. Um uns einzulullen, was wollt ihr mehr, ihr habt doch eure Revolution gehabt! Wir wollen auch keine Waffen, kein Blutvergießen. Blut ist im Namen von Revolutionen genug geflossen. Aber Robespierre und Napoleon hätten vereint gelacht, wenn die Bourbonen ihre Machtübernahme als Revolution gefeiert hätten. Restauration muss Restauration bleiben. Der globalisierte Kapitalismus ist mehr denn je unfähig, Gerechtigkeit zu schaffen. Wir brauchen Reformen, die in ihrer Kraft und Langzeitwirkung Luthers berühmten Thesen nicht nachstehen, unser Finanz- und Wirtschaftssystem verändern ...«

Genths Kommunarden – über die Jahre ein wechselndes loses Völkchen – hatten sich mit der Wende endgültig in alle Richtungen verstreut.

Genth sammelte wieder verstärkt Beeren, Kräuter und Pilze, hieß es, um sich über Wasser zu halten.

Der Redner wetterte gegen den neoliberalen Geist der Zeit, rief aus: »Die Zertrümmerung sozialer Strukturen ist das eine – die Leute hier sahen sich jedoch auch schon dem Vorwurf ausgesetzt, dass ihr beschränkter Rückblick auf beliebte Dinge wie Spreewaldgurken und dergleichen, sie ohne Schmerz und ohne Scham auskommen lasse, behindere, sich dem Neuen zuzuwenden. Doch ist Trauer um Altes nicht nötig, um Neues lieben zu können?! Arbeitslosigkeit macht arm, Heuchelei womöglich gewalttätig oder krank…« Werri schlich sich hinaus. Er schritt auf der schmalen Straße nach Myhlen-Chora kräftig aus. Ein leicht sumpfiger Graben grenzte links und rechts gegen einen dünnen Fichtenwald ab, durch den in der aufkommenden Dunkelheit die ersten Lichter der angrenzenden Gehöfte und Siedlungen aufblinkten.

Werri hörte Schritte hinter sich, die ihn einzuholen trachteten. Genth hatte ihn also auch gesehen. Noch im Lauf rief er: »Warum so ein eiliger Aufbruch, Mattulke, wo es doch um unsere Zukunft geht?! Leute wie wir gehören eben immer wieder zu den Gestrandeten!«

Werri blieb stehen, sah Genth ernst an, dessen Gesicht vom Lauf gerötet war; seine leicht schlitzigen Augen stierten wie früher verbissen und hinterhältig.

»Diese Vertrautheit passt nicht zu dir, Genth«, sagte er. »Wir sind beide arbeitslos, gut. Aber wolltest d u jemals arbeiten? Man erzählt sich vielmehr, dass du dich immer als Spitzel durchgeschlängelt hättest: bei den Nazis, in der DDR und jetzt wieder!«

Genths Gesicht verzog sich zu einer Grimasse. »Das ist eine gemeine Lüge!«, fauchte er. »Aber Militärs griffen wohl immer schon zu Lügen, wenn sie im Kampf Mann gegen Mann nicht weiterkamen!« Unvermittelt und heftig stieß er mit seinen beiden Händen gegen Werris Brustkorb, sodass dieser das Gleichgewicht verlor und hintenüber in den

Graben stürzte. »Das ist für deinen Schubser beim Geländespiel vor fast fünfzig Jahren, Mattulke. Ich habe ihn nicht vergessen. Zumal mir ein versteckter Knöchelbruch bis zum heutigen Tage ein zuweilen sehr schmerzhaftes Hinken bescherte.«

Werri hatte sich aufgerappelt. Er sah nicht sehr heldenhaft aus. Seine Jacke und Hose waren an einer Seite und am Rücken nass und beschmutzt, Gesicht und Haar von Schlammspritzern verklebt und zerzaust. Er trat mit der trockenen Seite dicht an Genth heran, fuhr sich mit der rechten Hand wie glättend über das Haupt – und schlug Genth blitzartig mit der Faust in die Magengrube. Genth stöhnte und ging in die Knie. »Mann gegen Mann, Genth!«, sagte Werri, versetzte ihm noch einen Nackenschlag, der Genth vornüberkippen ließ. Dann trollte er sich davon.

Er war vielleicht hundert Schritte gegangen, als er wieder Genth hinter sich hörte. *Er ist wie ein zähes unberechenbares Tier,* dachte Werri – und spürte fast im selben Moment einen starken Schmerz links im Rücken, unterhalb vom Rippenbogen, wie von einem Stich. Genth schlug sich seitwärts durch die Büsche und Tannen. Werri hörte noch lange das Knacken des Unterholzes von seiner Flucht. Doch er empfand keinen Triumph. Zudem merkte er, dass ihm Blut über Hüfte und Oberschenkel rann. Er stopfte sein Taschentuch in die erfühlte Wunde, sputete sich. Gleich am Ortseingang befand sich ein Betriebsambulatorium. Werri klingelte, da in einem Zimmer noch Licht brannte. Ein Sanitäter öffnete ihm, den Werri vom Ansehen her kannte. Man sagte, dass er ein Stasi-Offizier gewesen sei, der zum Sanitäter umgeschult habe. Man sagte jetzt immerzu irgendwelchen Leuten etwas nach. Der Sanitäter machte ein bedenkliches Gesicht, legte Werri wortlos einen sterilen Druckverband an. Dann rief er die Rettungszentrale an, bat um einen Wagen für einen Transport zum Krankenhaus, »möglichst mit Notarzt!« Der Krankenwagen war schnell da, der Arzt entschied sich nach kurzer Inspektion seines Patienten zur etwas weiteren Fahrt in das größere Limburger

Kreiskrankenhaus: »Dort gibt es gute Unfallspezialisten«, sagte er zu Werri. »Wer weiß, wo der Stich hinreicht?«

Werri war es recht. Ja, der Name Limburg weckte in ihm wieder Erinnerungen an Susanne. Er wollte seine Rosa nicht mehr missen – doch von Susannes Café war er nicht nur einmal im Zorn, sondern auch oft glücklich erhitzt nach Limburg aufgebrochen. War wie eine Dampflok die Allee hinausgestampft und hatte sich irgendwo von seinem Fahrer wieder aufnehmen lassen.

Der junge Limburger Bereitschaftsarzt holte sich Unterstützung von seinem erfahreneren älteren Oberarzt, der Hintergrunddienst hatte. Ein Sondieren der Wunde verbot sich. Alarmierende Symptome gab es noch nicht. Werri klagte über nur mäßige Schmerzen, fühlte sich jedoch matt, sein Puls stieg an. Einmal erbrach er und im linken Oberbauch manifestierte sich ein tiefer Druckschmerz mit Abwehrspannung. Es war klar, man musste operieren, eine gründliche Revision des Bauchraumes vornehmen.

Die Operation verlief ohne Zwischenfälle. Man fand zwei Verletzungen, am absteigenden Dickdarmast und am Dünndarm, die akribisch vernäht wurden. Die Operateure legten Drainagen, damit entzündliches Exsudat aus der eröffneten Bauchhöhle abfließen konnte. Mit Werris Zustimmung leiteten die Ärzte auch eine Anzeige gegen Christoph Genth wegen »gefährlicher Körperverletzung« ein.

Obwohl nach ärztlichem Ermessen alles lege artis geschehen war, verschlechterte sich Werris Zustand zusehends. Eine Peritonitis breitete sich aus, führte zu Fieber, heftigsten Leibschmerzen. Werri erhielt Infusionen mit allen nötigen Medikamenten, ständig saß jetzt ein Arzt bei ihm, doch er verfiel. Rosa, Elvira und Andreas besuchten ihn im täglichen Wechsel. Die Kriminalpolizei hatte Genth zur Sache vernommen. Er habe Mattulke für dessen Faustschlag eine Lektion erteilen wollen. Mit seinem kleinen Stilett, das er beim Sammeln von Pilzen und Kräutern verwende. Die Folgen täten ihm leid. Er führte die Beamten auch in das Fichtenwäldchen, nahe am »Klubhaus Auensee«, wo er das Stilett in der Aufregung verloren hatte. Es blieb unauffindbar.

Die Entzündung in Werris Leib erwies sich als unbeherrschbar. Werri starb unter septischem Schock und Nierenversagen. Das sonst blühende, vollwangige und fröhliche Gesicht blass und hohlwangig, in Todesahnung, eine Facies hippocratica.

Andreas war wie nach Sonnys Tod wochenlang krank. Nicht buchstäblich und mit Krankenschein eines Kollegen. Er tat seine Arbeit, aber mechanisch, mied Zusammenkünfte, verließ nach der Arbeit seine Myhlener Klinikwohnung nur, wenn er vom diensthabenden Arzt gerufen wurde. Er staunte über seine Mutter. Sie half Rosa bei allen möglichen Formalitäten, auch im Haushalt, bei Wegen, ermutigte sie. Nicht willkommen in der Familie war ihre Fürsprache für Christoph Genth vor Gericht. »Als Mutter verzeihe ich ihm«, sagte sie, da er seine Mutter und auch seinen Vater früh verloren habe. Von Kindheit an seien die Jungen Rivalen gewesen, ihr Zusammentreffen habe nicht gut gehen können. Was aber nicht an ihnen liege, sondern an einer Vorbestimmtheit, auf die sie keinen Einfluss hätten. Näher wollte sich Elvira auf Nachfrage des Richters dazu nicht äußern. Sie fügte lediglich zur weiteren Verwirrung des Richters hinzu:»Vielleicht war es ja auch gut, dass er seiner Eltern ledig war. Christoph musste sich lebens- und wehrtüchtig bilden. Eltern sind nicht immer ein Segen.«

Als Andreas begriff, was seine Mutter mit ihrer äußerlich starken Haltung tat, dass sie ihre Trauer nur in sich verschlossen hatte – war es fast zu spät. Sie konnte allen verzeihen, nur sich selbst nicht. Auch an Werris Tod fühlte sie sich schuldig. Warum schlug er zurück, noch ins Genick, als Christoph Genth schon am Boden lag? Sie hätte gegen dieses kämpferische Männerideal ihres Schwiegervaters, Werris Vorbild, mehr ankämpfen müssen! Andreas spürte plötzlich, dass seine Mutter offenbar mit ihrem Leben abgeschlossen hatte: Sie tat noch das, was es ihrer Meinung nach noch zu tun und zu sagen galt, aber sie hatte wohl schon ihren Punkt gesetzt.

Nein, das darf nicht sein!, hatte er noch gedacht. Es war wie eine Vorsehung, eine Art Gedankenübertragung, an die seine Mutter neuerdings wieder sehr glaubte.

Andreas hatte sich angekleidet aufs Bett gelegt, bloß mit dem Kittel zugedeckt, als er nach einer Patientenvorstellung des Dienstarztes in seine Wohnung zurückgekehrt war. Er war auch wieder eingeschlafen. Es muss gegen drei Uhr früh gewesen sein, als sein Telefon klingelte. Ein Oberarzt von der Intensivstation der Inneren war am Apparat: »Entschuldigen Sie, ich bin nicht eher dazu gekommen, Sie zu informieren. Wir haben seit gut zwei Stunden Ihre Mutter hier. Der Notarzt hielt es für besser, sie zu uns zu bringen. Die Bewusstseinslage hatte sich verschlechtert. Der Kreislauf ging in die Knie und die Atmung wurde etwas wacklig. Wir wussten auch nicht, was an protrahierter Medikamentenwirkung noch zu erwarten war.«

Andreas lief in die Innere hinüber. Seine Mutter lag in einem Vierbettzimmer. Ein kahler schmuckloser Raum, mehr eine Box, zum Flur hin große Glasscheiben, um auch von außen Überblick zu haben. Ein Bett war leer, in den beiden anderen lagen jüngere Frauen, die eine bewusstlos wie seine Mutter, das Gesicht blutverkrustet, die andere mit angstgeweiteten Augen, durch den Beatmungstubus unfähig, zu sprechen. Das fortwährende Klicken der Apparaturen, das kurze Zischen der Beatmungsbälge waren die einzige Kommunikation. Andreas nickte und lächelte der Frau zu. Sie versuchte, ebenfalls zu lächeln. Seine Mutter war leichenblass. Außer dem Beatmungsgerät hatte man noch eine Infusion angeschlossen. Ein Urinbeutel hing halb gefüllt an ihrem Bett.

Er sprach mit dem Kollegen, der meinte, man müsse einfach abwarten, was der Körper seiner Mutter noch verkraften könne. Die Magenspülung habe nicht mehr viel zutage gefördert. Nach den leeren

Verpackungen zu schließen, die der Notarzt zu Hause in ihrem Nachtschrank fand, habe sie Amitriptylin und Radepur, möglicherweise insgesamt an die hundert Dragees geschluckt. Manche alten Damen seien gottlob »wie Leder«, nicht kleinzukriegen. Wie sehr die Nervenkrankheit ihrem Organismus zum Schaden war, ihm zugesetzt habe, könne Andreas natürlich besser beurteilen. Er wisse es auch nicht, sagte er, denn die Krankheit selbst sei ja wahrscheinlich das kleinere Übel, ihr Unter-, Hintergrund das größere. Und darin gebe es auch für einen Sohn, der seine Mutter zu kennen glaubte, viele weiße Flecken. Fest stehe für ihn nur eins: dass ihre Generation ein schwereres Leben hatte als unsere.

»Sie hatten ihren ›großen Krieg‹, wir haben unseren täglichen Kleinkrieg«, entgegnete der Kollege. »Nicht genug Blutkonserven, zu wenig Arbeitskräfte, spezielle Medikamente womöglich erst auf Anfrage. Dann die paar Kröten für diese Schinderei hier, was sich ja hoffentlich bald etwas bessern wird. Bloß, von wegen schwererer Leben!! Ist unseres nicht schwer genug?«

»Ja, freilich«, antwortete Andreas, obwohl er den Kollegen jetzt ziemlich selbstgerecht fand. »Diese Unzufriedenheiten zermürben, machen aber wohl kaum krank. Dazu muss Elementares, Existenzielles in Gefahr sein.«

»Ist es denn nicht so?«, fragte der Kollege.

Andreas zuckte mit den Schultern. Er hatte keine Lust, mit dem Internisten darüber zu debattieren. Es schien ihm jetzt zu läppisch. Seine Mutter lag nebenan möglicherweise im Sterben, und er sollte über Alltagssorgen streiten? Er ging in seine Wohnung zurück, informierte die Schwester, legte sich wieder auf sein Bett. Am Morgen ging er nach einer kurzen Toilette, vor dem Frühstück wieder in die Innere hinüber. Die eine der beiden jüngeren Frauen aus dem Zimmer seiner Mutter war in der Nacht gestorben, der anderen nickte er wiedergrüßend zu. Auch seine Mutter hatte die Augen geöffnet, wurde aber noch, wie die Frau neben ihr beatmet. Seine Mutter befürchtete wohl Vorwürfe ihres Sohnes. Sie blickte etwas ängstlich, nahm, wie um Verzeihung bittend, seine Hand. Etwas unwirsch tippte sie mit dem Zeigefinger an den Beatmungstubus, als wolle sie ihm sagen, wie lästig sie die ganze Apparatur finde.

»Es wird noch nötig sein«, sagte er.

Sie schüttelte den Kopf.

»Versprichst du, es nicht wieder zu tun?«, fragte er und ärgerte sich im selben Moment über seine dumme Frage.

Eine Weile reagierte sie nicht, schaute nur reglos vor sich hin, dann zuckte sie mit den Achseln.

Andreas sagte: »Vater schrieb dir immer so viel Lebenskraft zu, Mama, wenn ich Sonnys und Werris Erzählungen glauben darf. Er hätte wohl nie für möglich gehalten, dass du zu solch einer Handlung fähig bist. Ich auch nicht.«

Ihre weiten Augen muteten ihn jetzt wie ein Aufschrei an. Sie gestikulierte heftig mit ihrem freien Arm, gerade so, als beabsichtigte sie, ihm auszudrücken: ›Wie kannst du mir jetzt damit kommen! Mit Vater! Habe ich nicht an W e r r i genug zu tragen?‹

Andreas fragte sich nun auch, warum er seiner Mutter das eben gesagt hatte. Konnte er ihr womöglich auch nicht verzeihen? So wie sie sich selbst nicht verzeihen konnte? Und sich aus dem Leben stehlen wollte! Allmählich gelang es ihm, sie zu beruhigen. Er sagte: »Ich bin sehr froh, Mama, dass es nicht gelungen ist! Dass du noch lebst.« Er küsste sie auf die Stirn. Sie wollte versuchen, zu schlafen.

Die Reaktion seiner Mutter ging Andreas den ganzen Tag über nicht aus dem Kopf. Ja, er machte sich jetzt Vorwürfe, nicht hellhörig und bedacht genug gewesen zu sein, nachdem sie vor Tagen auf eine ähnliche Erwähnung seines Vaters schon empört, ja derart böse, wie von ihm noch nie erlebt, reagiert hatte. Er wollte ihr etwas Freundliches sagen, sie aufmuntern, sprach vom Vater, dass er sie offenbar sehr verehrt, nicht nur schön, sondern auch »resolut und tapfer« gefunden habe.

»Ich war es nicht«, hatte seine Mutter leise geantwortet. »Leider! Vielleicht wäre sonst mein Leben anders verlaufen.« Und dann in diesem bösen, ungewohnt ironischen Tone: »Dein Vater hatte so eine bescheidene Art, andere Menschen aufzuwerten, sich selbst kleinzumachen. Je kleiner man sich macht, umso mehr kann man sich von Verantwortung freisprechen! Die meisten Menschen sind wie ich feige«, fuhr sie gedämpfter fort, »deshalb lieben sie es, wenn jemand aufbegehrt, sich nicht immerzu nur duckt, oder sie wünschen es sich. In der Krankheit habe ich es einmal getan. Ohne Verstand! Und bin dafür prompt gelobt worden!«

Aus Zeiten der Krankheit seiner Mutter kannte Andreas ihre Neigung für Mystisches, für Rituale, auch die Hinwendung zu verstärkter Religiosität. Depression und Wahn, Realität und Traum verschmolzen zu einem bunten, teils wilden, teils melancholischen scheinbar neuen Charakter. Doch diesmal hielt er seine Mutter nicht für krank. Sie hatte den Suizidversuch sehr bewusst begangen – und ihren Plan bewusst verborgen. Zwei Tage zuvor hatte sie ihm in einem Telefongespräch zwar gesagt: »Mein schlechtes Gewissen droht den umhüllenden Panzer zu sprengen, Junge«, doch gleich hinzugefügt, »aber das Leben geht ja weiter. Und Rosa braucht mich noch …« Sie hatte über alle möglichen Aktivitäten berichtet, die sie mit Rosa in den nächsten Tagen vorhatte. Andreas hatte ihr angeboten, sie zu sich zu holen, damit sie ein paar Wochen bei ihm wohne. Was sie früher gern angenommen hätte, lehnte sie jetzt vehement ab.

Im Klinikum Myhlen gab es unterdessen eine Umbruchphase. Innere und Chirurgie planten ihre Umsiedlung auf ein neues Klinikgelände, das praktisch auf dem Feld vor ihrer Haustür im Entstehen war. Zugunsten einer Erweiterung der Psychiatrie am alten Standort. Ihr wurde Andreas'

Psychotherapie zugeordnet – und Andreas selbst designierter Chef der neu konzipierten forensischen Klinik.

Elvira wusste durch Andreas von diesen Plänen, für die Patienten hatten sie noch keine Auswirkungen. Die Internisten hatten Elvira zudem nach vierzehn Tagen in die Obhut der Psychiater übergeben. Der frisch avancierte Professor Lohmann betreute sie jetzt. Von ihm erfuhr Andreas, als er ihn wegen einer anderen Patientin anrief, dass er seiner Mutter bis zum nächsten Morgen freigegeben habe. Sie wollte ihre Schwiegertochter in Myhlen-Chora besuchen, pünktlich zur morgendlichen Gruppenvisite zurück sein. Andreas sagte nichts, obwohl er die Freizügigkeit Professor Lohmanns für übereilt hielt. Und als er im Kalender sah, dass Neumond war, konnte er sich denken, was seine Mutter vorhatte. Bald nach Dienstschluss, als es dunkelte, setzte er sich ins Auto und fuhr nach Myhlen-Chora, parkte in einer Seitenstraße des kleinen Friedhofs. Er hatte richtig vermutet. Seine Mutter saß am Urnengrab seines Bruders Werri, das mit anderen frischen Gräbern nahe an der hinteren Umzäunung lag. Zu seiner Erleichterung nicht allein, sondern mit Rosa. Die Friedhofspforte war schon verschlossen. Irgendwie hatte es seine Mutter auch auf dem Borstädter Friedhof, wohin sie Sonnys Urne hatte überführen lassen, einmal geschafft, sich nach Schließung des Friedhofs Zugang zu verschaffen. Ihre Liebenswürdigkeit öffnete offenbar überall Türen. Sonnys Grab befand sich in der Nähe von Blümels Familiengrabstätte. Seine Mutter hatte neben Sonny ein Stück Fläche dazugekauft. »Für mich«, sagte sie. Für Sonny hatte sie mit dem Friedhofsgärtner einen Vertrag abgeschlossen, ein Jahr im Voraus bezahlt, damit er – falls sie einmal nicht kommen konnte – wöchentlich für frische Blumen sorgte. Auch zu Neumond hatte sie Sonny besucht. Irgendwann erzählte sie ihm davon. Aber keine Details. Das verbot sich ihr. Sie wollte vor allem mit Sonny reden. Der gewöhnliche Totenkult war ihr zu oberflächlich. Diesmal hatte seine Mutter also mit Rosas Hilfe

Zugang erreicht. Die beiden Frauen saßen auf Hockern, hielten sich seitlich umarmt. Eine Kerze brannte auf einem kleinen Tischchen. Daneben stand eine Flasche Bier, das Werri gerne getrunken hatte, wohl auch ein Teller mit Schnitzel und Bratkartoffeln, seinem Lieblingsessen, denn es schien Andreas, dass ein feiner Bratenduft zu ihm drang. Die Frauen hatten zunächst mit Werri geredet, ihn befragt, auf seine Fragen geantwortet. Dann hatte Rosa, gewiss von Andreas' Mutter dazu angeleitet, unter Tränen die Verschen zitiert:

> »Wenn ich einst werd sterben,
> lasse meine Seele erben
> deiner Liebe Zärtlichkeit.«

Andreas überlegte, woher ihm Rosas Verse bekannt vorkamen, aber er kam nicht drauf. Die Frauen aßen und tranken nun auch. Rosa, keiner Unternehmung und Rede scheu, sagte laut: »Wunderbar!« Und meinte offensichtlich das von ihrer Schwiegermutter bereitete köstliche Mahl. Diese fädelte gerade auf einen Metallspieß, den Werri sonst für Grillfleisch benutzt hatte, einige Geldscheine auf, die Rosa mit den Worten anzündete: »Das gefällt dir, mein Kosakenoberst, nicht wahr? Ja, schade, dass du schon gehen musstest – wo wir uns doch gerade noch etwas in der Welt umsehen wollten.«

Unbemerkt zog sich Andreas zurück. Oft schon hatte er sich gefragt, ob die ausgefallenen Aktivitäten oder Ideen seiner Mutter Ausdruck von Krankheit oder einfach von einer tiefen Innerlichkeit waren. Am Grabmal für den unbekannten Soldaten zum Beispiel. Vor ein paar Jahren noch hätte er Mutters und Rosas Verhalten als Hokuspokus, Firlefanz abgetan, obgleich ihm auch schon an dem Kriegerdenkmal Zweifel an seiner Haltung aufgekommen waren. Zumal er bei späteren Besuchen hin und wieder eine Kamelie oder ein Vergissmeinnicht-Sträußchen am

Fuße des Kriegers vorgefunden hatte. Eindeutig Zeichen seiner Mutter, die beide Blumen sehr liebte, in ihrem kleinen Hausgarten behutsam pflegte, besonders die Kamelie vor jedem Frost schützte. Beide Blumen waren dann auch an Sonnys Grab aufgetaucht, Vergissmeinnicht mitunter wie kleine Inseln verstreut eingepflanzt. (Elvira hatte nie erfahren, wer einst das Vergissmeinnicht-Sträußchen vor ihrem Königsberger Haus eingepflanzt hatte. Aber seit dem Krieg hatte sie es immer als eine Fügung, einen Mahnruf Wilhelms verstanden.) Und nun entsann sich Andreas auch, woher er Rosas Spruch kannte. Es war die freie Nachdichtung einer Strophe von »Stabat Mater«, in dem die Mutter Jesu von Schmerz gebeugt am Kreuz steht. Seine Mutter hatte den übersetzten Originaltext mehrfach an Kamelien für Sonny gebunden oder wie ein Fläggchen auf einen kleinen Stock neben das Vergissmeinnicht gesteckt. Und er selbst hatte sich wieder gefragt, ob das Ausdruck von Verrücktheit oder normal empfundenem Leid war. *Fühlte sich Mutter wahnhaft in persona als Maria? Oder eben einfach nur als unsere leidende gequälte Mutter?* Wissenschaftlich war das interessant und vielleicht für die Behandlung relevant. Aber vom Gefühlsgehalt schnurzpiepe, als was seine Mutter litt. Absonderliches breitete sie in der Regel jedoch nicht aus. Sie wollte nicht auffallen, konnte auch wahnhaftes und reales Leben irgendwie trennen. Bestand die Gefahr, missverstanden zu werden, sich gar lächerlich zu machen – schwieg sie. Einmal hatte sie Andreas gestanden, dass sie an Gräbern wie die Mexikaner ebenfalls gern singen und tanzen würde. Ihre Kolleginnen hielten sie dagegen wohl für einen ausgesprochenen Sing- und Tanzmuffel. In den Tagen nach Werris Tod war Andreas aus Sorge abends nach Dienstschluss oft zu ihr gefahren. Sie war meist gerade mit dem Bus von Rosa zurückgekehrt. Einmal saß sie über ihren Tagebuchnotizen, in denen es kreuz und quer ging, und schrieb über einen uralten Eintrag, der die Bemerkung eines Kollegen aus ihrem Königsberger Gewerkschaftshaus wiedergab, nämlich

Marxens Worte, dass das Sein das Bewusstsein bestimme: »Ich möchte so sein, wie ich bin. Wie bin ich?«

Wieder zu Hause las Andreas bis in die Nacht bei Marx nach, bei Hegel und Heidegger, war froh, Psychiater und nicht Philosoph geworden zu sein, obwohl er immer glaubte, dafür ein Faible zu haben. Was bedeutete S o - s e i n , wenn D a - s e i n Werden und Vergehen war? Existenz? Essenz? Das W i e unserer Daseinsweise, die uns erst dadurch wirklich da sein lässt?

Nur scheinbar war der Zusatz seiner Mutter fehlplatziert, fand Andreas. Es waren zwei Stufen des Bewusstwerdens ihrer selbst. Offensichtlich hatte sie sich als junge Frau einen deutlich älteren Juden sehr bewusst als Liebsten erwählt. Resultat ihrer Erziehung – aber auch ihres Anders-sein-Wollens? Denn gewann sie nicht Gefallen daran und gab ihrer Provokation Zucker? Im weißen Kleid der von Sünden gereinigten »Judenchristin« nach Isakess' Beispiel! *Begann da dein Seiltanz, Mama?, *dachte Andreas auf der Heimfahrt – *zwischen normal und doch ganz anders sein wollen? Zwischen Entsagung und Versuchung? Konflikt und Ruhe?* Der gleitende Übergang von der Gesundheit zur Krankheit. Die man erstrebenswert findet, solange man ihr nicht unterliegt, weil man sich Dinge getraut, die sonst ausgeschlossen wären? Andreas kannte abrupte psychotische Einbrüche, wo die Realität als Korrektiv gänzlich ausgeschaltet war – meist endogen (was immer für ein zellulärer »Basisprozess« von den Genen fehlgeleitet wurde; wofür in ihrer Familie nichts sprach) oder organisch fixiert. Doch bei seiner körperlich völlig gesunden Mutter sah Andreas nur dieses Gleiten …

Pünktlich zur Morgenvisite war Elvira im Myhlener Klinikum. Andreas hatte sich bei seinen Kollegen zur Teilnahme an der Visite angemeldet. Seine Mutter wirkte auf ihn nicht übermüdet und kraftlos, sondern entspannt und ein bisschen froh.

In den folgenden Monaten trafen sich Elvira und Rosa oft. Aus ihrem Trost und Beistand füreinander erlangten sie neuen Schwung. Nicht unbedingt bei Neumond und nicht immer gemeinsam gingen sie zu Werris und zu Sonnys Grab. Zwei Busfahrten unternahmen sie zu zweit, eine ins Erzgebirge, eine an die Ostsee, wohin es Werri in jedem Sommer gezogen hatte. Bei einem Spaziergang am Meer berichtete Rosa einmal laut lachend ihrer Schwiegermutter: »Weißt du, was Werri nach deinem Geburtstag gesagt hat? ›Ein verflucht hübsches Weib, diese Katia! Und Mutter verflucht ähnlich! Andreas hat wirklich einen feinen Geschmack …‹ – ›He – und wo bleibe ich?‹, habe ich ihn angefahren und in die Seite geboxt … Oh, er war ein Schwerenöter, aber ein sehr lieber!«

Elvira hatte geschwiegen, leicht mit den Schultern gezuckt. Andreas, dessen Klinikalltag in dieser Zeit oft ein doppelter Arbeitstag war, freute sich jedenfalls über die neue Beziehung der beiden Frauen, dachte: So wird Mutter bestimmt noch hundert.

Die Geiselnahme (Ende)

Nachdem Frau K. vorgeschlagen hatte, meine Mutter als zusätzliche Mittlerin einzuschalten, hatte ich den Polizeikommissar davon informiert und gebeten, dass er den Sicherheitsbeauftragten unserer Klinik mit ihr zu uns schicke. Er sollte sich nach der Schleuse aber gleich wieder entfernen, unbedingt allein kommen. Falls meine Mutter, denn überhaupt bereit sei für ihre Mission. Zu Frau K. sagte ich, dass ich die Vorstellung meiner Mutter zwar nicht für unbedenklich hielte, aber zumutbar sei es ihr schon, da sie sich nach dem Tod meines Bruders im vergangenen Jahr wieder gut gefangen habe. Dann rief ich über das Telefon in der Musiktherapie Mutter an, hatte sie auch gleich am Apparat und sagte: »Mama, ich rufe dich aus einer Zwangslage an. Ich kann dir nicht alles erklären, du musst es erst einmal so hinnehmen. Ich bin hier in einem Raum unserer Klinik mit Katia Isakess eingesperrt. Vor dem Haus lauert die Polizei. Katia wünscht dich zur Vermittlung. Ich kann mir nicht denken, dass es Sinn gibt. Aber entscheide du bitte selbst, Mama.«

Mutter sagte lange kein Wort. Es war aber zu hören, dass sie schluchzte, weinte. Schließlich antwortete sie leise unter Tränen: »Ich komme.«

»Gut, danke, Mama, ein Polizeiauto wird dich abholen«, sagte ich.

Die Richterin war eingetroffen. Eine große, schlanke junge Dame mit langem Blondhaar. Sie stellte sich per Megafon kurz vor und bat um eine Erklärung zum Anliegen. Ich schob mein Walkie-Talkie wieder hinüber. Katia sagte laut: »Ich möchte, dass meine Sache neu verhandelt wird, Frau Richterin. Ich habe Drogen genommen, ja, aber nie gedealt. Mich nur gegen den Vorwurf nicht gewehrt, ja Details hinzugelogen, weil ich sonst niemals hier eingesperrt worden wäre.« Das klang ein bisschen abstrus. Löste bei Richterin und Kommissar auch Verwirrung aus. Katia fuhr fort: »Außerdem fordere ich eine Änderung des Paragrafen 173 Strafgesetzbuch.«

Offensichtlich hatte die junge Richterin den Paragrafen sogar bruchstückhaft im Kopf, denn sie antwortete prompt: »Gesetze beschließt bekanntlich das Parlament. Aber der Ethikrat hält das Grundrecht der sexuellen Selbstbestimmung für gewichtiger als ein abstraktes Schutzbedürfnis der Familie, ist für eine Überarbeitung. Die Politik sträubt sich. Man kann aber hoffen. Für eine Wiederholung Ihres Prozesses werde ich mich einsetzen.«

Inzwischen war Mutter im Polizeiauto eingetroffen. Entgegen der Richterin, die mit klaren Worten auf Katias unverständliche reagiert hatte, war der Kommissar offenbar entschlossen, die Scharfschützen wieder in Stellung zu bringen, wie ich sah. Der Sicherheitsbeauftragte brachte Mutter in unsere Etage, verließ sie wieder via Schleuse. Ich räumte unsere Schrankbarrikade beiseite, steckte meinen Schlüssel ins Schloss. Katia öffnete Mutter die Tür, verschloss sie hinter ihr sogleich wieder. Und die Frauen standen sich einen endlosen Moment gegenüber. Als sähen sie sich das erste Mal. Vielleicht auch, als erblicke jede im Antlitz der anderen das eigene. Dann fielen sie sich in die Arme, weinten und streichelten sich gegenseitig über Wangen und Haar.

Mir fiel ein, dass ich bei meinem ersten Zusammentreffen mit Katia vor neunzehn Jahren, verstört von ihrer Schönheit und Unbefangenheit, den Blick nicht von ihr gelassen hatte. Selbst im Gespräch mit ihrem Vater nicht, der meine Reaktion wohlwollend registriert hatte. Ihr Äußeres hätte mich auf die richtige Fährte bringen können. Nur die blauen Augen lenkten ab.

»Seit wann weißt du es, Kind?«, sagte Mutter zu Katia.

»Ganz sicher erst seit Papas Testamentseröffnung. In dem er über eure Liebe und eure Entscheidung zu mir schrieb.«

»Solveig hat uns drei, dich, deinen Papa und mich in der Klinik überrascht«, berichtete Mutter, »bisher hatte sich Solveig mir gegenüber immer relativ neutral, ja freundlich verhalten. Diesmal sah sie mich nicht. Nur dich! Verzückt nahm sie dich in den Arm, herzte dich. Ich dachte an meine anderen Kinder, ihre Reaktion, meine neue Umwelt, wartete ja auch immer noch auf meinen Mann Wilhelm. Ich wählte die leichtere Entscheidung, die die tausendfach schwerere war, mich bis heute nicht zur Ruhe kommen ließ. Verzeih mir!«

»Ich habe mir nie eine bessere Mama vorstellen können als jene, die ich hatte«, sagte Katia. »Obwohl ich von Anbeginn an meist Mama Solveig gesagt habe. Ich weiß nicht, ob Papa mir frühzeitig diese konkrete Bestimmung beigebracht hat. Papa Jakob habe ich jedenfalls nie gesagt.« Sie lachte kurz auf. »Deine Reaktion auf deinem siebzigsten Geburtstag, als Andreas mich dir vorstellen wollte, brachte uns ziemlich durcheinander. Aber lassen wir das.« Sie lachte wieder. »Nun habe ich also noch eine Mama Elvira.«

Katia fasste Mutter bei den Händen, küsste sie auf die Stirn und sie drehten sich ein bisschen wild im Kreise … Plötzlich griff sich Mutter an die Brust und fiel vornüber. Ich befürchtete einen Herzinfarkt, sah aber dann, dass Blut aus ihrer Brust quoll, Bluse und Jacke durchtränkte. Die Scheibe zum Wasserturm hin zeigte ein kleines, leicht gesplittertes Einschussloch. Ich versuchte, den Blutstrom mit meinem Hemd zu stoppen. Mutter griff mit ihrer linken Hand nach Katias, mit ihrer Rechten nach meiner Hand, schloss die Augen, lächelte und nach einer Weile sang sie leise. Wir beugten uns zu ihr nieder, konnten aber nicht recht verstehen, was sie sang. »Der Frühling kommt«, war eindeutig, dann irgendetwas von »Socken« …

Einige Tage später erschien in den Regionalzeitungen folgende Pressemitteilung: »… Bei der oben genannten Geiselnahme im Maßregelvollzug von Myhlen löste sich versehentlich eine Kugel aus der Waffe eines Polizisten des Sonderkommandos. Sie traf die Mutter der Geisel, des Chefs der forensischen Einrichtung. Wie der Schütze berichtete, habe er, als sich der Schuss löste, die Geiselnehmerin im Visier gehabt, da die beobachtete Szene wie ein Kampf wirkte. Nach sofort erfolgter Notoperation starb die getroffene Frau noch in der Nacht in einer Klinik. Dem behandelnden Arzt hatte sie als ihren testamentarischen Willen erklärt, dass weder die Geiselnehmerin noch der schießende Polizist belangt werden sollten, warum auch immer beide Taten geschehen seien. Im Übrigen sei sie überglücklich, dass die verirrte Kugel s i e und nicht die junge Geiselnehmerin getroffen habe. Die Waffe der Geiselnehmerin war nicht munitioniert. Wie erst jetzt bekannt wurde, war die Geiselnehmerin ebenfalls ein Kind der Getöteten, die an einer Wahnerkrankung gelitten haben soll. Es handelte sich also offenbar um ein Familiendrama.«

Nachwort zum Nachspiel

Christoph Genth und Katia erhielten beide Bewährungsstrafen. Als Katias Aufenthaltsbeschränkung abgelaufen war, reiste sie mit dem Schiff nach Mosambik, um dort bei der Bekämpfung der Drogenabhängigkeit zu helfen. Sie blieb fast zwei Jahre. Wegen des öffentlichen Interesses an ihrer Geschichte wechselten Andreas und Katia zu ihrem Schutz ihre Wohn- und Arbeitsorte. Sie waren weiterhin in verantwortlichen beruflichen Stellungen tätig. Von einem Freund der beiden war zu erfahren, dass Andreas sich in Gesprächen zuweilen auf Goethe berief, dass die Natur sittliche Verwerfungen bestrafen werde. Katia habe dagegengehalten, dass vielmehr die Kultur zur unnachgiebigen Rächerin unseres natürlichen Triebes geworden sei – oder anders gesagt: dass Goethe zweihundert Jahre vor ihnen gelebt habe und die Liebe ihrer Meinung nach das einzige sittlich schützenswerte Naturgesetz sei. Mit gleicher Aufgabe wie in Mosambik brach sie noch einmal mit dem Schiff nach Angola auf. Andreas erhielt von ihr eine Karte, die mit den Worten endete: »Sturmvögel begleiten uns. Ich möchte eine Albatrossa sein.«

ENDE

605

Anmerkung

Die sogenannte »Isserlin-Affäre« [13, 14], die für die großen Köpfe deutscher Psychiatrie Kraepelin und Freud oder besser für ihre Stellvertreterdisputanten Max Isserlin und Carl Gustav Jung stand, bewegte zu Beginn des 20. Jahrhunderts die Wissenschaftler: jene, die für die »reine« Wissenschaft, die Naturwissenschaft als Primat zur Erklärung unseres seelischen Erlebens eintraten, und jene, die vermeintlich mit ihrem »denaturierten« Blick auf »sexuelle Niederungen« (nach Jaspers [8, 15]) die Wissenschaft aufgaben. Aber meine Geschichte ist weder ein historischer noch ein Wissenschaftsroman und sowohl Jung als auch der Namensgeber für die »Affäre« haben außer ein paar äußeren Fakten absolut nichts damit zu tun: Ein Anstoß für mich, sie zu erzählen, war einerseits lediglich die Tatsache, dass Isserlin ein Königsberger Nervenarzt, Kantianer und Jude war, und andererseits, dass der erwähnte wissenschaftliche Disput trotz weltweiter Anerkennung der Psychoanalyse im Grunde bis heute währt.

Freilich sah ich mich veranlasst, neben Worte nach Jaspers auch Gedanken von Bleuler [1], Mitscherlich [10] [11], Habermas [6] und Viktor von Weizsäcker [16] zu stellen, ließ Wilhelm ein Gedicht von Christian Morgenstern [12] rezitieren und lieh mir für Elvira ein paar Verse aus Goethes »Braut von Korinth« [5] aus; je nachdem, wie es mir für meine Geschichte passend schien. Wie ich im Übrigen einen Ort Myhlen als Sitz einer großen Nervenanstalt erfand, obwohl ringsum etliche konkret platziert waren. Ich brauchte vermutlich einen neutralisierenden Sammelpunkt, um Höhen und tatsächliche Niederungen [2] deutscher Psychiatrie abzubilden – und mich und womöglich den Leser aus meiner Geschichte in Frieden zu entlassen.

Inhalt

Literaturangaben

1. Bleuler, Eugen (1911): Dementia praecox oder Gruppe der Schizophrenien, in: Gustav Aschaffenburg (Hrsg.), Handbuch der Psychiatrie, Spezieller Teil; Leipzig
2. Böhm, Boris (Hrsg.): „Wird heute nach einer Landes- Heil- und Pflegeanstalt in Sachsen überführt", über die Ermordung ostpreußischer Patienten, in: „Zeitfenster – Beiträge der Stiftung Sächsische Gedenkstätten zur Zeitgeschichte", Band 9; Leipziger Universitätsverlag, 2016
3. Bormuth, Matthias: Lebensführung in der Moderne, Karl Jaspers und die Psychoanalyse; Frommann-Holzboog, Stuttgart-Bad Cannstatt 2002
4. Foucault, Michel: Wahnsinn und Gesellschaft. Die Geschichte des Wahns im Zeitalter der Vernunft (1961); Suhrkamp, Frankfurt am Main 1969
5. Goethe, Johann Wolfgang von: Die Braut von Korinth; in: Werke in 14 Bänden, Band 1, Gedichte und Epen 1, Balladen, S. 268-273; C.H. Beck, München 1993
6. Habermas, Jürgen (1981): Philosophisch-politische Profile, Suhrkamp, Frankfurt am Main 1987
7. Höck, Kurt (Hrsg.): Gruppenpsychotherapie (1976); VEB Verlag der Wissenschaften, Berlin 1981
8. Jaspers, Karl (1931): Die geistige Situation der Zeit, 5. bearbeitete Auflage 1932, Berlin 1953
9. Maier, T.: Über Psychose, Sprache und Literatur; Nervenarzt 1999, 70, 438-443, Springer 1999
10. Mitscherlich, Alexander: Über die Reichweite psychosomatischen Denkens, in: Psyche, Heft 5, 3. Jahrgang, 1949, S. 342–358 (zit. nach Matthias Bormuth, Gesammelte Schriften von Alexander

Mitscherlich, Band 2, S. 32-51)

11. Mitscherlich, Alexander und Mitscherlich-Nielsen, Margarethe (1967): Die Unfähigkeit zu trauern. Grundlagen kollektiven Handels, München, Piper (zit. nach Matthias Bormuth, Gesammelte Schriften von Alexander Mitscherlich, Band 4)

12. Morgenstern, Christian: Wintergedichte, Ein Seufzer lief Schlittschuh ...; Medienwerkstatt Wissenskarten, 2023, Ausdruck

13. Peters, U.H.: Max Isserlin – Kantianer in Königsberg, Psychotherapeut bei Kraepelin, Begründer der Münchner Kinderpsychiatrie, Emigrant in England; Fortschr. Neurol. Psychiatr. 2002; 70, 18-26, Georg Thieme Stuttgart

14. Peters, U.H.: Die Isserlin-Affäre, ein Stellvertreter-Disput zwischen Kraepelin und Freud; Fortschr. Neurol. Psychiatr. 2002; 70, 27-33, Georg Thieme Stuttgart

15. Scheidt, Carl Eduard (1986): Die Rezeption der Psychoanalyse in der deutschsprachigen Philosophie vor 1940, Frankfurt am Main

16. Weizsäcker, Viktor von: Psychosomatische Medizin, in: Psyche, Heft 5, 3. Jahrgang, 1949 (zit. nach Matthias Bormuth, Gesammelte Schriften von Viktor von Weizsäcker, Band 6, S. 451–464)

Der renommierte Leipziger Autor **Martin Goyk** wurde 1941 in Königsberg/Ostpreußen geboren. Seine von den Wirren des Krieges mit Luftangriffen und der Aussiedlung nach Sachsen geprägte frühe Kindheit, hinterließ in dem sensiblen Knaben Spuren von Existenz- und Integrationsangst, Furcht vor Verlassen-sein und ein tiefes Gespür für Folgen von Krieg und Migration. In Burgstädt wurde die Familie ansässig, wo der Autor bis zum Abitur die Schule besuchte. Ein Medizinstudium schloss sich in Rostock und Leipzig an; Promotion 1968. Aufgrund seines Interesses für psychologische und pathologische Sachverhalte nahm er eine Tätigkeit an der psychiatrischen Klinik der Universität Leipzig und damit eine Ausbildung zum Facharzt für Neurologie und Psychiatrie auf, die er 1972 erfolgreich beendete (nach der gesellschaftlichen Wende erfolgte noch eine psychoanalytische Ausbildung). Die psychiatrische Universitätsklinik entwickelte sich zu einer sehr innovativen, sozialpsychiatrisch orientierten Einrichtung, die moderne therapeutische Ansätze realisierte und vielfältige Kontakte zu Kollegen im westlichen Deutschland unterhielt. Der Autor lernte, den Patienten nicht als „Objekt der Besessenheit" zu verstehen, sondern als Mensch mit Gefühlen und Wünschen wie er, die sich hinter den Symptomen der Krankheit oft verbargen.

Resultat dieser Arbeit war sein erstes Buch: die **„Arztnovelle"** (1972). Er brach aus der Psychiaterlaufbahn jedoch noch einmal aus und erfüllte sich einen Jugendtraum: er fuhr als Schiffsarzt bei der Fischerei- und Handelsflotte fünf Jahre lang zur See. Literarisches Ergebnis war sein zweites Buch: **„Rosen im Meer"** (1979). Im Jahre 2013 publizierte er den Tagebuchroman **„Dr. Agaton"**, der auch eine Auseinandersetzung mit persönlichen Verdrängungen zur Gewalt der Sieger des Krieges am Beispiel der Lebensgeschichte eines Freundes darstellte. Doch damit war dieses Thema für ihn nicht erschöpft, da zu tief in der eigenen Familie ebenfalls verwurzelt. In seinem neuen Roman **„Mutters Wahn"** gestaltet der Autor ein bewegendes epochales Bild der Leidenschaften, Katastrophen, geografischen und gesellschaftlichen Umbrüche einer deutschen Familie, deren Protagonistin, selbst nicht frei von Schuld, die deutsche Einheit zwar noch erlebt, doch Unglück und Traumatisierung durch den Krieg und in einem zerrissenen Land haben längst auch ihre innere Welt zerrissen.

Die einzigartige Verbindung aus persönlicher Lebenserfahrung, beruflichem Werdegang und literarischem Talent machte es dem Autor möglich, uns dieses beeindruckende Werk über die Nuancen und Turbulenzen des 20. Jahrhunderts in Deutschland zu schaffen, das nicht nur eine fesselnde Lektüre ist, sondern eine aufwühlende und bereichernde Reise durch Zeit, Geschichte und menschliche Emotionen.